BEAUTY IN THE BROKEN – DIE SCHÖNHEIT IM ZERBROCHENEN

EIN DIAMANTMAGNATEN-ROMAN

CHARMAINE PAULS

Aus dem Amerikanischen von
GRIT SCHELLENBERG

GREY EAGLE PUBLICATIONS

Die amerikanische Originalausgabe *Beauty in the Broken* erschien 2019 im Verlag Charmaine Pauls

www.greyeaglepublications.com

Covergestaltung: Sylvia Frost
sfrostcovers.com

Aus dem Amerikanischen von Grit Schellenberg
Lektorat: Fehler-Haft.de

ISBN: 978-1-64366-084-4
Print ISBN: 978-1-64366-085-1

1

Johannesburg, Südafrika

Damian

HAROLD DALTON SCHIEẞT HINTER SEINEM überdimensionalen Schreibtisch so schnell hoch, dass er fast über die Rolle seines ebenso überdimensionalen Stuhls fällt. »Was willst du?«

Der Feigling hat Angst. Das sollte er auch. Schließlich hat er mich hereingelegt und meine Diamantenmine gestohlen. Er ist der Grund, warum ich sechs Jahre unschuldig im Gefängnis verbracht habe.

Sein fettes Kinn zittert. Er lässt mich nicht aus den Augen, als ich den Raum durchquere. Ich nehme mir Zeit, den Raum zu inspizieren, und lasse ihn schwitzen. Das Büro hat sich nicht verändert, bis auf drei weitere Hirschköpfe, die mich kläglich von der Wand aus anstarren.

»Was willst du?«, wiederholt er, als ich seinen Schreibtisch erreiche.

»Ah. Was könnte ich wollen?«

Seine Hände zittern, als er sie auf dem Schreibtisch ausbreitet. Dieser Schwanzlutscher ist so arrogant, dass er entweder vergessen hat, dass ich gestern herausgekommen bin, oder er hatte geglaubt, ich hätte das Gefängnis als geschlagener Mann verlassen. Jeder Bastard, der weniger von sich selbst überzeugt gewesen wäre, hätte heute ein Dutzend Wachen vor seine Tür gestellt. Sein Fehler.

Seine mit Leberflecken übersäte Hand bewegt sich Richtung Schublade, wo er zweifellos eine Waffe hat, aber ich bin schneller und stärker. Mein Griff an seinem Handgelenk lässt ihn wimmern. Ich kann fast die Angst im Schweiß riechen, der die Achseln seines Hemdes durchnässt. Ich bin nicht der 22-jährige Mann, der in einem abgenutzten Hemd durch diese Tür gegangen ist. Ich bin ein Mann in einem 80.000-Rand-Markenanzug, ein Mann, der auf Rache aus ist.

Sechs Jahre sind eine lange Zeit, lang genug, um in den Säften der Rache zu baden, bis das Herz in all der bitteren Säure gekocht ist. Sechs Jahre Grausamkeit und Folter machen aus Menschen Tiere. Sechs Jahre unter den härtesten Kriminellen und berüchtigtsten Gangstern schaffen auch die richtigen Verbindungen und ein Vermögen.

»Was willst du, Damian Hart?«

Diesmal gibt es Akzeptanz in der Frage, die Art von Akzeptanz, die nur Menschen mit Geld aufbringen können. Bestechungsgeld.

Ich lasse sein Handgelenk los, ziehe zwei Blätter Papier aus meiner Jackentasche und schiebe sie über den Schreibtisch. Er faltet das erste auf, den Beweis für das, was er gestohlen hat, und erblasst, während er liest. Das zweite Papier ist eine eidesstattliche Erklärung, die der korrupte Richter unterzeichnet hat, nachdem ich ihm den Finger abgeschnitten hatte.

Die Zettel zittern in seinen Händen. »Nenne deinen Preis. Der größte Teil meines Geldes steckt in Investitionen fest, aber ich habe Eigentum. Mein Haus in Camps Bay ist neunzig Millionen wert. Ich kann es dir in weniger als vierundzwanzig Stunden überschreiben.«

Lächerlich. »Neunzig Millionen werden nicht reichen. Ich würde sagen, tausendvierhundert-fünfundfünfzig Tage und eine milliardenschwere Diamantenmine verdienen etwas mehr, nicht wahr?«

»Die Mine gehört den Investoren. Nur dreißig Prozent gehören mir, und ich kann sie nicht einfach weggeben. Der Vorstand muss über einen Eigentümerwechsel abstimmen.«

Als ob ich das nicht wüsste. »Ich bin nicht hinter deinem kleinen Geld her, Dalton. Ich will deinen wertvollsten Besitz.«

Er runzelt seine blasse Stirn.

Ich drehe den vergoldeten Fotorahmen strategisch

mit Blick auf den Besucherstuhl um und schiebe ihn langsam auf ihn zu.

Seine Augen weiten sich, als er versteht, was ich will. Nicht einmal meine bedrohliche Anwesenheit reicht aus, um zu verhindern, dass der Zorn auf seinen Gesichtszügen deutlich zu sehen ist.

»Du musst mich verdammt nochmal verarschen«, zischt er und zerknüllt die belastenden Beweise in seinen Fäusten.

Angelina Dalton-Clarke.

Tochter von Harold Dalton. Witwe von Jack Clarke. Sie hat das Vermögen ihres verstorbenen Mannes geerbt. Milliardenschwer, ist sie die reichste Witwe des Landes und auch die verrückteste. Ihre selbstmörderischen und selbstverletzenden Tendenzen hatten Clarke veranlasst, sie für geschäftsunfähig und psychisch labil zu erklären, bevor er sich eine Waffe an den Kopf hielt und sich das Gehirn herausblies. Lina Dalton-Clarke darf keinen Cent ihres Reichtums anfassen. Ihr Vater verwaltet ihre Finanzen. Er hat alle Unterschriftsberechtigungen. Als ihr Mann wird mir diese *Aufgabe* zufallen.

»Sie ist geisteskrank«, stottert Dalton.

»Ich habe die Berichte gelesen.« Für einen meiner Zellengenossen war es nicht schwer, sich in die Krankenakte zu hacken.

Dalton sieht aus, als würde er gleich einen Herzinfarkt bekommen. Ich warte, bis sein Gesicht lila ist, und gebe ihm Zeit, den Anfang seines Endes zu begreifen, bevor ich mit meinen Anweisungen weitermache.

»Schick sie in die Bibliothek. Ich möchte mein *Vermögen* persönlich sehen. Oh, und kein Wort über unsere Unterhaltung. Ich möchte ihr die frohe Botschaft selbst mitteilen.«

Er steht wie erstarrt da und blickt mich mit all den Gefühlen an, die in seiner verfaulten Brust eitern. Erst als ich am anderen Ende des Raumes ankomme, springt er auf und eilt um den Schreibtisch.

Ich halte eine Hand hoch. »Ich finde allein in die Bibliothek.« Spöttisch füge ich hinzu: »Ich kenne den Weg.«

Die hilflose Empörung auf seinem Gesicht, als ich die Tür schließe, erfüllt mich mit mehr Freude, als ich in all den Jahren erlebt habe, die seine Familie mir gestohlen hat.

Ich komme aus einfachen Verhältnissen, aber ich bin deshalb nicht ungebildet. Ich kenne die Regeln des Adels, deshalb gebe ich ihm ein wenig Zeit, bevor ich in die Bibliothek gehe. Wer weiß, in welchem Zustand sich Ms. Dalton-Clarke befindet? Vielleicht hat sie Kleidung an, in der sie sich nicht zeigen möchte, oder sonnt sich nackt. Ihr Haar könnte durcheinander sein – und ihr Gesicht ungeschminkt. Sie könnte ein paar Minuten brauchen, um sich herzurichten. Ich schätze, dass die meisten Frauen, wenn sie mit einem Feind konfrontiert werden, jeden möglichen Vorteil nutzen, der sich ihnen bietet, selbst wenn dieser Vorteil 15-Zentimeter-Absätze und roter Lippenstift sind. Jeder geringere Auftritt als die Show, die sie für die Welt aufführt, wäre bei diesem Überraschungsbesuch ein unfairer Nachteil. Obwohl es mir scheißegal ist, fair zu spielen, glaube ich daran, eine Frau wie eine Dame zu behandeln, wenn es darauf ankommt. Ihr zu sagen, dass sie meine Frau werden wird, ist definitiv wichtig.

Auf meinen Wunsch hin serviert mir Mrs. Benedict, die gleiche alte Haushälterin von früher, widerwillig eine Tasse Earl Grey auf der Terrasse. Es ist kein Zufall, dass ich mich hier mit ihr treffen will. Es ist der Ort, an dem ich gesessen habe, als Angelina Dalton in der berüchtigten Nacht, die mein Schicksal besiegelte, zu mir kam. Wie wird es sein, sie endlich wiederzusehen? Der Ansturm der Gefühle bei diesem Gedanken ist eine vertraute Mischung aus Besorgnis, Aufregung und einem blutrünstigen Bedürfnis nach Gerechtigkeit. Ich würde lügen, wenn ich behauptete, dass die Lust nicht unter der Oberfläche kratzt. Wer kann es mir verübeln? Sie ist seit sechs Jahren der Mittelpunkt meiner Fantasien, sowohl der rachsüchtigen als auch der sinnlichen.

Eben, im Arbeitszimmer ihres Vaters, habe ich kaum auf ihr Foto geschaut. Das musste ich nicht. Ihre Gesichtszüge sind in meinen Kopf eingebrannt, auch wenn wir uns nur einmal getroffen haben. Dieses engelsgleiche Gesicht mit diesen blauen Augen, die nicht von dieser Welt sind, und dieser Wasserfall aus goldenen Haaren. Ich sehe sie in meinen Träumen und mit offenen Augen. Wenn ich die Augen schließe, sehe ich sie durch die französische Terrassentür zu mir kommen, so voller Unschuld und Verletzlichkeit. Es ist eine Nacht, die ich nie vergessen könnte. Es ist eine Nacht, in der der beste und schlechteste Moment meines Lebens aufeinandergeprallt sind. Während Dalton den Preis dafür gewinnt, mich am besten gefickt zu haben, hat sie eine Trophäe dafür verdient, mir mein Herz, nachdem sie es nur ein paar Sekunden in ihren Händen gehalten hatte, ins Gesicht zu werfen. Sie ist meine beste und meine schlimmste Erinnerung an den Abend. Sie hatte kein Recht, hübsch und nett zu mir zu sein, wenn sie nicht die Absicht hatte, sich so unsterblich in mich zu verlieben, wie ich mich in sie verliebt habe.

Die Erinnerung ist immer frisch, immer neu. Arm wie eine Kirchenmaus, aber bewaffnet mit Jugend und Ehrgeiz, hatte ich mein einziges Button-Down-Hemd angezogen und mich auf den Weg gemacht, ihren Vater nicht in seinem Büro, sondern in seinem Haus zu treffen. Das war eine idiotische Idee. Jeder Mann mit ein wenig Erfahrung in der High Society hätte mir sagen können, dass ich mit dem formalen Abendessen überfordert wäre, von den vier Gabeln und Messern, die neben den goldgerahmten Tellern aufgereiht waren, bis hin zu den handgewalzten Zigarren, die die fünfstündige Tortur beendeten. Unter den anderen Gästen im Smoking hob ich mich wie ein Mischlingshund unter Rennpferden ab. Ich bin hinausgegangen, um Luft zu schnappen, und habe mich auf die Terrassenmauer gesetzt. Ich habe mir Mitte Juni ohne Jacke den Arsch abgefroren, als sie mit ihren extravagant hochgesteckten Locken, in diesem hübschen weißen Kleid und mit einem verfickten grünen Oma-Schal mit ein paar Löchern um ihre Schultern gewickelt herauskam.

»Ist Ihnen nicht kalt?«, hat sie mit einer Stimme gefragt, die so schön klang wie ihre ausgefallene Essensglocke.

Die Unwissenheit eines reichen Mädchens. Was zum Teufel hatte sie sich dabei gedacht? Meine Zähne klapperten und meine Knie schlotterten. Ich wollte hineingehen, dorthin, wo es warm war, aber ich brauchte eine weitere Minute, um mich wieder zu sammeln. Ich wollte nicht zulassen, dass mich die älteren Männer mit ihrer teuren Kleidung und ihrem Wissen über Besteck einschüchterten. Ich habe meine Zukunft in der Tasche getragen, eine Entdeckung, die mich in die Gesellschaft einführen würde, aber ich musste noch mit Dalton sprechen, dem Mann, der mir helfen würde, sie zu verwirklichen. Ich war nichts anderes als ein armer Bastard, und ich wollte ihr nicht antworten, nicht wirklich, denn zuzugeben, dass mir kalt war, hätte Dinge zugegeben, von denen ich nicht wollte, dass diese außergewöhnliche junge Frau, die mich anstarrte, sie erfuhr.

Bevor mir etwas Passendes eingefallen war, hatte sie diesen hässlichen Schal von ihren zarten Schultern genommen, um die mottenzerfressene Wolle um mich zu wickeln und die dünnen Träger ihres unpraktischen Abendkleides freizulegen.

»Da.« Sie lächelte nicht wirklich, aber sie sah

zufrieden aus. »Er gehörte meiner Großmutter. Er gibt mir das Gefühl von Sicherheit.«

Ich habe sie angestarrt wie ein Narr, sprachlos von dem schönen, wohlhabenden Mädchen, das mir ihre Wärme und Sicherheit gegeben hatte. So fand uns ihr Vater, als er durch die Tür hinaustrat. Als sein Blick auf uns fiel, wurden seine Augen kälter als die Winternacht. Er kam mit einem leeren Becher in der Hand zu uns, und seine Schritte waren nicht schneller als gewöhnlich, aber zielstrebig.

Er legte einen Arm um seine Tochter und sagte: »Geh rein, Lina. Du wirst dich in dieser Kälte ohne Mantel zu Tode frieren.«

Die Seide ihres Kleides betonte die Festigkeit und Bewegungen ihres Arsches, als sie sich umdrehte und gehorchte.

Daltons nach Whisky stinkender Atem wehte über mein Gesicht. Seine Worte waren leise, aber geladen genug, um wie Donner einzuschlagen. »Sie wird nie deine sein. Sie ist für jemanden bestimmt, der ihrer würdig ist.«

Ich konnte nicht antworten, weil ich mich nicht so schnell erholen konnte. Ich war unter harten Bedingungen aufgewachsen. Ich wusste, wie man subtile Beleidigungen zurückwarf, aber er hatte mir mit der Wahrheit in den Bauch geschlagen. Das Problem war nicht, dass ich ihrer nicht würdig war. Es war der Teil, dass ich sie für *mich* wollte. Ich hatte es einfach nicht gewusst, bis er es gesagt hatte, aber plötzlich war es heraus, seine Worte hatten die

Wahrheit verkündet und meine alptraumhafteste Fantasie in Bewegung gesetzt. Diese Fantasie verfolgte mich für jede lange, einsame Nacht, in der ich mir im Gefängnis einen runterholte.

»Komm rein.« Dalton neigte seinen Kopf zum Haus. »Ich bin bereit, dich wegen des Geschäftsvorschlags zu sehen.« An der Tür drehte er sich um, und seine Gestalt war im Licht scharf umrissen. »Zieh den Schal aus. Du siehst lächerlich aus.«

Im Haus habe ich Lina trotz Daltons Warnung aufgesucht und mir dabei gesagt, dass ich ihr nur ihren Schal zurückgeben will. Ich bin einfach unbefugt die Gänge, die nicht zu Daltons Büro oder dem Esszimmer führten, entlanggelaufen, bis ich sie fand. Sie stand vor dem Gästebad, und Mrs. Benedict legte ihr einen Pelz um und murmelte etwas davon, dass sich ihre Mutter im Grab umdrehen würde. Ich habe ihr den Schal nie zurückgegeben. Ich wollte nicht, dass Mrs. Benedict ihn ihr wegnimmt. Ich habe ihn über eine Stuhllehne gelegt und gehofft, dass sie ihn finden würde. Dann war ich zum Arbeitszimmer ihres Vaters gegangen, und sie hatte Clarke geheiratet, den Mann, der Dalton die Grabungsrechte für die Mine gewährt hatte, die er mir gestohlen hatte.

Ich schiebe die bittere Erinnerung beiseite, lasse die Royal-Albert-Teetasse auf dem Gartentisch stehen – etwas pervers Leichtsinniges bei einem so teuren Geschirr – und gehe wieder hinein. Dalton ist nirgendwo zu sehen. Er plant wahrscheinlich meinen

Mord wegen des Diebstahls seiner Prinzessin, derjenigen, derer ich nicht würdig bin. Ist Karma nicht eine lustige Sache? Wenn Lina so selbstzerstörerisch und verrückt geworden ist, wie es in ihren medizinischen Berichten heißt, dann hat sich unsere Ausgangslage ironischerweise umgekehrt.

Sie steht in der Mitte der Bibliothek, als ich eintrete, nicht vor oder hinter dem Schreibtisch, sondern in der Mitte, zwischen dem Nichts und dem Kamin. Ich brauche ein paar Sekunden. Dieser Moment ist wichtig. Ich werde nichts überstürzen. Sie ist nicht das, was ich erwartet habe. Sie ist nicht meine wiedergeborene Erinnerung. Von dem engelhaften Mädchen von diesem Juniabend ist nichts mehr übrig. Sie kommt nicht mit Freundlichkeit zu mir. Ihr Rücken ist steif, und ihre Haltung königlich. Die Spitze ihrer Nase zeigt zur Decke, ihr Kinn ist hochgereckt.

Wie sieht eine Verrückte aus? Nicht so wie sie. Vielleicht. Das ist schwer zu sagen. Nehmen wir zum Beispiel mich. Man würde nie wissen, wie kaputt ich bin, wenn man mich nur ansieht. Ist es verrückt, einen grünen Oma-Schal zu einem schicken Abendessen zu tragen? Zählt Selbst-Sabotage als verrückt? Ich schließe die Tür leise, so als würde ich eine Kirchentür schließen. Ich bin mir nicht sicher, warum, nur, dass ich mich genauso fühle wie damals, als ich die Hand meiner Mutter hielt und sie mich den Gang hinunter zum Porträt Marias mit dem Jesuskind in ihren Armen führte.

Beim klickenden Geräusch des Schlosses wird

Linas Rücken noch steifer. Ihr Brustkorb dehnt sich aus und zieht sich zu schnell zusammen, so als ob sie um Atem ringen würde. Ich nehme mir mehr Zeit, länger, als es jeder *normale* Mensch angenehm finden würde, und betrachte sie. Mit ihrem Haar wie gesponnenes Gold und ihrer Porzellanhaut könnte sie leicht eine Märchenprinzessin sein, aber das ist nicht das, was ich sehe, als mein Blick auf ihre Lippen fällt. Sie haben einen dunkleren Perlmuttton, voll und schimmernd. Lippenbalsam. Es ist weder Lippenstift noch Gloss. Es gibt keine Wimperntusche auf ihren goldenen Wimpern oder Rouge auf ihren Wangen. Kein kosmetischer Mut. Keine hochhackige Macht. Sie ähnelt einer Eiskönigin – eiskalt, unantastbar, unerreichbar. Von Kopf bis Fuß ist sie schwarz gekleidet. Ein Rollkragen-Top mit langen Ärmeln bedeckt sie von ihrem Hals bis zu ihren Handgelenken. Ein breiter Rock umspielt ihre Knöchel. Schwarze Stiefel schauen unter ihm heraus. Das Oberteil ist eng anliegend, und der Bund ihres Rockes breit, was ihre schlanke Gestalt und schmale Taille unterstreicht.

Sie steht still, bis ich meine Beurteilung abgeschlossen habe. Als ich mich endlich nähere, begegnet sie meinen Augen mit einem Hauch von Abscheu. Die goldenen und grünen Flecken scheinen den dunklen Blauton zu erhellen, während in ihren Augen Abneigung aufblitzt.

Ich lächele. Gut. Ich bin froh, dass sie mich so ansieht, sonst hätte ich mich vielleicht in ihren seltsamen Augen verirrt, die nicht von dieser Welt zu sein scheinen, sondern von einer dunklen Galaxie mit grünen und goldenen Sternen.

»Mrs. Clarke.«

»Mr. Hart.«

Sie spricht. Sechs Jahre lang verbrachte ich die schlaflosen Stunden meiner Nächte damit, mich an den genauen Klang dieser Stimme zu erinnern und mich zu fragen, ob sie sich verändert hat – es zu hoffen. Sie ist nicht das, was ich mir erhofft hatte. Sie ist nicht hart, rissig oder fehlerhaft. Sie ist immer noch wie eine Glocke, klar und stark nachhallend.

»Ich sehe, ich wurde angekündigt.«

Ihr ruhiger Blick widerspricht meiner Vermutung. »Ich erinnere mich an Sie.«

Nur wegen dieser engelhaften Stimme fange ich an, ihre Fehler zu zählen. Sie hat sich über zwei Jahre lang in einem Raum eingeschlossen. Sie weigerte sich, jemanden zu sehen, manchmal sogar ihren Mann. »Wie kann man es ihm verübeln, dass er sich selbst getötet hat?«, fragen die Leute. »Mit einer Frau wie ihr …« Sie sprechen den Satz nicht zu Ende.

Sie versuchte, Selbstmord zu begehen, indem sie sich aus einem Fenster im zweiten Stock ihres Hauses stürzte. Das war, bevor ihr Mann sich erschossen hatte, also konnte man es nicht der Tragödie seines Todes zuschreiben. Die Spekulationen gehen eher in die umgekehrte Richtung. Dass er sich nach ihrem Selbstmordversuch erschossen hätte.

Nach seiner Beerdigung verbrachte sie ein Jahr in einer Einrichtung mit einem schicken Namen, hinter dem sich eine Anstalt verbirgt. In diesem Jahr wurde sie von ihren Essstörungen, abwechselnd Bulimie und Anorexie, geheilt. Sieht nicht so aus, als hätten sie viel erreicht. Sie könnte ein paar Kilos mehr vertragen.

Das Schlimmste ist in ihren Augen zu sehen. Es ist in ihrer Stille, wie sie dort steht, sich von mir einschätzen und für zu dünn befinden lässt. Viel zu dünn. Die Kälte und Verrücktheit sprechen mich an. Ich bin ein Mann, der mit zerbrochenen Dingen vertraut ist, genug, um zu wissen, dass das, was vor mir steht, ruiniert ist, nicht zerbrochen. Ich will sie immer noch, so sehr wie … nein, mehr als damals, als sie achtzehn Jahre alt war und süß und eine Prinzessin. Eine Erinnerung daran, wie Dalton sie ins Esszimmer geführt hat, bekleidet mit diesem weißen Kleid, das die Ansätze ihrer kleinen Brüste und ihren straffen Po zeigte, steigt in meinem Kopf auf. Ich wusste, was er tat. Er führte sie vor, zeigte seinen Verhandlungsvorteil.

Sie wartet geduldig. Vielleicht passiert das mit einem, wenn man sich einsperrt. Es ruiniert den Verstand, aber lehrt Tugenden.

»Es ist schon ein Jahr her«, sage ich.

Sie reagiert nicht.

Das bringt mich dazu, eine Reaktion aus ihr herausschütteln zu wollen, aber stattdessen schlage ich mit meinen Worten aus. Ich schlage mit meinen Augen aus und fülle sie mit Missbilligung. »Musst du immer noch Schwarz tragen?«

Ihre Stimme ist gesammelt, gleichgültig. »Ich trauere.«

»Er ist seit einem Jahr tot.«

»Ich habe nicht gesagt, um wen ich trauere.«

Ich verschränke meine Hände hinter meinem Rücken und gehe um sie herum. Ihr Kopf dreht sich, als ihr Blick mir folgt, aber sie hält auf drei Uhr an und erlaubt mir, Orte zu betrachten, die sie nicht sehen kann, wie ihren gemeißelten Rücken. Er ist zu knöchern, so wie sich ihre Wirbel durch ihr Oberteil abheben, und irgendwie ist sogar das perfekt. Schwäche. Verletzlichkeit. Weiblichkeit. Ich habe dünne Frauen noch nie attraktiv gefunden, aber Lina ist für mich in allem eine Premiere. Das ist eine Tatsache, die mich nicht mehr überrascht.

Ich bleibe vor ihr stehen und ziehe ihren Blick wieder auf mich. »Stimmt es?«

Sie wartet.

Ich streichele die Linien ihres Gesichts mit meinem Blick. »Bist du verrückt?«

»Sind wir das nicht alle mehr oder weniger?«

Diese verdammte musikalische Stimme. Ihre Worte sind keine Antwort auf meine Frage, sondern nur eine sachliche Aussage. Schlau. Sie gewinnt diese Runde. Ich kann ihr nicht widersprechen.

»Ich nehme an, du möchtest den Grund für meinen Besuch wissen.«

Sie schaut direkt in meine schwarze, schmutzige Seele. »Ich weiß, warum Sie hier sind.«

»Ist das so?« Ich schenke ihr ein Lächeln, das dazu bestimmt ist, einschüchternd zu sein. »Sag es mir.«

»Aus dem gleichen Grund, aus dem sie alle kommen.«

Sie alle kommen. Ich hasse das, verdammt nochmal. »Was für ein Grund ist das?«

»Um mich meines Geldes wegen zu heiraten.«

Meine Sicht verschwimmt. Mein Zorn entzündet sich und steigert sich zu Ungerechtigkeit. Sie lässt mich Dinge sehen, die ich nicht sehen will, Bilder von vielen Rivalen auf einem Knie, die um ihre Hand bitten. Genau an diesem Punkt haben sie etwas falsch gemacht. Ich werde nicht fragen.

»Aber«, ich lasse meinen Blick auf ihren nackten Ringfinger fallen, »du hast sie alle abgewiesen.«

»Aus dem gleichen Grund, aus dem ich auch Sie abweisen werde.«

Ich unterdrücke ein Auflachen. Ich denke darüber nach und lasse es doch heraus, kalt und leise. Ich gehe noch einmal um sie herum, wie ein Käufer, der Vieh bewertet. Ich beuge mich vor, bis ich ihr ganz nahe bin, wie ein Besitzer, der seinen Anspruch erhebt. Sie riecht nach einem exotischen Duft, etwas Orientalischem mit Moschus, verführerisch und tödlich, wie eine hübsche, giftige Blume. Sie ist Gift für mich. Gott weiß, dass ich jedes denkbare langsam tötende Symptom erlitten habe, aber ich kann nicht widerstehen.

»Wenn du denkst, dass ich dich nur deines Geldes wegen will«, flüstere ich an ihre Ohrmuschel, »irrst du dich gewaltig.«

Ein Schauer läuft über ihren Körper. Er beginnt an ihrem Nacken und endet am Ansatz ihrer Wirbelsäule. Ich fühle ihn dort, wo sich unsere Körper berühren, durch zwei Schichten schwarze Kleidung. Diesmal ist mein Lachen lautlos, unbemerkt an ihrem Hinterkopf. Ich muss keine Runde mit einem spöttischen Lächeln gewinnen. Diese Runde gehört mir bereits.

Sie tritt zurück und schafft Abstand zwischen uns. Ihr Kopf ist zur Seite gedreht, aber sie sieht mich nicht an. »Sie können mich nicht zwingen.«

»Denke noch einmal darüber nach.«

Sie wirbelt herum, ihre Augen sind etwas aufgerissener, und ihre Nasenlöcher beben leicht. Ihr Furnier hat einen klitzekleinen Riss bekommen, und da ist sie, die verrückte Frau hinter dem Eisvorhang. Ihre Halsvene pocht wie ein gefangener Schmetterling. Es gibt noch Feuer in ihr.

Sie betont jedes einzelne Wort leicht. »Ich habe Nein gesagt.«

»Du machst den Fehler, anzunehmen, dass es eine Frage war.«

Der Frost ist wieder in ihren Augen zurück, und sie reckt ihr Kinn nach oben. »Gehen Sie, bevor ich eine Wache rufe.«

»Du willst nicht, dass dein geliebter Vater stirbt, oder?«

Das bisschen Farbe, das ihre Wangen noch hatten, verschwindet. Sie ist eine Wachspuppe, unnatürlich und verblüffend schön.

»Bestechung. Ein Richter des Obersten

Gerichtshofs sogar.« Ich nehme eine Fotokopie der unterschriebenen eidesstattlichen Versicherung aus meiner Tasche und halte sie hoch, damit sie sie sehen kann. »Wenn das bekannt wird, landet dein Daddy im Gefängnis. Er wird es nicht lebend herausschaffen. Ich habe in sechs Jahren genug Freunde gefunden, die dafür sorgen werden. Ein Anruf, eine Nachricht über eine Wache genügt.«

Sie ist vernünftig genug, um ihre gespielte Tapferkeit aufzugeben und den Text zu lesen. Als ihre Augen wieder in die meinen blicken, sehe ich in ihnen eine neue Gefühlsregung. Angst. Mehr als nur Angst. Sie ist entsetzt. »Woher haben Sie das?«

Es ist nicht die Frage, die ich erwartet habe. »Ist das wichtig?« Ich habe Blut wegen des Stück Papiers, das ich umklammere an meinen Händen, und ich würde es wieder vergießen.

»Ist es eine Fälschung?«

»Wenn es eine Sache gibt, die du über mich wissen solltest, dann ist es die, dass ich nie bluffe.«

»Hat er …?« Sie schluckt. »Weiß Harold davon?«

»Ich nehme an, er lässt gerade deine Taschen packen, während wir hier miteinander reden.«

Ihre Brust hebt und senkt sich. Sie knetet ihre Hände und lässt ihren Blick auf den Boden sinken. Ein paar Sekunden vergehen. Ich lasse sie die Situation verarbeiten.

Als sie ihre überirdisch schönen Augen wieder auf meine richtet, sind sie gelassen. Gelassen, wenn nicht sogar traurig. Sie hat bereits akzeptiert, was sie nicht ändern kann. Einige mögen ihren Mangel an Kampfgeist als Schwäche betrachten. Ich sehe ihn als das, was er ist, den Charakterzug eines Überlebenden. Sie tut, was sie tun muss, um am Leben zu bleiben. Es kommt mir nicht wie das typische Verhalten von jemandem mit selbstzerstörerischen Tendenzen vor. Die Leichtigkeit, mit der sie es tut, sagt mir, dass sie daran gewöhnt ist.

»Die Zeremonie findet am Samstag in der anglikanischen Kirche in Emmarentia statt. Um vier Uhr. Komm nicht zu spät. Du würdest die Konsequenzen nicht mögen. Und nenn mich Damian.«

Ich nehme ihre Finger und küsse ihre Hand. Ihre Haut ist kalt, aber ihre Handfläche ist feucht. Mit einem leichten Nicken verabschiede ich mich von meiner Verlobten.

Es gibt nichts mehr zu sagen.

Jetzt warten wir.

Auf Samstag.

Lina

Ich renne zur Toilette und übergebe mich zum zweiten Mal. Mein Körper würgt, da die Nachricht von meinem Magen, dass es dort nichts mehr gibt, nicht bei ihm ankommt. Als die Übelkeitswelle endlich abebbt, sacke ich auf den Boden, umklammere die Toilette mit beiden Armen und lege meine Stirn auf den Rand. Mir ist heiß und kalt, und ich zittere am ganzen Körper. Ich habe Angst.

Als ich das Anziehen nicht mehr aufschieben kann, zwinge ich meine Beine, sich hinzustellen. Nach vorne gekrümmt, schaffe ich es bis zum Becken. Im Oberschrank ist eine Flasche Pillen, aber es gibt keine Pille für das, woran ich leide. Es gibt keine Medizin, die hilft. Ich schüttele zwei Tabletten gegen Übelkeit aus der braunen Flasche und schlucke sie trocken herunter. Es dauert ein paar Atemzüge, bis sich mein Magen beruhigt hat, und noch eine Weile, bevor meine Kraft wiederkehrt.

Dieses Badezimmer, ich hasse es. Ich hasse die Bienenstockfliesen und die Spa-Wanne. Es gehört mir, seit ich denken kann, aber ich wollte es nie. Ich war hier noch nie glücklich. Ich wollte schon immer gehen, und jetzt, wo ich es wieder tun muss, habe ich Angst. Es gibt jedoch keinen Ausweg aus der Nummer. Ich kann Harold nicht sterben lassen. Wenn er stirbt, geht das, was ich am meisten auf der Welt will, mit ihm.

Nachdem ich mir kaltes Wasser ins Gesicht gespritzt habe, gehe ich in mein Schlafzimmer. Mein Hochzeitskleid liegt auf dem Bett. Es ist einfach geschnitten und aus Spitze, die ein Unterkleid aus Seide überzieht. Daneben liegt der Pillbox-Hut mit Netzschleier. Es fühlt sich an, als würde ich mich für meine eigene Beerdigung anziehen, eine Verbindung mit einem weiteren grausamen Mann eingehen. Ich habe Damians Wunsch, mich zu verletzen, in Harolds Bibliothek gespürt. Ich nehme an, ich bin gut darin geworden, diese unterschwellige Dunkelheit zu lesen, nach der sich manche Männer sehnen.

Ich trete hinter den Sichtschutz und ziehe mich vor dem Ganzkörper-Spiegel aus. Das tue ich immer. Ich tue das, damit ich mich anschauen kann, damit ich mich daran erinnern kann, wer ich bin. Ich drehe mich zur Seite und betrachte die Narben an meinen Armen, zuerst links, dann rechts. Ich zähle jede unschöne, geprägte Linie, die ungleichmäßig von meinen Schultern bis zu meinen Handgelenken verteilt ist. Sechzehn auf der linken Seite, zwölf auf der rechten Seite. Jede einzelne repräsentiert einen Teil meiner Seele, den ich aufgeben musste, damit ich weiterleben konnte. Die Teile von mir, die ich nicht in einem Spiegel sehen kann, sind selbst für mich zu hässlich, um mich ihnen zu stellen. Als ich es nicht mehr ertragen kann, ziehe ich wahllos Unterwäsche aus der Schublade und schlüpfe hinein, bevor ich das Kleid anziehe. Ich fixiere mein Haar in einem festen Dutt und sichere den Hut mit Haarnadeln. Es gibt niemanden, der das mit mir durchsteht. Ich bin allein. Ich sehne mich mit einer Heftigkeit, die mein Herz lähmt, nach meiner Mutter. Es sind ihre Perlenohrringe, die ich an meinen Ohren befestige, und die Halskette meiner Großmutter, die ich um meinen Hals lege. Es gibt mir das Gefühl, ihnen nahe zu sein, Kraft aus ihrem Andenken zu schöpfen.

»Der Fahrer ist bereit«, sagt einer von Harolds Leibwächtern von der offenen Tür aus.

Ich schaue ihn im Spiegel an. Es ist Bobby, einer der

freundlicheren. Er schaut nicht in den Raum, sondern geradeaus. Mittlerweile sind die Wachen daran gewöhnt, dass ich nie eine Tür schließe. Respektvoll schauen sie weg. Das ist es, was verrückte Frauen tun. Sie ziehen sich bei offener Tür in einem Haus voller Männer an. Geschlossene Türen verursachen Angstzustände bei ihnen. Das ist der wahre Grund, warum die Männer nicht hinsehen. Sie haben Angst davor, Harold zu beleidigen, indem sie mit ihrem neugierigen Blick zugeben, wie verrückt ich bin.

»Harold?«, frage ich vorsichtig.

»Er ist schon weg.«

Ich stehe auf, schnappe mir eine Clutch, in der ich mein Handy, Antiübelkeitspillen, Tampons und Taschentücher verstaut habe. Ohne Tampons und Taschentücher gehe ich nirgendwohin. Meine Periode ist unregelmäßig und kommt oft, wenn ich unter mehr als normalem Druck stehe.

»Haben Sie alles?«, fragt er.

Ich nicke. Mein einziger Koffer wurde vorhin zu Damians Haus gebracht. Er hatte einen Fahrer geschickt, um ihn abzuholen.

»Dann gehen wir besser«, sagt er. »Mr. Dalton wird mich lebendig häuten, wenn wir zu spät kommen.«

Ich zeige Bobby meine Angst nicht. Angst macht einen verwundbar. Es macht einen zu einem leichten Opfer. Ich gebe ihm meine Tasche, während ich meine Schuhe anziehe.

»Ich bin bereit«, erwidere ich.

Ich habe keine Wahl.

Damian

Die Glocken läuten im steinernen Kirchturm. Es ist ein eindringlicher und schöner Klang. Selten. Sie benutzen die Glocken nur für besondere Anlässe, weil sie alt und zerbrechlich sind. Die Tatsache, dass sie sie für mich benutzen, sagt den Zeugen in der Kirche, dass ich ein Mann bin, mit dem man rechnen muss. Es gibt kein Gesicht, das mich ohne Angst ansieht. Sie ist da, in ihren gefälschten Lächeln und den eingebrannten freundlichen Gesichtsausdrücken. Sie sind nur hier, um den Beginn des Untergangs des Dalton-Imperiums zu erleben.

Eins, zwei, drei. Der letzte Schlag fällt wie ein Urteil auf vier. Der Klang hallt durch das akustische Innere und über die zweifelhafte Stille, die einsetzt. Als er nachlässt, stehen die Gäste auf, und der Organist beginnt zu spielen. Die ersten Töne des Hochzeitsmarsches erfüllen den Raum. Er ist dramatisch und theatralisch. Ich habe ihn extra ausgewählt, genau wie die Flut weißer Rosen und die dicken Kerzen, die in goldenen Kerzenständern auf beiden Seiten des Ganges brennen. Mein Blick ist auf den Eingang gerichtet, während ich auf meine Braut warte.

Trotz der Extravaganz ist etwas in meiner Brust, eine Enge, die an Nervosität grenzt, als sich die Türen nicht sofort öffnen. Meine Haltung ist gerade und mein Gesicht ausdruckslos, aber meine Hände ballen sich unwillkürlich zu Fäusten. Ich entspanne mich erst leicht, als die Doppeltüren aufschwingen. Ein Lichtfächer fällt in die beschattete Kirche und lässt die Sonne in das düstere, kühle Innere einfallen. Die Strahlen erleuchten alles, bis hinauf zur Galerie, wo die Orgel spielt, und hinunter auf den Steinboden. Sie dehnen sich weiter aus, bis die Türen vollständig geöffnet sind, und blenden mich. Nach der Dunkelheit im Inneren muss ich blinzeln, damit sich meine Augen anpassen können. Wie eine Offenbarung steht eine Gestalt inmitten all dieses reinen Weißes. Beinahe atme ich leichter, aber noch nicht ganz. Es ist ein langer Weg den Gang hinunter, und ein noch längerer Weg bis zum Ja.

Dalton steht neben der Tür. Als die Musik in die zweite Sonate übergeht, bietet er seinen Arm an, aber Lina läuft an ihm vorbei, als ob sie ihn nicht sieht, bevor sie stehen bleibt. Ich habe keine Zeit, über diese Beobachtung nachzudenken, denn die Sonate ist in vollem Gange, und Lina bewegt sich immer noch nicht. Mein Herz schlägt schneller. Meine Atmung beschleunigt sich. Sie ist die Silhouette eines Schattens, der vom Licht verdeckt wird. Ich kann weder ihr Gesicht noch dessen Ausdruck erkennen, sondern bemerke nur, dass sie sich verdammt nochmal nicht bewegt. Dalton geht zu ihr. Sie stolpert leicht, als er sie anstößt. Ich bin kurz davor, bis zum Ende des Ganges zu eilen und sie an ihrem Arm zum Altar zu ziehen, als sie schließlich einen Fuß vor den anderen setzt.

Etwas in mir hebt sich, so dass ich mich schwerelos fühle, aber nur für eine Sekunde. Derjenige, der die Türen eben geöffnet hat, schließt sie jetzt wieder. Das Tageslicht wird ausgeschlossen, und der Innenraum wird wieder in ein düsteres Licht getaucht. Erst dann kann ich ihr Gesicht, ihre Gestalt, und ihr Kleid erkennen. Ihr verdammtes Kleid. Gott steh mir bei. Ich balle meine Hände so hart zu Fäusten, dass meine Knöchel knacken. Von ihrem modischen kleinen Hut bis hin zu ihren eleganten Schuhen ist sie für ein Begräbnis gekleidet. Vor all diesen Menschen macht sie mich lächerlich, indem sie ganz in Schwarz gekleidet zu mir kommt.

2

Lina

KEUCHEN ERFÜLLT DEN RAUM. SCHOCKIERTE BLICKE folgen meinen langsamen Schritten und werden mitfühlend, als sie auf den Bräutigam fallen, der ausdruckslos am Altar wartet. Sie warten auf Damians Reaktion. Flüstern erhebt sich über die Orgel. Worte wie *verrückt, durchgeknallt* und *Sakrileg* erreichen meine Ohren. Die steifen Noten des Hochzeitsmarsches, die Blumen, die Kerzen, alles, was zu einem weißen Kleid passt, erscheint plötzlich als genau das, was es ist – eine Show, und eine kitschige dazu.

Ich versuche, mit unbeirrbaren Schritten zu gehen, von denen jeder einzelne mich einer unsicheren und gefürchteten Zukunft näher bringt. Damian beobachtet mich mit der Intensität eines Panthers. Die Ruhe, mit der er mich betrachtet, ist die Ruhe vor seinem Sturm.

Seine dunklen Augen versprechen Vergeltung, aber daran denke ich jetzt nicht. Im Moment freue ich mich über meinen kleinen Sieg. Es sind diese kleinen Siege, die meinen Verstand am Leben erhalten.

Stille fällt über die Kirche, als ich den Mann erreiche, dem ich undenkbare Versprechungen zu machen im Begriff bin. In einem schwarzen Anzug, weißem Hemd und silberner Krawatte, die mit einer Diamantnadel gesichert ist, sieht er aus wie ein Mann, der in Harolds Welt gehört. Er ist nicht mehr der Junge, an den ich mich erinnere. Der Junge, den ich traf, hatte dickes Haar, das einen Schnitt brauchte. Die Spitzen berührten damals seinen kräftigen Hals. Die vollen, ebenholzfarbenen Strähnen ließen meine Finger von dem Verlangen, durch sie hindurchzufahren, jucken. Die saubere Art und Weise, wie es jetzt zurückgebürstet ist, ohne dass auch nur ein Haar aus der Reihe fällt, sieht steif aus. Wenn er in der Nacht, in der ich ihn zum ersten Mal traf, distanziert war, so sieht er jetzt unerreichbar aus.

Das Feuer in seinen braunen Augen brennt nicht weniger lodernd, aber es ist kälter. Diese Augen haben die Farbe von Schokolade, nicht die süße Art, sondern dunkel und bitter. Die harten Linien seines Gesichts sind härter. Hohe Wangenknochen, eine scharfe Nase und ein kantiger Kiefer, ohne Mitleid. Seine Schönheit ist unkonventionell, und die Grausamkeit in dieser Schönheit lässt sich kaum verbergen. In seinen Augen braut sich ein Sturm zusammen, der jeden, der mutig genug ist, um tief hineinzuschauen, wissen lässt, dass Ungehorsam keine Option ist. Er ist ein Mann, der seinen Willen durchsetzt und dafür unsägliche Dinge tut. Was bei erwachsenen Männern Übelkeit auslösen würde, würde ihm nicht einmal ein Blinzeln entlocken. Er ist es zu sehr gewohnt, sich die Hände schmutzig zu machen. Er hat zu hart für sein Überleben gekämpft.

Nur die Art und Weise, wie sich seine dicken Augenbrauen in einem Ausdruck selbstbewusster Arroganz leicht heben, verrät seine Verletzlichkeit. In unserer Welt verstecken sich Menschen, die nicht aus reichem Hause kommen, hinter Arroganz. Das ist seine einzige Schwäche. Der Rest von ihm schreit Gefahr. Dominanz. Das ist der Mann, der meine Hand mit einer besitzergreifenden Geste nimmt und sie auf seinen Arm legt, als ob sie dorthin gehört, noch bevor ich vor Gott und unseren Gästen versprochen habe, sein Gesetz und sein Glaube zu werden. Er bedeckt meine Finger mit seiner Handfläche und hält sie auf den angespannten Muskeln seines Unterarms fest. Der Stoff seines Jackenärmels ist kratzig – teure Wolle. Er schenkt mir ein Lächeln, eines, das mich von innen heraus erwärmt. Auch wenn es nichts Gutes verspricht, entwaffnet er mich mit seiner männlichen Kraft und seinem gespielten Charme, die mich wissen lassen, dass er mich auf eine Weise angreifen wird, die mich völlig wehrlos machen wird. Unsere Blicke bleiben für eine weitere Sekunde verbunden, und Wissen und Verständnis fließen zwischen uns auf die primitive

Weise von Jäger und Beute, bis der Priester zu sprechen beginnt. Ich bin gnädigerweise von dem kraftraubenden Sog seiner Augen befreit, da wir beide nach vorne schauen, während die Scharade beginnt.

Ich höre die Stimme des Priesters, aber nichts davon, was er sagt. Selbst wenn Damian mich nicht ansieht, ist seine Anwesenheit überwältigend. Er ist einen Kopf größer als jeder andere Mann in der Kirche, und sein Körperbau strahlt Männlichkeit und Stärke aus. Er ist breiter und muskulöser als bei meiner ersten Begegnung, eine Veränderung, die nur langen Stunden im Fitnessstudio zu verdanken sein kann. Er riecht nach Winter, nach einem Zitruswald unter einem bewölkten Himmel. Der Duft ist unterschwellig, aber der eindringliche Geruch von Bäumen, die ihre Blätter verloren haben, und einem Himmel ohne Sonne dringt in meine Sinne ein, bis es alles ist, was ich rieche. Damian verlagert sein Gewicht, und unsere Arme berühren sich. Es ist, als ob sich seine sehr männliche, sehr herrische Energie um mich wickelt und sich fester zieht, bis ich nicht mehr atmen kann.

Es ist ein Sommertag, aber hier drin ist es zu kalt. Trotz der langen Ärmel meines Kleides breitet sich Gänsehaut auf meinen Armen aus. Ich spüre die Folgen davon, kein Essen im Magen zu haben, als mein Kopf beginnt, sich zu drehen, weil mein Blutzuckerspiegel sinkt. Eine warme, starke Hand drückt fest auf meinen unteren Rücken und hält mein Gewicht, als ich schwanke. Ich bin versucht, diesen Halt anzunehmen, als ich wieder zu mir komme und mir klar wird, zu wem er gehört. Mein Körper versteift sich. Meine Beine werden hölzern.

Ich erlange meine Fassung gerade in dem Moment wieder, in dem der Priester mit »Versprichst du, Angelina Clarke, …« beginnt.

Der Rest ist weißes Rauschen. Meine Ohren klingeln. Die Wärme verlässt meinen Rücken und legt sich auf meine Schulter. Ich werde herumgedreht, um mich dem Mann zu stellen, der mich erpresst, das hier zu tun. Mein Entführer starrt mich an und drängt mich mit einem Lächeln weiter, das weder seine Augen erwärmt noch der Situation angemessen ist. Seine Finger graben sich in mein Fleisch, als ich nicht antworte. Ich kann es schaffen. Das habe ich schon einmal getan.

Ich öffne meinen Mund und zwinge die Worte von meinen ausgetrockneten Lippen. »Ja, ich will.«

Sein Griff lockert sich, aber er lässt mich nicht los. Er hält meinen Blick gefangen, und seine dunklen Augen bohren sich in meine, als er sagt: »Ja, ich will definitiv.«

Er schiebt mir einen einfachen Platinring auf den Finger. Als sein Trauzeuge mir einen ähnlichen Ring für Damian gibt, zittert meine Hand so sehr, dass Damian sie mit seinem starken Griff halten muss, um mich zu unterstützen. Ich starre auf unsere Hände, die verbunden sind, und die passenden Ringe, die unsere Vereinigung symbolisieren.

Es ist vorbei.

Wir sind Mann und Frau.
Jetzt kommt das Schlimmste.

DER REST VERGEHT WIE IN EINEM NEBEL. WIR unterschreiben die Urkunde. Unsere Trauzeugen sind Männer, die ich nicht kenne. Harold kommt zu uns, um uns zu gratulieren. Er macht eine große Show, indem er Damians Hand schüttelt, und schafft es sogar, sich eine Träne abzuwischen, während er mich zum zweiten Mal buchstäblich weggibt. Bobby reicht mir meine Clutch. Die Menschen stehen draußen Schlange, um uns ein langes und glückliches Leben zu wünschen. Die meisten von ihnen erkenne ich aus Harolds Geschäftsbeziehungen. Alle einflussreichen Player der Diamantenbranche sind hier.

Am Rande des Kirchgartens warten eine Menge Journalisten, die von Männern in schwarzen Anzügen zurückgehalten werden, die Damians Sicherheitsleute sein müssen. Es wird kein Blumenstrauß geworfen – nicht dass ich erwarten würde, dass jemand solche verfluchten Blumen fangen wollte –, also machen wir uns ziemlich schnell auf den Weg zu Damians wartendem Auto. Gott sei Dank gibt es keinen Empfang.

Die Hand meines Mannes liegt auf meinem Ellbogen, als er mir hilft, hinten ins Auto einzusteigen. Die Fenster sind getönt, und ich sacke im Sitz zusammen, da ich nicht mehr wegen der neugierigen

Augen und der unerbittlichen Blitze der Kameras wachsam bleiben muss. Als Damian seinen Fahrer anweist, uns in ein schickes Restaurant in Sandton zu bringen, sinkt meine Stimmung. Alles, was ich will, ist, in den Luxus der Privatsphäre zu fliehen, aber ich werde nicht so viel Glück haben. Ich ziehe die Haarnadeln heraus, die sich in meine Kopfhaut graben, und entferne den Hut.

Wir sprechen weder auf dem Weg zum Restaurant noch während der Fahrt im Aufzug in das oberste Stockwerk des Sandton Centers. Unsere Reservierung ist im Nelsons, wo eine Mahlzeit das Äquivalent des Monatslohns eines durchschnittlichen Arbeiters kostet. Ich verzichte darauf, anzumerken, dass es sinnvoller wäre, unten bei Buccaneers für ein Zehntel des Geldes zu essen und die Ersparnis den hungernden Bettlern an der Straßenecke zu spenden. Ich bezweifele, dass Damian ein wohltätiger Mann ist.

Eine Hostess führt uns zu unserem Tisch und faltet meine Serviette auf. Keine drei Sekunden später bringt der Sommelier eine Flasche Krug und einen Eiskübel. Während er die Flasche entkorkt und zwei Gläser eingießt, serviert ein Kellner Vorspeisen.

Als die Angestellten weg sind, hebt Damian sein Glas. »Herzlichen Glückwunsch, Mrs. Hart.« Dann sagt er es noch einmal: »Mrs. Hart«, nicht wie zum Testen des Klangs, sondern wie zum Einreiben.

Sein Lächeln ist angespannt, aber es ist die Dunkelheit seines Gesichts, die mich dazu bringt, ihn nicht auf die Probe zu stellen. Als er das Glas an seine

Lippen hebt, ohne unseren Augenkontakt zu unterbrechen, nehme ich einen Schluck. Er schaut mich mit der gleichen Intensität wie in der Kirche an, nur dass es unterschwellig etwas Dunkleres, etwas Gefährlicheres gibt. Ich warte auf eine echte Reaktion, und die Tatsache, dass er nichts über das Kleid sagt, macht mich nur angespannter. Er wird es nicht einfach unter den Tisch fallen lassen.

Er zeigt auf das Essen auf meinem Teller. »Iss.«

Mein Blick bewegt sich auf das Gebäck, das mit rosa Kaviarmousse überzogen ist. Obwohl ich meinem Körper Essen zuführen muss, habe ich Angst, dass mir wieder schlecht wird.

»Lina.«

Meine Augen wandern zurück zu seinem Gesicht, als er meinen Namen sagt.

»Ich werde dich füttern, wenn ich muss.«

Mit einem weiteren Schluck Champagner schlucke ich die Trockenheit in meinem Mund weg, bevor ich das Gebäck auf meine Zunge lege. Unter normalen Umständen würde ich einen so köstlichen Leckerbissen nicht verschwenden, aber mein Magen dreht sich beim Geschmack der salzigen Mousse um. Ich kaue und schlucke, spüle alles mit etwas Wasser herunter.

»Schmeckt es dir nicht?«

Ich tupfe mir den Mundwinkel mit meiner Serviette ab. »Das sind nur die Nerven.«

Er nickt, so als ob er es versteht – eine gar nicht so unfreundliche Geste.

Der Rest der Gänge folgt in einem stetigen, gut durchdachten Ablauf, da unsere Speiseabfolge vorbestellt ist, und alle Gerichte, die sie umfasst, sind extravagant.

Ich kann mich nicht zurückhalten, seine Arroganz, für mich mitzubestellen, zu kommentieren. »Ich nehme an, es ist gut, dass ich nicht allergisch gegen Meeresfrüchte bin.«

Er sieht mich mit einem wissenden Lächeln an. »Ich weiß alles, was ich wissen muss, einschließlich dessen, dass du keine Allergien hast und Hummer dein Lieblingsessen ist.«

Die Aussage überrascht mich, aber ich werde nicht fragen, woher er das weiß.

Während des Essens beobachtet er mich, konzentriert sich auf jeden Bissen, den ich nehme und schlucke, bis ich völlig verunsichert bin. Er besteht darauf, dass ich alles aufesse. Glücklicherweise sind die Portionen klein, aber am Ende der Mahlzeit habe ich das Gefühl, dass ich aus allen Nähten platze. Ich lehne seinen angebotenen Kaffee ab, und als ich mich entschuldige, um die Damentoilette aufzusuchen, steht er vor mir auf. Er kommt um den Tisch herum und streckt eine Hand aus.

Ich starre auf die angebotene Hand. »Ich bin mir sicher, dass ich den Weg finden werde.«

»Ich begleite dich.«

Da ich nicht in der Lage bin, mich jetzt mit ihm zu streiten, nehme ich seine Hand und lasse mich von ihm auf die Damentoilette führen. Er hält nicht vor der Tür an, wie ich es erwartet habe, sondern öffnet sie und tritt ein, als ob er den Laden besitzt, wobei er mich hinter sich herzieht.

»Was machst du da?«, rufe ich aus.

Eine Frau, die Lippenstift vor dem Spiegel aufträgt, wirft uns einen erschrockenen Blick zu.

Er zuckt mit den Schultern. »Frisch verheiratet.«

Sie errötet ein wenig und wird dann derart von seinem starrenden Blick eingeschüchtert, dass sie ihr Make-up einpackt und uns allein lässt.

Er öffnet die Tür der ersten Toilette und tritt zur Seite. Ich warte darauf, dass er geht, aber anstatt sich zu bewegen, macht er es sich bequem.

Er verschränkt die Arme, überkreuzt die Beine und lehnt sich mit seiner Schulter gegen die Wand. »Ich schlage vor, dass du anfängst, es sei denn, du willst, dass ich dir dein Höschen runterziehe.«

»Das kann nicht dein Ernst sein. Du wirst hier stehen bleiben, während ich …?«

Er schenkt mir ein halbes Lächeln. »Während du Pipi machst? Ja, das mache ich.«

Was zum …? Oh mein Gott. Wütende Hitze erwärmt meine Wangen. Das alte Schamgefühl überkommt mich. Mein Gesicht brennt vor Demütigung. Er steht Wache und stellt sicher, dass ich meine teure Mahlzeit nicht auskotze. Ich gehe an ihm vorbei und drücke gegen die Tür, um sie zu schließen, aber er fängt sie mit einer Handfläche ab.

»Die Tür bleibt offen.«

Ich bin so wütend, dass ich zittere. Ich blicke ihn an

und lasse all den bitteren Hass auf meinem Gesicht widerspiegeln, während ich mir mein Höschen unter dem engen Rock meines Kleides herunterziehe. Ich bin an der Reihe, ihn zu betrachten, während ich pullere, ohne die Klobrille zu berühren, aber er ist immun gegen Einschüchterung. Als ich fertig bin, reicht er mir Klopapier aus dem Spender, und ich reiße es ihm aus der Hand. Das Grinsen auf seinem Gesicht bleibt, während ich meine Kleidung zurechtrücke und mir die Hände wasche. Zwei Frauen kommen herein, während ich noch damit beschäftigt bin. Ihr Lächeln verwandelt sich in Wissen, als ihre Augen anerkennend über Damian schweifen, der auf mich wartet. Die Wut, die er in mir entzündet, übertrifft jedes andere meiner Gefühle so sehr, dass ich vergesse, nervös zu sein, bis wir bei Damian zu Hause ankommen.

Es ist bereits dunkel, aber die Nachbarschaft ist gut beleuchtet. Ich atme scharf ein, als wir auf ein großes Grundstück fahren. Woher hat Damian das Geld, um sich so einen Ort zu leisten? Er ging mit dem gleichen fadenscheinigen Hemd ins Gefängnis, das er zu Harolds Dinnerparty getragen hatte. Wie verdient ein Mann Geld hinter Gittern? Sein Haus ist ein imposantes viktorianisches Gebäude auf einem Hügel in Erasmuskloof, einem gehobenen Vorort von Pretoria. Versteckt hinter hohen Mauern und einem elektronischen Tor, ist es drei Stockwerke hoch, mit einem Turm an jedem Ende. Eine Veranda verläuft einmal rundherum. Die Fenster auf der Vorderseite sind breit und hoch, und aus jedem einzelnen scheint Licht.

Eine Wache wartet auf der Treppe. Als der Fahrer parkt, öffnet der Wachmann meine Tür und hilft mir aus dem Auto. Da ich weiß, was kommen wird, bin ich ein Nervenbündel. Ich ergreife meine Tasche so fest, dass es sich anfühlt, als ob meine Finger brechen könnten. Damian legt eine Hand auf meinen unteren Rücken und führt mich die Treppe hinauf durch die vordere Eingangstür. Im Inneren rahmen eine Treppe aus Redwood rechts und eine weitere links den Eingang ein, und in der Mitte des Raumes, unter einem Dachfenster, steht ein Tisch mit einem riesigen Blumenstrauß. Mit den holzvertäfelten Wänden und orientalischen Teppichen ist das Innere entweder düster oder gemütlich, je nachdem, auf welcher Seite von Damian man sich befindet. Als er der Wache zunickt, die uns hineingefolgt ist, nehme ich an, dass ich nicht auf seiner guten Seite bin. Der Wachmann nimmt meine Handtasche, öffnet sie und dreht sie über dem Tisch um. Der Inhalt fällt klappernd heraus, und die Tampons rollen über die Kante. Ich stehe ruhig da, so als ob es normal wäre, dass der Bräutigam die Tasche seiner Braut durchsucht, aber die Hitze unter meiner Haut sagt mir, dass ich erröte.

Damian steht ebenso bewegungslos da und wartet geduldig, während die Wache mein Telefon, die Tabletten und sogar das Päckchen Taschentücher überprüft. Der Wachmann steckt mein Handy wieder in die Tasche und beugt sich nach unten, um die

Tampons aufzuheben. Als er alles wieder zurückgelegt hat, gibt er mir meine Clutch wieder.

Unter meinem schneidenden Blick senkt er den Blick und nimmt ohne ein Wort zu sagen seine Position neben der Tür ein.

»Komm.« Damian macht sich auf den Weg zur Treppe.

Eine Sekunde lang zögere ich. Ich will nicht hier sein. Ich will nicht das erleben, was passieren wird. Für einen verrückten Moment überlege ich mit klopfendem Herzen, zu der Tür auf der linken Seite zu laufen, aber was danach? Ich bin in Damians Haus – meinem neuen Zuhause – gefangen, da seine Wache die vordere Tür blockiert.

Damian bleibt stehen und dreht sich um. Er betrachtet mich mit einem verstörenden Leuchten in diesen bitterschokoladenfarbenen Augen, einem Ausdruck, den ich nicht deuten kann. Wenn ich etwas gelernt habe, dann ist es, dass es mehr schmerzt, wenn man sich wehrt. Ich zwinge meine Füße zum Gehorsam, gehe zu meinem Mann und bleibe vor ihm stehen. Ich werde nicht für meinen Gehorsam belohnt. Kein anerkennendes Aufblitzen in seinen Augen oder siegreiches Lächeln verändert seine Gesichtszüge. Dann bekomme ich wirklich Angst, denn alles, was ich in seinen dunklen Augen sehe, sind Missbilligung und unterdrückte Wut. Sie durchdringen mich wie ein Pfeil durch die Rippen. Damian ist wütend, aber er kontrolliert sich gut, und das macht mir noch mehr Angst.

Meine Angst eskaliert mit jeder Stufe, die wir hochsteigen und auf der meine Absätze in den Plüschteppich sinken. In der nächsten Etage biegen wir links ab. Er öffnet die erste Tür und tritt zur Seite, damit ich hineingehen kann. Ich betrete den Raum, so als gäbe es nichts, wovor ich Angst haben müsste, und halte meinen Rücken und meine Schultern gerade, während ich innerlich zittere. Die Wände sind mit Regalen verkleidet, die mit Büchern gefüllt sind. Zwei Sessel stehen vor einem Kamin und ein Schreibtisch in der hinteren Ecke. Ich hatte nicht erwartet, dass er mich hierhin bringen würde.

Er lässt mich in der Mitte des Raumes stehen, geht zu einem Tablett mit Schnapsflaschen und gießt einen Whisky ein. Er überrascht mich erneut, als er ihn zu mir trägt und mir das Glas in die Hand drückt.

»Du siehst aus, als könntest du das gebrauchen.«

»Danke«, sage ich, weil es mehr Gnade ist, als mir je gewährt wurde.

Ich trinke das Glas in einem Zug aus. Der Schnaps brennt in meinem Hals und erwärmt meinen Magen. Meine Augen tränen. Er hat recht. Ich brauche das. Ich brauche es, um das zu tun, was ich tun muss, und ich werde verdammt sein, wenn ich ihn sehen lasse, wie sehr es mir Angst macht. Ich tue so, als sei ich mutig, lasse das Glas und meine Clutch auf dem Tisch liegen und gehe zum Schreibtisch. Ich stütze mich darauf und blicke ihn an. Ich bin so wütend auf diesen wunderschönen Mann, der mich anstarrt. Angsterfülltes Warten ist eine schlimmere Folter als körperlicher Schmerz. Ich will es einfach nur hinter mich bringen.

»Worauf wartest du noch?«, frage ich herausfordernd, hebe meinen Rock an und spreize meine Beine, soweit es das Kleid erlaubt. »Bring es hinter dich.«

3

Damian

So wird es nicht passieren. Außerdem bin ich so wütend auf Lina wegen der Nummer mit dem Hochzeitskleid, dass ich sie eher erwürgen als ficken will.

Ihre vollen, normalerweise rosafarbenen Lippen sind ein wenig blasser. Der Lippenbalsam lässt sie wie Perlmutt schimmern. »Bist du ein Mann oder nicht?«

Provokation. Das ist es, was es ist, aber ich falle trotzdem darauf herein, da ich in dem Zustand bin, in dem ich bin. Mit drei langen Schritten gehe ich zu ihr. Ihre Augen werden groß und verraten, dass ihr Mut nur gespielt ist. Meine Hände sind auf ihr, bevor sie Zeit zum Blinzeln hat. Ich drehe sie um, biege ihren Körper über den Schreibtisch und ziehe den Rock ihres verfickten hässlichen Kleides hoch. Ich lege mein Gewicht auf sie und drücke ihre Brust auf das Holz.

Zweifellos kann sie spüren, wie mein Schwanz zwischen ihren Arschbacken hart wird. Ihr Atem stockt, als ich meine Hand über die Innenseite ihres Oberschenkels gleiten lasse.

»Ist es das, was du willst?«, flüstere ich, während ich meine Nase gegen ihr Ohr drücke.

Sie erschaudert. »Ist es wichtig, was ich will?«

Ich drücke ihren Oberschenkel leicht. »Antworte mir.«

Sie zuckt zurück. Ich schätze, dieser Schauer war keiner der angenehmen Art. Vielleicht Ekel.

Ihre Stimme ist leise. »Nein.«

Langsam richte ich mich auf und lasse sie los. In der Minute, in der sich mein Griff löst, dreht sie sich schnell herum.

Ihr Gesicht ist aschgrau. »Warum bringst du es nicht einfach hinter dich?«

»Ich habe nicht die Angewohnheit, Frauen in mein Bett zu zwingen.«

»Nur in die Ehe?«

Ja, ich bin es nicht gewohnt, Frauen zu zwingen – das musste ich nie –, aber ich zwinge mich zu einem Lächeln, das so steif aussehen muss, wie es sich anfühlt. »Wenn es zu meinem Ziel passt.«

»Letztendlich ist Sex ein Teil deines Ziels. Das ist es, was du willst, nicht wahr?«

Ihre Frage ist eine Herausforderung, eine hoffnungsvolle, die um Verleugnung bittet, aber ich habe das bereits in der Bibliothek ihres Vaters zugegeben. Ich werde sie nicht anlügen. Es spielt keine

Rolle, dass sie instabil und offiziell verrückt ist. Ich will sie immer noch. Dafür hasse ich sie fast mehr als dafür, dass sie mein Leben zerstört hat.

Außerdem ist das keine Frage, die leicht zu beantworten ist. Ich will mehr als nur Sex. Ich möchte sie für die Rolle bestrafen, die sie bei den Sünden ihrer Familie gespielt hat. Ich will sie zerstören, weil sie mich dazu gebracht hat, sie zu wollen, obwohl sie verdammt gut wusste, dass sie nicht die meine sein würde. Ich möchte, dass sie weiß, wie es ist, jemanden so intensiv zu begehren, dass es körperlich schmerzt. Ich möchte, dass sie weiß, wie es ist, mit dem Gesicht einer Person im Kopf sechs unendliche Jahre lang zu masturbieren. Wenn ich mit ihr fertig bin, will ich, dass sie nie wieder einen anderen will. Ich will, dass sie mich begehrt und sich zu einem Schatten ihrer selbst verzehrt, wenn ich weg bin. Ich möchte, dass sie sich mein Gesicht vorstellt, wenn sie auf ihren Fingern kommt und im Schlaf meinen Namen ruft. Ich will, dass sie auf die Knie geht und mich anfleht, sie mit meinem Schwanz zu füllen, denn das ist die Intensität, mit der ich sie will, und ich bin es auch nicht gewohnt, unerwiderte Leidenschaft zu fördern. Ich will sie für alle anderen Männer ruinieren. *Das ist es,* was ich will.

Ich begnüge mich mit der einfachen Antwort. »Ich nehme, was ich will, wenn du es anbietest.«

Ihre zarten Nasenlöcher beben. »Niemals.«

Leise lachend, fahre ich die Linie ihres Kiefers nach. Ihre makellose Haut ist weich unter meinen schwieligen Fingern. Ihre Glätte und meine Rauheit passen zusammen wie gute Mädchen und als Gentlemen getarnte Wilde. Den Bestien wie mir steht unsere Kleidung hervorragend, denn Markennamen und maßgeschneiderte Schnitte bedecken die Mängel einer ungeschliffenen Bildung und eines weniger als ehrenwerten Herzens. Das unehrenhafte Tier in mir mag die Art und Weise, wie wir uns ergänzen – ihre Verletzlichkeit und meine Stärke. Es mag es sogar sehr gerne.

»Du weißt, was man über niemals sagt, mein Engel.«

Sie zieht ihren Kopf weg und entkommt mit einem Schritt zur Seite. Die schnelle Bewegung ihres Brustkorbs lenkt meine Augen auf ihre Brüste. Sie sind fest und prall. Die schöne, unerreichbare, nicht in meiner Liga lebende Lina gehört mir. Sie will mich vielleicht nicht, aber das ändert nichts. Seit heute bin ich ihr gesetzlicher Vormund. Ich bin für sie verantwortlich. Sie kann keine einzige Entscheidung ohne meine Zustimmung treffen, und ich bin immer noch high von dem Wissen.

»Wir müssen die Regeln festlegen.«

Stille.

»Russell, der Leibwächter, den du unten getroffen hast, steht dir zur Verfügung. Du wirst das Gelände nicht ohne ihn verlassen.« Sowohl zu ihrem Schutz als auch, um sicherzustellen, dass sie nicht versucht, wegzulaufen. »Mein Haushälter wird dich herumführen. Wenn du etwas brauchst, während ich weg bin, wird sich Zane darum kümmern.«

»Du gehst?«, fragt sie mit einem Hauch von Hoffnung, den sie zu spät versteckt.

»Nicht gerne, aber ich muss mich um dringende Angelegenheiten kümmern. Zane wird Gastgeber spielen, bis ich zurück bin.«

»Zane?«

»Ja, mein Haushälter ist ein Mann. Ist das ein Problem?«

So etwas wie Panik leuchtet in ihren Augen auf. »Du lässt mich mit ihm allein?«

»Du hast nichts zu befürchten. Er ist ein guter Freund, und er ist zufällig auch noch schwul.« Was der einzige Grund ist, warum ich ihn mit ihrer Anwesenheit vertraue. Ich nehme das neue Handy aus meiner Tasche und gebe es ihr. »Das gehört dir. Meine Nummer ist eingespeichert.«

Sie zögert, nimmt aber nach einem Moment das Telefon.

»Wenn du nach den Regeln spielst, wird alles reibungslos ablaufen.« Mehr oder weniger. »Irgendwelche Fragen?«

Sie leckt sich über ihre Lippen. »Nein.«

»Ich werde morgen Abend wieder zu Hause sein. Ich schlage vor, dass du dich etwas ausruhst. Es war ein anstrengender Tag.«

Ich ergreife ihre schlanken Finger und drücke sie an meine Lippen. Die Berührung soll uns beide daran erinnern, zu wem sie gehört. Wie sie habe ich Geduld. Es ist nur eine Frage der Zeit. Ich hätte es vorgezogen, nicht sofort zu verreisen, aber das Geschäft, um das ich mich kümmern muss, kann nicht warten. Vielleicht ist diese Reise das Beste, was passieren konnte. Ich hatte seit sechs Jahren keinen Sex mehr. In ihrer Nähe kann ich mir selbst nicht trauen, besonders nicht, wenn meine Lust von Wut befleckt ist. Mit einem leichten Drücken lasse ich ihre Hand fallen und gehe.

An der Tür drehe ich mich um. »Noch eine Sache. Dein Vater ist in meinem Haus nicht willkommen. Er wird mich nicht besuchen, ob ich hier oder unterwegs bin, und dich auch nicht. Haben wir uns verstanden?«

»Ja.«

»Gut.«

Ich lasse meinen Blick ein letztes Mal über sie gleiten und präge mir ein, wie sie mich beschämt hat, bevor ich meinen Fahrer rufe und Zane ins Arbeitszimmer beordere.

Lina

IST DAMIAN WIRKLICH GEGANGEN UND HAT MICH VOM Haken gelassen? Mit dem neuen Telefon in der einen Hand, umklammere ich mit der anderen die Kante des Schreibtisches hinter mir und kann mein Glück nicht fassen. Er hat mich nicht so genommen, wie ich es mir vorgestellt hatte. Er hat mich nicht bestraft, obwohl ich mir sicher bin, dass das kommen wird. Im Moment geht es mir gut, und ich bin gut darin geworden, den Moment zu leben. Ich lasse meine von der Belastung des Tages schweren Schultern fallen und atme tief ein und aus. Meine Vorstellung ist beendet, mein gespielter Mut aufgebraucht, und meine Knie sind nach der Anspannung wegen dem, was hätte passieren können, weich. Ich keuche immer noch wie ein Fisch an Land, als sich die Tür öffnet und ein Mann eintritt.

Ich erschrecke mich, bin aber nicht in der Lage, meine stolze Haltung von eben wieder einzunehmen. Ich habe einfach nicht mehr genug Kraft.

Seine Augen funkeln herausfordernd. »Habe ich dich erschreckt?«

In seinem schwarzen T-Shirt, der dunklen Jeans und den weißen Turnschuhen ist er nicht der stereotype Butler in einer steifen Weste und Fliege, den ich erwartet hatte. Er ist ein junger Mann Anfang zwanzig mit einem bronzefarbenen Teint und braunen Haaren. Er ist eigentlich nicht besonders attraktiv, aber er hat ein offenes Gesicht, die Art, die Vertrauen hervorrufen würde, wenn er nicht so finster schauen würde wie jetzt.

Während er den Raum durchquert, machen seine Augen eine Bestandsaufnahme. Seinem scharfsinnigen Blick entgeht kaum etwas.

»Das war eine wunderschöne Zeremonie.« Das Kompliment klingt sarkastisch. »Ich habe einige der Blumen aus der Kirche mit nach Hause gebracht, um sie in den Eingangsbereich zu stellen.«

»Du warst dabei?« Ich erinnere mich nicht daran, sein Gesicht in der Menge gesehen zu haben – nicht, dass ich viel von dem, was um mich herum vor sich gegangen ist, mitbekommen hätte.

»Das ganze Fiasko lang.« Er sieht mich von oben bis unten an. Ich höre Zufriedenheit in seinem Ton, als er sagt: »Nicht gerade ein Hochzeitskleid.« Er ist froh, dass ich nicht wie eine Braut aussehe. »Ich kann mir nicht vorstellen, dass Dami es mochte. Er hasst Schwarz.«

»Für einen Mann, der Schwarz hasst, besitzt er aber recht viele schwarze Anzüge.« Die beiden Male, die ich ihn, ohne unser erstes Treffen mitzuzählen, gesehen habe, hat er jedes Mal Schwarz getragen. Oder vielleicht war das nur für mich.

»Ich meinte an einer Frau.« Er grinst. »Obwohl ich nicht sagen kann, dass ich überrascht bin, dass du Schwarz als Farbe für dein Hochzeitskleid gewählt hast, nachdem ich deine Taschen ausgepackt habe.«

Auch wenn ich keine Kleidungsstücke in einer anderen Farbe als Schwarz besitze, geht ihn das nichts an. »Ich hatte nicht erwartet, dass du meine Taschen auspackst, aber danke.«

Er zuckt mit den Schultern, als ob nichts dabei wäre, aber so angespannt, wie sie sind, verraten sie seinen Groll. »Das gehört zu meinem Job.« Er scheint einen Moment lang über mich nachzudenken, bevor er fortfährt: »Ich will ehrlich zu dir sein. Niemand hier freut sich über die Wendung der Ereignisse, also tu dir selbst einen Gefallen und mach, was ich dir sage, und versuche, mir aus dem Weg zu gehen.«

Ich lächele. »Schön, dass wir da einer Meinung sind.«

»Komm.« Er dreht sich zur Tür um und weiß, dass ich gehorchen werde, weil ich keine Wahl habe.

Ich nehme meine Clutch, folge ihm den Flur hinunter und bin nicht überrascht, zu sehen, dass Russell immer noch die Haustür bewacht. Er ist nicht so groß wie Damian, aber fleischiger. Seine Anwesenheit wäre beängstigend, wenn ich nicht an die Leibwächter in Harolds Haus gewöhnt wäre.

Am Ende des Flurs öffnet Zane eine Tür zu einem Schlafzimmer.

»Das ist dein Zimmer«, sagt er und tritt vor mir ein.

Ich gehe vorsichtig hinein. Burgunderfarbene Tapete überzieht die Wände, und die Fenster sind mit schweren Vorhängen verziert. Ein Himmelbett steht an der gegenüberliegenden Wand. Zwei Polstersessel schauen auf einen Kamin. Die Dekoration ist düster und maskulin. Auch ohne die schwachen Überreste von Damians Parfüm hätte ich erkannt, dass das sein Zimmer ist. Der Duft ist erdig wie an einem nebligen Tag und spritzig wie Zitrusfrüchte. Kalt wie der Winter und sowohl beunruhigend männlich als auch erfrischend sauber. Ich kann nicht in diesem Raum bleiben, der auf allen sensorischen Ebenen Damians Stempel trägt. Ich will kein Zimmer mit einem Mann teilen, der ein Fremder ist.

Zane nimmt meine Clutch und mein Telefon und legt beides auf den Tisch am kalten Kamin.

Ich bin neugierig auf die Freundschaft dieses

Mannes mit Damian. Für jemanden, der mich nicht kennt, ist er mir gegenüber erstaunlich feindselig. »Woher kennt ihr euch, du und Damian?«

»Aus dem Gefängnis.«

»Oh. Weshalb warst du dort, wenn ich fragen darf?«

»Aus dem gleichen Grund wie Dami.«

»Diebstahl?«

»Komm«, sagt er noch einmal.

Ich folge ihm mit einem unbehaglichen Gefühl in ein angrenzendes Ankleidezimmer. Die Schränke haben keine Türen, und die Regale sind offene Fächer, von denen es auch kleinere für Gürtel und Krawatten gibt. Ich sehe ein paar Hemden, eine Ersatzjacke und eine Hose. Damian ist erst vor einer Woche herausgekommen. Ich nehme an, dass er noch keine Zeit hatte, seine fehlende Garderobe aufzustocken. Diese einsamen Hemden in dem großen Raum sehen verloren aus, und dieser Anblick löst ein ungewolltes und unerwartetes Mitgefühl für einen Mann aus, der vor nicht allzu langer Zeit noch nicht einmal eine Jacke besaß. Zane zieht mein Nachthemd aus einer Schublade und drückt es mir in die Hand, bevor er mich am Arm zum angrenzenden Badezimmer zieht.

»Du hast fünf Minuten Zeit zum Duschen.«

Er knallt mir die Tür ins Gesicht. Ich brauche zwei Sekunden, um den dumpfen Schmerz zu registrieren, den seine Finger auf meinem Arm hinterlassen haben, und eine weitere, damit Panik einsetzt. Ich lasse das Nachthemd fallen und stürze mich auf den geschlossenen Ausgang. Ich ergreife den Türknauf und drehe ihn in meiner feuchten Handfläche, während ich an der Tür rüttele. Ich bin kurz davor, nach jemandem zu schreien, der mich herauslässt, als sich der Knauf dreht und die Tür sich öffnet. Ich bin nicht eingeschlossen. Ich lege meine Stirn an das Holz und mache tiefe Atemzüge. Als sich mein Herzschlag beruhigt, öffne ich die Tür weiter und schaue hinaus. Ich bin allein. Die Schlafzimmertür steht offen. Ich lasse die Badezimmertür einen Spalt geöffnet, eile zur Dusche, wo ich mein Shampoo auf dem Duschregal finde, und dusche schnell.

Als ich fertig bin, nehme ich mir ein wenig Zeit, um mich mit dem Badezimmer vertraut zu machen. Meine Kosmetiktasche steht auf der Frisierkommode, und mein Bademantel hängt an einem Haken hinter der Tür, neben einem Bademantel, von dem ich annehme, dass er Damian gehört. Die Hälfte der Schränke ist mit männlichen Kosmetikartikeln wie Rasiercreme, Rasiermessern, Haarbürsten und Deodorant bestückt, und die andere Hälfte ist leer. Die Anordnung schreit mich wie eine höhnische Botschaft an. Da ich mich weigere, zu viel darüber nachzudenken, putze ich mir die Zähne. Anstatt den für mich verbleibenden Platz zu nutzen, packe ich alles wieder in meine Kosmetiktasche. Wenn ich meine Zahnbürste nicht neben die von Damian stelle, kann ich so tun, als wäre alles nur vorübergehend. Ich kann so tun, als hätte ich zumindest bei etwas noch eine Wahl.

Ich ziehe mir meinen Bademantel über und gehe zurück ins Schlafzimmer, bleibe aber abrupt stehen.

Zane sitzt auf einem Stuhl neben der Tür und feilt sich die Nägel.

»Geht es dir besser?«, fragt er mit einem spöttischen Lächeln.

Ich ziehe es vor, ihn zu ignorieren, aber das ist schwer, als er meinen Arm packt und mich zum Bett schleift.

»Zieh den Bademantel aus«, sagt er.

Als ich das getan habe, legt er den Bademantel über einen Stuhl, schiebt mich auf die linke Seite des Bettes und zieht die Decke bis zu meiner Brust hoch. Mit meinem langärmeligen Nachthemd ist es zu heiß, aber ich liege steif da, während er meine Arme darauf legt.

»Es tut mir leid, Schätzchen«, sagt er, ohne dabei entschuldigend zu klingen.

»Was?«

Er zieht meinen Arm über meinen Kopf.

»Was machst du da?«

Ich kämpfe erneut gegen die aufsteigende Panik, als er ein Paar Handschellen aus seiner Gesäßtasche nimmt und mein Handgelenk an den Bettrahmen fesselt.

»Damis Befehle. Falls du Lust bekommst, aus dem Fenster zu springen.« Er ergreift mein Gesicht mit einer Hand, und seine Finger graben sich in meine Wangen. »Weißt du, wozu Dami fähig ist? Weißt du, was er mit dir machen wird, wenn du etwas Dummes versuchst?«

Ich kann es mir vorstellen, aber ich sage nichts, während wir uns gegenseitig anstarren. Ich weigere mich, meinen Blick von dem Hass abzuwenden, der in seinen grünen Augen brennt, und schaue ihn aufmerksam lange an. Ich lasse die Emotionen in mich hineinfließen und schließe sie in meinem Herzen ein, wo ich die Vorräte meiner Feinde aufbewahre.

Er spitzt seine Lippen und drückt meinen Kopf in das Kissen. »Versuche, etwas zu schlafen.«

Als er weggeht, beginnt die Hysterie. Ich bin gefangen. Ich kann nicht atmen. »Nimm mir die Fesseln ab.«

Er geht weiter, ohne einen Blick auf mich zu werfen.

»Bitte, sperr mich nicht ein. Mach die Tür nicht zu.« Ich plappere, aber ich kann nicht aufhören. »Sperr mich nicht ein. Bitte.«

An der Tür reißt sein Geduldsfaden. Bevor ich blinzeln kann, ist er wieder am Bett, und sein Handrücken schlägt so hart auf meine Wange, dass meine Ohren klingeln.

»Halt die Fresse, du verrückte Schlampe.«

»Du verstehst das nicht.« Ich kann nicht atmen, wenn ich eingesperrt bin.

»Ich sagte Ruhe«, schreit er. »Es ist schon schlimm genug, dass ich dein Babysitter sein muss. Ich will nicht die ganze Nacht dein Gejammer hören.« Er murmelt leise *Verrückte* vor sich hin, während er wieder zur Tür geht.

Ich reiße und zerre an meinen Fesseln, sage *Bitte* und verspreche, artig zu sein, aber mein Betteln stößt auf taube Ohren. Die Tür schließt sich mit einem Knall.

»Es ist alles in Ordnung«, flüstere ich. »Das ist in Ordnung. Es geht mir gut.«

Es geht mir nicht gut.

Panik überkommt mich. Ich fange an, ernsthaft zu kämpfen, werfe mich wie eine Irre hin und her, um das Metall von meinem Handgelenk zu entfernen. Es fühlt sich an, als würde ich ertrinken. Ich kann nicht atmen. Scheiße, ich kann nicht atmen. Ich kann nicht atmen! Dadurch, dass ich mich hin und her werfe, wickelt sich das Laken um meine Füße und macht es nur noch schlimmer. Ich kann nicht denken. Es ist eine reine Willenssache, aber ich bin kein vernünftiger Mensch mehr. Ich bin ein Tier, gefangen und in eine Ecke gedrängt. Ich benehme mich wie ein Tier, und die Geräusche aus meiner Kehle machen mir Angst. Ich bin mir vage der Verbrennung meiner Haut an den Stellen bewusst, wo ich wie eine wilde Katze gegen die Handschellen kämpfe. Meine Tränen und mein leises Jammern lassen mich noch tiefer sinken, bis ich weniger ein Tier als ein erbärmliches, wildes Wesen in der einfachsten Form der Existenz bin, das um jeden Atemzug kämpft.

Atme. Atme.

Ich kann dem nicht nachgeben. Ich kann nicht.

Mit enormer Anstrengung zwinge ich mich dazu, stillzuhalten. Ich brauche unmenschliche Willenskraft, um mich so weit zu beruhigen, dass ich Luft holen kann. Als ich es endlich schaffe, verschlucke ich mich am Sauerstoff. Ich huste und würge, und ich würge und weine. Es ist keine große Sache. Es ist nur eine

Panikattacke. Ich atme. Es wird alles gut werden. Die Tür ist nur geschlossen. Sie ist nicht abgeschlossen.

Ich wiederhole das Mantra, bis ich ruhig genug bin, um normal zu atmen, und es sich nicht anfühlt, als ob meine Lungen kollabieren. Ich kämpfe nicht mehr, aber ich bin alles andere als entspannt. Jeder Muskel in meinem Körper ist angespannt. Jeder bewusste Moment ist ein Kampf, um an der Ruhe festzuhalten und nicht in den Panikmodus zurückzukehren. Ich muss meine Gedanken ablenken. Ich darf nicht darüber nachdenken, dass ich nicht aufstehen und mich nicht frei bewegen kann. Ich greife nach Strohhalmen und suche in meinem Gehirn nach einer Boje, die mich über Wasser hält, und das Erste, was in Reichweite driftet, ist Hoffnung. Der Gedanke, an den ich mich klammere, ist die eine Sache, die ich finden will. Es sind die Beweise, mit denen Damian mich festhält, die Papierfetzen, die Harolds Leben bedrohen und meines auf eine Weise beeinflussen, die niemand verstehen kann. Die Frage ist, wo im Haus er sie aufbewahrt und wie schnell ich sie finden werde.

Damian

Die gecharterte Cessna landet auf einer Landebahn außerhalb des stark gesicherten Gebietes südlich von Sanddrift im Richtersveld, einem Steinwurf von der namibischen Grenze entfernt. Es war nur ein dreistündiger Flug, aber in der Minute, in der ich aus dem Flugzeug steige, schalte ich mein Handy ein und schaue nach einem Update von Zane. In seiner SMS steht, dass Lina im Bett liegt und alles in Ordnung ist.

Alles ist in Ordnung.

Nichts kann weiter von der Wahrheit entfernt sein. Seit dem Tag, als ich das Haus ihres Vaters betreten habe, ist alles nicht mehr gut. Es wird erst wieder gut werden, wenn ich den Ausdruck in seinem Gesicht sehe, wenn er merkt, dass ich ihn aus dem Geschäft gedrängt habe.

Ich schütze meine Augen vor dem Sandsturm und schicke Zane eine kurze Antwort, in der ich ihm sage, er solle mich auf dem Laufenden halten, bevor ich dem nervösen Bergbauvertreter der Dalton Diamond Corporation, der neben einem Auto wartet, die Hand schüttele. Mein Ruf, der die Realität übertrifft, eilt mir zweifellos voraus und hat den Senior Operations Manager, Fouché Ellis, daran gehindert, meine Anfrage abzulehnen. Ich habe vielleicht auch angedeutet, dass ich eine große Investition tätigen möchte. Es ist ein unorthodoxer Besuch, von dem Dalton nichts weiß, aber einer, von dem er früh genug erfahren wird.

»Willkommen, Mr. Hart. Ich bin hier, um Sie zu Ihrer Unterkunft zu bringen.«

»Ich weiß, warum Sie hier sind«, sage ich und knöpfe mir die Jacke zu.

Die Abende in der Halbwüste sind kühl. Die Vertrautheit mit etwas so Einfachem wie einem

Wettermuster löst das Gefühl von Heimkehr in mir aus, das sich zu dem perversen Nervenkitzel gesellt, den ein Jäger empfindet, wenn seine Beute in greifbarer Nähe ist.

Der Vertreter wirft mir einen misstrauischen Blick zu. Ich bin unhöflicher als beabsichtigt, da es mich stört, dass das Treffen für heute Abend geplant war, obwohl ich erst am Nachmittag geheiratet habe. Allerdings muss ich zugeben, dass der Termin mit Ellis bereits vereinbart war, bevor meine Hochzeitspläne gemacht wurden.

»Darf ich Ihnen gratulieren, Sir?«, fragt der Mann, als er neben mir läuft, um Schritt zu halten. »Zur Hochzeit.«

Bei meinem Blick räuspert er sich.

Klugerweise hält er für den Rest der Fahrt den Mund und übergibt mir nur die Berichte, die ich angefordert habe. Nachdem wir den Sicherheitskontrollpunkt hinter uns gelassen haben, folgen wir der unbefestigten Straße zum Büro der Mine und zu den Unterkünften. Wir passieren die Ausgrabungsstätte, die auf der anderen Seite der Stacheldrahtzäune im Scheinwerferlicht sichtbar ist. Als ich diesen Teil das letzte Mal sah, war er unberührter Boden. Jetzt ist er von Daltons Bulldozern und der schwarzen Metallkonstruktion der Siebanlage vernarbt. Sandhügel liegen wie zurückgewiesene Berge auf der Südseite des Flussbettes. Schlammpfützen spiegeln sich in den gelben Scheinwerfern, die von den Wachtürmen leuchten.

Die Unterkunft sieht nicht viel besser aus. Sie ist ein Hostel aus Pressspanplatten, das bei den hohen Tagestemperaturen höllisch heiß werden muss. Ellis trifft mich in der Kantine. Wir bestellen zwei Biere und nehmen sie mit in einen privaten Besprechungsraum im hinteren Teil.

Es ist kein Branchengeheimnis, dass Ellis und Dalton sich über alles streiten, vom Betriebsverfahren über Umwelt- und Sicherheitskontrollen, weshalb ich ihn gewählt habe. Außerdem hält er dreißig Prozent der Aktien. Sie wurden ihm als Teil seines Vergütungspakets gegeben, als Dalton ihn einstellte, und er weiß so gut wie ich, dass diese Aktien bald wertlos sein werden.

»Ich werde mit offenen Karten spielen«, sagt er, sobald wir auf gegenüberliegenden Seiten eines kleinen Tisches sitzen. »Ich mag es nicht, hinter Harolds Rücken zu handeln. Er ist immer noch der CEO.«

»Ich bin mir sicher, dass Sie gedacht haben, dass es einen guten Grund für dieses außerordentliche Treffen gibt.«

»Ja. Harold wird das, was Sie vorschlagen, nicht gutheißen.«

Ich richte meine Krawatte und lächele so freundlich, wie ich kann. »Ich würde Daltons Reaktion auf dieses Treffen nicht als *nicht gutheißen* beschreiben.«

»Es gibt nicht viel, worüber Harold und ich uns einig sind. Trotzdem haben Sie einen verdammt weiten

Weg für ein Treffen in Kauf genommen. Wir hätten telefonieren können.«

»Das ist ein Treffen, das ich lieber persönlich abhalten wollte.« Man kann die Körpersprache von jemandem nicht am Telefon wahrnehmen. Ich muss wissen, ob ich mich auf Ellis verlassen kann. »Ich wollte auch die Mine sehen. Ich nehme an, dass ein Besuch für morgen vereinbart wurde, bevor ich fahre?«

»Sie sagten, Sie wollten investieren. Was wollen Sie wissen?«

Ich mag einen Mann, der direkt zur Sache kommt. »Ich brauche die geologischen Berichte der ersten Erkundung.«

Er deutet auf die Akte in meiner Hand, die mir der Vertreter gegeben hat. »Das sind sie.«

»Diejenigen *vor* diesen hier.«

»Was lässt Sie glauben, dass es frühere gibt?«

»Die Tatsache, dass ich sie angefordert habe, als ich die Erkundungserlaubnis beantragt habe.«

Er legt seine fleischigen Hände auf den Tisch. »Sagen Sie das, was ich denke, was Sie sagen?«

»Ich sage, ich will die Berichte.«

»Warten Sie einen Moment. Der Antrag auf Probebohrungen wurde von Harold gestellt.«

»Wer hat sie gewährt?«

»Jack Clarke vom Department of Mineral Resources.«

»Wie praktisch, dass Clarke, der, wenn ich darauf

hinweisen darf, im selben Alter war wie Dalton, dann Daltons Schwiegersohn wurde.«

»Sie sagen, Harolds Tochter hat Jack wegen der Schürfrechte geheiratet?«

»Warum sonst sollte ein hübsches achtzehnjähriges Mädchen einen Mann heiraten, der alt genug ist, um ihr Vater zu sein?«

Er rutscht bis zur Kante seines Sitzes. »Versuchen Sie zu beweisen, dass Sie ein Anrecht auf Dalton Diamonds haben?«

»Ich habe den Beweis bereits. Ich bin nicht hier, um mich mit der Vergangenheit zu beschäftigen. Ich ziehe es vor, mich auf die Zukunft zu konzentrieren. Was ich anbiete, ist, neues Geld in das Projekt zu pumpen.«

»Sie werden Ihr Geld verschwenden. Wir haben das Kiesbett aufgebraucht. Es gibt nichts mehr, was man mit den Bulldozern tun könnte.«

»Sie müssen zum Urgestein hinunter.«

»Dafür brauchen wir einen Vakuumförderer. Zu teuer.«

»Geld ist kein Problem.«

»Der Kimberlit, den wir getestet haben, ergab Diamanten von geringerer Qualität. Es wird die Investition nicht wert sein.«

»Doch, wenn diese Diamanten farbig sind.«

»Der Markt für farbige Diamanten existiert schon so lange wie der Markt für natürliche Diamanten. Allerdings waren diese noch nie so sehr gefragt.«

»Sie waren auch nicht schwarz.«

Er reibt sich das Kinn. »Schwarze Diamanten? Wer

zum Teufel will schwarze Diamanten? Sie kommen zwar gerade in Mode, aber sie liegen immer noch weit unter dem Wert natürlicher Diamanten, und es ist nichts als eine Phase. Sie werden so schnell aus der Mode kommen, wie sie zu einem rebellischen Gothic-Wahn wurden.«

»In ein paar Monaten werden sie der letzte Schrei sein.«

»Wie können Sie sich so sicher sein?«

»Ich glaube daran, Wellen zu schlagen, Mr. Ellis, und nicht auf ihnen zu surfen.«

»Sie wollen einen neuen Trend kreieren? Darf ich fragen, wie?«

»Sagen wir einfach, ich habe die Ressourcen und Kontakte, um es möglich zu machen.«

»Warum präsentieren Sie das nicht direkt dem Vorstand? Warum sagen Sie es mir?«

»Ich werde diese Mine übernehmen, und wenn ich das tue, brauche ich einen erfahrenen Betriebsleiter. Das Chaos, das Dalton Diamonds aus diesem Abbaugebiet gemacht hat, wird aufgeräumt werden. Ich will diesen Ort umkrempeln und den Bergleuten bessere Arbeitsbedingungen bieten.« Ich richte den Bericht in meiner Hand auf ihn. »Die von Ihnen veröffentlichten Aufzeichnungen beweisen, dass Sie, wenn Sie Ihr Prospektionsprogramm nicht ändern, Ihre Aushubgrenze erreicht haben. Mein erster geologischer Bericht beweist, dass diese Mine mehr zu bieten hat. Wenn diese Mine bei Dalton Diamonds bleibt, wird sie vor Ende des Jahres tot sein. Ich biete an, ihr ein Facelifting und eine Lebensdauer von mindestens zwanzig Jahren mehr, wenn nicht sogar länger, zu verschaffen. Sind Sie dabei, oder nicht?«

»Das muss eine höllische Investition sein. Von wie viel Geld reden wir hier?«

»Zehn Milliarden.«

»Es ist nicht einfach, an so viel Geld zu kommen.«

»Ich habe die Mittel.«

Er betrachtet mich unter seinen buschigen Augenbrauen. »Ja, ich habe gehört, dass Sie gestern geheiratet haben. Lina ist eine süße Frau. Wenn das, was sie über Sie sagen, wahr ist, dann sind Sie und Ihre Frau aus dem gleichen Holz geschnitzt.«

Er hat keine Ahnung. »Oh, das sind wir.«

»Denken Sie nicht, Harold hätte die Investition getätigt, wenn es den Versuch wert wäre, zum Urgestein zu gelangen?«

»Wie ich schon sagte, Dalton hat meine Grabungsarbeiten gestohlen. Ich verbrachte zwei Jahre meines Lebens damit, diesen Boden zu durchsuchen. Dieses Land liegt mir im Blut. Dalton hat nichts anderes getan, als es zu ruinieren. Er erschöpfte das Flussbett und zerstörte die Umwelt. Ich weiß, dass Sie mit seinen Methoden nicht einverstanden sind. Zweifellos bezahlt er die richtigen Leute im Ministerium für Bodenschätze, damit sie die Augen verschließen. Dalton könnte diese Mine nicht erfolgreich führen, nicht einmal, wenn er es wollte. Er konnte meine Pläne stehlen, aber nicht meine Visionen. Meine Vision war es noch nie, Diamanten von hoher Qualität herzustellen. Es gibt zu wenig davon im Kiesbett. Meine Vision war es schon immer, die minderwertigen Diamanten zu gewinnen, von denen es einen viel höheren Ertrag im Untergrund gibt. Meine Vision ist es, sie zu färben und eine neue Marke von Diamanten aufzubauen, die zu den begehrtesten Edelsteinen werden wird.«

»Ich will ganz offen sein. Das klingt sehr nach Rache.«

»Dalton hat mich verarscht, und ich bin dabei, mich auf Arten zu revanchieren, die er nie kommen sehen wird. Ja, es geht um Rache, aber es geht auch darum, das wahre Potenzial dieser Mine zu erkennen.«

»Entschuldigung, dass ich darauf hinweise, aber als Ex-Häftling sind Sie nicht gerade der typische Manager, besonders nicht in der Diamantenindustrie.«

»Seien Sie nicht naiv. Diese ganze Branche besteht aus Gaunern.«

Er schweigt einen längeren Moment. Nach einer Weile meint er: »Sagen wir mal hypothetisch, dass ich an Bord bin. Was würden Sie von mir wollen?«

»Ihre Stimme.«

»Warum?«

»Für die Übernahme von Daltons Aktien.«

»Übernahme? Er wird sie Ihnen geben, einfach so?«

»Nennen wir es ein Hochzeitsgeschenk für seinen neuen Schwiegersohn.«

Er reibt sich mit einer Hand über den Kopf. »Ich weiß nicht, wer von euch korrupter ist.«

»Wir sind vielleicht beide korrupt, aber es gibt nur einen von uns, der diese Mine retten kann.«

»Was ist mit Warren und Stone? Sie halten jeweils zwanzig Prozent.«

»Lassen Sie die mein Problem sein.«

»Warren mag es in Betracht ziehen, aber Max Stone ist Harold gegenüber so loyal wie ein Welpe der Hand, die ihn mit Fleisch füttert.«

»Max Stone und Bell Warren werden an mich verkaufen. Wenn sie dafür stimmen, ist es ein gemachter Deal.« Einer, der siebzig Prozent der Aktien zu meinen machen wird.

»Wie können Sie sich so sicher sein, dass sie verkaufen werden?«

»Vertrauen Sie mir.«

»Sie haben etwas gegen sie in der Hand« Seine Augen treten hervor. »Sie wollen sie erpressen? Sie machen Witze, oder?«

»Das Leben ist zu kurz für Witze.« Das ist eine Lektion, die mich sechs Jahre Gefängnis gelehrt haben. »Wie dem auch sei, ich gebe der Mine noch zwölf Monate, höchstens achtzehn, bevor sie erschöpft ist. Dalton weiß das. Es steht in diesen Berichten.« Ich winke ihm wieder mit der Akte zu. »In ein paar Monaten hätte er seine Aktien verkauft und Sie entlassen, und wenn die Mine geschlossen und die Arbeiter bezahlt wären, hätten Sie eine Tasche voller wertloser Aktien. Ich biete Ihnen die Chance, mit einer Mine zu wachsen, die ihre Gewinne in einem Jahr verdreifachen wird. Sie können nächstes Jahr arbeitslos weggehen – vergessen Sie nicht, wie schwer es für einen Mann Ihres Alters in Südafrika ist, eine Arbeit zu finden – oder sich in zwanzig Jahren mit einem schönen Pensionsfonds und florierenden Aktien zur Ruhe setzen. Was haben Sie zu verlieren?«

Er faltet seine Hände über seinem großen Bauch und betrachtet mich nachdenklich. »Ich weiß es nicht. Meine Ehre? Mein Gewissen? Sagen Sie es mir.«

»Wissentlich oder unwissentlich waren Sie Teil des Betrugs, als Dalton meine Mine gestohlen hat.« Ich stehe auf. »Ich werde auf Ihre Entscheidung warten. Sie haben bis morgen Mittag Zeit, sie mir mitzuteilen. Ich treffe mich mit Warren und Stone um drei. Wenn Sie sich dagegen entscheiden, sind Sie einer meiner Feinde, und ich werde nicht ruhen, bis meine Feinde untergehen. Jeder einzelne von ihnen. Gute Nacht, Ellis.«

»Ja.« Er wischt sich eine Hand über den Mund. »Gute Nacht, Damian. Ich hoffe, Sie können nachts schlafen.«

Ich lache auf. Ich habe seit Jahren nicht mehr geschlafen. »Mr. Hart, für Sie.«

Den Ausdruck auf seinem Gesicht, als er mich beim Weggehen beobachtet, kenne ich gut. Er ist eine Mischung aus Hass und Angst.

Lina

Als der Morgen kommt, brennen meine Augen, und meine Muskeln schmerzen. Mein Körper ist steif. Das Schlimmste ist mein verzweifeltes Bedürfnis, auf die Toilette zu gehen. Gerade als ich denke, dass ich es nicht mehr halten kann, tritt Zane ganz in Schwarz gekleidet ein. Besitzt er die Ironie, mich für meine Farbwahl zu bestrafen? Ich sage nichts, während er mir die Handschellen abnimmt. Er wirft einen Blick auf die raue Haut um mein Handgelenk, bevor er unsere stille Waffenruhe mit einer weiteren Rückhand, die meinen Kiefer verletzt, zerstört.

»Ich habe dich gewarnt«, knurrt er und schüttelt mein Handgelenk vor meinem Gesicht. »Dami wird das nicht gefallen.«

»Wird es ihm gefallen, dass du mich schlägst?«

»Oh, vielleicht. Vielleicht genießt er es sogar, zuzusehen.«

Die Aussage trifft einen Nerv, Erinnerungen an ein früheres Leben, denen ich mich nicht stellen kann.

Er muss den Grund für die Grimasse auf meinem Gesicht verwechselt haben, denn er fährt mit einem Grinsen fort. »Du weißt wirklich nicht, wozu Dami fähig ist, oder? Mach dir keine Sorgen. Das wirst du früh genug herausfinden.«

Als er seine Hand wieder erhebt, stähle ich mich für den Schlag, aber er will nur die Decke herunterziehen. »Ein Wort zu Dami, und ich werde dein Leben so unglücklich machen, dass du dir wünschst, du hättest nie einen Fuß über diese Schwelle gesetzt.« Er zerrt mich an meinem Arm auf die Füße. »Zieh dich an und erinnere dich an meine Warnung, mir aus dem Weg zu gehen.«

Als er weg ist, laufe ich ins Badezimmer. Mein eingeschlafener Arm erwacht mit Nadelstichen zum Leben. Nachdem ich die Muskeln massiert habe, um den Kreislauf in Gang zu bringen, erledige ich meine Körperpflege und ziehe mich an.

Trotz des großen Essens von gestern Abend habe ich Hunger. Brauche ich eine Erlaubnis zum Essen? Damian sagte, er würde bis heute Abend weg sein, und Zane bat mich, ihm aus dem Weg zu gehen. Ich gehe optimistisch davon aus, dass das bedeutet, dass ich mir selbst etwas von dem nehmen kann, was es im Haus zu essen gibt, vorausgesetzt, die Küche ist bestückt. Ich habe keinen Cent Geld bei mir und keinen Zugang zu meinem Bankkonto. Wenn Damian das Geld nicht für mich abhebt, sind mir die Hände gebunden. Ich kann auf keinen mickrigen Rand meines geerbten Vermögens zugreifen. Nicht, dass ich das überhaupt wollte. Es ist Jacks Geld, und deshalb ist es schmutzig.

Das Gefühl der Hilflosigkeit ist nicht neu. Ich habe mein ganzes Leben damit gelebt. Ich wurde bis ins Erwachsenenalter wie eine Minderjährige behandelt. Meine Unabhängigkeit wurde zerstört. Es ist nicht einfach, eine zertifizierte Geisteskranke zu sein. Es ist noch schwieriger, wieder einen Status der Normalität zu erlangen. Sobald man auf der Liste der Verrückten steht, ist man gebrandmarkt. Man muss viele Tests bestehen und eine Jury aus Psychologen davon überzeugen, dass ihre Folter dich geheilt hat, eine sinnlose Übung, wenn dein gesetzlicher Vormund gegen dich aussagt. Als psychisch instabil gebrandmarkt zu sein hat mich verletzlich und einsam gemacht. Selbst wenn ich Zugang zu Geld hätte, hätte ich niemanden, der mich zu einem Supermarkt fahren könnte, und da ich weder einen Führerschein noch ein Auto habe, kann ich nicht selbst fahren. Als ich aus der geschlossenen Einrichtung nach Hause kam, weigerte sich Harold, mich den Führerschein machen zu lassen. Er schränkte meine Freiheit in jeder Hinsicht ein. Er war für meine Entscheidungen verantwortlich. Nun liegen diese Entscheidungen in Damians Händen, was mich nicht davon abhält, meine Grenzen zu testen. Ich bin hungrig genug, um im Erdgeschoss die Suche nach der Küche zu riskieren.

Russell ist an der Tür. Ich nehme an, dass er etwas geschlafen hat, weil er mich fröhlich und mit leuchtenden Augen begrüßt. Glücklicherweise ist Zane nirgendwo zu sehen. Ich gehe an einem Wohn- und Esszimmer vorbei, bevor ich finde, was ich suche. Die Küche ist geräumig und altmodisch mit einem Eckkamin. Das Haus muss alt sein. Der zweitürige Kühlschrank zieht meine Aufmerksamkeit auf sich, also gehe ich schnell zu ihm und öffne die Türen. Sie sind nicht abgeschlossen, und der Kühlschrank ist bis zum Rand mit Käse, Eiern, Fleisch und Milch gefüllt. Ich kann Rührei oder French Toast haben. Nein, Moment. Scones mit Sahne und Erdbeermarmelade. Oder Scones und Speck. Oder Speck mit Schweinswürsten und gebackenen Bohnen. Allerdings weiß ich nicht, wie ich das alles zubereiten soll. Ich war eine Gefangene in Jacks Haus, eingesperrt in meinem Schlafzimmer. Harold hatte schon immer einen Koch, und als ich als Witwe zu Harolds Haus zurückkehrte, waren meine Mahlzeiten rationiert, und die Küche war tabu.

»Guten Morgen«, sagt eine Frauenstimme hinter mir.

Ich erschrecke mich und stoße mir den Kopf am Kühlschrank, bevor ich ihn herausziehe. Eine junge Frau mit roten Haaren und Sommersprossen steht mir gegenüber. Sie hat ein hübsches Gesicht, das durch ihr Lächeln noch schöner wird. Es ist ein ungezwungenes Lächeln, und ich mag die Frau auf Anhieb.

»Hungrig?« Sie zwinkert.

Es dauert einen Moment, bis ich verstanden habe, worauf sie anspielt. »Oh. Nein. Er ist nicht da. Ich meine, es ist nicht so, wie du denkst.«

Sie durchquert den Raum mit einer ausgestreckten Hand. »Es gibt keinen Grund für Erklärungen. Ich bin Jana. Schön, Sie kennenzulernen, Mrs. Hart.«

Wir geben uns die Hand. »Bitte, nenn mich Lina. Bist du ein Gast hier?«

Sie runzelt ihre Stirn. »Mr. Hart hat es dir nicht gesagt?«

»Ähm, wir hatten nicht viel Zeit zum Reden. Er ist gestern Abend auf eine Geschäftsreise aufgebrochen.«

»In der Hochzeitsnacht?« Errötend fügt sie hastig hinzu: »Es tut mir leid. Das geht mich nichts an. Das war eine unangemessene Bemerkung.«

»Kein Problem. Ich weiß, es muss seltsam erscheinen, aber wir haben es nicht …« Wie erkläre ich das? Sie ist sich offensichtlich der Dynamik unserer erzwungenen Beziehung nicht bewusst. »Er hat mir nicht viel über die Führung des Haushalts erzählt.«

»Hat er nicht?«

»Wir sind nicht wirklich miteinander ausgegangen. Nicht lange, meine ich. Wir sind noch nicht lange zusammen.«

Ihr Stirnrunzeln vertieft sich, aber sie ist höflich genug, um keine Fragen zu stellen. »Ich koche nach Bedarf. Da ich gerade erst angefangen habe, nehme ich an, dass wir im Laufe der Zeit einen Ablauf finden werden. Mr. Hart war sich nicht sicher, wie oft meine Dienste gebraucht werden würden.«

»Ich dachte, Zane ist der Haushälter.«

»Er kann kein Ei braten. Wenn er versuchen würde, Toast zu machen, würde er ihn wahrscheinlich verbrennen.«

»Oh.« Ich falte meine Hände vor mir und sage nicht, dass es mir nicht viel besser ergehen würde.

Ihr Blick streift über mein Handgelenk und bleibt dort hängen. Es dauert einen Moment, bis ich erkenne, was sie anstarrt. Ich bewege meine Hände auf meinen Rücken und vergrabe sie in den Falten meines Rockes.

Sie erholt sich schnell. »Lass dich davon nicht abhalten, das zu tun, was auch immer du tun wolltest.«

Selbstbewusst schließe ich die Kühlschranktüren. »Hast du irgendwelche Rezeptbücher?«, frage ich, komme aber kurz darauf zu dem Schluss, dass ich einfach mit meinem neuen Handy googeln sollte.

Sie nimmt eine Schürze von einem Haken und bindet sie sich um die Taille. Ihre Augen wandern über meinen Brustkorb. »Wie wäre es, wenn ich dir Speck und Eier zubereite?«

Ich lege meinen unverletzten Arm um meine Taille und versuche, so viel von meiner dürren Gestalt wie möglich zu verstecken. »Das musst du nicht.«

»Es ist mein Job.« Sie schenkt mir ein weiteres süßes Lächeln. »Nimm am Tisch Platz. Ich werde es im Handumdrehen zubereitet haben.«

Ich bin dieser Frau, die nicht gemein zu mir ist, erbärmlich dankbar.

In kürzester Zeit steht wie versprochen ein komplettes englisches Frühstück mit frischen Brötchen und Kaffee vor mir. Ich weiß nicht, wo ich anfangen soll. Ich lasse die Eier links liegen und beginne mit dem Speck. Mhm. Oh mein Gott. So gut. Er ist knusprig und salzig. Ich beschmiere ein Brötchen mit Butter und beiße in das frische Brot. Es zergeht auf meiner Zunge. Ich hatte in meinem Leben mehr gekochte Eier, als mir lieb ist, aber die gebratenen sind weich, und das Eigelb zerfließt genug, um es mit dem Brot aufzusaugen. Mit jedem Bissen lasse ich ein genüssliches Mhm ertönen, während Jana pfeifend die Küche aufräumt. Die Tatsache, dass sie weiß, wo alles hingehört, sagt mir, dass das nicht ihr erster Tag hier ist.

»Arbeitest du schon lange hier?«

»Vier Jahre.«

»Für wen?«

»Die vorherigen Besitzer. Man kann also sagen, dass ich mit den Möbeln übernommen wurde, als dein Mann das Haus gekauft hat.«

»Er hat es gekauft, mit Möbeln und allem?«

Wenn mein Mangel an Wissen darüber, wie mein Mann das Haus erworben hat, sie überrascht, lässt sie es sich nicht anmerken. Nach ihrer ersten Überraschung darüber, wie wenig Damian mir mitgeteilt hat, hat sie ihre Gesichtszüge im Griff. »Er kam einfach hier rein und machte den Besitzern ein Angebot, alles zu übernehmen.«

Das erklärt, wie er es geschafft hat, so schnell ein Haus mit Personal zu bestücken, nachdem er erst letzte Woche aus dem Gefängnis gekommen ist.

»Es muss ein gutes Angebot gewesen sein, wenn sie einfach zusammengepackt haben und verschwunden sind.«

»Sie sind ein älteres Paar, das schon seit einiger Zeit darüber nachgedacht hat, sich in ein Ferienhaus an der Küste zurückzuziehen.« Sie schaut auf, nachdem sie einen Tresen abgewischt hat. »Ich schätze, das Angebot kam zur richtigen Zeit.«

Wie konnte Damian nur so viel Geld verdienen, und dazu noch im Gefängnis? Die offensichtliche Antwort ist beunruhigend.

Ich habe mir das Beste für den Schluss aufgehoben, den Kaffee. Ich hebe den Becher an meine Lippen und atme das himmlische Aroma ein. Ehrfürchtig nehme ich einen Schluck. Er ist stark, aber nicht bitter. Mein erster Kaffee seit zwei Jahren.

»Ich gehe jetzt für das Mittagessen einkaufen«, sagt Jana. »Irgendwelche besonderen Wünsche?«

Ich schüttele den Kopf, da mich diese einfache Entscheidung überfordert.

»Bei diesem heißen Wetter«, sagt sie, »empfehle ich einen Melonen- und Parmaschinkensalat. Wird das reichen?«

»Perfekt, danke.«

»Ich bin verantwortlich für das Menü«, sagt eine feindselige Stimme von der Tür.

Jana und ich drehen uns gleichzeitig um. Zane steht im Türrahmen, sein Gesicht ist angespannt.

»Du wirst das mit *mir* besprechen«, sagt er zu Jana.

Sie sieht ihn erschrockenen an.

»Ich bin in der Lounge, wenn du so weit bist«, fährt er fort.

Eine angespannte Stille bleibt zurück, als er geht.

Jana ist die Erste, die zur Besinnung kommt. »Richtig.« Sie nimmt ihre Schürze ab und fügt unangenehm berührt hinzu: »Wir sehen uns später.«

Als ich aufstehe, um das schmutzige Geschirr zur Spüle zu bringen, sagt sie: »Das kannst du stehen lassen. Das Reinigungspersonal kommt heute.« Sie fügt hinzu, höchstwahrscheinlich weil sie sich denken kann, dass ich es nicht weiß: »Sie kommen zweimal pro Woche.«

Als sie weg ist, schnappe ich mir zwei Brötchen und stecke eines in jede Rocktasche. Man kann nie wissen.

Es ist gut, auf Dürrezeiten vorbereitet zu sein, und diese sind in meiner Welt häufig.

Ich mache mich schnell mit dem Grundriss der Villa vertraut. Die Arbeits- und Schlafzimmer befinden sich im Obergeschoss, und der Rest der Wohnräume im Erdgeschoss. Es gibt immer eine Wache an der Vordertür, und die Hintertür ist verschlossen. Die Schlüssel stecken nicht in der Tür. Als ich Russell danach frage, sagt er mir, dass Zane die Schlüssel aufbewahrt. Keine der Innentüren im Haus ist verschlossen, was mir die Suche nach den Beweisen erleichtern wird. Russell sagt, dass Damian ein Büro in der Stadt hat, aber auch von zu Hause aus arbeitet. Ich bete dafür, dass die Beweise irgendwo im Haus sind und nicht in seinem Büro in der Stadt.

Ich bin nicht die Einzige, deren Gedanken sich um die Beweise drehen. Kurz nach dem Mittagessen sucht Russell mich auf, als ich gerade meine gestohlenen Brötchen vorsichtig auf die Fensterbank eines unbewohnten Schlafzimmers lege, um mir mitzuteilen, dass Harold am Tor steht und sich weigert, zu gehen.

Ich folge Russell auf dem langen Weg zum Tor. Das Anwesen, das am Stadtrand liegt, ist riesig. Harolds Bentley parkt vor dem Tor, und Harold selbst steht davor und hat seine Fäuste wie ein schmollendes Kind um die Eisenstangen gelegt.

»Sag ihnen, sie sollen das Tor öffnen«, ruft er, als ich noch weit weg bin.

Ich antworte erst, als ich vor ihm stehen bleibe. »Du darfst nicht hereinkommen.«

»Sag es ihnen«, besteht er auf seinem Ansinnen. »Du bist meine Tochter. Ich habe das Recht, dich zu besuchen.«

Das automatische Gewehr, das an der Schulter der Wache hängt, die das Wachhaus besetzt, macht mich nervös. Harold muss wirklich aufgeblasen sein, um sich von einer solchen Bedrohung nicht stören zu lassen.

»Sie wollen nicht auf mich hören.« Zum ersten Mal in seinem Leben bekommt Harold nicht, was er will. Der hässliche Teil von mir fühlt Zufriedenheit beim Anblick seines roten, frustrierten Gesichts. »Sie folgen Damians Befehlen.«

»Wir müssen reden.«

»Wie ich schon sagte …«

»Ich werde Damian von deinen Armen erzählen.«

Ich erstarre. Ich schaue schnell auf den Wächter vor dem Tor, aber er zieht an seiner Zigarette und bläst den Rauch danach in die Luft und scheint sich nicht für unser Gespräch zu interessieren. Glücklicherweise ist Russell außer Hörweite, da er ein paar Schritte hinter mir steht.

Ich senke meine Stimme. »Du musst gehen.«

»Komm raus, wenn ich nicht rein darf.« Seine Augen verengen sich bedrohlich. »Es sei denn, du willst, dass jeder dein Geheimnis erfährt.«

Ich habe mit meinen Narben allein gelebt, und so soll es auch bleiben. Die Welt muss kein Zeuge davon sein, wie sehr ich erniedrigt wurde.

»Lass mich raus«, sage ich zu der Wache auf der anderen Seite.

Der Wächter tauscht einen Blick mit Russell aus.

»Ich bin keine Gefangene«, sage ich zu dem Mann, der seine Zigarette unter der Ferse seines Stiefels ausdrückt. »Und bitte nimm den Zigarettenstummel und wirf ihn in den Müll.«

Der Mann beißt seine Zähne zusammen und ergreift das Gewehr fester.

Russell grinst. »Du hast sie gehört.«

Ohne seine Augen von mir abzuwenden, beugt sich der Wachmann hinunter, um den Zigarettenstummel aufzuheben. Er schaut auch nicht weg, als er ihn in den Mülleimer neben dem Wachhaus wirft.

»Und jetzt«, sage ich süß, »öffne das Tor.«

»Ich habe Anweisungen.«

»Unsere Anweisung ist es, Mr. Dalton nicht auf das Grundstück zu lassen«, sagt Russell. »Mrs. Hart kann gehen, wann immer sie will.«

Der Wachmann stellt seine Beine weiter auseinander. »Ich nehme keine Befehle von dir entgegen, Roux. Ich bin nur Mr. Hart unterstellt, und in seiner Abwesenheit Zane.«

»Ruf Zane an«, sagt Russell. Als sich der Wächter nicht bewegt, nimmt er sein Smartphone aus der Tasche. »Soll ich ihn für dich anrufen?«

Mit einer verächtlichen Bemerkung betritt der

Wachmann das Wachhaus und gibt eine Nummer in die Sprechanlage ein.

Ein paar Klingeltöne später dröhnt Zanes Stimme durch die Leitung. Nachdem er dem Wachmann zugehört hat, sagt er ihm, dass er mich herauslassen soll. Harold schenkt dem Mann ein siegreiches Grinsen, als ich durch das Tor gehe. In dem Moment, in dem ich draußen bin, packt er meinen Arm und schiebt mich zu seinem Auto, aber Russell stellt sich ihm in den Weg.

»Sie wird die Nähe des Hauses nicht verlassen«, sagt er. »Sie haben fünf Minuten.«

Mit einer Reihe von Kraftausdrücken, die so stark sind, dass ich mich schäme, mit ihm verwandt zu sein, führt mich Harold die Straße hinunter, die durch ein leeres Grundstück verläuft und auf dem Highway endet.

»Du musst die Beweise finden«, sagt er mir, als wir außer Hörweite sind. »Dieser erpresserische Bastard muss sie im Haus aufbewahren.«

»Das denke ich auch.«

Er bleibt am Ende der Straße stehen. »Du weißt, was mit mir passieren wird, wenn die Beweise in die falschen Hände geraten, nicht wahr?«

»Du gehst ins Gefängnis und wirst getötet.«

»Das ist richtig. Was passiert, wenn ich tot bin?«

Ich spitze meine Lippen und schaue in die Ferne.

»Dann wirst du es nie erfahren«, antwortet er an meiner Stelle.

Ein körperlicher Schmerz erblüht in meiner Brust

und rankt sich wie dorniger Efeu um mein Herz. »Du hast gesagt, du würdest es mir sagen, sobald du Jacks Nachlass verwalten würdest.«

Seine Finger graben sich in meine Muskeln. »Jetzt ist Hart derjenige, der es verwaltet, oder nicht?«

»Das ist nicht meine Schuld. Wenn du nicht seine Entdeckung gestohlen und ihn des Diebstahls beschuldigt hättest, wäre das nicht passiert.«

»Es spielt keine Rolle, warum oder wie es passiert ist. Bring mir, was ich will, und ich sage dir, was du wissen willst. Bring es nicht mit, und ich sage der Welt die Wahrheit.«

»Welche Wahrheit?« Es sind so viele, dass ich nicht mehr mitzählen kann.

»Dass du kaltblütig einen Mord begangen hast.«

Ich bin wieder in die Ecke gedrängt, eine wilde Katze in einem Käfig. Ich habe Lust, sein Gesicht zu zerfetzen und seine Augen aus ihren Höhlen zu kratzen, aber ich bewege keinen Finger. Ich zwinge mich, mich vom Moment zu lösen, wie es mich die jahrelange Praxis gelehrt hat. Wenn ich die Beweise bekomme, kann ich Harold selbst erpressen, aber wie immer ist er mir einen Schritt voraus und fordert den Beweis für seine Verbrechen im Austausch für sein Schweigen über meins. Was bringt mir das? Meine einzige Hoffnung ist ein Austausch – der Beweis für mein Baby.

4

Damian

DIE MÄNNER UM DEN TISCH STARREN MICH AN, UND IHR Gesichtsausdruck variiert von wütend bis geradezu mörderisch. Ich biete an, sie aufzukaufen, mit einem Preis, der deutlich unter dem aktuellen Wert ihrer Aktien liegt. Sie werden akzeptieren. Ich habe Dreck über die beiden fetten Bastarde ausgegraben, die in der Nacht an Daltons Tisch gesessen haben, als er mein Schicksal besiegelte.

»Stone.« Ich schiebe einen Stapel Fotos von ihm mit seinem Schwanz im Mund einer Stripperin über den Tisch.

Frauen sind seine Schwäche. Seine Ehe wird diese besondere Schwäche nicht überleben, und seine Frau besitzt das Geld. Die Investition in Dalton Diamonds, das Geld, das geholfen hat, diese Firma auf den Markt zu bringen, kam von Mrs. Max Stone. Sie wird ihn nackt den Wölfen zum Fraß vorwerfen.

Er starrt mich an und weigert sich rebellisch, sich die Fotos anzusehen, die mein fleißiger Privatdetektiv mir zur Verfügung gestellt hat.

Warren ist als Nächstes an der Reihe. Seine Schwäche ist, dass er davon high wird, dass sein Arsch während seinem wöchentlichen Termin vom Masseur verprügelt wird. Diese Massagen fordert er aus gesundheitlichen Gründen von seiner Krankenkasse zurück. Die hochauflösenden Bilder sind eine bunte Mischung von ihm mit nacktem Po auf Händen und Knien, während sein Bauch bis auf den Boden hängt. Es wird nur noch bunter, als ölige Schwänze ins Bild kommen.

»Herrgott.« Er dreht die Bilder um und legt eine Hand auf seine Stirn. Seine Gesichtsfarbe hat von Weiß auf Rot gewechselt.

»Du Hurensohn«, sagt Stone.

»Vorsichtig mit den Beleidigungen, Stone.« Ich verteile die Unterlagen. »Ihre Verträge, meine Herren.«

Sie unterschreiben beide und stimmen zu, nicht nur an mich zu verkaufen, sondern mir auch ihre Stimmen für den Erwerb meines Anteils an den Aktien zu geben.

»Es war mir eine Freude, mit Ihnen Geschäfte zu machen«, sage ich, während ich die unterschriebenen Verträge einsammele. »Behalten Sie die Fotos. Betrachten Sie es als mein Abschiedsgeschenk.«

»Fick dich«, sagt Warren.

»Ich glaube nicht. Von meinem Standpunkt aus sind Sie derjenige, der gefickt wird.«

»Sie wissen es noch nicht, Kumpel«, sagt Stone und spuckt über den Tisch, »aber diese Mine ist tot. Wenn Sie glauben, dass Sie den Jackpot gewonnen haben, überdenken Sie es noch einmal. Sie werden untergehen.«

Ich schließe meine Tasche. »Wir werden sehen.«

Verdammt, ja. Es fühlt sich gut an, auf der anderen Seite des Tisches zu stehen, und wenn ich schmutzig spiele, dann ist das Daltons Schuld. Er hat das Rad zum Rollen gebracht.

Lina

DIE ALPTRÄUME KOMMEN JETZT WENIGER HÄUFIG, ABER ich habe in dieser Nacht einen besonders üblen. Er ist so schrecklich, dass ich nicht nur mich selbst aufwecke, sondern auch Zane, der in Pyjamahose in den Raum kommt und wie ein Stier aussieht, der aus der Nase raucht. Ich bin an das Bett gefesselt und kann seiner Wut nicht entkommen.

Er schüttelt mich, bis meine Zähne klappern. »Halt deine verdammte Fresse. Du weckst das ganze verdammte Haus.«

Also ihn. Jana bleibt nicht über Nacht hier.

Ich weigere mich, um Entschuldigung zu bitten. Ich kann nichts gegen meine Träume machen, und selbst wenn ich es könnte, würde ich mich nicht bei ihm entschuldigen.

»Du bist nicht sehr pflegeleicht, weißt du das?« Er murmelt leise »Dumme, reiche Schlampe«, während er aus dem Raum geht, um mit einem Glas Wasser und einer Tablette zurückzukehren, die er mir hinhält.

»Nimm die.«

Ich drehe mein Gesicht zur Seite. »Nein. Was ist das?«

»Wenn du das nicht trinkst, schiebe ich dir ein Zäpfchen in den Arsch. Du kannst es dir aussuchen.«

Er greift mein Gesicht, dreht es zurück und übt genug Druck aus, um meinen Kiefer zu öffnen. Als sich meine Lippen teilen, drückt er die Tablette mit dem Daumen auf meine Zunge und lässt mich würgen. Ich habe keine andere Wahl, als sie trocken herunterzuschlucken. Die Pille steckt in meiner Kehle, die Bitterkeit verweilt, aber er bietet mir kein Wasser an.

»Was hast du mir gegeben?«

»Eine Schlaftablette.«

»Ich nehme keine Schlaftabletten.«

»Das tust du jetzt.«

»Ich könnte allergisch dagegen sein.«

»Ich weiß, dass du nicht allergisch gegen Lebensmittel oder Medikamente bist und dass du einen Ausschlag von billigen Sonnencrememarken bekommst. Ich weiß, dass du keine Geschlechtskrankheiten hast und dass deine Periode unregelmäßig ist. Ich weiß das alles, weil Dami mir eine medizinische Akte von der Größe einer Enzyklopädie hinterlassen hat.«

Oh Gott. Er hat die Akte gelesen. Ich spüre, wie das Blut aus meinem Gesicht weicht, denn es ist schwer, Härte vorzugeben, wenn dein Feind deine schlimmsten Demütigungen kennt.

»Ja, Lina. Ich weiß von deinen Essstörungen und deinem Selbstmordversuch. Ich weiß von deinen exhibitionistischen Tendenzen und dem Verfolgungssyndrom. Ich weiß, dass du deinen Ex-Mann für Geld geheiratet hast und alles für dich behalten hast, nachdem du ihn in den Selbstmord getrieben hast. Ich weiß alles, was es über dich zu wissen gibt, also vergiss das nicht.«

»Du weißt nichts über mich.« Die klischeehafte Phrase klingt flach, aber es ist die Wahrheit.

»Dami verdient etwas Besseres als dich.«

»Ich bin nicht diejenige, die ihn gezwungen hat, mich zu heiraten.«

»Er hatte keine Wahl. Er brauchte das Geld, um seine Mine zurückzubekommen, und der einzige Weg war, dich zu heiraten.«

Damian hat ihm nicht gesagt, dass Geld nicht der einzige Grund ist. Sex steht offenbar auch ganz oben auf seiner Liste. »Rechtfertigst du, was er getan hat?«

»Er ist ein guter Mann, der beste, den ich kenne. Du weißt nicht, wie viel Glück du hast.«

Ich schnaube.

Sein Gesicht verzerrt sich vor frischer Wut.

»Niemand kennt Dami so gut wie ich. Jetzt halt den Mund, oder ich knebele dich.«

Es gibt nichts mehr zu sagen. Ich bin still, als er den Raum verlässt. Mir bleibt nur noch mein Wille, nicht der klaustrophobischen Panik zu erliegen, und meine neu entdeckte Erkenntnis.

Ich hätte nicht geahnt, wie tief Zanes Hass auf mich ist, der die Intensität seiner Gefühle für Damian widerspiegelt. Ohne es zu wissen, hat er sein Geheimnis verraten, als er mir gezeigt hat, wie sehr er ihn mag. Seine Fürsorge reicht weiter als Freundschaft oder Loyalität.

Er ist in Damian verliebt.

Damian

ZANES NACHRICHT ERSCHÜTTERT MICH. HINTEN IM Auto auf dem Weg vom Flughafen nach Hause lese ich sie noch einmal. Lina hat sich mit ihrem Vater getroffen. Ich bin kaum weg, und schon hat sie sich mir widersetzt. Ich bin wütend, aber ich bin nicht überrascht. Ich kann nicht behaupten, dass ich es nicht erwartet habe. Ich starre auf die dunklen Fabriken am Rande der Autobahn, als wir uns Pretoria nähern, und denke über eine angemessene Strafe nach. Allerdings sind mein Körper und mein Geist müde, weigern sich, sich an den Zorn zu klammern, und geben sich stattdessen der Vorfreude bei dem Gedanken hin, endlich Zeit mit meiner ungehorsamen kleinen Frau zu verbringen.

Ich reibe mir die brennenden Augen. Es ist kurz vor Mitternacht. Ellis hat meinen Bedingungen zugestimmt. Das Treffen, um die Durchführung zu klären, hat ewig gedauert. Trotz meiner Müdigkeit summt meine Brust mit einem warmen Gefühl der Zufriedenheit. Ich bin high von meiner Leistung.

Zane begrüßt mich an der Tür. Wenigstens nimmt er mir noch meine Jacke ab und fragt nach der Reise, bevor er auf Linas Trotzreaktion herumreitet.

»Ich habe dir gesagt, dass es eine schlechte Idee ist, sie zu heiraten. Sie untergräbt bereits deine Autorität. Sie haben dich einmal erledigt. Sie werden es wieder tun. Sie hat dich absichtlich erniedrigt, indem sie dich in einem Trauerkleid geheiratet hat, von dem die ganze Stadt spricht. Oh, und lies die Boulevardzeitungen nicht, weil es überall auf der Titelseite steht, und außerdem hat sie einen direkten Befehl vor den Wachen ignoriert. Du kannst das nicht auf sich beruhen lassen, Dami.«

Ich rolle meine Hemdsärmel hoch und nehme den Drink, den er mir reicht. »Du hättest nicht auf mich warten sollen.«

»Machst du Witze?«

»Es ist schon spät.« Ich gehe auf die Treppe zu, begierig darauf, meine Frau zu sehen.

»Dami.«

Irritation über seine Beharrlichkeit brodelt unter meiner Haut, aber Zane ist wie ein Bruder. Wir haben uns gegenseitig im Gefängnis den Rücken freigehalten, und ich habe geschworen, dass ich ihn nie im Stich lassen würde, weshalb ich den Ärger herunterschlucke und innehalte, um ihn anzusehen.

»Erzähl mir von dem Treffen. Sag mir, wie sie es aufgenommen haben. Ich wünschte, ich hätte ihre verdammten Gesichter gesehen, als du die Bombe platzen lassen hast.«

»Morgen.«

Sein Gesicht zeigt deutlich seine Enttäuschung, aber er weiß, wann er aufhören muss, mich zu drängen. Ich lasse den Drink auf dem Tisch mit dem lächerlich übergroßen Blumenstrauß stehen und mache mich auf den Weg die Treppe hinauf. An der Schwelle zu meinem Zimmer bleibe ich stehen, um Lina anzusehen. Meine Frau. Im Licht, das aus dem Badezimmer scheint, kann ich ihre Gesichtszüge erkennen. Sie sieht im Schlaf friedlich aus. Ein Arm ist über ihren Kopf gehoben und an den Bettpfosten gefesselt. Der andere liegt über ihrem Bauch. Die Laken sind ein verknotetes Durcheinander zu ihren Füßen, fast so chaotisch wie das Krähennest aus Haaren auf meinem Kissen. Sie muss sich stark herumgeworfen haben, um diese goldene Masse derart zu verwirren. Ihre vollen Lippen sind leicht geöffnet, und ihre Brust hebt und senkt sich in einem gleichmäßigen Rhythmus, der mich beruhigt, als ich ihn beobachte.

Leise gehe ich zur Bettkante. Das lange Nachthemd würde normalerweise alles von ihrem Ausschnitt bis zu ihren Knöcheln bedecken, aber die Seide ist an ihren Beinen hochgerutscht und hat eine schlanke Wade freigelegt. Ihre Füße sind schmal und zierlich, und ihre Zehen sind perfekt proportioniert, vom großen Zeh, der der längste ist, bis zum kleinen Zeh, der der kürzeste ist. Wer zum Teufel hat perfekte Zehen? Wer zum Teufel hat schon sexy kleine Zehennägel mit mondförmigen Nagelhäuten und rosa Babynägeln?

Der Ausschnitt des abscheulichen, schwarzen Nachthemdes hängt schief und zeigt die obere Kurve ihrer rechten Brust. Ich besitze sie, aber nicht auf eine Weise, die es mir erlaubt, sie im Schlaf zu berühren. Noch nicht. Ich tue es trotzdem und streiche mit der Oberseite meiner Finger über diese Kurve. Ihre nackte Brustwarze zieht sich unter dem Stoff zusammen. Verdammt, ich kann mich nicht zurückhalten. Ich fahre mit meinem Zeigefinger über die harte, kleine Spitze. Sie zieht sich noch stärker zusammen. Sie rührt sich nicht. Ich teste meine Willenskraft und reize mein Glück aus, indem ich das volle Gewicht ihrer Brust in meine Handfläche nehme. Sie liegt in meiner Hand, als sei sie für mich gemacht. Ich mache weiter und streiche mit meiner Handfläche über ihren Bauch. Vorsichtig lege ich ihren freien Arm neben ihren Körper. Wie eine Puppe lässt sie sich im Schlaf von mir arrangieren. Sie schläft, verdammt nochmal, aber ich sage mir, dass sie einverstanden ist, weil ich meine Hand tiefer über ihr Geschlecht und zwischen ihre Oberschenkel schieben kann, ohne dass sie sich beschwert. Sie seufzt. Ihre

Wimpern zucken, aber sie wacht nicht auf. Ich führe meine Erkundungen weiter fort, die Seide gleitet unter meiner gierigen Hand wie Sperma über eine verschwitzte Haut, und alles, woran ich denken kann, ist, überall auf dieser Haut zu ejakulieren.

Wach auf, Lina. Sag mir, dass ich aufhören soll.

Aber sie schläft, und ich ändere die Richtung meiner Hand und schiebe den tiefschwarzen Stoff über ihre hellen Beine nach oben, bis er sich um ihre Taille staucht. Ich quäle mich selbst, indem ich das Ratespiel spiele, wie glatt ihr Schlitz unter der passenden schwarzen Seide ist.

Nach Jahren des Fantasierens darüber, sie zu berühren, ist es fast zu viel, um es zu ertragen. Ich bin stolz darauf, stark zu sein, wenn es darauf ankommt, aber wenn es um sie geht, bin ich schwach. Ich war immer schwach bei ihr. Es ist meine Schwäche, die uns in diese abgefuckte Situation gebracht hat, aber solange ich sie in meinem Bett habe, zerwühlt in meinen Laken, ist mir das egal. Ich kann nicht einmal Schuldgefühle aufbringen. Ich habe mein Gewissen vor langer Zeit in einer kalten Zelle hinter Gittern verloren. Das Einzige, worauf ich mich konzentrieren kann, ist die Härte meines Schwanzes und das Bedürfnis, zu kommen.

Ich ziehe meine Kleidung aus und lege mich neben sie auf das Bett. Ich drücke meine Seite gegen ihre Brust und ihren Hüftknochen. Sanft fahre ich mit meinen Fingern über ihren Arm, nach unten und oben, wobei ich ihre Brust berühre. Ihre Brustwarze wird jedes Mal hart für mich. *Gutes Mädchen.* Es gibt noch viele weitere Spiele, die wir spielen werden, bei denen sie mir ihren Körper geben wird, und ich werde lernen, ihn zu lesen. Ich werde lernen, ihr Lust zu verschaffen, bis sie schreit. Meine Hand bewegt sich über ihren Bauch und zwischen ihre Beine, wo ihre Haut wärmer ist – feuchter, verdammt – ihren Oberschenkel und ihr Knie hinunter, bis zu ihrem Knöchel. Mit jeder Berührung wird mein Schwanz dicker. Gott, weiß sie, was sie mit mir macht?

Das Hochgefühl, sie hierzuhaben, so alles mit ihr machen zu können, was mein Herz begehrt, ist wie eine Droge. Ich könnte sie bestrafen, weil sie sich mit ihrem Vater verschworen hatte und ihre Jungfräulichkeit meinem Feind gab. Ich sollte sie dafür bestrafen, dass sie sich der wichtigsten Regel widersetzt hat, die ich festgelegt habe, als ich sie zu mir nach Hause holte. Vor allem will ich sie dafür bestrafen, dass sie mich dadurch, dass ich sie begehre, zu einem schwachen Mann macht. Oder, ich kann die Wahrheit zugeben, dass ich ein gebrochener Mann bin, der keinen Grund braucht. Ich will sie bestrafen, weil es mich hart macht. Ich bin ein Mistkerl und ein Teufel, weil ich sie benutzen werde.

Ich nehme meinen Schwanz in meine Faust und ziehe meine Eichel über ihre nackte Hüfte. Der Kontakt mit ihrer Haut lässt mich zischen. In einem der prägendsten Momente meines Lebens schläft sie fest, ist sich dem Wahnsinn meiner Lust nicht bewusst. Es ist sechs Jahre her, seit ich meine Hände auf den

Körper einer Frau gelegt habe, sechs Jahre, seit ich meinen Schwanz in der samtenen Faust einer Muschi vergraben habe. Meine Ladung ist im Begriff, zu explodieren, und trotzdem bewegt sie sich nicht. Ich bin ein Sturm, der Schiffe zum Kentern bringt, und sie ist die einladende Ruhe des ignoranten Strandes.

Ich muss meine ganze Willenskraft aufwenden, und noch mehr, um mich von ihrem unbewussten Körper zu lösen und mich mit meiner Faust zu befriedigen. Ich stöhne, und das nicht sehr leise. Wenn sie aufwacht, dann jetzt, aber sie seufzt wieder nur. Ich stoße schneller und drücke meinen Ansatz, bis der Schmerz ein Auslöser für Lust wird. Ich ficke ihren schwarz gekleideten Körper so hart mit meinen Augen, dass ich innerhalb von Sekunden abspritze wie ein geiler Teenager, der seinen ersten Porno sieht. Meine Atmung ist schwer. Ihr Höschen ist mit meinem Sperma getränkt, und die Feuchtigkeit wurde auf der Seide verschwendet, anstatt über ihre Haut zu laufen. Die Bettwäsche ist auch beschmutzt, aber das ist nicht genug, bei Weitem nicht. Weil ich mir verdammt nochmal versprochen habe, dass es nicht so passieren wird, ist alles, was ich tun kann, sie gegen meinen weich werdenden Schwanz zu ziehen und meine Augen zu schließen.

Da ich sie nicht berührt habe, ist es in Ordnung.

Doch das ist eine Lüge, denn in meinem Kopf ist es dasselbe.

Trotzdem bin ich auf einer verrückten Ebene glücklich. Sie ist hier, und sie gehört mir. Ich liebe sie in Seide, aber ich bevorzuge sie nackt. Wenn sie angezogen sein muss, würde ich jede andere Farbe dem Schwarz vorziehen. Sie ist meine Frau, keine Witwe. Ich sage mir das immer wieder, bis mein Körper sich so sehr entspannt hat, dass meine Lust zweitrangig wird und meine Lungen sich einfach deshalb mit Sauerstoff füllen, um mich am Leben zu erhalten. Langsam fällt unsere Atmung in Einklang, als wäre sie schon immer eins gewesen.

Die Zeit auf meiner Armbanduhr zeigt, dass es nach fünf Uhr morgens ist. Ich muss für mein Training aufstehen und laufen gehen. Ich habe länger als vier Stunden am Stück geschlafen, was der längste ununterbrochene Schlaf ist, den ich seit sechs Jahren hatte. Ich nehme mir einen Moment Zeit, um die Wärme von Linas Körper zu genießen. Ich habe viele Frauen gefickt, bevor ich sie sah, aber ich habe noch nie neben einer geschlafen. Das ist eine Premiere, und ich genieße sie. Ich mag es, dass sie es ist. Ich mag es, wie wir zusammenpassen. Meine Hand scheint ihren Weg ganz von selbst zu ihrem zarten Hals zu finden, wird immer zu ihrem Körper hingezogen und muss ihn immer berühren. Ich schiebe das Nachthemd von ihrer Schulter und drücke meine Lippen auf die freiliegende Haut.

»Lina.«

Verdammt, ich will sie unbedingt ficken. Begehren

ist sowohl eine physische als auch eine psychische Folter. Mein Schwanz ist so hart, dass er wehtut, aber die Bilder in meinem Kopf sind schlimmer. Die Dinge, von denen ich mir vorstelle, sie ihr anzutun, sind die ultimativen Sünden.

Ich lasse meine Lippen kaum ihre Haut berühren und fahre mit ihnen über ihren Hals bis zu ihrem Ohr. Ich kann es nicht ertragen, zu gehen, ohne guten Morgen zu sagen. Es schmerzt mich, ihren Schlaf zu stören, aber es schmerzt mich mehr, ihre schönen Augen nicht zu sehen, also fange ich an, sie sanft zu wecken.

»Lina.«

Nichts. Nun, zum Teufel … Sie ist ein Tiefschläfer. Ich knabbere an ihren Ohrläppchen und wiederhole ihren Namen, diesmal mit einem sanften Schütteln ihrer Schulter. Kein Mucks. Ein Alarm geht in meinem Kopf los, schrill und angsteinflößend. Ich setze mich aufrecht hin und schüttele sie stärker.

Meine Stimme ertönt wütend, wie ein kalter Befehl. »Angelina, wach auf.«

Sie ist immer noch dieselbe Puppe, die ich gestern Abend benutzt habe, schön, aber sich meiner Handlungen nicht bewusst.

Verdammt. Scheiße. Die Angst ist kalt und heiß und jede Temperatur dazwischen. Ich habe sie gerade erst geheiratet. Ich kann es nicht schon vermasselt haben. Ich bin in meiner Hose, noch bevor ich fertig bin, nach Zane zu schreien. Ich habe gerade ihren Körper mit dem Laken bedeckt, als er in Boxershorts in den Raum stürmt und sich den Schlaf aus den Augen reibt.

»Was in Gottes Namen, Dami?«

»Schlüssel.« Ich schnippe mit den Fingern in seine Richtung. »Handschellen.«

Sein Blick ist eine Mischung aus Verwirrtheit und Murren. »Auf dem Nachttisch.«

»Auf.«

Meine Anweisungen sind kryptisch, aber ich bin zu verzweifelt, um zu denken, geschweige denn zu sprechen. Sie hat selbstmörderische Tendenzen, und ich habe Zane erlaubt, sie allein zu lassen.

Ich setze mich rittlings auf Lina und schlage ihr auf die Wangen. »Wach auf, mein Engel.«

Sie stöhnt aus Protest, und ich spüre etwas in mir, von dem ich nicht wusste, dass ich es habe. Es ist wie eine Nadel am Boden eines Heuhaufens von Gefühlen, aber ich nehme mir nicht die Zeit, es zu analysieren. Ich bin zu sehr damit beschäftigt, Lina zu Bewusstsein zu bringen.

Zane fummelt mit dem Schlüssel herum und schafft es endlich, ihren Arm zu befreien. Sie wimmert, während er ihn herabfallen lässt.

»Das war's«, sage ich beruhigend, nicht nur für diese kleine, zu zerbrechliche Frau, sondern auch für meine Nerven. »Mach die Augen auf.«

Ihre Wimpern zucken, während sie darum kämpft, zu gehorchen. Ich kenne das Gefühl. Ich habe mich häufiger, als ich es in Erinnerung behalten möchte, von der Gnade der Bewusstlosigkeit auf einem Betonboden zurück zum Schmerz gekämpft. Schließlich bricht sie durch. Ihre Augenlider heben sich, und ihre unglaublich blauen Augen blicken mich an. Ich sehe Unverständnis, als sie versucht, sich zu konzentrieren und sich daran zu erinnern, wo sie ist. Nachdem sie zuerst das linke und dann das rechte Auge geöffnet hat, betrachte ich die Blutgefäße im weißen Teil und die Größe ihrer Pupillen.

»Was hat sie genommen?«, frage ich Zane, der stillschweigend zusieht.

»Eine Schlaftablette.«

Ich möchte seinen Kopf gegen den Bettpfosten schlagen, weil er so unvorsichtig war, aber ich unterdrücke meinen Zorn. Zuerst die Informationen. »Nur eine?«

»Soweit ich weiß.«

»Bring mir die Flasche.«

»Ich habe sie mitgenommen. Ich muss sie aus meinem Zimmer holen.«

Die erste clevere Sache, die er gemacht hat. »Hol sie.«

Er springt bei meinem Kommando auf und rennt beinahe zur Tür.

Ihre Stimme ist heiser. »Damian?«

»Ich bin hier.«

Ihr Körper spannt sich an, als sie vollständig aus ihrem chemisch induzierten Schlaf auftaucht. Ihre Augen richten sich auf mein Gesicht. Sie bemerkt, dass ich über sie gebeugt bin. »Was machst du da?«

»Was hast du genommen?«

Sie drückt gegen meine Schultern, als die Benommenheit verschwunden ist und der Kampf beginnt. »Geh weg von mir.«

Das sollte ich wahrscheinlich tun. Mein Gürtel hängt offen, der Knopf meiner Hose ist offen, und selbst unter den gegebenen Umständen bin ich hart für sie. Zane kommt zurück, als ich vom Bett steige. Er drückt mir eine Flasche Pillen in die Hand. Ich schaue auf das Etikett. Ich bin kein Mediziner, aber die Marke ist ein bekannter Name, und die Dosis war viel zu stark für ihr Gewicht. Ich richte meinen Blick auf Zane und muss nichts sagen, um ihm klarzumachen, dass ich verdammt wütend bin.

Nervös fängt er an zu plappern: »Sie sagte, sie braucht es zum Schlafen. Sie hat mich angefleht. Woher sollte ich das wissen?«

Gott weiß, dass ich Zane etwas schulde, aber ich fahre ihn trotzdem an. »Gesunder Menschenverstand, verdammt nochmal.« Ich schüttele die Flasche. Die Pillen klappern. Zane zuckt zusammen. »Die sind zu stark für sie.«

»Soll ich ihrem Arzt widersprechen?«

»Wenn das noch einmal passiert …« Ich kann den Satz nicht beenden, weil ich dann dem einen Mann, der mir den Rücken freihält, drohen müsste. Stattdessen lasse ich den Satz unbeendet und ihn von allein verstehen, was ich sagen will – was er auch tut.

Er lässt den Kopf hängen. »Es tut mir leid.«

»Bring mir ein Glas Wasser.«

Er eilt ins Badezimmer. Der Wasserhahn wird

angestellt. Erst dann lenke ich meine Aufmerksamkeit wieder auf Lina. Sie beobachtet mich nicht nur, sie schaut mit der Schärfe eines erfahrenen Beobachters bis in meine Seele. Meine Sorge um sie hat meinen Panzer weit geöffnet, aber das ist mir gerade egal. Ich bin zu erleichtert, dass sie hier ist, bei mir, in ihrem zerknitterten Nachthemd und ihrem mit Sperma verkrusteten Höschen.

Zane kehrt mit dem Wasser zurück. Ich danke ihm nicht. Er verdient meine Dankbarkeit nicht. Als ich ihren Kopf stütze und das Glas mit dem Befehl, zu trinken, zu ihren Lippen führe, steht er immer noch mit verschränkten Händen am Bett.

Ich drehe meinen Kopf und erwische ihn dabei, wie er zusieht, wie ich Lina das Wasser gebe.

»Lass uns allein.«

Seine grünen Welpenaugen flehen mich an. »Lass mich helfen. Sag mir, was ich tun soll. Ich kann mich um sie kümmern, und du kannst laufen gehen.«

Ich antworte nicht. Das muss ich nicht. Meine Stille, ruhig und explosiv, sagt alles. Seine Schultern hängen herab, als er sich umdreht und geht. Es ist irrational, aber ich mag es nicht, wenn er Lina mit ihren vom Schlaf zerzausten Haaren und ihren mit den Augen gefickten Körper sieht. Das fühlt sich zu privat an. Sie fühlt sich privat an. Das ist verrückt. Zane ist keine Bedrohung. Dennoch ist mein Sperma auf ihrer Unterwäsche, und ich spüre ihre Wärme an allen Orten, an denen mir kalt ist.

Lina betrachtet mich vorsichtig, während sie sich gegen das Kopfteil hochdrückt. »Was ist passiert?«

Es gibt keine einfache Möglichkeit, das zu erklären, also gehe ich zur Toilette und durchsuche ihre Kosmetiktasche. Ich nehme jede Tablettenpackung heraus. Es gibt Zeug gegen Kopfschmerzen und Übelkeit und Menstruationskrämpfe, aber alles rezeptfreie Medizin. Zufrieden, dass es nichts lebensbedrohend Gefährliches gibt, etwas, was sie überdosieren kann, packe ich alles in den Schrank.

»Zufrieden?«, faucht sie, als ich zurück in das Zimmer komme.

Da ist etwas in ihren Augen, etwas wie Schmerz, als ob ich schuld daran bin, ihr nicht zu vertrauen, auch wenn man ihr nicht vertrauen kann. Obwohl ich ihr nicht vertrauen kann, will ich sie. Ich habe das Gefühl, dass ich sie für immer will. Nein, ich weiß es mit der Art von beängstigender Klarheit, die man nur einmal im Leben hat. Lina ist meine Besessenheit, jetzt, da ich sie habe, noch mehr als bisher, wenn das möglich ist. Nichts darf ihr jemals passieren.

Ich verschränke meine Arme. »Du wirst ohne meine Zustimmung keine Medikamente mehr nehmen.«

Keine Antwort. Ich bekomme nur ihren trotzigen Blick, einen Ausdruck, der sie später etwas kosten wird, der mich hart macht und uns beide kommen lassen wird.

»Ich habe nicht um die Tablette gebeten«, sagt sie. »Zane hat mich gezwungen, sie zu nehmen.«

Zane ist vieles, und sicherlich kein guter Mensch, zumindest nicht im traditionellen Sinne, aber ich vertraue ihm mit meinem Leben.

»Lina.«

»Du glaubst mir nicht.« Sie lacht schief. »Natürlich nicht.«

Ich glaube nicht, dass Lina verrückt ist, wie ihr alter Herr andeutet, aber ich denke, dass sie eine Gefahr für sich selbst ist. Manchmal zumindest. Sie ist nicht immer im Hungerstreik, eine Einsiedlerin oder selbstmordgefährdet. Ich glaube, dass sie Probleme hat, wie ihre Vergangenheit zeigt, und ich glaube nicht, dass sie immer die Wahrheit sagt.

Meine kleine Frau mag mein Schweigen nicht. Sie mag nicht, was es impliziert. Sie wirft die Laken mit einer wütenden Bewegung zurück und setzt ihren Widerstand fort, so als ob es einen Unterschied machen würde. Sie ist dabei, ihre Beine aus dem Bett zu schwingen, als sie erstarrt. Sie schaut auf ihre nackten Oberschenkel und dann auf ihren Schritt. Ihr Gesicht erblasst zur gleichen Zeit, als ihre Wangen sich röten, was einen atemberaubenden Kontrast aus Schock und Verlegenheit erschafft. Mein Blick folgt ihrem. Wir beide schauen auf das getrocknete Sperma auf ihrem schwarzen Seidenhöschen. Sie atmet ein und aus, einmal, zweimal. Sie kämpft mit ihrer Wut. Ich sehe ihren inneren Kampf an der starren Haltung ihrer Schultern und dem stürmischen Blauton ihrer Augen, als sie sie auf mich richtet.

Ihre Stimme ist kalt. Es klingt nicht wie Glocken, sondern wie Eiswürfel. »Was ist passiert?«

Wir sind wieder bei der gleichen Frage, und ich habe immer noch keine einfache Erklärung.

Ihre Stimme wird vor Panik lauter. »Was ist passiert?«

»Keine Sorge.« Ich lehne mich gegen den Türrahmen und versuche, trocken zu klingen, obwohl ich hart bin, härter als davor. »Ich habe dich nicht gefickt.« Nur mit meinen Augen.

Sie springt hoch und zieht sich die Unterwäsche von ihren Beinen. Sie kann ihre Füße nicht schnell genug herausziehen. Das schmerzt, aber ich lasse es durchgehen. Früher als sie es merkt, werde ich sie die ganze Nacht mit ihrer Muschi voller Sperma schlafen lassen.

»Du hast auf mich ejakuliert, du kranker Perverser.«

Das kann ich nicht leugnen. Das habe ich getan, und das bin ich. »Ich habe mir im Bett einen runtergeholt. Du nicht auch?«

Sie errötet, nicht das wütende, fleckige Rot, sondern ein flächendeckendes Knallrot. Schuldig.

»Vielleicht zwinge ich dich dazu, es mir zu zeigen«, sage ich.

Sie zerknüllt das Höschen in ihrer Faust, marschiert dorthin, wo ich stehe, und kommt mit ihren Brüsten wenige Zentimeter vor meiner Brust zum Stehen. Sie wartet. Ich versperre die Tür zum Badezimmer und bewege mich nicht. Sie wartet. Ich werde mich nicht für etwas entschuldigen, was ich nicht bereue. Es ist ein Anstarrwettbewerb. Sie schaut zuerst weg, so wie ich es erwartet habe.

»Brauche ich auch eine Erlaubnis, um das Badezimmer zu benutzen?« Sie knallt mir diese Frage vor die Stirn und zahlt mir damit das, was ich über die Pillen gesagt habe, zurück.

Ich gehe zur Seite. »Das Badezimmer steht dir zur freien Verfügung.«

Ihre Augen bringen mich auf zehn verschiedene Arten um. Als sie an mir vorbeigeht, greife ich nach ihrem Handgelenk. Teils, um sie zu berühren, teils, um sie wissen zu lassen, dass ich sie diesmal entkommen lasse, aber die Entscheidung liegt letztendlich bei mir. Als meine Finger sich um ihre zarten Knochen schließen, saugt sie Luft durch ihre Zähne und zuckt zusammen. Ich habe sie nicht fest angefasst. Ich bin vorsichtig mit meiner Kraft bei ihrem viel kleineren Körper. Ich lockere meinen Griff und schaue nach unten. Mein Zorn entzündet sich wie ein Feuerwerkskörper. Es ist nicht der Vulkanausbruch von eben, sondern ein anhaltendes Funkensprühen wie bei Wunderkerzen.

»Was ist das?«, frage ich.

Sie zieht an meinem Griff. »Es ist nichts.«

Ich hebe ihr Handgelenk an, um es genauer zu betrachten. Die Haut ist aufgerieben. Ein rauer Streifen überzieht ihr Fleisch. Das muss höllisch wehtun. Ich bin wütend auf sie, weil sie sich verletzt hat, und wütend auf Zane, weil er es zugelassen hat.

»Das ist nichts.«

Sie hält endlich still und lässt es mich untersuchen.

Ich streiche mit einem Daumen über die rote Linie. »Warum hast du dich gewehrt?«

Sie zuckt mit den Schultern, als ob es keine Rolle spielt, aber die Geste zeigt das Gegenteil von dem, was es bedeuten soll. Es gibt mehr, als sie zugeben will.

»Lina.«

»Ich werde klaustrophobisch.«

»Du warst nicht auf engstem Raum eingesperrt.«

»Gefesselt zu sein löst dasselbe aus.«

Ich reibe meinen Daumen über ihre Haut. Links. Natürlich. Links. »Wirst du aus dem Fenster springen oder weglaufen, wenn ich dich nicht ans Bett fessele?«

Das Eis in ihren Augen schmilzt, und ein kleines Feuer bricht aus. »Ich schätze, du musst es einfach ausprobieren.«

Ich kann das Lächeln nicht unterdrücken, das sich auf meinem Gesicht ausbreitet. »Dann wirst du wohl einfach deine Angst überwinden müssen, angekettet zu sein.«

Diese Runde gewinne ich, und sie verliert nicht anmutig. Sie zieht wieder an meinem Griff. »Lass mich los.«

»Beweg deinen Hintern ins Badezimmer.« Ich schiebe sie fast vor mir her.

Am Waschbecken wasche ich ihre Haut, bevor ich sie mit Desinfektionsmittel durchtränke und einen Verband aus meinem Verbandskasten anlege. Sie macht einen scharfen Atemzug, als meine Finger ihre Wunde berühren, aber sie beschwert sich nicht.

»Besser?«, frage ich, als ich fertig bin und einen Kuss auf den Verband gebe.

Sie dankt mir nicht. Nicht, dass sie das müsste. Es ist meine Schuld, dass sie verletzt wurde, ein weiterer Fehler, der unter meiner Aufsicht passiert ist.

»Kann ich jetzt duschen?«

Ihre Stimme ist wie ein geschärftes Messer, und verdammt … ich habe es verdient.

»Es ist noch früh.« Ich widersetze mich dem Drang, ihr Haar zu glätten. Es ist nur eine weitere Ausrede, um sie zu berühren. »Du kannst wieder ins Bett gehen.«

»Ich bin jetzt wach.«

Verdammt, ich auch. Wir müssen einige Probleme lösen, aber sie können warten. Durch meinen Körper strömt immer noch Adrenalin von dem Schock, der Wut, und ich verspüre einen nagenden Hunger, der nichts mit Essen zu tun hat. Ich brauche diesen Lauf mehr denn je.

»Nur zu. Ich dusche nach dem Laufen.«

Sie schafft es nicht, ihre Erleichterung zu verbergen, oder vielleicht ist es ihr egal, dass ich sie sehe. Ich lasse sie etwas länger leiden, indem ich mir die Zähne putze. Ihre Kosmetikartikel sind immer noch in ihrer Tasche, so als wolle sie jederzeit bereit sein wegzulaufen, und ich nehme jeden Gegenstand heraus und stelle ihn akribisch in den Schrank und auf den Waschtisch, wo er hingehört. Das, was ich sagen will, ist klar und deutlich. Die ganze Zeit beobachtet sie mich wie ein in die Enge getriebenes Tier. Die ganze Zeit denke ich an ihre nackte Muschi unter dem Nachthemd. Als ich es nicht mehr aushalte, verschaffe ich ihr mehr Privatsphäre. Ich ziehe meine Trainingshose und mein T-Shirt im Ankleidezimmer an und versuche, nicht an das Einzige zu denken, woran ich denken kann – wie sie nackt unter meiner Dusche steht.

Lina

DAMIAN HAT DIE BADEZIMMERTÜR OFFEN GELASSEN. ICH kann mich nicht dazu bringen, sie zu schließen, nicht ohne auszuflippen, aber als er nach einigen Sekunden nicht zurückkommt, wage ich es, duschen zu gehen. Ich bin mir nicht sicher, wie ich es finde, dass er auf meiner Unterwäsche kommt, während ich sie trage. Was denke ich da gerade? Ich bin mir nicht sicher, was ich davon halten soll, dass er auf meiner Unterwäsche kommt, Punkt. Doch wenn ich mir bildlich vorstelle, wie Damian seine Erektion streichelt, fühle ich nicht die Verurteilung, die ich fühlen sollte, nicht einmal mit *meiner Unterwäsche*. Nicht einmal mit *mir*. Ich werde feucht. Ich stelle mir vor, wie ich zuschaue, und werde feuchter. Es ist falsch, aber ich bin nass, und ich habe mich noch nie so gefühlt. Ich bin geschwollen und voller Verlangen, und als meine Hand durch die Seifenlauge über meinen Bauch zwischen meine Beine wandert, dann nicht, weil ich gelangweilt oder einsam bin. Es ist, weil ich erregt bin. Unglaublich stark sogar. Genug, um meine Entladung in Damians Dusche mit offener Tür und meinem ruinierten Höschen im Mülleimer zu suchen. Kein Waschen kann sie retten. Nicht, wenn der Gedanke daran, was dieses Höschen verschmutzt hat, mich so stark kommen lässt, dass meine Oberschenkel zittern.

Ich habe den Verband nass gemacht. Jetzt, da ich weiß, wo Damian sie aufbewahrt, nehme ich mir einen trockenen. Ich schaue mir im Spiegel nicht in die Augen, während ich mich anziehe, sondern betrachte meine Narben. Ich zähle sie aus Gewohnheit. Mein Körper ist verstümmelt, so wie in einem Frankenstein-Film, und es tut weh, meinen Körper zu betrachten, aber es hilft mir auch dabei, mich zu erden. Es tötet das Summen nach dem Orgasmus. Meine Schuldgefühle verschwinden.

Auf dem Weg in die Küche treffe ich Zane auf der Treppe. Er trägt enge Shorts und ein Stirnband und hat sich ein Handtuch über die Schulter geworfen. Russell ist an der Tür, in Sicht- und Hörweite. Zanes Blick fällt auf den Verband an meinem Handgelenk, aber er sagt nichts. Seine Warnung ist eine stille, als er mich im Vorübergehen anblickt.

»Guten Morgen, Russell«, sage ich, als ich das Ende der Treppe erreiche.

»Guten Morgen, Mrs. Hart.«

»Lina, bitte.«

»Mr. Hart wird mir eine Kugel verpassen, wenn ich

Sie mit Ihrem Vornamen anspreche, aber trotzdem danke.«

Das Traurige an der Sache ist, dass ich ihm glaube.

In der Küche wartet bereits das Frühstück auf mich. Es gibt Toast, gekochte Eier, Schinken und Käse. Es ist zu früh, als dass Jana schon hier wäre, und Zane würde mich lieber verhungern lassen, als mir ein Stückchen Brot zu servieren, weshalb nur noch Damian übrig bleibt. Ist das seine Art, sich für gestern Abend zu entschuldigen? Nein. Wenn er es wollte, hätte er es getan. Ich kann nicht verstehen, warum er mir das Frühstück zubereitet hat, aber ich bin niemand, der Essen verschwendet. Ich esse, bis sich der Bund meines Kleides zu eng anfühlt, bevor ich die Reste in den Kühlschrank stelle und die Küche aufräume. Ich schiebe zwei Brötchen in meine Taschen – heute heiße und knusprige – zum Trocknen auf der Fensterbank.

Ironie kann grausam sein. Ich bin eine der reichsten Frauen des Landes, aber ich habe den größten Teil meines Erwachsenenlebens gehungert. Jack hielt es für die effektivste Art, mich in Schach zu halten. Ein hungriger Mensch wird fast alles für Essen tun. Zuerst war das Aussetzen von Mahlzeiten eine Strafe für Fehler. Er zwang mich, ohne Abendessen ins Bett zu gehen oder das Frühstück und Mittagessen zu überspringen. Dann wurde es eine Möglichkeit, seine Krankheit zu stillen – die Befriedigung zu bekommen, die er daraus schöpfte, mich leiden zu sehen. Am Ende wurde es zu einem Tauschgeschäft, mein Körper für Brot. Zane hatte recht. Ich bin eine Hure. Ich habe mich für Essen verkauft, als die Schläge und die Isolation mich nicht zerbrachen, und das war der Zeitpunkt, an dem Jacks Folterungen wirklich zu blühen begannen. Ich reibe meine Hände über die Ärmel meines Kleides und teste das Ziehen des Narbengewebes, indem ich meine Muskeln bewege, aber es ist nicht das, worüber ich nachdenken möchte. Ich vergrabe diese Erinnerungen tief in mir, wo sie selbst für mich unerreichbar sind.

Ich verbringe den Morgen damit, die Freiheit zu genießen, die Zimmer im oberen Stockwerk für mich allein zu haben, was eine große Sache für jemanden ist, der eingesperrt war, aber es gibt etwas noch Verlockenderes. Draußen scheint die Sonne. Meine ersten Schritte sind zögerlich, aber als Russell mich nicht aufhält, gehe ich die Treppe hinunter und mit Russell auf den Fersen in den Garten. Es gibt genug Arbeit, um den Gartenservice zu beschäftigen, der laut Russell wöchentlich kommt, aber ich sehe einen alten Mann, der an den Rosensträuchern über einen Spaten gebeugt ist. Er sieht aus, als wäre er bereits über sechzig, also viel zu alt für diese Art von Arbeit. Vielleicht kam er mit dem Haus, so wie Jana.

»Guten Morgen.«

Er schaut auf, und eine Zigarette hängt ihm schief im Mund. »Es gibt nichts Gutes an diesem Morgen.«

»Ich bin Lina.«

»Mrs. Hart«, sagt Russell.

Der alte Mann ignoriert ihn. »Ich weiß, wer Sie sind.«

»Oh.«

»Zane hat es mir gesagt.«

»Arbeiten Sie schon lange hier?«

Er legt seine Hände um den Griff des Spatens und lacht leise, spöttisch, als ob er etwas weiß, was ich nicht weiß. »Seit Damian dieses Haus gehört.«

»Das sind …«

»Sechs Tage.«

Wir sehen uns an, und ich fühle mich, als würde ich unbefugt irgendwo eindringen, während sich sein Zigarettenrauch in der Luft ausbreitet.

Schließlich murmelt er: »Einige von uns haben Arbeit zu erledigen«, bevor er seinen Spaten in den Boden rammt und mich damit entlässt.

Ich gehe weiter in Richtung des blauen Wassers eines Swimmingpools, blicke zurück auf den alten Mann und sehe, dass seine Augen auf mich gerichtet sind. Nicht mit einem freundlichen Blick.

»Wer *ist* das?«, frage ich Russell.

»Das ist Andries. Kümmern Sie sich nicht um ihn. Er ist immer schlecht gelaunt.«

»Wie alt ist er?«

»Etwa sechzig, würde ich sagen.«

»Er ist zu alt, um in dieser Hitze zu gärtnern.«

»Nee.« Russell lacht leise auf. »Er ist härter, als Sie denken.«

»Warum sollte Damian einen sechzigjährigen Mann beschäftigen?«

»Er braucht den Job.« Er bleibt stehen und bringt

mich damit dazu, ihn anzusehen. »Andries ist Zanes Großvater.«

So, wie er es sagt, will er mir mehr damit zu verstehen geben, und seine Message kommt an. Wenn Zane nicht mein Freund ist, ist Andries es auch nicht, aber Andries ist nur ein alter Mann. Auch wenn er unfreundlich ist, mache ich mir Sorgen, dass ein so alter Mann den Boden jätet.

»Kann er nicht etwas anderes machen?«

Russell zuckt mit den Schultern. »Es steht mir nicht zu, danach zu fragen.«

»Wohnt er auf dem Grundstück?«

Er zeigt auf eine Hütte hinter dem Haus. »In dem Häuschen.«

Als wir den Pool erreichen, läuft Russell neben mir her, anstatt mir zu folgen. Er zeigt mir das Gartenhaus, das Gewächshaus und die Tennisplätze. Ich kann mir für mein Leben nicht vorstellen, warum Damian das alles braucht, und doch kann ich es. Es ist eine Ansage. Es ist das, was die Leute in bestimmten Gesprächen zuerst fragen. »Also, wo wohnst du?« Es ist eine beiläufige Frage, und sie hat es in sich. Die Lage ist alles. Ich sollte das am besten wissen.

»Wir gehen besser zurück«, sagt Russell. »Sie verbrennen sich.«

Ich berühre meine Wange. »Tue ich das?« Ich war lange nicht mehr draußen.

Als Harold mich aus der psychiatrischen Anstalt holte, in der er mich für fast ein Jahr einsperren, betäuben und am Rande des Verhungerns leben lassen hatte, entschied er, dass Isolation und Hunger wirksamere Mittel zur Kontrolle waren. Es war einfacher, mit mir umzugehen, wenn ich den Tisch immer ein wenig hungrig verließ – und das Haus überhaupt nicht. Er schloss die Türen im Haus nicht ab, zwang mich nicht einmal, sie zu schließen, aber er sperrte mich trotzdem ein. Solange er den Körper meines Kindes vor mir versteckt, weiß er, dass ich nie entkommen werde. Er weiß, dass ich mein Leben riskieren würde, um dieses Beweisstück zu finden. Wenn Damian nach seinem Lauf nicht in sein Arbeitszimmer gegangen wäre, hätte ich schon seine Schubladen durchwühlt. Da ich nicht bemerkt habe, wie sehr ich ungewollt meine Bauchmuskeln angespannt habe, bemühe ich mich jetzt bewusst, sie zu entspannen. Ungeduld ist wie ein allgegenwärtiger, ferner Schmerz, der in meinem Bauch nagt. Ich muss nur auf meine Zeit warten.

Russells besorgte Stimme zieht mich zurück in die Gegenwart. »Geht es Ihnen gut?«

»Ich denke, Sie haben recht. Ich bin nicht an so viel Sonne gewöhnt.«

Er geht immer noch neben mir, als wir zum Haus zurückkehren, und zeigt mir die hohen Wände, den elektrischen Stacheldraht und das bewachte Tor. Er ist gerade dabei, mir zu sagen, wie schwer es wäre, einzubrechen, als ich stehen bleibe. Er hält inne, um mich anzusehen.

»Ich weiß, dass ich hier nicht herauskommen kann.

Sie müssen mich nicht davon überzeugen, dass es unmöglich ist.«

Sein Gesichtsausdruck wird entsetzt. »Ich habe nur versucht, Ihnen ein Gefühl von Sicherheit zu vermitteln.«

»Der einzige Ort, an dem ich mich sicher fühle, ist so weit weg von hier wie möglich.«

Er antwortet nicht, und ich gehe weiter. Kurz darauf folgt mir Russell mit einem Schritt Abstand. Unser freundliches Geplänkel ist vorbei.

Nach langem Bitten lässt Jana mich beim Mittagessen helfen. Ich muss etwas tun. Als ich vorschlage, dass wir zusammen essen, weigert sie sich und erklärt mir, dass das eine Grenze überschreiten würde, was Mr. Hart nicht zu schätzen wissen würde, und letztendlich esse ich meinen Salat allein. Ich räume gerade die Geschirrspülmaschine ein, als eine Bewegung am Fenster meine Aufmerksamkeit erregt. Eine Fledermaus fliegt fast gegen das Glas, bevor sie in letzter Minute Richtung Kräutergarten abbiegt. Ich eile zum Fenster und ducke mich, um besser sehen zu können. Ich habe als Kind ein paar Fledermäuse gesehen. Wir hatten eine verlassene, freistehende Garage, in der sie genistet haben. Mit ihren pelzigen Gesichtern und nach oben geneigten Schnauzen sehen sie aus wie eine Miniaturkreuzung zwischen einem Wolf und einem Schwein. Sie sind wahnsinnig süß.

»Da bist du ja«, sagt Zane zu fröhlich hinter mir. »Dami will, dass du nach oben kommst.«

Ich frage nicht, wohin. Das muss ich nicht. Als ich

das Foyer betrete, höre ich Stimmen durch die offene Tür von Damians Arbeitszimmer. Eine gehört meinem Mann, die andere kenne ich nicht.

Damian ist bereits an der Tür, bevor ich die Chance habe, anzuklopfen. Für einen Moment sieht er mich an wie ein Mann, der meine Geheimnisse kennt, aber das kann unmöglich sein. Je länger ich ihm in die Augen schaue, desto schlimmer wird es, denn er ist ein Mann mit dem Ziel, mich zu entwirren, meine Geheimnisse freizulegen.

»Lina.«

Er ist nicht der zitternde junge Mann, den ich in einer kalten Juninacht traf. Er ist härter geworden und ein echter Mann. Er lässt es mich durch die Art und Weise wissen, wie er meinen Namen sagt und wie er mir mit etwas in die Augen schaut, was an Unanständigkeit grenzt. Seine Stimme ist dunkler und tiefer. Sie hat eine Tiefe, die mit Erfahrung und Selbstvertrauen einhergeht. Sie klingt maskulin und stark. Sie macht mir Angst, weil sie mich nach etwas sehnen lässt, das ich nur in der Tiefe seiner Männlichkeit finden kann. Das Bedürfnis, mich sicher zu fühlen. Um mich sicher zu fühlen, muss ich mich seinem Schutz unterwerfen, aber um mich zu schützen, muss er mich lieben, und er hat seine Fähigkeit, zu lieben, wegen Harold und mir verloren. Er wird die Liebe durch das ersetzen, was ihr in seinem verdrehten Kopf gleichkommt. Er wird versuchen, mich zu besitzen. Alles von mir.

Als er endlich zur Seite tritt, bin ich die Fliege, die

das Arbeitszimmer der Spinne betritt. Ein Mann mit einem scharfen Gesicht und spitzem Kinn wartet drinnen. Er sitzt hinter einem Kartentisch, wobei seine Hände wie Krähenfüße auf einem schwarzen Koffer ausgebreitet sind, so ob er sich nicht gerne von ihm trennen würde. Er hat zu dünnes, zu helles Haar, und seine Fingernägel sind zu kurz geschnitten.

Damian überspringt die Einführungen. Als er sagt: »Zeige sie ihr«, öffnet der Mann den Deckel des Koffers und zeigt fünf Reihen glänzender, funkelnder Steine auf schwarzem Samt.

Ich war mein ganzes Leben lang von Menschen aus diesem Geschäft umgeben, lange genug, um zu wissen, wie ein makelloser Diamant aussieht. Es gibt Prinzessinnen-, Tropfen- und klassische Schnitte, alle größer als vier Karat. Sie fangen das Sonnenlicht ein und werfen Regenbögen über den Samt, während der Mann hinter dem Koffer aussieht, als würde er ein Jahr seines Lebens verlieren, und zwar für jede Sekunde, die er diesen Kasten voller Regenbögen geöffnet hält. Ich will nicht einmal schätzen, wie viel der Inhalt des Koffers wert ist.

»Such dir einen aus«, sagt Damian.

Ich reiße meinen Blick von den Diamanten los, um ihn anzusehen. Er lächelt nicht. Er erwartet einfach eine Antwort.

Der Mann beginnt, nervös mit seinem Knie zu zucken. Der Diamant, den Damian anbietet, ist kein Zeichen der Liebe, nicht für Damian. Es ist ein Zeichen für den Status.

»Nein, danke.«

Der Mann sieht mich an, als hätte ich ihm gerade in sein nervöses Bein geschossen.

Damian verengt seine Augen. »Du brauchst einen Ring.«

»Ich habe einen Ring.« Der mir aufgezwungen wurde. Ich brauche keine weiteren.

»Du bist meine *Frau*. Diamanten sind mein *Geschäft*. Hast du eine Ahnung, wie demütigend es für dich sein wird, wenn ich dir keinen Verlobungsring anbiete?«

»Es ist ein bisschen so, als würde man mir den Senf nach dem Essen anbieten, findest du nicht?«

»Lina, suche dir einen verdammten Diamanten aus.« Seine Stimme fällt auf ein gefährlich leises Niveau. »Ich lasse dir die Wahl.«

»Wie die Wahl, dich zu heiraten?«

»Ähm …« Der dürre Mann leckt sich die Lippen. Seine dürren Stimmbänder passen zu ihm. »Der Prinzessinnenschnitt ist ziemlich schön.«

»Das sind meine besten Diamanten«, sagt Damian und ignoriert den Mann. »Wenn du keinen auswählst, wähle ich für dich.«

»Würde das nicht einen Unterschied machen?«

Er ist so schnell bei mir, dass der Dürre aufschreit. Eine Hand ist in meinem Haar und die andere um meinem Hals. Er tut mir nicht weh, er hält mich nur wie ein Tier, das seine Dominanz erzwingt.

»Nur zu«, sagt er. »Spuck's aus. Rede dir ein, dass du diese Steine für alles hasst, was sie repräsentieren. Rede dir ein, was auch immer durch deinen hübschen kleinen Kopf geht, aber erwarte nicht, dass ich dich öffentlich entehre, indem ich deinen Finger nackt lasse.«

Mein Adamsapfel drückt gegen seine Handfläche, als ich schlucke. »Er ist nicht nackt.«

»Nach den Maßstäben eines Diamantenmagnaten ist er das.«

Er lässt los. Ich stolpere, aber er steht bereit, um mich aufzufangen, bevor ich falle.

Das wird dem Dürren zu viel. Er schließt den Koffer, steht auf und geht auf die Tür zu.

»Sie wird den größten Tropfenförmigen nehmen«, sagt Damian und sieht mich dabei weiter an. »Er scheint der passendste zu sein.«

Der Mann ist weg, bevor ich zu mir kommen kann.

»Russell«, ruft Damian, »sag der Security, dass Tony fertig ist.«

»Ja, Sir.«

Unten stehen Männer mit Schusswaffen Schlange. Kein Wunder, dass Tony so nervös ist.

Damian geht zur Tür und tritt sie zu, so dass er mir den Blick auf die Unruhe im Foyer abschneidet. Ich atme schneller. Ich habe ihn gedrängt. Ich muss noch seine Grenzen herausfinden. Die geschlossene Tür hilft nicht. Sie ist nicht abgeschlossen. *Sie ist nicht abgeschlossen.*

»Wir haben noch einige offene Punkte«, sagt er, während er sich auf mich zubewegt. »Du hast die wichtigste Regel gebrochen, die ich dir auferlegt habe. Was habe ich über Besuche deines Vaters gesagt?«

»Er hat keinen Fuß auf dein Grundstück gesetzt.«

»Also hast du *zwei* Regeln gebrochen. Du hast deinen niederträchtigen Vater *gesehen und das Anwesen ohne Russell* verlassen.«

»Russell war nicht weit weg. Er war direkt vor dem Tor.«

»Nummer drei, du hast dich selbst verletzt, und das wird nicht wieder vorkommen. Nicht, wenn ich die Verantwortung habe, und meine Verantwortung dauert so lange, wie du meine Frau bist.«

»Ich habe mich nicht selbst verletzt.«

»Du hast dir das Handgelenk an den Handschellen aufgerieben. Nummer vier, du hast eine Tablette genommen, von der du genau wusstest, dass sie zu stark für dich ist. Nummer fünf, du hast mir mein Geschenk und meine Rücksichtnahme ins Gesicht zurückgeschleudert.«

»Ich brauche deine Rücksichtnahme nicht.«

»Ich bin anderer Meinung, aber wenn es ein Punkt ist, den du ausdiskutieren willst, kann ich dein Spiel spielen.«

»Das Letzte, was ich brauche, ist, dass du mich in ein Prunkstück mit einem großen, fetten Diamanten am Finger verwandelst.«

Sein Gesichtsausdruck wird dunkler. »Mich zu heiraten hat dich in ein Vorzeigeobjekt verwandelt, oder nicht?«

»Ja«, zische ich. »Und eine Hure.« Ich könnte *ihn* eine Hure nennen, weil er mich wegen des Geldes meines verstorbenen Mannes geheiratet hat.

»Du hast keine Ahnung, wie es ist, wie eine Hure behandelt zu werden, mein Engel.«

»Gib dein Bestes. Versuch diesmal, ein Mann zu sein, und tu es, während ich wach bin.«

Er dreht durch. Nichts in seiner Haltung ändert sich, aber ich fühle es. Es knistert in der Luft. Hier ist die Zerreißprobe. Das ist seine Grenze.

»Geh zum Schreibtisch«, sagt er. »Beug dich darüber und zieh deinen Rock hoch.«

Er wird mich dorthin zerren müssen. Ich werde nie aus freien Stücken gehen.

»Zehn Peitschenhiebe«, sagt er, »zwei für jede Regel, die du gebrochen hast, und für jede destruktive Sache, die du dir selbst angetan hast. Ich füge weitere fünf hinzu, wenn ich dich zum Schreibtisch begleiten muss.«

Ich bewege mich nicht. Ich kann nicht nachgeben.

»In Ordnung, Lina.«

Er geht zum Kamin. Mein Magen hat sich bereits zusammengezogen. Ich folge ihm mit meinem Blick und keuche, als ich die Wand betrachte. Da ich von Tony und seinen Diamanten abgelenkt war, habe ich nicht bemerkt, wie sich die Wand über dem Kaminsims verändert hat. Eine Reihe von Peitschen und Paddeln hängen sauber aufgereiht an Haken. Mein Mund wird trocken, obwohl ich vergeblich versuche, Speichel zu sammeln. Er starrt für einen Moment, scheinbar tief in Gedanken versunken, auf die Kollektion und nimmt schließlich ein Paddel ab, das er auf die Ecke des Schreibtisches legt. Nach wenigen

Schritten steht er vor mir, nimmt meinen Arm und zwingt meine Füße, sich zu seinem Schreibtisch zu bewegen. Mit einer Hand um meinen Nacken drückt er meinen Oberkörper nach unten, während er meinen langen Rock nach oben um meine Taille wirft. Ich wehre mich, aber er greift mit Leichtigkeit nach meinen Handgelenken und hält sie hinter meinem Rücken fest. Er nimmt keine Rücksicht auf meine Verletzung, und meine Haut brennt unter dem Verband, als er Druck ausübt. Er nimmt beide Handgelenke in eine Hand, während sich die andere zu meinem Höschen bewegt. Mit einem einzigen Ruck zieht er es hinunter. Ich höre auf, mich zu winden und drücke meine Oberschenkel zusammen, um so viel wie möglich zu verbergen, aber seine Handfläche streichelt die Rundungen meines Pos und lässt mein Herz vor Scham brennen.

»Zähl, Lina.«

»Fahr zur Hölle.«

»Sechzehn Peitschenhiebe. Ich werde solange einen hinzufügen, bis du lernst zu zählen.«

Er nimmt das Paddel und lässt mich das kühle Holz auf meinem unteren Rücken spüren. Langsam zieht er es über die Spalte meines Gesäßes. Ich fange erneut an, mich zu winden, als er mein Geschlecht erreicht. Flammen laufen über meine Wangen, weil er in dieser Position alles sieht.

Er warnt mich, nicht mit Worten, sondern indem er das Paddel entfernt. Er lässt es mit einem Klatschen diagonal über meinem Po aufkommen, und ich spanne reflexartig meinen Hintern an. Er brennt leicht, aber er tut nicht weh.

»Zähl, Lina.«

Ich knirsche mit den Zähnen und spanne mein Kinn an. Wenn es eine Sache gibt, die ich kann, dann ist es, Schmerzen zu ertragen. Er unterschätzt mich, wenn er denkt, dass ich unter seinem Paddel breche.

»Zähl, Lina.«

»Nein.«

»Bist du dir sicher?«

Ich knirsche nur noch fester mit den Zähnen und bereite mich auf den zweiten Schlag vor, der sicherlich wehtun wird, aber ich bin diejenige, die ihn unterschätzt. Anstatt mich zu schlagen, zieht er den dünnen Rand des Holzes durch meinen Spalt und trennt meine Falten, als wäre ich ein Objekt, das genauer untersucht werden muss. Ich zucke, als er meinen Kitzler erreicht. Die Empfindungen aus der Dusche kehren zurück. Ich schwelle an und werde feucht. Das kann doch nicht wahr sein. Nicht, während er zuschaut. Die Berührung an meinem Geschlecht verschwindet, und dann schlägt er auf meine linke Pobacke. Auch hier ist der Schlag verspielt. Er macht mich heißer. Ich schäme mich. Mein Nacken wird feucht vor Schweiß.

Seine Stimme ist heiser. »Zähl, Lina.«

Ich kann nicht nachgeben. Das werde ich nicht. Diesmal weiß ich, was mich erwartet. Ich denke an Eisberge und wie sehr ich ihn hasse, aber als er meinen Spalt mit dem Knauf des Paddelgriffs berührt, bemerke ich entsetzt, wie falsch ich wieder lag. Ich habe ihn wieder unterschätzt. Er zieht den dicken Knauf über meinen Spalt und spreizt mich weiter. Meine Gegenwehr ist sinnlos. Er ist zu stark. Als er meine Klitoris erreicht, fährt er mit dem Holzknopf über den Knubbel. Zu meinem Entsetzen werde ich noch nasser, und meine Geschmeidigkeit erleichtert die Bewegung des Instruments. Das Einzige, was schlimmer ist als meine Reaktion, ist das Wissen, dass er sie beobachtet.

Klatsch. Meine rechte Backe wird durch Hitze zum Leben erweckt. Ich wünschte, er würde mir wehtun, damit ich nicht erregt werde, aber solange er gerade hart genug schlägt, um meinen Arsch zu bewegen, fühle ich es tief in meinem Unterleib. Meine inneren Muskeln ziehen sich zusammen.

»Drei. Zähl, Lina.«

Wenn er das Paddel wieder zu meinem Geschlecht führt, werde ich kommen. Ich habe keine andere Wahl, als zu zählen.

»Drei.« Wie ich ihn dafür hasse, dass er mich zum Sprechen gebracht hat, obwohl meine Stimme zittert.

Ich höre den Sieg in seinem Tonfall. »Das ist mein Mädchen.« Er ist der Herr der Lage und hat die volle Kontrolle, während ich zusammenbreche.

Klatsch. Direkt auf den Spalt meines Pos. Zu weich. Zu heiß.

»V-vier«.

Der Knauf ist wieder zwischen meinen Beinen. Es ist nass von meiner Erregung. Damian reibt ihn wieder über meinen Spalt, bevor er anfängt, meinen Kitzler zu massieren.

»W-was machst du da?« Warum geht er nicht zu fünf und sechs und sieben über, damit ich meinen Rock wieder fallen lassen und mich vor seinen Augen verstecken kann?

»Zähl, Lina.«

»Fünf.«

Dann macht er etwas Schlimmeres. Er dreht den Griff von links nach rechts und schiebt ihn leicht hinein. Als ich keuche, übt er noch mehr Druck aus, dehnt mich und dringt in mich ein. Ich bin immer noch überrascht über das plötzliche Eindringen. Schock und Verlegenheit ziehen sich durch mich hindurch. Ich möchte es mit meinem ganzen Wesen hassen, aber die traurige und unfaire Wahrheit ist, dass das Gefühl nicht unangenehm ist.

Ich kann nicht verhindern, dass mir ein Stöhnen entweicht, als er tiefer in mich stößt. Ich halte ein Wimmern zurück, als er den Griff herauszieht, bis der Knauf kaum noch drin ist und meine Öffnung dehnt. Das ist schmutzig und gut. Ich war noch nie so voller Verlangen, nicht einmal unter der Dusche mit meinen geheimen Gedanken. Ich muss tief im Innern pervers sein. Ich verliere mich, als er mich mit ein paar leichten Stößen neckt, bin schnell über den Punkt hinaus, logisch denken zu können. Was macht er mit mir?

»Zähl, Lina.«

»S-sechs.«

Er gibt mir meine Belohnung, fickt mich mit dem

Paddelgriff. Nicht sanft, aber auch nicht hart. Gerade genug, damit sich meine Nässe um den Griff legt.

»Sieben, Lina.«

»Sieben«, keuche ich, als er das Objekt wieder in mir bewegt.

Sein Rhythmus wird härter und schneller, dann sanfter, dann wieder schneller, und alles in mir bricht zusammen. Meine Sinne drehen durch. Ich widersetze mich nicht mehr, und er weiß es. Er lässt meine Handgelenke los, um mich mit seiner Hand zu versohlen, während er weiterhin seine böse Arbeit mit dem Paddelgriff macht. Ich atme schwer, aber er auch, und ich vergesse zu zählen.

»Zähle.«

»Neun. Zehn.«

Ich weiß nicht mehr, wo wir sind. Er ist vorsichtig und rau zugleich.

»Elf«, sagt er und drängt mich.

»Elf. Zwölf!«

Er ändert den Winkel des Paddels, so dass die dünne Seite auf meinen Kitzler drückt. Ich keuche wieder, bin sprachlos, aber er dreht den Griff und trifft nicht nur meinen Kitzler, sondern auch eine empfindliche Stelle im Inneren. Meine Nägel kratzen über das Holz seines Schreibtisches. Mein Körper spannt sich an. Ich werde kommen, wenn er nicht aufhört. Ich werde direkt vor seinen Augen kommen.

»Zähle, Lina. Dreizehn.«

Ich bin ein plapperndes Durcheinander, das Zahlen

und Signale vermischt. Er schlägt mich härter, aber was wehtun sollte, fühlt sich gut an.

»Dreizehn«, wiederholt er, unerbittlich. »Zähl mit mir, Lina.«

Er führt, und ich folge ihm.

»Vierzehn.«

Wir sprechen zusammen. »Fünfzehn.«

»Komm für mich, Lina.«

Er tut weh. Der letzte Schlag treibt mir Tränen in die Augen. Ich komme nicht, ich explodiere. Mein Rücken wölbt sich, und mein Oberkörper hebt sich vom Schreibtisch ab. Schockwellen fahren durch mich hindurch. Er lässt mich den Orgasmus so hart reiten, dass ich mich auf Zehenspitzen stelle, um ihm zu entfliehen, aber es gibt kein Entkommen vor Damian. Er manipuliert meinen Körper, bis meine Oberschenkel zittern und meine Knie nachgeben. Erst dann zieht er das Objekt sanft heraus. Das Paddel fällt mit einem dumpfen Schlag auf den Boden, und wenn ich den Schreibtisch nicht unter mir hätte, wäre ich auf die Knie gefallen. Da ich mich nach dem gewalttätigen Höhepunkt nicht bewegen kann, liege ich still, während er mit seinen Handflächen über meine straffen Rundungen fährt, sie ein wenig auseinanderzieht und einen Kuss an die Spitze meiner Spalte pflanzt. Seine Finger graben sich in meinen Hintern, während er mich spreizt und knetet, mich auseinanderzieht und mein Fleisch wieder zusammendrückt, als ob ich Ton in seinen Händen wäre.

Ich drehe meinen Kopf zur Seite und schaue ihn an, während Schweiß über meinen Schläfen läuft. Die Konzentration auf seinem Gesicht, während er meinen Körper betrachtet, lässt meine Wangen heiß werden. Wie schnell und stark ich gekommen bin, lässt meinen ganzen Körper vor Erniedrigung brennen, aber er reibt mir meine Schwäche nicht mit siegreichen Worten oder einem wissenden Schmunzeln unter die Nase. Er zieht nur mein Höschen hoch und meinen Rock herunter, bevor er meine Hüften ergreift, um mir beim Aufstehen zu helfen. Da meine Beine noch wackelig sind, muss ich meinen Rücken an seine Brust lehnen. Ich bin mir übermäßig seiner Erektion bewusst, die sich gegen meinen unteren Rücken drückt, und will mich zurückziehen, aber er hält mich zu fest. Sein Arbeitszimmer riecht nach Sex und mir, nach einem einseitigen Sieg.

Er fährt mit der Nase über den Bogen meines Halses und atmet tief ein. »Deine Bestrafung ist vorbei.«

Das war eine Bestrafung? »Du hast mir nicht wehgetan.«

»Ich weiß.«

»Warum nicht?«, frage ich bissig. Ich hasse es, dass ich gekommen bin. Ich hasse die Ungewissheit. Ich ziehe es vor, die widerwärtigen Teile meines neuen Lebens hinter mich zu bringen. Je schneller ich weiß, was er mit mir vorhat, desto besser. Ich werde es ertragen, weil es nicht für immer sein wird. Ich werde die Beweise finden, die mich befreien werden. »Ich weiß, dass du das wolltest.«

Ich kann ihn lächeln *hören*, ruhig und gesammelt, nicht wie das Chaos, das er aus mir gemacht hat, als er sagt: »Nicht heute.«

Die Antwort ist sanft, aber die Bedeutung löst einen Tornado in meinem Kopf aus. Er ist der Grausamste der Grausamsten. Er gibt mir das, was ich mehr fürchte als Schmerz – schreckliche Ungewissheit. Ich atme tief ein. Ich möchte fragen, wann, wie, wo, aber bevor ich einen sinnvollen Satz zusammenbekommen kann, klopft es an der Tür. Da meine Nerven bereits blankliegen, zucke ich bei dem Geräusch zusammen. Damians Körper an dem meinen spannt sich ebenfalls an. Bevor er seine Erlaubnis geben kann, öffnet sich die Tür, und in dem Moment, in dem ich die schöne Frau auf der Schwelle erblicke, schiebt Damian mich beiseite.

5

Damian

VON ALLEN ZEITPUNKTEN DER GANZEN WELT HAT Annemarie ausgerechnet diesen hier gewählt. Ich versuche zu verstehen, warum ich Lina dazu gebracht habe, zu kommen, anstatt zu weinen, und es hilft nicht, dass ich gegen einen wütenden Ständer ankämpfe. Was gerade passiert ist, ist privat. Es ist intim, so verzerrt unsere Intimität auch gewesen sein mag. Lina ist nicht freiwillig zu mir gekommen. Ich habe ihren Körper manipuliert, damit er kommt. Ich will Lina nicht erniedrigen, indem ich eine andere Frau die Folgen dieser verdrehten Lust miterleben lasse, weshalb ich ein wenig Abstand zwischen uns geschaffen habe. Das ist es, was jeder Gentleman tun würde.

Als ich zur Seite trete, wird Linas Gesicht leer. Mit der Art und Weise, wie sie ihre Hände faltet und sich in sich selbst zurückzieht, wird die kleine Distanz zu einer Schlucht. Es ist, als hätte ich ihren Orgasmus gerade nicht gesehen oder ihr gesagt, dass ich ihr wehtun will, nur nicht heute. Ich habe gerade zugegeben, ein kranker Hurensohn zu sein, und jetzt ist die Aufmerksamkeit meiner Frau auf die Frau gerichtet, die im Türrahmen steht. Annes Blick richtet sich auf Lina, bevor er sich auf das Paddel auf dem Boden verlagert.

»Was machst du hier?«, frage ich.

Annes grüne Augen schimmern vor Schmerz. »Ich bin wegen meiner Sachen hier.«

Verdammt nochmal. »Du hättest sie schön längst abgeholt haben sollen.« Bevor ich meine Braut nach Hause gebracht habe.

»Ich habe keinen Ort, um meine Kleidung aufzubewahren.«

»Meine Bedingungen waren klar.«

»Damian, bitte.« Sie läuft durch das Zimmer und wirft sich mir zu Füßen. »Bitte schmeiß mich nicht raus. Ich flehe dich an.«

Sie auch nur für eine Nacht bleiben zu lassen war ein Fehler. Ich hätte nicht nachgeben sollen. Eine schöne Frau mit freizügiger Kleidung, die leicht auf die Knie fällt, für eine Nacht im Haus unterzubringen ist die Art von Nachrichten für Boulevardzeitung, die aus jeder frisch verheirateten Frau ein öffentliches Spektakel machen wird. Ich habe die Verantwortung für Lina übernommen, als ich sie geheiratet habe, und ich nehme meine Verantwortung ernst. Lina zu verletzen, um meine Lust hinter verschlossenen Türen zu stillen, ist eine Sache. Sie öffentlich zu entehren eine andere. Es machen bereits genug verrückte Gerüchte die Runde.

»Damian.« Anne blinzelt mich an. »Bitte.«

Linas Wangen verlieren ihr nachorgastisches Leuchten. Trotz ihres Pokerfaces ist sie verunsichert. Ich kann es in ihren Augen sehen. Ich rechne ihr hoch an, dass sie der unangenehmen Situation nicht entflieht.

Anne ist auf jeden Fall hartnäckig. Sie schlingt ihre Arme um meine Beine und umkrallt meine Hose mit ihren Fäusten. »Damian.«

Ich versuche, sie loszuwerden, aber sie klammert sich nur noch fester an mich. Zane rettet mich, indem er in den Raum stürzt. Sein Gesicht wird rot, als er den Anblick, der sich ihm bietet, aufnimmt. Er schiebt seine Hände unter Annes Achseln und zieht sie auf die Füße.

»Was machst du da?«, ruft er.

Lina schaut zwischen uns hin und her, und ihr leerer Gesichtsausdruck verschwindet endlich, um Platz für etwas zu schaffen, was nach Verletztheit oder Verlegenheit aussieht, oder vielleicht beides.

Da ich mehr als irritiert bin, dass Anne eingetreten ist, erspare ich ihr meine Wut nicht. »Ich habe dir mehr als genug Geld gegeben, um eine eigene Wohnung zu finden.«

»Ich hatte Rechnungen zu bezahlen.«

Zane fängt an, sie zur Tür zu ziehen. »Lass uns gehen.«

»Ich habe keinen Job«, sagt sie. »Du weißt, wie hoch die Arbeitslosenquote ist. Ich kann nirgendwo hingehen.«

»Du hättest nicht hierherkommen sollen«, sagt Zane leise zu ihr.

Linas Stimme ertönt durch den Raum, klar und schön. »Warte.«

Zane hält an, um sie anzusehen.

»Du kannst sie nicht auf die Straße werfen«, sagt meine Frau. »Du hast gehört, was sie gesagt hat. Sie kann nirgendwo hingehen.«

Sowohl Zane als auch Anne starren sie überrascht an. Statt Dankbarkeit blitzt in Annes Augen etwas anderes auf, etwas Hässliches. Eine böse Eigenschaft, die sich zeigt, wenn man merkt, dass jemand ein besserer Mensch ist als man selbst. Man nennt sie Eifersucht.

»Es wird nicht gut für dich aussehen, wenn sie hierbleibt«, wirft Zane kleinlaut ein.

Lina tritt vor und strahlt Autorität aus, als wäre ihr Arsch nicht noch ein bisschen – nur ein klitzekleines bisschen – wund von meiner Hand. »Das ist mir egal.«

»Du weißt nicht, was du sagst.« Es *wird* ihr nicht egal sein, wenn es erst einmal in den Schlagzeilen ist. Außerdem hat meine Mutter immer gesagt, dass zwei Frauen in einer Küche nur zu Problemen führen können.

»Da mein Geld zweifellos einen Teil der Lebenshaltungskosten dieses Monstrums eines Hauses decken wird«, sagt Lina, »sollte ich ein

Mitspracherecht haben, auch wenn die Immobilie dir gehört.«

Oh, aber sie liegt auf so vielen Ebenen falsch. Erstens, ich werde keinen Cent des Geldes ihres toten Mannes für ihre Lebenshaltungskosten verwenden. Nein, das Dach über dem Kopf, das Essen, das sie isst, und die Kleidung, die sie für mich tragen soll, das alles wird von *meinem* Geld bezahlt. Was auch immer sie in diese Verbindung eingebracht hat, es ist nur für zwei Zwecke bestimmt: meine Mine zurückzubekommen und ihren Vater zu zerstören. Zweitens, durch den Gerichtsbeschluss ist sie unmündig und geschäftsunfähig, ihre eigenen Angelegenheiten zu regeln. Sie hat nichts zu sagen. Das Einzige, was sie haben wird, ist die Erlaubnis, die ich ihr erteile, wann und wie ich es für richtig halte. Drittens, wir haben keine Gütertrennung. Das Haus gehört uns beiden. Sie hätte das gewusst, wenn sie auf das geachtet hätte, was sie in der Kirche unterschrieben hat. Nicht, dass ich ihr vorwerfe, dass sie an dem Tag, an dem ich sie geheiratet habe, abgelenkt war. Ich glaube nicht daran, die Hälfte des Weges zu gehen. Es ist entweder alles oder nichts, und wenn es um Lina und mich geht, ist es alles. Ich habe keine Angst, dass sie sich von mir für die Hälfte meines Vermögens scheiden lässt, weil ich sie nicht gehen lassen werde.

Zane sieht bereit aus, zu fliehen. Anne ist plötzlich dankbar und schenkt Lina ein verspätetes Lächeln.

»Du wirst sie *nicht* auf die Straße setzen, wenn wir

fünf freie Schlafzimmer haben«, besteht Lina auf ihrem Standpunkt.

Es gibt Feuer in ihren blauen Augen und Entschlossenheit in ihrem kleinen Körper. Wenn ich es nicht besser wüsste, hätte ich gedacht, dass Lina weiß, wie es ist, obdachlos zu sein, was natürlich abwegig ist. Sie wurde in Reichtum geboren, und das ist alles, was sie kennt. Sie ist so stark, so überzeugt von ihren Prinzipien, und so verdammt schön, wie sie da steht, in schwarz gekleidet mit einem nassem Höschen, dass ich ihr den Wunsch nicht abschlagen kann. Deshalb ist sie so liebenswert, deshalb habe ich mich bei unserem ersten Treffen in sie verliebt. Sie wird einem kalten Mann einen Schal und einer obdachlosen Frau – einer Frau, die meine Geliebte sein könnte – ein Zimmer anbieten, egal welche Folgen das hat. Ihr Mitgefühl ist ihre Stärke, und deshalb bin ich schwach. Ich habe kein Mitgefühl. Ich habe nur Rache.

Ich verschränke meine Arme. »Es wird vorübergehend sein, bis du wieder auf die Beine kommst.« Ich wende meinen Blick auf Zane. »Das sollte besser keine Titelstory einer Boulevardzeitung werden.«

»Natürlich nicht«, sagt er schnell.

Anne ergreift meine Hand mit ihren beiden Händen. »Danke, Damian.«

Ich ziehe meine Hand weg. »Danke Lina.«

Anne schaut zwischen Zane und mir hin und her. »Welches Zimmer kann ich nehmen?«

»Lina wird entscheiden.« Als ich zur Tür gehe,

wende ich mich an meine Frau. »Einen Moment, bitte.«

Draußen im Flur drücke ich Lina gegen die Wand. Zane und Anne können jeden Moment herauskommen, aber ich brauche das. Ich muss mein Gewicht auf sie legen. Ich muss sie daran erinnern, wie sie sich mir vor wenigen Augenblicken unterworfen hat. Ich muss mich daran erinnern, dass ich die Macht habe, auch wenn ich ihren Wünschen nachgebe.

»Was?«, fragt sie, ein wenig atemlos.

Ich genieße ihre Reaktion und gebe nicht nach. Sie war vom ersten Tag an nett zu mir, aber es war nicht abzusehen, ob sie mich will. Ich atme leichter, weil ich weiß, dass es machbar ist. Man könnte es einen Test nennen, aber nach dem, was sie mir im Arbeitszimmer gezeigt hat, kann ich ihr beibringen, mich zu wollen.

»Was?«, wiederholt sie und drückt ihren Rücken an die Wand, aber das hindert ihre Brustwarzen nicht daran, meine Brust zu streifen.

Als Anne uneingeladen hineinmarschierte, gab es keinen Grund, sie vorzustellen. Da sie bleiben wird, muss ich die Art unserer Beziehung aufklären.

»Anne ist Zanes Schwester«, sage ich. »Sie hat eine Nacht hier im Haus geschlafen. Das ist alles.«

»Seine Schwester?«

»Sie ist nicht meine Geliebte.«

»Du schuldest mir keine Erklärung.«

»Als dein Mann tue ich das.«

»Das wolltest du mir sagen?«, fragt sie mich, als

wäre es nicht wichtig, dass ich ihr sage, dass ich nicht den Gast ficke, den sie eingeladen hat.

»Wir haben am Samstag eine Party. Zane wird mit dir einkaufen gehen. Was auch immer du brauchst, er hat eine Kreditkarte für deine Ausgaben.«

Etwas in ihrem Blick ändert sich. »Zane?«

»Ich werde die meiste Zeit der Woche mit dringenden Geschäften beschäftigt sein.« Zum Beispiel Dalton aus dem Vorstand zu wählen.

»So habe ich es nicht gemeint.«

»Wie ... *so*?«

»Dass ich es vorziehe, wenn du mich mitnimmst.«

»Schade.« Ich lächele auf die Weise, wie in meiner Vorstellung eine Schlange eine Maus angrinsen würde. »Wie hast du es dann gemeint?«

»Ich brauche Zane nicht, damit er mit mir einkaufen geht.«

»Deine Sicherheit steht nicht zur Diskussion.«

»Ich spreche nicht von meiner Sicherheit. Ich brauche kein Kleid.«

»Doch, brauchst du.«

»Ich habe genug.«

Fünf. Ich habe sie gezählt. Alle schwarz. »Nicht für unseren Hochzeitsempfang.«

»Unser was?«

»Du dachtest doch nicht, dass es zu unserer Hochzeit kein Fest geben würde, oder?«

»Eigentlich schon.«

»Kein Glück gehabt, Engelchen.« Ich drücke mich von der Wand weg, bevor ich versucht bin, sie dazu zu bringen, mit dem Rücken gegen sie gedrückt zu kommen. Ich kann süchtig nach ihren Orgasmen werden. Wenn sie kommt, merke ich, dass es überwältigend ist. Ich mag es, zu wissen, dass ich die Macht habe, das mit ihr zu machen. »Hol dir ein Kleid.« Ich gehe weg. Ihr zu widerstehen ist verdammt nochmal zu heftig.

»Nein«, sagt sie zu meinem Rücken.

»Hol dir eines«, rufe ich über meine Schulter.

Natürlich wird sie sich mir widersetzen.

Lina

WAS IST PASSIERT? ICH FÜHLE MICH WIE DIE MAUS IN den Krallen der Katze. Damian hat mich geschont, aber er ist noch nicht fertig mit dem Spielen. Da bin ich mir sicher. Von seinem Spiel erschöpft, suche ich Jana in der Küche auf. Ihre Freundlichkeit ist beruhigend. Sie erzählt mir alles, was ich über meine eigene Hochzeitsfeier nicht weiß, und ich sitze am Küchentisch und trinke den Tee, von dem sie will, dass ich ihn trinke, während sie mich auf den neuesten Stand bringt. Die Party findet im Haus statt. Ein Veranstaltungsplaner organisiert alles, und nach dem, was sie von der Planung gesehen hat, wird es das Ereignis des Jahres sein. Mein einziger Job ist es, hübsch auszusehen, sagt Jana. Über hundert Personen wurden eingeladen, darunter die Minenmagnaten und

Diamantenbroker. Die einzige Person, die nicht auf der Liste steht, ist Harold. Damians Befehl.

Jana schaut mich prüfend von dort aus an, wo sie Butternusskürbis in einen Mixer schaufelt. »Darf ich dich fragen, warum dein Vater nicht eingeladen ist?« Sie hat endlich akzeptiert, mich Lina zu nennen, aber nur, wenn Damian nicht da ist. »Es geht mich nichts an, aber ich hasse es, wenn du so niedergeschlagen aussiehst.«

Ich hebe meinen Kopf schnell an. »Ich bin nicht niedergeschlagen.«

»Machst du Witze? Es steht dir ins Gesicht geschrieben. Warum sprichst du nicht mit Mr. Hart? Manchmal gibt es Streit in Familien. Aber er kann immer gelöst werden.«

»Das ist es nicht.« Ich bin froh, dass Harold nicht hier sein wird, aber ich kann nicht erwarten, dass Jana das versteht.

Sie wäscht sich die Hände und trocknet sie an einem Geschirrtuch ab. »Ich glaube, ich weiß, warum du verärgert bist.« Sie läuft durch die Küche und bleibt auf der gegenüberliegenden Seite des Tisches stehen. »Du bist traurig, weil Mr. Hart dich nicht in die Planung einbezogen hat, aber ich bin mir sicher, er versucht nur, es dir leichter zu machen. Weil er weiß, dass er nicht oft da ist, um zu helfen, wollte er dir wahrscheinlich so wenig Stress und Arbeit wie möglich machen.«

»Ja. Natürlich.«

Es gibt keine Möglichkeit, unsere komplizierte

Situation jemandem zu erklären, der so süß und unkompliziert ist wie Jana, die seit zwölf Jahren mit einem netten, soliden Kerl mit einem großartigen Sinn für Humor verheiratet ist – ihre Worte.

»Gut.« Sie tätschelt meine Hand. »Apropos nicht oft da sein, Mr. Hart sagte, er würde zu spät zum Abendessen kommen. Ich lasse alles im Warmhaltefach, falls du früher essen willst.«

»Das ist nett.«

Ich bin dabei, zu fragen, ob sie Hilfe bei der Zubereitung des Abendessens braucht, als Anne in die Küche kommt.

»Oh, hi Jana«, sagt Anne und schaut sie kaum an.

Jana nickt. »Anne.« Sie wendet sich uns zu und fährt mit der Zubereitung der Mahlzeiten fort.

»Du hast nicht gesagt, welches Zimmer ich nehmen soll«, sagt Anne.

»Jedes, das du möchtest.«

»Bist du dir sicher? Ich will mich nicht aufdrängen oder so, aber meine Sachen sind bereits in deinem Nachbarzimmer.«

»Dann lass sie dort.«

»Großartig.« Sie wippt auf den Ballen ihrer Füße. »Zane hat mir gerade von Samstag erzählt. Er geht mit mir ein Kleid kaufen. Willst du mitkommen?«

»Nein, danke.«

»Okay.« Sie winkt mit ihren Fingern und hüpft aus dem Raum.

»Lina.«

»Mm?«

Jana lehnt sich mit einem besorgten Gesichtsausdruck auf den Tresen. »Sag mir, dass sie nicht einzieht.«

»Sie hat wenig Geld.«

»Nicht so wenig, dass sie sich kein neues Kleid leisten kann.«

»Vielleicht hat Zane ihr Geld gegeben.«

»Vielleicht hätte er ihr Geld für Miete geben sollen.«

»Was willst du mir sagen?«

»Sei vorsichtig mit der da. Du solltest vielleicht ein Auge auf deinen Mann werfen, wenn sie in seiner Nähe ist.«

»Magst du sie nicht?«

»Ich sage nur, dass man als Angestellte für manche Leute unsichtbar ist, aber ich sehe Dinge, wenn ich arbeite, und ich habe gesehen, wie sie Mr. Hart anschaut.«

Was würde eine Ehefrau unter normalen Umständen sagen? »Ich werde ein Auge darauf haben.«

Vielleicht ist Anne die Ablenkung, die Damian braucht. Wenn sie willig und begierig ist, verliert er vielleicht das Interesse daran, mit mir Katz und Maus zu spielen.

Damian

Es ist gerade Essenszeit, als ich vor dem Haus parke. Ich bin früher zu Hause als erwartet, und ich habe das Treffen nur aus einem einzigen Grund so schnell vorangetrieben. Lina ist allein. Zane hat mich angerufen, um mir mitzuteilen, dass er mit Anne in der Stadt isst und sich heute Abend weise von mir fernhält. Ich bin immer noch verärgert über Anne, aber ich bin noch viel ungeduldiger, endlich zu Hause zu sein. Verdammt … wegen der Dinge, die ich meiner Frau antun will.

»Alles in Ordnung?«, frage ich Russel, als ich eintrete.

»Alles in Ordnung, Sir. Mrs. Hart isst zu Abend.«

»Gut. Mach eine Pause.«

»Ja, Sir.«

Er entfernt sich sofort.

Ich löse meine Krawatte und gehe direkt ins Esszimmer. Im Gefängnis wollte ich nichts anderes, als einen teuren Anzug und eine Krawatte zu tragen, als müsste ich mit Kleidung beweisen, wer ich sein könnte. Jetzt fühlt sich die Krawatte wie eine Schlinge an. Ich schmeiße sie auf einen Stuhl im Flur und öffne die oberen beiden Knöpfe meines Hemdes. Wer zum Teufel stellt überhaupt Stühle in Gänge? Wer wird sich auf sie setzen? Im Türrahmen des Esszimmers halte ich inne.

Lina sitzt an dem Ort, den ich für sie ausgewählt habe, unmittelbar links neben dem Tischkopf. Ihr Kopf ist über eine Schüssel gebeugt. Sie ist so sehr darin vertieft, sich die Suppe schnell in den Mund zu löffeln, dass sie mich nicht bemerkt.

»Langsam«, lache ich. »Die Suppe wird nicht weglaufen.«

Sie hält mit dem Löffel mitten in der Luft inne und wendet den Blick ab, bevor sie den Löffel auf ihrem Beistellteller ablegt und sich mit einer Serviette den Mund abtupft. »Tut mir leid.«

Sofort will ich mir auf die Zunge beißen. Bei ihrer Vorgeschichte will ich, dass sie isst. Unbedingt. »Bitte, lass dich von mir nicht stören. Tu so, als wäre ich nicht hier.«

Ihr Blick ist schneidend. Ich mag die Richtung nicht, in die das führt. Ich will nicht, dass sie denkt, dass sie die Erlaubnis zum Essen braucht, oder, Gott bewahre, dass sie ganz aufhört zu essen. Sie neigt zu Hungerstreiks, und Zwangsernährung ist für mich nicht undenkbar. Ich ziehe es einfach vor, das es weder zu dem einen noch zu dem anderen kommt. Ihr Rücken versteift sich, aber ich bin erleichtert, als sie den Löffel wieder aufnimmt.

Das Klappern ihres Besteckes folgt mir in die Küche, wo ich mir eine Schüssel Kürbissuppe eingieße, bevor ich sie zum Tisch trage.

Während das Essen in Stille voranschreitet, nutze ich die Gelegenheit, sie zu betrachten. Sie kommt mir nicht wie jemand vor, der Angst vor dem Essen hat. Im Gegenteil, sie isst mit Begeisterung, schnell, als ob sie Angst hätte, dass das Essen verschwinden könnte.

»Es gibt eine Fledermaus im Garten«, sagt sie aus heiterem Himmel.

Da ich sehr überrascht bin – weniger über das, was sie gesagt hat, als vielmehr darüber, dass sie überhaupt gesprochen hat –, dauert es einen Moment, bis ich eine Antwort formuliert habe. »Ich lasse sie entfernen.«

»Nein! Sie sind gefährdet.«

»Ich sagte entfernen, wie in eine Kolonie umsiedeln, nicht töten.«

»Du solltest sie nicht umsiedeln. Sie könnte hier eine Familie haben.«

Damit entlockt sie mir ein Lächeln. Meine Frau macht sich Sorgen um eine Fledermausfamilie. »Was schlägst du vor, was ich tun soll?«

»Du brauchst Fledermauskästen.«

»Und zufällig verstehst du etwas von Fledermauskästen«, necke ich sie.

»Ich habe heute ein paar Nachforschungen angestellt.«

»Wie?«

»Ich habe einige Seiten durchsucht.«

Sie hat keinen Zugang zu einem Computer, also muss sie ihr Telefon benutzt haben. »Brauchst du einen Laptop?«

»Das Telefon reicht.« Nachträglich fügt sie halbherzig hinzu: »Danke.«

»Dann mach schon. Besorg die Kästen.«

»Es wird fünftausend für die Kästen und neunhundert für die Installation kosten.«

Sie hat wirklich ihre Hausaufgaben gemacht.

Sie spielt mit ihrer Serviette. »Würdest du mir die Erlaubnis erteilen, das Geld von meinem Konto abzuheben?«

Auf keinen Fall, aber ich werde ihr das Geld geben. »Sag der Firma, sie soll mir die Rechnung schicken.«

»Danke«, keucht sie.

Sie ist ein wunder Punkt für sie, die Tatsache, dass sie um Erlaubnis bitten muss, um ihr Geld zu verwenden. Wie fühlt es sich an, stinkreich zu sein, aber sich nicht einmal einen Apfel kaufen zu können? Ich bezahle gerne für alles, was sie braucht. Es geht tiefer als mein Wunsch, sie zu kontrollieren. Ich will mich um sie kümmern. Ich liebe es, zu wissen, dass ich sie mit allem versorgen kann, was sie braucht. Nachdem ich meine Kindheit in Armut verbringen musste, ist das meine Besessenheit, mein eigenes *Problem*.

Als sie sich entschuldigt, um die Suppenschüsseln abzuräumen, hole ich die Hauptmahlzeit. Ich schneide den Schweinebraten und serviere jedem eine Portion Gemüse. Sie stürzt sich wie ein Geier auf das Essen und erinnert sich nur ab und an daran, langsamer zu werden. Während sie das tut, wirft sie mir einen kurzen Blick zu, aber ich tue so, als würde ich dieses seltsame Verhalten einer Dame, die in den elitärsten Lokalen in Tischmanieren geschult wurde, nicht bemerken. Es spielt für mich keine Rolle, wie sie isst. Von mir aus kann sie mit den Händen essen und ihre Suppe schlürfen, aber ich weiß, wo sie die Schule besucht hat, und ich weiß, was sie jungen Damen beibringen.

In vielerlei Hinsicht ist Lina ein Geheimnis. Laut ihrer medizinischen Berichte litt sie an Anorexie und Bulimie, aber seit sie hier ist, isst sie, als ob jede Mahlzeit ihre letzte wäre. Sie hat ein engelsgleiches Gesicht, aber sie lächelt nie. Und das nicht nur, weil sie bei mir ist. Sie lächelt auch nicht in ihren Jahrbüchern oder auf Zeitungsfotos. Als junge Frau von vierundzwanzig Jahren trägt sie nur Schwarz, nicht auf Gothic-Art oder alternativ, sondern auf eine wirklich morbide, deprimierende Weise. Sie bedeckt sich von Kopf bis Fuß wie eine gottverdammte Nonne, auch in der Hitze des Sommers. Russell hat mir gesagt, dass er ihr den Pool gezeigt hat, aber sie besitzt keinen Badeanzug. Ich bin ihre Kleidung durchgegangen, als ihr Koffer ankam. Was soll ich von all dem halten? Ich bezweifele, dass sie verrückt ist. Nicht verrückt genug, um für ein Jahr eingesperrt zu werden. Vielleicht exzentrisch. Vielleicht verwöhnt. Nicht zurechnungsfähig? Ich habe meine Zweifel.

Sie schiebt ihren leeren Teller weg. »Darf ich mich bitte entschuldigen? Ich bin ziemlich müde.«

Die Frage entweicht mir, bevor ich mich zurückhalten kann. »Warum hast du Clarke geheiratet?«

Wir starren uns an, ihre Augen werden groß, und mein Herz setzt einen Schlag aus. In der Nacht, als sie mir ihren Schal anbot und als ich sie im Flur getroffen hatte, bevor ich zu Daltons Büro ging, kam ich direkt auf sie zu und habe ihr gesagt: »Es war schön, dich kennenzulernen, Angelina Dalton. Eines Tages wirst du Mrs. Hart.« Es gab keine Spur von einem Lächeln auf ihrem Gesicht, als sie antwortete: »Ich weiß.«

Sie starrt mich verblüfft an. »W-was?«

»Du hast mich gehört.«

»Ich will nicht darüber reden.«

Als sie sich vom Tisch zurückzieht, ergreife ich ihr Handgelenk. Es ist draußen, der große, fette Elefant, und wenn man ihn ignoriert, wird er nur größer.

»Du hast gesagt, du würdest die meine werden.« Nicht in so vielen Worten, aber in der Nacht, in der ich ihr sagte, dass ich sie zu Mrs. Hart machen würde, sagte sie: »Ich weiß.«

Ich weiß.

Sie kämpft nicht gegen den Griff meiner Finger, vielleicht spürt sie instinktiv, wie gefährlich es ist, mich jetzt zu reizen.

»Ich war achtzehn«, sagt sie mit leiser Stimme.

»Dennoch hast du Clarke geheiratet.«

»Er hat gefragt.«

»Hat er das?«

»Was soll das heißen?«

»Dein Vater brauchte Schürfrechte für meine Entdeckung. Clarke war der Einzige, der sie gewähren konnte. Wie praktisch, dass du plötzlich seine Frau wurdest.«

Wut blitzt in ihren Augen auf. »Ich habe ihn nicht wegen der Schürfrechte geheiratet.«

»Nur wegen des Geldes?«

»So wie du mich meines Geldes wegen geheiratet hast?«

Ich lache auf. »Ich habe dir gesagt, dass es nicht nur um das Geld geht. Lenk nicht vom Thema ab. Du hättest warten können.«

»Worauf?«, fragt sie leise. »Auf einen Mann, den ich einmal gesehen habe? Du warst wegen Diebstahls im Gefängnis.«

Ich kann meinen verdammten Ohren nicht trauen. »Du glaubst, dass ich diesen Diamanten gestohlen habe?«

»Was hätte ich denn denken sollen? Ich kannte dich nicht.« Ihr Tonfall ist flehentlich. »Ich kenne dich immer noch nicht.«

Nicht gut genug. Sie sagte, *sie wüsste* es. Sie hätte es wissen müssen. Sie hätte warten sollen. Das ist der Moment, in dem ich es vermassele. Das ist der Moment, in dem meine sorgfältig kontrollierte Fassung bröckelt.

»Du hast recht, Lina. Du kennst mich nicht. Noch nicht.« Ich stehe auf und ziehe sie mit mir. »Aber du wirst mich kennenlernen – und sofort damit anfangen.«

Mit ihrer Ruhe ist es jetzt vorbei. Sie versucht, sich zurückzuziehen. »Was hast du vor?«

»Ich werde dir zeigen, wer ich bin.«

6

Damian

KEIN TRETEN UND KÄMPFEN KANN MICH AUFHALTEN, nicht, dass Lina überhaupt kämpft. Sie weiß, dass sie zu klein und zu leicht ist. Sie weiß, dass wir allein sind. Sie stolpert hinter mir her, während sie sich bemüht, Schritt zu halten, aber ich werde nicht langsamer. Ich bin nicht die jüngere Version von mir, die ihr sagte, dass ich sie zu der meinen machen würde. Damals meinte ich es auf eine gute Weise. Jetzt bin ich ein Mann, dem alles Gute abhandengekommen ist. Das ist in Ordnung, sage ich mir, denn sie ist nicht das Mädchen, das mich verhext hat. Sie ist auch nicht die Frau, die mich retten wird. Ich bin längst nicht mehr zu retten.

Mit ihrer instabilen Vergangenheit zeigt sie, dass sie tausend verschiedene Probleme hat, weshalb ich ohne Sicherheitsnetz auf einem Drahtseil laufe, indem ich sie wütend in mein Arbeitszimmer ziehe. Ich schleudere sie in den Raum und lasse sie in dem Moment los, in dem ich mir sicher bin, dass sie nicht fallen wird. Je länger ich sie berühre, desto mehr möchte ich sie verletzen, und je mehr ich sie verletzen möchte, desto härter werde ich. Sie beobachtet mich vorsichtig, so wie sie es sollte, und reibt sich ihren Arm an der Stelle, wo ich sie ergriffen habe. Ich schaue ihr in die Augen, während all die Dinge, die ich mit ihr machen will, in mir aufsteigen, und greife hinter mich, um die Tür zu schließen.

Ihre Kehle bewegt sich, als sie schluckt. Sie ist zu tapfer, als sie ihr Kinn anhebt und stehen bleibt, während ich zu ihr gehe. Mein Verstand schreit mich an, dass ich mich beruhigen soll, aber mein Herz kennt keine Gnade. Ich bleibe vor ihr stehen und klammere mich an den letzten Rest meiner Vernunft. Sie ist eine geschäftsunfähige Frau. Ihr Verstand ist zerbrechlich. So wie ihr Körper. Aber sie ist nicht verrückt. Wenn es ein klassisches, dysfunktionales Klischee für reiche Mädchen gibt, passt es zu ihr. Aufmerksamkeitssuchend, gewichtsbesessen, egoistisch und verdorben. Das Verrücktsein ist nur eine Ausrede, um ihre Persönlichkeitsmängel zu verbergen und das Mitleid zu rechtfertigen, das sie nicht verdient.

»Auf die Knie.«

»Nein.«

»*Auf die Knie.*«

»Ich werde es im Stehen ertragen.«

Sie wird es nicht einmal auf den Knien ertragen. Sie wird mit dem Gesicht nach unten schauen und im Teppich versinken, bevor ich Zeit hatte, einen beruhigenden Atemzug zu machen. Ich koche. Ich bin wütend. Ich bin durcheinander, und das alles wegen einer Sache, die vor sechs Jahren war. Alles wegen Dalton. Alles wegen ihres Verrats. Nur weil sie verdammt nochmal sagte: »Ich weiß«, und dann verschenkte, was nicht das ihre war.

Sie hat verraten, was mir gehörte.

»Es war noch nie deins.«

Habe ich das laut gesagt? Meine Füße scheinen sich wie von selbst zur Wand zu bewegen. Mit jedem Nagel, den ich in die schicke Tapete hämmerte, dachte ich an sie. Mit jedem Folterwerkzeug, das ich an die Wand hängte, dachte ich an Schmerz und Vergnügen. Es ist eine außerkörperliche Erfahrung, zuzusehen, wie meine Hand nach der Peitsche greift. Der Holzgriff drückt in meine Handfläche, während ich meine Finger straffe. Mein Verstand versucht, zu mir durchzukommen, mir zu sagen, dass dies der Punkt ist, an dem ich noch umkehren kann. Dennoch ist sie keine Fantasie auf einem Gefängnisbett in einer Zelle. Sie ist hier, und sie ist nicht so verrückt, wie sie sein sollte.

Ich entrolle den Lederriemen. Er schlägt mit einem Knall auf dem Boden auf. »Auf die Knie.«

»Nein.«

Meine Hände beginnen zu zittern, sowohl mit angestauter als auch mit frischer Wut. Ich schwinge die

Peitsche wieder, diesmal näher zu ihren Füßen. »Knie nieder.«

Ihr Herz rast unter ihrem Oberteil, aber ihre Stimme ist ruhig. »Nein.«

Ich weiß, wie man eine Peitsche schwingt. Der nächste Peitschenschlag fliegt an ihrem Gesicht vorbei und knistert in der Luft. Sie zuckt zusammen, aber sie bewegt sich nicht. Das ist komisch. Es ist, als hätte sie das schon einmal getan, nur kann ich mir nicht vorstellen, dass jemand sie auf einem Perserteppich posiert und eine Peitsche um ihr hübsches Gesicht geschwungen hat. Diese Art von Grausamkeit ist für Männer wie mich bestimmt.

»Es wird einfacher sein, wenn du tust, was ich dir sage.«

»Nein.«

»Gut.« Ich fahre mit dem Holzgriff über ihre Schulter. »Ich wollte dich schonen, aber du kannst genauso gut meine ganze dunkle Seite kennenlernen.«

»Das bist nicht du.«

Diese Worte werden aus Überzeugung gesprochen. Ihr Glaube an ihre eigene Analyse meiner Persönlichkeit macht sie mutig, aber sie kennt mich nicht. Das hat sie selbst gesagt. Sie hätte mich kennenlernen können, und wer weiß, was für ein Mann ich für sie gewesen wäre. Aber *Wenns* sind schwach, und die Realität ist grausam. Das ist es, was wir sind.

Ich gehe um sie herum, einmal, zweimal. Ihre Augen folgen mir. Als ich wieder hinter ihr bin, schlage ich zu. Das Leder erwischt die Rückseite ihrer Beine. Die Peitsche, die durch die Falten ihres lächerlich dicken Rocks behindert wird, fügt ihrer Haut keinen Schaden zu, ist aber kräftig genug, um ihre Beine zum Einknicken zu bringen. Sie fällt auf die Knie. Bevor sie Zeit hat, aufzustehen, umgreife ich ihren Hals und drücke ihren Oberkörper nach unten, bis ihr Rücken auf dem Boden aufkommt. Sie kämpft gegen mich an, aber es ist schwer, zu kämpfen, wenn die Beine unter einem gefaltet sind und man nicht atmen kann. Sie weiß, wann sie aufgeben muss. Sie weiß, dass sie aufhören muss, mich zu kratzen, und still liegen muss. Als sie es tut, lockere ich meinen Griff, um sie atmen zu lassen, aber ich nehme meine Hände nicht von ihr.

»Streck die Beine aus.«

Sie gehorcht. Ich gebe ihr genug Platz, bis sie das Manöver gemeistert hat. Ich sage ihr nicht, dass sie die Augen schließen soll, denn das ist nicht der Punkt. Ich lasse mich von ihr ansehen und ignorierte den Hass, der ihre Iris zu einem Weltraumblau verdunkelt.

»Zieh dein Höschen aus.«

Die Blautöne breiten sich aus, und die grünen und goldenen Punkte ziehen sich zusammen wie Satellitenschrott, der den Weltraum verschmutzt.

»Zieh es aus, Lina, oder ich mache es für dich.«

So viel weiß sie schon über mich. Ich bluffe nicht.

Wenn Blicke schneiden könnten, wäre ich klein genug, um in einen Mixer zu passen. Ihre Hände schieben sich unter ihren Rock. Sie hebt ihren Arsch an, fummelt ein wenig und schafft es, ihr Höschen bis zu ihren Oberschenkeln herunterzuziehen. Ich drücke ihren Hals immer noch auf den Boden. Weiter kann sie ihr Höschen nicht nach unten schieben, ohne ihren Oberkörper anzuheben.

»Jetzt zieh dein Kleid hoch.«

»Nein.«

Sie muss wirklich lernen, zu gehorchen. Ich richte mich auf, falte die Peitsche doppelt und schlage einmal durch den Stoff ihres Kleides auf ihre Muschi. Es ist ein sanfter Schlag, aber sie biegt sich vom Boden hoch.

»Entweder du ziehst das Kleid hoch, oder ich reiße es dir vom Körper.«

Sie scheint wirklich nicht zu wollen, dass ihr das Kleid ausgezogen oder ihr die Muschi versohlt wird. Sie greift nach einer Handvoll Stoff auf beiden Seiten des Rocks. Dann zögert sie kurz, so als ob sie hoffen würde, dass ich meine Meinung ändere.

»Du hättest dich einfach hinknien sollen«, spotte ich. »Wenn du gehorcht hättest, wäre es unter deinem Rock passiert.«

Sie runzelt die Stirn. Sie versteht mich nicht, aber sie wird es bald tun.

»Hoch.« Ich schiebe den Peitschengriff unter den Saum und hebe ihn ein paar Zentimeter an, um ihr zu zeigen, was ich brauche.

Ihre Nasenlöcher beben, als sie ihren Rock bis auf ihre Oberschenkel schiebt.

Ich klopfe mit dem Griff auf ihren Bauch. »Bis hierher.«

Sie wirft mir noch einen hasserfüllten Blick zu,

folgt aber meiner Aufforderung. Als die untere Hälfte ihres Körpers, abgesehen von dem schwarzen Höschen, das ihre Oberschenkel einengt, nackt vor mir liegt, lächele ich in ihr rötliches Gesicht, bevor ich meine Aufmerksamkeit auf die Verbindungsstelle ihrer Beine lenke. Sie rasiert sich nicht, aber sie schneidet ihr Haar kurz. Ihre Muschi ist leicht mit goldenem Haar bedeckt. Ich will ihren Spalt und ihre Erregung sehen. Ich ergreife das Gummiband ihres Höschens mit dem Peitschengriff und ziehe es langsam über ihre Beine und ihre Knöchel. Sie unterbricht den Blickkontakt nicht und stellt keine Fragen. Gut. Sie ist hier, um den Anweisungen zu folgen.

»Öffne die Beine.«

Ihre Lippen spitzen sich.

»Diesmal gibt keinen Stoff, der deine Muschi schützt.« Ich zeige ihr die Peitsche. »Es wird brennen.«

Alles bebt – ihre Augen, ihre Nasenlöcher, ihre Finger –, aber sie spreizt ihre Beine wie ein gehorsames Mädchen.

»Beug die Knie.«

Ihre Augen werden noch größer. Ihr Schweigen sagt Nein.

Ich ziehe die Peitsche über die Innenseite ihres Oberschenkels. »Wenn du den Anweisungen folgst, werde ich meine Hände bei mir behalten. Wenn ich nachhelfen muss, werden meine Finger definitiv in dir vergraben sein.«

»Du hast gesagt, du würdest das nicht tun.«

»Ich sagte, ich würde meinen Schwanz nicht in dich

stecken. Ich habe jedoch nichts dagegen, andere Dinge wie meine Zunge zu benutzen.« Ich klopfe auf ihren Oberschenkel. »Beugen.«

Die Drohung mit meiner Zunge tut ein Übriges. Sie gehorcht widerwillig, spreizt ihre Beine weit und gibt mir fast die Aussicht, die ich will. Ich stelle mich zwischen ihre Beine und genieße den Anblick. Ich schaue mir gerne meine wertvollsten Besitztümer an, und ihre hübsche Fotze qualifiziert sich für beide Kategorien. Sie ist am wertvollsten und, was noch wichtiger ist, in meinem Besitz.

Die beschnittenen Locken verbergen nicht viel. Mit dem Peitschengriff trenne ich diese rosa Lippen. Ich muss sie noch küssen, aber ich weiß, dass sie weich unter meinen Zähnen und moschusartig in meinem Mund sein werden. Ich schiebe sie weiter auf, um ihren Spalt und den zwischen ihren Falten versteckten Knubbel zu sehen. Sie bringt mich mit ihren Blicken nicht mehr um. Sie hat die Augen zur Decke gerichtet.

»Sieh mich an«, befehle ich. Ich will, dass sie mich beobachtet, während ich sie betrachte. Ich will, dass sie mich sieht.

Als sie gehorcht, falte ich erst ihre rechte Schamlippe auf, dann ihre linke, und nehme mir Zeit, das Bild in meinen Kopf einzubrennen. Ihre inneren Schamlippen entfalten sich wie eine Blume, die ihre Blütenblätter für die Nacht öffnet. Sie ist keine Sonnenblume. Sie ist eine Nachtlilie. Nicht bei Tageslicht gedeiht sie, sondern in den dunklen Stunden der Nacht.

Sie weiß es vielleicht noch nicht, aber sie ist meine Art von Verrücktheit. Wir passen zusammen wie eine Muschi und eine Peitsche. Ich fahre ihren Spalt mit dem Griff nach, als wäre ich ein Wissenschaftler und sie ein Experiment, aber es gibt nichts Klinisches an dem Steifen in meiner Hose. Sie beißt sich auf die Lippe, schämt sich für meine unverschämte Zerlegung ihrer Erregung. Ja, es gibt kein Ende meiner perversen Befriedigung, als die Falten, die ich so sorgfältig inspiziere, anfangen zu glitzern. Sie werden röter, geschwollener.

Ich drücke den Stock oben in ihrem Spalt und ziehe die Haut hoch, um die kleine versteckte Perle zu enthüllen. Ihre Klitoris schwillt an und pocht unter meinem Blick. Ich habe alles gesehen, als sie über meinen Schreibtisch gebeugt war, aber nicht aus diesem Blickwinkel. Der ist neu. Ich habe das Gefühl, dass Lina immer neu sein wird.

Der Drang, sie zu berühren, ist groß. Er ist echt. Es ist kein Machtspiel, bei dem nur einer von uns mit einer Peitsche spielen kann. Es ist ein Spiel, bei dem ich leicht allein durch visuelle Stimulation ejakulieren kann. Nur weil ich mich gerne selbst quäle, schiebe ich den Stock über ihre Klitoris, um ihre Reaktion zu testen. Sie beißt sich stärker auf die Lippe, als ihre Muschi sich um nichts zusammenzieht.

Ich ziehe den Peitschengriff immer wieder über den Knubbel. Sie wimmert, aber als ich ihn kreisförmige bewege, wölbt sich ihr Rücken vom Boden hoch. Die ganze Zeit über betrachte ich den Knubbel, der sie vor

Vergnügen erzittern lässt, als wäre er ein Eine-Million-Dollar-Gemälde, in das ich investiert habe.

»Das ist krank«, flüstert sie, als sie dort mit gespreizten Beinen liegt und ich erforsche und beobachte, um zu lernen, was ihr gefällt.

Es ist mir egal, was sie denkt. Sie gehört mir. Ich kann mit ihr machen, was ich will. Ich habe mir das Recht verdient. Sie verdient die Konsequenzen. Solange sie kommt, ist es nicht falsch. Nicht in meinen Augen. Es geht nicht darum, wie sie dorthin kommt. Es geht darum, dass *ich* sie dorthin bringe, auch wenn ich Paddel, Peitschen und ihre eigenen Finger benutzen muss.

»Berühre dich selbst.«

»Was?« Sie sieht mich an, als hätte ich sie gebeten, den Türknauf zu ficken.

»Du hast mich gehört.«

»Nein.«

»Wir werden an deinem Vokabular arbeiten müssen.« Ich drücke den Stock an die Unterseite ihres Spalts und wende einen konstanten Druck an, aber nicht genug, um in sie einzudringen. »Ich lasse dir die Wahl. Du kannst dich hier selbst ficken.« Ich gehe hinunter zu ihrem Arschloch und necke ihren Rosenknospeneingang. »Oder vielleicht bevorzugst du es hier.« Schließlich gebe ich ihr einen weichen Klaps auf ihre Klitoris. »Oder hier.«

Sie keucht, und ihre Schultern heben sich vom Boden.

»Wähle, Lina. Muschi, Klitoris oder Poloch.«

»Ich kann nicht.«

»In diesem Haus sind ›Nein‹ und ›Ich kann nicht‹ keine Bestandteile deines Vokabulars.«

Sie ist so erregt, so nass. Rote Flecken überziehen ihre Wangen, und ihre Muschi zittert. Wenn ich die zehn kleinen Knöpfe ihres Oberteils öffne, werde ich dann harte Brustwarzen vorfinden? Das ist schwer zu sagen, mit dem dicken Stoff, der sie bedeckt. Wo kauft sie diese hässlichen, altmodischen Kleider? Ich weiß nicht, ob sie nass ist, weil ich wie ein Lehrer mit einer Erektion, die ich nicht zu verbergen versuche, über ihr stehe, während ich sie dabei betrachte, wie sie feuchter wird, oder weil ich sie so schmutzig mit einem Gegenstand berühre, der zum Foltern bestimmt ist.

»Wähle, Lina, es sei denn, du willst, dass ich für dich wähle. Vertrau mir … wenn ich das tue, werde ich mit dem Stockende dieser Peitsche deine Klitoris, Muschi oder deinen Arsch ficken – vielleicht sind es alle drei, bis du mir gibst, was ich will.«

»W-was willst du?«

»Deinen Orgasmus. Du hast Zeit bis drei. Eins.«

Ihre Finger fliegen zu ihrer Klitoris. Sie reibt in einer kreisförmigen Bewegung, wie ich es mit dem Stock getan habe. Sie ist clever. Ihre Bewegungen sind schnell, und die Geräusche nass. Ich hocke mich für einen genaueren Blick hinunter und atme ihren Duft ein. Sie riecht nach süßem Gift und Sex. Ihr Kopf ist zurückgeworfen und ihre Stirn konzentriert gerunzelt. Sie wird schneller. Das Geräusch ihrer Finger, die über ihr glattes Fleisch reiben, macht mich härter. Sie arbeitet sich bis zu einem Crescendo hoch, ihre Nackenmuskeln sind vor Belastung angespannt, und dann bricht sie zusammen.

»Ich kann nicht.« Sie schüttelt den Kopf. »Ich kann mich nicht zum Kommen zwingen, wenn du zusiehst.«

Der Lederstreifen kommt so schnell herunter, dass sie nicht weiß, was sie getroffen hat. Er fällt zwischen ihre Beine und bedeckt ihre Klitoris und ihren Spalt. Es war nicht stark genug, um wehzutun, aber sie drückt ihre Beine zusammen und schreit vor Angst. Wenigstens hat sie keinen Orgasmus vorgetäuscht. Das rechne ich ihr an.

»Was habe ich über deinen Wortschatz gesagt?«

»Ich kann nicht kommen wie …«

Klatsch.

»Au!«

»Das war für das ›Ich kann nicht‹.«

Sie ist jetzt wütend. »Was willst du von mir?«

»Gib dir mehr Mühe.«

»Warum?«

»Ich war schon dran. Und jetzt bist du es.« *Klatsch.* »Zeig es mir.«

Sie schreit wieder auf und bedeckt ihre Muschi mit den Händen.

»Zwei, Lina. Wenn ich bei drei bin, ficke ich dich mit der Peitsche und wähle das Loch.«

Ihre Brust hebt und senkt sich mit schnellen Atemzügen. Im Gegensatz dazu öffnet sie ihre Beine in Zeitlupe, und ihre Finger wandern zaghaft zurück zu ihrer Klitoris.

»Weisst du was? Weil du nicht versucht hast, den Orgasmus vorzutäuschen, werde ich dir helfen.«

Sie fragt nicht. Sie beobachtet mich, während sie ihre Klitoris fingert und ich das Stockende hineindrücke und sie leicht ficke, während sie mit sich selbst spielt. Es ist heiß, das zu beobachten. Wenn mein Schwanz gegen sie reibt, werde ich explodieren. Ehe sie sich versieht, wird sie mich meinen Schwanz in jedes Loch ihres Körpers stecken lassen. Ihre äußeren Schamlippen schließen sich um den dünnen Eindringling und sagen mir, was ich wissen will. Ich weiß bereits von dem Spielen mit dem Paddel, wie man innen reibt, und es dauert nicht lange, bis sich ihre Pobacken anspannen. Ihr Arsch hebt sich vom Boden ab. Jeder Muskel in ihrer unteren Region zieht sich fest. Sie kommt mit einem stillen Keuchen und weigert sich, für mich Geräusche zu machen. Das ist in Ordnung, denn ich habe ihr Vergnügen.

Ihre Hüften kollabieren. Sie sieht fertig aus. Vorsichtig entferne ich den Griff und wische ihn an der Innenseite ihres Beines ab. Ich richte mich auf, ohne sie zu bedecken, denn ich bin noch nicht fertig mit meinen Betrachtungen. Wir schauen uns in die Augen. Es gibt Fragen in ihren, also gebe ich ihr die Antwort.

»*Das* ist es, was ich bin.«

Lina

Wer ist mein Mann? Wer ist der Mann, der mich in warmen, starken Armen in sein Schlafzimmer trägt, so vorsichtig mit mir umgeht, als könnte ich zerbrechen, wenn er mich doch gerade auf seinem Arbeitszimmerboden gebrochen hat? Ich hatte recht. Ich kenne ihn nicht. Ich weiß, dass ich nicht immun bin gegen seine Hände oder die Art und Weise, wie seine Augen vor Lust dunkel werden, wenn ich einen Orgasmus habe. Nein, ich weiß nicht viel über ihn, aber ich weiß, dass er nicht der Mann ist, der mir gesagt hat, dass er mich heiraten wird. Er ist ein erwachsener Mann, manipulativ genug, um mich in die Ehe zu zwingen, und pervers genug, um sich zu nehmen, was er will, egal wie beschämend das für mich ist. Vor allem ist er ein gefährlicher Mann. Er überlebt nicht nur die Schlachten des Lebens, er blüht auch durch sie auf. Er liebt den Kampf. Ich sehe es in seinen Augen, jedes Mal, wenn er mich zwingt, Widerstand zu leisten, nur um mich am Rande des Vergnügens zu halten, bevor er mich ganz langsam überwältigt.

Jedes Mal, wenn er mit mir auf seinem Schreibtisch oder Boden kämpft, sehe ich die finstere Befriedigung in seinen Augen, wenn ich den Kampf verliere, wenn mein Körper nachgibt und kommt. Es ist nicht so, dass ich nicht gegen die Höhepunkte ankämpfe. Das tue ich. Ich kämpfe mit jedem Funken Kraft, den ich habe, dagegen an, ihm das zu geben, was er will, aber er ist gut darin, mich auseinanderzunehmen, die Signale zu lesen und herauszufinden, welche Knöpfe er drücken muss. Der Ort, in dessen Nähe ich ihn nie kommen lassen werde, ist mein Herz. Ich tröste mich mit diesem Gedanken, als er mich ins Badezimmer trägt und mich auf den Vorleger setzt. Er kann meine Lust haben, mich verletzen, bis es sich gut anfühlt, und mich mit Paddeln und Peitschen kommen lassen, aber er kann nicht berühren, was nicht körperlich ist. Er kann meine Gefühle nicht berühren.

Die heftige Lust hat seine Augen verlassen, aber er ist immer noch hart. Wenn er nicht versprochen hätte, dass er mich nicht zwingen würde, zumindest nicht mit seinem Schwanz, hätte ich Angst. Er fährt mit seinen Händen über meine Arme, und ein unfreiwilliger Schauer überkommt mich, als seine Finger über die Narben streichen. Ich kann keine Liebkosungen auf den Verstümmelungen ertragen. Der Drang, mich zurückzuziehen, ist so stark, dass kalter Schweiß auf meiner Haut ausbricht und ich meine ganze Selbstbeherrschung aufbringen muss, um an Ort und Stelle zu bleiben.

Sein Blick ist beinahe zärtlich. »Kalt?«

»Nein.« Ich bin überrascht, dass meine Stimme ruhig ist.

Die Zärtlichkeit löst sich in Luft auf und macht Platz für Härte. »Ich verstehe.«

Als ob er meine Abscheu spüren würde, lässt er seine Hände sinken, aber seine Augen ziehen sich zusammen und seine Lippen sind ein dünner Strich. »Brauchst du Hilfe mit dem Kleid?«

Ich verschränke die Arme vor meinem Bauch. »Was?«

Er streicht mit einem Finger über die Knöpfe des Oberteils. »Das Kleid. Brauchst du Hilfe beim Ausziehen? Es muss zehn Knöpfe von der Größe eines Rabenauges geben.«

»Ich bekomme das hin.« Nachträglich füge ich hinzu: »Danke.«

Er nickt. Die Geste ist wie eine kleine Freundlichkeit im Austausch für das, was ich ihm im Arbeitszimmer gegeben habe.

Sein Blick wandert zur Dusche, während er spricht. »Ich lasse dich allein.«

Indem er das Badezimmer verlässt, gibt er mir eine weitere Belohnung dafür, dass ich ihn zusehen lassen habe. Er lässt mir Privatsphäre, aber die Tür einen Spalt offen, und bei all meiner Besorgnis darüber, wozu er fähig ist, kann ich mich nicht dazu bringen, sie vollständig zu schließen. Die Angst, eingesperrt zu sein, ist größer als jede andere, sogar das Berühren meiner Arme. Das Klicken der Schlafzimmertür sagt mir, dass er den Raum verlassen hat. Ich schaue vorsichtig aus der Tür. Das Schlafzimmer ist tatsächlich leer. Der Anblick der geschlossenen Tür lässt meine Kehle eng werden.

Sie ist nicht abgeschlossen. Sie ist nur geschlossen.

Ich sage mir das immer wieder, bis ich mich ruhig genug fühle, um mich unter die Dusche zu wagen. Ich brauche nur ein paar Minuten, um mich fertig zu machen und mein Nachthemd anzuziehen. Als ich aus dem Badezimmer komme, ist Damian wieder da. Er blickt mich mit seinen Augen von der anderen Seite des Raumes an und wirft die Bettdecke mit dem stummen Befehl zurück, mich hineinzulegen. Ich brodele innerlich, als ich tue, was mir befohlen wird. Als ich flach auf dem Rücken liege, greift er nach meinem unverletzten Handgelenk und zieht meinen Arm hoch.

»Das musst du nicht tun«, sage ich und fange schon innerlich an, auszuflippen.

»Ich muss duschen gehen. Also entweder die Handschellen, oder Russell überwacht dich so lange.«

Mein Zorn ist entfacht. »Wohin soll ich denn gehen?«

Er fährt langsam mit seinem Daumen über meinen Arm. »Sag du es mir.«

Ich knirsche mit den Zähnen, um mir meinen Abscheu zu verbeißen, als sich seine Finger um die Narben schließen. »Ich werde mich nicht umbringen.«

Er denkt über meine Aussage nach. »Ich glaube nicht, dass du das tust.«

»Dann gibt es keinen Grund für die Fesseln.«

Langsam lässt er mein Handgelenk sinken. »Trotz meiner Zweifel werde ich dir glauben, aber sollte ich mich irren …«

Er muss die Bedrohung nicht beenden. Es liegt in dem unausgesprochenen Versprechen seiner beunruhigenden Augen. Er wird mich an die Wand ketten, wenn nötig.

»Gut«, sagt er zuversichtlich.

Ich habe keine andere Wahl, als zu gehorchen.

Nicht, dass ich jemals Selbstmordgedanken hatte. Ich habe zu viel, wofür es sich lohnt, zu leben.

Er bedeckt meinen Körper mit dem Laken. Der Akt ist sowohl vorsichtig als auch besitzergreifend, als ob er ein teures Kunstwerk abdeckt, um es vor Staub und neugierigen Augen zu schützen. Es ist zu heiß für die Bettdecke, die er mir zu Füßen legt. Ohne mich noch einmal anzusehen, macht er sich auf den Weg ins Badezimmer. Wie zuvor lässt er die Tür offen, nur weiter. Sein Rücken ist mir zugewandt, als er beginnt, sich auszuziehen. Ich sollte mich auf die Seite drehen oder zumindest die Augen schließen, aber ich bin wie hypnotisiert. Weiß er, dass ich hinschaue? Interessiert es ihn? Oder vielleicht ist es das, was er will.

Als Erstes zieht er sein Hemd aus. Sein Rücken ist von harten, schlanken Erhebungen überzogen. Seine Arme bewegen sich, als er nach seinem Gürtel greift, und jede Bewegung zeigt den Schnitt seiner Muskeln. Er steht groß und selbstbewusst da, als er seine Hose öffnet und den Reißverschluss herunterzieht. Als er sich unerwartet umdreht, erwischt er mich dabei, wie ich ihn anstarre. Zu spät drehe ich mein Gesicht zur Wand. Ich habe bereits seinen offenen Gürtel und Reißverschluss gesehen, genauso wie die männliche Härte unter seinem schwarzen Slip. Meine Wangen brennen.

Aus dem Augenwinkel beobachte ich ihn weiter. Es ist zwanghaft, ein Magnetismus, den ich nicht kontrollieren kann. Er setzt sich auf den Toilettendeckel, um seine Schuhe und Socken auszuziehen. Als er sich wieder aufrichtet, folgen seine Hose und sein Slip. Seine Erektion ist riesig, und der bauchige Kopf und der dicke Schaft ragen stolz hervor, aber ich kann mich nicht dazu bringen, so unverschämt hinzustarren, nicht, wenn er mich dabei beobachtet.

Ein Grinsen hat sich auf seinem Gesicht ausgebreitet, als er mir endlich wieder seinen Rücken zudreht, um das Wasser in der Dusche anzumachen. Ich schließe die Augen und zwinge mich dazu, nicht nachzugeben, aber es ist sinnlos. Mein Blick wird von seinem gemeißelten Po und seinen kraftvollen Beinen angezogen, als er in die Dusche tritt und die Tür schließt. Das Glas ist klar, was mir einen unverdeckten Blick auf Damian ermöglicht, der sich mit einer Hand gegen die Wand lehnt, während er seine Erektion in der anderen umschließt. Ich weiß, was er tun wird, bevor er anfängt, seine Faust zu bewegen.

Der einzige Grund, warum ich nicht wegblicke, ist, dass er meinem invasiven Blick keine Aufmerksamkeit schenkt. Er ist völlig in das Masturbieren vertieft. Sein Kopf ist gesenkt, das Wasser läuft in Bächen durch sein ebenholzfarbenes Haar. Sein Blick ist auf die Bewegungen seiner Hand gerichtet. Ich stelle mir vor, wie sich seine Atmung beschleunigt und das Geräusch durch das fließende Wasser übertönt wird. Ich beobachte ihn aus keinem anderen Grund als dem, dass er ein großartiges Exemplar ist, eine perfekte Verkörperung männlicher Macht. Mein Körper reagiert mechanisch auf den erotischen Anblick, indem meine Falten anschwellen und mein Eingang sich mit Feuchtigkeit auf ein Eindringen vorbereitet.

Was ich gerade fühle, ist weit von Erregung entfernt. Ich fürchte die Macht, die der Mann, der sich selbst als mein Ehemann bezeichnet, besitzt. Ich spüre die Dunkelheit, die er zurückhält. Eines Tages wird er nicht mehr stark genug sein, um diese verdorbene Dunkelheit unter Kontrolle zu halten, und ich weiß instinktiv, dass meine Schonzeit kurz ist. Damians Geduldsfaden ist dünn, und seine Lust stark. Eines Tages wird er all diese Dunkelheit auf mich loslassen.

Meine Atmung wird hektisch, als ich diese Wahrheit akzeptiere, während sich sein Po anspannt und seine Hüften nach vorne zucken. Gleichzeitig erreichen sein Körper und mein Herzschlag den Höhepunkt, als ich diese verheerende Erkenntnis verarbeite, während er hinter einem dünnen Dampfschleier, der die Kabine zu füllen beginnt, ejakuliert. Zum Glück wird mir die Entscheidung, ob ich ihm zuschauen sollte, abgenommen, als der Nebel sich verdichtet und alles in der Dusche vor meinem Blick verbirgt. Damian kommt in einer Wolke aus Feuchtigkeit, während ich mit einer unerwünschten Nässe zwischen meinen Beinen zurückbleibe.

Er kommt mit einem frischen Paar Boxershorts ins Bett. Ich spanne mich an. Wird er mich jetzt bestrafen? Ich weiß, dass die Bestrafung kommen wird, und das Warten ist qualvoll. Als er sich niederlässt und mich an seine Seite zieht, bin ich mehr als verwirrt. Ich verstehe diesen kleinen Trost, den er bietet, nicht. Was will er wirklich von mir? Egal, was er sagt, es ist nicht nur mein Geld oder mein Vergnügen. Es ist Rache für das, was Harold ihm angetan hat. Vielleicht will er mich wirklich verrückt machen. Vielleicht will er mich so verrückt machen, wie die Welt glaubt, dass ich es bin, und ich habe Angst, dass es ihm gelingen könnte. Ich bin nicht immun gegen seine Hände oder lustvollen Absichten, obwohl ich ihn mit einer tief sitzenden Intensität hasse, weil er weiß, wie man meinen Körper zum Leben erweckt, obwohl mein Herz schon so lange tot ist.

»Schlaf ein«, atmet er an meinen Hals.

Sein Arm ist schwer über meinem Bauch und verankert mich am Bett. Wie soll ich denn so schlafen?

»Damian?«

»Lina?«, erwidert er.

»Wann wirst du es tun?«

»Was tun?«

»Mich bestrafen.«

Eine Sekunde vergeht. »Verdienst du eine Bestrafung?«

»Ich weiß, dass du sie für das Hochzeitskleid willst.«

»Hm.« Der Laut ist eine dunkle Aussage, eine Bestätigung.

»Mach es einfach.«

Seine Lippen berühren meine Schulter. »Du wirst es lernen.«

»Was lernen?«

»Alles geschieht zu meinen Bedingungen.« Er zieht

mit dem Daumen einen Kreis um meinen Nabel. »Schließe deine Augen. Ich habe einen langen Tag vor mir.«

Das Überraschende ist, dass ich, als ich es tue, besser schlafe als jemals zuvor.

Damian

ICH BEOBACHTE DIE SCHLAFENDE GESTALT MEINER FRAU, als ich im Morgengrauen aufstehe. Das schwarze Nachthemd passt nicht zu ihrer hellen Haut und ihren erröteten Wangen. Sie braucht weiche Rosa- und kräftige Rottöne. Aber das ist nicht der wahre Grund, warum es mich ärgert. Der wahre Grund ist, dass sie immer noch um einen Mann trauert, den sie möglicherweise liebt und der ihr wichtig genug ist, um seinen Abschied von dieser Welt mit Schwarz zu ehren. Der Bastard mag tot sein, aber er entzündet eine Flamme der Eifersucht in meiner Brust, die heiß genug ist, um mein Herz zu verbrennen.

Ich betrachte ihren Schrank, ihre hässlichen Kleider, prüde Nachthemden und schwarze Ballerinas. Zane hat mir gesagt, dass sie sich geweigert hat, nach einem Kleid für unseren Hochzeitsempfang zu schauen, so wie ich es erwartet hatte. Ihre Weigerung gibt mir die Antwort darauf, wie ich mit der Strafe umgehen werde, die sie gestern Abend angesprochen hat. Ich werde sie dort treffen, wo es am härtesten für sie sein wird, und das hat nichts damit zu tun, ihren tollen Hintern zu versohlen.

Mit einem letzten Blick auf ihre friedliche Gestalt ziehe ich mich an und schließe die Badezimmertür, um sie nicht zu wecken, während ich mir die Zähne putze. Dann mache ich mich auf den Weg, um das Tagesgeschäft zu erledigen, und fange bei meinem Schwiegervater an.

Wir treffen uns im Irene Country Club zum Frühstück. Er ist schon da, als ich ankomme, und liest Zeitung, als hätte er keine Sorgen in dieser Welt. Ich knöpfe meine Jacke auf und setze mich an den Tisch.

Er legt die Zeitung beiseite. Sein Tonfall ist sarkastisch. »Das Eheleben scheint dir gut zu bekommen.«

»Wenn du jemals wieder in die Nähe meines Hauses kommst, schneide ich dir ein Ohr ab.«

Er zuckt leicht zusammen. »Sie ist meine Tochter. Ich habe das Recht, mich selbst davon zu überzeugen, dass du sie nicht missbrauchst.«

Ich grinse. »Beide Ohren.«

Jedes Vorspielen von überlegener Ruhe verschwindet aus seinem Verhalten. »Was willst du? Ich habe Arbeit zu erledigen.«

»Ich fürchte, das tust du nicht.«

Ein Kellner kommt mit einer Kanne Kaffee und gießt zwei Tassen ein.

»Wovon zum Teufel sprichst du?«, fragt er, als der Kellner weg ist.

Ich empfinde große Freude dabei, ihm den Vertrag

zuzuschieben, der beweist, dass ich ab heute der Hauptaktionär von Dalton Diamonds bin, das bald zu Hart Diamonds wird.

Es dauert eine Weile, bis er seine Sprache wiederfindet, nachdem er den Inhalt überflogen hat. »Du willst mich wohl verarschen.«

Auf diesen Gesichtsausdruck habe ich lange gewartet, und ich werde nicht enttäuscht. Seine leichenblasse Haut und sein wütender, hilfloser Ausdruck sind äußerst befriedigend.

»Du Hurensohn.«

Bei einem Schluck Kaffee lehne ich mich in den Komfort des luxuriösen Stuhls zurück. »Du hast dich mit dem falschen Mann angelegt, Dalton.«

Er knallt den Vertrag auf den Tisch. »Ich bin immer noch Aktionär.«

»Dreißig Prozent. Du bist überstimmt.«

Seine Lippen verziehen sich auf eine böse Art und Weise. »Du hast dir gerade dein eigenes Grab geschaufelt. Diese Müllhalde ist wertlos. Sie ist erschöpft.« Er wird selbstgefällig. »Scheint so, als hättest du dich selbst in den Bankrott getrieben.«

Ich lege meine Karten nicht auf den Tisch. Noch nicht. Ich zucke mit den Schultern. »Das Geld deiner Tochter bezahlt dafür. Was kümmert es mich?«

Er ballt seine Hände auf dem Tisch zu Fäusten. »Ich lehne den Buy-Out ab. Die anderen hatten kein Recht, ihre Aktien zu verkaufen, ohne mir die Chance zu geben, dein Angebot zu verbessern.«

»Du wirst zu sehr damit beschäftigt sein, Berufung

einzulegen.« Ich gebe ihm den Brief von meinem Anwalt.

Während er ihn liest, legt sich seine Hand auf seine Brust. »Misswirtschaft?« Er wirft mir einen hasserfüllten Blick zu. »Das kannst du nicht machen.«

»Du hast die Operationen geleitet.« Ich streiche mit einer Hand über meine Krawatte. »Du hast grünes Licht für die Ausgrabung gegeben, trotz der geologischen Berichte, die davon abraten. Du wusstest, dass die Investition die Diamantenablagerungen aus dem Flussbettkies nicht rechtfertigen würde, aber du warst zu gierig, um die Gelegenheit verstreichen zu lassen. Du hast diese Berichte den Investoren vorenthalten, deinen Kumpel Jack Clarke dazu gebracht, einen neuen Bericht anzufertigen, und ihnen die Mine als unerschöpflich für zwanzig Jahre verkauft. Sechs Jahre sind vergangen, und ich gebe ihr noch ein Jahr mehr. Du bist genauso verantwortlich für die vorhersehbaren Verluste wie für die Prognose in diesem Bericht. Ich werde dich auf jeden Cent, den du hast, verklagen und sicherstellen, dass es ein schöner, großer Skandal in den Nachrichten ist. Wenn ich mit dir fertig bin, wird sich niemand in der Bergbaubranche jemals wieder in deine Nähe wagen.«

Er springt auf. »Du hast deinen verdammten Verstand verloren.«

Ich betrachte ihn ruhig. »Ich war noch nie vernünftiger.«

»Ich werde nicht untergehen, Hart.« Er zeigt mit einem fetten Finger auf mich. »Merk dir meine

Worte.« Damit stürmt er derart aus dem Raum, dass die anderen Gäste ihre Köpfe umdrehen.

Er geht unter. Für das, was er mir angetan hat, ist der Tod zu wenig für ihn. Ich möchte, dass er die letzten Jahre seines Lebens in völligem Elend lebt. Sein altes Männerherz hört besser nicht auf zu schlagen, weil seine Zerstörung gerade erst begonnen hat.

Verdammt, ich verhungere. Ich bin so beschwingt, dass ich zwei komplette Frühstücke essen könnte.

Lina

ALS ICH AUFWACHE, BIN ICH ALLEIN. DAMIAN MUSS bereits zur Arbeit gegangen sein, oder was auch immer er sonst so tut. Ich ziehe mich schnell an und gehe nach unten. Russell begrüßt mich fröhlich. Ist dieser Mann jemals mürrisch?

»Wissen Sie, wo Damian ist?«

»Geschäftlich unterwegs. Er wird heute Abend zurückkommen, aber wenn Sie ihn brauchen, kann ich ihn anrufen.«

»Nein.« Ich füge schnell hinzu: »Ich will ihn nicht stören, während er arbeitet.«

»Kann ich Ihnen irgendwie helfen?«

»Nein, aber trotzdem danke.«

Ich habe keine Zeit zu verlieren. Ich eile ins Arbeitszimmer. Meine Angst, eingesperrt zu sein, erlaubt es mir nicht, die Tür zu schließen. Sie ein Stück offen zu lassen ist ein Risiko, weil es geradezu wie Bettelei wirkt, erwischt zu werden. Da ich aber schnell arbeiten will, muss ich mich konzentrieren können, was nicht der Fall ist, wenn ich eine Panikattacke abwenden muss.

Ich fange mit dem Schreibtisch an und gehe durch jede Schublade, ohne wirklich zu erwarten, dass Damian die Beweise herumliegen lässt, mit denen er Harold erpresst. Sie sind wahrscheinlich in einem Safe oder verschlossen, aber meine sorgfältige Seite verlangt, dass ich die zugänglichen und offensichtlichen Verstecke eliminiere. Ich suche nach versteckten Schlüsseln und gehe den Schreibtisch durch, genauso wie ich es bei Harold so viele erfolglose Male gemacht habe, suche nach Hinweisen auf den Aufenthaltsort meines Kindes, und wie damals finde ich auch jetzt nichts. Nicht in seinem Schreibtisch. Ich schaue mir die Bilder im Raum an. Sobald ich festgestellt habe, dass es hinter keinem von ihnen einen Tresor gibt, hebe ich die Teppiche an. Ich klopfe mit den Füßen auf die Dielen und lausche einer Klangveränderung, die auf einen Hohlraum oder eine gelöste Diele hinweisen könnte. Da mir keine weiteren Verstecke einfallen, überprüfe ich die Ordner auf seinem Schreibtisch. Sie sind alle mit dem Logo von Dalton Diamonds versehen. Ich blättere durch den obersten auf dem Stapel, als sich die Tür plötzlich ganz öffnet und Zane hereinkommt.

Er hält abrupt inne, als er mich sieht. »Was zum Teufel machst du da?«

Ich richte mich schnell auf und versuche, nicht schuldbewusst auszusehen. »Ich suche nach etwas.«

»Das kann ich sehen. Wonach genau suchst du in Damis Akten?«

Ich denke schnell nach. »Nach einem Scheck. Er wollte mir Geld für Fledermauskästen geben.«

Zane verschränkt seine Arme. »Warum sollte der Scheck in einer Akte liegen?«

»Ich weiß es nicht. Ich habe mich nur auf dem Schreibtisch umgesehen.«

Er hebt einen Finger, während er sein Handy aus seiner Tasche zieht. »Bleib genau da, wo du bist.«

Ich weiß bereits, wen er anruft, bevor er wählt.

»Zane, bitte. Ich will nicht, dass du ihn auf der Arbeit wegen eines Schecks belästigst. Ich kann warten.«

»Halt die Klappe.« Er dreht mir den Rücken zu. »Dami? Ich habe gerade deine Frau dabei erwischt, wie sie in deinem Arbeitszimmer herumschnüffelt. Was soll ich tun?«

Mein Herz schlägt schnell, als er Damians Antwort hört. Wenn Damian ihm die Erlaubnis gibt, mich zu verletzen, wird Zane es gründlich tun. Er hasst mich so sehr, dass er all seine Kraft einsetzen würde. Mein Herz setzt einen Schlag aus, als Zane über seine Schulter zu mir zurückblickt.

»Sie sagt, sie sucht nach einem Scheck für Fledermauskästen.«

Eine weitere Stille herrscht, als Damian antwortet.

Feindseligkeit verzerrt Zanes Gesichtszüge. »Ich

werde es ihr sagen.« Er steckt das Telefon ein. »Die Firma soll ihm die Rechnung schicken.«

»Ich werde es ihnen sagen.«

Er neigt seinen Kopf zur Tür. »Verschwinde.«

Zane macht mir Angst, weil er stärker und größer ist, aber ich bin weniger eingeschüchtert, weil ich weiß, warum er mich hasst. »Heißt das, dass das Arbeitszimmer tabu ist? Das ist schließlich mein Zuhause.«

Sein Gesicht wird so rot, dass man es trotz seiner bronzefarbenen Haut deutlich sieht. »Verschwinde, bevor ich dich rauswerfe.«

Russell erscheint in der Tür. »Gibt es ein Problem?«

»Es ist bereits gelöst«, antwortet Zane. »Ihre Anwesenheit ist unnötig.«

»Mrs. Hart.« Russell hält die Tür für mich auf und bietet mir seinen unausgesprochenen Schutz an.

Ich nehme ihn gerne an, rausche an Zane vorbei und fühle seinen Blick auf meinem Rücken bis in den Flur brennen.

»Mir wurde beigebracht«, sagt Russell mit leiser Stimme, »dass Männer nicht in Gegenwart von Damen fluchen.«

Zanes Tonfall ist arrogant, als er erwidert: »Ich tue nichts, was ihr Mann nicht auch tut.«

Nein, tut er nicht. Was sagt das über mich aus? Dass ich bei beiden nicht ganz oben auf der Liste der zu respektierenden Menschen stehe.

Ich esse den ganzen Tag lang, als gäbe es kein Morgen. Ich stehle Brötchen vom Tisch und lege sie zu meinem Vorrat. Zwischen den Mahlzeiten durchsuche ich Zimmer für Zimmer unter dem Vorwand, mich mit dem Haus vertraut zu machen. Ich fange mit Damians Schrank an, schaue in jede Schublade und gehe bis hin zu seinen Jackentaschen.

Als ich zu mutlos bin, um weiterzumachen, bekomme ich Damians E-Mail-Adresse von Russell und schicke ihm die Angebote der Fledermausboxfirmen, bevor ich nach draußen gehe, um herauszufinden, wo die Fledermäuse nisten. Als ich nichts unter den Dachrinnen oder in den Bäumen finde, überlege ich, den Gärtner, Andries, zu fragen, aber er sieht mich so böse an, dass ich mich dagegen entscheide. Russell, der mir mit einigem Abstand folgt, fragt mich schließlich, wonach ich suche. Er sagt, dass er noch nie Fledermäuse gesehen hat, und meint, dass es wahrscheinlich nur ein Vogel war.

Ich beschließe, einen Blick unter die Gartenhausmarkise zu werfen, und mache mich auf den Weg zum Pool, halte aber abrupt inne, als ich Anne auf einer Luftmatratze treiben sehe. Ich stehe hinter den Zierpflanzen, wo sie mich nicht sehen kann. Sie trägt einen roten Bikini, der ihre Kurven zeigt. Sie hat überall dort Rundungen, wo ich keine habe, und ihre Haut hat eine gesunde, gebräunte Farbe. Sie treibt im einladenden blauen Wasser mit nur den Fingern unter der Oberfläche und ist ein umwerfender Anblick. Hübsch. Weiblich.

Ich beneide sie um ihre Freiheit. Es sind über dreißig Grad. Der Schweiß, der über meinen Rücken läuft, erinnert mich daran, wie übertrieben ich für diese Hitze angezogen bin. Niemand hält mich davon ab, zum Pool zu gehen. Es ist *etwas*, was mich davon abhält, nämlich die schrecklichen Narben und ihre Bedeutung, meine Angst, dass jemand von ihnen erfahren könnte.

»Warum gehen Sie nicht schwimmen?«, fragt Russell plötzlich neben mir.

Da ich ihn nicht kommen gehört habe, zucke ich leicht zusammen. »Nein, danke.«

»Das *ist Ihr* Zuhause.« Sein Blick schweift zu Anne, als wäre sie ein Eindringling.

»Ist es das?«

Sofort will ich mir auf die Zunge beißen. Das hätte ich nicht sagen sollen. Nicht zu ihm. Ich bin gestern schon zu weit gegangen mit meiner Ehrlichkeit. Sein Blick ist verständnisvoll, und das macht die Situation nur noch schlimmer. Meine Wangen erhitzen sich vor Verlegenheit über das, was ich gerade zugegeben habe, und das auch noch Damians Mitarbeiter gegenüber.

Ich drehe mich um, um zurück zum Haus zu gehen. »Bleiben Sie nachts auf dem Grundstück?«

»Ich gehe nach Hause. So gegen acht oder neun.«

»Wer hat die Nachtwache?«

»Es gibt einen regelmäßige Schichtwechsel von Wächtern, die kommen.«

»Kennen Sie Damian persönlich?«

»Ich arbeite nur für die Sicherheitsfirma, die er beschäftigt.«

»Nach Feierabend gehen Sie dann nach Hause zu einer Familie?«

Er bleibt stehen, um mich anzusehen. Oh, nein. Das kam nicht richtig rüber. Ich habe ihn auf falsche Gedanken gebracht.

Ich füge schnell hinzu: »Ich bin nur neugierig, ob Sie Kinder haben.«

»Wir reden nicht über unser Privatleben. Protokoll.«

»Ich verstehe.«

Ich eile zum Haus und fühle mich wie eine Idiotin, weil ich versucht habe, einen Freund zu finden. Was zum Teufel habe ich mir dabei gedacht? Damians Wachen sind nicht meine Freunde.

Als ich durch die Tür gehe, sagt er: »Ich habe keine Kinder.«

Ich gewähre ihm nicht mehr als ein höfliches Lächeln, stürze die Treppe hinauf und wasche mich zum Abendessen. Ich habe wieder Hunger. Jana ist früher gegangen, aber eine Kasserolle steht auf der Warmhalteplatte im Esszimmer. Ich setze mich an den Tisch und schlucke einen Seufzer der Enttäuschung hinunter, als Zane durch die Tür kommt. Anne folgt ihm und hat sich nur einen Pareo um ihren Bikini gewickelt.

»Was gibt es zum Abendessen?«, fragt sie. »Ich verhungere.«

Zane schaut mich feindselig an, während seine

Schwester ihren Teller mit Reis und Fleisch belädt. Nachdem wir uns jeder etwas genommen haben, essen wir in angespannter Stille. Wir sind zur Hälfte mit dem Essen fertig, als sich die Haustür öffnet. Damian tritt mit großen, wütenden Schritten ein. Sein Gesicht ist dunkel, und seine Wut kaum unterdrückt.

Zwei Männer ziehen einen dritten über die Stufe. Damian bleibt nicht stehen, um uns durch die offene Tür zu begrüßen, sondern geht mit den Männern auf den Fersen direkt den Flur hinunter in Richtung Küche. Russell schließt die Tür mit einem stoischen Gesicht und starrt geradeaus.

Was ist hier los? Ich schiebe meinen Stuhl zurück, aber Zane greift nach meinem Handgelenk.

»Das geht dich nichts an«, sagt er.

»Lass mich los.«

Ausnahmsweise tut er, was ich sage. Sein Lächeln ist bösartig. »Wie du willst.«

Als ich aufstehe, folgt Anne mir. Ich eile mit ihr auf den Fersen durch das Haus und verspüre den überwältigenden Drang, zu Damian zu kommen. Etwas Schlimmes passiert hier, und ich muss es aufhalten.

Die Küche ist leer, aber die Hintertür steht offen. Im Lagerraum auf der gegenüberliegenden Seite des Innenhofs leuchtet ein Licht. Der Raum ist fensterlos, aber unter der Tür sickert ein Lichtband durch. Ich eile darauf zu und nehme am Rande wahr, dass Anne mir sagt, dass ich nicht dorthin gehen soll. Meine Hand liegt auf dem Türknauf, als Anne an meinem Arm zieht. Ich schüttele sie ab und drehe den Knauf um. Die Tür aus Wellblech schwingt mit einem Quietschen auf. Ich weiß nicht, was ich erwartet hatte, aber mit Sicherheit nicht das. Der Mann, den Damians Wachen ins Haus geschleppt haben, ist über einen Arbeitstisch gebeugt, und sein Handgelenk ist in einen Schraubstock gespannt. Die Welt scheint sich nicht mehr zu drehen, während sie gleichzeitig unter meinen Füßen wegbricht. Damian hält eine Fleischaxt in seinen Händen, und im Gegensatz zu eben ist er beunruhigend ruhig.

7

Lina

»Nein«, schreie ich zur selben Zeit, als Damian die Axt schwingt.

Seine Augen weiten sich alarmiert, als er mich bemerkt, aber es ist zu spät. Der Schwung bringt die Sache zu Ende. Verschiedene Geräusche vermischen sich zu einem schrecklichen Orchester des Grauens. Ein dumpfer Schlag auf Holz ertönt. Das Brüllen des Mannes dröhnt durch den Raum. Blut spritzt aus seinem Knöchel. Sein Finger rollt zum Rand des Tisches, und mein Schrei geht leise in meine Brust über.

»Schließ die verdammte Tür«, ruft Damian.

Ich zittere im Türrahmen, und mein Blick ist wie eingefroren auf den Tatort gerichtet. Einer der Wachleute tritt vor und schlägt mir die Tür vor der Nase zu. Ich kann mich nicht bewegen. Nur unter enormen Anstrengungen schaffe ich es, meine Füße zu kontrollieren und meine Hand wieder zum Türgriff zu heben, um dem armen Mann zu helfen, den mein Mann foltert.

»Nein.« Eine Hand legt sich um meinen Arm.

Ich schaue auf, um zu sehen, zu wem sie gehört, und erblicke Russell, der neben mir steht.

»Sie können nichts gegen das tun, was gerade geschieht.«

Panik drückt mir den Atem aus der Brust. »Ich muss es tun.«

»Er verdient es.«

Schreckliche Schreie ertönen von innen.

Ich bin benommen, als ob ich nicht genug Luft bekommen könnte, und widerstehe dem Drang, mir die Handflächen über die Ohren zu pressen, während ich sage: »Niemand verdient das.« Ich muss es wissen.

»Es ist vorbei«, sagt er in einem beschwichtigenden Ton. »Gehen Sie zurück ins Haus.«

Ich befreie meinen Arm. »Ich nehme keine Befehle von Ihnen entgegen.«

Kälte breitet sich in seinen Augen aus. »Was immer Sie sagen, Mrs. Hart.«

Anne schüttelt den Kopf, als er weg ist. »Du solltest auf ihn hören.«

Der Stress bringt mich dazu, sie anzufahren. »Um was zu tun? Das Abendessen beenden, während ein Mann seine Finger verliert?«

Sie zieht eine Schulter hoch. »Damian wird sich über dein Einmischen aufregen.«

Ich kann nicht glauben, wie gleichgültig ihr das ist. »Wir müssen diesem Mann helfen.« Ich gehe wieder zur Tür, aber ihre Worte halten mich auf.

»Du machst es nur noch schlimmer für den Kerl.«

»Was?«

»Je mehr du für ihn bettelst, desto mehr wird Damian ihn leiden lassen. Er ist eifersüchtig darauf.«

»Eifersüchtig worauf?«, rufe ich aus.

»Dass sich seine Frau Sorgen macht.«

»Wenn das wahr ist, ist er ein Monster.«

Noch ein Schrei. Bin ich die einzige verdammte Person in diesem Haus, die das beenden will?

»Du kannst nicht mit Damian umgehen, Lina, aber keine Sorge, nicht viele Frauen können das.«

Mit dieser Aussage lässt sie mich allein und schlendert zurück zum Haus. Russells Gestalt ist durch das Küchenfenster sichtbar. Sie bleibt vor ihm stehen, und ich kann nicht erkennen, was sie sagen, aber sie sind beide angespannt. Ich brauche eine Sekunde, um zu entscheiden, was ich tun soll. Ich umgreife den Knauf fest. Bevor ich ihn drehen kann, schwingt die Tür auf, und niemand anderes als mein Mann steht vor mir. Blutflecken bedecken sein weißes Hemd, und eine Locke fällt über seine Stirn, aber ansonsten ist keine Haarsträhne unordentlich. Sein Gesicht ist gefasst.

»Damian …«

»Sperr sie in mein Zimmer.«

Er tritt zur Seite, um einen seiner Männer herauskommen zu lassen.

»Nein«, schreie ich, als der Mann mich wegzerrt. »Damian, tu das nicht.«

Damian sieht mich nicht einmal an. Er wendet sich ab und erlaubt dem massigen Mann, mich mit seiner Berührung auf meinen Armen zu verbrennen, und mich an Russell und Anne vorbei die Treppe hinaufzuzerren.

»Bitte«, flehe ich, als wir das Schlafzimmer erreichen, »verschließen Sie die Tür nicht. Ich bleibe hier. Ich schwöre es.«

Meine Bitte stößt auf taube Ohren, denn sobald er mich in den Raum gebracht hat, schließt er die Tür. Durch die geschlossene Tür höre ich den Mann nach Zane rufen, damit er die Schlüssel holt. Ich eile zur Tür, reiße am Griff, aber der Wachmann blockiert ihn.

»Lassen Sie mich raus!«

Weitere Schritte ertönen draußen, gefolgt von dem Geräusch eines Schlüssels, der im Schloss umgedreht wird. Ein Drehen des Türknaufs bestätigt meine schlimmste Angst. Ich bin eingesperrt.

Nein, nein, nein.

Meine Brust zieht sich zusammen.

Es ist nichts.

Es ist etwas.

Ich kann nicht atmen. Ich kann nicht denken. Es ist, als ob ich unter Wasser gefangen wäre und ich einzig und allein den Drang verspürte, mich an die Oberfläche zu kämpfen. Schamlos hämmere ich gegen die Tür, und ein kleiner Fetzen meines Verstandes ist sich vage der Tatsache bewusst, dass jeder im Haus den

Lärm hören kann, den ich mache, aber darum kann ich mich jetzt gerade nicht kümmern.

Als meine Fäuste zu sehr schmerzen, um weiterzumachen, eile ich zum Fenster und reiße es auf. Ich weiß bereits, dass es zwei Stockwerke ohne Sims sind, aber ich suche nach etwas, was ich vielleicht übersehen habe, wie ein Dachrinnenrohr, das die Wand hinunterläuft. Es gibt nichts anderes als glatte Ziegel. Mein Kleid fühlt sich plötzlich zu eng an. Ich kratze am hohen Hals und reiße einen Knopf ab. Ich zwinge mich zu tiefen, ruhigen Atemzügen und öffne das Oberteil. Meine Hände zittern, und die Knöpfe sind so klein, dass es sich als eine gewaltige Aufgabe herausstellt.

Ich setze mich auf den Fenstersitz und atme so viel Nachtluft ein, wie ich in meine unkooperative Lunge ziehen kann. Die reine Willenskraft erlaubt es mir, mich auf meine Atmung zu konzentrieren, bis ich meine Gedanken treiben lassen kann. Ich bin zurück in der Vergangenheit und lebe die glücklicheren Momente meines Lebens, bevor meine Mutter starb, bis ich in einen tranceartigen Zustand gerate, der es mir erlaubt, der Realität der Situation zu entkommen.

Als sich die Tür öffnet, bin ich mit kaltem Schweiß bedeckt. Damian steht mit nacktem Oberkörper an der Schwelle und trägt ein Tablett. Er tritt die Tür zu und geht zum Tisch am Kamin. Ich kann nicht anders, als auf seine Hände zu schauen, als er das Tablett abstellt. Sie sind sauber, seine Nägel frei von Schmutz oder Blut.

Ich spanne mich an, als er zu mir kommt, und

drücke meinen Rücken gegen das kalte Glas der Fensterscheibe. Er überragt mich, ist muskelbepackt und männlich, und jetzt, da ich gesehen habe, wozu dieser Mann fähig ist, ist seine dominante Präsenz noch erschreckender.

Er betrachtet mich mit gerunzelter Stirn. »Es tut mir leid, dass du das sehen musstest. Es wird hier nicht wieder vorkommen.«

Hier. Er sagt nicht, dass es nicht wieder geschehen wird. Er wird es einfach nicht hier tun.

Mein Mund ist so trocken, dass es mit schwerfällt, zu sprechen. »Warum?«

»Er hat mich bestohlen.«

Meine Stimme ist heiser. »Wie viele Finger?«

»Drei.«

»War das wirklich notwendig?«

Seine Augen verdunkeln sich, bis das Schwarz das Braun fast verzehrt. »Das wird das Schicksal von jedem sein, der es wagt, etwas zu nehmen, was mir gehört.«

Ich schlucke und erinnere mich, dass er mehr als einmal meine Familie beschuldigt hat, ihn bestohlen zu haben. »Harold?«

»Für ihn habe ich etwas anderes im Sinn. Er verdient es, mehr zu verlieren als seine Finger.«

Mein Herzschlag wird unregelmäßig. Ich frage nicht, was er mit mir vorhat. Ich will es nicht wissen. Als er die Hand ausstreckt, zucke ich zusammen, aber bewege mich nicht. Ich berühre mit meinem Rücken das Fenster, ich kann nirgendwo hingehen.

Er streicht mir mit einem Daumen über die Wange. »Ich mache dir Angst.«

Ich leugne die Wahrheit nicht.

Er streichelt weiterhin meine Wange, während er spricht. »Ich kann nicht versprechen, dir nie wehzutun.«

Alles in mir zieht sich bei seiner Beichte zusammen. Ich hatte nichts anderes erwartet, aber es ihn sagen zu hören, macht die Angst greifbarer, so dass sie in mir aufsteigt und sich in meiner Brust festsetzt.

»Ich kann dir aber versprechen«, fährt er fort, »dass ich nicht zulasse, dass dich jemand anderes verletzt.«

Lügen. Er hat dieses Versprechen schon gebrochen, bevor er es gemacht hat, und was Zane betrifft, wird er es um ein Vielfaches brechen.

Er lässt seine Hand sinken, geht zum Tisch und nimmt ein Glas und einen Teller, um beides zu mir zu tragen.

»Du hast noch nicht aufgegessen.«

Ich nehme den Teller wie ferngesteuert und verziehe das Gesicht, als ich den Zitronenkuchen sehe. Mein Appetit ist verschwunden, und die dicke Baiserschicht bringt mich dazu, mich übergeben zu wollen.

»Es tut mir leid.« Ich schüttelte den Kopf. »Ich kann nicht.«

Er zögert, tauscht aber den Kuchen gegen das Glas. Den Whisky trinke ich. Ich brauche das Brennen, das meine Kehle öffnet und meine Sinne trübt.

»Tee?«, fragt er und steht immer noch über mir wie ein Arzt, der einen Patienten untersucht.

»Was?«

Seine Finger streifen meine, als er das Glas nimmt. »Möchtest du eine Tasse Tee?«

Möchte ich? Ich bin in keinem Zustand, um zu denken, geschweige denn, um meine Ernährungswünsche zu analysieren.

»Nimm eine warme Dusche«, sagt er. »Ich bringe dir einen Rooibostee, damit du schlafen kannst.«

Er ist schon an der Tür, als ich meine Sprache wiederfinde. »Damian.«

Er dreht sich um, wartet und beobachtet mich mit diesen eindringlichen Augen.

»Wo ist er?«

Irritation überzieht sein Gesicht. »Ich nehme an, in einem Krankenhaus.«

»Deine Männer haben ihn hingebracht?«

»Natürlich nicht. Sie haben ihn an seinem Auto abgesetzt.« Er streckt seine Hand, und seine Finger sind gespreizt. »Warum machst du dir solche Sorgen um ihn?«

»Du hast gerade die Finger eines Mannes abgeschnitten und fragst mich das?«

»Geh duschen.« Er wendet sich von mir ab, und die Haltung seiner breiten Schultern strahlt Feindseligkeit aus.

»Damian.«

Er hält inne. »Was?«

»Bitte sperr mich nicht ein.«

Es gibt etwas in seinem Blick, als er mich über seiner Schulter ansieht. Einen Verdacht. Eine Frage. Er sagt nichts, aber tut mir den Gefallen, die Tür offen zu lassen, als er geht.

Da ich nicht nackt erwischt werden will, beeile ich mich mit der Dusche und ziehe mir ein Nachthemd an. Als ich aus dem Badezimmer komme, steht eine dampfende Tasse Tee auf dem Nachttisch. Mir ist kalt bis auf die Knochen, als ich einen Schluck nehme. Der Tee ist süß, genau wie meine Mutter ihn damals gemacht hat, als mich das Auto von meinem Fahrrad gestoßen hat.

Damian

DER ABEND IST ZU EINEM ALPTRAUM GEWORDEN. ICH hätte diesen diebischen Drecksack nicht mit nach Hause nehmen sollen, aber wir haben ihn unerwartet geschnappt, als er den Minerals Council verließ, und ich konnte ihn weder auf der Straße bearbeiten noch hinter die nächste Müllhalde schleppen, wo die Stadt Überwachungskameras hat.

Da mein Abend bereits ruiniert ist, gehe ich auf die Suche nach Zane und finde ihn und Anne vor dem Fernseher, wie sie über eine Slapstick-Komödie lachen.

Anne schaut auf, als ich hereinkomme. »Damian, du armes Baby. Was für einen schrecklichen Tag du hattest.« Sie steht geschmeidig wie eine Katze auf und greift von hinten nach meinen Schultern. »Setz dich hin. Du kannst eine Massage gebrauchen. Zane, gib ihm einen Drink.«

Zane wirft ihr einen bösen Blick zu.

Ich schüttele ihre Berührung ab. »Wir nehmen den Drink in meinem Arbeitszimmer.«

Ich warte nicht auf Zanes Antwort, und er weiß es besser, als mir zu widersprechen. In meinem Arbeitszimmer gieße ich zwei Whiskys auf Eis ein.

Zane tritt langsam ein, und sein Gang ist vorsichtig. »Was ist los?«

»Setz dich.« Ich zeige auf den Stuhl, der meinem Schreibtisch zugewandt ist, nicht auf die Sessel am Kamin.

Er schaut den Stuhl unsicher an, stellt meine Aufforderung aber nicht in Frage. Als er sich hingesetzt hat, stelle ich ein Glas vor ihn, bevor ich den Schreibtisch umrunde und meinen Platz einnehme.

»Mein Gott, Dami.« Er lacht nervös. »Warum so formell?«

»Du weißt, dass ich dir immer dankbar dafür sein werde, dass du mir den Rücken freihältst.«

»Aber?«, fragt er, und sein Ton wird vorsichtiger.

»Aber tu meiner Frau weh, und du tust mir weh.«

»Langsam.« Er hebt die Hände. »Ich habe Lina nichts getan. Sie hat sich selbst verletzt. Sie ist verrückt. Das weißt du doch, oder?«

»Sie hat keine Haut mehr am Handgelenk.«

»Ich habe ihr gesagt, dass sie sich nicht wehren soll.«

»Du hättest gepolsterte Handschellen benutzen sollen.«

»Metall ist alles, was ich kurzfristig finden konnte.«

»Nicht gut genug. Ich kann dir deine Ignoranz in dem Fall fast verzeihen, aber nicht, dass du sie eine Schlaftablette nehmen lassen hast, die stark genug war, um sie in ein verdammtes Koma zu versetzen.«

»Dami, diese Frau …«

»Ich bin noch nicht fertig. Du hast mich heute Abend enttäuscht. Ich habe mich darauf verlassen, dass du sie da raushältst.«

»Ich kann ihr nicht sagen, was sie tun soll. Sie ist deine *Frau*. Sie will nicht auf mich hören.«

»Nächstes Mal gibst du dir mehr Mühe, sonst bin ich nicht so nachsichtig.«

»Meinst du das ernst?« Er steht auf. »Gibst du mir die Schuld dafür, dass sie deine Folterparty gecrasht hat?«

»Ich vertraue darauf, dass du mir den Rücken freihältst. Heute Abend hast du es nicht getan.«

»Dafür zu sorgen, dass deine Frau nichts von deinen Geschäften mitbekommt, zählt nicht als Rückenstärkung. Nicht für mich.«

»Aber für mich. Ist das klar genug, oder brauchst du ein Memo?«

»Dami.«

»Fordere mich nicht heraus. Nicht hierbei.«

»Gut. Es tut mir leid wegen ihres Handgelenks und dass sie eine Tablette genommen hat, und es tut mir leid, dass ich sie heute Abend nicht festgehalten habe.«

»Ablenken, nicht festhalten.«

»Ablenken«, stimmt er schwach zu.

»Ich nehme deine Entschuldigung an.« Ich hebe mein Glas. »Ist alles in Ordnung zwischen uns?«

Widerwillig nimmt er seines hoch. »Alles in Ordnung.«

Er trinkt das Glas auf ex aus und schlägt es dann auf den Schreibtisch. »Wird sie zu einem Problem werden?«

Wut verstärkt meine Ungeduld. »Erkläre, was du mit *Problem* meinst.«

»Wird sie zwischen uns stehen?«

Ich fixiere ihn mit meinem Blick. »Zwischen was genau, Zane? Was ist deiner Meinung nach zwischen uns?«

Er schluckt. »Freundschaft. Wird sie zwischen unserer Freundschaft stehen?«

»Nicht, wenn du die Tatsache, dass ich sie geheiratet habe, nicht zu einem Problem machst.«

Er hebt seine Hände wieder an. »Kein Problem.« Sein Lächeln wird schief. »Ich passe nur auf dich auf.« Als er zur Tür geht, wirft er ein: »Wie ich es immer getan habe.«

Er schlägt die Tür nicht zu, aber er schließt sie auch nicht leise.

Ich muss ein Auge auf Zane haben. Es würde mir wehtun, ihn rauszuwerfen, aber ich habe gemeint, was ich gesagt habe. Lina steht an erster Stelle. Sie mag mich so sehr hassen, wie Zane loyal ist, aber sie ist meine Frau.

Lina

NACH DEM VORFALL MEIDE ICH DAMIAN. DAS IST NICHT schwierig. Er ist jeden Tag geschäftlich unterwegs und kommt spätnachts zurück. Er fesselt mich nicht an das Bett, aber ich wache oft mit seinem schweren Arm über meinem Bauch auf, mit dem er mich an die Hitze seines Körpers bindet. Aus Angst, ihn oder, genauer gesagt, seine finstere Lust zu wecken, rühre ich mich nie. Ich ertrage das Unbehagen und das Verlangen, die Positionen zu wechseln. Ich höre ihm beim Atmen zu, atme seinen männlichen Duft ein und erinnere mich an das, was er getan hat. Wann immer ich daran denke, wie innig seine Hände mich berührt haben und wozu diese Hände fähig sind, bahnt sich ein Schauer seinen Weg von meinem kalten Inneren zur überhitzten Oberfläche meiner Haut.

So wie ich meinem Mann ausweiche, weicht Zane mir aus. Russell tut so, als würde ich nicht existieren. Bis auf einen formellen Gruß oder eine steife Antwort auf eine Frage spricht er nicht mit mir. Er tut nichts anderes, als mir mit einem kleinen körperlichen Abstand und einer wachsenden Distanz auf einer nicht-körperlichen Ebene zu folgen. Ich sehe auch nicht viel von Anne, die zu sehr damit beschäftigt ist, Make-up- und Frisörproben für die Hochzeitsfeier am Samstag zu machen.

Als das Haus langsam in einen Gala-Saal

verwandelt wird, werde ich nervöser. Einen Raum voller Menschen stundenlang mit einem Pokerface zu konfrontieren steht nicht ganz oben auf meiner Liste der angenehmen Erfahrungen. Die Presse wird hier sein. Es werden Fotos gemacht werden. Ich muss die Rolle eines Menschen spielen, der ich nicht bin, und eine Maske unter den Menschen tragen, die das Schlimmste über mich denken. Ich muss so tun, als würde ich das Flüstern, die Anschuldigungen und die Gedanken darüber, wie verrückt ich bin, nicht hören. In einem Raum voller Feinde, unter denen mein Mann der größte ist, kann ich meine Deckung nicht für eine Sekunde aufgeben.

Im Vorfeld des unerwünschten Ereignisses durchsuche ich das Haus von oben nach unten, aber die Beweise sind nirgendwo zu finden. Da Damian es sich zur Aufgabe gemacht hat, Harold nicht zur Party einzuladen und eine starke Botschaft an die spekulierenden Medien zu senden, muss ich mich noch nicht mit Harold befassen, aber ich bevorzuge es, diese Dokumente früher als später in die Hände zu bekommen. Ich bin bereit, das Opfer für den Preis zu bringen, den sie mir erkaufen werden. Was sind drei Finger im Austausch für die Freiheit?

DER SAMSTAG KOMMT ZU FRÜH. CATERER, KELLNER UND Reinigungskräfte tummeln sich im ganzen Haus. Ich suche Zuflucht in der Küche, wo Jana eine Kanne

Kamillentee zubereitet, als ob diese mich beruhigen würde.

»Ich weiß, dass du nervös bist«, sagt sie und zwinkert mir zu.

Das bin ich, aber nicht aus dem Grund, den sie vermutet. Ich bin keine errötende Braut, die sich Sorgen macht, was auf ihrer Hochzeitsfeier schiefgehen kann.

»Alles wird perfekt sein.« Sie schaut auf ihre Uhr. »Du machst dich besser fertig, wenn du nicht zu spät dran sein willst.«

»Bleibst du hier?« Ich halte den Atem an und bete, dass sie Ja sagen wird.

»Das geht nicht. Es ist Pizza-Abend mit den Kindern.«

»Natürlich.« Ich schenke ihr ein kleinlautes Lächeln. »Viel Spaß.«

Ein egoistischer Teil von mir möchte, dass sie bleibt, so dass ich ein freundliches Gesicht habe, das mir Sicherheit gibt, aber Jana hat ihre eigene Familie, um die sie sich kümmern muss.

Ich gieße mir noch eine Tasse Tee ein, trage sie nach oben und mache mich fertig, wie Jana es vorgeschlagen hat. Es ist ähnlich wie bei unserer Hochzeit, da ich auch diesmal meinen Magen in der Toilette leere, bevor ich ein schwarzes Kleid anziehe. Es ist ein einfacher Schnitt mit einem langen Rock und hohem Kragen, und die Seide ist eher holzkohlefarben als schwarz. Harold hatte es mir für Jacks Beerdigung gekauft, als ich zu betäubt war, um aus dem Bett zu steigen und mich um eine so einfache Aufgabe zu kümmern.

Mein Magen zieht sich zusammen, als es an der Haustür klingelt. Als ich Schritte auf der Treppe höre, überzieht sich meine Haut mit einer Schweißschicht.

Zane steckt seinen Kopf durch die offene Tür. In Smoking und Fliege gekleidet, wäre er attraktiv, wenn seine Persönlichkeit nicht sein Äußeres beeinträchtigen würde. Sein Blick wandert missbilligend über mich. »Die ersten Gäste sind da.«

Ich lasse mich nicht ablenken und lege mir einen Ohrring an, als wäre ich nicht beunruhigt. »Sie sind früh dran.« Und Damian spät.

»Die Kellner bieten ihnen Getränke an. Ich schlage vor, du bewegst deinen Arsch. Dami wird in fünf Minuten hier sein.«

Als er geht, bemerke ich Russell auf dem Flur, der die Schlafzimmertür bewacht. Er starrt geradeaus, als ob er sich in eine Salzsäule verwandeln würde, wenn er in den Raum schaut.

Ich ignoriere die zunehmende Anzahl von Stimmen, die von unten kommen, drehe mein Haar zu einem engen Dutt und trage ein leichtes Make-up auf. Die Kosmetik soll nicht schön aussehen, sondern die Blässe meiner Lippen und Wangen überdecken. Ich trage Lippenstift auf, als ich höre, wie mein Mann Russell begrüßt.

Automatisch hält meine Hand mit dem Lippenstift inne. Drei Herzschläge später erscheint Damian im Spiegelbild. Er bleibt an der Schwelle zur Garderobe stehen und betrachtet mich. Mit einer Hand in der Tasche und einem Finger, über dem der Kleiderbügel einer Kleidertasche eingehakt ist, die über seiner Schulter hängt, ist seine Haltung lässig, aber es gibt nichts Entspanntes an seinem Blick, der mich zu häuten scheint. Wie Zane trägt er einen Smoking. Die Tatsache, dass sein volles Haar noch feucht ist, bedeutet, dass er gerade erst geduscht hat. Wo hat er sich umgezogen? Im Büro?

»Tut mir leid, dass ich zu spät bin.«

Er schuldet mir keine Entschuldigungen, und mir entgeht nicht, dass er keinen Grund nennt.

»Deine Gäste sind schon da.« Ich sage *deine* wie eine Anschuldigung. Ich wollte das nie haben.

Seine Mundwinkel verziehen sich und verspotten meine Boshaftigkeit. »Es ging nicht anders. Ich war beschäftigt.«

»Damit, Finger abzuschneiden?«, frage ich trocken.

»Wenn es so wäre, würdest du es wissen wollen?«

Ich antworte nicht.

»Ich besitze keinen Smoking«, sagt er. »Ich musste mir einen leihen, aber durch eine Änderung bin ich zu spät gekommen. Ich habe im Büro geduscht.«

Das Eingeständnis macht mich etwas weniger wütend auf ihn. Ich kann nicht anders, als ein wenig Mitgefühl für den reichen Mann zu empfinden, der keinen Smoking besitzt. Es sagt so viel über seine Vergangenheit aus.

Als ich die Hitze seines Blicks auf meinem Rücken

spüre, trage ich meinen Lippenstift auf und reibe meine Lippen aneinander. »Ich bin bereit.«

Das ist eine Lüge. Ich werde nie bereit sein, aber je schneller wir es hinter uns bringen, desto besser.

Zwei Sekunden lang sind wir wie eingefroren in unserem Anstarren, bewerten uns gegenseitig und finden uns unzulänglich, aber dann bricht er den Moment der unausgesprochenen Anschuldigungen mit einem einzigen Schritt und Wort.

»Nein.« Seine Stimme ist überheblich, dominierend.

»Entschuldigung?«

Er nähert sich mir. »Du wirst nicht so gehen.«

Ich drehe mich zu ihm um und stütze mich mit meinen Händen auf dem Kosmetiktisch hinter mir ab. Man dreht einem Löwen nicht den Rücken zu. »Wie, so?«

Seine Augenbraue hebt sich. Sein Lächeln ist nachsichtig. »Du wirst das hier tragen.« Er hält mir einen Kleiderbeutel vor die Nase.

Er kam vorbereitet. Er wusste, wie ich mich anziehen würde, und er wollte nicht den gleichen Fehler machen wie bei unserer Hochzeit. Ich hätte seine Vorgehensweise erwarten sollen, aber sie überrascht mich trotzdem so sehr, dass ich, als er die Tasche in meine schlaffe Hand schiebt, meine Finger reflexartig um sie lege. Ich muss ihm weiter in die Augen sehen. Ich blicke voller Unglauben in sie, aber vor allem voller Angst.

Sein Blick fällt auf die Stelle, an der ich das Plastik umgreife. »Schau hinein.«

Als ich mich nicht bewege, nimmt er den Beutel zurück und zieht den Reißverschluss herunter. Das Kleid, das er herausholt, ist schlimmer, als ich es mir je hätte vorstellen können. Rote Seide, überzogen mit Chiffondrappierungen, die sowohl vorne als auch hinten kurz sind. Dünne Träger liegen über den Schultern, und ein Schlitz reicht fast bis zur Hüfte. Das ist ein Hurenkleid. Es gibt kein anderes Wort dafür.

Ich schaue entsetzt vom Kleid zu ihm. Das kann er nicht ernst meinen, aber das tut er. Es gibt einen Hauch von Bosheit in seinen Augen, als er meine Reaktion beobachtet.

Das kann ich nicht tragen. Blut fließt durch meine Venen und schießt von meinen Füßen in meine Finger, um wie Nadelstiche zu kribbeln. Ich spüre die Hitze in meinen Wangen und höre das aufwallende Blut wie Trommelschläge in meinen Ohren. Panik umhüllt mich, schickt einen Hauch von kaltem Schweiß auf meine Haut und Übelkeit in meinen Magen. Wie auf Anhieb beginnt das vernarbte Fleisch meiner Arme zu jucken. Es brennt ohne eine Berührung. Die bloße Vorstellung von Hunderten von Augen auf einem Teil von mir, den ich der Welt noch nie gezeigt habe, reicht aus.

»Ich …« Ich befeuchte meine trockenen Lippen mit der Zunge und kämpfe um meine Stimme. »Ich kann das nicht tragen.«

Er kneift die Augen zusammen und spricht mit

einer weichen, gefährlichen Stimme zu mir. »Das wirst du, oder ich schwöre bei Gott, ich werde dich in nichts als deiner Unterwäsche nach unten gehen lassen.«

Ich zucke bei seinen Worten zusammen, verspüre instinktiv den Drang, zurückzuweichen, aber ich stecke zwischen ihm und dem Schminktisch fest.

»Du solltest lieber nicht glauben, dass ich bluffe, Lina.«

Nein, das tut er nicht. Es ist nicht Damians Stil, zu bluffen. Ich fange an zu zittern, das Blut sackt von meinem Kopf zu meinen Füßen und kehrt dann seinen Kurs um, so dass ich unter einem plötzlichen Schwindelanfall leide. Mein Körper schwankt, und nur mein Griff an der Theke hält mich aufrecht. Das ist die Stelle, an der ich breche. Das ist meine Grenze. Hier fange ich an zu betteln.

»Bitte, Damian. Nicht dieses Kleid. Zwing mich nicht dazu. Alles, alles, nur nicht das hier.«

Ich bin bereit, auf die Knie zu gehen, seine Hose mit meinen feuchten Händen zu umklammern und ihm alles zu versprechen, was er will, und er weiß das. Zufriedenheit spiegelt sich auf seinen Lippen, doch seine Augen bleiben unerbittlich. Hart. Dann trifft es mich. Oh mein Gott. Das ist seine Rache. Meine Kinnlade klappt nach unten, als ich es verstehe.

»Damian.« Ich will vor Scham sterben.

Statt Gnade gibt es nur Schweigen. Bestätigung. Er will mich vor seinen Gästen demütigen. Er will, dass ich mich so fühle wie er damals, als ich ihn in einem schwarzen Kleid geheiratet habe.

Ich richte mich auf und kämpfe darum, dass meine Stimme nicht zittert. »Das ist meine Strafe, nicht wahr?«

Er legt seine Hand auf meine Wange. Es ist eine zärtliche Geste, aber sein Lächeln ist hart. »Fairerweise hast du den Körper für dieses Kleid.«

Den Körper einer Hure. Er hat keine Ahnung, wie richtig er damit liegt.

»Ich erinnere mich an eine Nacht«, fährt er fort, »als du kein Problem damit hattest, deine Titten und deinen Arsch zur Schau zu stellen, damit alle Männer im Haus deines Vaters sie sehen konnten.«

Das entspricht nicht der Wahrheit. Harold hatte das Kleid gekauft. Ich hatte versucht, das meiste davon mit meinem Schal abzudecken.

»Ich habe noch etwas anderes für dich.«

Er geht hinaus und kommt mit einem Päckchen zurück. Zuerst holt er einen roten String heraus. Keinen BH. Der Schnitt des Kleides ist zu tief für einen BH. Dann zieht er ein Paar Schuhe hervor, die er in der Boutique gekauft hat. Die durchsichtige Farbe vermittelt den Eindruck, dass die Absätze aus Glas sind. Genau wie bei Aschenputtel. Aber das ist kein Märchen, und Damian ist kein Prinz.

»Ich erwarte, dass du in genau zehn Minuten die Treppe runterkommst. Lass mich dich nicht in deinem Tanga aus diesem Raum schleppen.«

Ich habe alle Hoffnung auf Rettung verloren, als ich dabei zusehe, wie seine Gestalt verschwindet. In zehn Minuten werde ich nicht mehr anmutig aussehen.

Er dreht sich im Türrahmen um. »Oh, und lass dein Haar offen.«

Ich versuche es ein letztes Mal. »Du weißt nicht, was du tust.«

Sein Lächeln sagt etwas anderes. »Diese Runde, *Frau,* gewinne ich.«

Mit diesen Worten verschwindet er, lässt seinen Sieg sacken und zwingt mich zu einem Spießrutenlauf vor meinen Feinden.

8

Damian

AUF DEM WEG NACH UNTEN GEBE ICH RUSSELL EIN Zeichen, mir zu folgen. Ich vertraue ihm, aber die Schlafzimmertür war offen, als ich ankam, und er ist nur ein Mann. Bei einer Frau wie Lina wird es jedem Mann schwerfallen, einem Blick auf ihren nackten Körper zu widerstehen. Zane wird dafür sorgen, dass unser Schlafzimmer außerhalb der Grenzen bleibt. Das habe ich ihm bei meinem Eintritt gesagt. Ich will Russell am Empfang. Sein Job ist es, für Linas Sicherheit zu sorgen, auch wenn ich bezweifele, dass einer der Gäste der Hochzeitsgesellschaft einen Angriff auf sie in meinem Haus starten wird, aber man weiß nie. Ich habe zu viele Feinde, und auch sie hat nicht wenige. Vielleicht verdient Lina diese Feinde nicht, da sie nicht in der Lage ist, einer Fliege etwas zuleide zu tun, außer sich selbst zu verletzen, aber sie ist das

Produkt des Erbes ihres Vaters und meines Namens. Nachdem sie von dem einen geboren und mit dem anderen verheiratet wurde, gibt es keine größere Bedrohung, der ein Mensch in der Welt ausgesetzt sein kann. Unsere Feinde zusammengenommen reichen aus, um hartgesottene Kriminelle zum Zittern zu bringen.

Ohne den schweren Fehler, Clarke zu heiraten, hätte sie den Krieg um Geld und Macht nicht mitbekommen. Ohne ihre Wahl der Kleidung, die unsere Vermählung als *schwarze Hochzeit* in den Medien taufte, hätte ich heute Abend nicht gegen sie angekämpft. Ehrlich gesagt ist das Kleid, das ich ausgesucht habe, nicht nuttig. Es ist freizügig, aber nicht über das hinaus, was als sozial akzeptabel gilt. Die einzige Person, die bestraft wird, ist meine konservative Frau und vielleicht mein Schwanz. Ich bezweifele, dass ich beim Anblick von ihr in dieser Seide weich bleiben werde.

Ich freue mich weitaus mehr darauf, sie in Rot zu sehen, als auf den eigentlichen Empfang, der ausschließlich dazu dient, meinen Geschäftspartnern meine Lina und ihr Vermögen als mein Eigentum unter die Nase zu reiben. Das Erscheinen meiner Frau wird definitiv der Höhepunkt meiner Nacht sein. Sie hat vier Minuten Zeit, bevor ich sie hole. Selbst die Freude, Dalton von der Veranstaltung auszuschließen, was eine Demütigung ist, ist zweitrangig.

Ein Haufen Aasfresser fällt unten über mich her. Ich ertrinke in einem Haufen von Männern, die schwarze

Krawatten und falsche Lächeln tragen und wissen wollen, was meine Pläne für Dalton Diamonds sind, oder, genauer gesagt, wie sie mich bestechen können. Frauen, die zu begierig sind, mich mit unaufrichtigen Komplimenten zu ersticken, hängen an ihren Armen. Ich nehme ein Glas Champagner von einem vorbeikommenden Kellner und genieße den heutigen Sieg. Wegen der Anschuldigungen der Misswirtschaft, mit denen ich Dalton geschlagen habe, und der chaotischen Untersuchung, die sie ausgelöst hat, haben Ellis und ich ihn aus dem Vorstand gewählt. Ich habe seine Anteile aufgekauft, was mich zum Eigentümer von siebzig Prozent macht. Das Ende von Dalton ist eine ausgemachte Sache. Ich muss meiner Frau noch sagen, dass ich ihren Vater in den Ruin getrieben habe, aber ich werde es mir für nach dem Empfang aufheben. Ich möchte mir die Zeit nehmen, ihre Reaktion zu genießen. Fürs Erste möchte ich mich freuen und diese Motherfucker vor meinem Ruhm zu Kreuze kriechen lassen.

Ich bin gut darin, Fakten aufzunehmen und gleichzeitig meine Aufmerksamkeit woandershin zu lenken. Während ich die richtigen Antworten zur richtigen Zeit auf das sinnlose Geschwätz über Kinder, exotische Urlaube und sogenannte interessante Geschäftsmöglichkeiten gebe, beobachte ich den oberen Teil der Treppe.

Genau zehn Minuten, nachdem ich Lina verlassen habe, erscheint sie im gedimmten Licht der Kronleuchter auf dem Treppenabsatz. Innerlich lächele ich. Es ist so typisch für sie, auf jede erdenkliche Weise zu rebellieren, sogar ihr Erscheinen bis zum Ende der Frist hinauszuzögern. Sie hat eine Hand auf der Balustrade und schaut mit stolz erhobenem Kinn und geradem Rücken nach vorne. Als sie den ersten Schritt aus dem Licht macht, trifft mich der Anblick, auf den ich so sehr gewartet habe, direkt in die Eier.

Verdammte Scheiße. Sie ist eine Erscheinung. Die rote Seide klebt an ihrem Körper und deutet an, was darunter liegt, aber der Chiffon macht sie launisch, macht sie weich und verbirgt, was die offensichtlichen Spitzen ihrer Brustwarzen, das Eintauchen ihres Bauchnabels und die Rundung ihres Pos gewesen wären. Wie eine anmutige Erscheinung gleitet sie zum oberen Ende der Treppe und zeigt bei jedem Schritt ein schlankes, cremefarbenes Bein durch den Schlitz. Das Tal zwischen ihren Brüsten ist tief, aber nicht so sehr, dass etwas herausfallen könnte. Ich bin viel zu besitzergreifend, um das zuzulassen. Ihre Haare fallen wie ein Wasserfall in Wellen über ihren Rücken. Von meinem Platz aus stehen wir uns gegenüber, und ich schaue nach oben und sie nach unten. Für einen Moment stockt mir der Atem. Ausnahmsweise verliere ich den Überblick über ein Gespräch und verpasse die an mich gerichtete Frage.

Sie war vor sechs Jahren hinreißend. Die Frau, die sie heute ist, ist nichts im Vergleich dazu. Sie ist zehnmal begehrenswerter. Und sie gehört mir. Mein Schwanz wird hart von diesem Wissen. Mein schwarzes Herz schwelgt bei der Eroberung, und etwas in meiner Brust zuckt, als mich eine Erkenntnis ins Herz sticht. Es ist ein fremdes Gefühl, dass Lina mein größter Triumph ist, noch größer als der Erwerb von Dalton Diamonds.

Derjenige, der gerade mit mir gesprochen hat, wiederholt seine Frage, aber ich nehme nur das primitive Gefühl von Besitz und Begeisterung wahr, das durch meinen Körper fließt. Ich sehe nichts als die unwillige Frau im freizügigen roten Kleid.

Ich bin nicht der Einzige, der sie bemerkt hat. Der Raum ist ruhig geworden. Lina hat die volle Aufmerksamkeit, als sie ihren Abstieg vollzieht und wie eine Königin geht. Sie mag alle anderen davon überzeugen, dass sie der Inbegriff des Selbstvertrauens ist, aber nicht mich. Ich sehe das leichte Zittern ihrer Hand, die auf der Balustrade liegt. Ich sehe den Kampf in ihren nachtblauen Augen, um nicht ihrer Verlegenheit zu erliegen, obwohl sie nur Stolz fühlen sollte.

Ja, sie könnte ein paar Kilos mehr auf den Rippen haben, aber obwohl sie zu dünn ist, ist sie perfekt proportioniert, so perfekt, dass sie aussieht wie eine Puppe. Wenn ihre Augen vor Hass für mich brennen, wird der Moment es immer noch wert sein. So wie ich sie kenne, ist es genau das, was sie mir geben wird. Hass. Ich warte darauf, dass sie das Feuer in diesem grellen Schein auf mich niederregnen lässt, als sie näher an meine Augenhöhe kommt, aber als sie den Schritt macht, der sie auf meine Höhe bringt, läuft ein Schauer durch mich hindurch. Ihre Augen brennen nicht. Sie sind leer. Sie hat mich die ganze Zeit nicht gesehen. Sie schaut *durch* mich hindurch. Sie sieht mich überhaupt nicht. Sie sieht niemandem. Da stimmt etwas nicht.

Meine Muskeln straffen sich vorahnungsvoll aus einem Grund, den ich nicht nennen kann. Alles, was ich weiß, ist, dass das, was passieren wird, schlimm ist. Verdammt schlimm. Das Rad wurde in Bewegung gesetzt, und jetzt ist es zu spät, um es zu stoppen. Die Zeiger der Zeit drehen sich weiter und schieben sie einen Schritt nach dem anderen nach vorn. Und dann nimmt sie die Kurve auf dem Treppenabsatz.

Verdammte Scheiße.

Der Atem, den sie mir eben genommen hatte, bleibt mir im Hals stecken. Um mich herum keuchen die Leute, genau wie bei unserer Hochzeit. Falls sie es hört, reagiert sie nicht. Sie setzt ihren Weg nach unten mit ihren glasigen Augen und ihrer stolzen Haltung fort. Meine Herzfrequenz geht in den Overdrive. Das Champagnerglas in meiner Hand zerbricht, goldene Flüssigkeit läuft auf meine Schuhe und Glas schneidet in meine Handfläche, aber niemand bemerkt es. Alle sind zu sehr damit beschäftigt, meine Frau anzustarren, als ob sie in eine Freakshow gehört.

Ich habe noch nie so etwas wie die Spuren auf ihren Armen gesehen. Nicht einmal im Gefängnis. Dick, zerklüftet und geprägt. Nur ein stumpfes Brotmesser hätte solche Narben verursachen können. So schlecht geheilt, verraten sie eine vernachlässigte Behandlung. *Was zum Teufel ...?* Die gleiche Frage geht durch die

Köpfe aller in der Menge, denn die geflüsterten Kommentare treiben durch die schockierte Stille.

»Selbstverstümmelung.«

»Dafür gibt es einen Begriff.«

»Ritzer.«

Die ganze Zeit über erträgt Lina die Urteile sowohl in Worten als auch in Blicken, aber ich sehe, was ihr angehobenes Kinn und ihr gerader Rücken verbergen sollen. Ich sehe, wie sehr sie sich schämt. Ich sehe, wie sie sich in sich selbst zurückzieht, während die Gäste verunsichert sind. Niemand bewegt sich, da alle vor Entsetzen wie versteinert sind.

Russell neben mir kommt als Erster zur Besinnung. Er zieht seine Jacke aus und macht einen Schritt in Richtung Treppe, aber als ich seine Absicht erkenne, ergreife ich sein Handgelenk. Er sieht mich mit einem erhitzten Blick an, während sein Gesichtsausdruck mir sagen will, dass nicht einmal ich so grausam sein kann.

»Nein«, sage ich leise. Es jetzt vertuschen zu wollen, wird es nur noch schlimmer machen.

Stattdessen eile ich zum Ende der Treppe, damit sie sich nicht allein dem gaffenden Mob stellen muss.

Sie kommt zu mir, ohne zu lächeln. In der Minute, in der sie in meiner Reichweite ist, lege ich meinen Arm um ihre Schultern und ziehe sie an meine Seite. An dem leichten Schwanken ihres Körpers erkenne ich, dass ich sie damit aus dem Gleichgewicht gebracht habe, aber ich lasse nicht locker. Ich ziehe sie noch fester an mich. Als sie das nicht ganz zurück in die Gegenwart bringt, ergreife ich fest ihr Kinn und küsse sie, zwar ohne Zunge, aber sehr lange. Nach einem weiteren Moment erreiche ich mein Ziel. Sie versteift sich, und ihre Augen werden klar. Ein Stirnrunzeln zieht ihre Augenbrauen zusammen. Ihr Körper wird steifer, und ihre Muskeln spannen sich als Vorbereitung auf das, was kommt.

Bevor sie mich wegstößt, gebe ich ihren Mund frei. Ihre Pupillen sind erweitert, ihre Augen sind weit aufgerissen vor Entsetzen und Wut. Gut. Sie ist wieder da, wo ich sie haben will, genau hier bei mir. Ihr schneidender Blick sagt mir, dass sie es nicht zu schätzen weiß, dass ich sie aus der Trance ziehe, in die sie sich zurückgezogen hat. Ihr Problem. Diese Ficker werden das heiße Stück Klatsch nicht genießen, das ich ihnen unwissentlich auf Kosten meiner Frau zu Füßen geworfen habe. Ich werde nicht zulassen, dass sie ihren gierigen Hunger nach Sensationslust mit ihrem Schamgefühl stillen.

Ihre hübschen Augen verengen sich mit dem kleinsten Zucken. Ihre kleinen Nasenlöcher beben, als ob sie mich gleich wie ein wütendes Kätzchen anfauchen will, aber ihre Drohung ist lautlos. Sie wird sich nicht mit Mitleid zufriedengeben, und sie wird auch keins von mir bekommen. Ich gebe ihr meinen Stolz und so viel Trost, wie es die Umstände erlauben, indem ich meinen Arm schützend um sie lege, während wir die Menschen begrüßen, die um unsere Aufmerksamkeit kämpfen, und deren Neugierde ihren Eifer schürt. Spekulative Blicke finden immer ihren Weg zurück zu Linas Armen, aber sie macht einen verdammt guten Job, indem sie so tut, als würde sie sie nicht bemerken. Ich funktioniere wie ferngesteuert und sage, was erwartet wird, während die Fragen durch meinen Kopf wirbeln.

Ein Manager des Minerals Councils kommt zu uns. »Herzlichen Glückwunsch, Damian. Ich will ehrlich sein. Ich habe das nicht kommen sehen.«

Scheiße. Glückwünsche sind erst nach der offiziellen Ankündigung angebracht, und der Bastard weiß das. Er wippt auf den Ballen seiner Füße, schwelgt in seinem Wissen und beobachtet Lina wie ein Falke.

Ein Journalist, der eine günstige Gelegenheit erkennt, fällt ebenfalls ein. »Mr. Hart, was ist Ihre Absicht mit Dalton Diamonds?«

Alles bis auf die Grundmauern zu zerstören, was Harold Dalton aufgebaut hat. »Ich werde morgen eine offizielle Erklärung abgeben.«

Ich fange an, Lina wegzuführen, aber der Mann blockiert unseren Weg. »Mrs. Hart, was halten Sie von der feindlichen Übernahme der Firma Ihres Vaters durch Ihren Mann?«

Sie wird so starr an meiner Seite, dass ich schwöre, dass ihr schwacher Körper kurz davor ist, zu brechen. Ich spüre ihre Überraschung in der Art und Weise, wie sich ihre Rippen nicht mehr beim Atmen ausdehnen, dort, wo meine Handfläche auf ihrer Seite liegt. Ich fühle an der Stelle, wo ihr Körper gegen meinen gedrückt wird, dass ihr Herz schneller schlägt. Bevor ich den Ficker rauswerfen kann, weil er einen Angriff auf Lina gestartet hat, als der Angriff auf mich fehlschlug, atmet sie tief und leise ein, und nur das Ausdehnen ihrer Rippen gibt mir einen Hinweis darauf, dass sie dem Schwanz antworten wird. Ich werde sie zum Schweigen bringen. Nicht, weil ich Angst habe, dass sie der Welt erzählen wird, was sie für mich empfindet, sondern weil ich mich um ihr bereits angeschlagenes Bild sorge. Und weil ihr Hass auf mich das öffentliche Spektakel, das ich hervorgerufen habe, weiter verschlimmern wird.

»Lina …«

»Kein Kommentar«, sagt sie.

Der eingebildete Bastard grinst, als er nachhakt. »Wirklich? Das ist Ihre Antwort? Das ist alles, was Sie zu sagen haben?«

Sie betrachtet ihn kühl, als wäre er ein schlecht erzogener Diener. »Sie haben meinen Mann gehört. Er wird morgen eine Erklärung abgeben.«

Unter ihrer angeblichen Loyalität spüre ich geradezu, wie ihre Gefühle brodeln.

»Sie sollten weise die Tatsache respektieren, dass dieses Ereignis ein Fest ist«, sage ich, »und keine Pressekonferenz«.

Ich speichere in meinem Hinterkopf, dass der Name des Fickers von zukünftigen Gästelisten entfernt wird, und schaffe es endlich, Lina in eine ruhigere Ecke zu führen. In der Minute, in der wir aus dem prüfenden Blick der Journalisten verschwunden sind, sackt ihr Körper an meinen. Ich reibe ihren Arm in einer beruhigenden Geste. Meine Finger streichen über die horizontalen Linien, die in ihre Haut geprägt sind, und meine Fingerkuppen lesen sie wie Spuren, so als wären sie eine Landkarte zu dem Thema, das meine Gedanken beherrscht. Was zum Teufel ist mit ihr passiert?

Bei der Berührung versteift sich ihr Rücken, und ein Schauer läuft über ihren Körper. Wenn sie sich hätte zurückziehen können, ohne eine Szene zu machen, hätte sie es getan, aber sie kann mich nicht vor der Menge wegstoßen. Langsam setze ich das Puzzle zusammen. Sie hat erst so gezittert, als ich ihre Arme berührt habe. Es ist nicht meine Berührung im Allgemeinen, denn ich weiß nur zu gut, wie bestimmte Stöße ihren Rücken und ihren Körper dazu bringen, sich mir entgegenzubiegen. Sie mag es nicht, wenn ihre *Arme* berührt werden. Ich nehme meinen Arm nicht von ihrer Schulter, aber ich hebe meine Finger von ihrem Oberarm. Sie belohnt mich, indem sie sich etwas entspannt.

Als ein Kellner vorbeikommt, schnappe ich mir ein Glas Champagner und reiche es ihr. »Trink.«

Sie gehorcht mechanisch, indem sie die Hälfte davon in einem Zug herunterkippt.

»Mehr«, dränge ich sie. »Es wird dir helfen, dich zu entspannen.«

Sie trinkt den Rest und gibt mir das leere Glas zurück. Ich stelle es auf einem nahegelegenen Tisch ab und nutze die Gelegenheit, um mir eine Leinenserviette zu schnappen, die ich um meine blutende Hand wickele.

Ihr Blick richtet sich auf das Geschehen. »Was ist da passiert?«

Das ist genau die Frage, die mir durch den Kopf geht. »Die Gläser sind dünn.«

Sie betrachtet mich misstrauisch, lässt das Thema aber fallen.

Es gibt so viele Dinge, die ich fragen möchte, Fakten, die ich wissen muss, aber wir sind umgeben von Menschen, die uns wie Haie umkreisen und auf eine Schwäche warten, die sie ausnutzen können, weshalb ich nicht zulasse, dass Lina zusammenbricht. Sie alle sollen denken, dass es geplant war, ihre Narben zu zeigen. Heute Abend ist die Nacht, in der Lina beschlossen hat, sie nicht mehr zu verstecken. Das ist die Lüge, die meine Augen und mein Lächeln erzählen, als ich auf meine Frau herabblicke. Ich dränge sie, stark zu sein, die Scharade aufrechtzuerhalten, und zum größten Teil funktioniert es, bis Anne vor uns erscheint.

Sie trägt ein schulterfreies Kleid in Nachtblau. Die Farbe und der Stil stehen ihr. Ihr Haar ist auf ihrem Kopf zu schicken Locken gedreht, und sie zeigt glatte Schultern und makellose Arme, die Linas Narben hervorheben, als sie vor ihr stehen bleibt. Wenn ich es mir nicht zur Aufgabe gemacht hätte, Linas Gesichtsausdrücke zu studieren, wäre es mir entgangen, wie ihre Augenwinkel ganz leicht zucken, als ob ihr jemand ein Messer in ihren Bauch rammen würde.

Anne packt Linas Hände. »Du armes, armes Ding.«

Auch wenn Lina einen ruhigen Gesichtsausdruck behält, schaut sie zu Boden.

»Es gibt nichts Armes an Lina«, sage ich mit einem spitzen Blick.

»Sei kein Idiot, Damian. Sieh sie dir an.«

»Ich *sehe* sie gerade an.« Mein Tonfall ist kühl, aber wenn Anne klug genug wäre, mir in die Augen zu sehen, hätte sie Angst gehabt.

»Lass mich dir etwas zum Umhängen holen, Lina«, bietet Anne an und macht bereits einen Schritt in Richtung Treppe.

»Lina möchte sich nichts umlegen.«

Anne bleibt abrupt stehen. »Das ist nicht dein Ernst.«

»Ist dir nicht kalt, Lina?«

Ihre Stimme ist flach. »Nein.«

Ich wende mich an Anne. »Nichts zum Umhängen.«

»Du bist ein Arschloch«, spuckt Anne aus.

Amüsiert über ihren Ausbruch, ziehe ich eine Augenbraue in die Höhe. »Warum?«

»Weil du sie so herumlaufen lässt.«

Neben mir steht Lina so still wie eine Puppe.

Meine Belustigung verwandelt sich in Wut. »Wie, so?« Als sie nicht sofort antwortet, wiederhole ich: »Wie, *so*, Anne?«

»So«, sagt sie und zeigt mit der Hand auf Linas Arm.

»Sag es«, fordere ich sie heraus.

Anne starrt mich voller Verachtung an. Sie weiß,

dass es ein Schachzug ist. Wenn sie sagt, dass meine Frau entstellt ist, werfe ich sie vor allen Gästen aus meinem Haus.

Es ist Lina, die spricht. »Narben. Sie werden Narben genannt, und sie sind hässlich. Das ist in Ordnung. Du kannst es sagen.«

Zane erscheint wie aus dem Nichts, und sein Gesicht errötet, als er unseren Disput betrachtet. Unsere Mimik und Gestik muss alles sagen.

Er greift nach dem Arm seiner Schwester. »Komm schon, Anne.«

Anne wirft Lina einen weiteren mitleidigen Blick über die Schulter zu und geht mit wiegenden Hüften davon. Ihr Gang ist dezent, gerade suggestiv genug, um sexuelles Selbstvertrauen auszustrahlen, ohne offensichtlich zu wirken, aber ich sehe ihn als das, was er ist. Er ist eine Angeberei. Es ist der Gang des weiblichen Sieges.

Der Rest des Abends ist ein Alptraum, den wir hinter uns bringen müssen. Ich lasse Lina nicht ein einziges Mal los. Wir trinken zusammen. Wir essen zusammen. Wenn ich mit jemandem sprechen muss, hört sie zu. Sie nimmt an keinem der Gespräche aktiv teil, aber sie beantwortet alle Fragen, die meine Gäste direkt an sie richten. Die wenigen Journalisten, die ich zugelassen habe, machen Fotos. Ich wollte, dass dieses Ereignis in allen Zeitungen erscheint, aber ich habe nicht die Richtung vorausgesehen, in die die Artikel gehen würden. Wenn Lina das überleben will, muss sie sich der Musik stellen und tanzen, als ob es ihr egal wäre.

Ich sorge dafür, dass sie genug isst und viel Wasser trinkt, auch wenn ich es ihr aufzwingen muss. Es ist gegen drei Uhr morgens, als die Letzten endlich gehen. Das Erste, was Lina tut, als sich die Vordertür hinter dem Rücken der letzten Person schließt, ist, ihre neuen Schuhe auszuziehen, direkt dort im Eingang. Das ist etwas, was ich seltsam liebenswert finde. Es ist auf eine normale Art und Weise gemütlich, als wären wir nur ein Paar, das eine Party geschmissen hat. Als sie nach oben geht, halte ich sie nicht auf. Ich folge ihr.

Die ganze Anspannung ist wieder in ihrem Körper, sobald wir über die Schwelle gehen. Sie verschränkt ihre Arme vor der Brust, geht zum Fenster und starrt in die Nacht hinaus.

»Lina.«

Sie reagiert nicht.

Ich komme näher, bis ich nah genug bei ihr bin, um die Wärme zu spüren, die von ihrer Haut ausgeht. Ich werde nicht so tun, als wären die Narben nicht da. Genauso wie sie zu vertuschen, wird sie zu ignorieren die Sache nur noch verschlimmern. »Was ist passiert?«

Sie dreht den Kopf ein winziges Stück zur Seite, sieht mich aber nicht an.

Ich streiche ihr Haar über ihre Schulter, fahre mit meiner Hand ihren Hals entlang und wiederhole die

Frage, die mich die ganze Nacht über gequält hat. »Was ist passiert, Lina?«

Ein Seufzer kommt wie eine zerbrechliche Seifenblase über ihre Lippen. *Kein Kommentar.* Es ist die einzige Antwort, die sie mir zu geben bereit ist.

Wie tief gehen ihre selbstzerstörerischen Tendenzen? Ich kann es mir nicht leisten, sie vom Haken zu lassen. »Hast du dich geschnitten?«

Ihre Schultern hängen in einer Geste, die sehr nach Enttäuschung aussieht. »Du hast gehört, was sie gesagt haben.«

Ich festige meinen Griff an ihrer Schulter und drehe sie um. »Es ist mir scheißegal, was *sie* gesagt haben.«

Sie blinzelt mich an. Sie ist wieder so tief in sich selbst versunken, dass nicht einmal meine unerwartete Bewegung, die durch meine Empörung gegen jeden hervorgerufen wurde, der sie verurteilt hat, sie zu einer Antwort animiert.

Weil ich verzweifelt auf eine Reaktion warte, irgendeine Reaktion, schüttele ich sie sanft. »Sie definieren dich nicht.«

Ihre Reaktion ist Mitgefühl. Sie sieht mich mit verficktem Mitleid an, als wäre ich derjenige, der reingelegt wurde. »Sie sind, was ich bin.«

»Verdammt richtig. Du besitzt diese Narben. Hast du mich verstanden?« Egal, *wie* sie sie bekommen hat. Ich werde nicht zulassen, dass sie sie wieder versteckt. »Sie *gehören* dir. Es gibt keinen Grund, sich zu schämen.«

»Hast du sie dir genau angesehen?« Sie streckt ihren Arm aus. »Mir wird schlecht von dem Anblick. Allen wird schlecht davon.«

»Mir nicht.«

Sie schaut weg und meidet meine Worte und jede mögliche Bedeutung, die sie haben könnten. Das Machtspiel der Bestrafung, das ich mit dem roten Kleid gespielt habe, sollte nicht so enden. »Du hättest es mir sagen sollen, Lina.«

»Hätte es etwas geändert?«

Ich zögere nicht. »Nein.« Aber ich hätte es gewusst, und ich hätte sie psychisch vorbereitet. Ich wäre mit ihr die Treppe hinuntergegangen.

Sie nickt verständnisvoll, aber ihr Lächeln ist bitter.

Ich ergreife ihr Kinn und zwinge sie, mir in die Augen zu schauen. »Du bist wunderschön.«

Sie zuckt zurück. Meine Worte haben sie trotz ihrer Wahrheit verletzt. Sie versucht, sich zurückzuziehen, aber ich halte sie fest. »Dieses Kleid.« Ich lasse meinen Blick über ihre schlanke Gestalt gleiten. »Du bist ein unglaublicher Anblick.«

»Nicht.« Es ist ein flüsterndes Flehen.

»Was nicht?« Ich stelle mich der Herausforderung.

Ein gequältes Stirnrunzeln zieht ihre Brauen zusammen. »Tu das nicht.«

Meine Entschlossenheit lässt nicht locker. »Was wirfst du mir vor?«

»Umgekehrte Psychologie wird bei mir nicht funktionieren.«

»Denkst du, ich lüge?« Ich drehe sie um, gehe mit

ihr in die Garderobe und stelle sie vor den Spiegel. »Schau.«

Ihr Blick bewegt sich auf das Glas zu, aber sie schaut auf mich.

Ich streiche mit meinen Lippen über die Schale ihres Ohres. »Sieh dich an.«

»Damian.« Ihre Qual ist ein tiefer, starker Schmerz, der ihre Wimpern zucken lässt.

Ein Schauer läuft über mich, als sie meinen Namen sagt, als ob sie auf den Knien bettelt. Wenn ich nicht loslasse, werde ich sie anfassen, und sie ist nicht bereit dafür, nicht nach heute Abend. Ich schiebe sie brüsk weg, gehe zu ihrer Seite des Schranks und ziehe die Kleider von ihren Kleiderbügeln.

»Was machst du da?«, fragt sie mit leiser Stimme, als ich durch alle ihre Regale gehe und alles auf den Boden werfe. Sie bekommt ihre Antwort, als ich anfange, ihre Sachen zu zerreißen.

»Damian!«

Ihre kleinen Finger greifen um mein Handgelenk und versuchen, meine Hand wegzuziehen, aber sie ist kein Gegner für meine Stärke. Das schwarze Gewand knackt und gibt mit einem reißenden Geräusch nach. Ich zerstöre nacheinander ihre Kleider, Nachthemden und die Unterwäsche, bis die zerstörte Kleidung als ein Haufen auf dem Boden liegt. Keine langen Ärmel mehr. Kein Schwarz mehr. Kein Verstecken mehr. Keine Trauer mehr.

Ich nehme eines meiner T-Shirts aus einer

Schublade und werfe es ihr zu. Sie fängt es in der Luft auf, wobei ihre Lippen vor Schreck geöffnet sind.

»Zieh das an.« Sie bewegt sich nicht. Ich ziehe eine Braue in die Höhe. »Es sei denn, du schläfst lieber nackt?«

Das sind die magischen Worte, die sie dazu bringen, ins Badezimmer zu eilen. Ein Lächeln breitet sich auf meinem Gesicht aus. Heute Abend mag eine Katastrophe gewesen sein, aber auf eine andere Art und Weise hat er sich gelohnt. Ich bin noch lange nicht so weit, die Komplexität dieser Frau zu verstehen, die ich zu meiner Ehefrau genommen habe, aber ich habe eine weitere Schicht abgeschält und einen anderen Teil von ihr für mich genommen. Das macht mich wahnsinnig glücklich, denn ich will sie alle. Ich werde nicht aufhören, bis sie mir alles gibt.

Lina

TROTZ DES DRAMAS VON GESTERN ABEND FÜHLE ICH MICH leichter, als ich in Damians Armen aufwache. Das erste Gefühl, das über mich hereinbricht, ist das seidige Gefühl der Laken an meinen nackten Armen. Schamgefühl erwärmt meine Magengrube, aber es gibt auch noch etwas anderes, etwas, was eine seltsame Schwerelosigkeit in meiner Brust hinterlässt. Erleichterung. Es ist draußen. Die Leute werden das denken, was sie über mich denken wollen, aber ich muss es nicht mehr verbergen. Ich muss nicht in langen Ärmeln schwitzen, um zu schützen, was von meinem Stolz übrig ist. Mein Ruf mag zertrampelt werden, meine Verrücktheit wird in der Wahrnehmung der Öffentlichkeit eine neue Stärke bekommen haben, aber die Wirksamkeit des Giftes kann ab heute nur abnehmen. Die Angst, dass meine Narben entdeckt werden, wurde mit einem knappen roten Kleid überflüssig gemacht. Harold kann sie nicht mehr benutzen, um mich zu erpressen.

Damian neben mir atmet gleichmäßig, und sein Gesicht ist zu meinem gedreht. Die Sonne ist aufgegangen. Es ist hell im Raum. Ich betrachte die Stoppeln, die seinen Kiefer verdunkeln. Wie würden sich diese Stoppeln auf der zarten Haut meines Oberschenkelinnenraums anfühlen? Als sich die untere Hälfte meines Körpers bei diesem Gedanken zusammenzieht, beende ich diese Überlegungen schnell.

Damian rührt sich. Sein Arm ist schwer auf meiner vollen Blase. Als er seine Augen nicht öffnet, schubse ich ihn sanft an. Er stöhnt und zieht mich fester an sich. Seine Erektion drückt gegen meine Hüfte. Ich versteife mich. Nur seine Boxershorts verhindern, dass sich unsere Haut berührt. Er ignoriert seinen Ständer, der einen so anhaltenden Druck auf mein Fleisch ausübt, und zieht auf meiner Taille langsam Kreise mit seinem Daumen.

»Damian?«

Seine Stimme ist schlaftrunken und kratzig, wie sein Kinn. »Lina?«

Ihn so meinen Namen sagen zu hören, als ob er mir einen Wunsch erfüllen will, lässt mich glauben, dass es wahr ist. Es öffnet in meiner Brust ein Verlangen für etwas, was ich nicht haben kann. Das, genau hier, ist der Kern unseres Krieges. Wir wollen sehr unterschiedliche Dinge. Ich will meine Freiheit, und er will mich für immer an sich binden. Er will mich dort behalten, wo er die Freiheit hat, mich nach Lust und Laune für die Sünden zu bestrafen, die ich an ihm begangen habe. Wenn es jemals einen Tag gäbe, an dem er mir in die Augen sehen und meinen Namen sagen könnte, wie er ihn vor ein paar Sekunden gesagt hat, würde er mir damit sagen, dass ich ihn um alles bitten kann. Ich würde um meine Freiheit bitten, und er würde Nein sagen. Egal, wie freundlich er mich gestern Abend behandelt hat, als er meine Narben sah, und obwohl er so reagiert hat, als ob sie ihm egal wären – ich darf nie vergessen, dass er mein Feind ist.

Ich kann ihn nie um das bitten, was ich wirklich will, also sage ich stattdessen: »Ich muss ins Badezimmer.«

»Mm.« Ein teuflisches Lächeln breitet sich auf seinen Lippen aus, und seine Berührung wird zu einem Kitzeln.

»Du zerquetschst meine Blase.«

Mit einem weiteren Stöhnen lässt er mich aufstehen, aber nicht, bevor er die Augen öffnet, um mich mit diesen Tümpeln aus Bitterschokolade anzustarren.

Ich tue so, als würde ich die Fragen oder die Lust in seinem Blick nicht sehen, der mir ins Badezimmer folgt. Ich beeile mich mit meiner Morgentoilette und blicke von Zeit zu Zeit durch den Spalt in der Tür zum Bett, um sicherzustellen, dass er dort bleibt. Als ich mir die Zähne putze, überrascht mich mein Spiegelbild. Die Narben zu sehen, während ich angezogen bin, ist neu. Sie sind so grotesk und unansehnlich, dass sie mich derart erschüttern, dass ich nicht einmal bemerke, dass Damian das Bett verlassen hat, bis er ins Badezimmer kommt. Die Zahnbürste zuckt in meiner Hand. Er kommt von hinten, gibt mir einen Kuss auf die Schulter und zieht seine Boxershorts aus. Ich schlucke einen Klumpen Zahnpasta. Seine Erektion ragt aus einem Nest aus dunklen Haaren und schweren Hoden heraus, und Damian zeigt sie stolz. Der scharfe Minzgeschmack sticht in meinem Hals und lässt meine Augen tränen. Ich huste mit der Zahnbürste im Mund und schaue überall anders hin als in den Spiegel.

Er streicht an mir entlang und lässt mich seine Härte durch das T-Shirt auf meinem unteren Rücken spüren.

»Gut geschlafen?«, murmelt er an meinen Hals.

Ich blinzele die Tränen aus meinen Augen und murmele etwas Unverständliches durch den Schaum hindurch.

Er besitzt die Kühnheit, mir auf den Po zu schlagen und mich damit zu erschrecken, bevor er wie selbstverständlich unter die Dusche geht. Das Wasser beginnt zu laufen, und ich kann nicht anders, als über den Spiegel einen weiteren Blick auf die Duschkabine zu werfen. Ich erwarte, ihn in der gleichen Pose wie in der Nacht zuvor zu sehen, mit einer Hand an der Wand und der anderen an sich selbst, aber er hat mir den Rücken zugewandt und fährt mit den Fingern durch die dicken, dunklen Locken, während Wasser über seinen breiten Rücken läuft.

Ich spüle meinen Mund nur einmal aus und rase durch die Tür, aber dann bleibe ich stehen, als mir mein neues Dilemma klar wird. Ich habe nichts zum Anziehen. Ich gehe seine Schränke durch und ziehe eine seiner Trainingsshorts an, bevor ich barfuß den Flur hinuntergehe, um an Annes Tür zu klopfen.

Sie öffnet sie weit in Jungen-Shorts und einem bauchfreien Oberteil. Ich bin mir nicht sicher, wen sie erwartet hat, aber ihre Mundwinkel fallen herab, als sie mich sieht, und dann bekommt sie einen richtig finsteren Blick, als sie meine Kleidung sieht.

»Ich hoffe, ich habe dich nicht geweckt.«

Sie öffnet die Tür weiter. »Komm rein.«

Als ich über die Schwelle trete, betrachte ich das Zimmer, und mir fällt auf, dass ich noch nie einen Fuß in diesen Raum gesetzt habe. Die Erkenntnis, für wen der Raum bestimmt ist, trifft mich wie ein Schlag. Es ist ein Spiegelbild von Damians Zimmer, aber feminin im Design. Dies ist das Schlafzimmer für die Dame des Hauses. Warum hat Damian mich in seinem Zimmer untergebracht und nicht hier? Weil Annes

Kleidung schon hier war – oder weil ich nicht die Frau des Hauses bin und es nie sein werde? Noch wichtiger ist die Tatsache, dass ich dieses Zimmer nicht durchsucht habe, weil wir einen Gast haben, der hier drin wohnt. Könnten die Beweise hier versteckt sein?

Sie lässt ihren Blick über mich schweifen. »Ich sehe schon, die letzte Nacht war ein Eisbrecher.«

Ich schaue auf Damians T-Shirt herab, und als ich verstehe, worauf sie hinauswill, erhitzen sich meine Wangen. »Ich bin gekommen, um zu fragen, ob ich mir bitte ein Kleid ausleihen darf.« Ich glätte das T-Shirt mit meinen Handflächen. »Mir, ähm, ist die Kleidung ausgegangen.«

Ihr Mund verzieht sich. »Du wirst in meinen Kleidern ertrinken.« Sie marschiert zum Schrank und kommt mit einer Jeans und einem T-Shirt zurück. »Nimm die hier.« Sie zeigt auf das Shirt. »Es hat lange Ärmel.«

»Oh. Ich danke dir.« Ich werde mehr in ihrer Jeans ertrinken als in ihren Kleidern. Mein Arsch wird sie nie wie der ihre ausfüllen können, aber ich nehme ihr die Kleidung ab, ohne sie auf meine offensichtlichen Beanstandungen hinzuweisen. »Ich werde sie dir morgen gewaschen zurückgeben.«

»Keine Eile.« Sie hält mir die Tür als Aufforderung, zu gehen, auf, spricht aber weiter, als ich die Schwelle überschreite. »Wie war es?«

Ich drücke die Kleidung an meine Brust und verstecke meine Brüste darunter. »Wie war was?«

»Du weißt schon.« Sie wackelt mit den Augenbrauen.

Die frühe Morgensonne, die durch die Fenster eindringt, fängt die rubinroten Strähnchen in ihrem kastanienfarbenen Haar ein. Grüne Augen beobachten mich mit lebhaftem Interesse. Ein Gefühl der Erwartung breitet sich in der Luft aus, und der Neid wird greifbar. Bemerkt sie, dass sie den Atem anhält? Sie versucht, es herunterzuspielen, hält ihren Tonfall unverfänglich und desinteressiert, aber es gibt da etwas in dem Zögern, in der Art und Weise, wie sie sich nicht davon abhalten konnte, mit der Frage herauszuplatzen, bevor ich aus dem Raum gegangen war. In der Art und Weise, wie ihr Blick immer wieder zu Damians T-Shirt zurückspringt. Sie will ihn. Sie will ihn genug, um mich zu hassen, weil ich seine Kleidung trage. Ich möchte ihr sagen, dass ihr Hass vergeudet ist, dass sie ihn auf einer Silberplatte mit einer hübschen Schleife haben kann und dass ich mich sogar dafür bedanken würde, wenn sie seine Aufmerksamkeit von mir und sein Interesse von meinem Körper weglenkt, aber Russells Stimme ertönt von unten.

»Mrs. Hart. Miss Anne.«

Mein Blick richtet sich auf die Stelle, wo er in der offenen Haustür steht. Seine Haltung ist angespannt, als ob er kurz davor steht, einen Kampf zu beginnen. Wie Anne nimmt er meine Kleidung wahr, schafft es aber besser, sein Gesicht ausdruckslos wirken zu lassen.

»Nochmals danke für die Kleidung«, sage ich, bevor ich gehe.

Als ich wieder in unser Zimmer komme, betrachtet Damian das Bündel in meinen Armen, aber stellt keine Fragen. Ich gehe schnell ins Badezimmer, und als ich es angezogen und mit gekämmten Haaren wieder verlasse, wartet er auf mich.

»Oh«, sage ich, überrascht. »Ich dachte, du wärst weg.«

Seine Lippen zucken. »Kein Glück gehabt.« Er nimmt seine Autoschlüssel und klappert auf dem Weg zur Tür mit ihnen, während er mir bedeutet, ihm zu folgen. Als ich mich nicht bewege, sagt er: »Komm schon.«

»Wohin gehen wir?«

»Wir haben einen Termin.«

Er hält nicht inne, um eine Erklärung abzugeben. Er geht einfach aus dem Raum und weiß, dass ich keine andere Wahl habe, als mitzugehen. Ich könnte einen Tobsuchtsanfall bekommen und mich weigern, einen Schritt zu tun, bis er mir sagt, wohin wir fahren, aber er würde mich einfach vor Anne, Zane und den Wachen zum Auto tragen. Es macht mir nichts aus, dass sie so viel sehen, aber ich will die süße, normale, nette Jana nicht desillusionieren. Ich möchte nicht der einzigen Person in diesem Haus, die mich normaler behandelt, einen Grund geben, das zu ändern.

Ich ziehe mir schnell ein Paar Ballerinas an, schnappe mir meine Tasche und folge Damian nach draußen zu seinem Auto. Er hält die Tür für mich auf und legt mir den Sicherheitsgurt an, als ob er mir diese einfache Aufgabe nicht zutraut.

Sobald wir das Tor hinter uns gelassen haben, versuche ich es erneut. »Wohin fahren wir?«

Er schaltet und wirft mir einen Blick zu. »Einkaufen.«

Seine Hand, so groß und männlich auf der Gangschaltung, ist dieselbe Hand, die die Axt auf die Finger eines angeblichen Diebes fallen ließ. Es ist dieselbe Hand, die sich um meinen Hals legt, wenn er mich mit erschreckender Zärtlichkeit und einem Versprechen auf Dominanz festhält. Es ist dieselbe Hand, die Paddel und Peitschen benutzt, damit ich komme. Ich beiße mir auf die Lippe und reiße meine Gedanken von den beschämenden Bildern von mir fort, wie ich über seinen Schreibtisch gebeugt und mit weit gespreizten Beinen auf seinem Arbeitszimmerboden liege.

Sein Blick fällt einmal mehr auf meine Kleidung. »Magst du Einkaufen nicht?«

»Nein.«

Sein Grinsen ist nicht entschuldigend. »Zu schade.«

Er parkt im Brooklyn Center und geht um den Wagen herum, um mir die Tür zu öffnen. Mit seiner Hand fest auf meinem Arm, führt er mich zu einem Restaurant mit einer Terrasse.

»Ich dachte, wir gehen einkaufen«, sage ich.

Er genießt meine kleine verbale Rebellion und zieht meinen Stuhl heraus. »Zuerst frühstücken.«

Wie bei unserem Hochzeitsdinner bestellt er für

uns beide, ein Pilz- und Paprikaomelett für mich und pochierte Eier für sich. Während wir darauf warten, bedient zu werden, arbeitet er an seinem Telefon, und ich bin heimlich erleichtert für die Gnadenfrist von seiner Aufmerksamkeit, aber in dem Moment, in dem unser Essen ankommt, starrt er mich an.

Er lehnt sich in seinem Stuhl zurück und richtet seine Krawatte. »Ich habe die Aktionäre von Dalton Diamonds aufgekauft. Ellis und ich sind die einzigen, die noch übrig sind.«

Ich schneide ein Stück des Omeletts ab. Er ist dick und flauschig, mit klebrigem Käse innen. »Das habe ich mitbekommen.«

»Ich verklage Dalton auf Schadenersatz wegen Misswirtschaft und Betrug.«

Köstlich. Ich kämpfe dagegen an, die Augen zu schließen. »Mhm.«

»Der Plan war nicht, dass du es so herausfindest, wie du es getan hast.«

Oh, mein Gott. Dieses Omelett ist so gut. »Ist das eine Entschuldigung?«

»Nein.«

Ich zucke mit den Schultern. »Dann spielt es keine Rolle.«

»Du weißt, was mit Dalton passieren wird.« Es ist sowohl eine Aussage als auch eine Frage.

»Er wird auf jeden einzelnen Penny verklagt, den er besitzt, und sein Ruf wird ruiniert.«

»Das stört dich nicht?«

Ich höre auf zu essen, um ihn anzusehen. »Willst du, dass es mich stört?«

»Das ist nicht die Reaktion, die ich von Papas kleinem Mädchen erwartet habe.«

»Ich bin nicht Papas kleines Mädchen.«

»Ich könnte mich getäuscht haben.«

»Ich nehme an, du wurdest reingelegt.«

Er starrt mich an, so als ob er sich nicht entscheiden könnte, ob ich die Wahrheit sage, aber schließlich nimmt er seine Gabel und isst einen Bissen Ei. Wir sind wie Kriegsgegner, die sich gegenseitig beim Essen zusehen. Er wollte mich mit Harold bestrafen. Ich hätte vorgeben können, verärgert zu sein, aber es ist einfach zu viel Energie, und ich bezweifele, dass ich auch nur ein klitzekleines bisschen Interesse vortäuschen kann. Ich lasse ihn in seinen Gedanken schmoren, bis er seinen Teller mit halb gegessenem Essen beiseiteschiebt.

Ich zeige mit meiner Gabel auf die Eier. »Isst du die nicht?«

»Ich lasse Platz für den Obstsalat.«

Es wäre eine Sünde, etwas zu verschwenden, was so lecker aussieht. Ich ziehe den Teller näher an mich heran. »Darf ich?«

Meine Frage scheint ihn zu amüsieren. »Tob dich aus.«

Ich verputze das Essen von seinem Teller und stürze mich dann auf den Obstsalat.

Der Rest unserer Mahlzeit verläuft mit Ausnahme von zwei Telefonaten, die er beantwortet, während wir unseren Kaffee trinken, schweigend. Während er spricht, sortiere ich die Zuckerpakete im Glasbehälter neu. Dann breite ich sie wie Karten auf dem Tisch aus und bin so vertieft in diese Aufgabe, dass ich den Mann, der mich gerade ignoriert, nicht mehr wahrnehme. Ich schaue erst auf, als ich merke, dass er meinen Namen zweimal gesagt hat.

»Musst du das Bad benutzen, bevor wir gehen?«, fragt er.

Damit er in der Tür stehen und mir beim Pinkeln zusehen kann? »Nein, danke.«

Seine Lippen verziehen sich zu einem Grinsen, so als ob ihm gerade eine lustige Erinnerung in den Sinn gekommen ist.

Ich kann nicht anders. Bei allem, was seit gestern passiert ist, ist dies der winzige Tropfen, der mich überlaufen lässt. »Fick dich.«

Er streicht sich mit dem Daumen über die Unterlippe, so als wolle er sein Grinsen wegwischen. »Ist das alles, was ich zum Frühstück bekomme?«

»Was hast du erwartet?«

»Ein Danke?«

»Danke«, sage ich unfreundlich.

Er legt ein Bündel Geldscheine auf den Tisch. »Lass uns gehen.«

Ich sammele die Zuckerpäckchen ein und stecke sie in meine Gesäßtasche.

»Was machst du da?«

Ich runzele die Stirn. »Du hast gesagt ›lass uns gehen‹.«

»Was machst du mit dem Zucker?«

Es dauert einen Moment, bis ich verstehe, was er meint. Das war eine so automatische Reaktion für mich, dass ich mir der Tatsache nicht bewusst war, den Zucker des Restaurants zu stehlen. Ein gestohlenes Päckchen Zucker hat mir schon mehr als einmal das Leben gerettet – im wahrsten Sinne des Wortes. Meine Wangen brennen vor Verlegenheit, als ich die Pakete wieder in ihren Behälter lege.

Er nimmt meine Hand. »Behalte sie, wenn du zuckersüchtig bist.«

Ich ziehe mich aus seiner Berührung. »Das bin ich nicht.«

Diesmal bin ich diejenige, die anfängt zu laufen, und er muss folgen. Ich habe keine Ahnung, wohin ich gehe, nur dass ich von seinem überraschten Blick wegkommen muss.

Er holt auf und geht neben mir. »Ich verurteile dich nicht. Ich habe es nur nicht von dir erwartet.«

Ich wette, das hat er nicht. Menschen wie ich essen in Restaurants mit Michelin-Sternen, ohne auf den Preis auf der Speisekarte zu achten. Menschen wie mir wird die Tisch-Etikette von klein auf eingebläut. Menschen wie ich werden nicht hungrig. Sie schauen nicht zweimal auf nützliche Zuckerpakete oder verschwendetes Brot.

»Hey.« Er ergreift meinen Ellenbogen und bringt mich zum Stehen. »Lina, es ist nichts.«

»Nichts ist verdammt nochmal nichts.«

Seine Augen werden groß, wachsam.

Scheiße. Das Letzte, was ich will, ist, seine Aufmerksamkeit auf meine Diebstahlsgewohnheiten zu lenken. Ich entscheide mich für einen Themenwechsel. »Wofür kaufst du ein?«

Die Aufmerksamkeit in seinen Augen lässt nicht nach. Wenn überhaupt, wird sie schärfer, aber er besteht nicht auf das alte Thema. »Für dich.«

»Lass mich raten.« Mein Magen zieht sich zusammen. »Kleidung.«

»Du kannst nicht Annes Kleidung tragen.«

»Ich wusste nicht, dass du ihren Stil nicht magst.«

»Es ist mein Job, dich mit Kleidung zu versorgen.«

»Und was ist sonst noch dein Job?«, frage ich schnippisch.

Er umschließt meinen Nacken mit seiner Hand und zieht mich näher an sich heran. Seine Stimme ist leise, wieder gefährlich. »Bist du sicher, dass ich das beantworten soll?«

Ich kann nur den Kopf schütteln.

So abrupt er mich berührt hat, lässt er mich gehen. »Wir haben eine Stunde Zeit, um dich auszustatten. Wir legen besser los.«

Eine Stunde später ist Damian mit genügend Einkaufstaschen bewaffnet, um damit den kompletten Kofferraum zu füllen. Aus Sturheit habe ich nichts ausgewählt, ihm keinen Input gegeben, während er Unmengen von Schuhen, Sandalen, Unterwäsche und

Kleidung in meiner Größe zusammengetragen hat. Kleider, T-Shirts, Blusen, alle sind ärmellos oder kurzärmelig. Keine Jacken, um sie zu bedecken. Es ist, als ob er seinen Standpunkt unterstreichen will. Ich hasse das, was er versucht zu tun, und ich hasse es, dass ich kein Mitspracherecht über meinen eigenen Körper habe. Ja, ich bin nach gestern Abend erleichtert. Ja, ich bin erleichtert, dass meine hässlichen Arme ans Licht gekommen sind. Das bedeutet nicht, dass ich den anderen meine Narben ins Gesicht reiben will. Ich bin nicht so unsensibel oder naiv. Ich weiß, dass es schwer ist, sie anzusehen, und noch schwerer, sie zu ignorieren.

»Hör auf zu brüten«, sagt er und schließt den Kofferraum. »Die Kleidung ist hübsch, und du wirst hübsch in ihr aussehen.«

»Ist meine Meinung wichtig?«

»Nein«, gibt er unverblümt zu. Nachträglich fügt er hinzu: »Zumindest nicht, wenn es um deinen Körper geht.«

»Du bist verrückt.«

»Das ist doch *dein* Stempel.«

Jeder Muskel in meinem Körper spannt sich an. Ich habe so hart gekämpft, um meine finanzielle Unabhängigkeit zurückzugewinnen, um die Kontrolle wiederzuerlangen, die mir gestohlen wurde. Mich an diesen Teil meiner Vergangenheit zu erinnern, den Teil, den Jack dazu benutzt hat, um mich für unzurechnungsfähig zu erklären, ist nichts, was ich lustig finde.

»Lina.« Seine Stimme wird nachdrücklich. »Ich mache nur einen Spaß. Es war ein Witz.«

»Schlechter Witz, Damian.«

»Du hast recht. Es tut mir leid.«

Warum fällt es mir so schwer, das zu glauben? Ohne mich noch etwas sagen zu lassen, drückt er mich auf den Beifahrersitz und legt mir den Sicherheitsgurt an, für den er offenbar die Verantwortung übernommen hat.

Da wir früh losgefahren sind, ist es erst Vormittag, als er vor einem weißen Gebäudekomplex hält. Ich blicke auf das Krankenhausgebäude, und Misstrauen und Angst vermischen sich in meiner Brust zu einem giftigen Cocktail. »Was machen wir hier?«

Er antwortet nicht. Er kommt um das Auto herum, öffnet die Tür und zieht mich heraus.

Ich arrangiere den Gurt meiner Tasche so, dass er über meine Brust läuft, und umklammere ihn fest. »Damian?«

Ich grabe meine Fersen in den Boden. Als Harold mich das letzte Mal in einer Klinik absetzte, haben mich die Ärzte mit Medikamenten vollgepumpt und mich kurz vor dem Verhungern und Durchdrehen festgehalten.

»Damian, bitte.«

Meine Augen füllen sich mit Tränen. Ich hasse sie, aber ich kann sie nicht aufhalten. Ich kann mich nicht davon abhalten, zwei Schritte zurückzutreten und zu versuchen, den Armen zu entkommen, die nach mir greifen.

Seine Stimme ist beruhigend. »Lina, es ist alles in Ordnung.« Er hat die Arme ausgestreckt, aber er greift nicht nach mir. »Komm her.«

Ich schüttele den Kopf. Mein Blut gefriert. Unter den langen Ärmeln zittere ich in der Hitze der Sonne. Das liegt an den Narben. Gestern Abend tat er so, als wären sie nichts. Ich hätte es besser wissen sollen. Ich hätte wissen müssen, dass er das Wissen über sie gegen mich verwenden würde.

»Lina.«

Die Art und Weise, wie er meinen Namen sagt, ist ein Befehl, aber es ist ein Befehl, den ich nicht befolgen kann.

Damian macht langsam einen Schritt auf mich zu, so als ob er ein verletztes Tier verfolgen würde. »Es ist zu deinem Besten.«

Das hat Harold auch gesagt. Das haben auch die Ärzte gesagt, die mich gefoltert haben. Das sagten die Krankenschwestern, die wegschauten, als es passierte.

»Nichts davon ist zu meinem Besten«, flüstere ich.

»Komm zu mir, Lina. Jetzt.«

Warum klingt er ängstlich? Das ist nicht richtig. Damian hat nie Angst. Ich habe Angst.

»Ich zähle bis drei«, sagt er in dem Ton, den er im Arbeitszimmer benutzt hat.

Es gibt nichts, was er tun kann, damit ich freiwillig in seine Arme komme. All die Schläge und Erniedrigungen auf der Welt reichen nicht aus, um mich dazu zu bringen, mich einem Schicksal zu unterwerfen, das meinen Körper lähmt und meinen

Geist trübt, aber mich nicht die Lederriemen ignorieren lässt, die meine Arme und Beine an einem Bett befestigen, während der Hunger mich quält und meine trockenen Lippen nutzlose Bitten murmeln, während der Mann im Kittel eine weitere Nadel in meinen Arm sticht.

Ein Kälteschauer überkommt mich. »Nein«, sage ich, wie ich es schon so oft in meinem Leben gesagt habe. Auf keinen Fall folge ich freiwillig.

Ich drehe mich auf der Ferse um und spüre bereits den Fluchtimpuls in meinen Adern. Das ist kein Spiel. Das ist keine kleine Rebellion mit Worten, mit denen er mich davonkommen lässt.

Seine Hände, die starken, die Finger abschneiden oder ein Auto mit dem Vertrauen eines Mannes steuern können, der weiß, wohin er will, eines Mannes mit geheimen Zielen, diese Hände ballen sich zu Fäusten. »Angelina.«

Alles in mir schreit *nein*, als ich loslaufe, direkt in den Gegenverkehr.

9

Damian

ANGST IST EIN FREMDES GEFÜHL FÜR MICH. ES TRIFFT mich ohne Vorankündigung oder allmähliche Einführung bis ins Mark, als meine Frau vom Bürgersteig springt und ihren Körper in den zweispurigen Verkehr wirft, in dem der Bus auf der äußeren Spur auf sie zufährt.

Das erste Auto weicht aus und verfehlt Lina knapp, als sie ebenfalls ausweicht und dabei auf die Spur läuft, wo der Bus zu schnell angefahren kommt. Fakten verschwimmen in meinem Kopf, die Geschwindigkeit des Busses, der Fahrer, der sein Telefon überprüft, die Entfernung zum Bürgersteig. Ich bin vor Entsetzen wie gelähmt. Es ist wie in meinen Alpträumen in der Kindheit. Meine Füße werden sich nicht schnell genug bewegen.

Reifen quietschen. Hupen brüllen. Schreien. Fluchen.

Ich fliege durch die Luft und erwische meine fliehende Frau mit dem vollen Gewicht meines Körpers. Wir landen auf dem Asphalt. Ich versuche, ihren Aufschlag mit meinen Armen zu mildern, aber das reicht nicht, um den ganzen Aufprall zu absorbieren. Ihre Knochen werden erschüttert, als ihre Hüfte mit einem Knacken auf der harten Oberfläche aufschlägt. Mit dem Schwung unseres Sturzes rolle ich uns zum Bordstein. Der Bus verlangsamt sich, hält aber nicht an. Er rollt an uns vorbei, und der Fahrer starrt uns durch das Fenster an. Eine weitere Umdrehung mit unseren Körpern, eine Rolle mehr, und wir sind auf dem Bürgersteig. Erst dann atme ich wieder auf.

Lina liegt unter mir auf dem Rücken, und ihre Tasche drückt in meinen Bauch. Ihre Augen sind weit aufgerissen, ihre Pupillen klein. Es dauert nur eine Sekunde, bis sie anfängt, mich wie eine tollwütige Löwin zu bekämpfen. Die Fußgänger gehen um uns herum, geben den Weg frei wie das Meer für Moses. Sie schauen hin, aber niemand reagiert. In einer Stadt voller Gewalt ist niemand mutig genug, einzugreifen, da das Risiko, getötet zu werden, zu hoch ist.

Ich setze mich auf, spreize ihre Beine und halte ihre Handgelenke über ihrem Kopf fest. »Lina.« Sie tritt und schreit und stößt ihre Hüfte nach oben. »Lina«, sage ich lauter. »Sieh mich an.«

Bei meinem strengen Tonfall hört sie auf, sich zu bewegen. »Schau mir in die Augen.« Sie gehorcht und wirkt wie unter Schock. »Lüge ich?« Als sie nicht antwortet, drücke ich ihre Handgelenke. »Bluffe ich?«

»Nein«, krächzt sie.

»Ich werde nicht zulassen, dass dir jemand wehtut.« Ich warte darauf, dass die Worte in sie eindringen. »Ist es nicht das, was ich versprochen habe?«

Sie schüttelt leicht den Kopf. »Nicht die Klinik.«

Ich wiederhole die Zusicherung langsam. »Ich werde nicht zulassen, dass dir jemand wehtut.«

Ihre Niederlage zeigt sich an den Tränen in den Augen.

»Wir gehen zusammen rein.« Ich lockere meinen Griff leicht. »Wirst du dich benehmen?«

Sie sieht aus, als sei sie kurz davor, zu schluchzen, nickt aber einmal.

»Gut.« Langsam lasse ich ihre Arme los, aber ich nehme mein Gewicht nicht von ihren Hüften.

Sobald ihre Hände frei sind, krallt sie sich am Revers meiner Jacke fest. »Bitte, Damian.« Ihre Tränen beginnen, unaufhaltsam zu fließen. »Zwing mich nicht, hierzubleiben.«

Ihr Betteln erschüttert mich noch mehr, als ich es bereits bin. Es ist nicht ihre Art, zu flehen.

»Schscht.« Ich streichele mit meinen Daumen über ihre Wangen und fange ihre Tränen auf. »Ich werde dich nicht verlassen.«

Ich gebe ihr noch ein paar Sekunden, damit sie sich beruhigt, aber auch, damit sich mein Herzschlag stabilisiert. Als ich mir sicher bin, dass mein Herz nicht mehr Gefahr läuft, aufzuhören zu schlagen, stehe ich auf und nehme sie mit. Ich schließe meine Arme um sie und halte sie fest, nicht nur, um sie zu beruhigen, sondern auch, falls sie es sich wieder in den Kopf setzt, wegzulaufen. Ich lasse sie die Umarmung aufsaugen, bevor ich mich zurückziehe, um auf ihr tränenüberströmtes Gesicht zu schauen.

»Wir gehen zu einem Arzt«, sage ich vorsichtig.

Beim Wort Arzt verzerrt sich ihr Gesicht wieder vor Angst.

»Hör mir zu, Lina.«

Mein autoritärer Ton hat die gewünschte Wirkung. Ihre Augen richten sich auf meine. Sie hält inne und hört zu.

»Wir gehen zu einem Psychiater. Er wird mit dir reden, sicherstellen, dass es dir gut geht, und das war's. Nichts weiter. In Ordnung?«

»Ich brauche keinen Psychiater.«

»In deinem medizinischen Bericht steht, dass du eigentlich Medikamente nehmen solltest.« Antidepressiva und Appetitstimulanzien. Ehrlich gesagt möchte ich, nachdem ich ihre Narben gesehen habe, sicher sein, dass sie stabil genug ist, um sich nicht selbst zu schaden.

»Ich will keine Tabletten.«

»Deine Gesundheit liegt in meiner Verantwortung. Wir werden nur mit dem Arzt reden.« Ich warte nicht auf ihre Zustimmung. »Entspann dich.«

Das ist keine leichte Aufgabe, angesichts dessen, was gerade passiert ist, aber sie versucht es und atmet einige Male tief ein.

»Genau so. Du machst das gut.«

Ich versichere mich, dass ihr Körper entspannt ist und sich nicht auf einen weiteren Sprint vorbereitet, dann löse ich meinen Todesgriff, um nach Verletzungen durch den Sturz zu suchen. Ich schiebe ihre Ärmel hoch. Auf ihren Armen sehe ich böse Abschürfungen vom Asphalt. An ihrem Ellbogen, wo der Stoff gerissen ist, klebt Kies. Ich gehe auf ein Knie, rolle die Jeans hoch und finde Kratzer an ihren Schienbeinen und Knien. Wenigstens ist nichts gebrochen.

»Wir müssen das desinfizieren.«

Ich lege meine Finger um die ihren und führe sie zur Ampel. Als diese umspringt, überqueren wir die Kreuzung. Ich spüre ihre Abneigung am Gewicht ihres Körpers. Ich ziehe sie fast zum Gebäude. An der Tür vergräbt sie ihre Fersen im Boden, aber nachdem ich ihr einen weiteren strengen Blick zugeworfen und mein Versprechen wiederholt habe, sie nicht zu verlassen, folgt sie mir mit gesenktem Kopf und hängenden Schultern hinein. Als wir die Treppe zu Reynos Praxis hinaufsteigen, wird sie kleiner. Erst vor seiner Tür findet sie ihren Kampfgeist wieder.

»Damian, bitte. Kann ich einen Moment für mich haben?«

»Ja.« Ich glätte ihr Haar. »Natürlich.«

Sie stöbert durch ihre Tasche und zieht ein Taschentuch heraus. Als sie sich die Wimperntusche unter den Augen abwischt, ist sie das liebenswerteste Geschöpf, das ich je gesehen habe.

»Bereit?«, frage ich, als sie ihre Nase geschnaubt und ihre Hände mit einem Desinfektionstuch gereinigt hat, das sie aus ihrer Tasche gefischt hat.

Sie antwortet nicht, wahrscheinlich, weil sie weiß, dass eine Antwort überflüssig ist.

Reyno hat einen zwielichtigen Ruf und die damit verbundenen Honorare. Es gibt kein Wartezimmer und keine Empfangsdame. So ist es diskreter.

Ich klopfe, trete ein und ziehe Lina hinter mir her.

Ein kleiner Mann steht hinter seinem Schreibtisch auf. Er ist nicht viel größer als Lina. Mit seiner überdimensionalen, rundum geschliffenen Brille und den aschgrauen Haaren sieht er wie eine Figur aus einem Fantasy-Comic aus. Er begrüßt uns mit Nachnamen, bietet aber keinen Handschlag oder Kommentar dazu, dass wir fünfzehn Minuten zu spät kommen.

»Ich werde dich Lina nennen«, sagt er und zerstört jegliche Formalität. »Ich bin Reyno.« Er deutet auf einen Stuhl, der auf einen Couchtisch ausgerichtet ist. »Bitte, setz dich. Du kannst sie in einer Stunde abholen, Damian.«

Sie dreht ihren Kopf hektisch zu mir um.

Ich drücke beruhigend Linas Hand. »Ich bleibe.«

Reyno neigt seinen Kopf zur Seite. »Ich bin mir nicht sicher, ob das konstruktiv sein wird.«

»Sie will nicht allein sein.«

Er sieht sie an. »Stimmt das?«

Sie nickt leicht.

»In diesem Fall, nimm das Sofa.«

Ich drücke Lina mit der Hand auf ihrer Schulter auf den Stuhl, nicht aggressiv, aber fest. Was sie im Moment braucht, ist eine starke Hand, jemanden, der die Verantwortung übernimmt, bis sie sich wieder wie sie selbst fühlt.

»Hast du einen Verbandskasten?«, frage ich den Arzt.

Er blickt auf ihre Ellbogen und unter die aufgerollte Jeans. »Was ist denn passiert?«

Ich schaue Lina an, um zu sehen, ob sie antworten will.

»Ich habe versucht, wegzulaufen«, sagt sie. »Ich wollte nicht zu dir kommen.«

Er reibt sich das Kinn. »Warum nicht?«

»Ich bin nicht gerne …« Sie beißt sich auf die Lippe.

»Was?«, fragt er.

»Unter Betäubungsmitteln«, antwortet sie.

Ich habe das Gefühl, dass sie noch etwas anderes sagen wollte.

»Hm. Schauen wir nach dem Erste-Hilfe-Kasten.«

Reyno verschwindet in einem angrenzenden Badezimmer und kehrt mit einem Kasten zurück, den er mir reicht. Ich setze mich neben Lina und beginne, ihre blutenden Ellbogen zu reinigen, während Reyno den Platz uns gegenüber einnimmt.

Er drückt seine Hände zusammen. »Warum fangen wir nicht damit an, wie du dich fühlst?«

So, wie sie ihre Zähne zusammenbeißt, als ich den Kies mit einer Pinzette von ihrer Haut entferne, tut es ihr weh. Mein Mädchen hält vollkommen still, ohne sich zu beschweren.

»Lina?«, fragt Reyno. »Hast du mich gehört?«

Sie zischt, als das Desinfektionsmittel mit ihrer verletzten Haut in Kontakt kommt. »Wie ich mich fühle ist eine ziemlich umfangreiche Frage.«

Er kichert über ihren Sarkasmus. »Kannst du schlafen?«

»Wenn Damian mich nicht ans Bett fesselt.«

Er blinzelt nicht einmal. Ich habe ihn über unsere Situation informiert. Ich weiß nicht, ob er es verurteilt, aber das ist mir auch scheißegal. Ich bezahle ihn, damit er vor allem die Augen verschließt und meiner Frau ein Rezept ausstellt, falls ihr Gesundheitszustand es erfordert.

»Hast du Appetit?«

»Ja.«

Ich kann nicht anders, als sie zu necken. »Nach Zucker.«

Sie wirft mir einen Fick-dich-Blick zu, der so heiß ist wie die Hölle.

»Entleerst du deinen Magen, nachdem du gegessen hast?«, fährt er fort.

»Nicht, außer Damian hackt jemandem die Finger ab.«

Ich unterdrücke ein Grinsen, während ich zu viel Druck auf den Verband ausübe, den ich auf ihr Knie drücke. Sie zuckt vor Schmerzen zusammen.

»Ich verstehe.« Er wirft mir einen Blick zu, bevor er seine Aufmerksamkeit wieder auf meine kleine feuerspeiende Frau richtet. »Was ist mit deiner allgemeinen Stimmung? Fühlst du dich traurig? Deprimiert?«

»Nicht mehr als das, was meiner Situation angemessen ist.«

Ein weiterer Verband bringt sie erneut dazu, sich auf die Lippe zu beißen.

»Nimmst du irgendwelche Medikamente?«

»Ich nehme gelegentlich Antiübelkeitspillen.«

»Und Schlaftabletten«, füge ich hinzu.

»Ich habe dir gesagt, dass Zane sie mir aufgezwungen hat.«

Zane weiß, wie wertvoll sie für mich ist. Das würde er nicht riskieren.

»Wer ist Zane?«

Wir antworten gleichzeitig.

»Ein Freund.«

»Sein Haushälter.«

»Wohnt er bei dir?«

»Ja.« Ich trage vorsichtig ein Pflaster auf ihre Kniescheibe auf.

»Sie waren zusammen im Gefängnis«, sagt sie und betont das Wort *Gefängnis*.

Ich schenke ihr ein Lächeln, umfasse ihren Nacken und fahre mit einem Daumen über ihre weiche Haut. »Reyno weiß, wer ich bin, Lina. Er weiß, wo ich war und warum ich dich geheiratet habe. Er wird dich nicht retten.«

Ihr Gesichtsausdruck wechselt zu Enttäuschung. »Das ist unmoralisch.«

»Bestechungsgelder für die Verschreibung von Medikamenten der Liste II sind auch unmoralisch.«

Sie sieht den zwielichtigen Psychiater schnell an, und die Missbilligung steht ihr ins Gesicht geschrieben.

Reyno bleibt emotionslos. »Ein Mann muss leben. Keine Selbstmordversuche?«

»Abgesehen von eben, nein«, sage ich.

»Ich wollte *nein* sagen, ich habe nicht versucht, mich umzubringen.«

»Du hast eine starke Art, Nein zu sagen.«

Reyno steht auf. »Das ist alles für heute.«

Lina starrt ihn an. »Wirklich?«

Er richtet seine Brille. »Was hast du erwartet?«

»Psychoanalyse. Hypnose. Medikamente.«

»Wurdest du so vorher behandelt?«

Sie versteift sich neben mir. »Ich benutze nur schlechte Verallgemeinerungen.«

»Keine Verallgemeinerungen hier«, sagt Reyno. »Ich will dich nächste Woche sehen, zur gleichen Zeit. Mal sehen, ob du eine Sitzung alleine durchstehen kannst. Damian hat meine Nummer. Ruf mich an, wenn du vorher Stimmungsschwankungen oder Schlafstörungen hast.«

Wir stehen zusammen auf, Arm in Arm, wie ein glückliches Paar. Ich bedanke mich mit einem Nicken. Sie sagt nichts, als ich sie zurück zum Auto führe.

Ich starte den Motor und fahre uns nach Hause, manövriere wie eine ruhige Person durch den Verkehr und zeige nicht, dass sie mich bis in meinen verdammten Kern aufgerüttelt hat. Ich habe noch nie erlebt, dass eine Person bei einem Arztbesuch so reagiert. Ich weiß nicht, was ich davon halten soll, aber ich will es unbedingt herausfinden.

Lina

EMOTIONAL ERSCHÖPFT FALLE ICH AUF EINEN STUHL IM Schlafzimmer, als wir nach Hause kommen.

Damian wirft die Tüten mit der neuen Kleidung auf das Bett und betrachtet mich. »Das nenne ich einen ereignisreichen Morgen.«

»Musst du nicht irgendwo sein?« Mein Tonfall ist vernichtend, aber ich kann nicht anders.

Seine Stimme sinkt um eine Oktave. »Vorsichtig, Lina. Ich bin gerade sehr geduldig mit dir.«

Ich ziehe mir die Schuhe aus. »Du schuldest mir nichts.«

»Lina.«

Wie er meinen Namen sagt, lässt mich meinen Mund halten. Ich kenne seine Grenzen und weiß, wohin es führt, sie zu testen.

Er schüttelt den Kopf, geht zum Bett, leert die Tüten und wählt ein rosafarbenes Sonnenkleid aus, das er vor mich hält. »Zieh das an.«

Es hat dünne Träger und einen tief ausgeschnittenen Rücken. Es ist zu schön für jemanden wie mich. »Nein, danke.«

Ein berechnender Blick dringt in seine Augen ein. »Warum? Weil ich es ausgewählt habe, oder weil es deine Arme zeigt?«

Ich zucke zusammen, während er das Thema anspricht, um das ich mich seit gestern Abend drücke. »Beides.«

Er verfolgt mich mit dem Kleid in der ausgestreckten Hand und sagt: »Sei eine Frau und trag es.«

Wer zum Teufel ist er, der Mann, der mich dieser Folter unterwirft und mir sagt, dass ich eine Frau sein soll? Genießt er mein Leiden? Wahrscheinlich. Nein, definitiv, weshalb ich nicht diskutiere, als er das Kleid mit übertriebener Sorgfalt über die Lehne des Stuhls legt und nach dem Saum meines T-Shirts greift. Ich werde ihm keinen Grund mehr geben, sich in meinem Unbehagen zu sonnen.

Er zieht an dem Stoff, zieht ihn über meine Brüste, und ich hebe meine Arme in einer stillen Aufforderung. Da er all meine Unterwäsche vernichtet hat, bin ich darunter nackt. Als sich sein Blick von meinem Gesicht zu meinen Brüsten bewegt, ist es, als würde sich ein Schalter in ihm umlegen. Er wechselt in einer Sekunde von wütend zu lüstern. Das war ein Fehler. Was ich befürchtet habe, passiert. Er umfasst meine Taille mit seinen großen Händen und zieht mich nach vorne, bis mein Arsch auf die Kante des Sitzes trifft. Seine Augen hinterlassen eine erhitzte Spur über meinem Mittelteil und kommen am Knopf der Jeans zum Stillstand. Er hockt sich hin, öffnet die Jeans und zieht den

Reißverschluss langsam herunter. Ich kooperiere, hebe meinen Arsch an und mache es ihm leicht, den Stoff über meine Hüften und meine Oberschenkel zu ziehen. Vielleicht zieht er mir das Kleid einfach über den Kopf und lässt mich in Ruhe, wenn ich das Ausziehen nicht verzögere. Wunschdenken. Es wird keine solche Gnade geben. Ich weiß es, noch bevor er meine Oberschenkel auseinanderdrückt. Mein Bauch spannt sich unwillkürlich an.

Er erwidert meinen Blick, lehnt sich nach vorne und streichelt meinen Spalt mit seiner Nase. Er schaut nicht auf den freiliegenden Fleck zwischen meinen Beinen, auch wenn seine Finger die Innenseiten meiner Oberschenkel leicht streicheln und sich näher an mein Geschlecht heranarbeiten.

Seine Stimme ist so rau, wie die Stoppeln auf seinem Kiefer. »Ich will dich schmecken.«

Ich schaffe nur ein kleines Kopfschütteln. Kein Mann hat jemals seine Zunge dorthin gelegt.

»Lina.« Er holt einen abgehackten Atemzug. »Lass mich dich lecken.«

»Ich will nicht, dass du das tust«, flüstere ich.

Was ist, wenn ich komme? Seine Berührung tut mir sündhafte Dinge an, Dinge, von denen ich nie gedacht hätte, dass ich sie durch die Hände eines Mannes fühlen könnte. Was wird seine Zunge tun? Ich hasste Jacks Hände auf meinem Körper, aber er hat nie geforscht, gestoßen und gestreichelt, um meine Lustpunkte zu erkunden und mein Vergnügen hervorzurufen. Mein verstorbener Mann berührte mich nie mit seinem Mund, und er benutzte nie seine Hände, um mich nach unten zu drücken. Das musste er nicht, denn er hatte meine Erlaubnis. Ich hatte sie ihm im Austausch für Essen gegeben. Meine Nacktheit rief keinen lüsternen Blick hervor. Das tat mein Schmerz. Diesen Blick, den Damian bekommt, wenn er sein Kinn leicht über mein Geschlecht reibt, bekam Jack nur, wenn er seine Siegeskerbe in meinen Arm schnitzte. Eine Linie für jedes Mal, wenn ich meinen Körper verkaufte. Eine Linie für jedes Mal, wenn ich ihm erlaubte, mich im Austausch für eine Mahlzeit zu ficken.

»Lina.« Damians Atem bläst federleicht über meiner Klitoris und holt mich zu ihm zurück. »Lass mich dich mit meiner Zunge ficken. Ich verspreche dir, dass es dir gefallen wird.«

Ich habe Angst vor diesem Mann und der schwarzen Magie der Lust, die er bei mir anwendet. Lust ist grausam. Lust ist egoistisch. Lust ist den Abwehrkräften abträglich.

Bei meiner stillen Ablehnung setzt er sich wieder auf die Fersen. Ich bin dabei, erleichtert auszuatmen, als er meine Hand von der Armlehne nimmt und sie auf mein Geschlecht legt.

»Berühre dich selbst«, sagt er rau. »Für mich.«

»Damian.«

Es ist ein Protest und eine Bitte, auch wenn ich weiß, dass es nicht helfen wird. Er legt seine Hände oder Lippen nicht auf mich, aber er wird sich nicht mit nichts zufriedengeben.

Er bedeckt meine Hand, manipuliert meine Finger und reibt sie im Kreis. Die Reibung trifft einen Lustnerv. Meine Hüften wölben sich unwillkürlich.

»Langsam«, sagt er. »Lass es lange dauern.«

Ich spanne mich an, als er sich aufrichtet, um seine Hände über meine Schultern und meinen Rücken zu ziehen, aber nur, um mein Haar zurückzustreichen. Die Berührung ist so sanft, dass ich vergesse, was ich tun soll. Meine Hand rutscht von meiner Muschi zu meinem Oberschenkel, wo sie zaghaft liegt. Ich habe plötzlich den Drang, ihn zu berühren, die harten Muskeln seines Bauches zu spüren, aber er greift meine Hand und schiebt sie zurück zwischen meine Beine, während er über mir steht und zusieht.

Ich bin an das Zuschauen gewöhnt, aber das ist anders. Es ist nicht mein Schmerz, der ihn anmacht. Es ist meine Lust. So sehr ich auch versuche, immun ihm gegenüber zu bleiben, beginnt das Vergnügen, sich in meinem Unterleib auszubreiten. Sie breitet sich in einem schwachen Feuer in meinem Unterleib aus, erhitzt meine Klitoris und lässt meine Falten anschwellen.

»Steck deine Finger rein und zeig mir, wie nass du bist.«

Meine Augen treffen auf seine.

»Zwei Finger.«

Die Anweisung lässt keinen Raum für Argumente.

Es gibt jedoch eine Wahl. Meine Finger oder ein Objekt seiner Wahl. So funktioniert sein Spiel.

Langsam, wie er es verlangt hat, versenke ich einen Vorder- und Mittelfinger in meinem Zentrum. Ich bin feucht und heiß, ein Zeichen der Erregung, das mich beschämen sollte, aber die körperlichen Empfindungen sind stärker als die Schuldgefühle meines Verstandes, lassen meine Brustwarzen verhärten und meine Bauchmuskeln unter seiner Beobachtung sich fest anspannen. Meine Fingerkuppen reiben über eine empfindliche Stelle. Ich kann mich nicht davon abhalten, tiefer zu streicheln.

Er ergreift mein Handgelenk und stoppt meine Bewegung. »Zeig es mir.«

Ich bin so nass, dass es ein peinliches Geräusch macht, als er meine Finger herauszieht.

Seine Wangen verdunkeln sich und seine Augen werden wild, als er meine glitzernden Finger betrachtet. »Du bist noch schöner, wenn du geil bist.« Zufriedenheit überzieht seine Gesichtszüge. Er führt meine Hand wieder zurück, und sein Mittelfinger liegt auf meinem. Mit konstantem Druck lässt er mich meinen Finger nehmen. »Zeig mir, wie du kommst.«

Er bestimmt das Tempo, heraus und herein, bis mein Kanal sich zusammenzieht, und dann drückt er einen weiteren meiner inneren Knöpfe. »Halte dich nicht zurück. Reite deine Finger.«

Die Reibung ist köstlich, aber sie reicht nicht aus. Als ob er meinen Körper lesen könnte, zieht er mein Handgelenk nach vorne und ändert den Winkel des

Eindringens. Die neue Position gibt ihm Zugang zu meiner Klitoris. Die Kuppe seines Daumens drückt sanft nach unten und massiert sie in einem langsamen Kreis.

»So?«, fragt er heiser.

Ja, oh, mein Gott, ja. Meine Lust kommt von irgendwo tief in meinem Unterleib, verbrennt mich langsam, anstatt mich mit einer sofortigen Explosion zu zerstören. Er beobachtet meine Augen, als meine Lust sanft für ihn ansteigt und endlich das Crescendo erreicht, das er will. Meine Hüften zucken, und meine Pobacken spannen sich an. Es ist die süßeste aller Qualen, als ich hilflos komme, wobei sein Körper meine Beine auseinanderhält und sein Blick auf mich gerichtet ist. Erst als die Nachbeben abebben, merke ich, dass er meine Klitoris immer noch mit langsamen Kreisen reibt und etwas anderes als Lust in den besitzergreifenden Tiefen seiner schokoladenfarbenen Augen aufscheint. Sieg.

Ich habe ihm erlaubt, mich zu berühren.

Mit dem stetigen Druck seines Daumens senkt er seinen Körper herab, bis seine Männlichkeit mich umhüllt und seine Lippen über meinen schweben. »Zieh das Kleid an und komm zum Mittagessen runter.«

Erst dann lässt er los und zieht die Kuppe seines Daumens von meiner Klitoris in einer sanften Streicheleinheit über meinen Spalt, bevor er zurücktritt. Ich bin endlich frei, meine Beine zu schließen, aber das Wissen, wie geschickt er mich manipuliert hat, hält mich in einem tranceähnlichen Zustand als Geisel. Mit weit aufgerissenen Augen starre ich ihn sowohl voller Angst als auch Schock an. Seine Augen schweifen über meine, bevor sie an meinen Körper herunterfahren. Plötzlich wird mir mein Zustand klar, und ich komme zurück in die Gegenwart. Hastig drücke ich meine Knie zusammen.

Seine Lippen ziehen sich an einem Mundwinkel nach oben, während er etwas verspätet anmerkt: »Keine Unterwäsche.«

»Im Ernst?« Wie alt ist er? Sechzehn?

»Du sollst deine Erregung nicht unterdrücken.«

Ich grabe meine Nägel in die Armlehnen. »Was?«

»Zehn Minuten. Unten.«

Mit diesen kryptischen Anweisungen lässt er mich nackt, durchnässt und besiegt zurück.

Damian

HEILIGE SCHEIßE. ICH WUSSTE, DASS LINA wunderschön sein würde, aber ihren nackten Körper zu sehen hat mich fast meine Kontrolle verlieren lassen. Ich war noch nie am Rande meiner Kontrolle, aber ein Blick auf ihre Titten und gespreizten Beine brachte mich fast dazu, meinen Schwanz in jedem Loch ihres Körpers zu vergraben, genau dort, an Ort und Stelle. Ich habe mich so sehr danach gesehnt, sie zu berühren, dass ich ihr meine Hand aufgezwungen habe. Verdammt. Ich fahre mit einer Hand über mein Gesicht. Ihr Duft umgibt mich immer noch und macht es mit schwer, an etwas anderes zu denken als an das, was zwischen ihren Beinen wartet. Ich konnte nicht ahnen, wie schnell ihr Körper reagieren würde. Ich schwebe fast ins Esszimmer und fühle mich, als wäre ich high. Anne und Zane sitzen am Tisch, und ihre Teller sind gefüllt.

»Dami.« Zane legt seine Gabel ab. »Ich habe nach dir gesucht.«

»Verfolgst du mich?« Ich scherze nur teilweise. Ich hasse es, bedrängt zu werden. Sein niedergeschlagener Gesichtsausdruck erweicht mein Herz. »Ich war mit Lina einkaufen«, sage ich und setze mich auf meinen Platz.

Anne, die zu meiner Rechten sitzt, legt ihre Hand auf meine. »Es tut mir leid wegen gestern Abend. Ich kann mir nicht einmal vorstellen, wie schwer das für dich gewesen sein muss.«

»Für mich?« Ich ziehe meine Hand weg. Nicht annähernd so schwer wie für Lina. »Ich habe ihr dieses Kleid aufgezwungen.«

Freude erhellt ihr Gesicht. Sie denkt, dass ich meine Frau absichtlich gedemütigt habe. Schlimmer noch, sie freut sich darüber. Ich mag sie immer weniger. Wenn sie nicht Zanes Schwester wäre und Lina sie nicht zum Bleiben eingeladen hätte, hätte ich nicht zweimal darüber nachgedacht, sie wieder auf die Straße zu setzen.

Zane reicht mir eine Zeitung, die neben seinem

Teller liegt. »Ich nehme an, du hast die heutigen Nachrichten nicht gesehen.«

Es sind keine Schlagzeilen, aber es steht auf der linken Innenseite, was es genauso schlimm macht. Ein Farbfoto von Lina in diesem sündhaft sexy roten Kleid nimmt drei Spalten ein. Es zeigt sie von der Seite und einen stark verletzten und vernarbten Arm mit maximaler Wirkung.

»Es ist hässlich«, sagt Zane.

Meine Stimme wird dunkler. »Willst du damit sagen, dass meine Frau hässlich ist?«

»Ich habe mich auf den Artikel bezogen.«

»Welchen Artikel?«, fragt eine leise Stimme von der Tür aus.

Lina steht im Rahmen, bekleidet mit dem rosa Kleid, das ihre Brüste umarmt und um ihre winzige Taille ausschweift. Mir entgeht nicht, dass Annes und Zanes Blicke sich sofort auf Linas Arme richten.

Während ich die Zeitung zusammenfalte, sage ich: »Nichts.«

Sie geht mit selbstbewussten Schritten zu mir, und jeder einzelne erinnert mich daran, dass sie nackt unter diesem Rock ist. Ihr Gang ist stolz, ebenso wie die Neigung ihres Kinns, als sie das Papier aus meiner Hand nimmt.

Ich halte sie nicht auf. Es ist nicht so, dass ich ihr nicht mehr Demütigung ersparen will – nicht, dass ich denke, dass ihre Narben etwas sind, was einen demütigen sollte –, aber sie muss lernen, sich zu behaupten. Diese Art von Vorurteilen werden nicht verschwinden. Nach dem, was ich mit Dalton Diamonds machen werde, werden sie nur noch schlimmer werden.

Sie wendet sich der beleidigenden Seite zu. Ihr Ausdruck verrät nichts, als sie liest. Sie nimmt sich Zeit, bevor sie das Papier ordentlich faltet und mir zurückgibt.

»Lina«, sagt Anne. »Es tut mir leid.«

Lina setzt sich auf ihren Platz. »Du hast nichts falsch gemacht.«

»Ich habe Mitleid mit dir.« Anne schaut mich an. »Mit dir auch, Damian.«

»Vielleicht sollten wir nicht darüber reden«, sagt Zane mit einem strengen Blick auf seine Schwester.

Unberührt stürzt sich Lina wie eine Heuschrecke, die während der Dürrezeit in einer Salatpflanze landet, auf den Salat auf ihrem Teller.

»Damian.« Anne legt erneut ihre Hand auf meine. »Ich muss mit dir reden.«

Linas Blick bewegt sich für einen kurzen Augenblick auf unsere Hände.

»Reden«, sage ich unhöflich mit einer Gabel Salat im Mund.

Sie drückt meine Finger. »Unter vier Augen.«

Ich ziehe mich zurück. »Ich habe keine Geheimnisse vor Lina.« Nicht viele zumindest.

Anne räuspert sich. »Ich kann nicht vor allen Leuten darüber reden.« Bei *allen* wandert ihr Blick zu Lina.

»Dann will ich es nicht hören.«

Sie schürzt ihre Lippen, widerspricht aber nicht.

»Ich habe die Fledermauskästen bestellt«, sage ich Lina, um das Thema zu wechseln.

Sie setzt sich gerade hin. »Hast du? Danke schön.«

»Morgen werden sie installiert. Denkst du, du kannst sie beaufsichtigen?«

Sie strahlt. »Natürlich.«

»Überlass das Andries«, sagt Zane. »Der Garten ist sein Verantwortungsbereich.«

Lina antwortet nicht, aber es gibt etwas in ihrem Schweigen, was mehr sagt als Worte. Es nervt mich. Warum zeigt sie Zane gegenüber nicht die gleiche Hartnäckigkeit, wie mir gegenüber? Ich betrachte meine Frau genau, als sie ihren Salat beendet und nach dem Serviertablett mit dem Fisch greift.

»Übrigens«, fährt Zane fort, »Ich habe Essenspläne von Jana, die unterschrieben werden müssen. Ich möchte, dass du einen Blick auf das Budget wirfst.«

»Gib sie Lina.«

Sie schaut mich schnell an, und Überraschung brennt in ihren tiefblauen Augen.

»Du kannst das machen, nicht wahr?«, frage ich sie.

Die Weichheit, die sich über ihre Gesichtszüge legt, ist eine größere Belohnung, als ich mir erhofft hatte.

»Ich glaube nicht …«, beginnt Zane.

»Das ist also geklärt«, sage ich und schaue Lina weiter an.

Sie unterbricht den Blickkontakt zuerst. »Anne, wegen deiner Kleidung …« Sie räuspert sich. »Ich fürchte, ich habe sie beschädigt. Ich werde sie ersetzen.« Sie scheint sich zu fangen. »Ich bin sicher, Damian wird sie ersetzen.«

»Gerne«, sage ich.

Anne winkt mit der Hand ab. »Vergiss es. Ich habe sie sowieso nicht zurückerwartet.«

Der Rest des Essens geht weiter mit einem schweigsamen, brütenden Zane und einer Anne, die zu viel redet, um die unangenehme Stille auszugleichen. Ich muss mit Zane über Linas Verantwortlichkeiten im Haus sprechen. Egal wie es passiert ist, sie *ist* meine Frau. Ich bin mir nicht sicher, wie sie diese Zwangsrolle sieht, aber es wird nicht schaden, ein paar Aufgaben zu übernehmen, die ihren Verstand beschäftigen und sie vor ungesunder Langeweile bewahren werden. Langeweile ist der Nährboden des Teufels. Langeweile ist zu förderlich für gefährliche Gedanken und selbstverletzende Handlungen.

Lina

Sobald das Mittagessen vorbei ist, kündigt Damian an, dass er mich im Arbeitszimmer sehen will. Mein Magen zieht sich zusammen. Das Arbeitszimmer ist für mich zu einem ungewissen Ort geworden, einem Ort, an dem er meine Grenzen verschiebt und mir den Boden unter den Füßen wegzieht.

Ich gehe ihm voraus und fürchte jeden Schritt, der mich näher zu der Tür bringt. Sogar Russell wirft mir einen mitfühlenden Blick zu, als wir an ihm vorbeigehen. Es ist der erste Funke Freundlichkeit, den er mir seit dem Foltervorfall entgegengebracht hat.

Mein ganzer Körper zuckt, als Damian die Tür zum Arbeitszimmer schließt. Die Panik beginnt, über mich hereinzubrechen, aber er hat die Tür nicht abgeschlossen. Wenn ich den Knauf drehen würde, würde sie sich öffnen. Ich wiederhole immer noch den beruhigenden Gedanken in meinem Kopf, als er ein Kissen vom Sofa auf den Boden wirft.

Er geht um mich herum und bleibt hinter mir stehen. »Knie nieder.«

Knie bedeutet zu viele Dinge. Zu knien wird mich mit seiner Erektion auf Augenhöhe bringen. Knien bedeutet, mich zu unterwerfen. Als ich mich nicht bewege, sagt er es mir kein zweites Mal. Er drückt mit einer warmen Hand auf meine Schulter, bis meine Knie auf das Kissen treffen. Ich blicke über meine Schulter, um seinen Gesichtsausdruck zu lesen, damit ich weiß, was mich erwartet. Die zärtliche Ermutigung, die ich auf seinem harten, gutaussehenden Gesicht finde, macht mir Angst. Sie lässt Hitze über meine Haut wandern und Schweiß unter meinen Achseln ausbrechen. Was auch immer er plant, wird übel werden.

Seine tiefe Stimme hat einen rauen Unterton. »Auf Hände und Knie.«

Ich höre seine Dunkelheit und sehe seine angespannte Kontrolle in der Art und Weise, wie er sich ausschließlich auf mich konzentriert. Bestrafung.

Das ist es, was es ist. Es wird schlimmer als schlimm werden. Er ist hart, und Männer wie Damian werden von den Schmerzen einer Frau härter als von ihrem Vergnügen. Trotz des Befehls bewege ich mich nicht. Ich kann nicht. Ich bin vor Angst wie erstarrt. Diesmal wird er mir wirklich wehtun. Ich spüre es in der Art und Weise, wie sich die Luft verdickt, bis es schwer ist, zu atmen.

Bei meinem Ungehorsam platziert er seine Schuhspitze auf meinem oberen Rücken und übt weichen, aber gleichmäßigen Druck aus, bis sich mein Körper nach vorne beugt und ich meine Arme ausstrecken muss, um mein Gewicht abzufangen. Er hält seinen Fuß für einen Moment dort – eine stille Botschaft an mich, so zu bleiben. Als der Druck zwischen meinen Schulterblättern nachlässt, bin ich nicht selbstzerstörerisch genug, um mich ihm zu widersetzen.

Seine Faust ergreift meine Haare, und wickelt es um seine Finger, bevor er sie nach vorne über meine Schulter legt. Er gleitet mit seiner Handfläche über meinen Rücken und hält kurz vor meinem Spalt an. Ich halte den Atem an und warte auf das Schlimmste. Es kommt früh genug.

Er ergreift den Stoff meines Rockes mit seinen Händen, zieht ihn hoch und legt meinen nackten Unterkörper frei. Eine Röte, die aus der Tiefe meines Bauches kommt, verbrennt meine Haut. Die Hitze kriecht über mich, Zentimeter für Zentimeter, und hinterlässt entzündete Gänsehaut. Er hat mich bereits so gesehen, aber ich fühle mich immer noch verletzlich. Wird er mich versohlen? Wird er mich wieder dazu bringen, mich zu berühren? Beide Gedanken lassen meine Falten anschwellen, und ich werde feucht. Was für eine leicht zu habende, verdrehte Schlampe bin ich. Verlegenheit durchdringt mich, aber das Geräusch seiner Schritte unterbricht meinen Gedankengang.

Ich hebe meinen Kopf und beobachte ihn durch einen Haarschleier. Er geht zum Kaminsims, wo seine Peitschen ausgestellt sind, und nimmt eine von der Wand. Das Lederband ist flach und dick. Er beobachtet mich, als er meinen Körper umrundet. Unsere Augen sind verbunden, solange ich ihn in meiner peripheren Sichtweise habe. Im Gegensatz zu davor drehe ich meinen Hals nicht, um hinter mich zu schauen. Ich ziehe es vor, nicht zu sehen, wie er meine Nacktheit betrachtet.

Die Stille, die folgt, sagt mir, dass dies genau das ist, was er tut – mich dort anzuschauen, wo ich nackt bin. Das Knarren des Ledersessels sagt mir, dass er sich hingesetzt hat. Nah dran. Seine Finger gleiten um meinen Knöchel. Vorsichtig zieht er mir die Sandalen aus. Die Spitze seines Schuhs berührt meine nackten Fersen, und dann schiebt er sie zwischen meine Füße und zwingt sie auseinander.

»Spreiz die Beine.«

Es hat keinen Sinn, zu widersprechen. Das wird es nur hinauszögern. Ich spreize meine Beine. Kühle Luft strömt über meine Falten. Ich widersetze mich dem

Drang, den Po zusammenzupressen, um zumindest einige meiner intimen Teile zu verstecken. Ein schwieliger Finger fährt über die Spalte zwischen meinen Backen, über mein dunkles Loch. Obwohl ich die Zähne zusammenbeiße, kann ich meinen Schauer nicht unterdrücken. Seine Berührung ist weich, kaum da und erinnert mich an die unausgesprochene Erlaubnis, die ich ihm vorhin erteilt habe. Seine Finger haben jetzt Zugang zu mir, auf eine Art und Weise, an die ich nicht denken möchte, nicht in dieser Position.

Seine Stimme ist gefährlich, da ihre Rauheit mit hundert Prozent Männlichkeit gesättigt ist. »Du hast heute dein Leben in Gefahr gebracht.« Der Weg seines Fingers führt weiter nach Süden und über meine Klitoris.

Ich beiße mir auf die Lippe und schlucke ein Wimmern herunter.

»Sag es«, befiehlt er.

»Ich habe mein Leben in Gefahr gebracht.«

»Du wirst es nie wieder tun.«

»Es war keine Absicht.«

»Du wirst es nie wieder tun«, sagt er etwas energischer.

»Ich werde es nie absichtlich tun.«

»Nein, wirst du nicht, denn du gehörst zu mir. Was macht das aus dir?«

»Eigentum.«

Ein weißglühender Schmerzblitz fährt durch meine Pobacke. Ich schreie auf und wölbe den Rücken, um mich von der Quelle des Schmerzes zurückzuziehen.

»Versuch es noch einmal«, sagt er.

»Deine?«

»Meine. Niemand gefährdet das, was mir gehört. Jedem, der damit fickt«, er bedeckt mein Geschlecht mit seiner Hand, »schneide ich die Hand ab.« Seine Finger pressen sich in das geschwollene Fleisch meiner Falten und ziehen leicht an meinem Schamhaar, wovon sich Feuchtigkeit zwischen meinen Beinen sammelt. »Jeder, der dich anfasst, wird seine Hand verlieren. Jeder, der dich in Gefahr bringt, ist tot. Verstanden?« Er zieht erneut an den Haaren und erzeugt ein schmerzhaftes köstliches Gefühl.

»J-ja«, rufe ich keuchend.

»Ich werde dich für heute bestrafen, damit du weißt, wie ernst es mir damit ist, dich am Leben zu erhalten.«

»Nein.« Auch wenn meine Lippen diese Worte flüstern, weiß ich, dass es sinnlos ist.

»Tut mir leid, mein Engel«, antwortet er, aber er klingt kein bisschen traurig. »Du weißt, dass du das verdienst.«

Ich will gerade sagen, dass ich das nicht tue, als der nächste Peitschenhieb auf meinen Arsch klatscht und ihn von links nach rechts brennen lässt. Es ist kein Messer. Eine Klinge schneidet mit kalten Schmerzen, die sich in pulsierende Qualen verwandeln, wenn das Adrenalin des physischen Schocks nachlässt. Der Gurt brennt auf meiner Haut, als ob jedes Molekül in Brand gesetzt worden wäre.

»Zwei«, sagt er. »Noch vier weitere vor uns.«

Ich mache einen wackeligen Atemzug, stähle mich, aber keine psychische Vorbereitung reicht für das, was folgt. Der nächste Peitschenhieb lähmt mich fast. Meine Knie zittern unter meinem Gewicht. Bevor ich Zeit habe, mich zu erholen, knallt ein weiterer Feuerstreifen über meine Haut.

»D-Damian!«

»Fast geschafft, Engelchen. Nur noch zwei weitere.«

Er gibt sie mir nacheinander und ohne Pause dazwischen, erwärmt die Haut unter der Kurve meines Arsches und der Linie, die meinem Spalt folgt. Die Spitze der Peitsche dringt zwischen meinen Beinen ein, und das Klatschen, das sie verursacht, als sie meine Falten und Klitoris bedeckt, lässt Funken qualvoller Folter durch mein Fleisch fahren. Meine Ellenbogen geben nach. Mein Oberkörper trifft auf den Teppich. Meine Oberschenkel zittern unkontrolliert. Dass ich es schaffe, auf den Knien zu bleiben, ist ein Wunder. Ich gehe nicht zu Boden, verdammt nochmal. Ich werde ihm nicht die Befriedigung geben, zusammenzubrechen.

Ich habe keine Träne vergossen. Ich habe nicht geschrien. Ich kralle mich an diesem Wissen fest, während ich nach Luft schnappe und meine Kraft zwinge, zurückzukehren, damit ich mich vom Boden lösen kann. Bevor ich eine der beiden Aktionen ausführen kann, drückt etwas auf meinen dunklen Eingang. Da ich zu schwach bin, um zu kämpfen, werfe ich mein Gesicht zur Seite, so dass meine Wange auf dem Teppich ruht. Damian drückt den Daumen einer Hand zwischen meine Arschbacken und saugt die andere in seinen Mund. Als der Druck steigt, finde ich fast den Atem, den ich suche, aber dann legt er seine nasse, heiße Kuppe gegen den protestierenden Muskelring.

»Atme, Lina.«

Ich kann nicht, aber mein Herz verlangt es von mir. In der Minute, in der meine Lungen wieder funktionieren und sich der Sauerstoff in meiner Brust ausbreitet, versenkt er seinen ganzen Daumen in mich. Zwei Stöße, und mehr Finger gesellen sich zu seinem Daumen. Ich kann nicht sagen, wie viele er in mich hineinschiebt, aber es brennt und entzündet gleichzeitig das empfindliche Gewebe.

»D-Damian.« Sein Name ist ein verstümmelter Schrei.

Er hält still und gibt mir einen kleinen Moment der Gnade, damit ich mich an die Dehnung gewöhnen kann. »Lass mich meine Zunge in dich stecken. Du wirst mehr Lust verspüren.«

Manipulation. Noch einmal. Es ist nur ein Weg, um mehr Erlaubnisse von mir zu stehlen.

Meine Zähne klappern, als ich seinen blöden Vorschlag ablehne. »N-nein.«

Er dreht seine Finger von einer Seite zur anderen, was mein Unbehagen erhöht, aber irgendwie das Brennen verringert. Dann stößt er zu und zieht sich wieder zurück. Er nimmt mich in dem einzigen jungfräulichen Loch, das ich in meinem Körper noch habe, mit heftigen Stößen, wobei er den Ballen seiner freien Hand hart gegen meine Falten schlägt.

»Ich werde deinen Arsch nehmen, Lina.«

Ich verenge mich angsterfüllt um ihn, und meine Muskeln ziehen dabei unwillkürlich seine Finger tiefer hinein.

»Aber nicht heute«, fährt er fort. »Eines Tages werde ich meinen Schwanz bis zum Anschlag in dein enges kleines Loch stecken, und du wirst es lieben.«

Vom tiefsten Grund meiner fast leeren Seele kratze ich genug Kraft zusammen, um meine Stimme ruhig zu halten. »Niemals.«

Er lacht grausam auf, und das Tempo in meinem Hintern nimmt mit einem zermürbenden Rhythmus zu. Jeder Stoß erwirkt ein Stöhnen aus meinem Hals. Die Geräusche, die er aus mir herausstößt, sind rau und schmutzig. Meine Finger krümmen sich in den Teppich, und meine Nägel kratzen über den Stoff. Die raue Wolle scheuert durch den dünnen Stoff meines Kleides gegen meine harten Brustwarzen. Ich bin eine kniende Schlampe, die schändliche Geräusche von sich gibt, die ihr schmutzigstes Geheimnis verraten. Trotz des Unbehagens, trotz der anhaltenden Schmerzen, wächst das Verlangen in der leeren Stelle zwischen meinen Beinen. Mein Bedürfnis pocht heftig und verlangt nach mehr als den demütigenden Schlägen auf meinen Arsch. Ein paar Klatscher auf meine Klitoris sind alles, was ich brauche. Als er mir diese Gnade gewährt, komme ich mit einem Aufschrei. Meine Hüften geben nach, und meine Arme fallen nutzlos neben mich. Ich bin ein schwitzendes und zitterndes Durcheinander. Schauer überrollen mich von Kopf bis Fuß, und ein Schatten erstreckt sich über mir und verbirgt mich in seliger Finsternis. Die Elektrizität eines anderen Körpers, der sich über meinen beugt, sendet statische Funken über meine Wirbelsäule.

Warmer Atem streicht über meine Wange, und volle Lippen flüstern mir ins Ohr. »Wenn du so hart durch meine Finger kommst, stell dir vor, was ich mit meinem Schwanz mit dir machen werde.«

Ich hebe meine Wimpern, um ihn anzusehen. Unsere Augen verbinden sich. Wissen und Befriedigung verschmelzen in dieser für ihn ausgemachten Sache, während er seine Hand an einer Papierserviette abwischt. Das ist es, was ich bin. Eine ausgemachte Sache. Er wusste von dem Tag an, an dem wir uns trafen, noch bevor ich achtzehn Jahre alt war, dass er mich nehmen, haben und mich zu einer Frau auf den Knien reduzieren würde. Ich kann nicht zulassen, dass er mich weiter bricht. Kämpfend zwinge ich mich zurück auf die Knie und ignoriere dabei das Schwanken meines Körpers und die schmerzenden Stellen.

Seine Handfläche gleitet über meinen wunden Hintern und reibt Wärme in die Schmerzen. »Du wirst diese Zeichen für ein paar Tage tragen. Jedes Mal, wenn du sie spürst, wenn du dich bewegst, möchte ich, dass du darüber nachdenkst, was du mir versprochen hast. Sag es.«

»Ich …« Mein Mund ist zu trocken. Ich schlucke

und versuche es noch einmal. »Ich werde mein Leben nicht in Gefahr bringen.«

»Das ist mein Mädchen.«

Er nimmt mich in seine Arme und steht auf. Ich bin zu schwach von der körperlichen Belastung, um gegen ihn anzukämpfen. In meinem Körper ist keine Energie mehr vorhanden. Er geht zum Sofa und platziert uns auf dem gepolsterten Leder. Ich versinke tiefer in seiner Wärme, während er meinen Körper so lange bewegt, bis ich gegen seine Brust gerollt bin. Mit einer Hand nimmt er eine Ledermappe vom Couchtisch, und mit der anderen streichelt er meine Haare.

»Ruh dich aus«, sagt er mit seinem strengen Tonfall.

Ich hasse ihn, aber halte die Worte zurück. Es ist, als ob mein Körper die Wahrheit in seinem Befehl erkennt. Ich bin müder, als ich es jemals war, seit ich ohne Handschellen schlafe. Es dauert nicht lange, bis ich auf seinem Schoß eingeschlafen bin. Er weckt mich erst, als die Schatten im Raum lang sind und Zane an die Tür klopft, um uns zu sagen, dass das Abendessen fertig ist.

Die Ankündigung, dass Dalton Diamonds zu Hart Diamonds wird, kommt einen Tag später. Damian lässt mich nicht über Harolds Untergang in der Zeitung lesen oder ihn im Fernsehen sehen. Er sagt mir im Detail, was mich erwartet, und informiert mich darüber, was ich den Medien sagen soll, sollte es jemandem gelingen, an den Pförtnern vorbeizukommen, die solche Anfragen von mir fernhalten. Kein Kommentar.

Ich bin überrascht, dass Harold nicht angerufen hat. Ich hatte erwartet, dass er mehr Druck auf mich ausübt, um die Dokumente zu finden, aber vielleicht weiß er, dass es zu spät ist, zumindest, um sein Unternehmen zu retten. Ich suche weiterhin nach den Beweisen, aber auch eine Durchsuchung von Annes Zimmer bringt nichts. Das einzige Zimmer, das mir noch fehlt, ist Zanes.

Seit unserem Einkaufsbummel hat Damian hauptsächlich von seinem Arbeitszimmer aus gearbeitet, aber ich habe nicht viel von ihm gesehen. Die Fledermauskästen sind installiert, und ich habe die Menüplanung übernommen. Diese einfachen Aufgaben bringen eine gewisse Erleichterung vom täglichen Stress, die Gefangene meines Mannes zu sein. Ich hatte vor, nach der Highschool Kunstgeschichte zu studieren, aber als Harold mich kurz nach meiner Volljährigkeit mit Jack verheiratete, verflogen alle Chancen auf ein Studium. Mir wurde nie eine andere Aufgabe als die eines Sexobjekts gewährt, und es ist beruhigend für mich, mich mit Aufgaben zu beschäftigen anstatt mit nichts als meinen Gedanken.

Am Nachmittag verlasse ich meine Komfortzone, indem ich den weißen Bikini anziehe, den Damian mir gekauft hat. Ich betrachte meinen Körper im Spiegel seiner Garderobe. Meine Rippen sind weniger ausgeprägt, meine Brüste füllen sich aus, und ich habe viel mehr Energie. Gut zu essen bekommt meiner Gesundheit.

Ich drehe mein Haar zu einem hohen Dutt, binde ein Tuch um meine Taille und schnappe mir ein Handtuch. Ich nehme gerade eine Flasche Wasser aus dem Kühlschrank, als mich ein leises Keuchen erschreckt.

Jana steht mitten in der Küche und umklammert eine Einkaufstasche mit einer Hand, während die andere auf ihrem Herzen liegt. Sie schaut schnell von meinen Armen weg und mir mit knallroten Wangen ins Gesicht. »Lina, es tut mir leid. Ich wollte dich nicht anstarren.«

»Das ist eine Menge zu verkraften, was?«

»Das ist nicht das, was ich meinte.«

»Das ist schon okay. Es ist schwer, nicht hinzuschauen.«

»Ich habe den Zeitungsartikel gesehen, aber …« Sie beißt sich auf die Lippe.

»Es ist schlimmer, sie in Natura zu sehen, oder?«

»Ja«, stimmt sie kleinlaut zu.

»Wenigstens hat sie jetzt jeder gesehen, und ich kann mit meinem Leben weitermachen.«

Sie betrachtet meine Kleidung. »Und kurze Ärmel tragen.«

Ich sage nicht, dass Damian meine sämtliche Kleidung mit langen Ärmeln vernichtet hat. »Genau.«

»Lass dich nicht von mir aufhalten.« Sie stellt die

Tasche ab und schiebt mich quasi bis zur Tür. »Dann los. Es ist ein schöner Tag zum Schwimmen.«

Sie ist begierig darauf, mich loszuwerden, aber ich kann es ihr nicht verübeln. Die Situation kann nicht angenehm sein. Ich gebe ihr den Raum, den sie sich wünscht, und mache mich auf den Weg zum einladenden blauen Wasser. Ich war seit meinem achtzehnten Geburtstag nicht mehr in einem Pool. Wie üblich folgt Russell ein paar Schritte hinter mir. Es ist glühend heiß, und er trägt einen Anzug.

»Warum ziehen Sie den Anzug nicht aus?«, frage ich. »Sie müssen vor Hitze eingehen.«

Er zuckt mit den Schultern. »Uniform.«

»Ich bin mir sicher, dass es Damian nichts ausmacht, wenn Sie hineinspringen.«

»Danke, aber nein danke. Das ist gegen das Protokoll.«

Wir sprechen für den Rest des Weges nicht mehr. Anne ist schon da und treibt wie üblich auf einer Luftmatratze. Als sie mich sieht, hebt sie ihre Sonnenbrille an und betrachtet mich mit unverhohlener Neugierde.

Ich gehe bis zum tiefen Ende. »Darf ich?«

Sie sieht verärgert aus, so als ob ich ihren Frieden stören würde. »Es ist dein Pool.«

In diesem Fall … springe ich schwungvoll genug hinein, um sie vollzuspritzen. Nur weil ich hoffe, dass sie die Aufmerksamkeit meines Mannes auf sich zieht, bedeutet das nicht, dass ich ihren Sarkasmus ertragen muss.

Das Wasser ist himmlisch. Die Kühle plätschert über meine Haut, und der Chlor kitzelt meine Nase. Als ich auftauche, keucht Anne, hält ihre tropfende Sonnenbrille in der Luft und streicht über ihr ruiniertes Haar. Ich lächele und schwimme eine Bahn. Meine Muskeln sind von zu vielen Jahren Bewegungsmangel schwach, aber ich gleite mühelos durch das Wasser und fühle mich schwerelos.

Ich schwimme nur noch eine weitere Bahn, bevor ich müde werde. Ich halte inne und lege meine Arme auf dem Rand der tiefen Seite ab, um Luft zu holen. Da sie mein Spritzen gestört hat, hat sich Anne auf einen der Liegestühle gelegt. Sie verbirgt ihre Irritation nicht und schaut mich schmollend an. Ich bin dabei, mich aus dem Wasser zu drücken, als ein Paar polierter Schuhe vor mir erscheint, italienische Schuhe, Schuhe, die ich schon an meinen nackten Fersen und zwischen meinen Beinen gefühlt habe. Ich hebe meinen Blick zum Gesicht des Besitzers. Damian starrt mich an, und seine Hände sind in die Taschen seiner Anzughose gesteckt. Seine Hemdsärmel sind hochgerollt und offenbaren seine männlichen Unterarme.

Er schenkt mir ein eigenartiges Lächeln. »Hast du Spaß?«

»Das Wasser ist angenehm«, sage ich vorsichtig und bleibe auf neutralem Terrain. Bei Damian weiß ich nie, wie sich das Gespräch entwickeln wird.

Er hockt sich hin und schiebt mir eine meiner nassen Haarsträhnen hinter das Ohr. »Du hast Russell eingeladen, sich dir anzuschließen.«

Seine Worte sind so sanft wie seine Berührung, aber seine Augen bohren sich in mich hinein, durchdringen mich und suchen nach etwas, was nicht da ist.

Ich schlucke. »Woher weißt du das?« Spioniert er mir nach?

Er antwortet nicht, aber am Rand des Pools steht Russell steif wie ein Stock, Zane gleich neben ihm. Ich wette, Zane ist uns gefolgt und hat gehört, was ich gesagt habe.

Damians Stimme ist zärtlich, aber sie hat einen Unterton. »Lina?«

»Es ist heiß. Ich war nur höflich.«

Er verfolgt einen Wassertropfen, der über meinen Hals läuft, mit dem Finger, bevor er seine Berührung zurückzieht. »Wirst du mich einladen?«

»Du bist beschäftigt.«

Er verengt seine Augen für einen Bruchteil. »Bin ich das?«

Ich deute auf seine Kleidung. »Du bist für die Arbeit angezogen.«

Sein Lächeln ist erzwungen geduldig. »Ich nehme an, das bedeutet, dass ich mich nicht für *Höflichkeit* qualifiziere.«

Ich kann ihn nur ansehen. Jede Antwort, die ich geben könnte, wäre falsch.

Er richtet sich auf. »Verbrenn dich nicht.« Mit einem weiteren Blick, der sich direkt durch mich hindurchzu*brennen* scheint, geht er weg.

Gänsehaut breitet sich über meinen Körper aus.

Das Wasser fühlt sich plötzlich zu kalt an. Ich beobachte seine sich zurückziehende Gestalt mit einer Nervosität, die sich von meiner Magengrube aus verteilt. Zane schaut mich kalt an, bevor er sich umdreht und Damian folgt. Ich bin nicht die Einzige, die zusieht. Anne schaut Damian mit halb geschlossenen Augen an und beißt sich dabei auf die Lippe. Sie frisst ihn mit ihren Augen von oben nach unten auf, und ein sündhaftes Lächeln erscheint auf ihren Lippen.

Es gibt eine kleine Bewegung in Russells Haltung, als ich mich aus dem Wasser drücke, so als ob er im Begriff wäre, sich vorwärtszubewegen und eine Hand auszustrecken. Er muss es sich besser überlegen, weil er sich einfach wieder achtsam hinstellt.

Ich werde nicht zulassen, dass Damian mir den Spaß verdirbt. Ich habe den großen Schritt gemacht. Ich kann ihn genauso gut genießen. Dem Beispiel von Anne folgend, lege ich mich in die Sonne und fühle zum ersten Mal, seit ich mich erinnern kann, die warmen Strahlen auf meinem Körper.

Als ich später ins Haus zurückkehre, erzählt Jana mir, dass Zane joggen ist und Damian in der Stadt zu Abend isst. Ist es das, was er mir am Pool sagen wollte? Mit wem geht er essen? Er schuldet mir keine Erklärungen, aber ich kann nicht anders, als es mich zu fragen. Russell und Jana verabschieden sich kurz darauf, und ich bleibe bei Anne und den Wachen, die bei der Tür und dem Tor patrouillieren, allein im Haus.

Ein kurzer Spaziergang durch das Haus sagt mir,

dass Anne auf der Terrasse liest. Mein nasses Haar hinterlässt eine Spur von Tropfen auf dem Boden, während ich in nichts weiter als in meinem Bikini und dem Tuch eingehüllt den Flur hinuntereile, aber ich nehme mir nicht die Zeit, mich umzuziehen. Leise schlüpfe ich in Zanes Zimmer. Ich lasse die Tür einen Spalt offen, lehne mich gegen die Wand und atme ruhig durch. Ich schaue unter die Matratze und hinter die Bilder. Ich gehe durch seine Schubladen und seinen Schrank. Ich überprüfe sogar den Schreibtisch auf versteckte Schubladen. Dokumente von so enormer Bedeutung werden in einem feuerfesten Safe aufbewahrt. Ein solcher Safe könnte unter den Dielen, in den Wänden oder hinter einer Verkleidung verborgen sein. Der einzige Ort, der noch übrig ist, ist das Badezimmer. Es ist ein unwahrscheinlicher Ort, aber ich habe alle anderen Möglichkeiten ausgeschöpft. Mit einem letzten Blick durch den Spalt in der Tür schleiche ich auf Zehenspitzen zum Badezimmer. Es ist kleiner als Damians und das in Annes Schlafzimmer. Es gibt nur einen Schrank mit Handtüchern und Toilettenartikeln zum Suchen. Ich klopfe auf die Rückwand und lausche, ob sie irgendwo hohl klingt, aber sie scheint überall fest zu sein. Ich schiebe die Flaschen beiseite und überprüfe die Seiten. Nichts. Ich bin dabei, mich wieder zum Raum zurückzudrehen, als Zanes Stimme von der Tür aus spricht.

»Was zum Teufel machst du da?«

10

Lina

Die Flaschen fallen um, als ich einen Schritt zurückweiche und an den Schrank komme.

Zanes T-Shirt ist vom Laufen schweißgetränkt. Er kommt mit einem bedrohlichen Gesichtsausdruck näher. »Ich habe dir eine Frage gestellt.«

Ich ignoriere den Impuls, zu fliehen, und stelle mich gerade hin. »Falls du es vergessen hast, das ist mein Haus.«

Er schnalzt mit der Zunge. »Du warst so gut darin, mir aus dem Weg zu gehen.«

»War ich das?« Ich ziehe eine Augenbraue in die Höhe. »Ich dachte, du seist derjenige, der mir aus dem Weg geht.«

Er packt mich so schnell, dass ich es nicht kommen sehe. Seine Finger graben sich in die Narben an meinen Oberarmen. Ekel durchfährt mich.

»Nichts gehört dir. Nicht dieses Haus und schon gar nicht Dami.«

Die Wut darüber, wo und wie er mich berührt, zerquetscht jedes Gefühl von Selbsterhaltung und Angst. »Bist du dir da sicher? Aus meiner Sicht bist du ein Gast, der seine Grenzen überschreitet.«

Seine Nasenlöcher beben. Der Geruch seines Schweißes verstärkt sich. Das Gefühl, wie er seinen feuchten Körper an meinen reibt, lässt mich würgen.

»Du bist so eine ignorante Schlampe.« Er drückt sich näher an mich, und sein durchnässtes T-Shirt gleitet über meinen Bauch. »Du hast keine Ahnung, oder? Hat er dir schon wehgetan?«

Ich zucke zusammen.

Er grinst. »Die Wände sind dünn.«

Ich kann die Hitze, die mir ins Gesicht kriecht, nicht aufhalten.

»Es gefällt dir«, sagt er und drückt mich mit seinem Gewicht flach gegen die Regale. »Bist du deshalb hier, um deinen halbnackten Körper zu zeigen?« Er zieht an der Schnur des Bikiniunterteils, das an meiner Hüfte befestigt ist.

Ich muss kämpfen, um meine Panik nicht zu zeigen. Ich konzentrierte mich auf meinen Zorn, um meine Schwäche zu verbergen, und schlage seine Hand weg. »Nimm deine Hände von mir, oder Damian wird davon erfahren.«

»Es ist nur eine Frage der Zeit, bis ich an der Reihe bin, Liebling. Ich versichere dir, dass wenn Dami dich mir gibt, deine Schreie nicht aus Ekstase sein werden.«

Er stößt mich mit genügend Kraft von sich weg, um meinen Körper gegen das Becken zu stoßen. Ein Schmerz bis in die Knochen schießt durch meine Hüfte.

»Dami und ich«, sagt er, »wir teilen alles.«

Vor Wut zitternd, halte ich mich kaum zurück, ihn wie eine wilde Katze anzugreifen. »Du liegst falsch.« Ich wische mir seinen ekelhaften Schweiß mit einer Handfläche vom Bauch. »Ich bin die eine Sache, die du nie teilen wirst.« Damian hat das selbst gesagt, und er meint immer, was er sagt.

»Wir werden sehen«, sagt Zane und lacht auf. »Ich weiß, wonach du suchst, Hure. Du wirst diese Dokumente nie finden. Jetzt verschwinde verdammt nochmal aus meinem Badezimmer.«

Ich richte mich noch weiter auf und ignoriere die Schmerzen, die sich von meiner Hüfte zu meinem Bein ausbreiten. Vielleicht gaben mir die kleinen Aufgaben, mit denen Damian mich betraut hat, ein neues Selbstwertgefühl und einen Hauch von Mut. »Du kannst verschwinden. Bis Damian sich von mir scheiden lässt, ist das *mein* Haus genauso wie seines, und es ist *meine* Gastfreundschaft, die du missbrauchst.«

Er wird röter als ein Drache, der kurz davor steht, Feuer zu spucken. Als seine Rückhand auf meiner Wange aufkommt, bin ich nicht überrascht. Ebenso wenig wie über das Blut, das in einem Rinnsal aus meiner Nase läuft. Ich bin mit diesem speziellen Schmerz und seinen Symptomen vertraut.

Er erblasst ein wenig, so als ob er weiß, dass er zu weit gegangen ist. Das wird einen Abdruck geben.

Er drückt mir seinen Finger ins Gesicht. »Ein Wort zu Dami, und ich werde dich bei jeder Gelegenheit zerreißen, die sich mir bietet, verstanden?«

Ich wische das Blut mit dem Handrücken weg und schenke ihm den kältesten Blick, den ich aufbringen kann. »Schlag mich noch einmal, und ich werde Damian nicht bitten, dir den Finger abzuschneiden. Ich werde es selbst tun.«

Ich hinke an ihm vorbei, körperlich verletzt, aber geistig stark.

»Du redest«, sagt er hinter meinem Rücken, »und ich werde Dami sagen, wonach du suchst. Du hast selbst gesehen, was er mit Dieben und Verrätern macht.«

Ich bleibe nicht stehen, um die Worte zu leugnen oder zu bestätigen. Er hat recht. Wenn Damian weiß, dass ich nach den Beweisen suche, wird er wütend sein. An dem Tag, an dem ich sie finde, könnte er mir mehr als meine Finger abhacken.

Nachdem ich zwei Schmerztabletten genommen habe, dusche ich, um das Chlor und das Blut abzuwaschen, und ziehe eines der neuen Nachthemden an, die Damian gekauft hat. Die Seide ist eng um meine Brüste und Hüften gelegt, so dass ich mich nackt fühle, aber zumindest reicht sie bis zu meinen Zehen. Ich bedecke mich mit einem Bademantel und gehe nach unten. Als ich mir sicher bin, dass niemand in der Küche ist, stelle ich mir ein Tablett mit Essen zusammen, das ich mit zurück in Damians Zimmer nehme. Ich verstecke mich nicht vor Zane oder Anne, aber die starken Kopf- und Hüftschmerzen zwingen mich dazu, mich hinzulegen.

Ich muss eingenickt sein. Als ich aufwache, ist es dunkel. Der Platz neben mir im Bett ist leer. Ich schalte die Nachttischlampe ein und schaue auf meinem Handy nach, wie spät es ist. Es ist nach Mitternacht. Einen wahnsinnigen Moment lang ist meine Reflexreaktion, dass ich mir Sorgen mache. Ich verbanne das Gefühl so schnell, wie es gekommen ist. Damian verdient meine Sorge nicht. Besorgnis würde bedeuten, dass er mich interessiert. Ein Geräusch von unten reißt mich aus meinen Gedanken. Die alten Rohre knarren, als das Wasser im Gästebad aufgedreht wird.

Ich stehe auf und gehe zum Ende der Treppe. Das Licht aus dem Badezimmer in der Diele fällt über den Boden. Die Standuhr im Esszimmer schlägt eins, so dass die vergoldeten Sofas aus dem Märchen bereits zu Kürbissen geworden wären. Die Treppe knarrt nicht unter meinen Füßen. Die borstigen Haare des Läufers im Flur kitzeln die Unterseite meiner Zehen. Das Wasser wird ausgeschaltet. Ich bleibe an der offenen Tür stehen.

Damian steht über dem Becken, seine Hände umgreifen die Kanten und sein Kopf hängt zwischen seinen Schultern. Sein Rücken ist mir zugewandt, aber ich habe im hüfthohen Spiegel einen guten Blick auf ihn. Er trägt kein Hemd, sondern nur die Anzughose und die Schuhe von vorhin. Eine tiefe Linie definiert seinen Trizeps. Seine großen Arme wölben sich. Sein Bauch ist ein harter Sixpack, und sogar seine Seiten sind perfekt geschnitten, wie die eines Athleten. Die Linie seiner Wirbelsäule ist eine Vertiefung, die zwischen breiten Schultern und hartem Fleisch verläuft. Eine dunkle Haarsträhne fällt über sein Gesicht und verdeckt seinen Ausdruck, aber sein Kiefer ist angespannt, und sein Griff um das Porzellan hart. Was auch immer er bekämpft, belastet ihn schwer.

Ohne meine Anwesenheit zu bemerken, steht er vollkommen still in dieser vorgebeugten Position und gibt mir Zeit, ihn zu betrachten. Ist es das, was Anne sieht, wenn sie ihn anschaut? Harte, männliche Perfektion. Stärke und Dominanz. Hände mit rauen Knöcheln, die wissen, wie man einen Körper sanft wiegt und die Hüften hart nach unten drückt. Lippen, die wissen, wann man überfallen und wann man verbotene Orte küssen muss. Meine Atmung wird schneller, und der verbotene Ort, den Damian so geschickt gemeistert hat, beginnt zu prickeln. Zum ersten Mal sehe ich ihn so, wie andere Frauen ihn sehen. Ich stelle mir diese Hände und Lippen auf ihnen vor, wie sie ihre Körper aus Freude am Vergnügen anstelle der Befriedigung von Rachegelüsten lieben, und mein Brustkorb zieht sich schmerzhaft zusammen. Es ist das erste Mal, dass ich Eifersucht empfinde. Das Gefühl trifft mich so unvorbereitet, dass ich impulsiv eine Hand auf mein Zwerchfell lege, wo es schmerzt.

Diese Geste zieht Damians Aufmerksamkeit auf sich. Er dreht seinen Kopf minimal zu mir. Der größte Teil seines Gesichts ist im Schatten versunken, aber ich kann die Intensität in seinen Augen erkennen. Er wirkt sowohl wild als auch sanft, als er mich schweigend betrachtet. Ein seltsames, neues Bewusstsein geht zwischen uns hindurch. Es fühlt sich an wie eine durcheinandergewürfelte Mischung aus körperlicher Anziehungskraft und Gefühlen. Die Stücke sind zerbrochen und verstreut. Für mein Leben kann ich sie nicht zu einem klaren Bild zusammenfügen. Was ist mit uns passiert?

Er ist derjenige, der das Schweigen bricht. »Warum bist du noch wach? Es ist schon spät.«

»Ich könnte dich dasselbe fragen.«

Er beobachtet mich mit beunruhigender Aufmerksamkeit und schaut direkt in die Verwirrung meines Herzens.

Begierig auf eine Ablenkung, wende ich meine Aufmerksamkeit wieder ihm zu. »Was ist passiert?«

Ich will es wirklich wissen. Was auch immer es war, wo auch immer er war, es war gefährlich. Ich spüre es. Etwas anderes als Eifersucht nagt in meinem Hinterkopf. Angst. Ich zucke bei dieser Erkenntnis innerlich zusammen. *Nein.* Es ist mir egal. Ich will mich nicht darum kümmern. Ich will ihn hassen. Ich muss ihn hassen. Gefühle für einen Mann zu haben, der mich nie lieben wird, wäre der schlimmste Verrat, den mein Herz anrichten kann. Ich werde meine

Freiheit finden, und ich werde mein Herz nicht zurücklassen.

»Geh wieder ins Bett«, sagt er leise.

Das lasse ich mir nicht zweimal sagen. Ich eile die Treppe hinauf und laufe vor den Reaktionen davon, die er in mir auslöst. Ich laufe vor dem Jungen davon, der sich in einen zu großen Mann verwandelt hat, einen Mann, der wegen einer fatalen Nacht härter ist, als er sein sollte. Wir haben ihn zerstört. Wir haben einen ganz normalen, jungen Mann, der zu einem guten Ehemann und Vater geworden wäre, in ein kriminelles Monster verwandelt, das sich von Schmerzen ernährt. Ich habe meine Rolle vielleicht unwissentlich gespielt, aber ich habe sie gespielt. Harold mag die Fäden gezogen haben, aber ich habe zu dieser Melodie getanzt.

Das Wissen zerbricht mich mit herzzerreißendem Bedauern. Als ich Damian heute Abend in die Augen sah, sah ich, was hätte sein können. In der verhärteten Hülle sah ich einen Mann, der zu Zärtlichkeit und Hingabe fähig gewesen wäre. Die schlimmen Dinge, die mir passiert sind, lagen außerhalb meiner Kontrolle. Ich hasse es, dass sie geschehen sind, aber ich war dafür nicht verantwortlich. Für das, was aus Damian geworden ist, bin ich es, und diese Art von Bedauern ist das Schlimmste.

Vor dem kalten Kamin, so weit wie möglich vom Bett entfernt, warte ich auf das Unvermeidliche. Einen Moment später tritt Damian ein, immer noch ohne

Hemd. Die Abende in Highveld sind kühl. Er hat sein Hemd nicht ausgezogen, weil ihm zu heiß war.

Ungebremst sprudelt die Frage von meinen Lippen. »Was ist mit deinem Hemd passiert?«

Er geht zum Bett und setzt sich mit gespreizten Beinen auf die Kante. »Komm her.«

Seine Stimme ist leise und sanft. Sie bringt mich dazu, gehorchen zu wollen, aber ich klammere mich an mein besseres Urteilsvermögen und schüttele den Kopf.

»Ich werde dir nicht wehtun.«

Die Verletzlichkeit in seinen hängenden Schultern ruft nach meinem Mitgefühl. Ein plötzlicher Drang, ihn zu beruhigen, lässt mich einen Schritt weitergehen. Dann einen weiteren und noch einen. Er beobachtet mich dabei, wie ich zu ihm gehe, als ob ich von einer zarten Schnur gezogen würde, die jeden Moment reißen kann. Er sieht mich voller Hoffnung und Spannung an, als ob er besorgt wäre, dass ich meine Meinung ändern könnte, auch wenn die Freiheit, meine Meinung zu ändern, eine falsche Vorstellung ist. Er kann mich mit ein wenig Kraft dazu bringen, alles zu tun, was er will. Das haben wir bereits festgestellt. Aber mit den Gefühlen, die in meiner Brust ringen, bin ich schwächer, kann nicht widerstehen.

Als ich zwischen seinen Beinen stehe, schaut er zu mir auf und betrachtet mich so konzentriert, dass ich mich wie eine Fliege fühle, die in einem Netz gefangen ist. Ich kann mich nicht bewegen, nicht wegschauen. Unstillbares Bedürfnis spiegelt sich in seinen bitterbraunen Augen wider, als er mein Nachthemd in seinen Fäusten zusammenknüllt und es langsam über meine Hüften zieht. Seine breite Hand schiebt sich darunter und findet das Gummiband meines Tangas. Ein Riss, und meine Unterwäsche fällt zwischen meine Füße. Es ist keine gewalttätige Aktion, aber ich zucke trotzdem ein wenig zusammen.

»Ich werde dir nicht wehtun«, sagt er leise und versichert mich seines früheren Versprechens.

Als er mein Nachthemd höherschiebt, lässt er seinen Blick auf mein entblößtes Geschlecht fallen. Er bewegt seine Hände zu meinem Po und bedeckt mit jeder Handfläche eine Backe. Mit einem weichen Ruck zieht er mich näher heran und bedeckt sein Gesicht mit meiner Muschi. Ich muss mich mit meinen Händen auf seinen Schultern abstützen, um das Gleichgewicht zu halten. Die Berührung seines warmen, harten Körpers wirkt sich nicht zu meinen Gunsten aus. Der Kontakt entzündet das Bewusstsein für seine Männlichkeit, und ein weiblicher Teil antwortet von innen heraus. Feuchtigkeit sammelt sich zwischen meinen Beinen, und Erregung pocht in meiner Klitoris. Mein ganzer Körper spannt sich an, als er mit der Nase die Länge meines Spaltes entlangfährt.

Sein Ton ist gebieterisch, aber als er seine Augen wieder auf die meinen richtet, spiegelt sich eine Bitte in ihnen wider. »Lass mich dich schmecken.«

Wenn ich die Zunge erlaube, wo soll das enden? Ich stürze in die Grube der Verführung, die viel zu schnell ausgehoben wird. Wenn ich nicht aufpasse, werde ich bald begraben sein und zum Ersticken zurückgelassen werden. Ist es das, was er will? Die ultimative Unterwerfung? Meinen endgültigen Untergang? Ist das seine Rache?

Ich kaue auf meiner Lippe und denke darüber nach. »Wenn ich dir gebe, was du willst, lässt du mich dann gehen?«

Er zögert nicht eine Sekunde. »Nein.«

»Warum nicht?«

»Du bist meine Frau.«

»Du hast mich für Geld und Sex geheiratet. Wenn du beides hast, warum lässt du mich nicht gehen? Was willst du mehr?«

»Dass du mich wie Essen und Trinken brauchst.«

Etwas in meiner Brust zieht sich zusammen. Er wird sich nicht mit weniger zufriedengeben, als mich komplett zu ruinieren.

Sein Atem fließt über meine Falten. »Lass mich dich schmecken.«

Das Flüstern ist die Versuchung des Teufels. Es macht mich völlig fertig. Mein Fleisch wölbt sich ihm entgegen, während mein Herz aus Protest schreit.

»Lina.« Er schließt die Augen und seufzt wie ein gequälter Mann. »Lass mich meine Zunge auf dich legen.«

Seine Finger graben sich in meinen Po und halten mich dort fest, wo er mich haben will – bereit für seinen Mund. Ich sollte kämpfen, aber ich bin nur eine Frau. Meine Knie knicken ein wenig ein. Ich werde diese Runde nicht ohne Gegenleistung verlieren.

»Was ist mit deinem Hemd passiert?«, frage ich.

»Kaputt.«

»Wie?«

Er zögert einen Moment lang, und ich auch. Wenn er es mir sagt, muss ich ihm erlauben, seine Zunge an mich zu legen. So funktioniert unser unausgesprochener Austausch. Ein Teil von mir betet, dass er den Deal ablehnt, aber es ist, als ob schmelzend heißes Wachs meinen Magen füllt, als er sagt: »Ich bin in einen Kampf geraten.«

Ich atme einen kleinen, ruhigen Atemzug ein. »In was für einen Kampf?«

Seine Mundwinkel heben sich. »Du bist ein neugieriges kleines Ding.«

»Welche Art von Kampf, Damian?«

»Fäuste.«

»Mit wem hast du dich geschlagen?«

»Willst du das wirklich wissen?«

»Mit wem hast du dich geschlagen?«

»Sarel Visage.«

Einer der Männer, die in der Nacht, als Damian und ich uns trafen, mit Harold zu Abend aßen. »Ist er tot?«

»Nein.«

»Warum hast du dich mit ihm geschlagen?«

»Er hat es verdient.«

»Was hat er getan?«

»Du weißt, was er getan hat.«

»Was hat er getan?«

»Er war da.«

»Das ist alles?« Das ist seine Sünde? Er war in der Nacht anwesend, als Harold Damians Träume zerstörte?

»Er wusste, was Dalton vorhatte«, sagt er. »Das haben sie alle gewusst.«

Ich lasse meine Gedanken zu dieser Nacht zurückkehren. »Harold gab dir eine Jacke, als er dich zur Tür brachte.«

»Ich war naiv genug, um die Geste mit Freundlichkeit zu verwechseln.« Sein Lachen ist bitter. »Ich habe den Diamanten erst entdeckt, als ich zu Hause ankam. Er fiel aus der Innentasche, als ich die Jacke über einen Stuhl warf.«

»Warum hast du ihn nicht zurückgegeben?«

»Es hatte keinen Sinn. Ich wusste, dass ich am Arsch war. Wer würde mir mehr glauben als Dalton? Wie auch immer … die Bullen, die er zu mir geschickt hat, waren gekauft.«

»Warum bist du nicht weggelaufen?«

»Ich hatte kein Geld. Ich versteckte mich eine Weile, aber es dauerte nicht lange, bis sie mich ausräucherten, indem sie meine Familie bedrohten.«

Oh, Damian. Wie sehr Harold ihn leiden ließ. »Du wirst sie alle jagen.«

»Ja«, antwortet er, ohne zu blinzeln. »Stört es dich?«

»Nein.« Keiner von ihnen ist ein guter Mensch.

»Was ist mit deinem Vater?«

»Was ist mit ihm?«

»Bist du sauer wegen dem, was ich mit ihm gemacht habe?«

»Wegen was genau? Ihm sein Geld oder seine Würde wegzunehmen?«

»Beides.«

»Willst du, dass ich es bin?«

»Nein.«

»Ich bin nicht verärgert.«

»Warum nicht? Er ist dein Vater.«

»Er hat es verdient.«

»Was ist mit dir, Lina?« Sein Blick durchdringt mich und bohrt sich durch die Ziegel der Mauer, die ich um mich herum aufgebaut habe. »Was soll ich mit dir machen?«

»Du bist dabei, es zu tun«, flüstere ich, und meine Stimme bricht beim letzten Wort, weil meine Zerstörung unmittelbar bevorsteht. Er wird mich zerkauen und ausspucken. Wenn ich fliehe, wird nichts mehr von mir übrig sein.

»Ich werde es angenehm machen.« Wie um das Versprechen zu unterstreichen, gibt er mir einen sanften Kuss auf meine Klitoris, und er hat die gewünschte Wirkung.

Er macht es angenehmer als alles, was ich je erlebt habe. Er blickt mit Heißhunger zu mir herauf, fährt aber dabei mit seiner Zunge leicht über meinen Spalt. Es ist heiß. Es ist nass. Zu weich und zu viel. Das Gefühl ist so gut, dass ich auf Zehenspitzen gehe und mich leicht aus seiner Reichweite hebe, aber er ergreift meinen Po fester und zieht mich direkt zurück auf seinen Mund. Er fängt an, mich mit sanften Stößen zu verwöhnen. Ich kann das Wimmern nicht stoppen, das mir über die Lippen kommt. Seine Zunge ist böse, streichelt mich innerlich und entzündet neue, fremde Feuer. Seine Lippen sind überall auf mir und saugen sanft. Er streift mit seinen Zähnen über meine Falten und beißt sanft in sie hinein.

»Damian.« Ich atme hörbar ein, als er mich wieder von oben nach unten leckt. »Bitte.«

Ich bin eine begierige Nässe und drücke mich in sein Gesicht, als er sich endlich auf meine Klitoris stürzt und mir Gnade gewährt. Der Aufstieg nach oben ist nicht explosiv. Es ist ein qualvoll langsames Krabbeln zum Gipfel, das mir jedes Gramm Lust ansammelt, so dass mich das Endprodukt nur in Stücke reißen kann.

Ich komme so stark, dass meine Sicht verschwimmt. Das Licht der Bettlampe zersplittert zu goldenen Scherben. Er geht immer weiter, immer höher. Ich grabe meine Nägel in seine Schultern und knirsche mit den Zähnen, um die Folter zu ertragen, während er mich weiterhin isst, wild und süß. Er spreizt meine Pobacken und hält mich wie ein besitzergreifender Liebhaber an Ort und Stelle, während er sanft zubeißt. Er hält sein Versprechen, bis ich es nicht mehr ertragen kann. Meine Klitoris ist zu empfindlich. Meine Falten brennen durch das Reiben seiner Stoppeln. Ich drücke gegen seine Schultern, kämpfe darum, von den überwältigenden Empfindungen wegzukommen, aber er ist zu stark. Ich versuche, mich aus seinem Griff zu drehen, und verdiene mir einen Schlag auf den Arsch und seine zerquetschenden Finger auf meiner verletzten Hüfte. Ich ersticke an einem Schrei. Er erstarrt. Der Schmerz lässt Tränen in meinen Augen aufsteigen. Die unerwartete Qual beendet die Nachbeben des Orgasmus und tötet das Summen unerträglicher Lust.

Er schiebt mein Nachthemd höher und neigt seinen Kopf, um mich von der Seite zu betrachten. Sein Gesichtsausdruck verwandelt sich in weniger als einem Herzschlag von lüstern zu donnernd.

»Wer hat dir das angetan?«, fragt er mit einer Stimme, die so kalt ist, dass sie mir einen Schauer über den Rücken jagt.

Wenn ich ihm sage, was Zane getan hat, wird Zane ihm sagen, dass ich nach den Dokumenten gesucht habe, und dann wird klar sein, warum ich nach ihnen suche. Damian wird wissen, dass ich vorhabe zu fliehen, aber das darf er nicht erfahren, nicht, bis ich längst weg bin.

»Ich habe dir eine Frage gestellt, Lina.«

»Ich bin gegen das Waschbecken gestoßen.«

»Lüg mich nicht an. Wage es ja nicht, verdammt nochmal.«

Ich muss meine ganze Kraft sammeln, um nicht unter seinem Blick ins Wanken zu geraten. »Das ist die Wahrheit.« Ich bin gegen das Waschbecken gestoßen. Nachdem Zane mich dagegengeschubst hat.

Seine Augenwinkel ziehen sich zusammen, als er einen prüfenden Blick über mich schweifen lässt. Er ergreift mein Kinn und neigt meinen Kopf. Ich habe einen Abdeckstift auf meine Nase aufgetragen. Die ist nur leicht geschwollen, aber ihm entgeht nichts.

»Hast du dir auch die Nase gestoßen?«

»Ich war barfuß und nass vom Pool. Die Fliesen waren rutschig.«

Seine Nasenlöcher beben. Seine Brust hebt und senkt sich mit schnellen Atemzügen, während sich Gewalt in ihm wie ein Sturm aufbaut. Er wird jede Person in diesem Haus befragen, bis er ein Geständnis hat. Zane wird mein Geheimnis nicht für sich behalten, wenn Damians Zorn in brutalen Schlägen auf ihn niederregnet.

Ich tue das Einzige, was ich kann, um ihn aufzuhalten. Ich ergreife seine harten Oberschenkel und sinke auf die Knie. »Bitte, Damian. Lass mich dich auch schmecken.«

11

Damian

Ich merke erst, dass ich Linas Hände zu hart umgreife, als sie einen kleinen Schrei ausstößt. Ich lege sie auf meine Oberschenkel, was ihre Erkundungen zum Stillstand bringt und sie gleichzeitig führt. Meine Absicht ist es, sie wegzustoßen, aber verdammt, es ist wie der Weg in die Hölle und wieder zurück, sie auf den Knien zwischen meinen Beinen zu sehen. Was ich tun sollte – herausfinden, warum sie blaue Flecken hat – löst sich in Luft auf. Mein Kopf wird träge, als das wenige Blut, das ich in meinem Gehirn zurückgelassen habe, sich zu dem Rest gesellt, der sich bereits in meinem Schwanz befindet. Anstatt Antworten zu suchen, lege ich meine Finger ohne nachzudenken um ihre Handgelenke und verhindere, dass sie entkommt.

Verdammt, ihr Körper ist klein. Meine Finger überragen ihre Handgelenke weit, und sie zieht an meinem Griff, nicht hart genug, um gegen mich zu kämpfen, aber genug, um mich wieder zur Vernunft zu bringen. Ich hebe meine Finger einen nach dem anderen. Als ihre Hände frei sind, läuft sie nicht weg, wie sie es sollte. Sie greift nach der Schnalle meines Gürtels. Ihre Finger zittern und versuchen, sie zu öffnen. Sie kämpft eine Weile, bevor ich ihre Hände wegschiebe und schnell daran arbeite, die Schnalle zu lösen und meine Hose freizulegen. Ich beobachte sie, während ich den Reißverschluss herunterziehe und die Hose über meiner Erektion öffnet.

Sie starrt auf die Ausbuchtung unter meinem Slip, als wäre sie ein beängstigendes Objekt. Sie hat doch bestimmt schon einmal einen geblasen? Die aufblitzende Unsicherheit, die ich in ihren Augen sehe, lässt mich daran zweifeln.

»Hast du das schon mal gemacht?«

Sie schüttelt ihren Kopf leicht. Heilige Scheiße. Wie kann ein Mann mit Lina zusammenleben, mit Lina schlafen, Lina ficken und seinen Schwanz nicht zwischen diesen üppigen Lippen versenken? Es sei denn, oral war nicht Clarkes Sache, was ihn zum größten toten Narren machen würde, der jemals begraben wurde.

»Wurdest du vorher schon einmal geleckt?«, frage ich, als der Verdacht in meinem Kopf wächst.

»Du warst der Erste«, antwortet sie leise.

Nun, verdammt. Ich bin zu weit gegangen, um noch vernünftig zu sein und auf eine primitive Art und Weise viel zu zufrieden, dass ich ihr Erster war, als dass ich bereuen würde, es nicht langsamer getan zu haben. Das Einzige, was mich davon abhält, meinen Schwanz bis zum Anschlag in ihren hübschen Mund zu schieben, ist die Bedeutung des Augenblicks.

Ich presse die Worte aus meinem Mund, bevor ich den restlichen Verstand verliere, den ich noch habe. »Es ist noch nicht zu spät, um deine Meinung zu ändern.« Vielleicht war Clarke nicht das Problem. Vielleicht ist es nicht ihr Ding, Blowjobs zu geben.

Nochmals ein kleines Kopfschütteln. Sie stützt sich mit den Händen auf meinen Oberschenkeln ab und wartet, und ich bin ihr gern behilflich. Ich habe ihr die Chance gegeben, sich zurückzuziehen, und sie ist nicht weggelaufen. Ihr Mund gehört mir.

Ich befreie meinen Schwanz aus der letzten Schicht, die mich einschränkt, und reibe ihr buchstäblich meine Härte unter die Nase. Ich möchte, dass sie alles aufnimmt, sich an jedes einzelne Detail von dem erinnern wird, was gleich passiert. Sie starrt auf den ersten Lusttropfen, als ob sie hypnotisiert wäre, aber sie greift nicht nach mir, um mich zu berühren. Das ist in Ordnung. Ich kann uns für uns beide anfassen. Ich umgreife ihren Nacken und ziehe ihr Gesicht näher heran. Ich nehme meinen Schaft in die andere Hand, um mit der Eichel über ihre Lippen zu fahren und sie mit diesem Tropfen der Erregung zu überziehen. Sie streckt ihre Zunge nicht aus, um ihn zu schmecken, aber auch das ist in Ordnung. Ich werde ihr beibringen, wie man mir Lust bereitet.

Meine Stimme ist rau, und die Anweisung grob. »Leck es ab.«

Ihre Zunge huscht heraus und fährt über ihre Unterlippe. Als ich sehe, wie sie meinen Samen aufleckt, brenne ich beinahe.

Sanft massiere ich ihre Kopfhaut und belohne sie für ihr gutes Benehmen. »Jetzt leck meinen Schwanz.«

Die Hitze ihrer Zunge ist wie ein Brenneisen. Sie leckt den Kopf wie ein gehorsames Mädchen, bevor ihre Zunge zaghaft über die Unterseite meines Schwanzes fährt. Verdammt. Ich explodiere fast. Ich muss meine Zähne fest zusammenbeißen, um nicht vorzeitig zu ejakulieren. Nach Jahren und Nächten des Verlangens nach ihr wird es nach einem weiteren sanften Saugen vorbei sein, aber ich will, dass das hier länger dauert.

Ich nehme ihr Gesicht zwischen meine Hände und drücke meinen Schwanz zwischen ihre Lippen. Sie öffnet sie, ohne zu zögern. Mein Schwanz gleitet über ihre nasse, heiße Zunge. Ein Schauer zieht sich bis zum Ansatz meiner Wirbelsäule. Nadelstiche des Vergnügens durchbohren meine Eier, während ihre Zunge sich um die qualvolle Härte meines Schwanzes legt. Ihre Wangen höhlen sich aus, als sie mich tiefer einsaugt, und das ist alles, was nötig ist, um meine Kontrolle zu zerstören.

Ich drücke mich den ganzen Weg hinein, bis meine Eier auf ihr Kinn treffen und ihre Kehle um meinen Schwanz zuckt. Ihre Augen werden weit. Sie würgt. Sie kämpft gegen mich. Ihre Nägel kratzen über den Stoff meiner Hose und versuchen, einen Ausweg zu finden. Ich bin nicht mehr zu retten. Ich ficke ihre Kehle wie ein Neandertaler, zähle die Atemzüge, die ich von ihr stehle, damit ich mein Tempo auf sie einstellen kann. Nach jedem atemlosen Hineinstoßen ziehe ich mich gerade so weit heraus, um ihr Luft zu geben. Sobald sie ihre Lungen gefüllt hat, ficke ich ihren heißen Mund weiter, als wäre es der letzte Mund, den ich ficken werde. Die einzige verbliebene Zärtlichkeit liegt in meinen Händen. Ich halte Lina zärtlich fest und wische ehrfürchtig die Tränen, die aus ihren Augen laufen, mit meinen Daumen weg, während ich meinen Schwanz oft genug in ihren Hals ramme, um ein atemberaubendes Durcheinander in ihrem Gesicht zu erzeugen. Ich nehme ihr die Luft und lasse sie würgen, bis Krämpfe ihren Hals zuziehen und Spucke über ihr Kinn läuft. Nicht ein einziges Mal schaut sie von mir weg. Sie starrt mir in die Augen, während sie um Luft ringt und ihre Brust sich hebt, wenn ich ihr einen Atemzug gönne. Sie lässt mich ihre Panik und Tränen sehen, als mein Schwanz ihr die Sauerstoffzufuhr abschneidet. Sie lässt mich die lutschenden Geräusche hören, die sie macht, wenn ich meinen Schwanz herausziehe, bevor ich ihn wieder tief hineinschiebe. Ich ficke ihren Mund zu hart, aber verdammt, ich kann nicht aufhören. Sie ist ein Engel auf den Knien mit einem Teufel, der sie entwürdigt. Ich bin ein Scheißkerl, aber die Macht, sie so zu besitzen, ihr Erster zu sein, macht meinen Schwanz härter. Als sie wieder würgt, zieht sich ihre Kehle um meinem Schaft zusammen. Eine Hitzewelle läuft durch meinen Schwanz und lähmt mich fast. Bevor ich sie warnen kann, schießt ihr mein Sperma in den Hals. Ihre Augen werden größer, und sie schlägt mit ihren Armen um sich, aber der Teufel in mir wird nicht nachlassen.

»Sieh mich an.«

Sie kämpft stärker.

»Lina.«

Bei meinem strengen Ton heben sich ihre Augen zu meinen.

»Schlucken.«

Gehorsam kommt mit Belohnung. Sie weiß das gut genug, um ihren um mich liegenden Hals zu bewegen. Mein Schwanz schwillt noch mehr an, als ihre Kehle ihn melkt. Wie ein gutes Mädchen schluckt sie meinen Samen. Sie verdient die Luft. Ihre Zähne schaben beim Herausziehen über meine empfindliche Haut und lösen einem weiteren Schwall Sperma aus. Sie macht laute Atemzüge, als ich meine letzte Entladung auf ihre Lippen gebe.

Weil ich weiche Knie habe, lege ich meine Hände auf das Bett, um mein Gewicht abzustützen. Tränen laufen aus ihren Augenwinkeln. Ihre Lippen sind geschwollen, und ein Tropfen Sperma läuft über ihr gerötetes Kinn. Als wir beide etwas Luft bekommen haben, küsse ich sie sanft, als ob mein Mangel an Kontrolle mir nicht erlauben würde, ihren Mund zu ficken. Ich lege jedes Gramm Sanftmut, das ich besitze, in die Liebkosung. Ich lecke meinen Geschmack von ihren Lippen, streichele mit meiner Zunge über die ihre und belohne sie auf die einzige Weise, die ich kenne. Als ihre Atmung wieder ruhig wird, lege ich meine Stirn gegen ihre.

»Das hast du gut gemacht, mein Engel.«

Sie sagt nichts, als ich meinen Schwanz wieder in meine Hose stecke und den Reißverschluss zumache. Ich muss sie vom Boden hochziehen und mich um ihre Knie und ihren Hals kümmern, aber ich nehme mir einen weiteren Moment Zeit, um sie so zu bewundern, tief in den Mund gefickt und abgekämpft.

Sie schluckt mit sichtbarer Anstrengung. Ihr Hals ist so verdammt zart. Niemand sollte so grob zu ihr sein, wie ich es gerade war. Ich umfasse ihr Gesicht und küsse sie noch einmal. Diesmal ohne Zunge. Nur Lippen auf Lippen, sie und ich.

Ich streichele die Wölbung ihrer Kehle mit meinem Daumen und frage: »Wund?«

Sie nickt.

Beinahe verspüre ich Reue. Beinahe. Aber ich kann nicht bereuen, was gerade passiert ist. »Ich war grob.«

Ihre Stimme ist krächzend, ein hörbarer Beweis dafür, wie wund sie von innen sein muss. »Wenn ich dich anstelle von Jack geheiratet hätte, hättest du mir dann so gezeigt, wie man einen bläst?«

Ich denke über die Frage nach. Zweifellos nicht. Ich wäre sanft und freundlich gewesen. »Das habe ich jetzt.«

Sie neigt den Kopf.

Ich warte darauf, dass sie mehr sagt, aber sie ist so lange still, dass ich ihr Gesicht mit einem Finger unter ihrem Kinn anhebe. Tränen fließen in Bächen über ihre Wangen. Es sind keine Tränen, die durch Ersticken verursacht werden, sondern durch aufgewühlte Gefühle. Sie versucht, sich abzuwenden, aber als ich nicht zulasse, dass sie diesen Schmerz vor mir verbirgt, senkt sie ihre Wimpern in einem schwachen Versuch, ihren Schmerz für sich zu behalten.

Ich schiebe meine Arme unter ihre Achseln, stelle sie auf die Füße und ziehe sie in meinen Schoß. Sie widersetzt sich nicht, als ich ihr Gesicht gegen meine Brust drücke. Sie lässt sich von mir umarmen, während sie stille Tränen vergießt. Sie bittet mich um nichts, aber lehnt das Wenige, das ich anbiete, auch nicht ab. Erst als sie anfängt zu zittern, lege ich sie hin. Bevor ich sie zudecke, kümmere ich mich um ihre Knie. Der Schorf vom Hinfallen hat sich auf dem rauen Teppich wieder geöffnet. Sie benötigt frische Pflaster.

Unten bereite ich ein warmes Getränk mit zwei Teelöffeln Honig gegen die Halsschmerzen zu. Ich lasse sie alles austrinken, und nachdem ich sie ausgezogen und meinen Körper um sie gelegt habe, fällt meine Frau schnell in einen unruhigen Schlaf. Ich bin zu high vom Adrenalin des Kampfes und dem Wissen, dass sie ihren Körper für meine Zunge geöffnet hat, um so leicht den Träumen zu erliegen. Stattdessen genieße ich den Klang ihrer Atmung und fühle ihren Herzschlag unter meiner Handfläche, wo ich ihre Brust bedecke. Sie bewegt sich und gibt ein verzweifeltes Geräusch von sich.

»Nein, bitte«, wimmert sie und wirft den Kopf auf das Kissen.

Ich schüttele sie sanft. »Lina, wach auf.«

»Nein, nein.«

»Lina.«

Plötzlich schnellt sie in eine aufrechte Position und atmet keuchend ein. Für einen Moment lang wirkt sie desorientiert und schaut sich mit einem panischen Gesichtsausdruck um.

»Es ist alles in Ordnung, Engelchen.« Ich ziehe sie zu mir zurück. »Ich bin hier.« Sie zittert. »Schscht.« Ich küsse ihre Schläfe.

Ihr Körper entspannt sich leicht.

»Es war ein Traum.« Oder eher ein Alptraum.

Sie antwortet nicht.

»Wovon hast du geträumt?«

»Ich erinnere mich nicht«, sagt sie zu schnell.

Das bezweifele ich sehr. Sie verheimlicht mir etwas. Ich möchte es ihr mit jeder Zelle in meinem Körper abzwingen, genau wie die Antwort auf die Frage, wie sie ihre blauen Flecken bekommen hat, aber ausnahmsweise stelle ich einmal mein egoistisches Bedürfnis hintan und kümmere mich zuerst um sie. Mit der Zeit werde ich alles wissen, was es über sie zu wissen gibt. Mit der Zeit werden sogar ihre Alpträume die meinen sein. Ich beuge mich über sie und küsse ihren Mund, bevor ich mich auf ihrem Körper nach unten bewege, um sie vergessen zu lassen. Mit der Zeit wird sie sehen, dass ich sowohl ihre Folter als auch ihre Medizin bin.

Lina

Es ist, als wäre ich die ganze Nacht in einem Wäschetrockner umhergeworfen worden. Ich wache mit einem schmerzenden Hals und einem geschundenen Körper auf. Meine Hüfte und meine Nase pochen. Nachdem ich nachts zweimal mit Damians Zunge in meiner Muschi und seinen Stoppeln zwischen meinen Beinen aufgewacht bin, fühlen sich meine Schamlippen an, als wären sie mit Sandpapier abgekratzt worden. Wie üblich ist Damians Seite des Bettes leer. Ich schaue auf den Wecker. Es ist nach acht.

Stöhnend rolle ich mich vom Bett und humpele ins Badezimmer, um schnell zu duschen. Ich treffe mich um neun mit einem Landschaftsgärtner. Es war die Idee des Installateurs der Fledermauskästen – eine Information, die ich noch nicht mit Damian geteilt habe.

Nach dem Duschen stelle ich mich nackt vor den Spiegel und betrachte meinen Körper. Meine Jahre in Isolation mit zu wenig Nahrung und ohne Bewegung haben mich geschwächt. Gestern bin ich vom Schwimmen viel zu schnell müde geworden. Ich will meine Kraft zurück. Ich brauche meine Kraft nicht nur, um zu entkommen, sondern auch, um zu überleben. Ich habe Zane auf dem Grundstück joggen sehen, aber ich habe nicht den Wunsch, ihn auf einem einsamen Pfad hinter dem Haus zu treffen, wo Russell vielleicht nicht in seinem schwarzen Anzug hinter mir herjoggt. Wenn ich fit und stark werden will, brauche ich Geld.

Nachdem ich ein rotes Sommerkleid und Sandalen angezogen habe, gehe ich nach unten und suche Damian. Er ist nicht in der Küche, aber Anne schon.

Ein Blick auf mein Gesicht, und sie grinst. »Damian ist rau, was?«

Verblüfft über ihre unwillkommene Erkenntnis, platzte ich heraus: »Warum denkst du das?«

»Verräterische Zeichen, Schatz. Geschwollene Lippen, aufgekratztes Kinn, blutunterlaufene Augen. Hat er dich gewürgt? Ja, ich schätze, er ist *so* rau.«

»*Das* geht dich nichts an«, antworte ich freundlich.

Sie gießt sich Kaffee aus der Kaffeemaschine ein. »Komm schon. Nicht einmal du kannst so naiv sein. Sicherlich wusstest du, wie es im Schlafzimmer sein würde, bevor du ihn geheiratet hast?«

Habe ich das? Ich wünschte, ich könnte sagen, dass der gestrige Abend unvorbereitet kam, aber sie hat recht. Ich wusste von dem Tag an, als sein Atem mir warm und beängstigend über den Nacken strich, dem Tag, an dem er mein Schicksal in Harolds Bibliothek ankündigte, wie es sein würde. Was ich nicht wissen konnte, war, wie ich auf seine perversen Annäherungsversuche reagieren oder wie nass ich werden würde, wenn er mich fast mit seinem Schwanz erwürgte. Hitze wandert bei der Erinnerung meinen Hals hoch bis in mein Gesicht.

»Du bist zu unschuldig für ihn«, sagt Anne, die zweifellos die Veränderung meiner Hautfarbe wahrnimmt. »Wie gesagt, nicht jede Frau kann mit einem Mann wie Damian umgehen.«

»Ich bin vieles, aber ich bin nicht unschuldig.« Meine Unschuld habe ich vor langer Zeit verloren, noch bevor ich meine Narben bekam.

Sie betrachtet mich über den Rand ihrer Tasse hinweg. »Vielleicht solltest du aussteigen, solange du noch kannst.«

»So einfach ist das nicht.«

»Wo ein Wille ist, ist immer ein Weg.« Sie zwinkert.

»Was ist das mit dem Willen und dem Weg?«, fragt eine tiefe, vertraute Stimme von der Tür.

Ich sammele meine Gesichtszüge, bevor ich mich umdrehe. Damian steht im Rahmen, wie immer bekleidet mit einem Anzug und einer Krawatte. Er sieht frisch und ausgeruht aus und hat keine Schmerzen an Stellen, die nicht schmerzen sollten.

»Frühstück?«, fragt Anne ihn freundlich.

Er schaut nicht von mir weg, als er antwortet. »Ich habe bereits gegessen.«

»Schade«, sagt sie. »Ich wollte gerade Pfannkuchen machen. Bist du sicher, dass du es dir nicht noch einmal anders überlegen willst?«

Es gibt Fragen in seinen Augen, als sie über meinen Körper streifen und auf meiner Hüfte innehalten, eine unausgesprochene Forderung nach Erklärungen, aber vor Anne sagt er nur: »Ich habe in zehn Minuten ein Meeting«.

Er betrachtet ein letztes Mal eindringlich mein Gesicht, bevor er sich im Türrahmen umdreht.

»Ähm, Damian.«

Er schaut zu mir zurück. »Ja?«

»Kann ich bitte mit dir reden? Es wird nicht lange dauern.«

Als Antwort tritt er zur Seite, damit ich vor ihm die Küche verlasse. Zane kommt durch die Haustür, als wir die Stufen erreichen, und ist vom Laufen schweißüberströmt.

»Dami.« Sein Gesicht leuchtet auf. »Ich muss mit dir über die Angebote für das neue Bewässerungssystem sprechen.«

»Nicht jetzt.« Damian geht mit großen Schritten an ihm vorbei. »Lina war schneller.«

Zane wirft mir einen bösen Blick zu. »Später dann?«

»Gib Lina die Voranschläge«, sagt Damian, ohne zurückzublicken.

»Aber …«

»Erspare mir eine Diskussion, Zane. Du hast mich gehört.«

Ich folge Damian die Treppe hinauf, während Zane unten bleibt und mich hasserfüllt anstarrt. Weiß er, wie wenig versteckt seine Eifersucht ist? Ich kann nicht sagen, dass ich ihn nicht verstehe. Habe ich das gleiche ekelhafte Gefühl nicht erst letzte Nacht verspürt?

Damian tritt beiseite, damit ich sein Arbeitszimmer betreten kann. Als er hinter seinem Schreibtisch und ich davor stehe, fühle ich mich unwohler, als ich dachte. Ich kann mich kaum davon abhalten, die Hände zu wringen.

»Wie fühlst du dich?«, fragt er und setzt sich auf seinen Stuhl.

Ich räuspere mich. »Gut, danke.«

Er verengt die Augen, so als ob er die Lüge erkennt. »Bist du sicher?«

»Das wird schon wieder.«

»Wenn du einen Arzt aufsuchen musst …«

»Ich brauche keinen Arzt für meinen Hals.«

Er legt seine Fingerspitzen aneinander. »Wir haben unsere Unterhaltung über den Unfall, der deiner Hüfte zu sieben Lilatönen verholfen hat, nicht beendet.«

»Deshalb bin ich nicht hier.« Schließlich gebe ich dem Drang nach, meine Hände zu wringen.

Sein Blick folgt der Bewegung. »Warum setzt du dich nicht?«

»Mir geht es gut, danke.«

Seine Stimme wird leise, fast ermutigend. »Worüber willst du reden?«

Ich räuspere mich wieder. Verdammt, das ist hart. Ich hasse es, nach Geld zu fragen. Ich hasse es, dass mir die Hände so gebunden sind, dass ich mir nicht einmal eine Schachtel Tampons kaufen kann. »Ich, ähm, ich habe mich gefragt, ob ich ein monatliches Taschengeld haben könnte.«

Er überlegt eine Weile, bevor er antwortet. »Warum?«

»Ich brauche Dinge.«

»*Dinge?*«

»Dinge, um die ich nicht Jana oder Zane bitten will.«

»Sag mir, was. Ich hole sie für dich.«

»Persönliche Dinge.«

»Lina, nichts zwischen uns ist mehr ein Geheimnis.«

»Tampons«, spucke ich aus und spiele mit meinen Händen. »Da. Denkst du, du bekommst das hin?«

»Sicher.« Er blinzelt nicht einmal. »Kleine Größe, nehme ich an? Gibt es eine bestimmte Marke, die du bevorzugst?«

Obwohl ich mir geschworen hatte, nicht die Kontrolle zu verlieren, tue ich genau das. »Warum machst du so ein Problem daraus, mich selbst meine Sachen einkaufen zu lassen?«

»Ich vertraue dir nicht.«

»Selbst einzukaufen? Ich muss nicht geistig gesund sein, um meine eigenen verdammten Hygieneartikel zu kaufen.«

Auch wenn meine Stimme durch die in mir aufsteigende Wut immer lauter wird, bleibt er ruhig. »Es hat nichts mit deiner psychischen Gesundheit zu tun.«

»Womit dann?«, rufe ich frustriert aus.

»Ich vertraue dir nicht, dass du das Geld nicht für einen schwachen Versuch, wegzulaufen, verwendest.« Sein Ton fällt um eine Oktave. »Und er würde vergeblich sein, denn ich werde dich immer finden, egal wo du dich versteckst.«

Schauer laufen über meinen Körper, nicht nur, weil er nicht blufft, sondern auch, weil der Tag kommen wird, an dem ich weglaufen *werde*. Ich habe keine Wahl.

»Ich entschuldige mich für die kurzsichtigen Einkäufe«, sagt er seltsam respektvoll. »Ich hätte früher daran denken sollen. Ich hole deine Tampons nach dem Mittagessen. Brauchst du sonst noch etwas?«

Ich schlucke und verstümmele die Worte in meinem Kopf. Egal wie ich es sage, Damian wird es als einen sicheren Sieg betrachten. »Geburtenkontrolle.«

»Das tust du nicht.«

»Wie bitte?«

»Du brauchst keine Empfängnisverhütung.«

»Warum? Hattest du eine Vasektomie?«

»Nein.«

»Das kann nicht dein Ernst sein.«

»Ich gehe das Risiko ein.«

Ich fange an zu zittern. »Du willst ein Kind mit mir?«

»Lass uns nicht vom eigentlichen Thema abweichen. Sag mir, was du fragen wolltest.«

»Ich will *jetzt* darüber reden.«

»Ich weiß, wie man Tage zählt.«

»Im Ernst?«, rufe ich aus. »Du wirst dich auf die Kalender-Methode verlassen?«

Seine Antwort sagt alles.

»Warum benutzt du nicht Kondome?«

»Ich will dich ohne ficken.«

»Wir können nicht, nicht ohne Schutz.«

»Beruhige dich. Wir sind weit davon entfernt, uns darüber Sorgen zu machen.« Er zieht eine Augenbraue in die Höhe. »Oder etwa nicht?«

Das kann ich nicht beantworten.

Seine Worte sind sowohl neckisch als auch herausfordernd. »Soll ich dich noch einmal daran erinnern, warum du hier bist?«

»Damian.« Es ist ein verärgerter Ausdruck von Entsetzen. Es ist eine Bitte.

»Konzentrier dich, Lina. Was brauchst du noch? Geld ist kein Problem.«

»Solange ich keinen Zugang zu diesem Geld habe.«

»Ja.«

Einfach so. Unumwunden. Ich blinzele. »Ich verstehe.«

Er steht auf und kommt um den Schreibtisch herum. »Es muss nicht so sein. Ich kümmere mich um dich. Das ist mein Job.«

Ich ziehe mich zurück, als er versucht, mich zu berühren.

Er schiebt seine Hände in seine Taschen. »Du bist die reichste Frau des Landes. Sag nur ein Wort, und ich besorge dir, was immer du willst.«

»Ich will Jacks Geld nicht. Du kannst alles behalten.«

»Ich meinte nicht sein Geld. Sein Geld sicherte die Bergbauaktien. Das weißt du doch. Wenn es darum geht, sich um dich zu kümmern, zahle ich mit *meinem* Geld.«

»Wie *hast* du *dein* Geld verdient?«

»Ich habe im Gefängnis Verbindungen geknüpft. Sie brauchten jemanden, der die Jobs drinnen erledigte, und wie sich herausstellte, war ich ihr Mann.«

»Menschen umbringen?«

»Was auch immer der Job erforderte.«

Das kann nur eines bedeuten. »Also ist es Mafia-Geld.«

»Spielt das eine Rolle? Geld ist Geld. Du kannst alles haben, was du brauchst.«

Ich schaue weg. »Ich will auch dein Geld nicht.«

Er nimmt mein Gesicht in seine Hände, und diesmal lässt er mich nicht aus seiner Berührung entkommen. »Mach es dir nicht so schwer.«

Ich erschaudere vor Wut und ziehe mein Gesicht weg.

Er lächelt nur. »Sag mir, was du noch brauchst, oder muss ich es aus dir herausholen?«

Ich schlucke. Ja, es ist schwer, zu kriechen, und ich hasse es, sein Geld anzunehmen, aber das ist wichtiger als mein Stolz. »Ich will ins Fitnessstudio gehen.«

»Fitnessstudio?«

»Ja, Fitnessstudio«, presse ich heraus. Das ist ein Teil davon, warum ich es hasse, zu fragen. Es geht darum, alles rechtfertigen zu müssen, nicht wie andere Menschen die Freiheit zu haben, Geld zu verdienen und es auszugeben. Abgesehen davon, dass ich in einen Raum eingesperrt und mein Essen rationiert wurde, ist dies vielleicht der grausamste Teil daran, wenn man für geschäftsunfähig erklärt wird.

»Warum?«, fragt er. »Du hast einen schönen Körper.«

»Es hat nichts mit Eitelkeit zu tun. Ich will fit werden.«

»Fit?«

»Und gesund.«

Er reibt sich mit einem Daumen über das Kinn und betrachtet mich, als ob er mich nicht verstehen könnte.

»Vergiss es einfach.« Ich drehe mich zur Tür um. »Ich gehe mit Russell joggen.«

»Lina.« Er packt meinen Arm. »Du kannst manchmal so eine Wildkatze sein.«

»Lass mich los.«

Natürlich tut er das nicht. Er fährt mit seinen Handflächen über meine Arme, und ich erschaudere. »Sei nicht so zickig. Du hast mich überrascht, das ist alles.«

»Weil ich mich um mich selbst kümmern will?« Ich nehme an, dass mein Ruf, selbstzerstörerisch zu sein, nicht gerade beinhaltet, dass ich fit und stark werden möchte.

»Wann willst du anfangen?«

»Heute?«

»Morgen. Tut mir leid, ich bin den ganzen Tag beschäftigt.«

»Russell kann …«

»Ich bringe dich hin. Morgen.«

Ich puste mir eine Haarsträhne vor den Augen weg. »Danke.«

»Gerne.«

Ich ducke mich, um seinem Griff zu entkommen. »Ich überlasse dich wieder deiner Arbeit.«

Ein halbes Lächeln breitet sich auf seinem Gesicht aus. »Das ist sehr rücksichtsvoll von dir.«

Als ich mich umdrehe, hält er mich ein zweites

Mal mit einer Hand auf meiner unverletzten Hüfte und der anderen auf meinem Nacken fest. Er dreht mich um und zieht mich langsam näher heran, wobei seine Aufmerksamkeit auf meinen Lippen liegt. Ich versuche, mich ihm zu widersetzen, aber ich bin kein Gegner für seine Stärke. Mit diesem wissenden Halblächeln zieht er meinen Körper eng an den seinen heran und drückt seine Lippen zärtlich auf meine, bevor er eine Spur von schmetterlingsleichten Küssen auf meinem Hals hinterlässt. Die Liebkosungen sind zärtlich und verwirrend. Sie lassen mich meine Wut vergessen und rufen Erinnerungen an letzte Nacht wach. Ich verliere ein wenig die Balance, als er mich freilässt, aber er fängt mich sofort auf.

»Einen schönen Tag noch, Lina.«

Als er mich endlich loslässt, fliehe ich aus seinem Büro und stoße auf dem Treppenabsatz mit Anne zusammen.

»Tut mir leid«, sagt sie und errötet ein wenig.

»Hast du gelauscht?«

»Ich konnte nicht umhin, zufällig zuzuhören. Ihr solltet wirklich lernen, die Türen zu schließen.«

Ich würde es tun, wenn ich könnte, und Damian tut es meinetwegen, ohne dass er jemals etwas zu meiner Phobie gesagt hat.

»Ich verstehe dich nicht«, sagt Anne. »Damian würde dir alles kaufen, was dein Herz begehrt, und du beschwerst dich weiterhin darüber, nicht selbst Geld ausgeben zu dürfen.«

»Du wirst es nicht verstehen, bis du in meiner Position bist.«

»Alles, was ich verstehe, ist, dass du eine glückliche Frau bist.«

Ich werde sie das denken lassen.

»Mrs. Hart«, sagt Russell von unten. »Da ist jemand, der Sie sehen will.«

»Entschuldigung.« Ich schiebe mich an Anne vorbei und mache mich auf den Weg nach unten, wo der Landschaftsgärtner wartet, aber Zane kommt vor mir bei ihm an.

»Wer ist das?«, fragt Zane und verstellt mir den Weg.

Der Landschaftsgärtner schaut zwischen uns hin und her.

»Das geht dich nichts an, Zane.«

Er rührt sich nicht. »Dami wird es wissen wollen.«

»Das wird er, und jetzt geh mir aus dem Weg.«

»Sie haben sie gehört«, sagt Russell.

In diesem Moment vergebe ich Russell für seine anhaltende Kälte mir gegenüber.

Zane tritt zur Seite, und seine Augen sprühen Funken.

»Soll ich Ihnen den Garten zeigen?« Ich warte nicht auf die Antwort des verblüfften Landschaftsgärtners. Ich schiebe ihn aus der Tür, um der Spannung im Haus zu entgehen.

Er kratzt sich im Nacken und betrachtet den gut gepflegten Garten. »Was genau wollen Sie von mir?«

»Wir haben eine Fledermauskolonie.«

»So viel weiß ich bereits. Mein Freund hat die Kästen installiert. Ich bin mir immer noch nicht sicher, warum Sie denken, dass Sie mich brauchen.«

»Sie brauchen ein Ökosystem, um zu überleben.«

Er sieht mich überrascht an. »Auf lange Sicht, ja.«

»Deshalb sind Sie hier. Ich möchte, dass Sie den Garten in ein Ökosystem verwandeln.«

»Langsam … Das wird ein kleines Vermögen kosten.«

»Sieht es so aus, als könnte ich es mir nicht leisten?« Technisch gesehen wird Damians Geld dafür bezahlen. Es gefällt mir nicht, aber ich habe keine Wahl. Ein Teil dieses auf schmutzigem Wege verdienten Geldes kann wenigstens sinnvoll genutzt werden.

Der Blick des Landschaftsgärtners wandert zum Haus und zurück zu mir. Ich weiß, was er sieht – eine riesige Villa, teure Autos, persönliche Wachen.

»Bevor Sie sich zu sehr dafür begeistern«, sage ich, »brauche ich erst einmal ein Angebot.« Ich sage nicht, dass mein Mann es genehmigen muss. Hat Damian mir nicht gerade gesagt, dass ich nur fragen muss?

»Richtig.« Er dreht sich im Kreis und betrachtet den weiten, grünen Rasen, der sich bis zu den Zäunen in der Ferne erstreckt. »Das versteht sich von selbst.«

»Gut. Wann kann ich es haben?«

Er lacht. »Sie reden nicht um den heißen Brei herum.«

Ich bin mir bewusst, dass Russells Augen in mich hineinbrennen, als ich sage: »Das Leben ist zu kurz.«

»Wenn Sie eine autarke Umwelt wünschen, müssen die nicht-einheimischen Sträucher und Zierbäume durch Highveld-Gras und einen Steingarten ersetzt werden.«

»Das habe ich mir gedacht.«

»Es wird im Sommer grün sein, aber im Winter vertrocknet.«

»Ich weiß.«

»Ich sage nur, dass Sie nicht immer einen grünen Garten haben werden.«

»Das versteht sich von selbst.«

»Okay, gut. Schauen wir uns den Garten an.«

Wir gehen um das Grundstück herum, wobei er Pflanzen benennt und ich nicke. Wenn er es seltsam findet, dass Russell uns folgt, sagt er es nicht.

Nach einer vollständigen Tour, und nachdem er sich Notizen auf seinem Smartphone gemacht hat, geht er mit dem Versprechen, in einer Woche eine Ausarbeitung und ein Angebot zu haben. Das ist schnell für den Arbeitsaufwand, aber Geld bringt einen immer an die Spitze von Prioritätenlisten. Das Projekt ist groß genug, um einen enormen Gewinn zu garantieren.

Es ist Nachmittag, als ich mich zurück in den Garten wage, um mit meinem Handy Fotos für die von mir geplante Projekttafel zu machen. Trotz meiner Situation werde ich immer begeisterter von dem Projekt. Ich habe sogar Russell, der neben mir geht, ein wenig davon erzählt. Ich bin neben dem Rosengarten angekommen, als Zane uns abfängt.

Er stützt seine Hände in die Hüften und stellt sich mir in den Weg. »Worum ging es bei dem Treffen heute Morgen?«

»Nichts, was dich betrifft.«

Er drückt einen Daumen auf sein Brustbein. »*Ich* leite dieses Anwesen.«

»Dann ist es wohl weniger Arbeit für dich, nehme ich an.«

»Spuck es aus, Lina. Jetzt.«

»Es heißt ›Mrs. Hart‹«, sagt Russell, »und Sie stehen ihr im Weg.«

Zane wendet sich an Russell. »Was hast du zu mir gesagt?«

Zane ist ein großer, muskulöser Mann, und eine leise Vorahnung sagt mir, dass er weiß, wie man unfair kämpft. Ich will nicht der Auslöser für einen Streit zwischen Russell und Zane sein. Aus dem Augenwinkel sehe ich, dass Andries, der den Boden umgräbt, mit dem Fuß auf der Forke stehen bleibt, um uns anzustarren.

»Es ist alles in Ordnung, Russell«, sage ich.

Russell macht nur seine Arbeit, die, wie ich annehme, sowohl meinen Schutz gewährleisten als auch mich vom Weglaufen abhalten soll, aber Zane wird es nicht so sehen. Zane wird mich mehr für das hassen, was er als Russells Loyalität empfinden wird.

»Was verheimlichst du?«, fragt Zane. »Warum das geheime Treffen?«

Ich lasse meine Stimme beschwichtigend klingen. »Es war kaum geheim.«

Der Grund, warum ich nicht will, dass Zane es erfährt, bis ich Damian bereits überzeugt habe, ist, dass er alles, was ich vorschlage, aus Prinzip ablehnt.

Andries schlurft mit der Schaufel in seiner Hand heran. »Dann macht es Ihnen nichts aus, es uns zu sagen.«

Ich seufze. Es sieht so aus, als müsste ich mehr Leute als nur Damian überzeugen. »Es gibt Fledermäuse auf dem Grundstück.«

»Ich kümmere mich um sie«, sagt der alte Mann. »Brenne das Nest nieder.«

»Nein«, schreie ich entsetzt. »Sie sind geschützt.«

Zane schaut mich ungläubig an. »War der Mann deshalb hier? Um sie wiederanzusiedeln?«

»Es gibt auch Eulen und Falken in der Nähe.«

»Ich habe einige Eulen auf der Ostseite des Grundstücks entdeckt«, sagt Russell.

»Kommen Sie zur Sache«, sagt der alte Mann mit einem finsteren Blick.

»Ich möchte ihnen ihren natürlichen Lebensraum zurückgeben.«

Zane starrt mich an, als ob ich es verdiene, als verrückt abgestempelt zu sein. »Was?«

»Ich möchte den Garten in ein nachhaltiges Ökosystem verwandeln.«

»Du bist verrückt«, ruft Zane.

»Warum? Ein natürlicher Garten kann auch schön sein.«

»Ich habe gerade Angebote für ein neues verdammtes Bewässerungssystem eingeholt«, zischt

Zane, »und das ist es, was du tust? Mir heimlich mit deinen Tieraktivisten-Ideen in den Rücken zu fallen?«

»Es ist keine Idee eines Tieraktivisten.«

Russell hebt warnend seine Hand. »Beruhigen Sie sich und passen Sie auf, was Sie sagen, Zane.«

»Zane hat recht«, sagt Andries und zeigt mit seinem Finger auf mein Gesicht. »Sie wird mir die Butter vom Brot nehmen.«

»Ich versuche nicht, dich zu verjagen«, sage ich. »Der Garten wird immer noch Arbeit erfordern.«

»Aber kein verdammtes selbsttragendes Ökosystem«, ruft Zane.

»Ich werde es Ihnen nicht noch einmal sagen …«, beginnt Russell, aber bevor er seinen Satz beenden kann, handelt Andries.

Er schubst mich grob, so dass ich das Gleichgewicht verliere. Ich falle auf den Hintern und fange mich mit den Händen ab. Russell springt auf den alten Mann zu, und Anne schreit etwas, als sie aus dem Haus kommt, aber ich blende sie aus. Alles, was ich wahrnehme, sind die scharfen Zacken der Forke, die Andries auf meine Brust drückt.

12

Damian

IM GARTEN HERRSCHT AUFREGUNG, ALS ICH NACH DEM Kauf von Linas Tampons nach Hause zurückkehre. Andries, Zane, Russell und Lina sind alle draußen. Es sieht so aus, als wolle Andries gleich Lina angreifen. Der alte Mann fuchtelt mit seinem Finger vor ihrem Gesicht, während alle auf einmal sprechen, alle, außer Lina. Sie steht still im Mittelpunkt des Geschehens.

Ich steige aus dem Auto und bin fast da, als der verrückte alte Mann nach vorne springt. Mit einem Stoß wirft er Lina zu Boden. Verdammt. Ich lasse mein Paket fallen und laufe. Er hält die Forke, die er mit einer Hand hält, vor Linas Brust. Anne schreit von irgendwo hinter mir. Bevor ich es zu ihnen schaffen kann, setzt Andries die Zacken der Forke auf Linas Körper ab, direkt über ihrem Herzen. Ich schreie nach Russell, aber er hat bereits seine Waffe gezogen. Als er den Lauf an Andries' Schläfe hält, erstarrt der alte Mann. Ich schiebe Anne, die zur gleichen Zeit wie ich ankommt, aus dem Weg, um zu ihnen zu gelangen.

Zane hebt seine Hände. »Dami, nicht.«

Ich zittere. Ich sollte befehlen, den Ficker zu erschießen. Die Bedrohung für Linas Leben rechtfertigt es. Zane weiß das. Es ist die Tatsache, dass Andries' Gehirn auf Lina spritzen würde, die mich daran hindert.

»Dami, bitte. Es ist nichts passiert.«

»Leg die Forke weg, Andries«, sage ich mit ruhiger, aber bedrohlicher Stimme.

Seine Finger festigen ihren Griff um den Stiel.

»Andries.« Ich komme näher, langsam. »Leg sie weg, und niemand wird verletzt.«

Russell ist bereit, abzudrücken.

»Paps«, sagt Zane. »Tu, was Dami sagt.«

»Paps, bitte«, fügt Anne mit zittriger Stimme hinzu.

Andries ist halb senil, aber er muss erkannt haben, was seine Handlungen ihn kosten würden. Nach einer weiteren angespannten Sekunde löst er seinen Griff um die Forke. Ich verschwende keine Zeit damit, ihn zu entwaffnen. Erst als die Gabel sicher in Zanes Händen ist, wage ich es, wieder zu sprechen.

»Schafft ihn mir aus den Augen«, sage ich mit zusammengebissenen Zähnen. Gott weiß, was ich mit ihm machen werde, wenn er in meiner Gegenwart verweilt.

»Dami ...«

»Ich sagte: aus meinen Augen!«

Zane zuckt zurück.

Anne nimmt Andries' Arm. »Komm schon, Paps.«

Ich wende mich an Zane. Andries existiert für mich nicht mehr. »Ich will ihn und seine Sachen von meinem Grundstück haben. Du hast eine Stunde Zeit.«

Diesmal weiß Zane es besser, als mir zu widersprechen. Er folgt Anne leise zum Gartenhäuschen, in dem Andries lebt. Russell sichert die Waffe und steckt sie weg.

Da ich zu erschüttert bin, um zu sprechen, strecke ich eine Hand nach Lina aus. Sie erlaubt mir, sie auf die Füße zu ziehen, und zittert unter meiner Berührung. Ihr Gesicht ist weißer als die Wolken am Himmel. Ich lege meine Hände auf ihre Schultern und betrachte sie von oben bis unten. Sie ist mit Staub bedeckt, aber blutet nicht. Andries hat ihre Haut nicht verletzt.

Wortlos führe ich sie weg. Ich hebe das Paket dort auf, wo ich es fallen gelassen habe, bevor ich sie in mein Arbeitszimmer bringe, wo ich uns beiden einen Drink einschenkte. Nachdem sie ihren Whisky mit einem Schluck getrunken hat, ziehe ich sie in meine Arme.

»Verdammt, Lina.«

»Es tut mir leid«, flüstert sie.

Es tut ihr leid? »Was zum Teufel ist passiert?«

»Ich will den Garten verändern.«

»*Das hat Andries' Reaktion* ausgelöst?«, frage ich ungläubig.

»Ich will ihn in ein Ökosystem verwandeln.«

»Warum?«

»Für die Fledermäuse.«

»Für die Fledermäuse.« Die verdammten Fledermäuse hätten sie das Leben kosten können.

»Andries dachte, er würde seinen Job verlieren, wenn wir den gepflegten Garten abschaffen.«

Ich nehme einen Schluck meines Whiskys. Kein Alkohol der Welt würde gerade ausreichen, um meine Nerven zu beruhigen. »Er hat den Verstand verloren.«

»Wohin wird er gehen?«

»Nicht mein Problem.«

»Wie wird er leben?«

»Nicht dein Problem.«

»Damian«, sagt sie tadelnd.

»Hör auf, dir Sorgen zu machen. Zane verdient genug, um sich um ihn zu kümmern. Nach allem, was passiert ist, will ich ihn nicht auf dem Grundstück haben.« Ich lasse mein leeres Glas auf dem Tablett mit den Flaschen stehen und nehme ihre Schultern zwischen meine Hände. »Du zitterst immer noch.«

»Ich habe mich erschreckt.«

Darauf wette ich verdammt nochmal. »Warum hast du mir nichts von deinen Plänen erzählt?«

Sie tritt aus meiner Berührung. »Ich habe mich erst heute Morgen mit jemandem für ein Angebot getroffen. Ich wollte es dir nicht sagen, bevor ich wusste, was es kosten würde.«

»Du hättest es mir sagen sollen.«

»Bist du wütend?«

Bin ich wütend? Ich bin verdammt wütend. Ich habe gesehen, wie ihr Leben bedroht wurde und habe gefühlt, wie ich bei der schrecklichen Vorstellung, sie zu verlieren, beinahe den Verstand verloren habe. Sie macht mich schwach, und sie weiß es nicht einmal. »Nicht auf dich.«

Sie beißt sich auf die Lippe, während sie mich einen Moment lang betrachtet, bevor sie fragt: »Darf ich dann gehen?«

Niemals. Ich möchte, dass sie sich mit gespreizten Beinen auf mein Gesicht setzt, damit ich sie lecken und spüren kann, wie lebendig sie ist. Dann will ich sie wieder meinen Schwanz in den Mund nehmen lassen, aber ihr Hals muss noch rau sein. Außerdem ist sie genauso stark erschüttert wie ich, auch wenn sie es nicht zeigt. Mein Mädchen ist stark, viel stärker, als ich es mir je vorgestellt habe, und das ergibt keinen Sinn. Sie ist nicht die schwache, verrückte Person, die die Ärzte von Dalton beschrieben haben. Je mehr ich Lina kennenlerne, desto weniger Sinn ergeben die medizinischen Berichte.

Es ist kein Thema, das ich normalerweise unvorbereitet und ohne Vorwarnung ansprechen würde, aber vielleicht, weil ich sie so leicht hätte verlieren können, überfalle ich sie damit. »Erzähl mir von deiner Zeit in Willowbrook.«

Ihr Gesicht wird ausdruckslos. Es ist wie ein Porträt, das direkt vor mir von reserviert zu verschlossen wechselt.

Ihre Stimme ist ruhig und stark. Nichts in ihrem Ton verrät irgendeine Spannung, aber die plötzliche

Trübung ihrer Augen, als ob sie sich vom Moment getrennt hätten, verrät sie. »Ich rede nicht darüber.«

»Warum nicht?«

»Es liegt in der Vergangenheit. Es gibt nichts zu sagen.«

Sie ist aus einem Fenster gesprungen. Sie ist in einen Hungerstreik getreten. Es muss viel zu sagen geben. Nach dem, was in den Medien geschrieben wurde, haben Dalton und Clarke sie abgöttisch geliebt. Die Männer in ihrem Leben haben sie wie eine Prinzessin behandelt. Warum sollte sich eine Prinzessin in einem Turm einschließen, nur um sich selbst zu verstümmeln und zu versuchen, sich das Leben zu nehmen?

»Ich würde jetzt gerne gehen«, flüstert sie.

Ich ziehe es vor, sie zu halten, sie zu beruhigen, bis ich mich ruhiger fühle, aber sie hat für einen Tag genug gelitten. Mit einem kleinen Nicken gebe ich ihr die Tampons. Sie ergreift sie und flieht beinahe aus dem Raum. Sie ist kaum weg, als Zane eintritt.

»Er ist weg«, sagt er. »Anne fährt ihn zu einem Hotel.«

Zum ersten Mal ist mein Tonfall Zane gegenüber feindselig. »Das ging schnell.«

»Es gab nicht viel zu packen.«

»Er gehört in ein Altersheim, wo man ihn rund um die Uhr beobachten kann, nicht in ein Hotel.«

»Wir sehen uns bereits danach um.«

»Ich hoffe um seinetwillen, dass Anne bei ihm

bleibt.« Nicht, dass Andries mich noch länger etwas angeht.

»Wegen dem, was passiert ist …«

»Wenn es noch einmal passiert, bist du genauso tot wie die Person, die Lina bedroht. Ich mache dich dafür verantwortlich.«

»Du hast gesagt, du würdest das nicht zulassen.«

»Was zulassen?«

»Dass sie zwischen uns kommt.«

»Sie ist meine Frau. Ich habe dich das schon einmal gefragt, und ich werde es dich noch einmal fragen. Überleg es dir diesmal gut, bevor du mir antwortest. Hast du ein Problem damit, dass Lina meine Frau ist?«

»Du bist verrückt nach dieser Muschi.«

Ich wiederhole: »Hast du ein Problem damit, dass Lina meine Frau ist?«

»Alles, was ich tue, tue ich aus Respekt vor dir. Freundschaft. Loyalität. Die frischen Blumen im Eingang jeden Tag … Hast du mir jemals gedankt? Fallen sie dir überhaupt auf? Siehst du die Stunden, die ich in den Betrieb dieses Hauses investiere, die Mühe, die ich mir mit dem Garten mache? Tust du das? Nein. Alles, was du bemerkst, ist dein neues Spielzeug, deine *Frau,* und sie macht dich blind, weil du nicht siehst, was sich direkt vor deinen Augen abspielt.«

Ich schwinge meinen Arm zurück und schlage ihm ins Gesicht. Der Schlag trifft auf seiner Wange auf und lässt ihn einen Schritt nach hinten stolpern. Er ist gut mit den Fäusten, und ich will, dass er mir einen Kampf liefert. Ich brauche das, um Dampf abzulassen, aber er steht nur da und weiß, dass ich nicht gegen einen Mann kämpfen werde, der sich nicht wehrt.

»Komm schon, Zane. Gib es mir.«

»Gut, Dami. Du willst, dass ich es dir gebe? Wie wäre es mit einem schönen Stück Wahrheit? Was ist mit der Tatsache, dass Lina versucht hat, mich zu verführen?«

Der Kampfgeist verlässt meinen Körper. Eine andere Art von wütendem Adrenalin strömt durch meine Venen. Das würde sie nicht tun. Sie weiß, dass er schwul ist. *Das bedeutet nicht, dass sie es nicht versucht hat,* flüstert der Teufel mir ins Ohr.

»Das ist richtig«, fährt er fort und lächelt mich abfällig an. »Sie kam halbnackt in mein Badezimmer und bot mir ihren Körper im Austausch für die Beweise gegen Harold an.«

Die Wut droht mich zu verzehren. Ich kann unter dem Gewicht nicht sprechen.

»Sie warf sich mir an den Hals, so sehr, dass ich sie wegstoßen musste. Sie rutschte aus und schlug mit der Hüfte gegen das Becken. Bitte sie, dir den blauen Fleck zu zeigen, wenn du mir nicht glaubst.«

»Genug«, knirsche ich hervor, unfähig, die gedanklichen Bilder zu ertragen, die meinen Geist quälen.

»Ich habe es dir nicht gesagt, weil ich nicht wollte, dass du sie verletzt.«

Vorsichtig portioniere ich meine Wut und verteile sie unter dem polierten Furnier der vorgetäuschten Ruhe. Ich werde sie später explodieren lassen, wenn ich von jedem einzelnen Detail die Fakten kenne. »Warum sagst du es mir jetzt?«

»Weil mir unsere Freundschaft wichtiger ist als das, was mit ihr passiert.«

Als ich näher an ihn herantrete, senke ich die Stimme. »Ein weiterer blauer Fleck auf ihrem Körper, egal, was sie getan hat, und du ziehst zu deinem Vater ins Hotel. Verstanden?«

Ein schmerzhafter Blick erscheint auf seinem Gesicht. Er antwortet nicht, sondern geht zurück zur Tür und betrachtet mich, als hätte ich ihn ungerecht behandelt. Vielleicht liege ich da falsch. Vielleicht liege ich falsch, wenn ich Zanes Gefühle verletze, aber Lina steht an erster Stelle. Immer. Wenn jemand einen blauen Fleck auf ihrem Körper hinterlassen darf, dann bin ich es. Ich sollte mich von ihr fernhalten, bis ich meine Gefühle im Griff habe, besonders nach dem, was mit Andries passiert ist, aber meine Wut brennt zu stark.

Bevor Zane durch die Tür tritt, gebe ich ihm einen Befehl, den ich wahrscheinlich nicht geben sollte. »Sag Russell, er soll sich den Nachmittag frei nehmen. Der Rest des Personals auch. Das schließt dich mit ein.«

Seine Lippen verziehen sich mit einem Lächeln. Ich erkenne es als das, was es ist. Zufriedenheit. Er bekommt doch, was er will. Er rächt sich an Lina und vertraut auf meine unkontrollierbare Eifersucht und Besessenheit, wenn es um sie geht. Er nickt, während er sich beeilt, meinen Befehl auszuführen.

Ich stehe oben an der Treppe und beobachte, wie

sie gehen. Als sich die Tür hinter Zane schließt, gehe ich auf die Suche nach Lina und finde sie in unserem Schlafzimmer. Die Tür ist offen. Sie hört mich nicht eintreten. Sie steht wie eine Statue vor dem Fenster und starrt hindurch, ohne dass ich sagen könnte, was in ihrem Kopf vor sich geht.

»Lina.« Sie zuckt zusammen. »Zieh dich aus.«

Sie schaut mich erschrocken an. »Was?«

»Du hast mich gehört.«

»Warum?«

»Es wäre unklug, mich dazu zu bringen, es dir noch einmal zu sagen.«

Sie weiß, dass ich das dünne Kleid zerreiße, wenn ich es muss. Ich schaue ihr in die Augen und sehe ihre Fragen – Fragen, die ich bald beantworten werde, während ich meine eigenen stelle –, als sie aus ihren Sandalen tritt, den Reißverschluss ihres Kleides öffnet und es zu ihren Füßen auf den Boden fallen lässt.

»Die Unterwäsche auch.«

Ihr Blick fällt auf meine Leistengegend. »Willst du, dass ich …?«

»Du kannst es nicht aussprechen, oder?«, frage ich spöttisch. »Nein, ich will nicht, dass du meinen Schwanz lutschst. Es ist zu früh.«

»Was dann?«, flüstert sie. »Wenn du daran denkst, das mit mir zu tun, was …«

»Sag es.«

Trotz strafft ihre Schultern. »Wenn du daran denkst, *mich zu nehmen*, möchte ich dich daran erinnern, dass ich meine Periode habe.«

Verdammt. Es sie sagen zu hören, macht mich hart. »Das ist auch kein Problem.« Ich schnippe mit den Fingern. »Unterwäsche. Jetzt.«

Sie betrachtet mich neugierig, während sie ihren BH und String ablegt und sich zweifellos fragt, was ich mit ihr vorhabe. Ich lasse sie nicht warten.

»Geh in mein Arbeitszimmer.«

Die Farbe verschwindet aus ihren Wangen.

»Jetzt, Lina.«

Sie blickt hinter mich auf die offene Tür.

»Ich habe den Angestellten den Nachmittag freigegeben. Niemand wird dich sehen.«

Sie schluckt. »Warum? Was habe ich falsch gemacht?«

Ich trete zur Seite und bedeute ihr, dass sie vor mir gehen sollte. Ihr Schritt ist leicht und vorsichtig, ihr nackter Körper ein Tableau der Perfektion, das mit einem violetten Fleck verziert ist, der wie eine Blume auf ihrer Hüfte blüht. Die Bedeutung dieses Flecks sickert unter meine Haut und erinnert mich an Zanes Anschuldigung. *Sie hat versucht, mich zu verführen.*

Als sie mich über ihre Schulter ansieht, fragt sie: »Warum hast du alle weggeschickt?«

»Du weißt, warum.«

»Damian.«

Sie zögert an der Schwelle zum Arbeitszimmer, aber ich stehe hinter ihr. Es gibt keinen anderen Weg als nach vorne. Drinnen umarmt sie sich und beobachtet mich, wie ich stetig näher komme. Ich bin mir nicht sicher, ob es eine Geste ist, sich zu beruhigen, oder um ihre Brüste vor mir zu verstecken.

Vorsichtig streiche ich ihr das Haar über ihre Schultern. Ihre Haut ist glatt und weich unter meinen Handflächen. Perfekt. »Bist du in Zanes Badezimmer gewesen?«

Sie macht einen Atemzug. »Er hat es dir gesagt.«

»Was hast du in seinem Badezimmer gemacht?«

»Was hat er dir gesagt?«

»Ich frage dich.«

»Ja.«

Ich ziehe meinen Daumen über ihre Schulter und verfolge den Bogen ihres Halses. »Sprich in ganzen Sätzen.«

Gänsehaut bricht auf ihrer Haut aus. »Ja, ich war in seinem Badezimmer.«

Langsam streiche ich die Linie ihres Kiefers entlang. »Das ist nicht das, was ich gefragt habe.«

Angst funkelt in ihren Augen – Augen in der Farbe einer sündigen Nacht –, während sie meinem Blick tapfer standhält. »Ich habe nach etwas gesucht.«

»Wonach hast du gesucht?«

»Es ist nicht wichtig.«

»Hm.« Ich umfasse ihren Kiefer und lasse ihre Wärme in meine Handfläche einsickern. »Lass es uns mit einer anderen Frage probieren. Was hattest du an?«

»Ich bin gerade vom Pool zurückgekommen.«

»Was hattest du an, Lina?«

Ihre Stimme wird ein wenig heiser. Unsicher. Ängstlich. »Meinen Bikini.«

Ich reibe eine Strähne ihres Haares zwischen meine Finger. Weich wie Seide. »Deinen Bikini.«

»Und ein Tuch.«

»Jetzt machen wir Fortschritte.« Ich streiche sanft über ihr Haar. »Versuchen wir es noch einmal mit dieser Frage. Wonach hast du gesucht?«

»Nichts.«

»Nichts.« Ich fahre mit meinen Fingern über ihren Rücken und streichele jeden zerbrechlichen Wirbel. »Woher hast du den blauen Fleck an deiner Hüfte?«

Sie beobachtet mich unerschütterlich, und ihre riesigen Augen kleben an meinen. »Zane hat mich geschubst. Ich traf mit meiner Hüfte auf das Waschbecken.«

Es erfordert eine besonders große Anstrengung, die Wut, die das geistige Bild in mir hervorruft, zu dämpfen. »Warum hat er dich geschubst?«

»Ich hätte nicht dort sein sollen.«

Ich setze meine Erkundung fort, bis ich ihr Gesäß erreiche. Ich bedecke ihre Backen und verfolge den blauen Fleck an ihrer Hüfte mit meinem Daumen. »Welchen Deal hast du ihm für das *Nichts* vorgeschlagen, nach dem du gesucht hast?«

»Nichts!«

»Du hast *nichts* für *nichts* geboten. Ist es das, was ich deiner Meinung nach glauben soll?«

»Was willst du von mir hören?«

Ich lasse sie los, gehe zum Schreibtisch, hole den braunen Umschlag aus dem Geheimversteck in der

Schublade und lege ihn auf die Ecke, damit sie ihn sehen kann. »Ist es das, wonach du gesucht hast?«

Ihre hübschen Augen werden groß, als sie den Umschlag sieht.

»Du musst deinen Vater sehr lieben, wenn du bereit bist, für seine Freiheit mit deinem Körper zu bezahlen.«

Sie schluckt, schaut aber nicht von dem Umschlag weg. Erst als ich um den Schreibtisch herumgegangen bin, fällt ihr Blick auf mich zurück.

»Du willst dieses *Nichts*?«, frage ich. »Gib mir den Preis, den du bereit warst, Zane zu zahlen, und er gehört dir.«

Sie schüttelt ihren Kopf und beginnt zu sprechen. »Ich habe nicht …«

Ich bringe sie mit einem Finger auf ihren Lippen zum Schweigen. Keine Lügen mehr. »Das ist es, was du wolltest. Jetzt wirst du es dir nehmen.«

13

Lina

DAMIAN DRÄNGT MICH MIT DEM RÜCKEN AN DEN Schreibtisch, in die Ecke, wo meine Freiheit in einem schlichten, braunen Umschlag liegt. Ich bin versucht, ihn mir noch einmal anzusehen, nur um sicher zu sein, dass er echt ist, aber die Enttäuschung in seinem bitteren Blick lässt mich nicht. Ich lasse mich nicht von seiner Sanftmut täuschen. Er wird mich bestrafen. So funktioniert er. Ich benehme mich tapfer, aber das ist auch schon alles. Ein Vorspielen falscher Tatsachen. Meine Beine zittern bei dem Gedanken an all die Möglichkeiten, wie er sich rächen kann. Ich habe es nicht geschafft, die Beweise zu stehlen. Er wird mir nicht den Finger abschneiden. Das hindert ihn nicht daran, eines der Peitschenwerkzeuge an der Wand zu benutzen, um mir neue Narben zu verpassen.

Er steht zu nahe bei mir. Die Hitze seines Körpers

verbrennt meine nackte Haut durch die Schichten seiner Kleidung. Das ist mein Nachteil. Ich bin nackt. Verwundbar. So hat er es geplant, deshalb musste ich mich ausziehen.

Er packt meine Taille und hebt mich mit einer schnellen Bewegung auf den Schreibtisch. Das ist nicht das, was ich erwartet habe. Ich zittere von Kopf bis Fuß und warte auf das Schlimmste. Er ergreift meine Knie und spreizt meine Beine.

»Du willst den Umschlag, Lina?«

Langsam zieht er einen Finger an der Innenseite meines Oberschenkels immer höher und höher, bis er mit seiner Fingerkuppe über meine Falten streicht. Ich erzittere. Egal wie hart ich auf meine Lippe beiße, mein Körper bereitet sich auf ihn vor, wird nass und geschwollen.

Er spielt zwischen meinen Beinen, streichelt mich sanft, weckt Nervenenden.

»Willst du ihn?«, wiederholt er, und sein Atem ist warm auf meinem Gesicht, aber ich bin mir nicht mehr sicher, ob er sich auf die Beweise oder seine Berührung bezieht.

Er küsst die Außenseite meines Ohres, und seine Liebkosung ist eine täuschend sanfte Verführung. »Ich habe dir eine Frage gestellt.«

»W-was?«

»Willst du den Umschlag?«

Ich beiße mir auf die Lippe und schaue auf ihn. Es ist so nah, fast in meiner Reichweite. Ich atme tief ein und lasse meine Zustimmung mit einem Luftstoß heraus. »Ja.«

Er reibt einen Finger über meine Klitoris. »Das ist es, was du angeboten hast, oder?«

Ich starre ihn an, während ich langsam verstehe, was er meint. Sex im Austausch für meine Freiheit. Mein Herz zieht sich schmerzhaft zusammen. Er bittet mich, eine Hure zu sein. Das spielt aber keine Rolle. Es wird nicht das erste Mal sein. Was ist einmal mehr, richtig? Der Gedanke tut weh, aber ich schiebe ihn weg. Ich behalte meine Tränen bei mir, als ich nach seinem Reißverschluss greife.

Anstelle des Sieges gibt es noch etwas anderes auf seinem Gesicht, etwas, was ich gerade nicht deuten kann, aber er hält mich nicht auf, als ich seinen Reißverschluss öffne. Erst als ich nach seinem Gürtel greife, umfasst er mein Handgelenk.

»Nicht anfassen«, sagt er. »Leg deine Hände auf den Schreibtisch.«

Ich verstehe seine Motivation nicht, aber schlucke die Ablehnung hinunter und positioniere meine Ellbogen so, dass ich auf meinen Armen lehne. Er beendet die Aufgabe, seinen Schwanz aus der Hose zu befreien, und das ist alles, was er tut. Er öffnet seine Hose nicht einmal oder schiebt sie über seine Hüften.

»Ich brauche eine Minute, um das Badezimmer zu benutzen.« Mein Gesicht erwärmt sich, während ich es sage. Ich muss mich sauber machen. Meine Periode hat begonnen, und ich hatte noch keine Zeit, etwas zu benutzen.

Er gewährt mir nicht das Privileg dieser Privatsphäre. Seine geschickten Finger schieben sich zwischen meine Beine und rutschen zwischen meine Falten. Als er meinen Kanal leer vorfindet, greift er seinen Schwanz mit einer Hand und hebt meinen Oberschenkel mit der anderen an.

Das Ausmaß dessen, was wir jetzt tun werden, stürzt auf mich nieder. Ich werde mich von ihm ohne Verhütungsmittel ficken lassen. Ich bin sauber. Er war für sechs Jahre im Gefängnis. Ich bezweifele, dass er herumgefickt hat, nachdem er herausgekommen ist. Er war zu sehr damit beschäftigt, seine Rache zu planen. Wenigstens habe ich meine Periode. Es besteht keine Gefahr, dass ich schwanger werde.

Er zieht den breiten Kopf nur einmal durch meine Falten und platziert ihn vor meiner Öffnung. »So hast du es dir gewünscht.«

Ein brennender Schmerz sticht durch mich hindurch, als er mich bis zum Anschlag aufspießt. Es gibt zu viel von ihm, und mein Körper gibt nicht genug nach. Ich bin nicht wirklich bereit, aber er gibt mir keine Zeit, mich anzupassen. Er zieht sich zurück und taucht wieder ein, so dass sich mein Rücken wölbt. Das ist seine Strafe. Das ist der Preis, den ich zahle, damit er mich benutzen kann. Ich habe zugestimmt, nicht wahr? Warum schmerzt dann die Rauheit, mit der er in mich eindringt, in meinem Herzen stärker als in meinem ungenutzten Kanal? Er stößt immer wieder in mich hinein, dehnt mich zu sehr aus, ist zu schnell. Es ist nicht angenehm, aber nicht alles, was ich fühle, ist

Schmerz. Es gibt auch Lust. Ich keuche bei dem Gefühl. Sex war für mich noch nie ein Vergnügen. Dass er diese Art von Macht über mich hat, die Kraft, meinen Körper singen zu lassen, während er mein Herz aushöhlt, macht mir mehr Angst als jedes Messer oder jede Kerbe, die in meine Haut geschnitzt ist. Ich zwinge meine Muskeln, sich zu entspannen, aber das Vergnügen wächst mit jedem strafenden Stoß weiter.

Trotz der emotionalen Kälte, mit der er mich nimmt, breitet sich die Hitze in meinem Unterleib aus, und mein Orgasmus baut sich schnell auf. Ich sehne mich danach, meine Arme um seinen Hals zu legen, um etwas festzuhalten, aber sie bleiben fest an meinen Seiten. Meine Hände umfassen die Kante des Schreibtisches, während er meinen Oberschenkel loslässt, um seine Finger über meinen Kitzler zu reiben. Die anderen Male, als ich mit meinem Körper bezahlt habe, bin ich nie gekommen. Ich tue es jetzt, und als der Orgasmus durch mich hindurchgeht und meine inneren Muskeln um seinen Schwanz herum krampfen, fühle ich mich einsamer als all die Male, als ich nicht gekommen bin.

Er folgt kurz darauf mit einem Stöhnen und entleert sich in mir ohne Küsse oder Streicheleinheiten. Der einzige Ort, an dem sich unsere Körper berühren, ist der Ort, an dem wir verbunden sind. Aber nicht mehr lange. In der Minute, in der seine Entladung vorüber ist, zieht er sich zurück. Sein Schwanz ist rosa von seinem Sperma und meinem Blut. Die Mischung sprudelt aus mir heraus, und alles, was ich tun kann, um das Wenige zu retten, das von meinem Stolz übrig ist, ist, meine Beine zu schließen.

Er schnappt sich eine Serviette vom Tablett mit dem Alkohol und reinigt sich, bevor er seinen Schwanz wegsteckt und seine Hose zurechtrückt. Eine Schweigeminute folgt, in der wir uns gegenseitig ansehen. Ich warte darauf, dass er etwas sagt, aber er nimmt nur den Umschlag auf und legt ihn auf meinen Schoß.

»Nächstes Mal«, sagt er, »wenn du einem anderen Mann das, was mir gehört, anbietest, wirst du seinen Tod auf dem Gewissen haben.«

Damit geht er hinaus und lässt mich in einer nassen Pfütze auf seinem Schreibtisch liegen.

Erst als er weg ist, lasse ich meine Schultern hängen. Die angestaute Anspannung in meiner Brust zerplatzt, als ich mir erlaube, meine Deckung aufzugeben. Es dauert mehr als einen Moment, um mich zusammenzureißen und genug Kraft zu sammeln, um von seinem Schreibtisch zu rutschen. Meine Beine zittern. Ich schlucke Tränen zurück, die sich in einem schmerzenden Knoten in meiner Kehle festsetzen.

Seinem Beispiel folgend, benutze ich ein paar Servietten, um mich zu reinigen. Ich werfe sie in den Mülleimer, da ich zu aufgewühlt bin, um mich um die Gedanken oder Reaktionen der Reinigungskräfte zu kümmern. Ich zwinge mich, die Schmerzen in meinem Herzen und zwischen meinen Beinen zu ignorieren, und stelle mich der einzigen Sache, die es besser machen kann. Ich stelle mich dem Umschlag. Ich sehe ihn an, so wie ich es vorhin nicht konnte. Ich betrachte ihn, ohne zu blinzeln, bis meine Augen brennen. Meine Finger zittern, als ich endlich danach greife. Meine Handfläche ist eine Waage der Gerechtigkeit. Ich fühle das Gewicht der Freiheit in meiner Hand und den Preis dafür zwischen meinen Oberschenkeln. Mein Herz schlägt schmerzhaft für beide Enden der Waage, weil ich mich furchtbar fühle, meine Seele verkauft zu haben, und erstaunlicherweise auch, weil ich weggehen werde. Ein Teil von mir vermisst Damian bereits, aber ich schätze, das ist das Mädchen, das sich in den Jungen verliebt hat. Ich bin ihm auf verdrehte Weise dankbar, dass er mich wie ein Mann gefickt hat, dass er es mir leichter gemacht hat, ihn zu hassen, dass er es mir leichter gemacht hat, zu gehen.

Mir wird schlecht, als ich den Umschlag aufreiße. Euphorie strömt durch mich hindurch, als ich die gefalteten Papiere herausziehe. Endlich werde ich wissen, wo mein Baby ist. Ich werde wissen, was sie mit seinem kleinen Körper gemacht haben. Harold wird es mir sagen müssen, aber was hindert ihn daran, mich zu töten, sobald er Damians Beweise hat? Er hat kein Motiv mehr, mich am Leben zu erhalten. Jacks Geld wird jetzt von Damian verwaltet. Früher, im Falle meines Todes, wäre das Geld in eine staatliche Stiftung geflossen, da Harold und ich nicht blutsverwandt sind. Nur wir kennen das Geheimnis. Nur wir wissen, dass ich das Produkt einer Affäre meiner Mutter bin, und nur sie wusste, wer mein Vater ist. Sie hat es nie verraten. Da sie wusste, dass Harold ihn töten würde, beschützte sie seine Identität. Harold hat mich nie adoptiert, aber er hat mich in seinem Haus aufgezogen. Er sagte mir an meinem achtzehnten Geburtstag die Wahrheit, die allerdings nicht besonders überraschend kam. Er hasste mich zu sehr, kümmerte sich nie wie ein Vater um mich und hat sich geweigert, seinen Namen auf meine Geburtsurkunde zu schreiben. Wäre ich gestorben, wäre das Geheimnis meiner Geburtsurkunde bekannt geworden, und Harold hätte die Kontrolle über Jacks Geld verloren. Jetzt, da es kein Geld als Motivation gibt, brauche ich einen anderen Verhandlungsgrund. Ich behalte die Originale und gebe Harold eine Kopie. Das wird mein Ticket in die Sicherheit sein. Ich kenne zu viele von Harolds Verbrechen. Ich bin ein zu großes Risiko.

Ich halte den Atem an und entfalte vorsichtig die beiden Blätter, die meine Zukunft halten. Ich überfliege den Text und nehme den Schatten in der linken unteren Ecke wahr. Das kann nicht sein.

Nein!

Wütend reibe ich meinen Finger über die Tinte, um sie zu verschmieren, aber ich weiß bereits, dass das nicht geschehen wird.

Es ist eine Fälschung.

Die Papiere, die ich in meinen Händen halte, sind Kopien.

14

Damian

LINA STÜRMT IN DEN RAUM, UND IN IHREN WIMPERN hängen Tränen.

Ich warte schweigend ab, da ich mit dieser Reaktion gerechnet habe. Sie ist der Grund, warum ich alle weggeschickt habe. Ich kann das nicht hinter einer geschlossenen Tür tun, nicht mit Linas Phobie, und niemand außer mir wird ihren Zusammenbruch sehen. Das ist heilig. Persönlich. Zwischen ihr und mir. Der Moment, in dem ich sie breche, gehört mir allein.

Sie hält mir die Papiere hin, als ob ich nicht wüsste, was auf ihnen steht. Ihre Hand zittert so stark, dass die Blätter flattern. Ihre Lippen zittern. Sie hat sich kaum unter Kontrolle, ist nackt, zerbricht und ist einfach hinreißend. Das schönste Lebewesen, das ich je gesehen habe.

»Du hast mich getäuscht.«

»Ich habe dich nie angelogen.«

Ihr Atem stockt. »Du hast gesagt, du würdest mir die Beweise geben.«

»Ich sagte, ich gebe dir den Umschlag. Ich habe dir nie gesagt, was drin ist.«

Sie verschmiert die Tränen auf ihrer Wange. »Du hast mich reingelegt.«

»Du hast nicht gefragt, was in diesem Umschlag ist.«

Sie knirscht mit den Zähnen. »Du Bastard.«

»Bist du sauer wegen deiner verlorenen Freiheit oder weil ich dich gefickt habe?«

»Beides!«

»Wärst du wütend auf Zane gewesen, wenn es sein Schwanz gewesen wäre?«

»Es wäre nicht dasselbe gewesen.«

Ich neige meinen Kopf und studiere sie. Sie verliert mit jeder Sekunde mehr die Fassung. »Wie das?«

»Ich hätte es ihm nie freiwillig gegeben. Ich hätte ihn mit allem, was ich habe, bekämpft.«

Es klingt nicht richtig, nicht nach dem, was Zane gesagt hat, aber ich reize sie, bringe sie näher an den Rand ihrer Grenzen. »Ich dachte, du hättest es angeboten.«

»Ich habe in seinem Badezimmer herumgeschnüffelt. Er hat mich erwischt. Er hat gedroht, mich zu berühren. Wir haben uns gestritten, und dann ist er handgreiflich geworden. Das ist passiert, nicht, was auch immer du denkst.«

Ich erstarre. Ich lasse ihre Worte tief in mein Herz

einsinken, wo ihre Bedeutung mich schädigen kann. Unwiderruflich. Wenn es wahr ist, habe ich sie enttäuscht. Ich habe ihr gesagt, dass ich es nicht zulasse, dass ihr jemand wehtut. Wenn das, was sie sagt, wahr ist, hat Zane mich verraten. Wenn es wahr ist, wurde Lina schikaniert, direkt vor meiner Nase. Die Schlaftablette und die Spuren an ihren Handgelenken, warum sollte sie deswegen lügen? Sie hat keinen Grund, die Schuld auf Zane zu schieben.

Fuck, fuck, fuck. Ich will vor Wut explodieren, aber ich reiße mich zusammen. Nur einer von uns kann zerbrechen. Langsam, als ich die Ruhe eindringen lasse, ziehen sich Zweifel durch das Vertrauen, das ich in Zane habe. Ich kann ihr aber auch nicht vertrauen. Noch nicht. Nicht mit ihrer Vorgeschichte. Ich kann es nicht ohne Beweise tun. Von der Art und Weise, wie sich ihre hübschen Gesichtszüge verziehen, liest sie die Wahrheit in meinem Gesicht.

»Fick dich«, knurrt sie und zerreißt die Papiere in kleine Stücke, die wie Konfetti auf den Boden flattern. »Es ist mir egal, hörst du mich?«

»Dass ich dir nicht traue oder dass du dich von mir umsonst ficken lässt?«

Sie dreht durch. Mit einem wütenden Schrei stürzt sie sich auf mich und geht mit Armen, Fäusten, Füßen und Zähnen auf mich los. Ich habe noch nie eine so wilde Frau gesehen. Die Tatsache, dass ich ihre Handgelenke leicht einfange und sie festhalte, macht sie noch wütender. Sie dreht und tritt und versucht, körperlichen Schaden anzurichten, aber sie hat nur ihre Füße als Waffen. Sie ist barfuß, und sie ist ein winziges Ding. Es gibt nicht viel, was sie zu ihrem Vorteil nutzen kann. Ich hätte sie so leicht aufhalten können, wie ich sie festhalte, aber ich lasse sie müde werden, damit sie alles herauslassen kann.

Als ihre Energie verbraucht ist, sackt sie in meinem Griff zusammen. Ihre Beine geben nach. Ein großer Schluchzer bewegt ihre Schultern, als sie auf den Boden gleitet. Ich lasse ihre Handgelenke los, um sie aufzufangen und in meine Arme zu nehmen. Ich nehme ihr Gesicht in meine Hände und drücke ihre Wange an meine Brust. Warme Tränen tränken mein Hemd. Leise Tränen. Ihr volles, mageres Gewicht liegt auf mir. Ich schiebe einen Arm unter ihre Knie, hebe sie hoch und trage sie zu unserem Bett.

»Die Laken«, sagt sie durch ihre Tränen, als ich sie hinlege.

»Scheiß auf die Laken.«

Ich reiße mir in Rekordzeit die Kleidung vom Körper, während sie die ganze Zeit weint. Als ich ihren Körper mit meinem bedecke, protestiert sie nicht.

Ich nehme ihr Gesicht zwischen meine Handflächen und küsse den salzigen Geschmack ihrer Tränen von ihren Lippen. »Lass alles raus, mein Engel.«

»Ich hasse dich so sehr.«

Ich küsse sie noch einmal. »Ich weiß.«

»Ich werde dir nie verzeihen.«

»Damit kann ich gut leben.«

»Warum tust du das?«

»Du gehörst mir.« Wenn es eine Sache gibt, von der ich gehofft habe, dass ich sie heute klären kann, dann die.

Als ich immer wieder mit meinen Lippen sanft über ihre fahre, hält sie mich nicht auf. Sie widersetzt sich mir auch nicht, als ich mit meiner Zunge in ihren Mund eindringe. Ich will ihren Mund zärtlich küssen, nicht, wie ich ihn ficken will, aber diesmal kann ich mich nicht zurückhalten. Die Zungenschläge sind fordernd. Sie imitieren die Bewegung meiner Hüften, während ich einen Rhythmus wähle, der diesmal für uns beide und nicht nur für mich funktioniert. Sie stöhnt in meinen Mund und bringt mich fast dazu, meinen Verstand zu verlieren. Ihr Rücken wölbt sich und drückt ihre Brüste flach gegen meinen Oberkörper. Ich bin dankbar für meine Weitsicht, alle weggeschickt zu haben, denn das ist der Moment, auf den ich auf mein ganzes kriminelles Leben gewartet habe, seit ich ihr Gesicht gesehen habe. Der Moment ist zu groß, um ihn mit anderen zu erleben, wenn die Wände dünn sind. Es ist mein Moment, meiner genauso wie ihrer, auch wenn sie es nicht zugeben will. Ich warte seit sechs Jahren darauf, in ihr zu sein. Ich hatte seitdem keine andere Frau mehr. Sie im Arbeitszimmer zu ficken nahm die Dringlichkeit, aber dieses Mal werde ich es auskosten.

Sie keucht, als ich sie endlich atmen lasse. Als ich zwischen ihre Beine gleite, ist sie nass für mich, und es ist nicht nur ihre Periode und mein Sperma von eben. Es ist süße, glatte Erregung.

Ich schaue ihr in die Augen und stelle die Frage, die ich schon so lange in meinem Herzen trage, dass sie in meine Seele eingebrannt ist. »Willst du mich, Lina?«

Die Wahrheit lässt sie zusammenzucken. Mehr Tränen laufen aus ihren Augen, als sie flüstert: »Du weißt, dass ich es tue.«

»Sag es.«

»Damian.« Ein Schluchzer bleibt ihr im Hals stecken. »Bitte zwing mich nicht dazu.«

»Sag es, Lina. Sag mir die Wahrheit.«

»Ja«, weint sie mit einem besiegten Flüstern. »Ich will dich.«

»Dann sag mir, dass ich dich ficken soll.«

»Damian.«

Ihre Nägel graben sich in meine Schultern. Ich weiß, dass sie sie braucht, diese körperliche Nähe. Sie will es unbedingt, nachdem ich sie im Arbeitszimmer so behandelt habe. Sie braucht sie nach ihrem Zusammenbruch. Das ist keine gute psychologische Analyse. Das liegt einfach in der menschlichen Natur.

»Du musst nur fragen, Lina.«

»Bitte, nicht.«

Ich streichele ihre Schläfe mit meiner Nase. »Es ist keine Schande, zu fragen.«

Sie starrt mich so lange an, dass ich Angst habe, dass ich das Glücksspiel verlieren werde, aber dann öffnet sie ihren süßen kleinen Mund und gibt mir die Worte, die ich hören will.

»Liebe mich zärtlich.«

»Alles, was du willst.«

Ich führe meinen Schwanz zu ihrer Muschi, schiebe mich langsam hinein und beobachte ihr Gesicht, während ich sie ausdehne und ihr Körper sich anpasst, um mich aufzunehmen. Ich gebe ihr, was sie will, mache Liebe, anstatt sie zu ficken, langsam und sanft, bis wir so tief ineinander vergraben sind, dass unsere Leisten zusammenschlagen.

Unser Liebemachen ist ein träger Tanz aus Geben und Nehmen. Diesmal lasse ich sie teilhaben. Sie legt ihre Arme um meinen Hals und ihre Beine um meinen Arsch und zieht mich so nah wie möglich an sich heran. Sie initiiert den Kuss und gibt mir die süßeste Glückseligkeit, als sie ihre Zunge mit meiner verbindet. Ihre Tränen weichen dem Keuchen, bis ihr Stöhnen den Raum und meinen Kopf füllt. Ihr Duft ist in meiner Nase und in meiner Erinnerung, der Geruch von süßem Gift, das mich töten wird, aber was für ein glücklicher Tod es sein wird. Ich schiebe meine Hände überall hin, wo es Haut gibt, berühre sie mit einem Verlangen, das aus sechs einsamen Jahren geboren wurde, aber sie berührt mich auch.

Sie fährt mit den Händen durch mein Haar und meinen Rücken hinunter über meinen Arsch. Ich weiß, dass ich ihre Klitoris berühren muss, damit sie kommt, aber als ich mich auf einem Arm hochdrücke, zieht sie mich zurück und akzeptiert den kleinen Abstand nicht, den ich zwischen uns geschaffen habe. Stattdessen bewegt sich ihre Hand zwischen unsere Körper. Ich lasse mir Zeit mit ihr, während sie mit ihrer Klitoris spielt. Meine Stöße sind zu faul, um eine weitere

Ejakulation anzuregen, besonders so kurz nach der ersten, aber das Gefühl, dass sie sich selbst Lust bereitet, ist alles, was ich brauche. Als wir kommen, schauen wir uns gegenseitig in die Augen. In ihren spiegelt sich Niederlage wider, und ich weiß, dass die meinen vor purem Verlangen und Eroberung erstrahlen. Ich ertrinke in ihrem Ausdruck und präge ihn in mein Gedächtnis ein, den Moment, in dem sie mir ihren Körper übergibt.

Lina

Alles, was Damian mir im Arbeitszimmer nicht gegeben hat, gibt er mir, nachdem wir in seinem Bett Liebe gemacht haben. Er trägt mich zur Dusche und wäscht mich, berührt mich immer, ist immer mit mir verbunden. Selbst als er das Shampoo auf meinen Kopf drückt, tut er es mit einer Hand, die andere liegt sicher auf meiner Taille. Er trocknet mich und bürstet mir die Haare. Ich entkomme endlich seiner übermäßigen Aufmerksamkeit im Badezimmer mit der Schachtel Tampons, während er das Bett von dem Chaos säubert, das wir angerichtet haben. Als ich zurückkomme, starre ich sehnsüchtig auf die nackte Matratze und wünsche mir, ich könnte unter die Bettdecke zurückkriechen, um mich vor mir selbst und meiner bedeutenden, um nicht zu sagen demütigenden

Niederlage in unserem Krieg zu verstecken, aber es ist erst später Nachmittag.

In eine Jeans gekleidet, beobachtet er mich von der Bettkante aus mit verschränkten Armen. Ich gehe vorsichtig in die Garderobe und tue so, als würde ich seinen Blick nicht bemerken. Er drängt mich nicht, sondern gibt mir Raum zum Anziehen. Ich ziehe eine Jeans und T-Shirt an, bevor ich zu ihm ins Zimmer gehe.

»Komm her«, sagt er.

Im Bewusstsein der Schmerzen zwischen meinen Beinen durchquere ich das Zimmer und bleibe vor ihm stehen.

»Gib mir deine Hand.« Ich hebe meine rechte Hand. »Die andere.«

Mein Zögern dauert nur eine Sekunde, aber Damians Augen werden dunkler. Schnell strecke ich meine linke Hand aus. Er nimmt einen Ring aus der Tasche und steckt ihn mir auf den Finger, vor meinen Ehering. Der Tropfendiamant wird wunderschön umrahmt von schwarzen Diamanten. Er fängt das Licht ein und gibt einen Glanz ab, der unter den gegebenen Umständen ironisch erscheint.

»Da«, sagt er und dreht den Ring, bis er richtig sitzt.

Ich kann mich nicht dazu durchringen, mich zu bedanken. Das wäre falsch.

Anstatt meinen Mangel an Begeisterung zu kommentieren, fragt er: »Hungrig?«

»Ja«, antworte ich leise.

Er gibt mir seine Hand und führt mich durch das leere Haus in die Küche. Es ist schön, nur mit uns beiden, wenn es keinen Zane gibt, der mich böse anstarrt, keine schadenfrohe Anne und kein Russell, der mich beobachtet.

Ich bin überrascht, wie zu Hause er in der Küche ist, als er uns ein frühes Abendessen aus Omelett und Salat zusammenstellt. Er lässt mich am Tisch sitzen, als wäre ich zerbrechlich, aber ich bin geistig und körperlich zu erschöpft, um zu protestieren. Ich lege mein Kinn in meine Hand und beobachte, wie er sich bewegt, während er arbeitet. Als er wieder mit der Pfanne in der Hand an mir vorbeirauscht, hält er an und fährt mit einem Daumen über meine Lippen.

»Dieser Mund gehört mir«, sagt er neckisch. Sein Lächeln verschwindet, und sein Gesicht wird ernst. »Du gehörst jetzt mir, Lina. Du gehörst mir in jeder Hinsicht.«

Bevor ich antworten kann, strömen genau die Leute, denen ich entkommen wollte, in die Küche. Zane bleibt direkt vor der Tür stehen, und seine Arme sind steif und seine Hände zu Fäusten geballt, als er zusieht, wie Damian ein Omelett auf meinem Teller serviert. Damian ignoriert Zane, aber sein Körper ist angespannt. Irgendwas ist zwischen ihnen vorgefallen. Anne legt eine Zeitung neben mich.

»Ich wollte nicht, dass du es von jemand anderem hörst«, sagt sie mit falschem Mitgefühl.

Ich schaue nach unten auf die offene Seite. Es gibt ein Foto von mir, wie ich auf dem Bürgersteig liege und Damian auf mir. Die Schlagzeile lautet: *Ein weiterer Selbstmordversuch der frisch verheirateten Mrs. Hart?* Ein Passant muss es geschossen haben.

Damian liest es über meine Schulter. Er schenkt dem Artikel drei Sekunden seiner Aufmerksamkeit, bevor er sich neben mich setzt. Er benimmt sich lässig, aber die Knöchel um seine Gabel werden weiß.

Jana und Russell kommen herein, plaudern und lachen. Sie hören auf, als sie uns sehen.

»Stören wir?«, fragt Jana. »Ich kann später wiederkommen, um das Abendessen zu kochen.«

Damian isst sein Omelett. »Wir essen heute früh, aber lass dich nicht aufhalten.«

»Spaghetti Bolognese für alle?«, fragt Jana.

Zane wird wütend. »Sehe ich aus, als wäre ich zehn Jahre alt?«

»Ich sag dir was, Jana.« Damian wischt seinen Mund an einer Serviette ab und wirft Zane einen kalten Blick zu. »Zane und Anne sind alt genug, um ihr eigenes Abendessen zu kochen. Warum gehst du nicht früher nach Hause?«

»Sind Sie sicher? Ich meine, ich würde gerne gehen, aber möchte Sie nicht im Stich lassen.«

»Ich bin sicher, sie haben vor dir überlebt«, sagt Russell mit einem Augenzwinkern.

»Also, in Ordnung, dann …« Sie schenkt uns ein strahlendes Lächeln. »Bis morgen.«

Die Spannung ist so spürbar, dass es für mich schwierig ist, mein Essen zu genießen. Mir entgeht nicht, wie Annes Blick auf Damians nackten

Oberkörper gerichtet bleibt. Er sieht in diesen abgetragenen Jeans mehr als appetitlich aus, und jetzt, da ich weiß, wie es ist, ihn in mir zu haben, fürchte ich das Interesse der anderen Frau, das ich einst als willkommen betrachtete.

Wie Damian versprochen hat, bringt er mich am nächsten Morgen ins Fitnessstudio. Unterwegs hält er in einem Sportgeschäft an, um mir ein passendes Outfit zu besorgen.

»Shorts und ein T-Shirt wären okay gewesen«, sage ich und führe die Lycra-Hose und den Sport-BH auf sein Drängen in der kleinen Umkleidekabine vor.

»Und trotzdem gibst du gerade mein Geld aus.«

»Ich habe nie gesagt, dass ich das würde.«

»Dreh dich um.«

Ich seufze und zeige ihm meinen Arsch, betrachte ihn über meine Schulter.

»Perfekt«, sagt er, und seine Augen werden heiß. »Vielleicht zu viel.«

Ich gehe in die Umkleidekabine, bevor er mich dazu bringt, ein anderes Outfit anzuprobieren. »Ich nehme die hier.«

Sein Lachen folgt mir durch den schmalen Korridor, aber als ich gegen die Tür des Umkleideraums drücke, bedeckt seine Hand meine. Seine Brust drückt gegen meinen Rücken. Wir sind die einzigen Menschen in der Umkleidekabine, und ich werde mir unserer Isolation intensiv bewusst, als er die Tür aufdrückt und mich hineinschiebt.

»Was machst du da?«, flüstere ich, als er die Tür abschließt. Es gibt einen großen Spalt an der Unterseite, durch den ein Körper kriechen kann, genug, um mich nicht in Panik zu versetzen.

Seine Finger schieben sich unter den Rand meines BHs und finden meine Brustwarze. »Sag mir, dass du mich willst.«

Ich musste es ihm seit gestern mindestens zehnmal sagen. Die Attraktion des Neuen scheint für ihn nicht nachzulassen. Jedes Mal löste mein Zugeständnis heftige Fummeleien aus, die im Laden nicht erlaubt sind.

»Damian.« Ich keuche, als er mich gegen die Wand drückt. »Sie werden uns rauswerfen.«

»Sag es mir.«

»Wirst du mich loslassen, wenn ich es tue?«

Sein Grinsen ist jungenhaft. »Vielleicht.«

»Du bist unmöglich.«

»Du ziehst das hier in die Länge. Vielleicht gefällt es dir so sehr, dass du es absichtlich machst.«

»Das tue ich nicht!«

»Sag es.«

»Gut. Ich will dich. Zufrieden?«

»Ja.« Er greift nach meinen Handgelenken und führt sie über meinen Kopf.

»Was machst du da?«

Er zieht den BH über meinen Kopf und meine Arme und lässt ihn knapp über meinen Ellbogen hängen. In dieser Position behindert das enge Lycra meine Bewegungsfreiheit. Da er sich an mich drückt, kann ich meine Arme nicht senken oder wegtreten.

»Damian.«

»Schscht.« Er drückt einen Finger auf meine Lippen. »Sie werden dich hören.«

»Bitte, nicht …«

Ich verschlucke den Rest meiner Worte, während er auf die Knie geht, seinen Finger unter das Gummiband der Trainingshose schiebt und sie herunterzieht. Ich fange an zu protestieren, aber er bringt mich wieder zum Schweigen, indem er seinen Mund auf meinen Kitzler legt. Beim ersten Saugen biege ich meinen Rücken vom heißen Rausch der Ekstase durch, der bis in meinen Unterleib schießt. Ich unterdrücke ein Stöhnen. Er beobachtet mich, wie nur Damian es kann, mit intensiver Konzentration, während er knabbert und leckt. Er kann mich hervorragend lesen. Er kennt die nonverbale Sprache meines Körpers. Das ist es, was er dafür bekommen hat, mich intensiv zu betrachten, während ich zerbrach und durch seinen Mund kam. Er weiß genau, in welchem Moment er beißen muss und wie er den Schmerz wegsaugt. Er weiß, dass ich zu laut stöhnen werde, weshalb er sich bereits aufrichtet und meinen Mund mit seiner breiten Handfläche bedeckt, bevor der Klang meines Höhepunkts meine Lippen verlässt. Er lässt mich zwei Sekunden lang in seine Hand keuchen, bevor er mich auf die Knie zwingt.

Meine Arme sind immer noch gefesselt und zwischen uns im Weg, aber sein Schwanz ist in meinem Mund, bevor ich protestieren kann. Ich habe kaum Zeit, meinen Kiefer zu entspannen, bevor er an meinen Hals schlägt. Er hält mich an meinen Haaren fest, so wie er es mag, und fickt meinen Mund, bis ich mir sicher bin, dass mein Kiefer ausgerenkt ist und ich nie wieder liebliche Luft atmen werde. Ich gebe nur auf, weil ich ihm vertraue, weil er bewiesen hat, dass er nicht zulässt, dass mir etwas passiert. Als ich mich ergebe, kommt er. Er lebt davon, mich zu verletzen und zu dominieren. Er lebt davon, mich in seinen Schoß zu ziehen und mich schwindelig zu küssen, bis der Geschmack unserer Erregungen vermischt ist.

Ein lautes Klopfen an der Tür bringt mich zu Sinnen.

»Sir? Ma'am?«, ruft eine weibliche Stimme. »Sie können nicht zusammen da drin sein. Ich muss Sie bitten, herauszukommen.«

Diese strenge und verurteilende Stimme gibt mir das Gefühl, ein Teenager zu sein, der in einem geparkten Auto am Flussufer erwischt wird. Dort haben die Kinder aus meiner Klasse immer rumgemacht. Ich habe es nie dorthin geschafft, zu diesen Ufern und zur Normalität. Ich habe es nach Willowbrook und zu Damian Hart geschafft.

Er glättet mein Haar. »Bereit?«

»Ja.« Ich schiebe die unpassenden Erinnerungen weg und strecke meine Arme aus, damit er mich befreien kann.

»Sir. Kommen Sie raus. Jetzt.«

»Einen Moment«, sagt er. »Sie wollen doch nicht, dass ich nackt rauskomme, oder?«

»Oh mein Gott.« Ihr Stöhnen ist verärgert. »Ich rufe die Polizei.« Ihre Schritte eilen davon.

»Komm her, mein Engel.«

Damian hilft mir in meine Kleidung, bevor er sich um sich selbst kümmert. Wir sind mehr oder weniger respektabel, als wir herauskommen. Meine Wangen brennen, als wir an der Verkäuferin vorbeigehen, die mit einem vorwurfsvollen Blick am Eingang der Umkleidekabine wartet.

»Dafür gibt es Hotelzimmer«, sagt sie und schaut uns von oben bis unten an. Ihr bewertender Blick hält an meinen Narben inne.

Damian zuckt mit den Schultern. »Das Schlafzimmer scheint nie genug zu sein.« Er wirft einen anerkennenden Blick in meine Richtung. »Nicht bei meiner Frau. Nein, Ma'am. Ich kann nie genug von ihr bekommen.«

Der Blick der Frau fällt auf meinen Finger. Als sie den Diamanten sieht, entspannt sie sich leicht, als ob die Tatsache, dass wir verheiratet sind, das, was wir getan haben, weniger falsch macht. Sie kann uns wegen Erregung öffentlichen Ärgernisses verhaften lassen.

Damian nimmt meine Hand, bezahlt meine Einkäufe und führt mich unter dem brennenden Blick der Mitarbeiter zu seinem Auto. Er öffnet mir die Tür und hilft mir ins Innere, das alles ganz unbefangen. Hat er überhaupt ein Schamgefühl? So, wie er leise lacht, genießt er die peinliche Situation.

Als wir losfahren, beschließe ich, seine gute Laune zu nutzen. »Ich möchte einen Führerschein machen.«

Er blickt mich an. »Natürlich.«

»Wirklich?« Harold verweigerte mir den Führerschein, weil er wusste, wie abhängig mich das von ihm in einer Stadt fast ohne öffentliche Verkehrsmittel machte. Ich weiß nicht, warum ich erwartet habe, dass Damian sich genauso verhält.

Er nimmt meine Hand und drückt meine Finger. »Alles, was du willst. Das habe ich dir bereits gesagt.«

»Danke.«

»Gerne.«

Sein Lächeln ist warm, fast liebevoll. Dann lässt er mich in Gedanken versinken, bis wir vor einem beliebten Fitnessstudio-Franchise parken. Es handelt sich um ein zweistöckiges Gebäude, das sich über den gesamten Block erstreckt.

»Hier?« Ich hatte etwas Kleines und Unbekanntes erwartet.

»Hier trainiere ich. Es ist das nächste von zu Hause aus.«

Ein Manager, der Damian mit Namen begrüßt, erwartet uns drinnen. Phillip sieht zu jung aus, um ein Manager eines Fitnessstudios zu sein. Er hat große Muskeln und Tattoos auf seinen Armen und seiner Brust. Sein Geplänkel ist freundlich, als er uns die Gesundheitsbar, Sauna, Sonnenliegen und Gemeinschaftsräume zeigt, in denen sie Yoga und Stretching anbieten.

Am Ende der Tour wendet er sich erwartungsvoll an mich. »Was denken Sie?«

»Das ist alles sehr beeindruckend, aber es ist nicht das, was ich brauche.«

Sein Gesichtsausdruck wechselt zu Überraschung, während Damian ein Lachen unterdrückt.

»Was brauchen Sie dann?«

»Fitness- und Krafttraining.«

Er kratzt sich den Kopf und bringt uns ins obere Stockwerk, wo es einen Parcours und einen Bereich für freie Gewichte gibt.

»Wenn Sie gerade erst damit anfangen, brauchen Sie ein Programm.«

»Planen Sie es«, sagt Damian.

Wir setzen uns auf die Ledercouch mit Blick auf den Bereich für das Krafttraining, um die notwendigen Unterlagen auszufüllen und gleichzeitig kostenlosen Cappuccino zu trinken. Eine Unterschrift von Damian später bin ich eingeschrieben. Ich kann mich nicht daran erinnern, mich jemals so über etwas gefreut zu haben, abgesehen von Essen natürlich.

Ich lege meine Arme in einer dummen, impulsiven Reaktion um Damian und flüstere »Danke« an seinem Hals.

Er drückt mich fest. »Was immer du brauchst.«

Für jeden Außenstehenden müssen wir wie ein normales, glückliches Paar erscheinen. In Zeiten wie diesen ist das, was Damian und ich sind, was unsere Dynamik definiert, so durcheinander, dass nicht einmal ich es verstehen kann.

Bei meinem nächsten Termin mit Reyno wartet Damian im Flur, und ich wage mich allein hinein. Normalerweise wäre ich nie so mutig gewesen, aber ich habe meine eigene Agenda, um meine Angst vor Ärzten und geschlossenen Türen zu überwinden.

»Wie geht es dir?«, fragt er, als ich mich setze.

»Interessiert dich das wirklich?«

Er lächelt. »Es ist mein Job, zu fragen.«

»Warst du jemals gut darin?«

Er denkt eine Weile nach. »Ich nehme an, es gab eine Zeit, da habe ich zu nichts getaugt.«

»Was ist dann passiert?«

»Gier. Eine falsche Entscheidung. Schulden. Ich weiß es nicht. Manchmal ist es schwer, es auf einen einzigen Grund festzulegen. Es ist nicht klar, wie eine Kurve auf einer Straße, die unsere Richtung ändert, aber hey, ich bin derjenige, der die Psychoanalyse machen soll, erinnerst du dich?«

Ich lache schief und starre nervös auf die Tür.

»Stört sie dich?«, fragt er. »Die geschlossene Tür?«

»Ja.«

»Warum?«

»Ich habe meine Gründe.«

»Wir können daran arbeiten, wenn du willst.«

»Daran, dein fehlendes Gewissen zu suchen?«, necke ich ihn.

»Ich will ehrlich sein. Dein Mann verlangt nur, dass ich dir Medikamente verschreibe, wenn es nötig ist, aber da du hier bist und ich dir eine Stunde schulde, kann es nicht schaden, zu reden.«

»Ich nehme an, das tut es nicht.«

»Also, lass uns über geschlossene Türen reden.«

»Lass uns darüber reden, wie du mir wirklich helfen kannst.«

Er zieht eine Augenbraue in die Höhe und wartet darauf, dass ich weitermache.

»Hier ist der Deal. Ich brauche Geld, und du wirst mir einen Job geben. Mich schwarz bezahlen. Und Damian wird es nicht erfahren.«

Er lacht leise. »Warum sollte ich das tun?«

Ich ziehe mein Handy aus der Tasche und spiele die Aufnahme ab, die ich bei unserem ersten Treffen gemacht habe. Ich hatte mein Telefon unter dem Vorwand aktiviert, nach einem Taschentuch zu suchen, bevor Damian und ich den Raum betraten.

Als ich zu dem Teil komme, an dem er zugibt, dass er weiß, dass Damian mich zur Heirat gezwungen hat, drücke ich auf Pause. »Willst du mehr hören? Mein Lieblingsteil ist der, als du zugibst, Bestechungsgelder für die Verschreibung von Medikamenten angenommen zu haben.«

»Nein.« Er schüttelt den Kopf, als ob er mich lustig findet. »Ich habe es schon verstanden.«

»Gut. Ich fange nächste Woche an.«

»Womit?«

»Ich weiß es nicht. Es muss Aufgaben geben, bei denen ein Psychiater Hilfe braucht.«

»Du bist wirklich eine harte Nuss, weißt du das?«

»Danke.« Ich bin froh, dass ich die Weitsicht hatte, das Treffen aufzuzeichnen. Ich war besorgt, dass Damian mich einsperren würde, und wollte mich nicht ohne einen angemessenen Kampf ergeben.

»Damian hat keine Ahnung, oder?«

»Wovon?«

»Wie schlau und stark du wirklich bist.«

Ich zucke mit den Schultern und überschlage die Beine. »Ich glaube nicht, dass Damian an meiner Psyche interessiert ist.« Bei ihm dreht sich alles um das Physische.

Das Lächeln, das er mir schenkt, ist entwaffnend. Es ist sowohl mitfühlend als auch mitleidig. »Ich glaube, da liegst du falsch.«

Das gefällt mir nicht. Es ist, als ob er etwas weiß, was ich nicht weiß. »Nächste Woche, zur gleichen Zeit?«

»Wenn du es sagst.«

Als ich das Büro verlasse, wartet Damian an der Tür auf mich.

Er streicht mir eine Haarsträhne hinter das Ohr. »Wie ist es gelaufen?«

»Gut. Ich komme nächste Woche wieder.«

»Das tust du?« Er scheint überrascht zu sein.

»Du willst, dass ich es tue, oder nicht?«

»Ich zwinge dich nicht dazu.«

»Okay.«

»Okay? Einfach so? Kein Kampf?«

»Einige Dinge sind den Kampf nicht wert«, sage ich

über meine Schulter und mache mich auf den Weg den Flur hinunter.

Mir entgeht nicht, wie nachdenklich der Blick ist, mit dem er mich ansieht, so als ob er sich nicht sicher wäre, ob er mir vertrauen sollte. Er sagt mir immer wieder, dass er es nicht tut, und er hat recht, es nicht zu tun. Der Gedanke tut weh. Ich schaue nach vorne, damit er die Schuldgefühle in meinen Augen nicht sieht.

Er holt mich ein, ergreift meine Hand und hält sie fest, damit ich stehen bleibe. »Es fällt dir vielleicht schwer, mir das zu glauben, aber ich möchte, dass du glücklich bist.«

»War jemals jemand ohne Freiheit glücklich?«, frage ich leise.

Er nimmt mein Gesicht in seine Hände und fährt mit seinen Daumen über meine Wange. »Du denkst, ich habe die volle Kontrolle.«

»Das ist es nicht.«

»Du liegst falsch. Es liegt ganz bei dir. Du kannst alles haben, was du willst, oder du kannst gegen mich kämpfen und es unnötig unangenehm für dich machen.«

Wie verlockend er das klingen lässt. Ein Leben ohne Verpflichtungen, ohne Sorgen, ohne Arbeit. Das ist kein richtiges Leben. Es ist nur eine luxuriöse Version von Eingesperrtsein.

»Was willst du, Lina? Frag mich. Stelle mich auf die Probe. Ich gebe dir alles, was dein Herz begehrt.«

Es gibt Dinge, die ich unbedingt will, aber ich kann

es ihm nicht sagen, denn diese *Dinge* haben mich dazu gebracht, einen Mord zu begehen. Ich bin ein kaltblütiger Mörder, und ich würde es wieder tun. Ich bin mir nicht sicher, was das aus mir macht. Ich weiß nur, dass ich mich nicht im Spiegel ansehen kann, ohne zu hassen, was ich sehe.

»Was willst du?«, wiederholt er.

»Einen Job. Ich möchte wie ein normaler Mensch Geld verdienen.«

»Du bist kein normaler Mensch.«

Das tut weh. Was er von mir hält, sollte mich nicht stören, aber das tut es. Ich atme langsam ein. »Das war gemein.«

»So habe ich es nicht gemeint, und du weißt es. Ich meinte, unsere Umstände sind nicht normal. Du brauchst keinen Job«, sagt er endgültig und lässt mich wissen, dass das Thema beendet ist. »Sonst noch etwas?«

»Nichts.«

»Mittagessen?«, fragt er und reibt seine Hände über meine Arme.

Die Berührung lässt mich immer noch erzittern, aber jedes Mal ist mein Abscheu geringer. Es gab eine Zeit, in der das Essen alles besser gemacht hätte, aber nicht heute. Heute ist mein Bauch voll, und meine Probleme liegen woanders. Klassischer Fall der Maslowschen Bedürfnispyramide. Jetzt, da meine körperlichen Bedürfnisse befriedigt sind, will ich, dass meine emotionalen Wünsche erfüllt werden.

»Ich würde gerne mittagessen.«

Meine Antwort gefällt ihm.

»Italienisch?«

Meine Lieblingsküche. »Woher wusstest du das?«

Anstatt zu antworten, küsst er meine Nasenspitze.

Damian

Nach ihrer Unterwerfung ficke ich Lina bei jeder Gelegenheit. Gott weiß, sie ist schon lange genug die Fantasie in meinem Kopf. Ich verdiene jeden Blutstau in meinem Becken, jeden Ständer und jeden Höhepunkt, den sie entzündet. Sie zu verlassen, um in mein Büro in der Stadt zu gehen, ist fast schmerzhaft, aber es gibt viel zu tun in der Mine. Geld zu verdienen braucht Zeit. Mehr Geld zu verdienen dauert noch länger, und ich brauche viel Geld, um in dieser Stadt sicher zu sein. Ich brauche die Mittel, um Lina das Leben zu geben, das ich versprochen habe, um wiedergutzumachen, dass ich sie in einem Käfig halte.

Da ich mir immer noch nicht sicher bin, was ich von Linas Anschuldigungen halten soll, behalte ich Zane im Auge. Sein Verhalten ist vorbildlich. Er ist Lina gegenüber höflich, auch wenn er den Kontakt zu ihr auf die Essenszeiten beschränkt. Es steht sein Wort gegen ihres, eine Situation der Unsicherheit, die ich nicht zulassen kann. Ich schicke ihn auf eine Besorgung, während Anne Andries besucht, und lasse Kameras installieren. Ich möchte nicht, dass jemand im Haus von der zusätzlichen Sicherheitsmaßnahme erfährt. Während die Installation läuft, kümmere ich mich mit Lina um andere Geschäfte. Es ist nichts, worauf ich mich freue, aber sie muss die Folgen von Verrat verstehen.

Ich packe sie ins Auto und fahre zur Müllhalde in Brixton.

Sie schaut mich vorsichtig an, als wir vor dem heruntergekommenen Mehrfamilienhaus aussteigen. »Was machen wir hier?«

Ich weiß, was sie sieht, wenn sie auf die Backsteinfassade blickt, die von Graffitis und zerbrochenen Fenstern geprägt ist. Sie sieht mich, bevor ich Dalton traf. Sie sieht Hunger, Kriminalität und Verbrechen. Sie sieht Hoffnungslosigkeit und eine vergebliche Zukunft oder, wenn man stark ist, den Willen, zu überleben und sich über die Trümmer des menschlichen Abschaums zu erheben. Über Eltern, die nicht wissen, wo ihre Kinder abhängen, weil sie zu beschäftigt damit sind, sich totzuarbeiten, um Brot auf den Tisch zu bringen.

Ich nehme ihren Arm und führe sie die pissebefleckte Treppe mit den abblätternden Wänden hinauf. An der ersten Tür auf der zweiten Etage bleiben wir stehen.

Sie bleibt zurück und schaut auf die schiefen Zahlen an der Tür, die sechsundsechzig statt sechsundneunzig zeigen, und auf den Abschnitt um das Schloss, der zersplittert ist. Ich stähle mich selbst und erspare ihr nicht den Schlag, der hohl auf das gepresste Holz fällt.

Ein Schlürfen später öffnet sich die Tür. Daltons Gesicht erscheint im Spalt, unrasiert und hart. Das ist es, was diese Nachbarschaft aus den Menschen macht. Sie hören auf, Rasierapparate zu benutzen, und hassen Leute wie mich, die ihre Gesichter in einem Frisörsessel rasieren lassen, während sie Espresso schlürfen und auf ihren Smartphones Multimillionen-Rand-Deals machen.

Als sie ihren Vater erkennt, tritt sie weiter zurück und widersetzt sich meinem Griff, aber ich drücke die Tür weit auf und nehme sie mit hinein.

»Ach was.« Dalton schaut von ihr zu mir. »Sieh mal einer an, was die Katze mitgebracht hat.«

»Pass auf, was du sagst«, entgegne ich und trete die Tür zu.

In Weste, Jogginghose und Pantoffeln sieht er zehn Jahre älter aus. Sein Haar ist ungekämmt, und er riecht nach saurer Suppe.

»Willst du nicht Hallo sagen?«, fragt er Lina. »Bist du jetzt zu gut für mich?«

Ich schiebe ihn zur Seite und schreite in den einzigen Raum, der sein Leben definiert. »Wenn du ihr gegenüber noch einmal respektlos bist, wirst du es bereuen.«

Er folgt mit seinem selbstgefälligen Lächeln. »Bist du aus Schadenfreude gekommen?«

»Du sagtest, du wolltest deine Tochter sehen.«

Sie schaut auf das ungemachte Bett und das

schmutzige Geschirr auf dem Küchenregal. Ihr Blick schweift über den schimmeligen Duschvorhang und das körnige Bild der stumpfsinnigen Fernsehberieselung. Es ist befriedigend deprimierend.

»Schau nicht so überrascht«, sagt er und spricht Lina noch einmal an. »Was hast du erwartet? Ein Fünf-Sterne-Hotel?«

Das ist es, wozu er erniedrigt wurde. Als er sein Geschäft und seinen Ruf verlor, zeigte sich sein wahres Gesicht. Er hatte nie einen Hauch Würde in seinem Körper.

»Es muss dich glücklich machen«, fährt er fort, »dass ich kaum über die Runden komme, während du so aussiehst.« Er zeigt auf ihr hübsches Kleid und die Sandalen, die ich für sie ausgesucht habe, von Marken, die nach Luxus schreien.

»Tue ich nicht«, sagt sie leise.

Die eine Sache, die er nicht erwähnt hat, die er anzusehen vermieden hat, seit wir eingetreten sind, sind ihre nackten Arme. Das ist seltsam und nicht die Art von Verhalten, die man von einem fürsorglichen Vater erwarten würde, der seine einzige Tochter auf Händen trägt.

Er nimmt einen angeschlagenen Becher vom Tisch. »Einen Drink?«

»Nein, danke«, sagt Lina, und ihre Arme hängen reglos an ihren Seiten hinunter.

»Auch gut.« Er zuckt mit den Schultern und trinkt den Rest des Bechers aus. »Ich habe gesehen, dass du wieder versucht hast, dich umzubringen.«

Weder leugnet noch bestätigt sie es. Der Blick, den sie ihm zuwirft, ist mitleidig, wenn nicht sogar traurig.

Er betrachtet sie von Kopf bis Fuß und ignoriert wieder ihre Arme. Sein Tonfall ist spöttisch. »Du wirst fett.«

Sie hat gesehen, was ich wollte. Es ist nicht nötig, die unangenehme Desillusionierung in die Länge zu ziehen. Ich hatte zumindest einen herzlichen Empfang für Lina erwartet, ein wenig Zuneigung, keinen Neid auf ihr Vermögen und ihre Gesundheit.

Ich spreche ihn wie ein Kind an, so wie er es verdient. »Es wird keinen weiteren Besuch geben, bis du Respekt aufbringen kannst. Wenigstens hast du Zeit, daran zu arbeiten.«

»Zeit ist alles, was ich habe«, sagt er mit einem schiefen Lächeln. »Einen Moment allein mit Lina?«

Nicht, solange ich lebe. »Auf Wiedersehen, Dalton.«

Ich ergreife Linas Arm und führe sie zurück nach draußen, wo wir fast wieder atmen können. Der Gestank von verrottendem Müll hängt über den Straßen. Es ist Teil des Lebens an diesen Orten, ebenso wie die Hunde, die sich durch weggeworfene Take-Out-Verpackungen wühlen, und die Bande von Halbstarken, die uns aus der Ecke beobachten. Ich öffne meine Jacke und zeige ihnen meine Waffe. Sie verstreuen sich nicht, aber sie schauen weg. Ich gebe den beiden Autos mit den bewaffneten Wachen ein Zeichen. Man kann nicht ohne Konvoi in diese Nachbarschaft fahren. Die Männer klettern hinaus und stellen sich breitbeinig hin, was die Gruppe dazu bringt, sich aufzulösen.

Ich steige noch nicht in das Auto. Es gibt noch etwas anderes, was ich besuchen möchte. Meine Männer folgen, wachsam und auf der Hut, während wir einen Block hinuntergehen und rechts unter der Brücke hindurch. Die Kirche liegt zwischen einer Schuhfabrik und einer heruntergekommenen Schule. Aus grauem Stein gefertigt, fügt sie sich fast unbemerkt in die Beton- und Asphaltumgebung ein. Der Uhrturm ist schwarz vom Ruß der Kohlebahngleise, die auf der Hängebrücke verlaufen. Ich nehme mir eine Minute Zeit, um das Bild aufzunehmen. Es hat sich wenig geändert, und doch so viel. Der Raum unter den Brückenpfosten ist leer, der lebhafte Flohmarkt mit seinen bunten Ständen mit Vintage-Kleidung und zurückgewiesenen Fabrikschuhen ist weg. Die Bogenfenster der Schule sind von verrosteten Gitterstäben verkleidet, und der Lärm der Züge wird durch das ferne Bellen eines Hundes ersetzt. Es ist ein halbherziges, hoffnungsloses Bellen, das nicht länger als drei Sekunden dauert.

Ich nicke meinen Männern zu, damit sie die Straße bewachen, während ich mit Lina hinübergehe. Die Eingangstür ist offen, was eine Überraschung ist. Wer hätte das gedacht? Nicht einmal Kirchen oder Geistliche werden von Verbrechen und Gewalt verschont.

Auf der Treppe wende ich mich meiner Frau zu. Wie rosa, hübsch, blond und unschuldig sie inmitten all dieses Holzkohle-Schwarz aussieht. »Willst du draußen warten?«

Sie schüttelt den Kopf.

Wir klettern über die erhöhte Stufe und bleiben drinnen stehen. Das Innere ist dunkler, schmutziger. Es riecht immer noch nach Kerzenwachs und Mottenkugeln. Die meisten Buntglasfenster sind kaputt, und Tauben scheißen auf die Fensterbänke. In den Nischen brennen keine Kerzen. In einer Vase auf dem Altar befinden sich frische Blumen. Sie müssen hier noch Gottesdienste abhalten. Gott weiß, für wen.

»Warte hier«, sage ich.

Als ich den Gang hinuntergehe, machte ich eine Reise in die Vergangenheit zu der Bank, wo ich kniete und hoffte und betete, bevor das Leben mich zu einem Mann machte, einem Mann, der so hart wie seine Diamanten ist. So nennen mich die Medien. Sie liegen falsch. Ich bin schwarz wie Ruß, unrein wie eine jahrelange Ansammlung von ihm auf Beton. Ich trete in die Reihe und ziehe meinen Schuh über das abgenutzte Holz, das viele Knie poliert haben, bis zu der Stelle, an der ich am Tag, bevor die Polizei mich fand, mein Rachegelübde ablegte. Das war mein Zufluchtsort, meine Rettung vor Familienkämpfen, die zu laut wurden, und der Schuld, die meine Mutter auf meine Schultern geladen hatte, weil ich ein weiterer Mund zum Füttern war. Ich bin nicht gläubig. Schon sehr lange nicht mehr, aber der Raum fühlt sich heilig an. Viele der wichtigen Entscheidungen meines Lebens wurden hier getroffen. Die Entscheidung, reich zu werden, nach Diamanten zu graben, sich mit Dalton zu verbünden, ihn in die Hölle zu schicken, sein Reich zu zerstören und die Tochter zu nehmen, die für jemanden bestimmt war, der sie verdiente.

Schon der Gedanke an Lina lässt meine Zellen vor Bewusstsein brummen. Sofort vermisse ich ihre Anwesenheit, als wären wir seit Wochen getrennt, nicht seit Minuten. Ich fühle sie nicht mehr hinter mir. Unruhe breitet sich in einer unangenehmen Welle in mir aus. Ich drehe meinen Kopf ein kleines Stück und fahre den Raum mit einem Blick über meine Schulter ab. Sie steht nicht mehr in dem Licht, das von der Tür aus eindringt. Mein Magen zieht sich mit einem unguten Gefühl zusammen. Ich muss sie dringend finden, auch wenn ich weiß, dass sie nicht entkommen kann, wenn meine Männer draußen stationiert sind. Der abgenutzte Läufer dämpft meine Schritte, während ich mich unter dem hohen Bogen der Decke bewege. Ich schaue in jede dunkle Nische, bis ich zu jener direkt neben der Tür komme, und dann halte ich inne. Wo gurrende Tauben sich mit deformierten, warzigen Krallen auf der Fensterbank drängen, steht Lina unter dem zerbrochenen Fenster und starrt auf das Porträt von Maria, die das Jesuskind in ihren Armen hält. Es ist ein Porträt, das ich gut kenne, das, vor dem meine Mutter jeden Sonntag eine Kerze angezündet hat.

Von dort, wo ich stehe, habe ich einen guten Blick auf Linas Gesicht. Der Ausdruck, den sie hat, während sie dieses Bild betrachtet, lässt mich versteinern. Die

Zeit verschwindet. Der Moment wird himmlisch. Es gibt nur sie und mich, der sie beobachtet. Ihre Lippen formen ein Lächeln, *ein ganz leichtes*. Es ist nicht einmal eine volle Bewegung ihrer Lippen, aber es ist das süßeste Lächeln, das ich je gesehen habe, und sie hat ein Grübchen. Ein verficktes, wunderschönes Grübchen. Es trifft mich wie eine Faust in die Eier. Es ist das erste Mal, dass ich ihr Lächeln sehe. Mit den gefalteten Händen und dem nach oben gerichteten, ruhigen Gesicht sieht sie aus wie eine Madonna. Unbewacht ist ihr Gesicht noch schöner als sonst. Das Licht in ihren Augen ist weich. Ihr Ausdruck ist schwer zu deuten. Er ist dieses undefinierbare Etwas zwischen Trauer und Freude, dieses Etwas, was einem den Sonntagsblues gibt, das einen jemanden vermissen lässt, den man nicht kennt. Es ist leicht, dieses perfekte Lächeln, und doch so tiefgründig. Es ist eine Brise, die meine Nackenhaare anhebt wie ein Phantomstreicheln meines Nackens, aber es ist ein Hurrikan in meinem Herzen. Es ist der Moment, in dem mich eine Erkenntnis wie eine göttliche Einsicht trifft. Etwas ist mit Lina passiert, etwas Schlimmes.

Verloren in sich selbst, fängt sie mich mit ihr in dem zeitlosen Raum der Erinnerungen ein, die die Malerei hervorruft, und ich ärgere mich, als einer meiner Männer in der Tür erscheint und den Moment zerstört.

»Alles in Ordnung hier drin?«, fragt er.

Lina zuckt ein wenig zusammen. Ihre Maske fällt wieder an ihren Platz zurück, und sie wendet sich von der heiligen Malerei und der Vogelscheiße ab, die wie tropfendes Kerzenwachs die Wand hinunterläuft.

»Wer sollte uns hier angreifen?«, antworte ich unfreundlich. »Der Teufel?«

»Nur um sicherzugehen, Sir.«

»Wir sind bereit, zu gehen.«

»Ja, Sir.«

Ich strecke eine Hand nach Lina aus. Sie umarmt sich selbst, als sie zu mir kommt, aber streckt ihre Arme aus, um meine Hand anzunehmen. Als wir mit verschlungenen Fingern zum Auto zurückgehen, ist sie bei mir, und gleichzeitig nicht. Ein Teil von ihr ist immer noch da, wo sie in der Kirche war. Sie besteht aus zu vielen Teilen, die ich nicht zusammensetzen kann. Zu viele Dinge ergeben keinen Sinn. Ich kenne das Gewicht ihrer Brüste in meinen Handflächen. Ich kenne das heisere kleine Geräusch, das sie beim ersten Stoß meines Schwanzes in ihr macht. Ich kenne ihre Auslöser und ihre Schwellenwerte. Ich weiß, wie ich sie mit rauer Ekstase brechen und mit meinen Küssen zu einer Einheit machen kann, aber ich weiß nicht alles. Der Wert von sechs verlorenen Jahren entspricht dem Gewicht einer klinischen Akte. Ein Bericht, der auf ein paar mageren Seiten geschrieben wurde.

»Warum hast du mich hierhergebracht, Damian?«

»Ich wollte sehen, ob die alte Kirche noch genauso aussieht.«

»Du hast hier gewohnt?« Sie schaut sich um, als ob sie die Vorstellung für unmöglich hält.

»Zwei Blocks von hier entfernt.«

»Wo?«

Ich zeige auf die Ruinen der Metallfabrik. »Genau da. Neben dem Gebäude.«

»Willst du es nicht auch ansehen?«

»Das muss ich nicht. Ich weiß, dass es nicht mehr so aussieht wie früher.«

Ich hatte nur irgendwie gehofft, dass die Kirche eine Ausnahme sein würde, dass sie irgendwie dem traurigen generellen Verfall getrotzt hätte. Sogar Teufel wie ich müssen manchmal an Wunder glauben.

»Was ist mit deinen Eltern?«, fragt sie. »Wo sind sie jetzt?«

Ich knirsche mit den Zähnen. »Tot.«

Ein leises Keuchen entweicht ihren Lippen. »Wie lange ist es her, dass sie gestorben sind?«

Ich überlege, es ihr nicht zu sagen, aber sie *ist* meine Frau. Sie hat ein Recht darauf, meine Familiengeschichte zu erfahren. »Mein Vater starb während meines zweiten Jahres im Gefängnis. Tuberkulose. Meine Mutter folgte im Jahr darauf. Ihr Körper war zu schwach, um eine schwere Grippe zu bekämpfen.« Das passiert, wenn man von einem Leben mit zu viel Arbeit erschöpft ist und man sich keine private medizinische Hilfe leisten kann, die eine angemessene Gesundheitsversorgung gewährleistet.

»Damian«, ruft sie und beeilt sich, um mit meinem schnelleren Gang Schritt zu halten. »Es tut mir so leid.«

»Das muss es nicht. Es ist ja nicht so, dass sie sich um mich oder meine Geschwister geschert haben.«

»Du hast Geschwister?«

»Zwei Brüder und eine Schwester.«

»Was ist mit ihnen? Leben sie noch in der Nähe?«

»Ich weiß es nicht. Meine Brüder sind beide älter. Sie verließen das Haus, als ich noch in der Schule war. Ich habe nie wieder etwas von ihnen gehört. Das Letzte, was ich gehört habe, ist, dass meine Schwester einen Ausländer traf, der sie mit nach Europa genommen hat.«

»Willst du dich nicht mit ihnen in Verbindung setzen?«

»Wozu? Sie haben ihre Entscheidungen getroffen. Wenn sie wissen wollten, wie es mir geht, hätten sie Kontakt gehalten.«

»Aber …«

»Nicht alle Familien sind glücklich, Lina, und nicht alle Kinder werden verwöhnt. Lass es gut sein.«

»Es tut mir leid, dass du nicht für deine Eltern da warst, als sie …«

»Gestorben sind.«

»Es tut mir leid, dass du im Gefängnis warst, anstatt bei ihnen.«

Die Entschuldigung trifft eine Wunde, ein tiefes Bedauern, mit dem ich keinen Frieden schließen kann. Meine Stimme ist härter, als sie es verdient, als ich mit bissigem Humor frage: »Hast du genug von der anderen Seite der Gleise gesehen?«

Sie zieht an meiner Hand und bleibt stehen. »Das meinte ich nicht, als ich dich gefragt habe, warum du mich hierhergebracht hast. Ich meinte, warum hast du mich hierhergebracht, um Harold zu sehen?«

Ich drehe mich zu ihr um, umfasse ihr Kinn und fahre mit meinem Daumen über die Stelle, an der ihre Wange so schön eindellt, wenn sie glücklich ist. »Um dir zu zeigen, dass es schlimmere Schicksale gibt, als meine Gefangene zu sein.«

Lina

Seit dem Gartenunfall meidet mich Zane noch mehr als zuvor. Damian beschäftigt ihn, hauptsächlich mit Besorgungen in der Stadt. Anne sucht einen Job, was bedeutet, dass sie auf einem Liegestuhl neben dem Pool Zeitungsannoncen einkreist. Einen Job zu bekommen ist ein Luxus, den sie genießen darf, eine Freiheit. Warum ergreift sie ihn nicht mit beiden Händen?

Russell ist Russell, heiß und kalt, nett und distanziert. Ich weiß nie, woran ich bei ihm bin, aber ich vertraue ihm. Er nimmt seinen Job ernst, und er spricht mich immer respektvoll an.

Jana hat Angst, dass sie ihren Job verliert, wenn ich ihr beim Kochen helfe. Um sie zu beruhigen, halte ich mich an die mir von Damian zugewiesenen Aufgaben, die die Menüplanung und die Überwachung der Umgestaltung des Gartens betreffen.

Mein Universum beschränkt sich auf dieses

knarrende alte Haus mit seinen viktorianischen Türmen und seinen Bewohnern. Die Mitarbeiter des Reinigungsdienstes bleiben unter sich und lehnen meine Gesprächsversuche ab. Ich kann es kaum erwarten, mein Trainingsprogramm, Fahrstunden und einen geheimen Job nächste Woche zu beginnen, aber ich muss zuerst eine Dinnerparty heute Abend im Haus überleben. Sie ist geschäftlich, und in dem Moment, als Damian mir sagte, dass er seinen Betriebsleiter eingeladen hat, wusste ich, dass ich sie hassen würde. Fouché Ellis kennt Harold aus der Zeit, als ich noch Windeln getragen habe. Er kennt vielleicht nicht die schmutzigen Details meiner Vergangenheit, aber er weiß, was die Welt glaubt, nämlich, dass ich für Geld geheiratet, meinen Mann in den Selbstmord getrieben habe und in einem Irrenhaus wegen Bulimie, Anorexie und Selbstmordgefahr eingesperrt war. Ich kann nicht sagen, dass es mir egal ist, was der Rest der Welt von mir hält, aber es sind Menschen, die ich nicht kenne oder denen ich nie begegne. Fouché ist anders. Er hat schon oft genug in Harolds Haus gegessen, um als Familie betrachtet zu werden, und die Tatsache, dass ich ihn respektiere, macht es noch schlimmer. Ich will heute Abend nicht von ihm verurteilt werden, weil ich eine Enttäuschung bin.

»Es wird alles gut.« Damian steht hinter mir in seiner Garderobe und schaut in den Spiegel. Er küsst meine Wange und fährt mit seinen Händen über die Seide des Abendkleides bis auf meine Hüften, wo sie liegenbleiben. »Du siehst wunderschön aus.«

Ich trage ein blaues Kleid ohne Ärmel. Damians Wahl, natürlich.

»Wovor hast du Angst?«, flüstert er mir ins Ohr.

»Du weißt schon.«

Er fährt mit einem Finger meinen Arm entlang, und seine Fingerkuppe streicht zärtlich über die holprigen Linien. »Die Leute, die hier sein werden, haben alle Narben. Schlimmere. Man sieht sie nur nicht.«

Je länger ich das hinauszögere, umso mehr steigt meine Besorgnis. Ich atme durch und drehe mich entschlossen um. »Bringen wir es hinter uns.«

Er versperrt mir den Weg. »Nicht so schnell. Ich bin noch nicht fertig.«

»Fertig womit?»

»Dreh dich um und bück dich.»

»Damian, nein. Wir sind schon spät dran.«

»Ich möchte, dass du dich daran erinnerst, zu wem du gehörst, wenn du da runtergehst.«

Ich zeige ihm den riesigen Stein an meinem Finger. »Wie kann ich das vergessen?«

»Ein Ring schließt kein Loch. Dreh dich um.«

»Du bist unglaublich.«

Er ergreift meine Taille, wirbelt mich herum und drückt meinen Oberkörper mit einer Handfläche nach unten. Ich muss mich am Schminktisch festhalten, um mein Gleichgewicht nicht zu verlieren. Bevor ich Zeit habe, zur Besinnung zu kommen, zieht er meinen Rock hoch und reißt meinen Tanga weg. Ich warte auf das Geräusch seines Reißverschlusses und schaue mir sein Spiegelbild an. Er zieht sich nicht aus, sondern befreit nur seinen Schwanz durch seinen offenen Hosenschlitz. Meine Periode ist seit gestern vorbei, und natürlich weiß Damian das. Er spuckt in seine Handfläche und reibt sie über meinen Spalt. Keine Zeit für ein Vorspiel. Keine Zeit, um sicherzustellen, dass ich nass bin, obwohl mein williger Körper sich bereits auf sein Eindringen vorbereitet.

Er legt den Kopf seines Schwanzes an meinen Eingang und schaut mir in die Augen. Er betrachtet mein Gesicht, während er hineinstößt, und mich zu sehr füllt und ausdehnt. Zu köstlich. Was sieht er, was ihn dazu bringt, meine Hüfte fester zu ergreifen? Mein Ausdruck ist eine Mischung aus schmerzhafter Ekstase und unerträglicher Lust. Meine Augen sind benebelt, und mein Gesichtsausdruck kommt direkt aus einem Pornofilm. Ich verbrenne unter seinen Händen. Ich beiße mir auf die Lippe, um die Geräusche zu unterdrücken. Unten sind die Caterer, und die Geräusche dringen durch die offene Tür.

Als er sich langsam herauszieht und grob erneut eindringt, entweicht mir ein ersticktes Stöhnen. Sein Gesicht errötet vor Zufriedenheit. Er bedeckt meinen Mund mit einer breiten Handfläche und bewegt die andere auf die Vorderseite meines Körpers, zwischen meine Beine. Er bewegt seine Hüften, kneift in meine Klitoris und lauscht meinem Wimmern. Ich zerbreche und schreie meinen Höhepunkt in seine Hand, während er seinen Po anspannt und kommt. Während er sich in mir entleert, beobachtet er mich, sieht meine Schwäche, und die hilflose Hingabe meines Körpers.

Als er fertig ist, zieht er sich heraus und reinigt sich mit einem Tuch, so dass ich mich endlich auf wackelige Beine stellen kann.

Als ich einen Schritt in Richtung Badezimmer mache, hält er meinen Arm fest. »Lass es so.«

Ich starre ihn an. »Ich werde mich nicht hinsetzen können.«

»Doch, das wirst du. Du wirst einfach nicht mehr aufstehen können.«

»Damian.«

»Wenn mein Sperma an deinen Beinen hinunterläuft und auf deinen Oberschenkeln trocknet, denk dran, wem du gehörst.«

Ich kann ihn nur anstarren.

»Ziehe deinen Lippenstift nach«, sagt er. »Ich habe ihn auf deinem ganzen Gesicht verschmiert.«

Als ich in den Spiegel schaue, sehe ich, dass er recht hat. Ich wische die roten Spuren ab und trage ihn erneut auf, bevor ich mein vom Sex durcheinandergebrachtes Haar ausbürste. Ich fühle mich immer noch unwohl, als ich zur Tür gehe. Sein Sperma läuft über mein Bein bis zu meinem Schuh, und ich rieche nach Sex. Ich will nur, dass dieses Abendessen vorbei ist. Die Gäste sollten jede Minute eintreffen.

»Da ist noch etwas anderes«, sagt er. »Komm.«

Ich bin mir meines Zustandes unter dem Kleid mehr als bewusst, als ich ihm ins Schlafzimmer folge. Er bleibt vor der Wäschetruhe am Fußende des Bettes stehen und schiebt sie mit dem Fuß zur Seite. Oh mein Gott. Dort, unter dem Teppich, den er hochrollt, befindet sich die Falltür, nach der ich gesucht habe. Er hebt sie an, um einen Safe mit einem altmodischen Drehknopf zu enthüllen. Ich kenne den Typ. Harold hatte einen in seinem Büro im Haus. Ich kann die Zahlenfolge nicht sehen, weil sein Rücken mir die Sicht versperrt, aber ich höre mir das kratzende Geräusch des Mechanismus an, während er sich dreht, und zähle die Sekunden. Eins. Drei. Zwei. Vier. Ich merke mir die Sequenz für den Fall der Fälle. Mein Herz schlägt mir bis zum Hals. Alles, was ich will, kann in diesem eisernen Gewölbe am Fuße seines Bettes versteckt sein.

Er trägt eine flache, samtige Schachtel zu mir. Er hebt den Deckel an und enthüllt eine Halskette aus schwarzen Diamanten. Sie sind der letzte Schrei. Matter als weiße Diamanten, funkeln sie mit einem dezenten Glanz. Sie sind groß, gut geschnitten und perfekt gesetzt. Wer die Halskette gemacht hat, wusste, was er tat.

»Was denkst du?«, fragt er.

»Sie ist wunderschön.« Sie ist nicht so teuer wie ihr weißes Pendant, aber ich habe genug Erfahrung, um unbezahlbare Dinge zu erkennen, wenn ich sie sehe. Allein die Quantität und Handwerkskunst sollten auf dem Markt ein paar Millionen bringen.

»Sie sind aus der Mine.«

»Ich dachte, die Mine ist trocken.»

»Nicht das Urgestein.«

»Du hast eine Ablagerung von schwarzen Diamanten gefunden?«

»Sie sind farbig.«

Wenn sie farbig sind, müssen die Diamanten einen niedrigeren Grad haben. »Ist das profitabel?«

»Sehr. Die Ausbeute ist hoch, und farbige schwarze Diamanten werden von Tag zu Tag beliebter. Die Nachfrage wird bald höher sein als das Angebot.«

Sehr clever. Wenn die Nachfrage steigt, steigt auch der Wert. »Woher wusstest du, dass das Urgestein reich an Ablagerungen ist?«

»Ich wusste immer, dass sie da waren. Ich habe nur auf meine Zeit gewartet.«

Um aus dem Gefängnis zu kommen. »Herzlichen Glückwunsch.«

»Sie passen zu dir.«

»Mir?«

»Ich habe sie für dich machen lassen.«

»Für mich?« Ich bedecke mein Schlüsselbein mit einer Handfläche bis da, wo die Diamanten hinreichen würden, wenn sie um meinen Hals liegen würden. »Warum?«

»Du bist meine Frau. Dreh dich um.«

Ich bin seine Frau. Ein Prunkstück für seine Gäste. Plötzlich verstehe ich, warum ich heute Abend diese besondere Halskette zur Schau stelle. Damian schafft sich seinen eigenen Markt. Das ist mehr als ein Geschäftsessen. Es ist Werbung, und ich bin seine Werbetafel.

Er nimmt die Halskette heraus und wirft das Kästchen auf das Bett. »Dreh dich um, Lina.«

Es hat keinen Sinn, zu widersprechen. Ich drehe ihm den Rücken zu und hebe mein Haar an, damit er die Diamanten um meinen Hals legen und die Kette verschließen kann.

»Da.« Er streicht mit seinen Lippen über den Bogen meines Halses. »Perfekt. So wie du.«

»Du hast noch nicht gesehen, wie sie an mir aussieht.«

»Das muss ich nicht.«

So zu stehen, mit dem Rücken zu seiner Brust, fühle ich mich trotz der Situation und mir selbst wohl. Fast sicher. Ich muss meinen Ausdruck nicht verbergen oder mich darauf verlassen, dass meine Beine mich tragen. Ich kann mich auf ihn stützen, während mich das Gewicht der Halskette und die Welt herunterziehen.

»Jetzt bist du fertig«, sagt er und klingt sehr zufrieden mit sich selbst. Er bietet mir einen Arm an. »Wollen wir?«

Es bleibt mir nichts anderes übrig, als seinen Arm zu nehmen und in die Eingangshalle hinunterzugehen, wo sich Zane und Anne bereits unter unsere Gäste gemischt haben. Eine neue Schicht von Wachen ist hier, und ausnahmsweise vermisse ich Russells beruhigende Präsenz. Der dürre Mann, der die Diamanten für meinen Ring präsentierte, ist dort, mit einer Rothaarigen an der Seite. Damian stellt das Paar als den Mann vor, der die Halskette entworfen hat,

Tony, und seine Frau, Belinda, und entschuldigt uns dann, um seinen Minenmanager zu begrüßen.

Bevor wir völlig außer Hörweite sind, sagt Belinda zu einer blonden Frau: »Sie ist noch verrückter, als man sagt. Tony hat mir erzählt, dass sie sich geweigert hat, einen Diamanten für ihren Verlobungsring auszusuchen. Hast du so etwas schon mal gehört?«

Die Blondine antwortet: »Oh mein Gott. Ich kann nicht auf ihre Arme schauen. Hat sie noch nie etwas von Hauttransplantationen gehört?«

Es gibt nicht genug Haut an meinem Körper für die Transplantate, die nötig sind, um meine Narben zu reparieren.

Damian drückt meine Hand auf seinem Arm. »Wie ich dir gesagt habe«, meint er leise genug, so dass nur ich ihn hören kann, »haben sie viel hässlichere Narben. Ihre sind in ihre Seelen eingeätzt. Sie kommen von ihrem Neid.«

»Auf ihre Seelen geätzt?« Um mein Unbehagen zu verbergen, lache ich. »Poetisch zu sein passt nicht zu dir.«

»Was soll ich sagen?« Er zeigt mir ein wölfisches Lächeln. »Du bist sehr …« Seine Augen fallen auf meinen Schritt. »Inspirierend.«

Sein Witz ist verspielt und soll mich beruhigen. Es hätte funktioniert, wenn er etwas Nettes über meine Persönlichkeit gesagt hätte, anstatt es zu etwas Sexuellem zu machen. Es erinnert mich an das, was wir sind. Nur körperlich verbunden. Was wir haben, ist so dunkel, kalt und hart wie die Diamanten um meinem

Hals. Mein Großvater wäre gestorben, bevor er schwarze Diamanten abgebaut hätte. Er hätte gesagt, dass sie ein trauriger Ersatz für die Echten sind. Das ist genau das, was wir sind. Ein trauriger Ersatz für das Echte.

»Du brauchst einen Drink«, sagt Damian.

Ich lasse schnell den grimmigen Blick von meinem Gesicht verschwinden und ersetze ihn durch ein eingegipstes Lächeln. Die Menschen beobachten ständig alles, und ich stelle mein unvollkommenes Leben nicht zur Schau.

»Alles in Ordnung?«, fragt er und reicht mir ein Glas Chardonnay.

»Warum denn nicht?«

»Ich kenne diesen Ausdruck in deinem Gesicht.«

»Welchen Ausdruck?«

»Brütend.«

»Ich brüte nicht.«

»Was dann?«

»Nichts.«

»Du solltest inzwischen wissen, dass ich mich nicht mit *nichts* zufriedengebe.« Er zieht warnend eine seiner Augenbrauen in die Höhe.

Von der anderen Seite des Raumes beobachtet Anne uns und flüstert Zane etwas zu.

»Ich bin mir nur bewusst, dass ich nackt bin«, lüge ich, »und dass etwas zwischen meinen Beine tropft.«

»Ich mir auch, mein Engel«, sagt er mit heiserer Stimme, und betrachtet mich mit diesen dunklen

Augen, die mich die statische Energie seiner ähnlich dunklen Absichten spüren lassen.

Ein Kellner mit einem Vorspeisentablett rettet mich. Ich schiebe mir ein mundgerechtes Stück Ricotta-Tarte in den Mund, kaue, aber schmecke nichts. Zumindest verhindert mein voller Mund, dass ich antworten muss.

Ein junges Paar betritt die Lounge. Die Frau schiebt einen Kinderwagen, und der Mann trägt eine große Wickeltasche. Nadia Naidoo, eine Influencerin und eine der erfolgreichsten Modekolumnistinnen des Landes, folgt ihnen.

Meine Füße tragen mich automatisch zu dem Paar mit dem Kinderwagen. Ein Baby ist in blaue Decken gehüllt, und sein winziges Porzellangesicht ist perfekt, als es mich ansieht. Ein überwältigender Kessel voller Gefühle dreht sich in meiner Brust. Der Schmerz fließt durch mein Herz, scharf und unnachgiebig, während Liebe es zerfließen lässt. Ich kann die Sehnsucht quasi schmecken.

»Es tut mir so leid«, sprudelt die Frau heraus. »Unser Babysitter hat in letzter Minute abgesagt.«

»Das ist überhaupt kein Problem.« Mit so viel Verlangen, dass meine Fingerspitzen kribbeln, frage ich: »Darf ich ihn halten?«

»Nein«, ruft die Frau, bevor sie ihr Baby packt und es an ihre Brust drückt. »Ich meine … Er hat gerade gegessen. Er könnte sich auf Sie übergeben.« Sie ist nervös und versucht, Ausreden für ihre instinktive Reaktion zu finden.

Ich lasse die Arme sinken. Was habe ich mir dabei gedacht? Welche Mutter würde eine verrückte Frau mit selbstverletzenden Tendenzen ihr Baby halten lassen?

Ihr Mann tritt schnell nach vorne. »Wenn wir nur bitte ein ruhiges Zimmer haben könnten, um ihn hinzulegen? Wir haben das Babyfon mitgebracht, damit wir hören, falls er unruhig wird.«

Es ist schwer, meine Gefühle zu verbergen und mein Gleichgewicht wiederzugewinnen. »Natürlich. Sie können den Leseraum nebenan benutzen. Er wird dort nicht gestört werden. Ich zeige ihn Ihnen.«

Damian beobachtet mich von der anderen Seite des Raumes aus, als ich das Paar zum Flur führe. Sein Blick ist fragend, nachdenklich, und ich senke den Blick, damit er meine Geheimnisse nicht sieht.

»Wie ist sein Name?«, frage ich, als ich sie in den Leseraum bringe.

»Davie«, antwortet die Frau und hält ihn immer noch an ihre Brust gedrückt, als hätte sie Angst, dass ich ihn ihr wegreiße.

»Traditioneller Familienname?«

»Ja«, sagt der Vater und wirkt stolz.

Ich beunruhige die jungen Eltern nicht weiter mit meiner Anwesenheit, sondern überlasse sie ihrer Privatsphäre, damit sie ihr Baby hinlegen können. Als ich zurückkehre, fängt mich Nadia sofort ab.

»Oh, mein Gott.« Sie beugt sich nach vorne, um die Halskette zu bewundern. »Das *ist* ein Kunstwerk.«

»Tonys Kreation«, sagt Damian neben mir.

Sie nimmt ein Smartphone aus ihrer Abendtasche. »Darf ich? Sie verdient es, über die ganzen sozialen Medien verteilt zu werden.«

»Natürlich«, sagt Damian.

Als ob er mein Unbehagen, fotografiert zu werden, spürt, legt er seine Hand auf meinen unteren Rücken und hindert mich daran, wegzugehen.

Da ich immer noch wegen der Reaktion, die der Vorfall mit Davie ausgelöst hat, aufgewühlt bin, lächele ich steif.

Damian streicht mit seinem Daumen über meine Wirbelsäule. »Entspann dich, mein Engel«, flüstert er mir ins Ohr und küsst mich im Nacken.

Ein Blitz geht los. Ich blinzele, als Nadia ein weiteres Foto macht.

»Perfekt«, sagt sie mit einem zufriedenen Lächeln, während sie den Bildschirm betrachtet. »Darf ich das in meiner Kolumne verwenden?«

»Wo immer Sie möchten.« Damian lässt mich los und führt sie zu Tony. »Ich möchte Ihnen den Designer vorstellen.«

Sie bleibt stehen. »Einen Moment bitte. Ich habe mich gefragt, ob Sie das gesehen haben.« Sie klappt das Display Ihres Handys um und hält ihn vor Damian.

Sein Gesichtsausdruck wird dunkler. »Falsche Anschuldigungen.«

Ihr Blick fällt auf Anne. »Ist das so?« Als sie mir den Bildschirm zuwendet, fragt sie: »Was sagen Sie dazu, Lina, als frisch angetraute Ehefrau?«

Es ist eine Klatschkolumne. Es gibt eine Kopf- und

Schulteraufnahme von Anne, und eine von Damian daneben. Der Untertitel lautet: *Hat Hart eine Affäre? Die Flitterwochen des Minenmagnaten haben nicht lange gedauert.*

Zane taucht sofort aus dem Nichts auf, so als ob er wüsste, worum es in dem Gespräch geht. »Meine Schwester bestreitet diese Anschuldigungen.«

Damian nimmt Nadias Arm und führt sie dorthin, wo ein nervöser Tony wartet. »Das ist Tony. Ich bin sicher, Sie haben viele Fragen an ihn.« Zu Zane sagt er leise: »Kümmere dich darum«, bevor er fröhlich nach mehr Wein ruft.

Ich atme tief ein und lasse die Luft sich in meiner Lunge ausbreiten. Es ist ein kleiner Moment der Gnadenfrist. Ich habe keine Zeit, meine Emotionen zu sezieren oder den Ansturm so vieler verletzender Empfindungen auf so kleinem Raum zu bekämpfen, denn bald bin ich umgeben von Fouché, seiner Frau und Belinda, die alle die Kette bewundern. Es ist unangenehm, eine Puppe für ein Prunkstück zu sein, und ich erfülle die Rolle mehr als schlecht, so dass ich fast erleichtert bin, als wir endlich unseren Platz am Tisch einnehmen.

Ich sitze zwischen Damian und Fouché, während ich die neugierigen Blicke auf meinen Armen ertrage, die falschen Komplimente und die neidischen Gesichtsausdrücke wegen der Diamanten um meinem Hals und an meinem Finger. Fouché ist so freundlich, meine turbulente Vergangenheit oder Harolds Untergang nicht zu erwähnen. Stattdessen erzählt er mir von seiner Bewunderung für Damians Vision und Führungspolitik. Ich war noch nie an der Mine interessiert, aber die Fakten, die er mir mitteilt, machen mich neugierig auf die Veränderungen, die Damian vorgenommen hat.

Als es an der Zeit ist, dass in der Lounge Cognac serviert wird, folgen einige der Gäste Damian. Mit dem Fleck auf meinem Kleid habe ich keine andere Wahl, als sitzen zu bleiben. Fouché und seine Frau schließen sich den anderen an und lassen mich schließlich mit Belinda und Tony allein.

Belinda kommt näher. »Ich habe das Gefühl, dass ich dich bereits kenne. Es ist so leicht, ein Gesprächsthema mit dir zu finden.« Sie greift meine Finger und dreht meine Hand zum Licht. »Verrate mir, hast du wirklich einen Verlobungsring abgelehnt?«

Ich schaue Tony streng an, auch wenn ich ihm nicht vorwerfen kann, das saftige Stück Klatsch und Tratsch geteilt zu haben. »Ich bin mir sicher, Tony hat dir alles darüber erzählt.«

Er wird rot und findet plötzlich den Boden seines Weinglases sehr interessant.

»Warum würdest du ihn jemals ablehnen?«, fragt Belinda. »Ist es eine humanitäre Sache?«

Sie muss Blood Diamond gesehen haben. Sie sollte es besser wissen, als ihre Vorstellung dieses Geschäfts auf einen Film zu stützen.

»Ja.« Soll sie doch denken, was sie will. Die düsteren Details meines Lebens sind nichts für ihre Unterhaltung.

»Ich bewundere dich.« Es gibt keinen Hauch von Bewunderung in ihrer Stimme. »Ich kann funkelnden Dingen nicht widerstehen. Also, wie hat Damian dich überzeugt, den Ring zu tragen?«

»Anreize.«

»Was?«

»Er hat die effektivsten Anreize.«

Tony hustet. »Es ist schon spät. Ich denke, wir sollten gehen.«

Belinda beginnt mit einer langen Erklärung über eine Familiengeburtstagsfeier, an der sie morgen teilnehmen, wer dabei sein wird und was sie für das Mittagessen planen. Es dauert zwanzig Minuten, bis sie sich verabschiedet, und dann bin ich allein im Esszimmer. Lachen ertönt aus der Lounge, begleitet von einem Hauch von Zigarrenrauch. Jemand erzählt einen weiteren Witz. Mehr Gelächter. Niemand wird mich vermissen, wenn ich mich in Damians Zimmer schleiche. Wenn ich durch die Küche gehe, wird mich niemand bemerken. Ich würde es hassen, wenn irgendjemand an meinem Kleid die Beweise dafür sehen könnte, was Damian und ich gemacht haben. Das Angestarrtwerden während des Abendessens war erniedrigend genug.

Mit dem Rücken zur Wand schaffe ich es zum Eingang, ohne entdeckt zu werden, aber mein Glück endet auf der Treppe. Ich bin schon halb oben, als Zane hinunterkommt. Ich schaue auf die Doppeltüren der Lounge. Aus diesem Blickwinkel kann uns niemand sehen. Ich spanne mich bei seinem Gesichtsausdruck an. Er hat beim Abendessen zu viel getrunken, und er hat Damian auch ein wenig zu häufig angesehen. Jeder, der klug genug wäre, genau hinzusehen, hätte sein Geheimnis gelüftet.

Als wir auf einer Höhe sind, versuche ich, schnell an ihm vorbeizugehen, aber er packt mein Handgelenk mit einem schmerzhaften Griff. Die beste Verteidigung ist der Angriff.

»Sie sollten nicht rauchen«, sage ich. »Nebenan ist ein Baby. Du bist der *Haushälter*. Sag ihnen, sie sollen draußen rauchen.«

»Die Eltern sind mit ihrem Baby gegangen, sobald Fouché sich seine Zigarre angesteckt hat.«

»Wie unhöflich von ihm.« Ich ziehe an seinem Griff. »Wenn du mich entschuldigen würdest.«

»Was glaubst du, wo du hingehst?«

»Das geht dich nichts an.«

Er drückt stärker, und meine Knochen schmerzen. »Du bist die *Gastgeberin*. Geh wieder runter und kümmere dich um deine Gäste.«

»Du kannst mir nicht sagen, was ich tun soll.«

Er rückt näher und dringt in meinen persönlichen Bereich ein. »Glaub nicht, dass du plötzlich jemand bist, nur weil du eine Diamanthalskette trägst. Du bist immer noch Damis Hure.«

»Lass mich los.«

Das tut er, nur um seine Finger um meinen Hals zu legen. Ein mutiger Zug. Wenn jemand die Lounge verlässt, wird er erwischt. Ich überlege, zu schreien, aber er drückt zu fest, schneidet mir die Luft ab und bohrt die scharfen kleinen Ecken der Diamanten in meine Haut.

»Das ist es, was passieren wird«, knirscht er heraus. »Du wirst gehen.« Er lässt mit einem Schubs los.

Ich umfasse das Geländer, um meinen Halt wiederzubekommen, und keuche nach Luft.

Er ist noch nicht fertig. Er dreht mein Haar um seine Faust und zieht mich näher heran. »Was brauchst du, damit du gehst? Na? Sag es mir.«

Meine Kopfhaut sticht. Der Schmerz lässt meine Augen tränen. »Die Beweise.«

Er verengt die Augen. »Das ist alles? Die Beweise?«

»Wenn ich die Beweise habe, bin ich weg.« Er kann Damian ganz für sich allein haben.

Sein Mundwinkel verzieht sich. »Kein Geld?« Sein Blick schweift bis zu meinem Hals. »Keine Diamanten?«

»Ich will Damians Geld nicht. Hilf mir, die Beweise zu finden, und du wirst mich ein für alle Mal los sein.«

»Das glaube ich nicht.« Er schüttelt den Kopf, zieht mich an meinen Haaren näher und flüstert mir ins Ohr: »Dami wird dich finden. Dann wird er dich töten.«

»Ich schätze, das ist ein Risiko, das ich eingehen muss.«

Mit einem leisen Lachen lässt er mich los. »Verwechsle diese Art von Besitzanspruch nicht mit Liebe. Du bist nur das neue Spielzeug, aber wie bei all seinen Spielzeugen wird Dami dich irgendwann leid sein.«

»Warum sollte er mich behalten wollen, wenn er genug von mir hat?«

»Dami mag es nicht, wenn jemand sein gebrauchtes Spielzeug hat. Er hält es gerne sicher weggesperrt, wenn er es wegwirft.«

Meine Kehle verengt sich bei *weggesperrt*. »Woher weißt du so viel darüber, wie Damian mit seinem Spielzeug spielt?«

»Ich weiß, wie er arbeitet. Ich habe ihn in Aktion gesehen.«

Das ist unmöglich. Damian hätte im Gefängnis nicht mit einer Frau schlafen können. Oder doch?

Zane lacht wieder. »Wusstest du, dass sie heutzutage Sex im Gefängnis erlauben? Es reduziert die Vergewaltigungen von Zellengenossen.«

Ich schlucke, unfähig, die Enge in meinem Hals loszuwerden. »Wer?«

»Rate mal.«

Ich kann nicht, und ich kann. Oh, mein Gott. »Anne?«

»Gut geraten, Mrs. Hart. Hast du wirklich gedacht, dass er sie bleiben lässt, weil du darauf bestanden hast? Er behält einfach alle seine Spielsachen in der Nähe.«

Als er mich gehen lässt, atme ich zitternd durch. Ich weigere mich, ihm zu zeigen, wie sehr mich diese Informationen treffen. Ich wollte mich nicht dafür interessieren und dachte auch, dass ich es nicht tun würde, aber es ist, als würde jemand einen Daumen auf einen blauen Fleck auf meiner Haut drücken. Damian schuldet mir nichts. Er hätte im Gefängnis ficken können, wen immer er wollte, aber er hätte mir sagen können, dass seine Ex-Geliebte bei uns wohnt. Er hat mich zum Narren gehalten, und ich war naiv genug, um es nicht zu merken. Oder vielleicht hat er versucht, es mir zu sagen, als er mir sagte, dass Anne Zanes Schwester ist, als ich sie bat, zu bleiben, und ich wollte einfach nicht zuhören.

»Jetzt«, sagt er, »geh wieder runter wie eine gute kleine Hure und kümmere dich um deine verdammten Gäste. Das erwartet Dami von dir, bis du wegläufst.«

»Fick dich.«

Er greift nach mir, aber mein Gesichtsausdruck muss ihn aufgehalten haben.

Ich bin verletzt, und ich bin nicht mehr daran interessiert, wer das Sperma auf meinem Kleid sieht. »Wenn du mich noch einmal anfasst, werde ich schreien.« Ich werde das ganze Haus zusammenschreien. Es ist nicht die Art von Aufmerksamkeit, die ich auf mich ziehen möchte, besonders nicht jetzt, aber ich werde es tun.

Er ballt seine Hand zu einer Faust, aber senkt sie.

Ich nutze die Gelegenheit, um nach oben zu flüchten. Erst als ich auf dem Treppenabsatz bin, höre ich die Stimmen aus Damians Schlafzimmer, seine und die einer Frau. Ich verlangsame meine Schritte, und mein Herz klopft stärker in meiner Brust. Ich bin fast an der Tür, als Anne mit zerzaustem Haar und roten Wangen herauskommt. Als sie mich sieht, glättet sie die Falten in ihrem Kleid und schenkt mir ein süßes Lächeln, bevor sie an mir vorbeieilt.

15

Damian

BEIM ANBLICK MEINER FRAU BLEIBE ICH ABRUPT STEHEN. »Lina.«

Sie steht auf dem Treppenabsatz direkt vor unserer Schlafzimmertür. Ihr Gesicht ist aschgrau, und ihre großen Augen ein wenig zu weit aufgerissen.

»Was machst du da?« Ich greife nach ihr, aber sie zieht sich zurück.

»Was machst *du* da?«

Ist das eine Anschuldigung in ihrer Stimme? Könnte meine unwillige kleine Frau eifersüchtig sein? Sie hat gesehen, wie Anne unser Zimmer verlassen hat. Daran besteht kein Zweifel.

Ich hebe das Schultertuch an, um es ihr zu zeigen. Es ist ein langes, das ihr bis auf ihre Knie fallen würde. »Ich bin gekommen, um dir das zu holen, damit du vom Tisch aufstehen kannst, aber ich sehe, du hast es auch alleine geschafft.«

Sie zieht das Schultertuch aus meiner Hand und geht an mir vorbei. »Zu wenig, zu spät, aber trotzdem danke für deine Besorgnis.«

Ich ließ sie in unser Zimmer fliehen, weil das ein Gespräch ist, das wir unter vier Augen führen werden. Ich folge ihr und schließe die Tür. Heute Abend sind zu viele Ohren um uns herum.

Als sie ein Klicken hört, wirbelt sie herum. Ihre Augen werden weiter, und ihre Brust hebt sich mit schnellen, flachen Atemzügen.

»Die Tür ist nicht verschlossen«, sage ich in einem beschwichtigenden Ton. »Sie ist nur aus Gründen der Privatsphäre geschlossen.«

»Verschwinde.«

»Das ist auch mein Zimmer.«

Sie greift nach ihren Haaren und versucht, an mir vorbeizukommen. »Was sage ich da? Das *ist* dein Zimmer. Bleib. Ich werde ein anderes finden.«

Ich greife nach ihrem Arm. »*Unser* Zimmer, und zum Teufel, du wirst ein anderes finden.«

»Lass mich los.«

»Beruhige dich.«

»Ich bin ruhig.«

»Das bist du nicht.«

Sie bemüht sich sichtbar, sich zu beherrschen, indem sie langsam ein- und ausatmet.

»So ist es besser. Tief durchatmen.« Ich lasse sie los,

bin bereit, sie zu ergreifen, sollte sie versuchen, zu fliehen. Das ist keine Klaustrophobie. Es ist etwas anderes, und das lässt eine riesige rote Lampe in meinem Kopf aufleuchten. Ich habe das schon lange genug ignoriert. Ich bin fertig damit, so nachsichtig zu sein.

»Warum hast du Angst vor geschlossenen Türen, Lina?«

»Warum hast du mir nicht gesagt, dass Anne deine Geliebte ist?«

»Aus dem offensichtlichen Grund, dass sie es nicht ist.«

»Ich habe sie gesehen. Dich. Sie ist hier herausgekommen.«

»Es ist nicht das, wonach es aussieht.«

Sie schnaubt. »Weißt du was? Du schuldest mir keine Erklärung.«

Ich ergreife ihr Handgelenk, als sie versucht, wieder an mir vorbeizukommen. »Doch, das tue ich. Ich bin dein Mann.«

»Ach, komm schon. Es ist ja nicht so, dass wir aus Liebe geheiratet oder versprochen haben, uns treu zu sein.«

Falsches Argument. Die Sanftheit, die die Situation erfordert, verschwindet, während die Geduld, die ich aufgebracht habe, verpufft. Trotz der inneren Stimme meiner Vernunft schlage ich ihren Körper gegen die Wand und höre das kleine Summen, während ihr Atem sie verlässt.

»Da liegst du falsch, *Frau*. Du hast mir an dem Tag

Treue zusammen mit deinem Gehorsam, Körper und deiner Zuneigung versprochen, als du dein Gelübde in einem schwarzen Kleid abgelegt hast.«

Sie starrt mich mit ihren hübschen blauen Augen an, und ihre Wut ist verschwunden, da sie von Vorsicht ersetzt wurde. »Zuneigung kann nicht erzwungen werden.«

»Gehorsam kann es.« Ich lege meine Hand um ihren Hals und lasse meinen Daumen auf dem hektischen Puls ihrer Halsvene ruhen. »Vielleicht war ich nicht deutlich genug. Lass es mich dir erklären. Wenn du einen anderen Mann berührst, ist er tot. Ist das klar genug?«

»Ich habe dich nicht für einen Heuchler gehalten.«

»Ich habe Anne nicht angefasst. Ich kam nach oben, um dir ein Schultertuch zu holen. Sie ist mir gefolgt. Sie hat etwas bei mir versucht. Ja, sie hat versucht, mich zu küssen. Ich habe Nein gesagt. Ende der Geschichte.«

»Ist mir egal«, flüstert sie und wendet ihren Blick ab.

»Das ist es nicht.«

Sie weigert sich, mich anzusehen. Meine Frau ist genauso besitzergreifend wie ich, und in meiner Brust breitet sich zufriedene Wärme aus, genug, um mich zu beruhigen. Lina liebt mich vielleicht nicht, aber sie will mich auch nicht teilen. Ich streichele mit meinem Daumen den Bogen ihres Halses hoch und runter. Sie ist so zerbrechlich, so klein.

»Du bist diejenige, die sie gebeten hat, zu bleiben«,

erinnere ich sie sanft. »Ein Wort von dir, und sie ist weg.«

Ihr Blick wandert zu mir zurück. »Du hast mir nicht gesagt, dass du sie gefickt hast.«

»Das habe ich nie getan.«

Ihre Augenbrauen ziehen sich zusammen. »Ich dachte, sie war im Gefängnis deine Freundin.«

»Warum denkst du das?«

»Das hat Zane gesagt.«

Die Muskeln in meinem Gesicht spannen sich an. Ich spüre es durch das Ziehen um meine Augen und die Härte in meinem Kiefer. »Was genau hat er gesagt?«

»Dass Sex im Gefängnis erlaubt ist.«

»Das stimmt. Ehemänner und Freunde können mit ihren Partnern schlafen, und für den Rest werden Prostituierte gebracht. Das bedeutet aber nicht, dass ich mit jemandem geschlafen habe.«

»Warum nicht? Sechs Jahre sind eine lange Zeit.«

Ich fahre ihr hartnäckiges Kinn nach und sage ihr die Wahrheit. »Ich habe auf jemand Besonderen gewartet.«

Sie schaut wieder weg. »Ich bin nichts Besonderes.«

Ich umfasse ihr Kinn und zwinge sie, mich anzusehen. »Ich habe sechs Jahre auf dich gewartet, Lina. Sechs lange verfickte Jahre.«

Unsicherheit steht in ihre Augen geschrieben, als sie in meine blickt. »Warum?«

»Ich bekomme immer, was ich will, besonders, wenn mir jemand sagt, dass ich es nicht haben kann.«

»Ah.« Sie nickt. »Es ist die Jagd.«

»Die Jagd und so viel mehr.«

Sie fragt nicht nach dem Mehr. Gott sei Dank. Ich weiß nicht, ob ich es erklären kann, ob ich es erklären will. Wie beschreibt man Besessenheit in Worten? Wie kann ich ihr in die Augen sehen und gestehen, dass ich sie bis zum Ende ihrer Tage jagen werde? Ich werde sie nie von unseren Gelübden befreien, und vielleicht ist es besser, wenn ich das nicht zugebe, nicht in diesem Moment. Vielleicht ist es besser, wenn ich keine weiteren Wahrheiten enthülle. Eine reicht für heute Abend. Es ist nicht so, dass sie nicht weiß, dass dies ihr Gefängnis ist. Alles, was ich sagen kann, um es besser zu machen, ist: »Ich werde dir alles geben, was in meiner Macht steht, um dich glücklich zu machen.«

Sie beißt sich auf die Lippe und denkt über die Aussage nach. Sie ist keine Neuigkeit. Ich habe es ihr vor nicht allzu langer Zeit schon einmal gesagt. Ich meinte es damals so, und ich meine es jetzt so.

»Gib mir nur das hier, Lina. Ich verlange nicht mehr.«

»Was soll ich dir geben?«, fragt sie leise.

»Nimm, was ich dir anbiete. Versuche, glücklich zu sein.«

Sie starrt mich eine lange Zeit an. Gerade als ich denke, dass sie mich abweisen wird, fährt sie mit ihren Fingern durch mein Haar und zieht mich nach unten. Der Kuss wirft mich um. Ich hatte mehr Widerstand, mehr Kampf gegen die Anziehungskraft erwartet, aber sie nimmt, was ich anbiete, und gibt mir ihren Mund.

Sie zieht ihren Rock hoch, schlingt ihre sexbeschmierten Oberschenkel um mich, reibt ihre Muschi an meinem Schwanz und macht mich verrückt. Ich lege meine Handflächen neben ihr Gesicht und halte mich so sehr zurück, wie ich kann. Der Moment ist zu schön. Ich werde es nicht mit meinem übereifrigen Schwanz ruinieren.

Ich gebe ihr Raum, als sie nach meinem Gürtel greift. Ich lasse sie meinen Schwanz herausholen und ihn in ihrer Faust massieren, bis ich zische. Ich umfasse ihren Arsch, als sie ihre Muschi über die Länge meines steinharten Schwanzes schiebt. Ich nehme nicht mehr als das, was sie mir gibt. Ich lasse mich von ihr reiten, gehe mit ihrem Rhythmus mit und lasse sie ihre Entladung suchen. Ich beobachte, wie sie ihre Klitoris reibt, und gehorche, als sie mir sagt, dass ich mich bewegen soll. Ich fahre ein wenig tiefer, ein wenig härter und sehe ihr dabei zu, wie sie kommt.

Es ist natürlich und schön. Es ist zerbrechlich. Es ist unser Pakt, unser Geben und Nehmen, obwohl ich mir nicht sicher bin, wer gerade gibt und wer nimmt. Es ist alles verschlungen – unsere Glieder, unsere Zungen, unsere Atemzüge, unser Vergnügen. Unsere Gelübde. Solange ich lebe, werde ich versuchen, sie glücklich zu machen. Alles, was sie tun muss, ist, zu bleiben. Sie gehört mir. Das ist unverrückbar. Das stand schon immer fest.

Ich ergreife die Wurzeln ihrer Haare mit meinen Fingern und ziehe ihren Kopf zurück, um sie dazu zu zwingen, sich auf mich zu konzentrieren. »Versuch nicht, zu fliehen, Lina. Niemals.« Mein Schwanz ist immer noch tief in ihr vergraben. Unser Atem hat sich noch nicht beruhigt, aber eine dunkle Kraft treibt mich an, das zu sagen, um sicher zu sein, dass sie es versteht. »Ich werde dich immer finden.«

Ernüchtert starrt sie mich an. »Wie geht unsere Geschichte weiter, wenn du mich findest?«

»Ich werde dich bezahlen lassen, und dann werde ich dich glücklich machen.«

Ein Teufelskreis. Ein Zeichen der Unendlichkeit. Kein Anfang, kein Ende. Nur ich, der sie jagt, fängt und ihr Lust verschafft. Solange ich lebe. Ich bin für immer verpflichtet.

Sie senkt ein Bein, um Halt zu finden. Mein Schwanz rutscht aus ihrer Muschi, und Sperma läuft die Innenseite ihres Oberschenkels hinunter über die getrockneten Spuren von vorhin. Ihr Haar ist durcheinander, und ihr Kleid ist befleckt. Die Wimperntusche unter ihren Augen ist verschmiert, ihre Lippen sind durch meine Küsse geschwollen, und ihr Hals ist von meinen Stoppeln rot. Sie braucht mehr als eine Bürste und frischen Lippenstift, um zu verbergen, was wir getan haben.

»Ich muss zu unseren Gästen zurückkehren«, sage ich mit mehr Bedauern, als sie je erfahren wird. »Willst du mitkommen?«

Ich weiß bereits, was sie antworten wird, aber es ist wichtig, dass ich ihr eine Wahl lasse. Kleine Freiheiten sind unabdingbar, wenn es keine große Freiheit gibt. Es hält einen Menschen bei Verstand. Ich weiß das aus dem Gefängnis. Es waren die Bücher, der Laptop, das Fernstudium und die Freiheit, meine Rache zu planen, die mich am Leben erhalten haben.

Sie schüttelt den Kopf.

»Ich werde versuchen, sie schnell loszuwerden«, verspreche ich.

»Lass dir Zeit. Ich gehe duschen.«

Ich küsse ihre Hand und erinnere sie daran, dass, egal wie hart und schmutzig ich sie ficke, ich mich immer daran erinnere, dass sie eine Dame ist. »Ich werde dich entschuldigen.«

»Was wirst du sagen?«

Es ist ihr wichtig. Sonst hätte sie nicht gefragt.

»Die Wahrheit«, antworte ich. »Dass du müde bist.«

Sie nickt. »Danke.«

Ich bedecke ihre Brust mit meiner Hand, um eine letzte Liebkosung zu stehlen, bevor ich zu meinen Pflichten zurückkehre, zu den Leuten, die in meinem Haus trinken und lachen, als wären sie meine Freunde.

Lina

Das ist schwieriger, als ich es in Erinnerung habe. Meine Atmung ist schwer, und meine Lungen brennen, während ich auf dem Laufband schwitze. Phillip, oder

Phil, wie er mich gebeten hat, ihn zu nennen, ist an meiner Seite, zählt herunter und äußert jede klischeehafte Ermutigung.

»Fast fertig. Du schaffst das schon. Du bist deine einzige Grenze. Ohne Fleiß kein Preis.«

Wenn meine kollabierende Lunge mich sprechen lassen würde, würde ich ihm sagen, er soll die Klappe halten.

Damian sitzt auf dem Sofa im Lounge-Bereich und liest eine Zeitung. Er trägt einen Anzug und italienische Schuhe. Eine Rolex ragt unter seinem Hemdsärmel hervor. Er trägt schwarze Diamantmanschettenknöpfe und seinen Ehering. Trotz des Rings starren die Mädchen auf den Laufbändern neben mir ihn an. Sabbern wäre die bessere Bezeichnung. Seine Kleidung schreit nach Geld. In Harolds Kreisen würden Männer nie mit den Schuhen, der Uhr und den Manschettenknöpfen gesehen werden. Ein guter Anzug und Schuhe wären genug gewesen. Noch mehr, und du zeigst der Welt, dass du an nichts gewöhnt bist. Neureich. Das passt definitiv auf Damian.

Damians schwarze Diamanten sind so begehrt, dass die Mine der Nachfrage nicht ganz nachkommen kann. Es besteht kein Zweifel, dass Tonys gute Arbeit mit der Halskette die schwarzen Diamanten begehrt gemacht hat. Von der Minute an, in der sich das Foto der Halskette viral verbreitete, stiegen die Preise für farbige schwarze Diamanten auf der ganzen Welt. Was hält Harold von Damians Erfolg? Der alte Geldadel respektiert Neureiche nicht. Das hat Harold immer gesagt. Was sagt er jetzt, wo er sich nicht mehr als eine Junggesellenwohnung in einem der ärmsten Vororte der Stadt leisten kann? Es ist kein Zufall, dass er ausgerechnet dort gelandet ist. Damian hat ihn dorthin geschickt, als er keinen bezahlbaren Ort woanders finden konnte. Das hat Zane mir gesagt. Das ist Damians Art, sich zu rächen: Er kehrt die Rollen um.

Die Brünette wirft einen weiteren Blick auf meinen Mann. Mit seinen ordentlich gekämmten dunklen Haaren und seinem sauber rasierten Gesicht sieht er aus wie ein seriöser Geschäftsmann. Er ist der mit Abstand attraktivste Mann, den ich je gesehen habe. Er riecht auch am besten. Er strotzt vor Männlichkeit und Potenz. Er hat einen Knöchel auf seinem anderen Knie abgelegt und scheint in den Artikel vertieft zu sein, den er gerade liest. Seine lockere Haltung kann die Mädchen dazu bringen, zu denken, dass sie unbemerkt gaffen können, aber er täuscht mich nicht. Er bekommt alles, was um ihn herum passiert, ganz genau mit.

Als Phil wieder meinen Arm berührt und etwas darüber sagt, dass der Kopf stärker ist als die Muskeln, hebt Damian seinen Kopf und schaut zu uns. Sein Blick ist düster genug, um Phil dazu zu bringen, seine Hand zurückzuziehen. Innerlich rolle ich mit den Augen. Damian hat darauf bestanden, mich zu begleiten. Er wollte nicht, dass Russell mich hinbringt. Jetzt weiß ich, warum: damit er Phil tödliche Blicke zuwerfen kann.

Als das Training nach einer Stunde beendet ist, trockne ich mir das Gesicht mit einem Handtuch ab und gehe dorthin, wo mein Mann so unschuldig aussehend sitzt. Er lässt die Zeitung sinken und beobachtet mich mit so viel sexuellem Verlangen, dass meine Wangen heiß werden.

»Habe ich Zeit für eine Dusche?«

Er hat bereits eine Stunde seiner Zeit verschwendet, plus die Zeit, die er braucht, um mich hierherzufahren. Ich bin mir sicher, dass er etwas Besseres zu tun hat.

»Ich werde warten«, sagt er.

Ich lasse meine Hüfte ein wenig schwingen und werfe ihm einen koketten Blick zu, weil wir von Menschen umgeben sind – und ich es kann. »Wird das ein normales Ding sein?«

Er verengt die Augen. »Du weißt, wie ich über *Nichts* und *Dinge* denke. Drück dich richtig aus.«

»Wirst du jedes Mal hier sitzen, wenn ich trainiere?«

»Ja.«

»Warum?«

»Stört es dich?«

»Ich hasse es, deine Zeit zu verschwenden.«

Sein Blick schweift über mich. »Das ist keine Zeitverschwendung.«

»Warum trainierst du nicht einfach zur gleichen Zeit?«

»Wenn ich trainiere, kann ich dich nicht mehr beobachten.«

Er sagt es dunkel und tief, und mein Unterleib zieht sich bei seinem Ton zusammen. Ich bin mir nicht sicher, ob er mit dem Beobachten meint, mir zuzusehen, wie man eine Aussicht genießt, oder sicherzustellen, dass ich nicht entkomme, aber es ist böse und heiß und unfair, und es bringt meine Brustwarzen dazu, sich zusammenzuziehen.

Er schnappt sich mein Handtuch und gibt mir einen Klaps auf den Hintern. »Zehn Minuten. Ich warte vor der Dusche.«

Ich wette, dass er das tut.

Ich gehe vor, während er seine Zeitung einsammelt. Ein hübsches Mädchen geht auf der Treppe an mir vorbei.

»Du hast so ein Glück«, sagt sie seufzend und schaut zurück zu Damian.

Wenn sie nur wüsste.

Ein Teil von mir will ihr aber zustimmen, und das macht mir Angst. Ich darf keine Gefühle für ihn entwickeln. Ich kann mich nicht damit zufriedengeben, eine verwöhnte Gefangene zu sein. Ich wäre lieber arm und frei.

Damian

Es vergeht ein weiterer Tag, bis ich endlich die Zeit finde, Willowbrook zu besuchen. Es liegt etwas über eine Autostunde südöstlich. Die private

Einrichtung befindet sich auf einem Hektar Land, weit genug von der nächsten Stadt entfernt, um eine erfolgreiche Flucht unwahrscheinlich zu machen. Die Flucht müsste zu Fuß erfolgen. Es fahren keine Busse zu diesem Ort, der nicht einmal auf einer Karte verzeichnet ist, und Uber gibt es hier draußen nicht.

Ich melde mich an dem schlichten, aber gut gesicherten Tor an. Es gibt Kameras, Stacheldraht und ein Warnschild für elektrische Leitungen. Ein bewaffneter Wachmann verlässt einen Wachposten auf der Innenseite des Grundstücks, nachdem er den Terminplan überprüft hat. Er benutzt ein Fußgängertor, um mich zu treffen. Nachdem er das Auto durchsucht und mich abgetastet hat, öffnet er das Tor und winkt mich durch.

Das Haus ist ein dreistöckiges, modernes Gebäude mit schmalen Fenstern. Sie sind nicht vergittert, aber ein Körper passt trotzdem nicht durch sie hindurch. Vorsorge gegen Selbstmord und Flucht, nehme ich an.

Ich parke auf dem Gästeplatz und klingele am Eingang. Die Doppeltüren öffnen sich, und eine kleine Frau in weißer Uniform mit einem breiten Lächeln steht vor mir.

»Mr. Botha«, sagt sie und schüttelt mir die Hand. »Was für eine Freude! Bitte folgen Sie mir.«

Als ich eine Anfrage gestellt habe, gab es einen Fragebogen sowie eine Liste der erforderlichen Dokumente, darunter eine Gehaltsabrechnung. Ich schätze, mein monatliches Einkommen ist der Grund für den herzlichen Empfang.

Die Krankenschwester stellt sich nicht vor, sondern führt mich durch den Eingangsbereich, der an eine Kunstgalerie erinnert. Es ist zeitgemäß, farbenfroh und akustisch. Unsere Schritte hallen eine Marmortreppe hinauf. Teuer. Kalt. Der Raum riecht nach Toilettenblumen, wie aus einer Sprühdose.

»Das Esszimmer, die Waschküche und die Küche sind unten«, erklärt die Krankenschwester. Sie hält vor der ersten Tür an. »Hier ist Dr. Dickensons Büro. Tee? Kaffee?«

»Nein, danke.«

»Etwas Stärkeres?«

Es ist zehn Uhr morgens. »Nein, danke.«

Ihr Nicken ist sachlich und professionell. Sie öffnet die Tür und geht weg.

Dr. Dickenson steht auf, als ich hereinkomme. Sein Blick ist aufmerksam, und sein Handschlag fest. »Bitte, setzen Sie sich.«

Nachdem wir auf einem Samtsofa Platz genommen haben, das einem verchromten Couchtisch zugewandt ist, kommt Dr. Dickenson direkt zum Geschäft. »Erzählen sie mir mehr von Ihrer Frau.«

»Datenschutz ist meine höchste Priorität.«

»In Willowbrook dreht sich alles um Integrität, Mr. Botha. Unsere Mitarbeiter unterzeichnen Vertraulichkeitsvereinbarungen. Was hatten Sie gesagt, wie Sie von uns gehört haben?«

Das habe ich nicht. Ich habe diesen Teil des Fragebogens leer gelassen. Sie arbeiten streng nach dem Prinzip der Mundpropaganda. Es gibt nichts über Willowbrook in den Medien oder online.

»Harold Dalton«, sage ich. »Er hatte seine Tochter für ein Jahr hier untergebracht.«

Ich kann es nicht riskieren, dass sie Dalton anrufen und Fragen über meine falsche Identität stellen. Sie haben mich vor unserem Termin überprüft – Kreditgeschichte, Strafregister und dergleichen – und den erfundenen Hintergrund entdeckt, den einer meiner alten Zellengenossen für Ben Botha erstellt hat. Wohlhabend, rücksichtslos. Alles wahr, bis hin zur Skrupellosigkeit. Eine Frau mit einem großen Erbe. Ein Unternehmen in Schwierigkeiten. Der letzte Teil ist unwahr, aber man bekommt schnell das richtige Bild.

Dickenson reibt sich das Kinn. »Ah, ja. Lina Dalton-Clarke. Sie war in der Tat eine Patientin.« Er zeigt höfliches Interesse. »Wie geht es ihr?«

»Ich weiß es nicht. Ich habe sie noch nicht getroffen. Dalton und ich waren Geschäftspartner. Wir haben uns nicht außerhalb der Arbeit getroffen.«

»Schrecklich, was mit Harold passiert ist«, sagt er.

»Misswirtschaft und Betrug.«

»In der Tat.«

Er scheint häufig *in der Tat* zu sagen. »Dalton war mit Ihrem Service zufrieden.«

»Das ist immer schön zu hören.« Er lächelt mich leicht an. »Sie sagten in Ihrem Fragebogen, dass Ihre Frau an Demenz leidet.«

Ich habe meinen ersten Köder ausgeworfen. »Das muss *klinisch bestätigt* werden.«

»Natürlich. Wir haben einen hauptberuflichen Psychiater an Bord.«

Mein zweites Stück Köder ist direkter. »Wie lange können Sie eine Behandlung anbieten? Ich dachte an zwei Jahre.«

»Sie müssen verstehen, dass eine Einrichtung mit unserem Ruf sehr gefragt ist.«

»Können Sie es tun oder nicht?«

»Wir sind ziemlich ausgebucht, aber alles ist möglich, wenn Sie es sich leisten können, Mr. Botha.«

»Ich will nicht, dass sie unnötig leidet.«

»Das lässt sich arrangieren.« Er schlägt seine Beine übereinander. »Wenn Sie keine Einwände gegen Medikation haben, können wir das arrangieren.« Er sagt es, als würde er voraussetzen, dass es keine Einwände geben wird. »Die Patienten neigen dazu, weniger zu leiden, wenn sie sediert werden.«

»Was ist die Alternative?«

»Isolation.«

»Ist das wirklich notwendig?«

»Einige Patienten werden zerstörerisch. Es ist im besten Interesse der anderen Patienten.«

»Drogen oder isoliert.« Ich trommele mit meinen Fingern auf die Armlehne. »Was ist, wenn sie sich nicht wehren?«

Er lächelt. »Das tun sie alle, Mr. Botha.«

Auch *Mr. Botha* sagt er sehr häufig. Ich habe bereits Lust, ihm das Genick zu brechen, und muss meine ganzen Kräfte aufbringen, um sein Lächeln zu erwidern.

Er steht auf. »Wollen wir einen Rundgang machen?«

»Gerne.«

Wir gehen durch den Flur. Auf beiden Seiten befinden sich Türen, und jede Tür ist mit einem Fenster ausgestattet. Im ersten Raum befindet sich eine alte Frau. Sie sitzt auf einem Bett und starrt auf einen Fernseher. Der zweite Raum sieht genauso aus. Sein Bewohner ist ein Teenager, der seine Nase gegen das Fenster drückt und völlig high aussieht.

Ich halte bei dem dritten an. Ein Mann ist gespreizt an ein Bett gefesselt. Der Raum ist kahl und weiß. Abgesehen von dem Bett gibt es keine Möbel. Seine Augen sind geschlossen, aber er schläft nicht. Er zuckt.

Ich kann kaum meine Wut hinunterschlucken. »Was ist mit ihm?«

»Sagen wir einfach, er ist nicht kooperativ«, sagt der Arzt hinter mir.

Das ist schlimmer als im Gefängnis. In meiner Zelle hatte ich Bücher, Zugang zu Lernmaterial, einen Laptop, Musik, meine eigene private Toilette und Huren einmal pro Woche, wenn ich wollte. Diese Menschen sind unschuldig, ihre Freiheit wird ihnen nicht durch Gitter, sondern durch ein Zertifikat weggenommen, das sie für verrückt erklärt.

»Welches war Linas Zimmer?«

»Wir bringen sie unter, wie es ihre Bedürfnisse

erfordern.« Der Arzt neigt den Kopf. »Warum fragen Sie?«

»Ich habe es mich nur gefragt. War sie eine gute Patientin?«

»Diese Informationen sind vertraulich. Wie Sie wissen, sprechen wir nicht über unsere Patienten. Sie werden Mr. Dalton fragen müssen, wie sich seine Tochter angepasst hat.«

Es war einen Versuch wert.

Wir folgen dem Flur bis zum Ende. Es gibt mehr Isolationszimmer als die schlecht ausgestatteten Zimmer, die Dickenson private Suiten nennt. Auf der obersten Ebene befindet sich ein Badezimmer mit einer Reihe von offenen Duschen und Toilettenkabinen. Keine Privatsphäre. Aus Sicherheits- und Schutzgründen, sagt der Arzt. Der Psychiater und die Krankenschwestern befinden sich am anderen Ende.

Laut dem guten Arzt ist das Essen von hoher Qualität, die Hygiene eins a und die wöchentliche Bewegung obligatorisch, außer bei *Sonderwünschen*. Mit anderen Worten, es ist ein unethisches Haus hinter der Fassade einer psychiatrischen Einrichtung, in der reiche Menschen diejenigen Familienmitglieder einsperren und vergessen können, die sie nicht töten können. Dickenson und seine Mitarbeiter werden nicht dafür bezahlt, zu heilen, sondern Menschen lebendig zu begraben.

»Wollen Sie nicht das Esszimmer sehen?«, fragt

Dickenson, als ich ankündige, dass ich mich verabschieden werde.

»Ich habe genug gesehen.«

Da er mich missversteht, lächelt er. »Wir freuen uns darauf, Ihre Frau bald hier zu begrüßen.«

Für den Betrag, den sie verlangen, ist sein Eifer verständlich.

Die Krankenschwester begleitet mich hinaus. Ich komme nicht schnell genug durch das Tor. Ich stelle mir Lina in einem dieser Räume vor, eingesperrt und allein. An ein Bett geschnallt. Das geistige Bild allein reicht aus, um mich dazu zu bringen, sie alle kaltblütig ermorden zu wollen.

Dieser Ort wird untergehen. Nicht heute. Nicht morgen. Aber bald. Ich muss zuerst Munition sammeln.

Da ich zu aufgewühlt bin, um ins Büro zu gehen, fahre ich nach Hause. Russell steht neben der Tür. Ich nicke ihm kurz zu und lockere meine Krawatte. Meine Jacke fühlt sich zu heiß an. Ich möchte aus dieser Kleidung herauskommen, die mit dem Gestank von zeitgenössischem Wahnsinn und künstlichen Blumen befleckt ist.

Im Gegensatz zu Willowbrook sind meine Schritte auf dem Teppich gepolstert. Mein Haus ist nicht weiß und kalt, aber seine Samtvorhänge und holzverkleideten Wände sind ebenso deprimierend. Es ist kein Haus, in dem über Jahre hinweg Erinnerungen geschaffen wurden. Lina hatte keine Wahl. Es ist nur ein Ort, den ich in Eile gekauft hatte, um einer unwilligen Braut ein Dach über dem Kopf zu geben. Das wird sich ändern. Ab morgen ist Lina auf Wohnungssuche. Plötzlich begierig darauf, sie zu sehen, drücke ich unsere Schlafzimmertür weit auf und erstarre. Die Wäschetruhe ist zur Seite geschoben und der Teppich zurückgerollt. Lina kniet vor dem Safe, und ihre nachtblauen Augen sind weit aufgerissen und schuldbewusst.

16

Lina

»WAS MACHST DU DA?«, FRAGT DAMIAN.

Er kann es selbst sehen, aber er will ein Geständnis.

Auf Knien gebe ich es ihm. »Ich versuche, den Safe zu öffnen.«

»Was hoffst du, was du da drin finden wirst?«

»Du hast die Halskette nicht weggelegt.« Es ist schwach und eine Lüge, und er weiß es.

Ohne den Knoten seiner Krawatte zu öffnen, wirft er sie auf das Bett. »Wonach suchst du?« Sein Kiefer spannt sich an. »Erzähl mir keine weitere Lüge und lass mich nicht noch einmal fragen.«

Die Dunkelheit in seinen Augen macht mir Angst, aber ich kann nicht von ihren hypnotisierenden Tiefen wegblicken. Sogar im Zorn, vielleicht besonders im Zorn, sind sie umwerfend, wie die schwarzen Diamanten, die er abbaut.

»Ich warte, Lina.«

Es hat keinen Sinn, das zu leugnen, was er bereits weiß. »Die Beweise.«

Er nimmt einen Manschettenknopf ab und legt ihn auf den Tisch am Kamin. Mit einem leisen Geräusch fällt der andere Manschettenknopf daneben.

Er rollt zuerst einen, dann den anderen Ärmel zurück. »Was willst du mit den Beweisen machen?«

Seine ruhige Stimme täuscht mich nicht. Seine Wut ist wie der Ast einer Weide, der so weit gebogen ist, dass er bereit ist, zu schnappen.

Er kommt zu mir und streichelt sanft meine Haare, wo ich auf dem Boden knie. Er riecht nach Zitrone und Mann, nach Winter und Kälte. »Ich habe dir eine Frage gestellt.«

Ich erzittere unter der Liebkosung. »Ich brauche sie.« Wenn Zane nur zugestimmt hätte, mir zu helfen, wäre ich nicht in dieser Position. Verdammter Zane. Verdammter Damian, weil er früher nach Hause gekommen ist.

»Wozu brauchst du sie?«

»Das kann ich dir nicht sagen.«

Wie kann ich ihm die schreckliche Wahrheit sagen, ohne in Stücke zu zerbrechen, ohne ins Gefängnis zu gehen, und ohne jemals einen Abschluss zu finden? Wenn ich es ihm sage, wird Harold mir nie geben, was ich will. Harold ist ein Komplize. Es ist unser schmutziges, tödliches Geheimnis, und zum ersten Mal wünschte ich, dass es nicht so wäre. Ich wünschte, ich wäre gefasst und inhaftiert worden, aber das bin ich nicht, und ich habe immer noch eine Chance auf Freiheit. Oder vielleicht auch nicht.

Er reicht mir die Hand. »Steh auf.«

Sie zu ergreifen, ist ein Todesurteil, aber ich habe keine Wahl. Ich lege mein Schicksal in seine breite Hand. Er ist stärker. Niemand wird mir helfen. Ich kann nicht weglaufen.

»Zieh dich aus.«

»Was hast du vor?« Ich werde stärker sein, wenn ich auf das vorbereitet bin, was er plant.

»Zieh dich aus.«

Ich ziehe meine Schuhe und mein Kleid aus und werfe sie zur Seite. Die Tür ist offen. Das ist das Einzige, was mir Hoffnung gibt. Wenn er mich foltern wollte, hätte er sie geschlossen. Er wird mich bestrafen, aber er wird mir nicht den Finger abschneiden. Ich habe nichts gestohlen. Noch nicht. Sicherlich wird er Handlungen und Absichten nicht gleich behandeln?

Er nimmt eine Rolle Seil aus der Nachttischschublade. »Alles.«

Mich nackt zu haben ist seine Art, mich verletzlich zu machen. Das werde ich ihm nicht geben. Es ist nur ein Körper. Er hat ihn schon oft genug gesehen. Das ist es, was ich in meinem Kopf wiederhole, als ich meinen BH und mein Höschen ausziehe.

Er geht zurück zum Fußende des Bettes und zeigt vor sich hin. »Komm hier rüber.«

Als ich dort bin, wo er mich haben will, bindet er

meine Handgelenke zusammen und hängt mich an der oberen Stange des Himmelbettes mit Blick auf das Kopfteil auf, bis meine Zehen kaum den Boden berühren. Meine Arme schmerzen bereits, und meine Beinmuskulatur ist überlastet, besonders nach dem brutalen Training heute Morgen.

»Letzte Chance«, sagt er hinter mir. »Wozu brauchst du die Beweise?«

Ich beiße mir auf die Lippe und schüttele den Kopf.

»Sehr gut.« Er zieht einen Finger über meine Wirbelsäule. »Ich habe dir die Wahl gelassen. Vergiss das nicht.«

Seine Berührung verschwindet. Seine Schritte sind auf dem Teppich gedämpft und erst wieder auf dem Marmor der Treppe hörbar.

Er gab mir eine Wahl, aber es gibt keine. Er bot mir einen vergoldeten Käfig an und hielt mir all seinen hübschen Glanz mit der Bitte unter die Nase, es zu versuchen und glücklich zu sein. Er gab mir die Wahl, zu antworten, aber die Wahrheit ist die meine, meine und nur meine. Zum Teufel mit ihm, wenn er mich dafür bestrafen will.

Ein Geräusch an der Tür warnt mich, dass er zurückkommt. Ich strenge mich an, um über meine Schulter zu schauen, und erstarre. Damian schließt die Tür. Fest und unwiderruflich. Er dreht den Schlüssel nicht um, aber die Tür ist fest eingerastet. In seiner Hand hält er eine Peitsche. Sie hat mehrere Bänder, die an den Enden geknotet sind. Ich fange an zu zittern, als er sich nähert, und nicht nur wegen des Anblicks der

Peitsche, sondern auch wegen der Angst, die die geschlossene Tür durch mich schießen lässt. Die Art und Weise, wie sich die männlichen Venen in seinen Unterarmen herausdrücken und die dunklen Haare seine Haut bedecken, sind die Details, die ich mir einpräge. Seine Männlichkeit. Seine überlegene Stärke. Aber nur im physischen Sinne. Ich bin psychisch stärker, und ich werde *nicht* brechen.

Er massiert sanft meine Schultern und arbeitet sich über meine Wirbelsäule zu meinem unteren Rücken vor. Er knetet und bereitet mich vor, während ich darum kämpfe, durch meine Angst zu atmen.

Ich bin stärker. Ich bin stärker.

Die Hitze seines Körpers wird durch einen Hauch von kühler Luft ersetzt. Seine Berührung verschwindet.

Ich bin stärker. Ich bin stärker.

Ein Rauschen rast durch die Luft, bevor ein Feuerwerk von Schmerzen auf meinem Rücken explodiert. Die Qual trifft mich an zu vielen Stellen auf einmal, als dass mein Gehirn sie verarbeiten könnte. Ich bin ein Durcheinander von sich überkreuzenden Nachrichten meiner Nerven. Meine Neuronen drehen durch. Meine Haut brennt, und mein Fleisch schmerzt, aber ich bin mir nicht sicher, welcher der vielen verschiedenen Schmerzen, die ich empfinde, der Schlimmste ist.

»Wozu brauchst du die Beweise, Lina?«

Ich bin stärker. »Ich kann es dir nicht sagen.«

Ich höre es. Ich fühle, wie sich die Luft bewegt, aber

ich bin nicht bereit für diesen Schmerz, als er wieder auf mich niederprasselt. Es ist überall, auf meinen Schultern, Rücken, Gesäß. Ein Feuerblitz legt sich um meine Seite. Ein anderer trifft die Rundung meiner Brust. Meinen Oberschenkel. Es passiert zu schnell und zu langsam. Meine Beine geben nach, und meine Arme sind schmerzhaft über mir ausgestreckt.

»Warum, Lina?«

Mit der nächsten Peitsche gebe ich es auf, die Geräusche für mich zu behalten. Ein Klagelaut verlässt meine Brust und kommt als hässliches Geräusch über meine Lippen.

»Ich habe dir gesagt, du sollst nicht versuchen, zu fliehen.«

Der Schwung seines Armes ist jetzt rhythmisch, aber die vielen Seile fallen zu willkürlich. Ich kann die Wege des Schmerzes nicht vorhersagen. Das Stechen dringt in meinen Hintern und meine Oberschenkel ein, und die Verbrennung verweilt tief unter meiner Haut. Es bleibt wie ein resonanter Klang, und die Musik setzt sich fort, als Damian neue Töne und verschiedene Partituren auf meinem Rücken und meinen Beinen spielt.

»Wozu?«

Ich werde mit dem nächsten Schlag fast ohnmächtig. Ich habe mein Mantra vergessen. Meine ganze Energie, mein ganzes Wesen konzentriert sich auf das Überleben des Schmerzes, auf den Umgang mit dem sensorischen Ansturm.

»Wozu?«

Die gleiche Frage, immer und immer wieder. Ich weiß nicht, welche Schläge neu und welche alt sind. Neue und alte verschwimmen, bis es nur noch einen anhaltenden Schmerz gibt. Einen schrecklichen Schmerz.

»Verdammt, Lina! Wozu?«

»Ich kann nicht.«

Ich schluchze. Ich schreie. Ich weine. Ich zittere. Ich will nur sterben, aber *ich bin stärker*.

»Wozu?«

Ich kann es nicht sagen. Ich *will* es nicht sagen. Es ist zu verletzend. Zu beschämend. Zu privat. Zu verheerend. Wer zum Teufel ist er, dass er diese Ecken meiner Seele verlangt? Es dauerte ein Jahr, um zu atmen, ohne zusammenzubrechen, ein Jahr, um zu schlafen, ohne von dem Schmerz über den Teil aufzuwachen, der aus mir herausgerissen wurde. Das ist ein fehlender Teil *meines* Körpers, *meines* Herzens, *meines* Verstandes. Das geht ihn nichts an.

»Das geht dich nichts an«, schreie ich aus vollem Hals, als sich Wut und Qualen vermischen. »Fick dich! Ich bin stärker.«

Er lässt die Schläge auf mich niederprasseln. Sie kommen von überallher. Es gibt ein Feuer unter meiner Haut, in meinem Körper, in meiner Kehle und in meinen Augen. Ich werde von Flammen verzehrt. Meine Arme werden aus meinem Körper gerissen. Ich bin doch nicht so stark.

»Warum? Sag es.« Er ist außer Atem. »Lass es aufhören.«

Mein Kopf fällt zurück. Die Peitsche fliegt an meiner Wange vorbei und verfehlt sie kaum. Oder vielleicht ist es nur der Klang. Alles klingt näher, tiefer, weiter, dunkler.

»Sag es.« Er hat seine Kühle verloren, seine volle Kontrolle. Seine Stimme ist wütender als die Peitsche. »Sag, es ist, um die Freiheit deines nichtsnutzigen Vaters zu erkaufen. Sag, es ist, weil du mich hasst. Sag, es ist, weil du deine überbewertete Freiheit brauchst.«

Gibt es nicht einen Punkt, an dem sich der Schmerz gut anfühlen soll? Gibt es nicht einen Punkt, an dem mein Gehirn anfangen sollte, mich mit Endorphinen zu täuschen?

Er gibt sich selbst freie Hand, diesmal ohne zu sprechen, ohne mir eine Gnadenfrist zu geben, um Luft hereinzuziehen, ohne mich zu töten, um freundlicher zu sein.

Ich bin nicht so stark, und ich hasse mich selbst dafür.

»Warum nicht?«

»Für mein Baby!«

Für mein Baby. Ich jammere und schluchze und habe Schmerzen, nicht seinetwegen, sondern wegen meines Babys. Mein süßes, liebes, unschuldiges Baby. Der Schmerz, den er mir bereitet, reicht nicht aus, um diesen größeren Schmerz zu ersticken, den ich nach so langer Zeit so gut vergraben hatte. Es gibt keine körperlichen Schmerzen auf der Welt, die mich vergessen lassen können, und zum allerersten Mal in meinem Leben wünsche ich mir wirklich, dass ich tot wäre.

»Lina, verdammt. Was hast du gesagt?«

Er ist auf mir, hinter mir, ich weiß es nicht. Es ist mir egal. Ich bin nicht so stark.

Ich treibe.

Ich bin weg.

17

Damian

Die Tür prallt gegen die Wand, als Russell eintritt. Ich schleudere die Überdecke vom Bett und bedecke Linas Körper, bevor ich ihr um die Taille greife und ihre Arme entlaste.

Russell starrt auf das Geschehen.

»Was zum Teufel willst du?«

Er zieht eine Hand durch sein Haar, ohne seine Augen von Linas bewusstloser Gestalt zu lösen. »Ich kam wegen eines Glases Wasser hinein, und dann habe ich Schreie gehört.«

»Verschwinde.«

»Nein.« Er stützt seine Hände auf den Türrahmen, so als ob er die Wände hochhalten müsste, so als ob der Raum um uns herum einstürzen würde. »Ich stehe nicht für solche Sachen zur Verfügung.«

»Reiche deine Kündigung morgen früh ein. Du bist

entlassen.« Verdammt. Sie ist ohnmächtig geworden. Sie hätte das hier ertragen können, ich war mir ihrer Grenzen sicher.

»Ich bringe sie ins Krankenhaus.«

»Sie braucht kein Krankenhaus.« Sie braucht *mich*.

»Mr. Hart, Sie denken nicht rational.«

Verdammt falsch. Ich war noch nie so rational. »Meine Frau ist nackt. Ich muss mich um sie kümmern. Wenn du auch nur einen Blick auf ihren Körper wirfst, muss ich dich töten. Zum letzten Mal, verpiss dich.«

Er bleibt stehen, wippt auf den Ballen seiner Füße und schlägt an die Wand. »Sie müssen sich darum kümmern.« Er zeigt auf einen roten Abdruck auf ihrer nackten Schulter. »Ich gehe für Lina, nicht ihretwegen.«

Er hat Gefühle für sie. Ich wusste es. Ich habe es zu lange laufen lassen, weil er ein verdammt guter Bodyguard ist. Ich verstehe seine Reaktion. Er hat noch nie eine ausgepeitschte Frau gesehen, aber er vertraut mir ihr Leben an, sonst würde er nicht die Tür hinter sich zuschlagen und mich hören lassen, wie seine Schritte auf dem Marmor leiser werden, bevor der Teppich die Geräusche schluckt.

Als ob ein Eindringen nicht genug wäre, öffnet sich die Tür erneut. Diesmal ist es Zane.

Er schaut von mir zu Lina. »Verdammt, Dami. Was hast du getan?«

»Hol ein Messer. Schneide sie los.« Es wird zu lange dauern, sie loszubinden.

»Verdammt, Damian.«

Ich weiß, wie verärgert er ist, weil er meinen vollen Namen benutzt hat. Er holt ein Schweizer Messer aus der Tasche und beginnt, an den Seilen zu sägen. Die Fäden lösen sich einer nach dem anderen. Als der letzte reißt, fallen ihre Arme schlaff herunter.

Ich bedecke sie weiterhin mit der Decke, als ich sie auf das Bett fallen lasse.

»Verdammt, Damian.« Zane geht auf und ab. »Fuck, fuck, fuck.«

»Lass uns allein.«

»Ich glaube nicht, dass das eine gute Idee ist.«

»Ich sagte, lass uns verdammt nochmal allein.«

»Soll ich einen Tee holen? Zuckerwasser? Einen Arzt?«

»Es sieht schlimmer aus, als es ist.« Sie konnte das verdammt nochmal ab. Ich habe sie nicht über ihre Grenzen getrieben.

»Soll ich Anne holen?«

»Wenn du jetzt nicht verschwindest, kannst du mir meine Waffe bringen, und ich werde dir eine Kugel in die Kniescheibe jagen. Vielleicht verstehst du mich dann besser?«

»Gut.« Er hält seine Hände hoch. »Ich gehe.« Er zieht sich zur Tür zurück. »Ich gehe.«

Die Tür schließt sich ein zweites Mal und gibt mir endlich die Privatsphäre, die ich brauche. Ich ziehe die Decke von Linas Körper. Sie liegt auf dem Rücken. Nicht ideal, aber ich werde sie früh genug umdrehen. Ich betrachte schnell die Farbe ihrer Lippen und Nägel.

Errötendes Rosa. Ihre Atmung ist gleichmäßig und stark.

Vorsichtig schlage ich ihr auf die Wange. »Komm zurück, Lina.«

Ihre Wimpern zucken.

Noch eine Ohrfeige. »Wach auf, Baby. Sieh mich an.«

Sie kommt mit einem Keuchen zurück. Ihre Augen fliegen auf, und ihr Mund formt ein O.

»Langsam.« Mit einer Hand um ihren Nacken helfe ich ihr, sich aufzurichten, und reiche ihr die Flasche Wasser von meinem Nachttisch. »Trink.«

Sie nimmt einen Schluck und zuckt. Sie stöhnt. Sie weint. »Warum hast du mich zurückgeholt? Es ging mir gut dort, wo ich war.«

»Trink mehr.«

»Ich habe keinen Durst.«

»Versuch es. Du brauchst Flüssigkeit.«

»Es tut weh.«

»Ich weiß.«

Sie schafft noch ein paar Schlucke, bevor ich sie auf den Bauch rolle und eine Betäubungscreme aus dem Badezimmer hole. Als ich etwas auf meine Handfläche gebe und mich nach ihr ausstrecke, knirscht sie mit zusammengebissenen Zähnen: »Fass mich nicht an.«

»Ich muss das auf dir verreiben.«

»Hol Anne oder Jana.«

»Ich bin hier. Entweder ich oder niemand.«

Sie zuckt zusammen. Ihr Stolz ist verletzt, aber ihr Schmerz lässt es nicht zu, dass sie die versprochene

Erleichterung durch die Medizin ablehnt. Ich verreibe die Creme auf ihrem Rücken, Po und Oberschenkeln. Sie ist übersät mit roten Streifen, und es gibt ein paar Stellen, an denen die Knoten kleine blaue Flecken hinterlassen haben, aber ihre Haut wurde nicht verletzt.

»Ich hasse dich«, murmelt sie, als ich die Tube wieder verschließe, und Tränen laufen aus den Augenwinkeln auf das Kissen.

»Es tut mir leid, dass du so denkst. Mir wäre es lieber, wenn wir uns gut verstehen würden.«

»Fahr zur Hölle.«

Ich lächele. Ruiniert, aber alles andere als kaputt. Das ist mein Mädchen. Das ist die Frau, die ich in der Bibliothek gespürt habe. Stark. Belastbar.

»Du hättest mich einfach zu Tode prügeln sollen«, sagt sie und starrt auf die hintere Wand.

Ich lache auf. »Um eine Person zu Tode zu prügeln, muss man sich schon um einiges mehr anstrengen. Dein Gehirn hat sich ausgeklinkt. Es ist eine normale Reaktion auf eine Überlastung der sensorischen Stimulation.«

»Schmerz, meinst du.«

»Ja, in diesem Fall Schmerz. Du hast dich entschieden, Lina. Ich habe dir gesagt, dass es immer in deinen Händen liegt.«

»Ich habe *das* nicht gewählt. Ich habe *dich* nicht gewählt.« Ihre Stimme wird immer lauter. »Ich habe …« Sie ringt nach Worten, wie ein Fisch nach Luft ringt. »Ich habe nichts davon gewählt.«

»Schscht.« Ich setze mich auf den Rand des Bettes und streiche über ihr Haar. »Du musst deine Energie sparen, um dich zu erholen. Es ist nicht gut, wenn du dich aufregst.«

»Ich *rege* mich aber auf. Ich bin keine Puppe, bei der man einen Knopf drücken kann, um die Stimmung zu kontrollieren.«

»Ich bin mir der Tatsache bewusst, dass du keine Puppe bist.« Ich fahre mit einer Handfläche über ihren inneren Oberschenkel nach oben, bis zwischen ihre Beine. Sie ist trocken. Diese Art von Schmerz macht sie nicht an. So traurig es auch ist, so falsch und verdorben, ihr Schmerz macht mich hart, und ich werde mich nicht dafür entschuldigen. Das ist es, wer ich bin. Sie hat mich geformt, zusammen mit Dalton, und das ist es, was sie bekommt.

»Fass mich nicht an«, sagt sie, aber sie schiebt meine Hand nicht weg, als meine Finger testen, spielen und ihre Klitoris reizen, um sie feucht zu machen.

»Du brauchst das, glaub mir.«

»Ich brauche nichts von dir.«

»Du hast mir nicht gehorcht. Ich habe dich bestraft. Jetzt werde ich dir Lust verschaffen.«

»Ich will nicht, dass du mir Lust verschaffst.«

Ich schiebe einen Finger in sie hinein, langsam und leicht. Sie ist schon nass. Sie keucht. Ihr Rücken biegt sich durch.

»Sag mir, dass sich das nicht gut anfühlt«, fordere ich sie mit ein paar leichten Stößen heraus.

Sie schreit auf. Ich werde schneller. Ihr ganzer

Körper zieht sich zusammen.

»Du kannst wählen. Zunge, Finger oder Schwanz.«

»Nichts«, stöhnt sie in das Kissen.

»Böses Mädchen.« Ich schlage ihr auf den Arsch.

Sie schreit.

»Du weißt, wie ich über *nichts* denke.«

»Damian, bitte.«

»Bitte was?«

»Lass mich dich einfach hassen.«

»So viel du willst. Du hast meine Erlaubnis. Du hast auch meine Erlaubnis, so hart zu kommen, wie du willst, wann immer du bereit bist.«

»Ich bin keine Sexsklavin, die auf Abruf kommt.«

Genug von ihrem Trotz. »Wenn du nicht wählst, wähle ich für dich.«

Ich spreize ihre Beine und knie mich zwischen sie. Sie zischt, als ich mit meiner Zunge über ihren Po fahre.

Ich begrabe mein Gesicht zwischen ihren Beinen und sage: »Dann oral.«

Es ist nicht so, dass ich mir Sorgen mache, dass sie schwanger wird. Im Gegenteil, sie mit Blut an mich zu binden ist eine ausgezeichnete Idee. Und es gibt nichts, was ich mir mehr gewünscht hätte, als meinen Schwanz in ihr zu versenken und sie mehrmals auf meinem Schwanz kommen zu lassen, aber ich bin zu kurz davor, zu zerbrechen. Ich will nicht grob zu ihr sein. Ich möchte lieb, sanft und langsam sein, bis ihre Muschi zusammenbricht und sie dieses ein wenig verzweifelte Geräusch macht, wenn sie kommt.

Die Wirkung der Creme sollte inzwischen einsetzen. Der Großteil der Schmerzen sollten verschwunden sein, genug, damit sie sich auf die Zunge konzentrieren kann, die ich tief in ihrer Muschi vergrabe. Sie windet sich und reibt ihre Schenkel über meine Wangen. Ich beiße sie leicht, um sie daran zu erinnern, still liegenzubleiben. Mit meinen Daumen öffne ich ihre feuchten Lippen und esse sie wie eine Frucht, wie eine schöne, verletzte Frucht. So schmeckt sie. Ihre Erregung ist stark, ihr Honig reichlich vorhanden. Ihre Sinne sind geschärft. Sie wird den Orgasmus bis in ihre Zehenspitzen spüren.

Es ist schnell vorbei, aber die Intensität ihrer Entladung lässt sie hecheln und keuchen. Sie beugt ihren Arm, legt ihren Kopf in die Ellenbeuge und verbirgt ihr Gesicht vor mir. Es ist erst später Morgen, aber ich ziehe mich aus und lege mich neben sie.

Ich ergreife ihr Haar und drehe ihr Gesicht zur Seite. Sie beobachtet mich mit ihrer Wange auf dem Arm, und ihre Augen sind mit Tränen gefüllt, während ihre Lippen zu einer trotzigen Linie zusammengepresst sind.

»Versuch das nicht noch einmal, Lina. Das wird nie gut für dich enden.«

»Du bist ein Monster.«

»Selbst Monster können freundlich sein, wenn man ihnen einen Grund dafür gibt.«

Sie schließt die Augen. Sie ist erschöpft, aber wir sind noch nicht fertig.

»Sieh mich an.«

Sie hebt ihre Honigwimpern langsam an. »Du wolltest, dass ich weiß, wo der Safe ist. Deshalb hast du ihn mich sehen lassen, als du die Kette herausgenommen hast.« Bitter fügt sie hinzu: »Es war ein Test.«

»Jetzt ist es eine Lektion.« Ich küsse ihre Nasenspitze. »Müde?«

»Ja«, sagt sie mit ihrem Gesicht auf ihrem Arm, so hübsch und so ungerecht behandelt.

»Wir sind fast fertig, dann kannst du dich ausruhen.«

Alarm flackert in ihren Augen auf. »Wirst du mir den Finger abschneiden?«

Macht sie Witze? »Ich werde dich nie verstümmeln, egal, was du tust.«

Ihr Oberkörper zieht sich zusammen, als ob sie erleichtert ausatmet. Sie ist eine Million Schattierungen von Sex-Appeal, aber im Moment ist sie die süßeste Frau, die ich kenne.

»Es tut immer noch weh«, beschwert sie sich.

»Welches Baby, Lina?«

Sie blinzelt. »Was?«

»Du sagtest, du brauchst die Papiere für dein Baby. Welches Baby?«

»Es ist nicht …, ich meine, ich weiß nicht einmal, was ich gesagt habe. Du hast mich so hart geschlagen. Ich habe wahrscheinlich halluziniert.«

Bestimmt. Ich lasse das Thema erst einmal fallen. »Wenn du das nächste Mal so einen Stunt machst, verletze ich deine Haut. Verstanden?«

»Ja«, sagt sie mit einem gebrochenen Flüstern.

Es tut mir weh, dieses kleine Flüstern. Ich bin immer noch hart für sie, aber nicht für ihren Schmerz. Nicht die emotionale Art. Das sagt viel. Ich verstecke meinen Kopf nicht in meinem Ellbogen. Ich sehe die Wahrheit als das, was sie ist. Ich habe mich immer nach Lina gesehnt, aber meine Gefühle für sie werden stärker und überschatten das Körperliche. Da ich meinen Gedanken entkommen muss, gehe ich auf die Toilette, um Schmerzmittel zu holen und mir genug Zeit zu nehmen, um meine Maske wieder aufzusetzen. Ich lasse sie die Tabletten mit mehr Wasser nehmen und passe auf sie auf, bis sie einschläft.

Ich sorge dafür, dass die Raumtemperatur angenehm ist, damit ich sie nicht zudecken muss. Nachdem ich mich angezogen habe, gehe ich nach unten, um Jana zu sagen, dass es Lina nicht gut geht und sie nicht zum Mittagessen kommen wird. Ich weise sie an, ein Tablett vorzubereiten, das Zane ihr bringen soll. Dann rufe ich die Agentur an, um einen neuen Mann – ihren besten nach Russell – für Lina zu bekommen. Als er ankommt, erkläre ich ihm alles, bevor ich nach Zane suche. Ich finde ihn und Anne am Pool. Anne vermeidet es, mich anzusehen. Zane scheint verletzt zu sein, so als hätte ich ihn anstelle von Lina geschlagen.

»Sie schläft«, sage ich. »Jana wird ihr ein Tablett vorbereiten. Bring es ihr zur Mittagszeit hoch. Ruf mich an, sobald sie aufwacht.«

Ich erwarte, dass er etwas sagt, wie dass er kein

Babysitter ist, aber stattdessen nickt er einfach.

»Sicher, Dami.«

»Ich werde nach dem Mittagessen zurück sein, um nach ihr zu sehen.«

Ich bin im Begriff, hinzuzufügen, dass ich versteckte Kameras in jedem Raum des Hauses habe, aber beiße mir auf die Zunge. Ich vertraue Lina vielleicht nicht, aber sie würde nicht ohne Grund lügen. Es ist Zeit, herauszufinden, ob Zane noch auf meiner Seite steht.

Es dauert eine Stunde, um nach Brixton zu fahren. Dalton tut nicht so, als sei er überrascht, mich zu sehen. Er bittet mich nicht herein und belegt die einzige Sitzmöglichkeit. Das passt mir. Ich möchte nicht auf dem fettigen Sofa sitzen.

»Ich war in Willowbrook.«

Sein Gesichtsausdruck verrät nichts. »Schickst du sie schon zurück? Wird sie zu einer Last?«

»Warum hast du sie dorthin geschickt?«

Er legt einen Fuß auf dem Couchtisch ab. Seine Zehennägel sind gelb und müssen geschnitten werden. »Sie brauchte Hilfe.«

Ich trete seinen Fuß weg. Hat ihm seine Mutter keine Manieren beigebracht? »Hilfe durch Drogen und Isolation?«

»Sie hat versucht, sich umzubringen.«

»Ja, indem sie aus dem Fenster gesprungen und

danach in einen Hungerstreik getreten ist. Ich habe den Bericht gelesen. Die Sache ist die, dass sie nicht jemand zu sein scheint, der hungern oder springen will. Sie mag es auch nicht, eingesperrt zu sein, so wie sie es angeblich selbst getan hat.«

»Worauf willst du hinaus?«, fragt er mit einem öligen Lächeln.

Er erinnert mich an einen Aal, der rutschig und schwer zu fangen ist.

»Es gibt noch mehr an der Geschichte. Erzähl mir von ihrem Baby.«

Das sind die magischen Worte. Er wird steif und erblasst, bevor er sich streckt, um es zu verstecken. »Ich habe keine Ahnung, wovon du redest.«

»Erinnerst du dich an die Beweise?«

»Natürlich tue ich das. Was für eine dumme Frage ist das?«

»Sie hat gesagt, sie braucht die Beweise für ihr Baby.«

»Sie hat Wahnvorstellungen. Sie ist nicht ganz richtig im Kopf.«

»Richtig.«

»Genau das habe ich gesagt.«

Ich könnte ihn schlagen, aber er würde nicht mit einem Zehntel dessen umgehen können, was Lina ertragen hat. Er würde nach dem zweiten Peitschenschlag einbrechen, sich einpissen und mir weitere Lügen verkaufen. Ich kann dem Dreck nicht trauen, der aus seinem Mund kommt, nicht einmal unter Folter. Das ist in Ordnung. Es gibt andere Wege.

»In Ordnung«, sage ich.

Er lässt seine Schultern hängen. »Einfach so?«

»Ich wünsche dir ein schönes Leben.«

»Richte Lina Grüße von mir aus.«

Ich knalle seine Tür zu und fühle mich nur besser, weil ich weiß, dass ich ihn zu dem Leben verurteile, das er verdient. Ich hoffe, er leidet lange und viel.

Lina

DAS GERÄUSCH, ALS DIE VORHÄNGE AUFGEZOGEN werden, weckt mich. Ich setze mich mit einem Ruck auf und blinzele bei dem hellen Licht. Anne steht vor dem Fenster mit den Händen in den Hüften.

»Beruhige dich, Lina. Ich bin es nur.«

Ich packe das Laken und drücke es an meine Brust. Mein Körper schmerzt überall. Meine Arme sind wund, und meine Beinmuskeln krampfen, aber das ist nichts im Vergleich zu dem Feuer in meinem Rücken. Ich muss mich im Schlaf umgedreht haben, so dass das Laken an meinem verschwitzten Rücken hängen geblieben ist. Es tat weh, als ich mich hingesetzt habe und es sich von mir gelöst hat.

»Was willst du?« Ich bin groggy und wund. Ich habe keine Zeit für Spielchen.

»Damian hat dich ziemlich fertiggemacht, was?«

»Bitte geh. Ich würde mich gerne anziehen.«

»Brauchst du Hilfe?«

»Nein, danke.«

»Ich wollte sehen, ob ich einen Arzt rufen soll. Sozialdienst?«

»Wird es einen verdammten Unterschied machen, die Sozialdienste anzurufen?«

»Nein.« Sie seufzt, als ob es wichtig wäre. »Damian besitzt bereits den größten Teil der Stadt, und das System *ist* korrupt.«

»Warum hast du es dann erwähnt?«

Sie zuckt mit den Schultern. »Ich habe laut gedacht.«

Bestimmt. »Was willst du?«

»Für jemanden, der mich eingeladen hat, zu bleiben, bist du nicht sehr glücklich, mich hier zu haben.«

»Komm einfach zur Sache.«

Sie kommt zum Bett und setzt sich hin. »Ich weiß, warum du mich gebeten hast, zu bleiben.«

Sie wartet, aber ich werde ihr nicht die Befriedigung geben, etwas zuzugeben.

Noch ein Seufzer. »Du hattest gehofft, dass ich eine Ablenkung sein würde. Gib es zu, Lina. Du hast dir gewünscht, dass Damian an mir interessiert wäre, damit du seinen sexuellen Appetit nicht stillen musst.«

Weiß sie, dass ich eifersüchtig bin? Weiß sie, wie ich mich gefühlt habe, als ich gesehen habe, wie sie diesen Raum mit einem verzogenen Kleid verließ?

»Hör zu.« Sie tätschelt mir die Hand, als wären wir alte Freunde. »Hier ist der Deal. Du machst Platz für mich, ich lenke Damian ab, Zane findet die Beweise, und dann gehst du.«

»Platz machen für dich?«

»Gib mir eine Chance mit Damian. Schaffe Möglichkeiten für uns, allein zu sein.«

Der Drang, sie auf den Boden zu stoßen, ist so groß, dass ich meine Hände am Laken festkrallen muss. »Er will nicht mit dir zusammen sein.«

Ihr Lächeln ist schwach und doch stark. Die Geste ist voller Selbstvertrauen und Zuversicht. »Sobald du weg bist, wird er es tun.«

»Ich werde ihn nicht ablehnen, nur um ihn in deine Arme zu treiben. Das ist falsch.«

»Es ist deine einzige Chance auf Freiheit. Das ist der Preis.«

Mein Mund klappt auf. »Bestichst du mich oder erpresst du mich?«

»Nenn es, wie du willst. Du gibst mir Damian, und Zane gibt dir die Freiheit. Das ist ein fairer Deal.«

Ich umklammere das Laken fester und spüre, wie sich die Baumwolle unter meinen Fingern ausdehnt. »Kann Zane die Kombination des Tresors herausbekommen?«

»Wo ein Wille ist, ist immer ein Weg.« Sie zwinkert und steht auf. »Ich bin froh, dass wir uns verstehen.«

Oh, ich verstehe, laut und deutlich. Zane wollte mir die Beweise nicht umsonst geben. Sie haben mich verarscht, alle beide. Zane weiß, dass er keine Chance bei Damian hat, der so hetero ist, wie ein großer, böser Minenmagnat nur sein kann, also hat Zane seine

Schwester mit ins Spiel gebracht. Die Szene, die sich auf der Treppe abspielte, als Zane mich fast angegriffen hat, war nur ein Vorwand für den Hauptdarsteller, der hier gespielt hat. Sie hat mich zum Nachdenken gebracht, um mich zu manipulieren, damit ich um Zanes Hilfe bitte. Sie hat den Ball ins Rollen gebracht. Ich habe den Köder geschluckt. Jetzt verraten sie ihren Preis.

Überrascht starre ich sie an. »Warum?«

»Warum ich dir helfen sollte?«

Sie hilft mir nicht. Sie verfolgt ihr eigenes Ziel. »Warum willst du Damian so sehr?«

Sie schüttelt den Kopf und betrachtet mich, als wäre ich ein dummer, dreckiger Hund, der Schlamm in ein sauberes Haus schleppt. »Die Tatsache, dass du sogar fragen musst, zeigt, wie naiv du bist. Er ist attraktiv, heiß, erfolgreich, wohlhabend, gefürchtet und ein Hengst im Bett.« Sie klopft mit dem Finger auf ihr Kinn. »Das fasst es in etwa zusammen.«

Ich kann nicht anders, als zu protestieren. »Du hast nicht mit ihm geschlafen. Du kannst nicht wissen, wie er im Bett ist.«

»Gerüchte, Liebling.« Sie wackelt mit den Augenbrauen. »Bestätigst du sie?«

»Du solltest jetzt gehen.«

»Ich erwarte, dass du heute Abend die Gelegenheit nutzt. Zane geht aus. Gib mir Zeit, mit Damian allein zu sein.«

»Wie soll ich das arrangieren?«, rufe ich aus.

»Sei kreativ. Tu so, als hättest du Kopfschmerzen.

Besser noch, sag ihm, dass dein Rücken schmerzt. Das wird er glauben.« Sie richtet ihr Kleid. »Ich muss noch etwas Schönheitsschlaf nachholen, um heute Abend so gut wie möglich auszusehen.« Ihr Lächeln ist selbstgefällig, als sie durch die Tür huscht und sie offen lässt.

Mein Herzschlag ist laut und träge. Ein Bild von Anne in Damians Armen in diesem Bett erscheint in meinem Kopf, aber ich verdränge es schnell.

Vielleicht verdient Anne ihn. Ich schaue über meine Schulter auf meinen mit blauen Flecken übersäten Rücken. Ich verdiene auf jeden Fall etwas Besseres.

Damian

Zane schickt mir eine SMS, damit ich weiß, dass Lina ihr Mittagessen gegessen hat, das Jana zubereitet hat, und plötzlich ein Verlangen nach Jelly Beans hat. *Jelly Beans*. Er geht gerade zum Supermarkt, um ihr welche zu holen. Es ist nach der Mittagspause, als ich endlich das Meeting im Büro hinter mir habe. Auf den Straßen ist viel los, und es ist schon später Nachmittag, als ich zu Hause ankomme. Ich gehe nach oben, um nach Lina zu sehen, aber ich finde sie nirgendwo.

Ich klopfe an Annes Tür. Sie öffnet sie ein paar Sekunden später und trägt nichts als einen kurzen Bademantel und die Art von Augenbinde auf der Stirn, die man in Schönheitssalons trägt.

»Hast du Lina gesehen?«

»Nein.« Sie gähnt. »Ich *habe* ein Nickerchen gemacht.«

Ich laufe in die Küche, nehme dabei immer zwei Stufen auf einmal und stelle Jana die gleiche Frage. So wie sie mich anlächelt, hat Lina ihr nicht gesagt, was passiert ist.

»Sie ist im Garten.« Jana zeigt auf das Fenster. »Da, bei den Fledermauskästen.«

Ich richte meinen Blick auf das, wohin Jana zeigt. Linas Haar ist zu einem unordentlichen Pferdeschwanz zusammengebunden und glänzt in der Sonne wie Gelbgold. Sie ertrinkt in einem meiner Hemden und sieht dabei so umwerfend süß und sexy aus – und wie die meine. Ich kann nicht sagen, ob sie etwas darunter trägt. Der Hemdzipfel reicht bis zur Rückseite der Knie. Barfuß klettert sie auf eine Leiter, die an der Wand lehnt, welche den Kräutergarten abtrennt, und schaut vorsichtig in die Holzkiste unter der Dachrinne.

Erleichterung überkommt mich. Was habe ich erwartet? Dass Lina nach der Lektion von heute Morgen fortgelaufen wäre? Nicht einmal Zane wäre abgehauen, wenn ich ihn so geschlagen hätte, wie ich Lina geschlagen habe, und er ist ein zäher Wichser.

Mit einer Flasche Wasser aus dem Kühlschrank mache ich mich auf den Weg nach draußen und bleibe neben der Leiter stehen, wo ich einen schönen Blick auf Linas Beine unter dem Hemd habe. Sie trägt eine kurze Trainingshose aus Baumwolle. Immerhin ist sie nicht völlig nackt unter meinem Hemd, was meine besitzergreifende Seite erleichtert. Sie gehört mir, und nur ich darf sie ansehen, berühren und bestrafen.

Die Leiter knarrt, als sie sich bewegt, und ich bekomme fast einen verdammten Herzinfarkt. Mein Onkel starb dadurch, dass er von einer Leiter fiel und eine gebrochene Rippe seine Lunge durchbohrte.

Ich halte die Leiter an beiden Seiten fest, um sie zu sichern. »Komm da runter.«

Sie erschrickt und legt eine Hand auf ihr Herz. »Um Himmels willen. Du hast mich erschreckt.«

»Halte dich mit beiden Händen fest.«

Ihr Blick schweift über mich. Verärgert. »Was machst du hier?«

Der wütende Lehrerinnenblick macht mich hart. »Ich wohne hier.«

Sie will mit den Augen rollen – das sehe ich daran, wie sie den Himmel anschaut –, aber sie tut es nicht. »Du weißt, was ich meine. Was machst du so früh zu Hause?«

»Nach dir sehen.«

Sie ignoriert mich und richtet ihre Aufmerksamkeit wieder auf die Holzkiste.

»Du solltest nicht bei dieser Hitze hier draußen sein.«

»Was interessiert es dich?«, murmelt sie mit ihrer Nase in der verdammten Kiste.

»Du weißt, dass es mich interessiert. Runter mit dir.«

Sie streckt eine Hand aus. »Gib mir das Handtuch.«

Was ist mit ihrem Gehorsam passiert, und mit dem Bittesagen? Ich schaue mich um. Über dem Wasserhahn hängt fein säuberlich ein Handtuch. »Warum nicht?«

Sie zieht ihren Kopf aus dem Kasten und seufzt. »Schon gut. Ich hole es selbst.«

Sie versteift sich, als ich meine Hände um ihre Taille lege, um ihr beim Hinunterklettern zu helfen. Ich achte auf ihren Rücken und berühre sie nur leicht. Sie sagt weder Danke noch stößt sie mich weg. Als ihre Füße den Boden berühren, dreht sie sich in meinem Griff um und blickt mich vorsichtig an. Ihre Wangen sind von der Hitze gerötet, und sie hat Schweißperlen auf ihrer Stirn. Ranken aus goldenem Haar kleben an ihren Schläfen. Ein plötzlicher Anfall von Zärtlichkeit überkommt mich. Ich möchte sie in weitere meiner Oberteile stecken und sie zu einem glücklicheren Ende tragen, zu einem Ort, an dem sie mich nicht ansieht, als wäre ich der Feind. Sie ist so klein, so gottverdammt unschuldig schön, dass es wehtut, sie anzusehen.

Ich hebe eine Hand, um eine dieser Ranken aus ihrem Gesicht zu streichen, aber sie zuckt zusammen und duckt sich. Verdammt, ich werde sie nie wieder bestrafen, nicht so.

Ich bewege mich langsam, als ich erneut nach ihr greife. Sie verspannt sich, aber sie lässt es zu, dass ich ihr Gesicht mit meinen Handflächen einrahme. Ich benutze meine Daumen, um die Haarsträhnen wegzustreichen.

»Du brauchst keine Angst vor mir zu haben, Lina.«

»Das tue ich nicht.« Sie sagt es zu schnell, zu defensiv.

Ich fühle Schmerzen, echte Schmerzen. Sie bluten in mein Herz und fließen mit dem stetigen Pumpen des Bedauerns durch meine Venen. Die Dinge zwischen uns hätten so anders sein können. Wir hätten normal sein können. Ein Teil von mir kann ihr nicht verzeihen, dass sie nicht gewartet hat. So irrational es auch ist, ich kann ihr nicht verzeihen, dass sie nicht an mich geglaubt hat, als Dalton mich beschuldigte, diesen Diamanten gestohlen zu haben. Ich brauchte es, dass sie an mich glaubt. Ich brauchte es, dass sie mich will, aber sie hat Clarke geheiratet und versucht, die Beweise zu finden. Sie will immer noch frei von mir sein. Sie wählt immer noch ihren Vater. Das wird nicht passieren.

Sie steht völlig still. Sie wartet. Hat Angst. Ihr Herz rast unter dem Hemd. Ich kann es daran erkennen, wie der Kragen zittert.

»Ich werde dir nicht wehtun, wenn du es nicht verdienst.«

Sie schluckt.

Ich betrachte sie. Ganz genau. »Ich mag dich in meinen Klamotten.«

Sie schaut nach unten. »Es tut mir leid. Es ist das Einzige, was ich zum Anziehen finden konnte. Alles andere tut weh.« Sie verschluckt das letzte Wort, spricht es fast nicht aus.

Ich lasse meine Hände fallen, und sie tritt einen Schritt zurück und stößt gegen die Leiter.

Ich schaue zum Kasten hoch. »Was machst du da?«

»Eine der Fledermäuse ist verletzt. Ein gebrochener Flügel vielleicht. Ich habe gesehen, wie sie sich am Wein hinaufgezogen hat, um hineinzukommen.«

»Du kannst deine Hand nicht da reinstecken. Sie werden beißen. Sie können Tollwut übertragen.«

»Dafür ist das Handtuch da. Der Tierarzt sagte, ich solle es über sie werfen.«

Ich betrachte sie mit meinen Händen auf meinen Hüften. »Der Tierarzt.«

»Ja. In der Nähe von Monte Casino gibt es einen, der Fledermäuse behandelt.«

Die Fledermauskolonie ist gewachsen, seit Lina die Kästen installieren ließ. Sogar eine Eule ist mit eingezogen. Der Ökosystem-Spezialist sagte, sie hält die Mäuse in Schach. Die Natur spielt sich so ab, wie sie es sollte, so wie es Lina beabsichtigt hatte. Einige Mäuse überleben. Einige werden zum Fressen für Eulen. Einige Fledermäuse brechen sich die Flügel.

»Ist es klug, sich einzumischen?« Was nützt es, ein natürliches System zu kultivieren, wenn wir ihm weiterhin unseren menschlichen Stempel aufdrücken?

»Wir können sie nicht einfach so lassen«, sagt sie und schaut mich an, als wäre ich einer dieser Fledermaushasser, die glauben, dass sich Fledermäuse in den Haaren verfangen. »Sie leidet. Ich muss mich um sie kümmern.«

Plötzlich verstehe ich es. Lina identifiziert sich mit den Fledermäusen. Ihre Fledermausbesessenheit ist das Ergebnis ihres Bedürfnisses, ein Zuhause zu haben, geliebt zu werden, gepflegt zu werden. Sie ist eine Frau mit einem gebrochenen Flügel, und es gibt niemanden, der ihr das Handtuch über den Kopf wirft und es besser macht.

Ich schnappe mir das Handtuch und klettere die Leiter hinauf.

»Vorsichtig, Damian. Sie ist zerbrechlich.«

»Ich weiß.«

»Es ist die in der linken Ecke. Der Flügel hängt schlaff. Siehst du sie?«

Da ist sie, die kleine Kreatur mit ihrer nach oben gebogenen Nase und den spitzen Ohren, die auf dem Boden kauert, während ihre Kumpels kopfüber von der Stange oben hängen.

Eine warme Hand berührt mein Bein. »Siehst du sie?«

»Ja, ich sehe sie.«

Der Kasten ist zu klein, um ein Handtuch hineinzuwerfen. Ich klettere wieder nach unten und suche nach einem Stock.

»Was machst du da?«, ruft sie, als ich einen trockenen Ast vom Akazienbaum breche.

»Geh zur Seite. Wir müssen sie rausholen.«

Sie greift nach meinem Arm. »Nein. Du wirst ihnen wehtun.«

»Vertrau mir.«

Das Wunder ist, dass sie es tut. Nach einem Herzschlag lässt sie los und beißt sich auf die Lippe. »Der Tierarzt macht keine Hausbesuche, verdammt. Das hätte so viel einfacher sein können.«

»Stell dich da drüben hin.« Ich zeige auf die schattige Veranda.

Sie zieht sich widerstrebend zurück.

Ich schiebe den Stock durch das Loch im Kasten und bewege ihn. Es gibt eine ganze Menge Protest, Zwitschern und Hektik, und schließlich fliegen sie weg, alle außer die mit dem gebrochenen Flügel. Als sie herausspringt und Halt an der Rebe findet, lasse ich das Handtuch vorsichtig fallen und ziehe die Kanten zusammen.

»Du hast sie«, sagt Lina und klingt atemlos. »Hier.« Sie öffnet einen Reisekäfig, der auf dem Boden steht. »Öffne das Handtuch nicht. Sie könnte sich verletzen, wenn sie versucht, zu fliehen.«

Ich lege unsere Patientin hinein, und sie sichert den Türverschluss.

»Richtig. Was jetzt, Fledermausschwester?«

»Russell muss mich zum Tierarzt fahren.«

Ich bin nicht überrascht. »Russell hat gekündigt.«

»Was?«

Während ich sie aufmerksam betrachte, sage ich: »Interessenkonflikt.«

Sie erblasst ein wenig. Sie wusste es. Sie hat Angst. Sie kennt die Tiefe meiner Besessenheit. »Wirst du mich bestrafen?«

»Du hast nichts falsch gemacht.« Sie hat nicht geflirtet und ihn nicht ermutigt.

»Ich dachte, du wärst wütend.«

Ich bin ein verdammtes Biest, aber ich bin nicht unfair. »Ich bin nicht wütend.«

Sie atmet hörbar aus.

»Brink passt jetzt auf dich auf. Du verlässt dieses Anwesen nicht ohne ihn oder mich.« Ich hebe den Käfig hoch. »Ich werde ihn von einem der Wachleute beim Tierarzt abgeben lassen.«

Sie hält meinen Arm fest. »Ich gehe mit.«

»Du gehst zurück ins Haus, um dich auszuruhen.«

»Ich bin kein Kind mehr.«

»Du bist heute Morgen von einer Peitsche ohnmächtig geworden. Du brauchst mehr Salbe, Schmerzmittel und Ruhe.«

»Wessen Schuld ist das?«, fragt sie leise.

»Zwing mich nicht, Lina.«

Sie wird ernüchtert bei meinem Tonfall.

»Geh rein. Wenn ich dich nicht im Schlafzimmer finde, wenn ich dort ankomme, bist du für ein weiteres Auspeitschen gebucht, wenn du wieder gesund bist.«

Ihre Nasenlöcher beben, und ihre Augen schimmern vor wütenden Tränen, aber sie gehorcht.

Nachdem ich die verletzte Fledermaus einer der Wachen übergeben habe, gehe ich nach oben und finde Lina wartend im Zimmer. Sie starrt auf den kalten Kamin und umarmt ihren Bauch. Vorsichtig entfalte ich ihre Arme und lege sie an ihre Seiten. Ich führe meine Arme von hinten um sie herum, öffne das Hemd und schiebe es über ihre Schultern und ihre Arme, damit es zu ihren Fersen auf den Boden fällt. Ich knie mich hin, hebe das Hemd hoch und halte es unter meine Nase. Es riecht nach ihr. Süßes Gift. Die gute Art von Gift. Sie macht mich verrückt. Sie lässt mich die kleinen Baumwollshorts über ihre Beine ziehen und sie wie eine Einschränkung um ihre Knöchel legen.

Sie zittert. Ich will sie. Sie weiß es.

Ich will sie aus zwei Gründen. Erstens, weil sie mir einen Schal gegeben hat, als es sonst niemanden interessierte, und zweitens, weil ihr Vater sagte, ich könne sie nicht haben. Aus den falschen Gründen, ja. Das bedeutet nicht, dass ich mich nicht um sie kümmern werde. Im Gegenteil, ich kümmere mich sehr gut um das, was mir gehört, und sie gehört mir so sicher, wie ihr *Für immer und ewig* mit mir in Diamanten gehauen ist. Sie ist mehr wert als Stein.

Ich fahre mit meinen Händen die Innenseiten ihrer Beine hoch, während ich mich aufrichte, und ihre Muschi teste. Nass. Mein Finger rutscht direkt hinein. Sie stellt sich auf Zehenspitzen. Ich ziehe meine Finger heraus und hinterlasse eine nasse Spur der Erregung, während ich ihre Wirbelsäule nachfahre. Sie erschaudert. Ich lege meine Finger um ihren Nacken und drücke ihren Oberkörper sanft nach unten. Sie greift nach dem ornamentalen Vorsprung unter dem Kaminsims, um sich festzuhalten. Sie ist nass und offen, blühend, einladend. Ich befreie meinen Schwanz durch meinen Hosenstall. Ich halte den Schaft in einer Hand und positioniere meine Erektion an ihrem Eingang. Ich berühre nur ihre Hüfte, während ich den Kopf auf ihrem Spalt nach oben und unten bewege und meine Lusttropfen mit ihrer Erregung vermische. Ich brenne darauf, mit meinen Händen über ihren Rücken zu streicheln, aber es würde ihr wehtun. Dieses Kunstwerk streichele ich nur mit meinen Augen. Deshalb muss ich sie so nehmen. Heute werde ich ihr Gesicht nicht sehen, wenn ich komme. Ich werde die Spuren beobachten, die ich auf ihrem Körper hinterlassen habe, und der Gedanke lässt meinen Schwanz zucken. Ich werde immer härter. Es ist verkommen, aber ich brauche keine Ausreden für das, was ich bin. Wir sind, was wir sind. Die Zeichnungen auf ihrem Rücken lassen mich vergessen, wer wir hätten sein können. Es ist himmlisch, im Moment versunken zu sein, in der Lust. Nichts anderes ist wichtig. Es gibt nichts anderes.

Als ich gut geschmiert bin, schiebe ich mich in ihren Körper und dehne sie langsam aus. Ich beobachte, wie ihre Fotze meinen Schwanz aufnimmt, ihre Lippen sich dehnen, um mich zu nehmen, während ihre Atmung sich beschleunigt und ihre Nägel über die Marmorblumen an der Wand kratzen. Ich mache weiter, bis ich bis zum Anschlag in ihr vergraben bin. Ich halte in ihr still, damit sie sich anpassen kann, und greife nach ihrer Klitoris. Ihre Haut ist feucht. Sie drückt sich gegen mich, als ich anfange zu reiben. Sie stöhnt, als meine andere Hand ihre Brust findet, streichelt und mit ihrer Brustwarze spielt, bis sie hart ist.

Als sie beginnt, sich zu bewegen, ergreife ich ihre Schenkel und halte sie ruhig. Das ist meine Szene. Mein Tempo. Ich ziehe mich fast bis zum Anschlag heraus, bevor ich erneut zustoße. Sie versucht, ihre

Beine breiter hinzustellen, aber die Shorts um ihre Knöchel herum verhindern das. So fühlt es sich enger an. Es gibt mehr Reibung. Sie stöhnt. Ich sage ihr, dass sie ganz stillhalten soll, während ich aus ihrer engen Muschi gleite und die Länge meiner Erektion mit einem Stoß wieder hineinschiebe. Ihre Knie geben nach. Sie bricht fast zusammen. Ich werde sanfter, weil ich sie nicht oben halten und gleichzeitig den Anblick ihrer Muschi genießen kann, die sich um mich herum ausdehnt. Sie erschaudert und zieht sich im Inneren zusammen. Es ist zu viel, selbst bei diesem langsamen Tempo. Ich werde explodieren.

»Berühre dich, Lina. Komm.«

Ihre Hand bewegt sich zwischen ihren Beinen. Ihre Finger legen sich um meinen Schwanz, als ich mich herausziehe, drücken zu, und ich spritze beinahe ab. Ich knirsche mit den Zähnen und höre auf, mich zu bewegen, während sie ihre Klitoris reibt, bis ich dieses kleine Geräusch höre, das mir sagt, dass sie gleich so weit ist.

Wir kommen zusammen. Ich reibe meine Leiste an ihrem Arsch, während sie sich an mich zurückdrückt. Ich wünschte, das würde nie enden, dieses Gefühl der Euphorie und Verbindung, das ich nur mit ihr habe. Sie ist nicht meine Erste, aber sie ist meine Einzige.

Ich streichele sie, während sie von ihrem Höhepunkt herunterkommt, und ziehe mich erst dann heraus, als keine Nachbeben mehr durch ihren Unterleib laufen. Ich hebe sie in meine Arme und trage sie zur Dusche. Ich stelle das Wasser auf lauwarm.

Trotzdem wird es brennen. Sie faucht, als der Strahl auf ihren Rücken regnet. Ich wasche sie schnell und berühre ihre Striemen so wenig wie möglich. Ich bin vorsichtig mit dem Handtuch und tupfe sie sanft trocken. Ich gebe ihr noch zwei weitere Schmerztabletten und reibe Creme auf ihren Rücken. Dann sage ich ihr, dass sie sich auf das Bett legen und sich ausruhen soll.

Sie liegt auf dem Bauch und sieht mir mit ihrer Wange auf dem Kissen dabei zu, wie ich mich anziehe.

»Damian?«

Ich kann nicht genug davon bekommen, sie anzusehen. »Ich bringe dir etwas Tee. Du musst genug Flüssigkeit zu dir nehmen.«

»Wer war deine Erste?«

Meine Finger an den Hemdknöpfen hören auf, sich zu bewegen. »Ich kannte ihren Namen nicht.«

»Warum nicht?«

»Wir haben uns im Wasserpark getroffen. Haben es hinter den Bäumen gemacht. Ich habe nicht gefragt. Sie hat ihn nicht gesagt.«

»War es gut?«

Ich schiebe mein Hemd in meine Hose und ziehe den Reißverschluss hoch. »Es war eigenartig. Warum fragst du?«

»Ich habe es mich nur gefragt.« Ihre Stimme ist weich, weit entfernt oder vielleicht schläfrig. »Wie viele kamen nach ihr?«

»Ich habe nicht gezählt.«

Aus dem weichen Nest ihres Kissens schenkt sie mir ein schwaches Lächeln. »So viele, was?«

Als ich zum Bett gehe, schaue ich auf sie herab, die einzige Frau, die ich je wirklich wollte. Will. Für immer wollen werde. Ich fahre mit meinem Finger über ihren Arm, über die Unebenheiten ihrer Narben. »Hast du vor Clarke mit niemandem geschlafen?«

Sie atmet tief ein und hält den Atem an, dann bläst sie die Luft langsam aus. »Nein.«

»Du lässt mich wünschen, ich hätte es nicht getan.«

Sie hebt den Kopf. »Was?«

»Mit jemandem vor dir zu schlafen.«

Etwas in ihren Augen verändert sich. Wir schauen uns in die Augen, und unsere Atemzüge sind ruhig. Wir beide fühlen uns unwohl mit der Größe meines Geständnisses.

Um sie daran zu hindern, zu antworten, küsse ich ihre Schulter und gehe. So macht das ein Gentleman.

Allein in der Küche, als ich Lina eine Tasse Tee zubereite, lasse ich den Schmerz ihres Schweigens sacken. Monster haben auch Herzen.

Ich beschließe, den Rest des Nachmittags von zu Hause aus zu arbeiten, falls Lina mich braucht, und schaue jede Stunde nach ihr. Sie schläft ein wenig und verbringt den Rest der Zeit damit, sich um die Fledermaus zu sorgen, bis der Wächter zurückkommt und uns sagt, dass der kleine Kerl beim Tierarzt bleiben wird, bis sein Flügel wieder gesund ist.

Als wir uns zum Abendessen setzen, kommt Lina in einem anderen meiner Hemden nach unten, um mir zu sagen, dass sie sich nicht wohlfühlt und im Zimmer essen wird. Sie hat Jana bereits um ein Tablett gebeten.

Jeder Funken Beschützerinstinkt, den ich habe, läuft auf Hochtouren. Ich bin im Handumdrehen wieder auf den Beinen. »Was ist los?«

»Nur, ähm, ein paar Kopfschmerzen.«

Ich lege meine Hand auf ihren Nacken. »Hast du Fieber?«

»Nein.«

»Wann warst du das letzte Mal pullern?«

Sie macht große Augen und sagt tadelnd: »Damian.«

»Nach oben.«

»Du reagierst über. Es ist nur ein bisschen …«

»Jetzt.« Ich nehme ihren Arm und führe sie zur Tür.

Sie schaut Zane und Anne nicht an, als sie sich entschuldigt, sondern hält ihren Kopf oben und ihren Rücken gerade bis ins Schlafzimmer, auch wenn ich ihr einziges Publikum bin.

Ich zeige auf das Bett. »Leg dich hin.«

»Damian.«

Ich hole den Medikamentenkoffer aus dem Badezimmer und trage ihn zum Bett. Sie steht immer noch und sieht unbehaglich und wütend aus.

»Auf den Bauch«, sage ich.

Sie schnaubt, klettert aber aufs Bett.

Ich hole das Thermometer hervor und stecke es ihr in den Mundwinkel. Ich verschränke meine Arme und zähle die Sekunden. Sie verdreht die Augen, als ich es herausziehe.

»Kein Fieber«, sage ich.

»Ich habe es dir gesagt.«

»Sag mir, wo es wehtut.«

»Nur mein Kopf.«

»Trinkst du genug?«

»Ja, und ich war vor fünfzehn Minuten auf der Toilette.«

Ich ziehe das Hemd hoch und überprüfe ihren Rücken. Die Striemen sind rot, einige verblassen bereits. Es gibt keine neuen blauen Flecken, die auf eine leichte Blutung hinweisen. Ich untersuche ihre Sohlen und Zehennägel. Ich fühle ihren Puls. Alles scheint normal zu sein, aber mein Herzschlag will sich nicht beruhigen.

»Ich muss mich nur ausruhen«, sagt sie und vermeidet Blickkontakt.

Etwas ist nicht in Ordnung. »Tut etwas im Inneren weh?«

»Nicht mehr als sonst.«

»Mehr als sonst?«

»Vorhin.« Sie wird rot. »Du warst am Ende grob.«

»Hast du geblutet?«

»Nein.«

Ich schüttele zwei Schmerztabletten aus der Flasche und gebe sie ihr mit einem Glas Wasser. Ich warte, bis sie alles getrunken hat.

»Ich werde mit dir im Zimmer essen.«

»Nein«, sagt sie zu schnell. Sie scheint sich zu fangen und beißt sich auf die Lippe. »Ich brauche Zeit für mich allein.«

Es gefällt mir nicht, aber ich kann es verstehen. »Wo ist dein Handy?«

»In meiner Tasche.« Sie zeigt auf das Sofa am Kamin.

Ich hole es heraus und lasse es auf dem Nachttisch liegen. »Ruf mich an, wenn sich etwas ändert oder wenn du etwas brauchst.«

»Das ist nicht nötig.«

»Keine Widerrede. Du rufst mich an. Verstanden?«

»Ja«, flüstert sie und sieht schuldbewusst aus.

»Es ist mein Job, mich um dich zu kümmern.« Besonders, wenn ich der Grund für ihre Schmerzen bin.

»Gut.«

Ich nehme ihre Hand, genieße das Gefühl ihrer viel kleineren Handfläche in meiner und küsse ihre Finger. »Bis später.«

Ich mag den Abstand nicht, den ich zwischen uns bringe, als ich nach unten gehe. Der einzige Grund, warum ich mich vorwärtsbewege, ist, um ihrer Bitte nachzukommen, aber ich fühle mich unwohl. Sie wird nicht kotzen oder sich schneiden, sonst hätte sie das schon vor langer Zeit getan. Ich fühle mich unwohl, weil ich das seltsame Gefühl habe, sie irgendwie zu enttäuschen.

Zurück im Esszimmer begrüßt mich Annes

sinnliches Lächeln. Zum ersten Mal bemerke ich das rote Kleid, das sich an ihren Körper schmiegt. Ihr Make-up und ihre Haare sind perfekt, und sie flirtet während des Essens mit mir. Da ich nicht in der Stimmung für eine Unterhaltung bin, ignoriere ich sie, außer wenn sie mir eine direkte Frage stellt.

Als Zane verkündet, dass er nach dem Dessert ausgehen wird, wird mir klar, dass das alles kein Zufall ist. Wie konnte Anne Lina davon überzeugen, mitzuspielen? Ist meine Frau so begierig darauf, mich loszuwerden, dass sie mich an den Gast verkauft, den sie eingeladen hat? Oder hat sie deshalb Anne zum Bleiben eingeladen? Hatte sie gehofft, ich würde mich in Anne verlieben und sie vergessen? Die Möglichkeit, dass das passiert, ist so lächerlich, dass ich fast laut lache.

Ich entschuldige mich, als Anne meinen Arm greift. »Damian, wir müssen reden.«

Ich schaue dorthin, wo ihre roten Fingernägel in den Stoff meiner Jacke eindringen. »Ich bin anderer Meinung.«

Langsam entfernt sie ihren Griff. »Du bist mir seit dem letzten Abendessen in der Nacht, als ich mit dir reden wollte, ausgewichen, der Nacht, in der du dem Kerl die Finger abgeschnitten hast.«

Ich will nicht an diese Nacht erinnert werden. Es war ein großer Fehler, das Arschloch hierherzubringen, und ich bedauere immer noch, dass Lina das sehen musste. Ich stehe auf.

»Es geht um Lina.«

Ich erstarre. Anne lächelt, bereits siegreich.

»Was ist mit Lina?«

Sie drückt sich vom Tisch hoch. »Das musst du sehen.«

Sie geht um mich herum und in die Küche. Ich folge ihr, weil sie recht hat. Alles, was Lina betrifft, ist meine Sache.

Sie zerrt einen Wäschekorb hinter der Tür hervor und stellt ihn auf die Theke. Es ist bis zum Rand mit Brötchen gefüllt. Ich hebe eines hoch und drücke es zusammen. Spröde und trocken, zerbröckelt es und zersplittert in Stücke.

»Was ist das?«

Annes Blick wird mitfühlend. »Damian, es tut mir leid, aber ich dachte, du solltest es wissen. Ich habe das hier auf dem Boden von Linas Schrank gefunden. Sie ist wirklich verrückt. Ich meine, wer sammelt Brötchen? Ich mache mir Sorgen um ihren Geisteszustand. Das ist nicht richtig.«

Ich schüttele die Krümel von meinen Händen. »Was hast du in Linas Schrank gemacht?«

»Sie sagte, ich könnte mir ein Kleid ausleihen.«

Absichtlich lasse ich meinen Blick auf ihre Hüften fallen. Sie wird ein wenig rot. Sie wird diese Hüften nie in Linas Kleider bekommen.

Ich reibe einen Finger über meinen Mund und beobachte sie aufmerksam, bis sie sich zu winden beginnt. »Weißt du, was ich von Petzen halte?«

»Ich musste es dir einfach sagen«, sprudelt sie hervor. »Weißt du nicht, was die Leute sagen?«

»Was sagen die Leute?«

»Dass du eine verrückte Frau geheiratet hast. Sie ist seltsam. Sie hat dich auf deiner Hochzeit mit einem Trauerkleid gedemütigt.«

»Die Menschen urteilen schnell. Wer sagt, dass sie nicht exzentrisch ist?«

»Das Kleid war nicht exzentrisch, und das weißt du. Jeder weiß es. Es war eine Aussage. Tony sagt, dass sie keinen Verlobungsring wollte, dass sie dir praktisch einen vierkarätigen Diamanten ins Gesicht geworfen hat. Ihre Arme sind zerschnitten. Sie kann keine Tür schließen, geschweige denn abschließen. Sie baut Häuser für Fledermäuse. Sie ließ meinen Großvater wegen dieser verdammten Fledermäuse feuern. Alle sagen, dass sie Vampire den Menschen vorzieht. Dann sind da noch die Zeitungsartikel und das Foto, auf dem sie sich fast unter einen Bus wirft.«

Sie hält inne, um Luft zu holen.

Ich verschränke meine Arme. »Sonst noch etwas?«

Ein Teil ihrer Leidenschaft verflüchtigt sich. Sie wird ruhiger. »Du weißt es besser als ich.«

»Verdammt richtig.«

»Das ist schrecklich. Ich fühle mich schrecklich für dich.«

»Du hast recht. Es ist schrecklich.«

»Was wirst du tun?«

»Was schlägst du vor?«

Sie zieht an meinen Armen, entfaltet sie und nimmt meine Hand zwischen ihre beiden. »Ich verstehe, dass du ihr Geld für deine Mine brauchst. Ich bin kein Narr.

Jeder weiß, warum du sie geheiratet hast. Das wird schrecklich klingen, aber du kannst das Geld haben, ohne dich mit ihr abgeben zu müssen.«

Mein Magen zieht sich zusammen. Wut schießt durch meine Venen. »Was schlägst du vor?«

»Es gibt Orte, an die man verrückte Leute schicken kann.«

Ich verenge meine Augen. »Einrichtungen.«

Sie nickt begeistert. »Ja. Wo ihnen geholfen wird.«

»Damit ich das richtig verstehe. Du schlägst vor, dass ich sie einsperre?«

»Ich ziehe es vor, es so zu sehen, dass sie von Menschen gepflegt wird, die ihr helfen können. Du wirst immer noch ihr Geld verwalten. Du wirst immer noch deine Mine haben.«

Ich ziehe meine Hand heraus. »Das klingt ziemlich egoistisch.«

»Du musst anfangen, an dich selbst zu denken, an deinen Ruf, und daran, wie du willst, dass die Welt dich sieht. Dein Erfolg wächst täglich. Willst du, dass deine internationalen Kontakte dich als den Kerl kennen, der die verrückte Frau geheiratet hat, oder als den erfolgreichen, angesehenen Geschäftsmann, der du bist?«

»Wow, Anne. Du bist wirklich beeindruckend.«

Ihr Auftreten wird unsicherer. »Was meinst du damit?«

»Du bist bösartig, egoistisch und grausam. Das Urteil, das du so überzeugend über Lina gefällt hast, liegt bei dir. Pack deine Taschen. Ich will, dass du bis morgen früh hier raus bist. Sei froh, dass ich *dich* nicht *einsperren lasse.*« Da ich sie keine Minute länger mehr ansehen kann, schnappe ich mir den Korb mit Brot und gehe zur Tür.

»Warte.« Sie rennt mir nach. »Alles, was ich gesagt habe, ist wahr. Ich tue das für dich.«

»Sag nicht auf Wiedersehen, bevor du gegangen bist.«

»Wo willst du hin?«, schreit sie.

Meine Frau verhören.

Meine Fußstapfen dröhnen laut den Flur hinunter. Ich bin wütend auf Lina, weil sie mich mit Anne zusammengebracht hat, wütend auf Anne und vor allem, wenn ich ehrlich bin, besorgt um meine Frau.

Lina sitzt im Bett, angespannt. Ihre Augen werden groß, als sie den Korb in meinen Armen sieht.

Ich stelle ihn auf das Bett. »Was ist das?«

Sie schaut zwischen den Brötchen und mir hin und her. »Das sind Brötchen.«

»Ich weiß, *was*. Ich will wissen, *warum*.«

»Für den Fall, dass uns das Brot ausgeht.«

»Verdammt, Lina.« Frustriert lege ich meine Hände auf meine Hüften. »Das ist schwach. Das kannst du besser.«

Sie beißt sich auf die Lippe und schaut zum Fenster.

»Was ist in Willowbrook passiert, Lina?«

Sie schüttelt den Kopf.

Ich gehe um das Bett herum, so dass sie mich sehen muss. »Ich war in Willowbrook.«

Ihre Augen werden noch größer. »Warum?«

»Ich wollte wissen, was mit dir passiert ist.«

Sie sieht mich nur an, mit großen Augen und gefangen.

Ich setze mich auf das Bett und nehme ihre Hand. »Sag mir, was sie mit dir gemacht haben.«

Ihre Stimme ist ruhig, aber ihre Hand zittert in meiner. »Nichts, was ich gerne wiederholen würde.«

»Ich muss es wissen.«

Ihre Augen sind unscharf. Sie blendet mich aus und versteckt sich vor der Vergangenheit.

»Sieh mich an«, fordere ich sanft. »Ich werde dieses Drecksloch schließen. Ich muss wissen, was sie mit dir gemacht haben.«

Ihr Ausdruck ist hoffnungsvoll, unsicher.

»Ich werde sie dafür bezahlen lassen, jeden einzelnen von ihnen.« Ich bringe ihre Hand zu meinem Mund und reibe ihre Finger über meine Lippen. »Ich schwöre es dir.«

»Warum interessiert es dich, was sie mit mir gemacht haben?«

»Niemand verletzt, was mir gehört, und kommt damit durch.«

»Ich gehörte dir damals nicht.«

»Das tatest du. Du hast mir schon immer gehört.«

»Damian.« Sie zieht ihre Hand weg. »Du bist verrückt.«

Ich lächele. »Dann sind wir schon zu zweit.«

Ihr Blick ist tadelnd. »Das ist nicht lustig.«

Sie muss mit der Schullehrerinnen-Nummer

aufhören, oder ich vergesse, warum ich hier bin. »Habe ich dich jemals angelogen?«

»Nein«, flüstert sie.

»Dann vertraue mir in dieser Sache. Sie werden nie wieder arbeiten, nicht eine einzige Person, die jemals mit diesem Ort verbunden war. Sag nur ein Wort, und ich werde sie alle für dich töten.«

»Nein«, ruft sie erschrocken aus. »Ich will nicht, dass du jemanden tötest.«

»Dann fang an zu reden.«

Sie seufzt zitternd. Ich weiß genau, in welchem Moment sie den gedanklichen Sprung macht. Ihre Hände ballen sich zu Fäusten, und ihre Lippen öffnen sich. Es gibt eine Pause, und dann sprudelt alles heraus.

»Sie haben mich an ein Bett geschnallt, mir Beruhigungsmittel gespritzt und mich hungern lassen.«

Das ist die Schlussfolgerung, zu der ich bereits gekommen bin, abzüglich des Teils mit dem Hungern. Sie das sagen zu hören lässt meine Organe in rachsüchtigem Zorn kochen. Dickenson wird bloßgestellt werden. Ich schwöre es.

»Deshalb habe ich das Brot gestohlen. Es ist zwanghaft.«

Für den Fall, dass ich ihr das Essen wegnehme. Für den Fall, dass sie hungrig wird. Ich habe viel Unrecht erlitten, aber ich wurde nie absichtlich hungern gelassen, nicht einmal von meinen nicht besonders guten Eltern. Ich kann mir nicht vorstellen, was sie durchgemacht hat. Die Teile, die keinen Sinn ergeben haben, fügen sich zusammen. Wie sie ihre erste Mahlzeit in diesem Haus verschlang, wie sie immer so isst, als gäbe es keine weitere Mahlzeit, warum sie für den Notfall Brot getrocknet hat, den Zucker, den sie im Restaurant mitgenommen hat, das alles ergibt jetzt Sinn.

»Du hast nichts gestohlen. Was meins ist, ist auch deins. Ich werde dich nie hungern lassen.« Ich lege meine Arme um sie und ziehe sie an mich heran. Ich halte sie vorsichtig fest und achte immer noch auf ihren schmerzenden Rücken. »Ich werde dir Gerechtigkeit verschaffen. Ich verspreche es.«

Sie vergräbt ihr Gesicht an meiner Brust und nimmt eine Handvoll meines Hemdes.

»Warum hat Dalton dich dorthin geschickt?«, frage ich, weil ich mir Sorgen mache, dass sie aufhört zu reden.

»Ich war *schwierig*, als er mich nach Jacks Tod nach Hause brachte.«

Clarke hatte sie für geschäftsunfähig erklären lassen. Ihr Recht, Entscheidungen zu treffen, war ihr bereits entzogen worden. Sie hätte eine Entscheidung, die Dalton in ihrem *besten Interesse getroffen* hätte, nicht anfechten können. Sie wurde gegen ihren Willen eingesperrt, aber warum sollte sie hungern? Das ist nicht das liebevolle Vaterbild, das ich in meinem Kopf hatte. Je mehr ich höre, desto mehr entwirrt sich das Bild, aber die Enden sind nicht verbunden.

»Dalton wusste, was dort geschah.« Ich küsse die

Oberseite ihres Kopfes. »Da steckt mehr dahinter. Ich will alles wissen.«

Sie ist still. Für einen Moment glaube ich, dass sie es mir sagen wird, aber dann sagt sie: »Es gibt Dinge, bei denen ich niemandem außer mir selbst vertrauen kann.«

Ich ziehe mich zurück und lächele sie an. Sanft. Es soll sie beruhigen. Ja, es ist manipulativ, aber ich werde niemals irgendwelche Informationen, die sie mit mir teilt, gegen sie verwenden. Ich werde sie nie verurteilen.

»Du und deine *Dinge*«, sage ich und lasse es unbeschwert klingen.

Sie schluckt den Köder nicht. »Es gibt *Geheimnisse*, bei denen ich niemandem trauen kann.«

»Habe ich mir dein Vertrauen nicht verdient?«

Sie lacht spöttisch und schubst mich weg.

»Habe ich jemals etwas nicht getan, von dem ich gesagt habe, dass ich es tun würde?«

»Nein«, flüstert sie und wendet ihre Augen ab.

»Ich werde dich rächen, Lina, auch wenn du es mir nie sagst.« Ich werde es trotzdem herausfinden. Ich will jede verfickte Sünde wissen, die je an ihr begangen wurde. »Ich weiß nicht, was du verheimlichst oder warum, aber ich bin nicht dein Feind. Ich bin dein Mann. Du gehörst mir, und ich beschütze dich bis zu meinem Todestag.«

Sie blinzelt. Sie betrachtet mein Gesicht, während sie meine Worte verdaut. »Du hast mich wegen deiner verkorksten Motivation gezwungen, dich zu heiraten.

Du hast mich gegen meinen Willen an dich gebunden und verkündest, dass du es bis zu deinem Todestag tun wirst. Wie kann ich dir vertrauen?«

Ich verenge meine Augen bei den wahrheitsgemäßen Anschuldigungen. An jedem anderen Tag hätte ich sie gerne daran erinnert, wie gerne sie gegen ihren Willen festgehalten wird, aber nicht heute. »Habe ich dich jemals angelogen?«

»Nein«, sagt sie noch einmal.

»Vertrau mir, mein Engel. Versuch es zumindest. Niemand kann seine Geheimnisse für immer allein tragen.«

Das stimmt. Ich sehe die Erkenntnis in ihren Augen, als sie das Muster der Tagesdecke untersucht. Ich sehe das Gewicht ihrer Vergangenheit an ihrer eingesunkenen Haltung, und die Versuchung, sich selbst zu entlasten, in der Art und Weise, wie sie ihre Lippe zwischen ihren Zähnen bearbeitet.

Nach einer Weile schaut sie mit großen, gequälten Augen zu mir auf. »Ich brauche Zeit.«

Ich akzeptiere den Olivenzweig. »Ich kann geduldig sein.«

»Danke.«

Die Worte sind kaum hörbar, aber sie hat mir etwas gegeben. Sie hat mir Dankbarkeit gegeben.

»Jetzt kannst du mir von deiner Sucht nach Jelly Beans erzählen.«

Sie wird röter als Himbeeren.

Ich grinse. »Zane sagte, er hat zwei Läden

ausgeräumt. Wie viele Jelly Beans kann eine magere Frau essen?«

»Ich …« Sie streicht sich eine Haarsträhne hinter das Ohr und sieht mir nicht in die Augen. »Ich brauche Jelly Beans, wenn ich verärgert bin.«

Lachend ergreife ich ihr Kinn und drehe ihr Gesicht zu meinem. »Das werde ich mir merken. Ich muss mir einen Vorrat anlegen.«

Sie schaut wieder weg.

»Du musst nur fragen. Egal wie viele du willst, es wird niemals zu viel sein.«

Ihre Lippen formen beinahe ein Lächeln. Es reicht nicht aus, ihr Grübchen hervorzubringen, aber es erwärmt mein Herz auf eine fremde Art und Weise, eine gute. Ich will dieses Lächeln mehr als alles andere, aber heute Abend wird das nicht der Fall sein. Es gibt noch eine weitere Sache, die dem Vertrauen und dem Lächeln im Weg steht.

Ich ziehe meine Jacke aus und gehe zum Badezimmer. In der Tür drehe ich mich um. »Anne verschwindet morgen. Wenn du jemals wieder versuchst, mich mit einer anderen Frau zu verkuppeln, wird es auch für dich nicht gut enden.«

Das Himbeerrot fließt aus den Wangen. »Wirst du mich bestrafen?«

»Wie du es verdienst, aber erst, wenn du gesund bist.« Sie muss verstehen, wie ernst ich unsere Gelübde nehme. »Es wird dir bis dahin etwas zum Nachdenken geben.«

Ich arbeite am nächsten Tag von zu Hause aus und richte mich in der Lounge ein, während die Staubsauger oben saugen. Es geht darum, ein Auge auf Zane zu haben. Er macht Lina für Annes hastigen Abschied verantwortlich, und ich mag den Ausdruck auf seinem Gesicht nicht, wenn er meine Frau ansieht. Ich habe mehrere Sicherheitsbänder genommen und sie zufällig angeschaut, aber nichts Ungewöhnliches entdeckt.

Zane und ich haben uns noch weiter voneinander entfernt, und heute sind keine Blumen im Eingang. Zeichen sind alles. Ich nehme mir das Zeichen der leeren Vase zu Herzen und befehle einer meiner vertrauenswürdigsten Wachen, Drew, jeden einzelnen Sicherheitskanal zu beobachten, Sekunde für Sekunde.

Die nächste Aufgabe des Tages ist es, Kontakt zu jemandem aus dem Gefängnis herzustellen, um in die Akten von Clarkes Haushaltspersonal einzusehen. Ich will Namen, Daten und Aufgaben. Ich weise denselben Mann an, auch für Willowbrook eine Aufstellung der Angestellten zu erstellen. Wenn jemand unter der Hand bezahlt worden ist, will ich es wissen. Wenn jemand im Namen dieses Etablissements eine Briefmarke angeleckt und auf einen Umschlag geklebt hat, will ich seinen Namen haben.

Ellis ist in der Stadt, um den Kauf neuer Geräte zu überwachen. Er kommt widerwillig zu einem Treffen am Nachmittag vorbei, als das lästige Staubsaugen endlich aufhört.

»Wo ist deine reizende Frau?«, fragt er, als ich ihn ins Arbeitszimmer führe.

Im Bett, in meinem Hemd. Ich werde schon bei dem Gedanken daran hart. »Beschäftigt.«

»Schade. Sie ist eine gute Frau. Du tust gut daran, an ihr festzuhalten.«

Er hat keine Ahnung. »Möchtest du einen Drink?«

Ich gehe zum Schnapstablett und hebe den Dekanter hoch. Etwas auf dem Boden zieht meine Aufmerksamkeit auf sich. Ich halte ihn gegen das Licht. Unglaublich. Geleeartige Kugeln, einige verfärbt, verderben meinen Fünftausend-Rand-Whisky.

Ich stelle den Dekanter wieder ab. »Oder vielleicht auch nicht.«

Ellis wirft einen neugierigen Blick auf den Alkohol.

»Kommen wir zum Geschäft.« Ich setze mich hin und suche sofort eine neue Position.

Etwas Hartes und Kugeliges gräbt sich in meinen Arsch. Ich stöhne verärgert auf, stehe auf und ziehe das dünne Kissen zur Seite. Verdammt. Der Sitz meines Lieblingsstuhls ist mit bunten Bällen bedeckt.

Jelly Beans.

»Ist alles in Ordnung?«, fragt Ellis und nimmt den Besucherstuhl.

Ich streiche die Süßigkeiten beiseite, ohne mein Grinsen verbergen zu können, und setze mich hin, während die kleinen Kugeln in alle Richtungen über den Boden rollen.

»Perfekt.« Ich öffne meine Ledertasche und hole die von mir vorbereitete Akte heraus, nur um Jelly Beans aus der Tasche fallen zu sehen. Sie sind überall, die kleinen Wichser. In jeder Falte, Ecke und Ritze der Tasche.

Ich drehe die Akte auf den Kopf und schüttele sie. Eine weitere Explosion von Bällen hüpft heraus und rollt überall hin.

Ellis lehnt sich zur Seite, starrt auf die Kugeln und hebt eine Augenbraue.

Ich muss meiner hübschen Frau ein oder zwei Dinge über Rache beibringen. Mein Lächeln ist lang und breit, diesmal. Immer noch entschlossen, mich von Linas Rache nicht ablenken zu lassen, klappe ich den Ordner auf. Das Papier ist mit bunten Flecken übersät. Ich ziehe den ruinierten Vertrag heraus und reiche ihn Ellis.

Er schaut ihn sich an, sein Stirnrunzeln vertieft sich. »Sind das …?« Er lehnt sich wieder zur Seite und kratzt sich den Kopf. »Jelly Beans?«

Ich halte einen Finger hoch. »Entschuldige mich bitte. Ich bin gleich wieder da.«

Ich marschiere direkt in unser Schlafzimmer. Die Tür ist offen, aber Lina erschrickt, als ich hereinkomme. Sie sitzt auf einem Fenstersitz und liest das Handbuch zum Führerschein.

Sie lässt das Handbuch vorsichtig sinken, als meine Schritte näher kommen.

»Damian, ich …«

Ich gebe ihr keine Zeit, noch etwas zu sagen. Ich

nehme ihr Gesicht zwischen meine Hände und küsse sie heftig. Fordernd. Ich beiße in ihre Lippen und sauge an ihrer Zunge. Das Handbuch fällt auf den Boden, weggeworfen wie Süßigkeiten. Sie ist einzigartig. Genau mein Geschmack. Ich wusste es vor sechs Jahren. Ich weiß es jetzt.

Lieb, unschuldig, schön, sauber, das Licht für meine Dunkelheit. Ich werde ihr eine Jelly-Bean-Pistole kaufen, damit sie mich mit Süßigkeiten überschütten kann. Sie ist verdammt unbezahlbar.

Ich liebe sie.

Ich erstarre. Ich ziehe mich zurück.

Ihre Lippen sind rot und geschwollen. Ihre Augen sind unscharf und voller Lust.

Ich bin hart und schockiert.

»Damian?«

»In einer Stunde will ich dich nackt auf Händen und Knien in meinem Arbeitszimmer.«

Sie erblasst. »Warum?«

Das Luder, es weiß genau, warum. »Du wirst jede einzelne Jelly Bean vom Boden lesen, und du wirst es tun, ohne meine Arbeit zu unterbrechen. Wenn du auch nur einen Pieps von dir gibst, versohle ich dir den Arsch, mit oder ohne Striemen.«

Ihr Mund klappt auf.

Ich gehe erschüttert zurück zur Tür, präge sie mir dort in meinem Hemd sitzend ein, vom Küssen zerzaust, und erinnerte mich daran, wie sie aussah, als mir klar wurde, dass ich sie liebe.

Lina

OH, WIE SEHR ICH DAMIAN HASSE.

Wie ich seinen Arbeitszimmerboden hasse.

Die Fliesen sind hart und kalt. Die Teppiche sind rau und kratzig.

Während er zusieht, krabbele ich nackt herum und lasse die Süßigkeiten in das leere Glas fallen, das er mir gegeben hat.

Er streichelt meinen Oberschenkel mit seinem Schuh, als ich mich um seinen Stuhl herumbewege.

»Ich glaube, du hast einen unter dem Schreibtisch vergessen.«

Ein böser Blick hilft nicht. Er grinst mich nur kurz an, bevor er seine Aufmerksamkeit wieder auf seine Akte richtet. Ab und zu hält er inne und kritisiert mich, sagt mir, dass ich hinter den Vorhängen und unter den Teppichen nachsehen soll.

Als kein einziges Bonbon mehr auf dem Boden liegt und meine Knie aufgeschabt sind, nimmt er das Glas und stellt es in die Ecke seines Schreibtisches.

»Steh auf.« Er reicht mir die Hand.

Meine Beine sind steif vom Krabbeln. Ich habe keine andere Wahl, als zu akzeptieren. Ich stehe nackt vor ihm, und er schaut mich an. Meine Bestrafung ist noch nicht beendet. Ich kann es in seinen Augen sehen. Er wird mich dazu bringen, mehr zu bezahlen. Die Frage ist, wie.

Ich weiß es früh genug, als er sich auf seinen Stuhl setzt und den Reißverschluss seiner Hose öffnet. Er befreit seinen Schwanz, zieht sich aber nicht weiter aus. Er öffnet nicht einmal seine Hose. Er ist groß und hart. Er krümmt seinen Finger in meine Richtung und ruft mich näher zu sich.

Nach der langen Zeit auf allen vieren fühlt sich das Gehen seltsam an. Ich brauche zwei Schritte, um mein Gleichgewicht zu finden. Ich bleibe neben seinem Stuhl stehen.

»Reite mich.«

Ich blinzele vor Schreck. Bis auf das eine Mal, als ich Anne aus seinem Zimmer gehen sah, hat er die ganze Zeit geführt. »Ich bin mir nicht sicher …«

»Reite mich oder gib mir deinen Arsch. Deine Entscheidung.«

Mein Atem stockt. Letzteres will ich nicht.

Er schaut mir in die Augen und dreht seinen Stuhl so, dass er mir gegenübersitzt und mir Zugang gewährt. Er weiß bereits, wie meine Entscheidung aussehen wird. Ich blicke auf seinen harten Schwanz hinunter, der aus dem teuren Stoff seiner Hose herausragt. Seine Beine sind weit gespreizt und nehmen den gesamten Sitz ein. Er braucht die gesamte Luft im Raum auf. Mit all der Willenskraft, die ich aufbringen kann, ergreife ich die Armlehnen und lege mein Knie außen neben seinen Oberschenkel. Er schafft ein wenig Platz für mich, ein kleines Zugeständnis. Ich hebe mein anderes Bein, und er macht dasselbe. Gerade genug. Er beobachtet mein Gesicht, während ich meine Position suche. Ich muss meine Beine weit spreizen. Irgendwie wird es noch intensiver, weil er mein Gesicht beobachtet und nicht zwischen meine Beine schaut. Meine Muschi ist zur Schau gestellt. Meine Gefühle sind verborgen. Er weiß das. Er will das Verborgene sehen, das nehmen, was nicht zum Nehmen gedacht ist. Ich hebe mich über seinen Schwanz, und er betrachtet immer noch mein Gesicht. Mein Körper ist unbekleidet, aber es ist meine Seele, die er nackt haben will.

Ich beiße mir auf die Lippe, als ich den Kopf seines Schwanzes an der richtigen Stelle spüre. Ich versuche, meine Gefühle zu verriegeln, während ich mich auf ihn herablasse, aber in dem Moment, in dem er seine Hüften bewegt, kommt die Wahrheit aus meinem Mund. Ich stöhne, als er sich in mir bewegt. Er ist nicht einmal ganz in mir drin, und mein Rücken wölbt sich von der köstlichen Hitze.

»Zeig es mir«, knirscht er hervor.

Das tue ich. Ich nehme seine ganze Länge in mich auf. Ich hebe und senke mich erneut, um das Ausdehnen, das Vergnügen zu spüren. Seine Augen kleben an meinem Gesicht, während ich meine Hände auf die seinen auf den Armlehnen lege und meine Nägel in sein Fleisch grabe. Ich bewege mich für mich selbst, nehme für mich, überschreite die letzte Grenze.

Es dauert nicht lange. Ich verändere den Winkel und finde die Reibung, die ich an meiner Klitoris brauche. Ich komme, bevor er es tut, und schreie die Wahrheit heraus, die er sehen wollte. Erst dann übernimmt er die Führung und hämmert in mich, bis mein Körper erneut so angespannt ist, dass alle meine Fesseln wegfallen. Ich lasse seine Hände los, um meine Arme um seinen Hals zu schlingen. Er beißt mir in die Brustwarze und kneift mir in die Klitoris. Mit seinem Sperma in mir komme ich erneut. Mein Kopf rollt zurück, als er auf meinen Po schlägt und meine andere Brustwarze leckt.

Er nimmt alles, was ich habe, weil er größer ist als ich, größer als das Leben. Er ist größer als meine Selbstbeherrschung. Wenn er mich fickt, lässt er mich alles vergessen. Erst jetzt, entspannt und gesättigt in seinen Armen, bemerke ich, dass wir keinen Schutz benutzt haben.

Er umfasst meinen Kopf und dreht ihn zu sich. Er beginnt erneut, sich zu bewegen, während sein Finger die Linie meines Pos nachfährt. Ich winde mich, als er Druck auf meinen dunklen Eingang ausübt. Ich stöhne, als er den Widerstand des engen Muskelrings durchbricht. Sein Finger sinkt tief, und unentdeckte Nervenenden pulsieren zum Leben.

»Muss ich aufhören, Lina?«

Ja, und nein.

»Willst du das, mein Engel?«

Nein, und ja.

Er bewegt seinen Finger. »So?«

Ja, und ja.

»Willst du mich?«

Mir fehlen die Worte. Er fängt an, mich mit seinem

Schwanz und Finger zu ficken, als ob er das wüsste. Ich zerfalle, innerlich und äußerlich.

»Sag es mir«, drängt er. Es sind die verführerischen Worte eines erfahrenen Liebhabers, der weiß, wie er bekommt, was er will. »Sag mir, dass du mich willst.«

Ich will ihn, und auch nicht. Er geht an meine Grenzen. Er dehnt mich, bis mein Herz und mein Verstand zersplittern wie ein Stück Holz, das in zwei Hälften gehackt wird, bis ich innerlich zerrissen bin. Er zieht mich, bis mein Griff abrutscht, bis ich den Halt verliere und abstürze. Als ich nur noch tiefer fallen kann, fängt er mich auf und setzt mich zusammen.

Immer und immer wieder wiederholt sich das Muster, aber wie eine gequälte Seele, die stirbt, nur um zu reinkarnieren und das Leiden von vorne zu erleben, kann ich nicht aufhören. Ich kann ihm nicht widerstehen. Ich komme jedes Mal für ihn, egal ob er mich hart fickt oder mir sanft Befehle gibt. Er erschafft diese Schwäche in mir, damit er sie ausnutzen kann, denn nur in der Schwäche ist mein Körper sein. Wir beide wissen das, aber er will, dass es anders wird. Das ist es, wonach er in meinem Gesicht sucht. Er sucht nach einem Riss in meiner Seele, dem ersten Spalt, den er ausnutzen kann. Ich halte die Gefühle zurück und schreie meinen Orgasmus heraus, während ich in seinen Armen zusammenbreche. Gerade in dieser Schwäche liegt meine einzige Stärke. Er nimmt mich durch Verführung, Manipulation und Handel. Nichts, was ich gebe, wird freiwillig gegeben. Meine Liebe gehört immer noch mir.

18

Lina

SOGAR MONSTER KÖNNEN FREUNDLICH SEIN.

Damian hat die Macht über mein Geld und meine Entscheidungen, aber er ist nicht unbeeinflusst von meinem Verhalten. Nach dem Vorfall mit den Jelly Beans in seinem Arbeitszimmer macht er sich angreifbar, indem er mir Macht über seinen Körper gibt und mich wissen lässt, wie sehr ich ihn verletzt habe, als ich dabei geholfen habe, Annes gescheiterte Verführung einzufädeln. Er geht auf die Knie, um mich so oft wie möglich zum Orgasmus zu bringen, und er bringt die geheilte Fledermaus nach Hause. Er schaut mir mit unverfälschter Leidenschaft in die Augen, wenn er in mir kommt, und er bezahlt für meine Fahrstunden. Er sagt mir, wie sehr ihn mein Keuchen und Stöhnen anmachen, und wie sehr er das leise Geräusch liebt, das ich mache, wenn ich komme. Ich bin eine Sklavin seiner Berührung. Ich zähle die Tage zwischen meiner Periode und dem Eisprung nicht. Wozu das Ganze? Ich bin nie regelmäßig. Ich will, dass es mich schockiert, zu erkennen, wie schnell ich mich ihm ergeben habe, aber das tut es nicht. Vielleicht möchte ich, unterbewusst, die Vergangenheit wiedergutmachen. Es ist falsch, aber was bin ich, wenn nicht krank im Kopf? Wie ist unsere Situation, wenn nicht wahnsinnig verdreht?

Zane sagt, Damian wird meiner müde werden, jetzt, wo er bekommen hat, was er wollte, aber Zane ist nicht da, wenn Damian mich mitten in der Nacht mehrmals nimmt. Mein Mann ist unersättlich. Manchmal lassen mich seine Bedürfnisse mit Schmerzen zwischen meinen Oberschenkeln und Muskelkater am ganzen Körper zurück, aber ich würde lügen, wenn ich sagen würde, dass ich es nicht mag, benutzt zu werden. Es ist ein Bewältigungsmechanismus, eine Sucht, und wenn ich Reyno davon erzählen würde, würde er mir sagen, dass es krank ist.

Wir beide sind es, Damian und ich. Auf unsere eigene Art und Weise sind wir Sünder. Wir sind beide verloren und verdammt, angetrieben von Bedürfnissen, die uns nie verlassen werden. Diese Bedürfnisse sind die Achse, um die sich unsere Handlungen drehen, und sie füllen dieses Haus mit der gestörten Energie unserer Wünsche, der Jagd nach Rache und der Jagd nach einem Abschluss.

Damian versucht, den Schmerz, der ihm zugefügt wurde, zu lindern, indem er Rache nimmt. Auge um

Auge, Zahn um Zahn. In seinem Leben hält man nicht auch noch die andere Wange hin. Harold hat von ihm genommen. Er hat sich nicht nur das, sondern noch mehr zurückgeholt. Er hat mich genommen. Er nahm meine Freiheit und mein grundlegendes Menschenrecht, das Recht, Entscheidungen zu treffen. Was mich betrifft, so wird meine Seele nicht ruhen, bis ich vor den Überresten des Babys stehe, das ich nie in meinen Armen hielt. Mein Herz wird keinen Frieden finden, bis ich einen Engel auf sein Grab gelegt habe, der über ihn wacht. Nur dann werde ich frei sein, um zu trauern und loszulassen. Wir gehen unsere destruktiven Wege, und aus Tagen werden Wochen. Wie Planeten, die an Umlaufbahnen gebunden sind, bleiben wir auf unseren Pfaden, können uns nicht befreien.

Ich finde meine eigene Routine in unserer ungesunden Umgebung und verspüre eine verzerrte Art von Stabilität, die mir Zeit zum Nachdenken gibt. Damian bleibt seinem Wort treu und übt sich in Geduld. Er fragt nie wieder nach meinem Baby oder Willowbrook. Er wartet darauf, dass ich es ihm sage, dass ich bereit bin, und oft bin ich versucht. Oftmals bin ich kurz davor, aufzugeben, meinen Eid auf einen weißen Engelsgrabstein auf einem schwarzen Sandhaufen zu brechen, aber dann wache ich in kaltem Schweiß und beschämt auf und kehre zurück zu den alltäglichen Aufgaben des Lebens.

Körperlich geht es mir gut. Ich nehme an Gewicht zu und werde kräftiger. Abgesehen davon, dass ich dreimal pro Woche mit Damian ins Fitnessstudio gehe, schwimme ich jeden Morgen. Ich habe eine Führerscheinprüfung für das Ende des Sommers gebucht, und ich sehe meinen Psychiater jeden Mittwoch. Ich arbeite heimlich für Reyno, indem ich seine Notizen abschreibe. Wir machen Fortschritte. Ich kann eine Tür hinter mir schließen, ohne völlig auszuflippen, und ich sammele keine Brötchen mehr. Die Mauern sind manchmal noch zu viel, aber ein Spaziergang im neuen Naturgarten hilft mir immer.

Ich erwähne das Thema Geld nicht noch einmal, seit ich meines unter der Hand verdiene. Während Damian mir Verletzlichkeit und Wahrheit gibt und hart daran arbeitet, Vertrauen aufzubauen, gebe ich ihm Lügen und meinen Körper. Jeden Tag wird es schwieriger. Jeden Tag werde ich verwirrter, bis zu dem Tag, an dem Zane mich nach seinem Lauf am Pool erwischt.

Er wischt sich das Gesicht mit einem Handtuch ab und betrachtet mich mit offener Feindseligkeit. Er hat mir immer noch nicht verziehen, dass ich seinen Großvater und Anne vertrieben habe. »Sieht so aus, als würdest du dich einleben, um zu bleiben.«

Ich steige am flachen Ende aus und wickele mich in ein Handtuch. Brink ist nicht weit entfernt. Zane kann mir nicht wehtun, aber ich mag es nicht, wie er mich ansieht.

Zane spricht mit leiser Stimme, damit Brink ihn nicht hören kann. »Willst du immer noch die Beweise?«

Ich traue ihm nicht. Meine Antwort ist vorsichtig. »Was willst du als Gegenleistung?«

»Verschwinde aus Damis Leben. Für immer.«

Das Angebot funktioniert zugunsten meiner eigenen Pläne, Reyno dazu zu bringen, mich wieder für geschäftstüchtig zu erklären und ein wenig Geld zu sparen, damit ich entkommen kann, wenn ich endlich die Beweise habe. Ich werde Harold Kopien geben, und er wird mir sagen, was ich wissen will. Der einzige Preis, den ich zahlen muss, ist Damian.

Vor ein paar Wochen hätte ich nicht gezögert, aber jetzt hat er mir gezeigt, dass Monster nett sein können. Er kämpft für mich, für mein Vertrauen, und es wird immer schwieriger, sich ein Leben auf der Flucht vor ihm vorzustellen. Damian ist mein Fels in der Brandung. Mein Entführer ist der einzige Mann, dem ich glaube. Er sagt, was er meint, und er meint, was er sagt. Ich weiß genau, wo ich bei ihm stehe. Er hatte mir gesagt, dass er mich für meinen Plan mit Anne bestrafen würde, und selbst wenn er damit unseren neu gewonnenen Frieden riskiert hat, hat er sein Wort gehalten. Er ließ mich auf den Jelly Beans knien, die ich im Glas gesammelt hatte, und ihm einen blasen, während sich die Süßigkeiten in meine Knie gruben und die Farbe auf meine Haut gerieben wurde. Er hat sich Zeit gelassen, zu kommen, bis ich wegen der Schmerzen, die die kleinen kieselsteinförmigen Süßigkeiten verursachten, um seinen Schwanz weinte.

Ich kann ein Leben lang lustvolle Bestrafungen und ehrliche Gefangenschaft haben oder ein Leben lang allein in Angst weglaufen und ständig über meine Schulter schauen. Oder ich kann die Vergangenheit loslassen. Ich kann ohne Grabstein trauern und die Grabrede in mein Herz schnitzen. Ich kann aufgeben und zulassen, dass Damian sich um mich kümmert. Ich kann sogar den letzten Vertrauenssprung machen und Damian sagen, was er wissen will. Ich kann glauben, dass er mir *alles* geben würde, was er versprochen hat, und ihn bitten, das Grab zu finden. Der einzige Preis wird meine Freiheit sein.

Zwei sehr unterschiedliche Leben. Zwei sehr unterschiedliche Gewinne. Zwei sehr unterschiedliche Opfer. In einem bleibe ich eine verwöhnte Gefangene um den Preis meiner Freiheit. Andererseits erhalte ich Freiheit um den Preis von Einsamkeit und ständiger Angst.

So oder so, der Preis scheint zu hoch.

»Lina?« Zane runzelt die Stirn. »Vielleicht solltest du dich in den Schatten setzen.«

Ich hasse es, dass alle denken, ich sei so zerbrechlich wie damals, als ich hier ankam. »Ich gebe dir morgen eine Antwort.«

»Was soll das Zögern? Gewöhnst du dich an ein Leben voller Luxus?«

Ich mache mir nicht die Mühe, ihm zu antworten.

Als ich zurück ins Haus komme, ziehe ich mich um und bitte Brink, mich zur Kirche in Brixton zu fahren.

Während Brink und die anderen Wachen draußen warten, gehe ich in die deprimierende Dunkelheit. Vor dem Gemälde halte ich an. Ich starre auf ihr Gesicht, das liebende Gesicht einer Mutter. Wie hat sie sich gefühlt, als Jesus im Garten von Getsemani verhaftet wurde? Wie viele Qualen hat sie erlitten, als sie ihn an ein Kreuz genagelt haben? Ich bin nicht religiös, aber ich knie auf dem harten Boden und falte meine Hände.

»Bitte sag mir, was ich tun soll.«

Ich bleibe fast eine Stunde, und als ich gehe, habe ich immer noch keine Antwort.

Zögernd bleibe ich auf dem Bürgersteig stehen. Was jetzt? Große, fette Regentropfen beginnen auf den Beton zu fallen. Sie zischen, als sie auf die warme Teerstraße treffen. Der Geruch von Regen, gemischt mit Ruß, füllt die Luft. Brink öffnet einen Regenschirm und hält ihn über meinen Kopf, aber ich schiebe ihn weg. Der Regen fühlt sich gut an. Sauber. Er läuft in Bächen über meinen Rücken und meine Arme und wäscht die Klebrigkeit meiner verschwitzten Haut weg. Ich schaue die Straße hinunter, auf das traurige Mehrfamilienhaus, und es ist, als ob meine Füße mich von selbst dorthin tragen.

Meine Leibwächter folgen mir. Ihr Befehl ist es, mich zu beschützen, nicht, Fragen zu stellen. Vor Harolds Gebäude halte ich an, um auf sein Fenster zu schauen. Die Tropfen stechen in meine Augen und kitzeln meine Nasenlöcher. Harold zu besuchen ist gegen die Regeln, aber Damian wird mich sicher nicht bestrafen, wenn ich ihm meine Gründe erkläre.

Meine Schritte hallen auf der Treppe. Abseits des Regens greifen die dreckigen Gerüche meine Nase an und klammern sich an meine nasse Kleidung.

Ich muss nicht lange nach dem Klopfen warten. Die Tür öffnet sich und zeigt Harold in überraschend sauberer Kleidung.

»Nun.« Er schaut über meine Schulter zu den Wachen. »Wo ist Damian?«

Ich dränge mich an ihm vorbei. »Ich muss mit dir reden.« Ich wende mich an Brink und sage: »Es dauert nur ein paar Minuten.«

»Tut mir leid, Ma'am, ich kann Sie nicht allein reinlassen.«

»Ich lasse die Tür offen. Ich brauche nur einen Moment.«

Ich gehe zum anderen Ende des Raumes. Der Ort ist nicht aufgeräumt, aber er ist sauberer. Harold scheint sein neues Leben in den Griff zu bekommen.

»Wo sind sie?«, flüstert er.

»Ich habe sie nicht.«

»Warum bist du dann hier?«

Das ist der Moment, in dem ich meine Antwort habe. »Um dir zu sagen, dass ich es nicht tue. Ich besorge dir die Beweise nicht.«

Er lacht höhnisch auf. »Willst du es nicht wissen? Vor nicht allzu langer Zeit war es alles, wofür du gelebt hast.«

»Damian wird es herausfinden. Er wird es für mich tun. Du kannst dir genauso gut die Folter ersparen und mir jetzt sagen, was du mit seinem Körper gemacht hast.«

Er lacht erneut spöttisch auf. »Was ist mit deiner Freiheit?«

»Sie ist nicht mehr wichtig«, lüge ich.

»Was ist mit dem Mord? Wenn ich rede, wirst du wieder eingesperrt.«

»Ich werde Damian alles erzählen. Er wird mir einen guten Anwalt besorgen.«

Er schiebt seine Hände in die Taschen und lächelt. »Nein, wirst du nicht.«

»Du kennst mich nicht. Ich bin nicht die verhungerte, geschwächte Frau, die du aus Willowbrook geholt hast.«

Sein Blick fällt auf mich. »Du machst einen großen Fehler, Angelina.«

»Mach's gut, Harold.«

»Das ist kein Abschied«, sagt er in meinem Rücken, als ich durch die Tür gehe. »Ich werde noch das letzte Wort haben.«

Damian

Die Arbeit fordert ihren Tribut. Es gibt immer zu viel davon und zu wenig Zeit, aber als mein Wächter, Drew, anruft, um zu sagen, dass er etwas auf der Sicherheitsaufzeichnung gefunden hat, lasse ich alles fallen und gehe nach Hause.

Drew wartet in meinem Arbeitszimmer, wie angewiesen. Er nimmt Haltung an, als ich eintrete.

»Sir.«

Ich gehe um den Schreibtisch herum und drücke

den Play-Button auf dem Laptop. Es ist der Abend des Geschäftsessens. Lina trägt ihre Diamanten und ihr mit Sperma beflecktes Kleid. Sie geht zur Treppe wie eine Krabbe, mit dem Rücken zur Wand. Sie ist schon halb oben, als Zane herunterkommt. Er stellt sich vor sie und schirmt ihr Gesicht vor der Kamera ab, aber als sie einen weiteren Schritt nach oben macht, ist es offensichtlich, dass sie angespannt ist. Sie reden miteinander. Sie beugt sich so weit sie kann nach hinten über das Geländer, aber er streckt die Hand schnell wie eine Schlange aus und legt sie um ihren Hals. Meine Sicht verschwimmt, bis alles weiß wird. Statisches Rauschen knistert in meinen Ohren.

Ich kann nicht mehr als eine abgeschnittene Frage formulieren. »Ton?«

»Ich kann ihn besorgen, Sir.«

»Tu es. Jetzt. Sonst noch etwas?«

»Noch nicht, Sir, aber ich habe noch Bänder für Wochen vor mir.«

»Schau dir alles an, jede Sekunde.«

»Ja, Sir.«

»Wo ist meine Frau?«

»Weggefahren, Sir.«

»Wohin?«

»Brixton.«

Ich erstarre. »Was macht sie in Brixton?«

»Ich weiß nicht, Sir.«

Enttäuschung streckt ihre hässlichen, schwarzen Flügel in meiner Brust aus. »Wie viele Wachen?«

»Fünf, einschließlich Brink.«

Ich nicke. »Du kannst gehen.«

Er ist kaum weg, als ich Brink anrufe. Ich stelle meine Frage, sobald er antwortet. »Wo ist meine Frau?«

»Brixton. Sie ist in Sicherheit, Sir.«

»Was macht sie da?«

»Besucht ihren Vater.«

Wut brennt durch meine Adern. Warum besteht sie darauf, sich mir zu widersetzen? Gerade als ich dachte, dass wir Fortschritte machen, bringt sie uns wieder zum Anfangspunkt.

»Sir?«

»Bring sie nach Hause.«

Aufgeregt, werfe ich das Telefon auf den Schreibtisch und fahre mir mit den Händen über das Gesicht. Ich freue mich nicht auf das, was ich zu tun habe, aber ich habe mich nie davor gescheut, meine Versprechen einzuhalten. Meine Priorität ist Zane.

Als ich durch das Haus gehe, finde ich ihn in der Küche, wo er sich ein Sandwich zubereitet.

»Dami«, sagt er eindeutig überrascht, als ich hereinkomme.

»Wo ist Jana?«

»Holt Einkäufe ab. Soll ich dir auch ein Sandwich machen? Ich habe dich nicht zum Mittagessen zu Hause erwartet.«

Ich wische mit meinem Arm über den Tresen und leere ihn. Das halbfertige Sandwich, das Geschirr und das Messer fallen auf den Boden. Der Teller zerspringt in zwei Teile. Mayonnaise spritzt auf die Fliesen.

Zane bewegt sich nicht, als ich auf ihn zugehe. Sein Ausdruck ist nüchtern. Er ging ein Risiko ein und weiß, dass er erwischt wurde. Er wird es nicht leugnen.

»Warum?«, frage ich, und meine Stimme verrät die rohe Gewalt nicht, die durch mich hindurchfließt.

»Wie?«, lenkt er ab.

Ich schlage mit der Faust auf den Tresen. »Spielt das eine Rolle?«

»Du hast mich ausspioniert.« Sein Ton ist bitter. »Natürlich spielt es eine Rolle.«

»Ich habe dir vertraut.«

»Sie spielt mit dir.«

»Was machst *du*, Zane? Spielst du auch?«

Sein Adamsapfel bewegt sich. »Ich liebe dich, Dami.«

»Ich war von Anfang an ehrlich.«

»Ich hatte gehofft, dass du …« Er schaut weg.

»Du hast gehofft, ich würde was tun? Bisexuell werden?«

Er beugt sich vor, um das Chaos zu beseitigen, aber ich trete den Teller weg.

»Hasst du Lina deshalb? Bist du eifersüchtig?«

Er richtet sich auf. »Ich hasse sie nicht.« Wut flackert in seinem Blick auf. »Du verlierst ihretwegen den Verstand. Du wirst schwach. Ich tue dir einen Gefallen.«

Lina hat nicht gelogen. Die eine Person, der ich vertraut habe, hat es getan. »Hast du ihr deshalb Handschellen angelegt und ihr eine Schlaftablette gegeben?«

»Ich habe ihr Handschellen angelegt, um zu verhindern, dass sie aus dem Fenster springt. Ihr Schreien hat mich wach gehalten. Deshalb habe ich ihr die Tablette gegeben.«

»Sie hat geschrien, weil sie nicht gefesselt oder eingesperrt werden kann.« Ich nähere mein Gesicht seinem. »Weißt du, was sie ihr in der Einrichtung angetan haben, in der sie ein ganzes verdammtes Jahr verbracht hat? Sie haben sie an ein Bett geschnallt und isoliert, nachdem sie sie mit Drogen vollgepumpt haben. Ich denke, du kannst ein wenig nachsichtiger sein, dass sie ausflippt.«

Er blinzelt. Sein Gesicht ist ausdruckslos. Keine Reue.

»Was ist mit ihrer Hüfte passiert, Zane?«

»Ich habe es dir gesagt. Ich habe sie beim Schnüffeln überrascht.«

»Du hast sie absichtlich verletzt.«

»Es war ein Unfall. Sie hat mich provoziert.«

»Warum hast du sie in der Nacht der Dinnerparty gewürgt?«

Er lacht höhnisch. »Hat sie dir das gesagt?«

»Das ist es, was ich gesehen habe. Sie hat mir nichts gesagt. Lina ist keine Petze. Im Gegensatz zu dir hat sie etwas Ehre in sich.«

»Ehre?« Seine Lippen verziehen sich. »Du bist so verliebt in sie, dass du nur das siehst, was du sehen willst. Du willst so sehr glauben, dass sie ein guter Mensch ist, dass sie sich für dich interessiert.«

Meine Geduld geht zu Ende. Ich lege meine Finger

um seinen Hals, genau so, wie er es bei Lina tat. »Sag, was du zu sagen hast, und mach es schnell.«

»Sie hat es dir nicht gesagt, weil wir einen Deal haben.«

Meine Selbstbeherrschung bröckelt. Ich gebe einen Bruchteil nach, aber ich nehme meine Hände nicht weg. Ich sollte nicht etwas fragen, was die zerbrechliche Beziehung zerstört, die zwischen meiner unwilligen Frau und meinem obsessiven Ich wächst, aber ich kann nicht aufhören. »Was für einen Deal?«

»Ich hole ihr die Beweise, und sie verschwindet.«

Mein Kampfgeist verlässt mich. Ich lasse ihn gehen. Es war ein müßiger Traum. Sie wird nie freiwillig zu mir kommen. Meine Liebe ist verdorben und einseitig.

Weitere Teile fügen sich zusammen. Deshalb ist sie zu Dalton gegangen, um ihm die guten Nachrichten mitzuteilen. »Hast du sie ihr gegeben?«

»Noch nicht.«

»Wann wolltest du das machen?«

»Ich habe den Code fast geknackt.«

»Warum sagst du es mir?«

»Das ist das Ende, nicht wahr?« Seine Augen flehen mich an, es zu leugnen.

Mein Ton ist kalt und tot, wie mein Herz. »Ich habe dir geglaubt und an Lina gezweifelt. Du hast mich zum Narren gehalten. Du hast mich verraten.«

»Ich habe es für dich getan.«

»Du hast es für dich selbst getan. Ich habe dir Freundschaft gegeben, aber sie war nicht genug. Du hast eine unschuldige Frau für etwas verletzt, was sie nicht gewählt hat, nur weil du es nicht ertragen konntest.«

»Dami, bitte.«

»Du hast mir das Leben gerettet.« Ich nehme mein Scheckbuch und meinen Stift aus der Jackentasche. Ich setze einen Betrag ein, der für einen sorgenfreien Neuanfang ausreicht, und unterschreibe ihn mit einer schwungvollen und endgültigen Unterschrift. »Ich werde nicht vergessen, dass du mich vor der Vergewaltigung bewahrt hast. Das ist der einzige Grund, warum ich dir nicht den Kopf einschlage und jeden Knochen in deinem Körper breche.« Ich reiße den Scheck sanft an der perforierten Linie ab, ein sauberer Bruch. Ich schiebe ihn über den Tresen zu ihm. »Wir sind quitt.«

Seine Wimpern kleben mit der Feuchtigkeit seiner unvergossenen Tränen zusammen. Er nimmt den Scheck, ohne sich den Betrag anzusehen. »Wir sind nicht quitt.«

Ich schere mich einen Dreck darum, dass er das anders sieht. »Du hast nichts mehr für das Gefängnis gut. Wenn du mich oder meine Familie noch einmal verarschst, werde ich dich wie jeden anderen behandeln.«

Seine Lippen zittern. »Das meinst du nicht ernst.«

»Ich werde dir eigenhändig die Kehle durchschneiden.«

»Dami, du hast gesagt, sie würde nicht zwischen uns kommen. Du hast gesagt …«

»Räum das Chaos auf und verschwinde aus meinem

Haus. Ich will, dass du verschwunden bist, bevor Lina nach Hause kommt.«

Er starrt mich an, und sein Körper zittert, aber er ist für mich bereits gestorben.

Nachdem ich Jana eine SMS geschickt und sie aufgefordert habe, sich freizunehmen, schließe ich mich in meinem Arbeitszimmer ein. Der Klang eines Koffers, der über den Flur gerollt wird, dringt durch die Wände. Die Vordertür öffnet und schließt sich. Ein Fahrzeug startet. Stille legt sich über alles. Das dunkle Haus stinkt nach zerquetschter Hoffnung und Einsamkeit, nach sinnlosem Leben und unbekannten Geistern.

Es gibt nur noch mich und meine unklaren Gedanken.

Lina hat mich verraten.

Ich habe den Krieg um ihre Zuneigung verloren.

Lina

Das Haus ist ruhig und kalt, als ich hereinkomme. Selbst in der Hitze des Sommers ist es im Inneren immer kalt. Ich danke Brink, dass er mich gefahren hat, und er nickt, als er seinen Posten am Vordereingang einnimmt. Ich ziehe die Tür zu, schließe ihn und die Sonne aus und zittere in meiner regennassen Kleidung. Die heutige Stille hat etwas Unheilvolles an sich. Wo sind Zane und Jana?

Ich lasse meine Handtasche auf einen Stuhl im Eingangsbereich fallen, ziehe meine nassen Schuhe aus und gehe in die Küche. Ich bin im Begriff, einzutreten, als mich jemand von hinten packt. Ich werde an eine harte Brust gezogen. Eine große Hand bedeckt meinen Mund. Zitrusfrüchte füllen meine Nasenlöcher. Muskeln spannen sich in dem Arm an und umgeben meine Taille. Damian hält mich zu fest. Obwohl ich ihn erkannt habe, widersetze ich mich reflexartig, aber er hebt mich leicht von meinen Füßen. Ich trete und reiße an seinen Armen, was ihn nur noch härter zudrücken lässt. Es fühlt sich an, als würde er die Luft aus meiner Lunge drücken.

Er trägt mich so die Treppe hinauf. Meine Bemühungen haben keinen Einfluss auf ihn. In seinem Schlafzimmer tritt er die Tür zu und lässt mich auf die Füße fallen. Ich schaue mich um, um ihm gegenüberzutreten.

Er sieht mich nicht an. Sein Kiefer ist eine harte Linie, und seine braunen Augen sind bewegt. Er weiß, dass ich Harold besucht habe.

»Damian, bitte lass mich …«

Er hält einen Finger hoch. »Sag nichts.«

Er dreht einen Laptop auf dem Couchtisch zu mir und drückt auf Play. Es sind Aufnahmen von Zane und mir auf der Treppe. Scheiße. Er hat versteckte Kameras. Ich hätte es wissen müssen.

Er geht zu einem anderen Clip von Anne und mir im Schlafzimmer, als sie ihre Bedingungen erklärt.

Als ich ihn mit großen Augen ansehe, spüre ich

seine Reaktion, aber sein Gesicht ist ausdruckslos. Kalt. Ich kann nicht in ihn hineinsehen.

»Hast du Annes Bedingungen akzeptiert?«, fragt er.

Er weiß, dass ich das habe. Ich bleibe ruhig.

»Hast du Zanes Bedingungen akzeptiert?«

»Nein«, flüstere ich.

Er blickt auf den Laptop, wo die Szene mit Anne noch immer spielt. »Das ist nicht das, wonach es aussieht.«

»Ich habe ihm gesagt, ich würde ihm morgen antworten, und meine Antwort wäre Nein gewesen.«

»Du erwartest von mir, dass ich dir das nach den Dingen glaube, die du unterschlagen hast?«

Ich flehe ihn mit meinen Augen an und sage: »Ja.«

»Ich habe dir die Wahrheit gesagt.« Er schlägt auf den Tisch. Der Laptop klappert. »Ich habe dir *Liebe* gegeben.«

Ich starre ihn an, und meine Lippen öffnen sich, weil ich nicht sicher bin, ob ich ihn richtig gehört habe.

Er geht zum Fenster und umgreift die Fensterbank so fest, dass seine Knöchel weiß werden. »Ich habe dir Zuneigung gegeben. Ich habe dir alles gegeben, was ich habe.« Er dreht den Kopf, um mich anzusehen, und Enttäuschung ist in die schönen Linien seines Gesichts eingraviert. »Das alles, und trotzdem wählst du nicht mich.«

Seine Worte entzünden einen Funken Wut. Ich werde nicht hier stehen bleiben und mich von ihm beschuldigen lassen, undankbar zu sein, wenn das *alles,* was er gerade angesprochen hat, von ihm aufgezwungen wurde. »Du hast mich gezwungen, dich zu heiraten. Du hast mich gezwungen, zu lügen, als du mich gezwungen hast, zu bleiben.«

»Ich habe dich nicht gezwungen, mich zu ficken, und doch tust du es, oft und mit Begeisterung. Ist das auch eine Lüge? Jedes Mal, wenn du deinen Orgasmus schreist, täuschst du ihn vor?«

»Nein!« Wie kann er es wagen, die einzigen reinen Erinnerungen, die ich habe, zu entwerten? Plötzlich zittere ich vor Wut. »Wage es nicht, mich zu verurteilen, wenn du selbst schmutzige Hände hast. Ja, ich habe den Köder genommen, als Zane ihn mir hingeworfen hat. Was hast du erwartet, Damian? Ich bin keine Ehefrau. Ich bin eine verdammte Gefangene.«

Er richtet sich zu langsam auf, mit zu viel Berechnung. »Ich habe dir ein Versprechen gegeben, das ich halten muss.«

Ich erinnere mich nur zu gut und zu spät. Ich hätte ihm in die Eier treten sollen, als er wütender war. Jetzt ist er zu kontrolliert. Aufmerksam beobachtet er jede meiner Bewegungen und sagt meine Absichten voraus. Ich schaue auf die Tür. Sein Blick folgt meinem. Er glaubt, dass ich versuchen werde, zu fliehen.

Ich bewege mich. Er springt. Anstatt zum einzigen Ausgang zu fliehen, schnappe ich mir den Briefbeschwerer vom Tisch und ziehe meinen Arm zurück. Bevor ich ihn werfen kann, greift er nach meinem Handgelenk. Ich wimmere vor Schmerz und Frustration, als er drückt, bis sich meine Finger öffnen, und das schwere Gewicht mit einem Plopp auf den Teppich fällt.

»Kooperiere«, zischt er, »und ich werde es einfacher machen.«

Ich glaube ihm, denn er lügt nie. Kämpfen macht es nur noch schlimmer.

Er zieht mich langsam aus, beinahe zärtlich. Er streichelt meine Brüste und meinen Bauch. Er zieht seine Hände über meinen Rücken und meinen Po und sagt mir, wie schön ich bin. Er streicht mir die Haare über die Schulter und küsst meinen Hals.

»Ich hasse dich, weil du mich dazu gebracht hast«, flüstert er in mein Ohr.

Ich zittere in seinen Armen und lege meine Wange an seine Brust. »Das musst du nicht.«

Er hebt zuerst einen und dann den anderen Arm und streckt sie horizontal aus. »Ich breche nie meine Versprechen.«

Er holt ein Seil und sichert mich wie beim letzten Mal am Bettrahmen, aber anstatt mich aufzuhängen, bindet er jeden Arm an einen Bettpfosten und lässt mich mit meinem Oberkörper auf dem Bett und meinem Arsch in der Luft knien. Im Gegensatz zum letzten Mal weiß ich, was mich erwartet. Das macht die ängstlichen Erwartungen noch schlimmer. Als er mir einen Sockenball in den Mund schiebt und ihn mit seiner Krawatte fixiert, explodiert meine Angst.

Ich hätte nicht zu Harold gehen sollen. Ich hätte Damian bitten sollen, mich hinzufahren, aber ich wollte nicht, dass er jemals herausfindet, was ich vorhatte. Was auch immer er so akribisch aufgebaut hat, welche Liebe er erwähnt hat, wird durch diesen einen, impulsiven Akt ausgelöscht.

Ich drehe meinen Kopf zur Seite und beobachte, wie er einen Stock vom Stuhl nimmt. Mein Herzschlag setzt aus. Er musste ihn nicht aus dem Arbeitszimmer holen. Er hatte ihn hier, weil er ein Versprechen gegeben hatte.

Mein Mut verpufft. Ich protestiere mit dem Stoff in meinem Mund. Ich möchte ihn bitten, mir zu glauben, aber das wird er nicht, nicht nach den verdammten Beweisen, die er gesehen hat. Er wird mich dafür bestrafen, dass ich einen Deal mit Zane akzeptiert habe. Er wird mich bestrafen, weil ich zu Harold gelaufen bin und meine Flucht geplant habe. Was auch immer ich ihm jetzt sage, es wird keine Rolle spielen.

»Zehn«, sagt er hinter mir.

Er fährt mit dem dünnen, glatten Holz über meine Rundungen und lässt mich die potenzielle Boshaftigkeit seines Lieblingsinstruments spüren. Ich kneife die Augen zu.

Als mich der erste Hieb trifft, schießt mein Oberkörper vom Bett. Ich atme tief ein, aber würge wegen des Knebels in meinem Mund. Es ist entsetzlich. Ich dachte, die Peitsche sei schlimm, aber dieser Schmerz ist dünner, tiefer. Er brennt bis auf die Knochen. Beim zweiten Schlag erzittere ich und versuche, mich flacher auf die Matratze zu drücken. Tränen laufen aus meinen Augen. Ich beiße in den Ball in meinem Mund, aber es hilft nicht. Er schlägt mich noch einmal, bevor ich Zeit habe, Luft zu holen. Ich jammere um den Stoff herum, der meine Geräusche dämpft. Es fühlt sich an, als würde ich ersticken. Flecken tanzen vor meinen Augen. Ich wünschte, es wäre vom Sauerstoffmangel, aber es kommt von den Schmerzen. Ich kann ihn nicht ertragen. Ich werde ihn nicht überleben. Jeder Muskel in meinem Körper spannt sich an. Krämpfe ziehen meine Waden und Füße fest. Ich schreie in den Sockenballen, und die Baumwolle saugt meinen Speichel auf und lässt meine Kehle trocken und brennend zurück. Ich versuche, es auszublenden, bete, um ohnmächtig zu werden, aber ich bin wach und empfindlich, fühle jeden Peitschenhieb, der durch die Luft huscht und meine Haut in eine Leinwand voller Feuer verwandelt.

Es gibt schließlich einen Punkt der Erleichterung. Meine Vision beginnt zu verschwimmen, und etwas anderes drückt sich durch den Schmerz. Erregung. Die untere Hälfte meines Körpers glüht. Hitze verschlingt meinen Po. Meine Klitoris pocht. Ich reibe meine Hüften an der Bettkante und suche nach Ablenkung von den Schmerzen. Damian lässt mich, und das ist auch gut so, denn als er »zehn« ruft, lähmt mich der Schlag, der folgt. Er tut tausendmal mehr weh als alle anderen. Ich muss nicht schauen, um zu wissen, dass er derjenige ist, der die Haut verletzt hat. Ich zittere, ersticke fast, als ich schluchze. Das Zauberwort ist zehn, aber der Schmerz ist noch lange nicht vorbei. Er sitzt zu tief unter meiner Haut. Er ist den ganzen Weg bis zu meinem Herzen gefahren und hat sich in meine Seele eingebettet.

Ich drücke meine Knie zusammen und reibe meine Oberschenkel aneinander, als seine Hand zwischen meine Beine kommt. Er berührt mich dort, wo es vor Freude schmerzt, bis eine neue Art von Brennen entsteht. Meine Sinneseindrücke sind vertauscht. Das blanke Bedürfnis überwältigt den Schmerz, bis mein Unterkörper vor Verlangen pocht. Ich bin high davon, entspanne meine Muskeln und gebe mich der Berührung hin.

Damian sagt schöne Worte darüber, wie gut ich es mache, aber es ist nichts als weißes Rauschen. Ich vertraue auf das raue Timbre seiner Stimme und lasse es meine Sinne streicheln, während das schwielige Polster seines Fingers in mir streichelt. Er dringt mit einem weiteren Finger in meinem dunklen Eingang ein. Ich bin fiebrig heiß und verbrenne. Ich drücke mich gegen seine Handfläche und mache ekelhafte Geräusche durch den Knebel. Ich bin in einem Feuer versunken, wo der Höhepunkt meine einzige Befreiung sein wird. Er schürt es weiter, lässt Küsse über meinen Rücken und meinen Nacken regnen, damit ich ihn ansehe.

Ich versuche es, aber mein Blick wird nicht scharf. Er hat etwas in der Hand. Gleitmittel. Er sagt mir, dass ich Nein sagen soll, und spritzt kalte, glatte Flüssigkeit um meinen Anus. Ich kneife die Augen wieder zu, weil ich nicht mehr verarbeiten kann als die verschiedenen Empfindungen, die ich bereits fühle. Es ist bereits eine

Überlastung, die Art und Weise, wie er mit seinem Schwanz Druck auf meinen dunklen Eingang ausübt und wie sich die Muskeln dehnen, um den großen Kopf aufzunehmen.

Ich kann Schmerzen nicht mehr von Vergnügen unterscheiden. Es tut weh, als er eindringt, und es fühlt sich an anderen Orten gut an. Es fühlt sich unerträglich gut an, wo seine Finger in meiner Muschi arbeiten. Er geht zu langsam vor. Ich kann es nicht mehr ertragen. Es tut zu sehr weh. Ich brauche ihn tiefer, um von der Folter zum Vergnügen zu gelangen. Ich drücke mich zurück, aber er hält mich mit den Händen auf meinen Hüften fest und bewegungslos.

»Schscht. Du wirst zerreißen.«

Es ist bereits alles zerrissen. Mein Herz blutet, und meine Haut trauert um den Verlust dessen, was wir hätten haben können, selbst als sich das Brennen in Lust verwandelt.

Ich würge und erinnere mich, dass ich nicht schlucken kann.

Er dringt ein und zieht sich wieder heraus, ganz oberflächlich. Es dauert lange, so lange, bis ich anfange, in einem Meer der Glückseligkeit zu treiben. Gerade als ich untergehen will, drückt er einen Finger auf meine Klitoris. Ich fange an, mich um ihn herum zusammenzuziehen, zu voll, zu voll mit Damian. Er ist in meinen Schmerzen und unter meiner Haut. Ein Band des Vergnügens lässt meine Gebärmutter sich fest zusammenziehen, und meine Sicht explodiert mit Lichtblitzen. Er bewegt sich schneller und entzündet frischen Schmerz und Lust. Der Klang meines Schreis geht verloren, als er sich in meinem Körper ergießt. Er stößt seine Hüften gegen mein brennendes Gesäß. Seine Muskeln verkrampfen sich. Er stöhnt und schiebt mich tiefer in die Matratze. Gerade als ich denke, dass meine Rippen brechen werden, drückt er sich hoch und zieht sich heraus.

Es ist vorbei.

Meine Sinne trennen sich. Die flüchtige Lust verfliegt. Der Schmerz kehrt zurück. Er hinterlässt Tränen und Qualen in meinem Herzen. Nässe tropft aus meinem Arsch zwischen meine Beine. Auf meinen Knien bin ich der Inbegriff von bestrafter Demütigung. Ich wünsche mir, dass sich der Boden öffnet und das Bett schluckt, während ich daran gefesselt bin.

Damian arbeitet schnell, um mich zu befreien. Erst meine Hände, dann mein Mund. Meine Zunge ist dick. Mein Mund ist zu trocken zum Schlucken. Ich sehe ihn an, als er die Seile zur Seite wirft. Er hat sich nicht einmal ausgezogen. Er nahm mich so, voll bekleidet. Er hat seinen Reißverschluss bereits wieder zugezogen. Als er im Badezimmer verschwindet, kollabiere ich auf meinen Knien. Ich rolle mich auf die Seite, kauere mich auf dem Boden zusammen und schaue zur Wand. Ich kann ihn nicht ansehen.

»Lina.«

Er steht nah neben mir und spricht leise.

»Nein«, schaffe ich herauszukrächzen, »nicht.«

Er hockt sich mit einem nassen Lappen in der Hand neben mich. »Ich will mich um dich kümmern.«

»Raus mit dir«, sage ich mit zusammengebissenen Zähnen.

»Lina.« Er greift nach mir.

»Wage es nicht, mich anzufassen.«

»Du bist nicht du selbst.«

Wut überflutet mich, gleißend und hell. Sie lässt mich klarer sehen und frisst meinen Schmerz auf. Mein Körper strafft und streckt sich. Meine Nägel haben sich in meine Handflächen eingegraben. Ich schreie aus vollem Hals. »Geh weg von mir. Lass mich in Ruhe.«

Er richtet sich abrupt auf und bleibt neben mir stehen.

»Geh weg. Raus mit dir. Verschwinde.« Ich ersticke an einem Schluchzer, da ich kaum in der Lage bin, ihn rechtzeitig zu unterdrücken. Damian soll nicht sehen, wie ich zusammenbreche. Das werde ich ihm nicht auch noch geben. »Jetzt, du Hurensohn. Ich hasse dich.«

Leise Schritte ziehen sich auf die andere Seite des Raumes zurück. Die Tür öffnet und schließt sich. Ich liege bewegungslos in der Stille, die folgt. Ich habe mich noch nie einsamer gefühlt. Ich zittere vor Schluchzen und Schmerz.

Was er mir angetan hat, kann ich ihm nie verzeihen. Ich hätte nicht gedacht, dass es etwas Schlimmeres als eine Peitsche geben könnte. Aber da lag ich völlig falsch. Wie viel schlimmer kann er es noch machen? Was kommt nach dem Rohrstock? Er hat mir gerade gezeigt, wie gefährlich es ist, einem Monster zu vertrauen, wie dumm es ist, zu vergessen, das Monster nicht aus Freundlichkeit gemacht sind.

Ich rolle mich auf den Bauch und drücke mich auf die Knie. Ich muss das Bett benutzen, um mich hochzuziehen. Meine Beine zittern so sehr, dass ich es ohne die Hilfe der Wand nicht ins Badezimmer schaffe. Zum ersten Mal, seit ich Jack geheiratet habe, schließe ich eine Tür hinter mir ab. Ich drehe den Schlüssel um und spüre, wie mich die einladende Sicherheit umgibt. Ich halte mich am Rand des Schminktisches fest, als ich würge, weil mich eine Welle der Übelkeit überrollt. Nachbeben. Adrenalin. Ich warte darauf, dass sie abebbt, bevor ich den Wasserhahn öffne und Wasser in mein Gesicht spritze. Ich nehme einen Schluck Wasser aus meiner gebogenen Handfläche. Ich drehe mich um und schaue durch den Spiegel auf meine Rückseite. Neun rote Striemen laufen über meinen Arsch. Der zehnte blutet. Wenigstens hat er nur einmal meine Haut verletzt. Ich betrachte die neuen Spuren und präge sie mir ein.

Mit einer zitternden Hand drehe ich das Wasser in der Dusche auf und warte darauf, dass es warm wird. Ich wasche mich so viel, wie ich ertragen kann, wo immer ich kann. Ich zwinge meine Beine, mir zu gehorchen, bis ich aus der Dusche getreten bin, und dann sinke ich auf den Teppich. Ich nehme mir die Zeit, die ich brauche, genug, um mich emotional stabiler zu fühlen, bevor ich mich anziehe und in meine Schuhe schlüpfe. Ich nehme eine Tasche aus dem Schrank und packe Wechselsachen ein. Während ich mir den Schulterriemen umlege, öffne ich die Tür.

Stille begrüßt mich.

Die Standuhr schlägt. Es ist fünf Uhr nachmittags.

Ich gehe die Treppe hinunter, ganz leise. Ich gehe an jedem Raum vorbei. Leer. Er ist gegangen.

Im Eingangsbereich nehme ich meine Handtasche. Ich nehme mein Handy heraus und lege es mit den Schlüsseln auf den Tisch. Das Telefon wird verfolgt.

Brink blinzelt nicht, als ich die Tür öffne. Er hat nicht gehört, was oben passiert ist. Er geht zum Auto und öffnet die Tür. Ich steige hinten ein und zucke vor Schmerzen zusammen, als ich mich hinsetze.

»Wohin, Mrs. Hart?«, fragt er, als er auf dem Fahrersitz Platz nimmt.

»Zum Supermarkt, bitte.« Ich habe keinen Plan. Ich werde mir alles dort überlegen.

Seine Augen finden die meinen im Rückspiegel. »Sie haben eine Tasche dabei.«

»Ich gehe danach ins Fitnessstudio«, lüge ich.

»Ja, Ma'am.«

Wir fahren langsam los. Das Auto rollt an den Fledermauskästen und den neuen Akazienbäumen vorbei. Wir passieren die Tore und nehmen die Auffahrt zur Autobahn. Als wir uns in den Verkehr mischen, gebe ich mir ein Versprechen.

Niemand wird mich jemals wieder so verletzen.

19

Damian

Ich schlage das Lenkrad bis zum Anschlag ein und drehe das Auto um. Alles in mir protestiert gegen die Entfernung zwischen Lina und mir. Ich weiß nicht einmal, wohin ich überhaupt gerade gefahren bin. Ich spüre eine unerklärliche Dringlichkeit in meinem Bauch, bei ihr zu sein, etwas Nagendes, etwas Beunruhigendes. Alles fühlt sich falsch an. Auf den Kopf gestellt. Ich bin ein verdammtes Chaos. Mein Kopf schreit, ich sollte jetzt nicht in ihrer Nähe sein, aber mein Herz will nicht zuhören. Hätte ich das Haus nicht verlassen, hätte ich ihren Wunsch nach Zeit allein nicht erfüllen können. Scheiß auf die Zeit allein. Scheiß auf die Tatsache, dass ich im Moment emotional ungefähr so stabil bin wie eine tickende Zeitbombe.

Autos hupen, als ich die Spuren wechsele und mich

zwischen einem Minivan und einem Lastwagen dränge. Ich weiß nicht, was mich so hart antreibt. Ich weiß nur, dass ich zu ihr zurückkommen muss. Vielleicht ist es die kleine Stimme in meinem Kopf, die mir sagt, dass ich es versaut habe. Hätte ich nicht einmal ein Versprechen nicht einlösen können? Ich umgreife das Lenkrad fester. Ich kann keine Ausnahmen machen. Das ist der schnellste Weg, um Glaubwürdigkeit zu verlieren. Warum zum Teufel musste sie meine Hand zwingen? Linas Schmerz macht mich hart, aber was ich heute tun musste, hat mich nicht angemacht. Ich habe es nicht genossen, ihre perfekte Haut zu verletzen. Ich habe sie wie immer begehrt, aber es war nicht der Sadismus. Es war das Bedürfnis, sie zu besitzen. Es war ein allumfassendes Brennen, sie in jeder Hinsicht und in jedem möglichen Loch zu besitzen, damit sie weiß, zu wem sie gehört, wo sie hingehört. Ich habe nicht gespielt. Ich habe sie hart genommen. Ich hätte ihre Bitte um Raum ignorieren sollen, verdammt. Sie braucht mich.

Kalter Schweiß bricht ohne ersichtlichen Grund auf meiner Stirn aus. Ich überschreite die Höchstgeschwindigkeit, weil ich versuche, es zurück zum Haus zu schaffen, bevor die Rushhour einsetzt, aber es ist zu spät. Es dauert über eine Stunde, bis ich nach Hause komme.

Brink ist nicht an der Tür. Es ist eine andere Wache.

»Wo ist meine Frau?«

»Weggefahren, Sir.«

Verdammt. »Wohin?«

»Supermarkt, Sir.«

Ich hoffe von ganzem Herzen, dass es darum geht, Jelly Beans zu kaufen, aber mein Bauch weiß es besser. Verdammt nochmal. Ich hätte sie nicht verlassen sollen. Nicht so.

Ich stürme durch die Tür und die Treppe hinauf und wähle Brinks Nummer. »Wo bist du?«

»Im Einkaufszentrum, Sir.«

»Wo ist Lina?«

»In der Apotheke.«

Ich halte auf dem Treppenabsatz inne, und mein Herz bleibt stehen. »Sag mir, dass du bei ihr bist.«

Er räuspert sich. »Sie sagte, sie braucht Tampons.«

Natürlich hat sie das verdammt nochmal gesagt. Der Idiot. Sie hat keinen Cent in der Tasche. »Kannst du sie sehen?«

»Ja. Äh, nein. Sie muss hinter dem Regal sein.«

»Geh verdammt nochmal rein. Jetzt.«

»Ja, Sir.«

Eine Autotür schlägt zu, und ich höre Schritte. Eine Glocke ertönt.

Die Wartezeit ist zu lang. Fünf, zehn Sekunden, aber ich halte an der Hoffnung fest.

Ein Fluch. Ein Schlurfen. Noch eine Glocke.

»Sie ist weg, Sir. Hintertür.«

»Finde sie.«

»Ja, Sir.«

Ich beende das Gespräch und rufe Lina an. Das Telefon klingelt im Erdgeschoss. Ich schaue über das Geländer und sehe es auf dem Tisch im Foyer liegen.

Verdammt. Sie ist allein, ohne Geld und Telefon. So verdammt verletzlich. Ich fahre mir mit der Hand durch die Haare, ziehe an den Strähnen und versuche, wie Lina zu denken.

Sie ist weggerannt. Nach dem, was ich ihr angetan habe, ist sie verdammt nochmal weggerannt.

Ich trete gegen die Wand. Ich rufe meine Sicherheitsfirma an und erwische den Manager, Maze. Ich sage ihm, dass ich meine Frau unversehrt zurückhaben will. Er setzt zehn Männer auf den Fall an, sofort. Es gibt nichts, was man nicht mit Geld kaufen kann. Außer meiner Frau. Ich rufe einen Kumpel aus dem Gefängnis an und sage ihm Bescheid. Die Belohnung ist groß genug, um alle Interessierten anzusprechen. Dann wähle ich das Wachhaus und rufe einen von den Männern, der Lina nach Brixton begleitet hat.

Kurze Zeit später betritt ein Wachmann, der eine Rose auf seinen kahlen Kopf tätowiert hat, mit einer Pistole das Arbeitszimmer.

Er verlagert sein Gewicht. »Sie wollten mich sehen, Sir?«

»Erzähl mir, was bei Dalton passiert ist.«

»Mrs. Hart ging hinein, um ihn zu sehen. Sie bat uns, draußen zu warten, ließ aber die Tür offen, damit wir sie sehen konnten. Sie sprachen fünf Minuten lang, und dann ging sie.«

»Hast du gehört, worüber sie gesprochen haben?«

»Nur Teile der Unterhaltung. Sie haben leise gesprochen.«

»Sag mir, was du gehört hast.«

Er schluckt. »Brink stand an der Spitze unserer Gruppe, Sir. Er war eher in Hörreichweite.«

»Ich frage dich.«

Er blickt hinter mich auf die Peitschen an der Wand.

»Ich schlage vor, dass du anfängst zu reden. Du willst nicht, dass ich dich dazu zwinge.«

Er erblasst. »Mrs. Hart sagte etwas davon, Beweise für ihn zu sammeln. Sie hatten einen Streit, aber ich konnte nicht verstehen, worüber. Ich nahm an, es hätte etwas mit der Tatsache zu tun, dass sie sie nicht hatte.«

»Du kannst gehen.«

Er lässt sich nicht zweimal bitten.

Die Aussage der Wache bestätigt, dass meine Handlungen gerechtfertigt waren. Lina hat mich angelogen. Sie hat mit Anne und Zane zusammengearbeitet. Sie hat wissentlich meine Regel gebrochen, indem sie zu Dalton gegangen ist. Sie hat ihre Flucht geplant, als sie Zanes Bedingungen zustimmte, nicht, dass sie sich jemals vor mir verstecken könnte. Jetzt ist sie weg. Ich habe ihr gezeigt, wozu ich fähig bin, und sie konnte mit dem Monster nicht umgehen. Es muss ziemlich schlimm für sie gewesen sein, dass sie weggelaufen ist, obwohl sie wusste, was ich mit ihr machen kann, wenn ich sie erwische. Die Angst brennt wie ein langsames Feuer durch mein Inneres. Mein Magen zieht sich zusammen, und meine Haut wird feucht. Der Gedanke, sie zu verlieren, macht mich körperlich krank. Das ist meine Schuld. Wer ich bin, macht mich krank.

Ich laufe zum Kamin, reiße den Rohrstock von der Wand und schlage ihn über mein Knie. Mit einem Knacken zerbricht das Holz in zwei Hälften. Ich werfe die Stücke in den leeren Kamin. Die Peitsche folgt. Ich mache das Gleiche mit dem Paddel und jedem anderen Instrument, das dazu bestimmt ist, Schmerzen zu verursachen. Dann gieße ich Kaminanzünder darüber und zünde ein Streichholz an. Die Dinge, die ich mit Lina gemacht habe, gehen in Flammen auf. Sie werden zu Asche verbrennen. Die Spuren werden verschwinden. Wird es auch ihr Hass? Wird sie mir jemals wieder glauben?

Es gibt nur eine Sache, die ich tun kann. Das Einzige, was ich immer tun werde. Jedes einzelne Mal.

Sie zurückbringen.

Lina

PHIL ÖFFNET DIE TÜR ZU SEINEM STADTHAUS UND LÄSST mich zuerst eintreten. Es war nicht so schwer, zu entkommen. Brink hat mir vertraut. Ich habe nie versucht, wegzulaufen, seit er bei uns angefangen hat. Ich habe ihm gesagt, dass ich Tampons brauche, und habe die Hintertür der Apotheke benutzt, um zu entkommen. Ich bin eine Weile gelaufen, bis eine Frau angehalten und mich gefragt hat, ob ich eine

Mitfahrgelegenheit brauche. Ich habe mich von ihr im Fitnessstudio absetzen lassen und Phil davon überzeugt, mir eine Unterkunft für die Nacht zu geben. Nicht der beste Zug, da Damian definitiv jeden befragen wird, den ich kenne, was bedeutet, auch jeden im Fitnessstudio, aber es wird mir Zeit und einen Platz zum Schlafen bis morgen geben. Ich habe keine Alternative außer Reyno, und ich weiß, dass Damian dort zuerst nachsehen wird.

»Tut mir leid wegen des Chaos«, sagt Phil. »Ich habe keinen Besuch erwartet.«

Ich schmeiße meine Taschen auf das Sofa und umarme mich selbst. »Bleib nicht meinetwegen hier. Tu, was immer du vorhattest zu tun. Morgen bin ich auch wieder weg.«

Er lehnt einen Arm an die Wand und blockiert damit meinen Fluchtweg auf einer Seite. »Es gab immer einen Funken zwischen uns.«

Ich gehe zurück. »Es gibt keine Funken. Die gab es nie. Wird es nie geben.«

Er zwinkert. »Du musst mir keine Unerreichbarkeit vorspielen, um mich anzumachen. Ich bin bereits scharf auf dich, Baby.«

»Ich spiele nicht.«

»Gut.« Er zuckt mit den Schultern. »Willst du etwas essen?«

»Ich dachte, du gehst mit deinen Freunden etwas trinken.«

»Wenn du hier bist? Die Pläne haben sich geändert.«

Ein unbehagliches Gefühl schlängelt sich über meine Wirbelsäule.

Er geht in die Küche und gießt zwei Gläser Wein ein. »Willst du darüber reden?«

Ich nehme das Glas, das er mir anbietet. »Nein.«

Er lässt seinen Wein sinken, stellt das Glas mit einem lauten Knall auf die Theke und schnalzt mit den Lippen. »Für mich habt ihr beide nie zusammengepasst. Ich meine, du und Damian, ihr seid wie Gegensätze.«

Ich nehme einen Schluck von dem Wein. Er ist sauer. »Ich habe gesagt, dass ich nicht darüber reden will. Ich bin wirklich müde.« Und wund. Ich brauche Schmerzmittel. »Macht es dir was aus, wenn ich mich nur eine Weile ausruhe?«

Er geht den kurzen Flur hinunter und lehnt sich mit einer Schulter gegen den Türrahmen. »Hier.«

Ich folge ihm und versuche, um ihn herumzusehen, aber sein Körper nimmt die Hälfte des Flurs ein. Seine Brust dehnt sich aus, als er die Arme verschränkt. »Du siehst aus, als könntest du eine Massage gebrauchen.«

»Nein, danke.«

Ich gehe um ihn herum und bleibe abrupt stehen. Das Bett ist nicht gemacht, und seine Kleidung liegt überall verstreut. Eine Baseballkappe hängt am Bettpfosten.

»Das ist dein Zimmer.«

Er schenkt mir ein schiefes Lächeln. »Das andere Zimmer ist ein Arbeitszimmer. Ich habe nur ein Bett.«

»Ich kann das Sofa nehmen.«

Er tritt vor und drängt mich gegen die Wand. Ich zische durch die Zähne, als mein Arsch auf die Ziegel trifft. Der Wein schwappt über den Rand des Glases.

»Hör auf mit dem Spiel, Lina. Gib es zu. Deshalb bist du hier. Warum solltest du mich sonst im Fitnessstudio besuchen?«

Panik überflutet meinen Körper. Meine Ohren fangen an zu klingeln. »Ich habe dich aufgesucht, weil ich einen Platz für die Nacht brauche. Nichts weiter.«

Er schlägt seine Handflächen neben meinem Gesicht auf die Mauer. Sein Atem ist heiß auf meinem Mund und riecht nach Wein. »Ein Mädchen wie du muss wissen, was es in einer engen Turnhose und Sport-BHs mit den Männern macht.«

Ich drücke gegen seine Brust und verschütte Wein auf seinem T-Shirt. »Geh weg.«

Er greift nach meinem Kiefer und nähert seine Lippen meinen. »Wenn du schwierig sein willst, bin ich dabei.«

»Du bist verrückt.«

»Du bist so unschuldig und unantastbar. Deshalb will Damian dich, nicht wahr? Er ist einer dieser Bösewichte, der gute Mädchen mag, und du bist eines dieser guten Mädchen, die Schmerzen mögen.« Er zeigt auf meine Narben. »Ich kann böse sein, Baby, so böse, wie du mich willst.«

Ich schubse ihn, heftig. Das Glas fällt auf den Teppich. »Geh weg von mir.«

»Keine Chance. Nicht jetzt, wo ich dich endlich allein für mich habe.«

Er drückt seine Lippen auf meine. Es ist ein dünner, nasser, ekelhafter Kuss. Er fummelt an den Knöpfen meiner Bluse herum und drückt mich mit seinem Gewicht gegen die Wand. Es tut weh, wo Damian mich mit dem Stock geschlagen und mich gefickt hat, aber es ist nichts im Vergleich zu der Abscheu, die mich nun erfüllt. Mir ist schlecht. Als er mir Luft zum Atmen gibt, beiße ich kraftvoll zu. Er lässt mich mit einem Schrei los und zerreißt dabei meine Bluse.

Er leckt seine blutende Lippe und starrt mich ungläubig an. »Du Schlampe.«

Ich schlage ihn, kräftig.

Er greift nach meinem Handgelenk und versucht, mich umzudrehen. Wenn er meinen Arm hinter meinem Rücken verdreht, bin ich so gut wie vergewaltigt. Ich kratze an seinem Gesicht und gewinne einen weiteren klitzekleinen Abstand, genug, um ein Knie anzuheben. Er stöhnt auf, als der Schlag ihn zwischen den Beinen trifft. Er lässt mich gehen, umfasst seinen schmerzenden Schritt und jammert vor Qual. Ich zögere nicht und renne zur Tür. Ich ziehe sie auf, gerade als er sich genug erholt hat, um sich wieder aufzurichten. Ich lasse meine Kleidung und Handtasche zurück und laufe zu der Ecke, wo die einzige Straßenlaterne brennt, und schreie aus vollem Leibe.

Phils lauter Fluch ertönt aus einiger Entfernung hinter mir. Als ich über meine Schulter schaue, sehe ich, wie die Nachbarn vor ihre Türen treten. Ihr

Interesse reicht aus, um Phil dazu zu bringen, sich umzudrehen und zu seinem Haus zurückzuhinken.

Ich höre auf zu rennen. Was ist, wenn er Damian anruft? Ich habe Lust, mir selbst auf die Stirn zu schlagen. Das war ein dummer Zug. Jetzt bin ich allein, draußen, im Dunkeln, ohne meine Tasche und Handtasche.

Ich schaue die Straße hinauf und hinunter und denke über meine Möglichkeiten nach. Ich muss einen Weg finden, um zu Reyno zu kommen. Ich kann Geld von ihm erpressen. Er muss ja nicht wissen, dass ich mein Handy mit der belastenden Aufnahme zurückgelassen habe. Ich muss per Anhalter fahren.

Als ich in Richtung Hauptstraße gehe, schaue ich wieder hinter mich. Die Nachbarn sind zu ihren Abendessen und Fernsehern zurückgekehrt. Phils Tür ist fest verschlossen.

Als ich erleichtert aufatme, schlägt etwas Hartes auf meinem Kopf auf. Mein Verstand schreit *nein*, als ich auf Händen und Knien auf dem Bürgersteig lande. Bevor ich Zeit habe, das Gesicht meines Angreifers anzusehen, schlägt er mich ein zweites Mal.

Der Schmerz explodiert in meinem Kopf. Sterne folgen, und dann Dunkelheit.

Damian

Mein erster Halt ist bei Reyno. Er öffnet die Tür in Pantoffeln und einem Bademantel mit dem Holiday-Inn-Logo.

»Es ist nach neun«, sagt er, als er die Tür weiter öffnet.

Für das Honorar, das ich ihm zahle, öffnet er seine Tür um zwei Uhr morgens, wenn ich es will. Ich folge ihm in die Lounge und lasse mir von ihm einen Drink einschenken, während ich meine Worte abwäge.

Er reicht mir einen Whisky. »Was ist passiert?«

»Lina ist weg.«

Er wird so weiß wie sein gestohlener Bademantel. »Wie, weg?«

Ich schwenke das Glas und starre auf den Alkohol. »Sie ist weggelaufen.«

Er lässt sich in einen Sessel fallen und trinkt sein Getränk, als wäre der Schock sein eigener, als wäre Lina vor ihm weggelaufen.

»Irgendeine Idee, wo sie hingegangen sein könnte?«

Er sieht mich anklagend an. »Nein.«

»Sie ist allein in Johannesburg nicht sicher.«

Er knallt sein Glas auf den Beistelltisch. »Erzähl mir etwas, was ich nicht weiß.«

»Du bist ihr Psychiater. Du musst eine Idee davon haben, wie ihr Denkprozess ist.«

Erregung dringt in seinen Ton ein. »Sie hat niemanden außer *dir*.«

Mein Puls pocht in meinen Schläfen. »Sag mir, was du denkst.«

»Warum ist sie weggelaufen?«

Ich nehme einen Schluck von dem Alkohol und begrüße das Brennen in meinem Hals. »Ich habe sie bestraft.«

»Wie?«

»Stock.«

Er lacht erneut spöttisch auf. »Und du fragst dich, warum sie weggerannt ist?«

»Ich frage mich nicht, warum. Ich frage mich, *wohin*.«

»Um ihretwillen wünschte ich, ich könnte dir helfen, aber ich kann nicht.«

»Gibt es etwas, das ich wissen muss?«

»Du bittest mich, meine Patientenvertraulichkeitsklausel zu brechen.«

Jetzt bin ich dran, spöttisch zu aufzulachen. »Gib nicht vor, plötzlich ethisch zu arbeiten.«

»Nein«, sagt er wütend. »Es gibt nichts anderes, was du wissen musst.«

»Ruf mich an, wenn du von ihr hörst.«

»Ich bin sicher, dass sie sich nur irgendwo versteckt und ihre Wunden leckt. Lina ist stolz. Sie ist nicht die Art von Frau, die es genießen wird, bestraft zu werden.«

»Wer tut das schon?«

»Einige Frauen sehnen sich nach dem Schmerz. Ich kenne die Geschichte ihrer Selbstverstümmelung nicht, aber ich glaube nicht, dass Lina eine Masochistin ist. Wenn es das ist, was du brauchst, hast du die falsche Partnerin.«

»Ich habe nicht um psychologischen Rat gefragt.«

Ich stelle das Glas auf den Tisch und drehe mich zur Tür um.

»Damian.«

Ich drehe mich um und warte.

»Sie ist nicht verrückt. Ich glaube nicht, dass sie es je war.«

Ich warte, weil ich das Gefühl habe, dass noch mehr kommen wird.

»Du solltest sie für geschäftstüchtig erklären lassen«, sagt er vorsichtig und beobachtet meine Reaktion.

»Nein.«

Er starrt mich überrascht an. »Warum nicht?«

Es ist einfacher, jemanden gegen seinen Willen festzuhalten, wenn die Geschäftsbelange in deinen Händen liegen. Die gesamte Macht über Lina zu haben, ist verdreht beruhigend. Das kann ich problemlos zugeben. Es ändert nichts an der Tatsache, dass sie die meine ist oder dass ich sie nie gehen lassen werde. Ich werde alle Mittel nutzen, um sie zu behalten.

»Ruf mich an.« Ich schlage die Tür hinter mir zu, während ich gehe.

Es fängt wieder an zu regnen. Ich fahre mit den Händen über meinen Kopf und schaue in den dunklen Himmel. Im Handumdrehen sind meine Jacke und mein Hemd durchnässt, aber ich spüre keine Nässe oder Kälte. Alles, was ich fühle, ist das Eis in meinem Herzen. Ein Stück von mir fehlt. Ohne sie kann mein Herz genauso gut herausgehackt werden. Sie ist schon so lange ein Teil von mir, dass ich nicht weiß, wie ich ohne sie leben soll. Sie war von dem Tag an, an dem ich sie zum ersten Mal sah, ein Teil von mir, auch wenn sie einem anderen Mann gehörte. Ich werde nicht ruhen, bis sie wieder da ist, wo sie hingehört.

Lina

Mein Kopf dröhnt schrecklich. Das Hämmern will nicht aufhören. Ich habe überall Schmerzen, von der Taille abwärts. Ich öffne die Augen langsam und nehme meine Umgebung wahr. Ich sitze auf einem Stuhl in der dunkelsten Ecke eines Raumes mit einer einzigen Lampe. Ich versuche, die Trockenheit in meinem Mund herunterzuschlucken, aber meine Zunge ist zu dick. Ich versuche, mich zu bewegen, aber meine Arme und Beine sind gefesselt. Die Panik fährt durch mich und verstärkt das Pochen in meinem Schädel. Mein Gedächtnis kehrt mit scharfen Scherben der Angst zurück. Ich zwinge mich dazu, ruhig einzuatmen und diejenigen, die mich entführt haben, nicht wissen zu lassen, dass ich wach bin.

Ich schärfe meine Sinne und nehme eine Bewegung wahr. Es sind zwei Personen im Raum, deren Umrisse im Dunkeln sichtbar sind. Eine Frau, durch die Form ihres Körpers als solche erkennbar, und ein Mann. Das hämmernde Geräusch ist Regen, der auf das Dach prasselt. Unter meinen Wimpern betrachte ich die Möbel, um eine Vorstellung davon zu bekommen, wo ich bin. Es gibt ein Bett und einen Fernseher. Ein Wasserkocher und ein Glas mit Instant-Kaffee-Paketen stehen im Kreis des Lampenlichts.

Ihr Flüstern erreicht mich.

»Er würde sich nie in dich verlieben«, sagt die Frau. »Ich war unsere einzige Hoffnung.«

»Du hast es ruiniert«, antwortet der Mann. »Du hättest ihm die Brötchen nicht zeigen sollen.«

Zane? Anne?

Kochend heiße Angst füllt meine Venen. Wenn es um Rache geht, bin ich tot.

»Sieh nach ihr«, sagt Zane.

»Warum ich?«

»Scheiß drauf.« Er stolpert zum Stuhl und zieht meinen Kopf an meinen Haaren hoch.

Ich schreie vor Schmerzen, und mein Kopfschmerz wird nicht gerade weniger.

Er lässt mit einem weiteren Zug los. »Sie ist wach.«

Anne nähert sich, und ihr Gesichtsausdruck ist im Dunkeln verborgen. »Ich brauche mehr Licht.«

Zane trägt die Lampe so nah heran, wie es das Kabel erlaubt, und lässt sie auf dem Boden liegen.

Das Licht fällt auf Anne, als sie mich mit den Händen in den Hüften betrachtet. »Blutet sie immer noch?«

»Es hat aufgehört.«

Meine Stimme ist kratzig. »Was willst du?«

»Du kannst nicht *so* naiv sein«, sagt Anne in einem spöttischen Ton.

Zane nimmt sein Smartphone aus der Tasche. »Ich rufe Dami an.«

»Warte.« Anne greift nach seinem Arm. »Lass ihn noch ein wenig länger schwitzen. Er wird leichter zu überzeuge sein, wenn er in Panik gerät.«

Sie tun das für Geld. Sie werden nach einem Lösegeld fragen. Sie haben mich nicht entführt, um mich aus Rache zu töten. Das bedeutet nicht, dass sie mich nicht töten werden. Nein, *so* naiv bin ich nicht.

»Wie viel?«, frage ich.

»Wie viel was?«, schnappt Anne.

»Wie viel ist mein Leben wert?«

Sie grinst und schaut Zane an.

Er antwortet: »Dreißig Millionen.«

Er muss Witze machen. »Damian kann nicht einfach dreißig Millionen überschreiben. Er hat nicht so viel Geld.«

»Nein, aber er kann seine Mine verkaufen.«

»Sie verkaufen?«, keuche ich.

»Wir haben bereits einen Investor im Visier.«

Oh mein Gott. Sie sind bösartig. Sie haben eine Firma gefunden, die schon seit einiger Zeit ein Auge auf eine Mine geworfen haben muss, eine Firma mit genügend Ressourcen.

»Wen?«, würge ich aus meinem trockenen Hals.

»Was glaubst du denn?«, fragt Zane.

Es kann nicht sein, und doch ist es die offensichtliche Antwort.

»Dalton Diamonds?«, flüstere ich ängstlich.

»Natürlich«, sagt Anne. »Oh, und Damian wird

auch die Beweise gegen deinen Vater abgeben müssen.«

Mein Magen zieht sich zusammen. Harolds Freunde müssen die Finanzierung zusammenbekommen haben. Wie haben sie es geschafft? Internationale Kredite? Wie sie es geschafft haben, spielt keine Rolle. Wenn Damian den Forderungen von Anne und Zane nachgibt, wird die Mine wieder in Harolds Hände fallen. Diese Mine bedeutet Damian alles. Jeder einzelne Tropfen Energie, den er in den letzten sechs Jahren verbraucht hat, floss in die Rückgewinnung der Mine. Sie bedeutet ihm mehr als Geld, sonst wäre er nicht das Risiko eingegangen, eine sterbende Mine zu kaufen. Er gründete die Black-Diamond-Initiative und machte aus einem toten Projekt ein profitables. Die Mine stellt die Summe seiner Existenz dar. Wenn es das ist, was sie wollen, bin ich mir sicher, dass ich so gut wie tot bin.

»Damian wird seine Mine nie aufgeben.«

»Du unterschätzt deinen Wert, Schatz«, sagt Anne. »Er hat sogar Zane deinetwegen rausgeschmissen.«

»Was?«

»Halt die Klappe«, zischt Zane.

Damian hat Zane rausgeschmissen? »Das wusste ich nicht.«

»Du musst sehr stolz auf dich sein«, sagt Anne bitter. »Du hast es geschafft, uns alle loszuwerden. Weißt du nicht, dass es böse ist, nicht zu teilen, Liebling?«

»Wie soll das funktionieren?«, frage ich. »Bekommt ihr eine Provision?«

»Wir bekommen unseren Anteil«, antwortet Anne, »aber das allein macht es schon wertvoll.« Sie hebt ihre Hand und dreht sie ins Licht.

Ein tropfenförmiger Diamant funkelt an ihrem Finger. Ich keuche. Sie hat meinen Verlobungsring genommen? Wie schmutzig und verkommen kann eine Person sein?

Sie sieht meinen Gesichtsausdruck und lacht. »Du wolltest ihn nicht, also sollte es keine Rolle spielen.«

»Du kannst nicht einfach einen Verlobungsring stehlen.«

Sie verzieht ihr Gesicht. »Sag mir nicht, dass du abergläubisch bist, was Symbole der Liebe und all den Scheiß angeht.«

Darum geht es nicht. Um ehrlich zu sein, hat mir Damian den Ring nicht aus Zuneigung oder Liebe gegeben. Er gab ihn mir, damit ich nicht öffentlich gedemütigt werde, weil einer der größten Diamantmagnaten der Welt seiner Frau keinen Diamantring schenkt. Das wäre eine klare Botschaft gewesen, dass er mich nicht liebt. Die ganze Welt hätte genau gewusst, was sie nur vermutet. Die Freundlichkeit der Handlung war mir bis jetzt noch nicht aufgegangen. Ich hatte ihn beschuldigt, mich zur Hure und zum Schaustück zu machen, aber er hat den Ring nie hervorgehoben oder etwas dafür verlangt. Die Halskette ist eine andere Geschichte, aber er ist unschuldig, was den Ring betrifft. Ich hatte gesagt, dass ich ihn nicht will, aber plötzlich will ich ihn von ganzem Herzen zurück.

»Gib ihn mir«, sage ich durch zusammengebissene Zähne.

Anne lächelt und bewundert den Stein. »Ich glaube nicht. Er ist ein netter Bonus.«

»Wie lange willst du noch warten?«, fragt Zane und klingt irritiert.

»Bis zum Morgen. Damian wird bis dahin sehr besorgt sein.«

Trotz all seiner Fehler war Zane Damian gegenüber loyal. Damian verdient etwas Besseres als das. Je mehr ich Zanes bösen Taktiken ausgesetzt bin, desto mehr wirkt er wie ein Goldgräber. Das wirft eine Frage bei mir auf. War er jemals Damians Freund?

»Wie lange hast du schon vor, Damians Geld in die Finger zu bekommen?«, frage ich. »Seit du aus dem Gefängnis raus bist oder schon davor?«

»Sag es ihr«, sagt Anne. »Es ist nicht mehr wichtig.«

»Seit er seine Pläne im Gefängnis mit mir geteilt hat«, sagt Zane.

Es war die ganze Zeit ein Betrug. Deshalb hat Zane Anne ins Haus gebracht. Um Damian zu verführen, und als das nicht funktionierte, entschieden sie sich für Plan B – mich zu entführen.

»Wie habt ihr mich überhaupt gefunden?«

»Das war nicht allzu schwer«, sagt Zane. »Als Dami unserem Netzwerk mitteilte, dass er nach dir sucht, war es zwangsläufig so, dass mich die Informationen erreichen würden. Er hat mich vielleicht wie Dreck rausgeworfen, aber wir teilen immer noch die gleichen Verbindungen. Ich dachte mir, dass du nur zwei Freunde auf dieser Welt hast – Reyno und Phil. Anne hat Reynos Wohnung beobachtet, und ich wartete vor Phils. Es war keine große Überraschung, als ihr beide wie läufige Turteltäubchen ankamt. Ich muss sagen, du hast es mir ziemlich leicht gemacht. Du bist mir praktisch in die Arme gelaufen.«

Ich mochte Zane nie, aber ich dachte, seine Handlungen wären auf Eifersucht begründet. Jetzt erfüllt er mich mit nichts als Ekel. »Seit wann schmiedest du mit Harold Pläne?«

»Seit du Dami dazu gebracht hast, Anne loszuwerden.«

»Du meinst, seit dein Backup-Plan, Damians ungeteilte Aufmerksamkeit zu bekommen, gescheitert ist.«

»Spielt das jetzt wirklich noch eine Rolle?«, fragt er. »Das sind alles nur Mittel zum Zweck.«

Nicht alles davon. »Hast du dich in ihn verliebt, bevor oder nachdem er sein Geld verdient hat?«

Sein Gesicht verwandelt sich in eine Maske der Wut. Er hebt seine Hände, aber ich weiche nicht zurück. Ich strecke mein Kinn aus und warte auf den Schlag. Ich habe schon Schlimmeres ertragen.

Anne greift nach seinem Handgelenk. »Nicht. Wenn Damian nach einem Beweis fragt, dass sie am Leben ist, wollen wir ihm kein blaues Gesicht zeigen.«

Er starrt mich an und lässt seine Hand sinken.

»Ich brauche Wasser.«

Zane nickt Anne zu. »Gib ihr etwas. Du hast recht. Wir brauchen sie in guter Verfassung.«

»Warum ich?«, jammert sie.

»Scheiß drauf.« Er tritt gegen meinen Stuhl und marschiert in einen Nebenraum.

Anne lächelt mich an. »Du hoffst besser, dass Damian dich unbedingt zurückhaben will.«

Damian

Es ist nach Mitternacht, als ich an Phils Tür klopfe. Er öffnet sie so vorsichtig, als ob er Schwierigkeiten erwartet. Meine Instinkte sind in höchster Alarmbereitschaft.

»Ich suche Lina.«

»Lina?« Er kratzt sich im Nacken.

»Meine Frau«, knirsche ich heraus und unterdrücke den Drang, seinen Kopf gegen die Wand zu schlagen.

Sein Blick bewegt sich für einen Bruchteil einer Sekunde ins Wohnzimmer. »Warum sollte sie hier sein?«

Ich schubse ihn zurück, gehe hinein und schließe die Tür. Wenn ich handgreiflich werden muss, will ich keine Zeugen.

»Hey, Mann.« Er hebt die Hände. »Ganz ruhig. Sie ist nicht hier.«

Ich schaue mich in dem Raum um. Meine Reisetasche und Linas Handtasche liegen auf dem Sofa.

Verfrühte Erleichterung und Wut vermischen sich in meinen Adern. Ich hebe ihn an der Vorderseite seines T-Shirts hoch und schiebe ihn weiter ins Haus.

»Schlafzimmer«, sage ich.

Seine Zehen berühren kaum den Boden. Er stolpert über sich selbst, als wir weiter hineingehen.

»Erste Tür links«, krächzt er.

Das Bett ist leer. Der zweite Raum enthält nur einen Schreibtisch und einen Stuhl.

Ich schüttele ihn. »Wo ist sie?«

»Ich weiß es nicht!«

Etwas knirscht unter meinem Schuh. Die Überreste eines kaputten Weinglases liegen in einem roten Fleck auf dem Teppich.

Ich schleppe ihn hinter mir her und gehe in die Küche. Dort gibt es einen Stapel schmutziges Geschirr im Waschbecken und ein Weinglas mit einem roten Ring am Boden auf der Theke.

Zwei Weingläser. Eines ist im Flur heruntergefallen. Ich schwöre bei Gott, wenn er einen schmutzigen Finger an sie gelegt hat, hacke ich ihn ab.

Ich schlage seinen Körper gegen die Wand. »Wo ist sie?«

»Das ist nicht das, wonach es aussieht.« Er duckt sich. »Ich kann es erklären.«

Verdammter Feigling. »Ich höre dir zu.«

»Sie kam ins Fitnessstudio und sagte, sie bräuchte einen Platz zum Schlafen. Schau, Mann, ich weiß nicht, was zwischen Ihnen beiden passiert ist, aber sie war ziemlich erschüttert. Ich konnte sie nicht dort lassen und schloss gerade ab, also nahm ich sie mit nach Hause.«

Ich verdrehe sein T-Shirt und knalle seine Schultern in die Ziegel. »Und dann?«

»Wir sind hier angekommen, und sie wurde ganz komisch, hat mich angegriffen und so.«

»Überleg dir gut, was passiert ist, denn ich werde Lina finden. Wenn ich das tue, sollten eure Geschichten besser zusammenpassen. Wenn sie es nicht tun, bist du tot.«

Er fängt an zu weinen. »Ich wusste, dass Sie Probleme bereiten würden, Mann. Ich hätte Sie nie ins Fitnessstudio lassen sollen.«

»Sei ein Mann, Phil. Fang an zu reden.«

Er wischt sich den Rotz von der Nase. »Ich gab ihr Wein zum Entspannen, weil sie so angespannt war, richtig am Ausflippen, wenn Sie wissen, was ich meine. Und ich meine, ein Mädchen ist nicht bei einem Typen, um fernzusehen, oder? Sie war wegen eines Racheficks hier.«

Ich erstarre bei dem Satz, und Wut überschwemmt meine Venen. Wenn er seinen Schwanz in sie gesteckt hat, ist er definitiv tot.

»Sie sagte, sie sei müde. Ich meine, sie hat es angedeutet, Mann. Wenn eine Frau sagt, dass sie müde ist, will sie ins Bett gehen, oder? Also habe ich ihr das Schlafzimmer gezeigt, und sie fing an, komisch zu werden.« Er zieht seine Zähne über seine Lippe und ist offensichtlich scharf darauf, weiterzureden.

»Was dann?«

»Dann habe ich sie geküsst, und sie hat mich gebissen. Sie hat mich geschlagen und gekratzt wie eine Wildkatze. Ich habe versucht, sie zu beruhigen, aber sie hat mir in die Eier getreten und ist verschwunden.«

Das ist meine Lina. *Meine* Lina. Ich kann mich kaum genug kontrollieren, um mein Verhör zu beenden. »Wo ist sie hin?«

»Ich weiß es nicht. Sie ist in Richtung der Hauptstraße gerannt.«

Ich verenge die Augen. »Ohne ihre Taschen.«

»Wie ich schon sagte, sie ist ausgerastet, Mann.«

»Du hast sie berührt.«

Er erblasst. »Damian, bitte. Sie sind ein Mann. Sie wissen, wie das ist.«

»Vergleiche dich *nicht* mit mir.« Ich packe seine Haare und ziehe ihn zur Theke. »Lass mich dir etwas darüber sagen, wie es ist. Wenn eine Frau sagt, dass sie müde ist, dann, weil sie müde ist. Wenn sie sagt, dass sie dich nicht ficken will, dann, weil sie dich nicht ficken will. Verstanden?«

»Ja, ja!« Er versucht, meine Finger aus seinem Haar zu ziehen.

Ich packe sein Handgelenk und schlage es auf die Oberfläche im Marmor-Stil. »Spreiz deine Finger.«

»Nein! Nein! Was machen Sie da?«

Ich nehme ein Fleischmesser aus dem Block. »Tu, was ich sage, sonst verlierst du alle fünf.«

»Oh, fuck. Fuck, fuck. Nein, Mann. Ich habe nichts getan.«

»Halt die Klappe. Lass dir das eine wertvolle Lektion sein und sei froh, dass es nur einer ist.«

Er lässt sich fallen und benutzt sein Gewicht, um zu versuchen, sich loszureißen.

»Spreize sie, Phil.«

Er sabbert wie ein Welpe, weint und stottert unzusammenhängende Worte, während er von einer Seite der Theke hängt.

»Deine Entscheidung.« Ich positioniere das Messer. »Fünf Finger.«

»Nein! Warte!« Er zieht sich an seiner freien Hand hoch, schreit und weint. Rotz fliegt überall herum, aber er spreizt seine Finger.

»Ich werde nett sein. Ich weiß, dass du deinen Zeige- und Mittelfinger brauchst, um Gewichte zu ergreifen, also werde ich deinen Ringfinger nehmen.«

»Oh Mann. Oh Mann, oh Mann, oh Mann …«

Ich lasse das Messer nach unten rauschen.

Er pisst sich ein.

Ich lasse los. »Du wirst einen Krankenwagen rufen wollen, bevor du verblutest. Erkläre es besser als einen Küchenunfall, oder ich komme für den Rest zurück. Verstanden?«

Er fällt auf die Knie und drückt seinen Arm gegen seine Brust. Ich finde sein Handy im Schlafzimmer und lege es auf den Boden neben ihn.

Draußen wartet Brink. »Die Schreie weckten die Nachbarn, Sir.«

Die Lichter in allen benachbarten Fenstern auf beiden Seiten der Straße sind angegangen. Auch gut.

Ich werde jede einzelne Person in dieser Nachbarschaft verhören.

Ich erzähle Brink von meiner Absicht und weise ihn an, am anderen Ende anzufangen.

»Soll ich warten, um mit den Bullen zu reden?«, fragt er.

Ich schüttele den Kopf. »Sie werden nicht kommen.« Nicht in dieser Gegend.

Lina

DIE VORHÄNGE SIND GESCHLOSSEN, ABER GENUG LICHT durchdringt den dünnen Stoff, damit ich erkennen kann, dass wir in einem billigen Hotelzimmer sind. Anne bringt mir ein Sandwich und ein Glas Milch und füttert mich. Als ich gegessen habe, nickt sie Zane zu.

»Es ist Zeit«, sagt sie.

Das Brot bleibt mir im Hals stecken. Damian wird sich nie von seiner Mine trennen. Alles, was zwischen uns geschah, war wegen dieser Mine. Ich war ein Mittel für Daltons Untergang, nicht seinen eigenen. Mein Kopf schmerzt immer noch, und meine Muskeln sind steif davon, die ganze Nacht in einer Position gesessen zu haben. Die Fesseln sind eng. Der Stuhl ist hart und erinnert mich daran, wie wund mein Hintern und mein Poloch sind, aber all diese Unannehmlichkeiten sind gering im Vergleich zu den

Schmerzen in meinem Herzen, als Zane die Wähltaste auf seinem Telefon drückt.

»Wenn Damian deinen Forderungen zustimmt«, und ich bin mir absolut sicher, dass er es nicht tun wird, »wirst du mich dann gehen lassen oder mich trotzdem töten?« Wenn ich Geld hätte, würde ich auf Letzteres wetten.

»Das wirst du noch herausfinden«, sagt Anne.

Der Wecker sagt, dass es zehn Uhr morgens ist. Inzwischen wäre Damian im Büro. Er hätte gefrühstückt, wäre ins Fitnessstudio gegangen und hätte sich danach geduscht. Vielleicht hat er nach mir gesucht oder hat seine Männer geschickt, um die Straßen um die Apotheke, wo ich Brink entkommen bin, abzusuchen.

Die Anspannung auf Zanes Gesicht ist deutlich, als er einen Finger hochhält, was darauf hinweist, dass Damian seinen Anruf entgegennimmt.

Zanes Stimme klingt hohl und gequält. »Hallo, Dami.«

Was auch immer Zane sich einredet, es geht ihm um mehr als nur um das Geld. Er hat Gefühle für Damian. Wie weit wird er sich von seiner Gier treiben lassen? Hat er ausreichend Gefühle für Damian, um das nicht durchzuziehen? Ich halte den Atem an, aber wenn ich die Hoffnung hatte, dass Zane seine Meinung ändern würde, wird sie bei seinen nächsten Worten zerquetscht.

»Ich nehme an, du suchst nach Lina. Wenn du sie

zurückhaben willst, folge unseren Anweisungen. Überprüfe deinen Posteingang.«

Er legt auf.

»Was ist, wenn er die Polizei ruft?«, fragt Anne.

»Wird er nicht«, antwortet Zane. »Das würde nicht helfen.«

Er hat recht. Ich bin mir nicht sicher, ob mir jetzt jemand helfen kann.

Damian

Ich starre auf die E-Mail und koche vor unterdrückter Wut. Zane hat Lina mitgenommen. Er hat meine Frau entführt. Das macht mir Angst. Zane hasst Lina. Er gibt ihr die Schuld für alles, was nicht ihre Schuld ist.

Brink betritt mit einem grimmigen Gesichtsausdruck das Arbeitszimmer.

Zane hat mich gut verarscht. Bei dem Betrag, den er mit gerade einmal einem Tag Vorlaufzeit verlangt, habe ich keine andere Wahl, als an seinen nominierten Investor zu verkaufen. Ich würde an Dalton Diamonds zurückverkaufen. Die Beweise, die ich mit dem Deal liefern muss, werden sicherstellen, dass Dalton wieder einmal als freier und reicher Mann davonkommt. Bitterkeit breitet sich in meiner Brust aus. Meine Mine wird wieder in Daltons Hände fallen, aber das ist nichts im Vergleich zu der Leere, die ich fühlen würde, wenn Lina weg wäre.

»Sir?« Brink erinnert mich daran, dass er immer noch auf meine Anweisungen wartet.

»Haben unsere Männer etwas gefunden?«

»Nein, Sir.«

Keine Spur von Zane. Er weiß, wie man seine Spuren ausradiert.

»Lina?«

»Nichts Neues, Sir.«

»Danke.«

Als er geht, rufe ich den Leiter der Sicherheitsfirma an. Maze ist diskret und vertrauenswürdig. Sein Geschäft hängt davon ab.

»Wie ist die Lage?«, fragt er kurz und bündig.

»Du hast die Forderungen gesehen.« Ich habe ihm die E-Mail in einer verschlüsselten Nachricht weitergeleitet.

»Dalton muss daran beteiligt sein.«

»Zweifellos.«

»Was machen Sie mit ihm?«

»Ich will Lina zuerst sicher zurück.«

»Was ist mit den Forderungen?«

»Ich werde sie erfüllen.«

Es gibt eine Pause, bevor er antwortet. »Haben Sie alle Möglichkeiten in Betracht gezogen?«

»Ja.« Ich fahre mit einer Hand über mein Gesicht. »Es gibt zu viele Orte in dieser Stadt, um sich zu verstecken.« Das bedeutet nicht, dass ich es nicht versuche. Ich nutze jede Verbindung und jeden Einfluss, den ich habe.

»Schauen Sie, ich weiß, dass Ihre Geschäfte nicht hundertprozentig sauber sind, aber die Cops haben ein größeres Netzwerk und mehr Arbeitskräfte. Sie übernehmen gerne den Fall und schließen die Augen für ein Bestechungsgeld.«

»Zu riskant. Sie haben Zanes Drohung gelesen.«

»Wird er das durchziehen?«

»Wenn es sein muss.« Ich erschaudere bei dem Gedanken.

»Was immer Sie brauchen, meine Männer stehen Ihnen zur Verfügung.«

Ich danke ihm und lege auf. Dann rufe ich meinen Anwalt an und vereinbare ein Treffen innerhalb der nächsten Stunde.

Lina

MEINE ENTFÜHRER BINDEN MICH ZWEIMAL LOS, DAMIT ich das Badezimmer benutzen kann. Sie füttern mich mit einem weiteren trockenen Sandwich und einem Glas Wasser. Durstig, trinke ich jeden Tropfen. Sie wechseln sich ab, um zu essen, sitzen auf dem Bett und beobachten mich aufmerksam. Zu spät erkenne ich meinen Fehler. Auf einmal verschwinden meine Kopfschmerzen, und mein Sehvermögen lässt nach. Sie haben mich betäubt.

»Was habt ihr mir gegeben?«

Keine Antwort.

Gänsehaut bricht auf meiner Haut aus. Meine Kopfhaut juckt. Eine Welle von Übelkeit trifft mich. Als sie vorbei ist, fängt mein Kopf an zu summen. Meine Kontrolle gerät ins Wanken. Ich kämpfe dagegen an, aber es hat keinen Sinn. Meine Augen schließen sich.

»Sie ist weg«, sagt Zane.

»Bringen wir sie ins Auto. Wir können nach Germiston losfahren.«

»Nicht bevor das Geld da ist.«

»Welchen Unterschied macht das? Sie wird vor Mittag auf dem Grund des Sees sein.«

»Ich will nicht unterwegs sein, bevor der Deal abgeschlossen ist. Vielleicht erkennt uns jemand.«

»Wir haben Verkleidungen.«

»Trotzdem will ich kein Risiko eingehen.«

»Damian wird das nicht durchgehen lassen. Ich mag es nicht, hier rumzusitzen.«

»Überprüfe deine E-Mails. Sobald wir den Beweis haben, fahren wir los.«

Ihre Stimmen dröhnen immer lauter, bevor sie plötzlich verstummen. Es fühlt sich an, als würde ich in ein Glas voller Jelly Beans fallen. Farbe explodiert hinter meinen Augenlidern, aber bevor ich den Regenbogen genießen kann, verwandelt er sich in Nichts.

20

Damian

DER NACHTEIL, EIN DIAMANTMAGNAT ZU SEIN, IST, DASS jeder dein Geld will. Du riskierst immer, entführt zu werden, oder schlimmer noch, dass deine Lieben für Lösegeld entführt werden. Der Vorteil ist, dass man über Macht verfügt, Ressourcen zur Hand hat. Der Vorteil, ein Ex-Häftling zu sein, ist, dass man Verbindungen und Loyalität hat.

Zum Glück für mich bin ich beides. Zane ist nichts. Als er meine Frau mitnahm, brach er einen Verhaltenskodex. Indem er mich mit ihrem Leben erpresste, unterschrieb er sein Todesurteil. Keine unserer Gefängnisverbindungen wird ihn beschützen. In der Minute, in der es sich verbreitet hat, und ich habe dafür gesorgt, dass es weit verbreitet wurde, haben sich unsere Verbündeten von ihm distanziert. Die meisten haben dem Preis, den ich auf seinen Kopf ausgesetzt habe, Geld hinzugefügt. Ein Mann wendet sich nicht gegen seine Leute. Das ist, als würde man seine Mutter töten. Meine Verbündeten taten, was jeder für die Familie tun würde. Sie ließen alle dubiosen Geschäfte liegen und begannen, nach Zane zu suchen.

Für den richtigen Anreiz, sei es Geld oder Angst, werden die Menschen immer reden. Zufällig hat die Putzfrau von der Nachtschicht am Flughafen gerade einen Mann und eine Frau gesehen, die jemanden von der Autobahn kommend ins Hotel trugen. Sie hat ein Foto mit ihrem Handy gemacht. Es war nicht schwer, Zanes und Annes Körper zu identifizieren, auch wenn sie Perücken trugen. Zanes stämmiger Körperbau und seine Eitelkeit haben ihn verraten. Ich würde diese maßgefertigten Krokodillederstiefel überall wiedererkennen.

Ich hätte gerne die dreißig Millionen bezahlt, die Zane verlangt. Es gibt nicht genug Geld auf der Welt, um Linas Wert aufzuwiegen. Nicht einmal die Mine ist ihr Leben wert. Sie gehört zur Familie, ist die zukünftige Mutter meiner Kinder. Sie ist die Motivation, die mich im Gefängnis am Leben gehalten hat. Ich bin mir nicht einmal sicher, ob es um das Geschäft ging. Ja, ich wollte zurücknehmen, was Dalton mir gestohlen hat. Ja, ich wollte Rache. Lina war schon immer ein Teil des Plans, um diese Ziele zu erreichen. Irgendwo auf dem Weg wurde sie zum Ziel der ganzen Unternehmung. Als ich hier vor dem Hotel stehe, weiß ich plötzlich mit verblüffender Klarheit, dass das nicht wahr ist. Sie wurde nicht allmählich zum Endziel. Sie war schon immer das Ziel.

Die Waffe in meiner Hand zittert leicht, als ich die Einsicht verinnerliche. Der Moment ist riesig, so groß wie er sein wird, wenn ich sie befreie. Um mich herum läuft der Tag wie jeder andere Tag ab, als ob ich nicht am größten Wendepunkt meines Lebens stünde. Der Geruch von Rauch aus einem benachbarten Township liegt dick in der Luft. Er verbrennt meine Nasenlöcher. Der Himmel ist blau, mit dunklen Wolken am Horizont, die Regen für den späten Nachmittag versprechen. Das Geräusch des Verkehrs von der Autobahn ist ein ständiger Lärm. Die Menschen machen mit dem Leben weiter. Der Tag und seine außergewöhnliche Alltäglichkeit prägen sich in meinen Kopf ein. Mein Körper summt mit Adrenalin und Bewusstsein.

Es ist ein Irrtum, zu glauben, dass sich meine Ziele langsam und schleichend geändert haben. Sie haben sich bereits an dem Tag geändert, an dem ich das erste Mal in Daltons Haus ging. Von dem Moment an, als Lina mir ihren Schal gab, waren Diamanten nicht mehr meine Priorität. Sie war es. Sie *ist* es. Zu wissen, dass sie in Raum Nummer sechzehn ist, mit einem Mann und seiner Schwester, die eine Waffe gegen ihren Kopf halten und den Abzug drücken könnten, ist schlimmer als Folter. Es bringt mich um. Was haben sie mit ihr gemacht? Was tun sie ihr in diesem Moment an, in dem ich meine Waffe lade und prüfe?

Ich stelle mir bildlich vor, wie verängstigt und

einsam sie ist. Ich erinnere mich an die Nacht, in der ich um einen Termin mit Dalton gebeten hatte, und wie fehl am Platz und beschämt über meine Armut, aber meiner Fähigkeiten sicher und voller Hoffnung auf meine Zukunft ich mich gefühlt hatte. Ich hatte keine Angst, aber Lina, und verdammt, dass ich es bis jetzt nicht gemerkt hatte. Als sie mir den Schal ihrer Großmutter anbot, sagte sie, dass sie sich dadurch sicher fühlte. Sie hatte in dieser Nacht Angst, aber ich war zu sehr mit meiner eigenen, egoistischen Mission beschäftigt gewesen. Damit, Dalton davon zu überzeugen, in mein Projekt zu investieren, um zu erkennen, dass sie sich verletzlich machte, indem sie mir ihre Wärme und Geborgenheit gab. Als ich sie im Flur stehen sah, sah ich ein schönes Mädchen in einem Kleid, das mehr kostete als das, was ich in einem Jahr verdiente. Als ich die Szene in meinem Kopf noch einmal abspiele, sehe ich ihre großen Augen und angespannten Schultern. Ich sehe, wie sie sich in sich selbst zurückzieht, als Dalton seinen Arm um sie legt. Sie fürchtete sich in dieser Nacht. Warum? Weil Dalton ihr einen Ehemann wählte. Sie war wie ein Prunkstück angezogen. Das war es, worum es bei dem Geschäftsessen ging.

Als ich Dalton meine Entdeckung zeigte, half ich ihm dabei, seine Entscheidung zu treffen. Ich habe den Deal für Lina besiegelt. Alles, was er brauchte, nachdem er mich losgeworden war, waren die Schürfrechte. Deshalb hat er sie Clarke gegeben. Ohne es zu wissen, habe ich Linas Schicksal bestimmt.

Verdammt. Ich muss einzig und allein mich selbst dafür verantwortlich machen, wie unsere Geschichte sich entwickelt hat. Die Anschuldigungen, die ich auf ihre Schultern geladen habe, weil sie nicht gewartet hat, weil sie nicht an mich geglaubt hat, sind unbegründet. Es gab nichts, was sie hätte tun können, um den Weg zu ändern, den ich mit meinem naiven Ehrgeiz geebnet hatte. Daltons Gier hätte das nie zugelassen.

Das Wissen erschüttert mich. Es bringt mich dazu, mich selbst mehr zu hassen, als ich es bereits tue. Die Einsicht kommt zu spät, um zu ändern, wie Lina und ich angefangen haben, aber ich habe immer noch den Rest ihres Lebens. Ich werde leben, um es wiedergutzumachen. Ich werde sein, was sie will, und wen sie braucht. Ich werde den Grund dafür, dass sie weggelaufen ist, abschaffen. Ich schwöre mir, dass Lina nie wieder einen Grund haben wird, vor mir zu fliehen. Wenn ich sie in einem Stück zurückhaben kann, werde ich nie wieder eine Peitsche über ihren Rücken ziehen. Ich leiste den Eid, während ich den Schweiß von meinem Gesicht an meinem Ärmel abwische und mich bereit mache, die Tür, die zwischen uns steht, einzutreten.

Brink schleicht sich um die Ecke und nickt mir angespannt zu, um mich wissen zu lassen, dass die Männer in Position sind. Das Hotel ist umzingelt. Es gibt keinen Weg nach draußen, außer durch uns hindurch. Ein paar Verbindungen aus dem Gefängnis haben ihre Hilfe angeboten, aber sie halten sich zurück und handeln nur auf mein Kommando. Die Rache gehört mir. Das ist unser ungeschriebenes Gesetz.

»Ich will Zane lebend«, sage ich in das Mikrofon, das mich mit den Männern verbindet. Ich brauche Antworten. Wenn ich sie habe, werde ich Dalton töten.

Die Sonne brennt auf meinen Kopf. Mein Schatten ist ein enger Kreis um meinen Körper. Die Vorhänge von Zimmer sechzehn sind geschlossen. Sie sind ein verblasstes Gelb mit einem Sonnenblumenmotiv. Diese Vorhänge werden mich im Schlaf verfolgen. Jedes Mal, wenn ich meine Augen schließe, werde ich Lina in einem Feld mit verblassten Sonnenblumen sehen. Ich werde mich daran erinnern, wie es sich anfühlte, Angst zu empfinden, die wahre Art, die deine Seele zerstören kann. Ich werde mich an den Druck meines Zeigefingers auf dem Abzug und den fremden Drang, zu beten, erinnern. Ich werde Linas Gesicht sehen, wie sie auf das Porträt von Maria gestarrt hat, und die Sehnsucht in meiner Seele nach diesem fehlenden Lächeln spüren. Ich werde die Möglichkeit eines Lächelns in jedem Moment sehen, den ich ihrer Zukunft stehlen werde.

Brink wartet. Er hat Schweißperlen auf der Stirn. Sein Pferdeschwanz bewegt sich im Wind. Ich gebe das Signal. Langsam kriechen wir auf die Tür zu. Das Geräusch eines Nachrichtensenders dringt durch die Wände. Ich ziele und bedeute Brink, die Tür einzutreten. Er kracht in den Raum und wirbelt den Staub vom Teppich auf. Ich mache in einer Millisekunde eine Bestandsaufnahme der Situation.

Lina ist auf einem Stuhl zusammengesunken und gefesselt. Anne schreit wie eine Höllenkatze und springt vom Bett. Zane zuckt erschrocken zusammen, und Unglauben breitet sich auf seinem Gesicht aus. Er erholt sich, während ich angreife, und versucht, eine Waffe vom Nachttisch zu nehmen. Bevor seine Hand sie erreichen kann, gebe ich einen Warnschuss in die Wand ab. Annes Augen sind wild und fiebrig, als sie den Gegenstand ergreift, der ihr am nächsten steht, einen steinernen Aschenbecher.

Für einen Moment ist meine Konzentration abgelenkt. Zane nutzt diesen Moment, um ein Messer zu ziehen und über das Bett zu springen, direkt auf mich zu. Ich überlege nicht zweimal. Ich ziele auf seinen Arm und drücke ab. Das Messer fällt auf den Boden. Er verliert den Halt. Blut spritzt aus seinem Bizeps. Anne schreit und wirft den Aschenbecher auf die bewusstlose Lina. Sie hat gekonnt auf Linas Kopf gezielt, aber ich springe zur Seite und fange den schweren Gegenstand ab, der unter meinem Brustbein aufschlägt. Ich schlage mit den Schultern zuerst hart auf dem Boden auf, und etwas in meinem Körper knackt. Ich spüre den Bruch und höre das Geräusch, fühle aber keinen Schmerz.

Zane hält das Messer jetzt in seiner unversehrten Hand und kommt mit einem Knurren auf mich zu. Ich rolle auf meinen Rücken, bewege meine Ellbogen, ziele mit dem Lauf auf seine Kniescheibe und drücke den Abzug. Er stöhnt, während er zu Boden geht.

»Hart«, ruft Brink. »Auf drei Uhr.«

Ich schaue gerade rechtzeitig hin, um zu sehen, wie Anne eine Pistole aus dem Nachttisch holt.

Ich visiere ein neues Ziel an. »Lass sie fallen, Anne.«

Sie richtet die Waffe auf Lina, als hätte sie die tödliche Bedrohung in meinem Ton nicht gehört. Hass erfüllt ihre Augen. Ihr Finger legt sich um den Abzug. Ich bin mir vage bewusst, dass Zane das Bett benutzt, um sich nach oben zu ziehen. Die Entscheidung wird nicht zwischen Zane, Anne und mir gefällt, die Entscheidung fällt immer zugunsten Linas. Bevor ich die Gefahr, die meine Frau bedroht, beseitigen kann, geht ein Schuss los. Brink. Seine erste Priorität ist Linas Schutz. Anne bricht zusammen. Gleichzeitig hebt Zane das Messer hoch und springt. Ich habe kaum Zeit zum Feuern. Sein Körper zuckt durch den Aufprall. Seine Knie schlagen auf den Teppich, bevor er mit dem Gesicht nach unten fällt.

Brink geht ins Badezimmer und signalisiert, dass es leer ist. Einer der Wachmänner schneidet bereits Lina los. Ich eile sofort zu ihr und überlasse es Brink, Annes und Zanes Vitalwerte zu überprüfen.

Mit dem Finger auf einer Vene in Zanes Hals gibt mir Brink einen Daumen nach unten. Anne hat einen Kopfschuss abbekommen.

»Wir werden das aufräumen«, bietet Brink an.

Ich hebe Linas schlaffen Körper in meine Arme. »Lass es. Es wird wie eine Bandenschießerei aussehen.«

Meine Rippen protestieren, als ich nach draußen in die gleißende Sonne gehe, aber es ist der glücklichste

Schmerz, den ich je empfunden habe. Einer der Männer öffnet mir die Autotür. Ich lege mein kostbares Bündel auf die Rückbank, bevor ich den Platz daneben einnehme. Nachdem ich ihr den Sicherheitsgurt angelegt habe, positioniere ich ihren Körper so, dass er in der Schräge meines Armes ruht.

»Krankenhaus?«, fragt die Wache, die fährt, und wirft einen vorsichtigen Blick auf Linas ohnmächtige Gestalt.

Sie muss von einem Arzt untersucht werden, aber es muss ein Hausbesuch sein. Ich kann mir die Routinefragen, die mit einem Krankenhausbesuch einhergehen, nicht leisten.

»Nach Hause«, sage ich und ziehe sie fester an mich.

Lina

ICH WACHE IN EINEM WARMEN UND GEMÜTLICHEN Traum auf. Ich bin in einem Boot und schaukele in einem beruhigenden Rhythmus. Draußen braut sich ein Sturm zusammen, aber hier drinnen bin ich sicher. Ich liege auf einem weichen Bett, eingehüllt in starke Arme. Ein köstliches Gewicht drückt mich tiefer in die Matratze. Wir schaukeln zusammen und bewegen uns mit der Ebbe und der Flut. Wie faule Wellen schlagen wir gegen das Ufer.

Ich schwelge in dem Gefühl und kuschele mich

tiefer ein. Aus der Ferne greifen die kalten Ranken des Bewusstseins nach mir und versuchen, mich aus meinem Traum zu ziehen, aber ich bin nicht bereit, loszulassen. Es fühlt sich hier zu gut an. Das Schaukeln geht weiter, als neue Empfindungen dazukommen. Große warme Hände fahren über meine Schultern, Brüste und Hüften. Mein Bewusstsein verändert sich, verwandelt sich von träge zu sinnlich. Langsam wird mein Körper lebendig. Die Flut kommt, aber diesmal ist sie in mir. Ich stöhne.

Ein tiefes Lachen liebkost meine Ohren. Das raue Timbre schwingt durch mein Brustbein. Das sinnliche Schaukeln eskaliert und weckt einen Hunger in meinem Herzen. Ich wölbe meinen Rücken und werde mit harter, heißer Haut auf meiner Haut belohnt. Der Hunger wird unerträglich, das Schaukeln nachdrücklich. Die Welle rollt, aber der Aufschlag bleibt außerhalb meiner Reichweite. Ich reite sie wie ein Boot, schaukele, sehe sie verebben und falle immer weiter zurück. Keuchend jage ich der Anspannung hinterher, die mir grausam entflieht. Ich stöhne wieder, frustriert, und diesmal werden wir schneller, bis sich die Welle endlich hebt und kräuselt.

Ich strecke mich aus, da ich etwas brauche, an dem ich mich festhalten kann. Meine Finger verwirren sich in feuchtem Haar. Ein Hauch von Winter und Zitrusfrüchten dringt in meine Sinne ein. Die harten Ranken der Realität nehmen mir schließlich meinen bequemen Traum, und als ich meine Augen öffne, starre ich in ein Paar dunkler Schokoladenpfützen.

Damian schwebt über mir. Mein Traum und meine Realität verschmelzen. Er ist in mir. Er nimmt mein Gesicht und schaukelt seine Hüften mit diesem faulen Rhythmus, der schöne Träume und erschreckende Realitäten schafft. Ich atme tief ein und spanne mich an.

»Schscht.« Er küsst meine Lippen, ohne aufzuhören, sich zu bewegen.

Ein Teil meiner Erinnerungen fehlt. Ich habe Fragen und Ängste, aber ich bin meiner Entladung zu nah, um ihn aufzuhalten. Seine Hand bewegt sich zwischen unseren Körpern und findet meine Klitoris. Ich zucke, als er Druck ausübt, und die Berührung zu intensiv und gleichzeitig nicht genug ist.

»Komm, Lina.«

Ich ziehe mich um ihn zusammen. Ich brauche ihn tiefer und schlinge meine Beine um seinen Hintern. Er stöhnt vor Anerkennung und treibt seine Hüften härter in mich hinein.

»Bitte, Damian.«

Er sammelt meine Feuchtigkeit von dort, wo wir verbunden sind, und schmiert sie mit seinem Handballen über meinen Kitzler. Er reibt in einer kreisförmigen Bewegung, während er mir in die Augen schaut und mich wie das offene Buch liest, das ich bin. Ich fühle mich immer noch desorientiert, als wäre ich auf hoher See verlorengegangen, aber die Lust, die er mit seiner Hand und seinem Schwanz hervorruft, überstrahlt meine Angst.

»Komm«, sagt er noch einmal.

Ich grabe meine Nägel in seine Schultern und fühle mich treibend und ankerlos. »Wo bin ich?« Ich erkenne sein Schlafzimmer, aber ich muss sicher sein, dass es echt ist.

»Wo du sein solltest.« Er greift nach meinen Haaren, zieht leicht und holt meine Aufmerksamkeit zurück zu ihm. »Komm.«

»Damian.«

Er kneift meine Brustwarze. »Komm.«

Als er mich küsst, tue ich es. In der Minute, in der ich es herauslasse, tut er es auch. Wir kommen lang und heftig, atmen schwer und erschaudern in den Armen des anderen. Er hält mich bis zum letzten Nachbeben fest, bevor er uns auf die Seite dreht und unsere Körper zusammendrückt. Er zuckt zusammen, als er das tut.

Mein Magen zieht sich alarmiert zusammen. Ich sollte viele Dinge spüren, gerade Angst sollte ganz oben auf der Liste stehen, aber ich bin nicht ich selbst. Ich bin desorientiert, und da die rationale Fähigkeit meines Verstandes unterdrückt ist, fühle ich nur die Sorge um den Mann, dessen Samen in meinem Körper ist, den Mann, der mich so sicher, so warm, so gut fühlen lässt. So schrecklich.

»Was ist los, Damian?«

»Nichts Wichtiges. Nur eine gebrochene Rippe.«

Meine Gefühle überwältigen mich. Tränen steigen in meinen Augen auf.

Das Geräusch, das er macht, ist das gleiche Lachen

von eben. »Deine Besorgnis ist lieb, aber es ist nichts zum Weinen.«

Die träge Lust von eben verflüchtigt sich. Meine Angst wird schärfer, aber aus einem anderen Grund. »Wirst du mich bestrafen?«

»Entspann dich, mein Engel.« Er küsst meine Lippen. »Ich werde dich heute nicht bestrafen.«

Ich atme erleichtert langsam aus und zwinge mich, nicht weiter als bis heute zu denken, damit sich mein Körper wieder entspannen und seine Wärme aufnehmen kann. Wenn ich es nicht tue, werde ich wegen dem ausflippen, was passiert ist, da Zanes und Annes letztes Gespräch mit unwillkommener Klarheit in meinem Kopf zurückgekehrt ist.

»Warum bist du weggelaufen, Lina?«

Ich beiße mir auf die Lippe und versuche wegzuschauen, aber er ergreift mein Kinn und zwingt mich, ihn anzusehen.

»War es der Stock, oder weil ich deine Haut verletzt habe?«

»Beides.« Meine Stimme bricht. »Ich kann damit nicht umgehen. Ich kann mit dir nicht umgehen.«

Ich bin nicht verrückt genug für seine Dunkelheit und nicht stark genug für seine Bestrafung. Ich kann die Tiefe dessen, was er braucht, um sein verzerrtes Vergnügen zu finden, nicht ertragen. Ich kann genauso gut zugeben, was meine Handlungen bereits bestätigt haben.

»Was ist mit der Peitsche? Wolltest du danach auch wegrennen?«

Wird meine Antwort Konsequenzen haben?

»Ich will deine Ehrlichkeit«, sagt er, als würde er meine Gedanken lesen. »Ich werde es dir nicht übelnehmen.«

»Ja«, flüstere ich. »Ich wollte damals auch weglaufen.« Das tue ich immer noch, aber aus anderen Gründen.

»Gut.« Er streicht mir mit dem Daumen über die Lippen. »Ich muss einen anderen Weg finden, dich zu bestrafen.«

Der Schraubstock um mein Herz zieht sich fester zusammen. Ich will überhaupt nicht bestraft werden.

»Entspann dich.« Er reibt mir den Rücken. »Deine Wirbelsäule ist kurz davor, zu brechen.«

Mit bewusster Anstrengung versuche ich, meine Muskeln zu entspannen.

»Gut«, sagt er beruhigend. »Willst du mir davon erzählen?«

»Wovon?«

»Über das, was passiert ist, nachdem du weggelaufen bist.«

Er lässt es so klingen, als hätte ich eine Wahl, aber ich habe keine. So oder so, er wird einen Weg finden, mich zum Reden zu bringen. Es spielt keine Rolle. Das sind nicht die Wahrheiten, die ich verstecken will.

»Was willst du wissen?«

»Haben sie dir wehgetan?«

»Außer mir auf den Kopf zu schlagen, nein.«

»Ich habe dich von einem Arzt untersuchen lassen, aber ich will sicher sein.«

Automatisch suchen meine Finger die Beule am Hinterkopf. »Es tut nicht mehr weh.«

»Der Arzt hat dir ein Schmerzmittel gespritzt. Du hast keine Gehirnerschütterung, aber du musst dich ausruhen.«

»Was ist mit deiner Rippe passiert?«

»Ich habe im Kampf einen Schlag abbekommen.«

Meine Muskeln spannen sich wieder an. »In welchem Kampf?«

»Das ist nicht wichtig. Ruhe dich aus.«

Fürs Erste gebe ich nach. Ich schaue auf das Fenster, durch das das Tageslicht einfällt. »Wie spät ist es?«

»Schlaf weiter.«

»Wie bin ich hierhergekommen? Sie haben mich betäubt. Ich kann mich an nichts mehr erinnern.«

»Ich habe dich geholt.«

»Wie hast du mich gefunden?«

»Ganz einfach.«

Ich lege meine Hand über seine Seite. Das vertraute Gewicht meines Verlobungsrings zieht meine Aufmerksamkeit auf sich. Es sollte nicht da sein, aber es ist, als ob Anne ihn nie genommen hätte. »Das Lösegeld …«

»Es ist vorbei, Lina. Du bist in Sicherheit. Vergiss den Rest.«

»Es ist so viel Geld«, flüstere ich, unglücklich vor Schuldgefühlen.

»Was ich gerne bezahlt hätte.«

»Hätte?«

»Das musste ich nicht.«

Ich bin immer noch wütend auf ihn, weil er mir das angetan hat, aber ich bin auch dankbar, dass er mich gefunden und gerettet hat. Wie immer sind meine Gefühle für Damian durcheinander. Es ist verwirrend. Ich weiß nicht, wie ich mich fühlen soll, also konzentriere ich mich darauf, die fehlenden Lücken in meinem Gedächtnis zu schließen.

»Zane? Anne? Was ist mit ihnen?«

»Lina«, seine Stimme wird streng, »schließ die Augen und schlaf wieder ein. Der Arzt hat gesagt, dass du dich ausruhen sollst.«

Eine neue Angstwelle fegt einige der Spinnweben aus meinem Kopf. »Damian, bitte sag es mir. Ich habe ein Recht darauf, es zu wissen.«

»Lass es gut sein.«

»Sind sie …?«

»Tot, ja«, sagt er, plötzlich kalt und wütend.

Oh mein Gott. Ich kann es nicht ertragen, zu fragen, aber ich muss es wissen. »Wer hat sie getötet?«

»Ich habe Zane erschossen. Brink hat Anne erschossen.«

»War es …?« Ich schlucke. »War es wirklich notwendig?«

Seine dunklen Augen durchdringen meine. »Es war ihr Leben oder unser Leben.«

»Das ist meine Schuld.«

»Nein«, sagt er streng. »Als Zane erkannt hatte, dass er in die Enge getrieben war, hat er sich mit der Absicht, nicht zu überleben, in den Kampf gestürzt. Er kannte die Risiken, als er beschloss, dich zu entführen.

Er hat Glück, dass ich nicht die Chance hatte, ihn zu Tode zu quälen.«

Ein Schauer fährt durch meinen Körper. Er umarmt mich fester. Ich vergrabe mein Gesicht an seinem Hals, inhaliere den winterlichen Duft meiner Träume und Alpträume und finde Trost in meinem Entführer, einem Mann, der seinen besten Freund für mich getötet hat. Er wollte es mir nicht sagen, aber ich habe darauf bestanden. Jetzt bin ich ein Komplize. Ich bin genauso schuldig wie Damian. Wir halten uns gegenseitig fest, während wir tiefer im Schlamm unserer dunklen Existenz versinken.

WUNDERSAMERWEISE SCHAFFT ES DAMIAN, MEINE Entführung aus den Medien herauszuhalten. Abgesehen von den beteiligten Personen weiß niemand, was passiert ist. Dazu gehört auch Jana, die mich vor dem Abendessen in der Küche in die Enge treibt, als ich mir eine Tasse Tee mache.

»Lina.« Ihr Blick schweift über mich. »Geht es dir gut?«

»Natürlich.« Ich erzwinge ein Lächeln. »Warum denn nicht?«

»Du siehst aus, als würdest du etwas ausbrüten. Es geht ein Grippevirus um.«

»Es ist nichts. Ich bin nur etwas müde.«

»Hast du genug geschlafen? Du bist so blass.«

»Ich könnte noch ein paar Stunden gebrauchen«, antworte ich ehrlich.

Alles, was ich anscheinend tun will, ist schlafen. Damian sagt, es sind die Nachwirkungen der Drogen. Sie sollten in 48 Stunden aus meinem Körper verschwunden sein.

»Ich habe gerade das gestrige Abendessen eingefroren.« Sie betrachtet mich neugierig. »Hattet ihr keinen Hunger? Als ich heute Nachmittag ankam, stand es immer noch im Ofen.«

»Oh.« Meine Wangen erhitzen sich, während ich mir krampfhaft eine Lüge ausdenken will und versage. »Wir, äh, sind nicht zum Abendessen gekommen.«

»Ah.« Sie schenkt mir ein wissendes Grinsen. »Immer noch in den Flitterwochen, wie ich sehe.«

Ich fühle mich schrecklich, weil ich sie das glauben lasse, obwohl es nicht stimmt, und beschäftige mich damit, den Wasserkocher zu befüllen, damit sie nicht die widersprüchlichen Gefühle sieht, die mir ins Gesicht geschrieben sein müssen.

»Ich will nicht neugierig sein«, fährt sie fort, »aber ich konnte nicht umhin, zu bemerken, dass Zanes Sachen verschwunden sind.«

Meine Hand beginnt um den Becher, den ich aus dem Schrank nehme, zu zittern. »Nein, er, ähm … hat Damian es dir nicht gesagt?«

»Mir was gesagt?«

Ich schlucke. »Er ist gegangen.«

»Ah. Ich hoffe, es macht dir nichts aus, dass ich das sage, aber es ist wahrscheinlich das Beste.«

Aus dem Nichts überkommt mich schlagartig der Schock. Die volle Wirkung dessen, was passiert ist und was hätte passieren können, wird mir klar, und meine Knie geben nach. Ich halte mich an der Theke fest, da mir schlecht ist und ich mich schwach fühle. Schweiß bricht überall an meinem Körper aus.

»Lina!« Jana eilt zu mir. Sie nimmt meinen Arm und führt mich zu einem Stuhl. »Hier. Setz dich hin.«

»Lina?«, fragt Damians dunkle Stimme von der Tür aus.

»Mr. Hart.« Jana schaut ihn besorgt an. »Ich glaube, Mrs. Hart hat sich das Virus eingefangen, das in der Luft liegt.«

Mit zwei Schritten ist Damian bei mir. Er legt eine Hand auf meine Stirn und schaut mir in die Augen. »Was ist los?«

»Nichts. Ich hatte nur einen kleinen Schwindelanfall. Es geht gleich wieder.«

Damian ignoriert meinen Protest und nimmt mich in seine Arme. »Zurück ins Bett.«

»Ich mache eine Suppe«, bietet Jana an. »Ich kann ein Tablett hochbringen.«

»Das wäre nett«, sagt Damian, bevor er mich zurück in sein Zimmer trägt.

Ich zittere so stark, dass meine Zähne klappern. Er legt mich auf die Matratze und zieht die Bettdecke bis zu meinem Kinn. Er macht sich nicht die Mühe, sich auszuziehen, sondern zieht nur seine Schuhe aus, bevor er zu mir unter die Decke kommt. Ich krabbele in seine Arme und verstecke mich in der Wärme und falschen Sicherheit, die sie bieten.

Er reibt seine Hände über meine Arme und beruhigt mich mit zärtlichen Worten. »Es ist alles in Ordnung, mein Engel. Du hast eine verzögerte Reaktion auf den Schock.«

Zwei weitere Menschen sind meinetwegen gestorben. Weil ich weggelaufen bin. Weil ich eine Gefangene bin.

»Ich will nicht hier sein.« Ich will kein Teil dieses Lebens mehr sein. Alles, was ich berühre, ist verdorben.

»Du hast eine traumatische Erfahrung gemacht. Es wird besser werden.«

Ich bin mir nicht sicher, dass es das wird, aber ich habe nicht die Energie, meine gegenwärtigen oder zukünftigen Gefühle auszudiskutieren. Es war nicht dasselbe, als ich Jack erschossen habe. Andererseits schleppte Harold mich sofort nach Willowbrook. Bevor die Realität einsetzte, war ich bereits sediert, meine Sinne geschwächt und mein Körper betäubt.

»Schlaf«, flüstert Damian und küsst mich auf die Stirn.

»Wirst du bleiben?«

Er zögert. »Ich habe etwas zu erledigen, aber es wird nicht lange dauern.«

»Was?«

»Nichts, worüber du dir Sorgen machen müsstest.«

Ich keuche und klammere mich an sein Hemd. »Du bist hinter Harold her.«

»Er hat dein Leben in Gefahr gebracht, Lina.«

»Bitte, Damian.« Er hat keine Ahnung, wie gefährlich Harold sein kann. »Bleib bei mir. Geh nicht. Verlass mich nicht. Ich flehe dich an.«

Sein Zögern dauert diesmal etwas länger. Schließlich sagt er: »Ich werde dich nie wieder verlassen, wenn du mich brauchst.«

»Danke«, flüstere ich mit einem Seufzer und kralle mich fester an seinem Hemd fest, als ob das verhindern würde, dass er weggeht.

Ich treibe mit dem beruhigenden Wissen davon, dass er bleiben wird, weil er immer sein Wort hält.

AM NÄCHSTEN MORGEN SIND ANNE UND ZANES MORDE in den Nachrichten zu sehen. Laut Polizeibericht wird Bandengewalt vermutet. Es wurden keine Verdächtigen verhaftet. Mein Magen zieht sich beim letzten Teil so sehr zusammen, dass ich mich fast in die Toilette übergebe.

Getreu seinem Versprechen hat Damian meine Seite nicht verlassen. Wir sind zusammen aufgewacht und er war immer noch voll bekleidet. Nachdem er mit mir unter der Dusche Liebe gemacht hatte, nahm er mich mit nach draußen, um auf der Terrasse zu frühstücken, da er behauptete, dass etwas Sonnenlicht gut für mich wäre.

»Soll ich Reyno bitten, vorbeizukommen?«, fragt er und schenkt mir eine Tasse Kaffee ein.

»Ich bin nicht bereit, darüber zu reden.«

Er stimmt schweigend zu und beobachtet mich aufmerksam, während ich an dem starken Gebräu nippe.

»Wirst du heute bleiben?«, frage ich zaghaft.

»Brauchst du mich?«

»Ja.« Aus vielen Gründen. Ich will nicht, dass er mehr Blut an seinen Händen hat, indem er Harold verfolgt. Harold hat immer noch die Informationen, die ich will. Noch wichtiger ist, dass ich die Vorstellung nicht ertragen kann, dass Damian etwas zustößt.

»Was willst du tun?«

»Vielleicht schaue ich mir einen Film an.« Etwas Geistloses, was mir hilft, zu vergessen.

»Klingt gut.«

»Wirklich?« Ich hielt ihn nicht für den Typ, der länger als zehn Minuten ruhig auf einem Sofa sitzt.

Sein Lächeln ist nachsichtig. »Ich lasse dich sogar den Film wählen.«

Ich kann mich nicht erinnern, wann ich das letzte Mal einen Film angeschaut habe. Ich weiß nicht einmal, welche Art von Filmen ich mag, aber ich nehme das Angebot dankbar an. Ich würde alles tun, um nicht allein zu sein und ihn zu Hause zu halten.

Jana kommt am späten Vormittag mit Einkaufstüten an. Ihrem Gesichtsausdruck nach zu urteilen hat sie die Nachrichten gesehen. Sie betrachtet mich schweigend, während ich beim Auspacken der Lebensmittel helfe.

»Es ist schrecklich, was passiert ist«, sagt sie nach einer Weile.

»Ja«, antworte ich leise.

Sie stellt keine Fragen, aber schaut mich misstrauisch an. Ihre frühere Wärme wird von Distanz und einer spürbarer Kälte ersetzt. Als wir das Abendessen besprechen, ist sie förmlich und rein geschäftlich. Sie lehnt höflich, aber entschieden mein Angebot, beim Mittagessen zu helfen, ab und macht deutlich, dass meine Anwesenheit unerwünscht ist.

Was habe ich erwartet? Sie ist keine dumme Frau. Nachdem Damian Anne und Zane rausgeschmissen hat, muss sie vermutet haben, dass es zwischen uns Feindseligkeiten gab. Sie muss wissen, dass Damian ein gefährlicher Mann ist, der nicht gerade auf dem Pfad der Tugend wandelt. Es wäre naiv, zu glauben, dass wir nicht in ihre plötzlichen Morde verwickelt sind.

Da ich mich unwohl und überflüssig fühle, entschuldige ich mich, um auf Damians Angebot, einen Film zu sehen, zurückzukommen. Ich fühle mich schuldig, weil ich ihn von der Arbeit abhalte. Er ist immer beschäftigt. Jetzt noch mehr, da er die vielen losen Enden nach dem Beinahe-Verkauf der Mine verbinden muss.

Auf halbem Weg durch den Film schlafe ich auf Damians Schoß ein, und als ich aufwache, fährt er immer noch beruhigend mit seinen Fingern durch mein Haar. Meine Schuldgefühle liegen immer noch wie ein Stein in meiner Magengrube. Ich bin nervös und erwarte, dass die Polizei jede Minute Damians Tür aufbricht, aber mir ist weniger übel und kalt.

Ich halte seine Hände nicht mehr fest, als sie beginnen, auf mir zu wandern. Ich brauche seine Berührung. Ich protestiere nicht, als er mich umdreht, unsere Hosen herunterzieht und mich hart und schnell von hinten nimmt. Ich bewege mich gegen ihn wie eine Dämonin und nehme mir, was ich will, bis wir beide zusammenbrechen. Ich bin immer noch müde und wund und protestiere nicht, als Damian mich nach dem Mittagessen drängt, ein Nickerchen zu machen, während er von einem Stuhl am Kamin aus arbeitet. Er ist nichts anderes als süß und rücksichtsvoll, mein freundliches Monster, und es ist schwer, sich an seine andere Seite zu erinnern, sich nicht an seine Freundlichkeit zu gewöhnen.

Als ich später aufwache, bin ich allein. Durch das Fenster sehe ich, dass die Sonne tief am Horizont steht. Es ist deprimierend, wenn man aus einem Nickerchen erwacht und merkt, dass man alle Möglichkeiten eines Tages verschwendet hat. Die Kälte der Einsamkeit scheint sich mit der Dämmerung über mich zu legen.

Ich reibe mir die Augen. Meine Blase ist so voll, dass sie wehtut. Ich stehe auf und mache mich auf den Weg ins Badezimmer, als es an der Tür klingelt. Ich höre von unten angespannte Stimmen, von denen eine zu Damian gehört. Die andere kenne ich nicht. Ich kann nicht hören, was sie sagen, aber das Gespräch scheint angenehm zu sein, also ist es nicht die Polizei. Es muss ein Geschäftspartner sein.

Nachdem ich mich erleichtert habe, dusche ich schnell, um die Überreste unseres Liebeslebens wegzuwaschen. Als ich das Badezimmer in ein Handtuch gewickelt verlasse, bleibe ich abrupt stehen. Ein seltsamer Mann steht im Schlafzimmer und öffnet ein Metallgehäuse, das mehrere Folterinstrumente enthält. Damian sitzt im Sessel und trinkt einen Espresso.

Das ist sie. Viel früher, als ich erwartet habe. Meine Bestrafung ist da.

21

Lina

»Zieh dich an«, sagt Damian zu mir.

»Warum?«

Besitzanspruch blitzt in seinen Augen auf. »Musst du mich wirklich fragen, warum?«

»Was ist los, Damian?«

Der Mann ignoriert mich und legt sich seine Werkzeuge zurecht.

Damian steht auf und kommt zu mir. Ich starre ihn an, und Angst macht sich in meinem Herzen breit. Er schaut mir in die Augen und umarmt mich. Mein nasses Haar durchtränkt sein Hemd, aber er scheint die Feuchtigkeit nicht zu bemerken. Die dunkle Absicht in seinen Augen steht in direktem Gegensatz zu der zärtlichen Art und Weise, wie er mich hält. Es ist verwirrend. Mein Gehirn gibt meinem Körper weitere widersprüchliche Signale. Angst vermischt sich mit dem entspannenden Gefühl seiner beruhigenden Umarmung. So fühlt es sich an, einen gefährlichen Mann zu lieben.

Mein Herz hört fast auf zu schlagen.

Die Erkenntnis überlagert jedes andere Gefühl, außer dieser Ranke der Angst. Die Angst und dieses Geheimnis, diese erschreckende Erkenntnis, bilden einen starken Cocktail der absoluten Verwüstung.

Ich bin in meinen Mann verliebt.

Ich glaube, das war ich schon immer. Ich habe mich in ihn verliebt, als er kaum ein Mann war, und ich habe nie aufgehört, ihn zu lieben. Ich habe mich sehr bemüht, dass das nicht passiert. Jetzt ist es zu spät. Er ist mein Untergang, meine wunderschöne Zerstörung.

Er fährt mit seinen Lippen auf meinem Hals entlang und hält an meinem Ohr inne. Seine Stimme ist sanft und leise. »Tu, was ich sage, mein Engel.«

Meine Atmung wird durch den Adrenalinschub schneller. Ich versuche mit dem Wissen umzugehen, das sich mit Dornen und parasitären Wurzeln in meinem Herzen eingräbt, während ich meine Angst in den Griff bekomme. Mir entgeht die stille Drohung in Damians Befehl nicht. Mit einem letzten Blick auf den Fremden eile ich in die Garderobe. Ich trockne mich ab und bin mir der Spuren auf meinem Hintern bewusst, die immer noch schmerzen, als Damian hereinkommt.

Er sieht sich die Yogahose und das T-Shirt an, die ich auf den Stuhl gelegt habe. »Zieh die Hose an«, sagt er. »Lass das T-Shirt hier.«

Mein Mund wird trocken. »Warum?«

Er schenkt mir ein bedauerndes Lächeln. »Du weißt, warum.«

»Du wirst mich bestrafen«, flüstere ich.

»Ja.«

Meine Hände beginnen zu zittern, als ich ein Höschen hervorziehe. »Wie?«

Er neigt seinen Kopf zum Schlafzimmer. »Komm raus, wenn du bereit bist.«

Ich fummele an den Hosen herum und ziehe sie verkehrt herum an. Da ich zu verzweifelt bin, um mich umzuziehen, trockne ich mein Haar und bürste es. Mit dem Handtuch, das um meine Brüste gewickelt ist, gehe ich zurück ins Schlafzimmer.

Der Mann hat ein Paar OP-Handschuhe angezogen.

»Auf das Bett«, sagt mein Mann.

Eine Plastikfolie wurde ausgebreitet, und es sieht aus wie ein Tatort.

Als ich zögere, schnippt Damian mit den Fingern. »Ich will dich nicht festbinden müssen.«

Ich werfe dem Mann einen flehenden Blick zu, aber er starrt direkt durch mich hindurch. Ich habe keine andere Wahl, als zu gehorchen. Damian befiehlt mir, mich auf den Bauch zu legen, und sorgt dafür, dass die Kurven meiner Brüste an den Seiten mit dem Handtuch bedeckt sind.

»Wo wollen Sie es haben?«, fragt der Mann.

»Auf ihrer Schulter.«

Er wird mich tätowieren.

»Ich will kein Tattoo«, sage ich.

»Schwarz?«, fragt der Typ.

»Ja«, sagt Damian. »Schwarz ist passend.«

Der Mann tupft meine Haut mit einem Desinfektionsmittel ab. »Sie müssen stillhalten.«

Während er mich vorbereitet, setzt sich Damian auf die andere Seite des Bettes und ergreift meine zitternde Hand. Er reibt sie beruhigend zwischen seinen Handflächen.

»Warum tust du das?«, frage ich.

»Ich habe dir einen Ring gegeben, aber du hast abgelehnt, wofür er steht.«

Ich verstehe. Er gab mir den Status einer Frau, aber da ich weggelaufen bin, brandmarkt er mich wie eine Kuh. Wie Eigentum. Ich werde erniedrigt.

Der Mann fängt an, ein Design auf meiner Schulter zu zeichnen.

»Damian, bitte tu das nicht.«

»Still, mein Engel«, sagt er nicht unfreundlich. »Ich tue das, damit jeder weiß, zu wem du gehörst.«

Das bedeutet, dass er etwas permanent in meine Haut stechen lässt, was jeder in der Stadt erkennen wird.

»Jeder, der das sieht«, fährt er fort, »wird in Zukunft zweimal darüber nachdenken, dich zu entführen.«

»Warum? Was wird beim nächsten Mal anders sein?«

Das Brummen der Maschine startet.

»Erstens habe ich ein Exempel an denen statuiert, die dumm genug waren, es zu versuchen, und zweitens, weil jeder in Johannesburg jetzt weiß, dass niemand mit dem, was mir gehört, spielt.«

Unerwünschte Tränen fließen aus meinen Augen, als der erste Stich in meine Haut eindringt. Es ist nicht schmerzhaft genug, um die Tränen zu rechtfertigen, aber meine Tränen kommen nicht wegen der körperlichen Schmerzen. Meine Tränen sind dafür, wie weit Damian geht, um mich zu behalten, und dafür, dass ich ihn trotzdem liebe.

Damian sitzt die zwei Stunden bei mir und lässt nicht einmal meine Hand los. Als der Tätowierer sich schließlich zurückzieht, um seine Arbeit zu bewundern, fühlt sich die Stelle ein wenig wund an. Er schaut zu Damian, der nickt. Ich bin im Begriff, vom Bett aufzustehen, aber Damian legt seine Hand um meinen Nacken und hält mein Gesicht mit meiner Wange auf der Matratze nach unten.

»Noch nicht ganz fertig«, sagt er.

Ich verdrehe meine Augen, um auf den Mann zurückzublicken. Kälte umgibt mich. Er füllt in eine Injektionsnadel Flüssigkeit aus einem Fläschchen.

Ich beginne zu kämpfen. »Was macht er da?«

Damian hält mich problemlos fest, indem er meine Arme an meine Seiten drückt. »Schscht. Entspann dich. Das sind keine Beruhigungsmittel.«

Meine Stimme erhebt sich hysterisch. »Was wirst du mit mir machen?«

»Beruhige dich. Das ist nur eine örtliche Betäubung.«

»Warum?«

Während Damian mich festhält, spritzt der Mann die Nadel in den fleischigen Teil meiner heilen Schulter. Ich kämpfe darum, zu atmen, während die Angst heiß und kalt über meine Wirbelsäule läuft.

Nach einem Moment sticht der Mann die Nadel irgendwo in den Ansatz meines Halses.

»Fühlst du den Stich?«, fragt er.

»N-nein.« Sollte ich?

»Es ist alles in Ordnung.« Damian küsst meine Schläfe. »Wir haben dir eine Spritze gegeben, damit es nicht wehtut.«

»Also, was tut nicht weh?« Ich weine, wieder fast hysterisch.

Als der Mann eine dicke Nadel zu meinem Hals führt, fange ich ernsthaft an, zu kämpfen.

»Halte still«, zischt Damian. »Wenn er einen Nerv trifft, kannst du verletzt werden.«

Ich erstarre bei seinen Worten und weine lautlos. Der Mann arbeitet weiter an meinem Hals, aber ich spüre keine Schmerzen, auch nicht, als ein dünner Tropfen Blut über meinen Hals läuft und auf die Plastikfolie tropft.

»Das muss nicht genäht werden«, sagt der Mann. »Ich habe nur einen kleinen Schnitt gemacht. Der Klebstoff ist ausreichend. Desinfizieren Sie es aber weiterhin.«

Als Damian mich loslässt, nehme ich an, dass die Arbeit des Mannes, was auch immer sie war, abgeschlossen ist.

Während er seine Ausrüstung sterilisiert und

wegpackt, befestigt Damian das Handtuch um meine Brüste, indem er ein Ende über das andere faltet, bevor er mir hilft, mich aufzusetzen, und die Plastikfolie entsorgt.

Er führt mir ein Glas Wasser an die Lippen. »Trink. Das ist gegen den Schock.«

Da ich zu taub bin, um zu protestieren, trinke ich alles. Es schmeckt süß. Warum geben mir die Leute immer süße Getränke, wenn ich einen Schock erlitten habe?

Der Mann nimmt seinen Koffer. »Wir sehen uns.«

Damian schüttelt seine Hand und sagt, dass er ihn zur Tür begleiten wird.

Ich schwinge meine Beine vom Bett und versuche, mir anzusehen, was auf meine Schulter tätowiert wurde, aber mein Hals tut zu sehr weh, um ihn ausreichend zu drehen. Ich presse das Handtuch vor meine Brüste und gehe in die Garderobe, um einen besseren Blick in den Spiegel zu werfen. Die Tätowierung auf meiner Schulter hat die Größe eines Untersetzers. Ein Falkenkopf schaut mich an. Im Hintergrund ist ein Diamant, der dreidimensional ausgeführt ist, und unten die Initialen D H. Damians Firmenlogo. Es ist direkt neben meiner Achselhöhle. Das Tattoo ist unter jedem ärmellosen Kleidungsstück sichtbar, eine klare Ansage, die jeder sehen kann. Gerade als ich mein Haar hebe, um den kleinen Schnitt an der Basis meines Halses zu betrachten, tritt Damian ein.

Ich reibe einen Finger über die Beule unter meiner

Haut, die knapp über dem Schnitt sitzt. »Was hast du mit mir gemacht?«

Er verschränkt seine Arme und lehnt sich gegen den Türrahmen. »Das ist ein Tracker.«

Ich habe es bei Hunden und Katzen gesehen, aber nie bei einem Menschen. Während ich meine Fäuste balle, beiße ich frische Tränen zurück.

»Ich werde dich nicht wieder verlieren, Lina. Niemals.«

»Was davon war die Strafe?«, frage ich gereizt, kurz davor, die Tränen zu vergießen, von denen ich geschworen hatte, dass sie nicht fließen würden.

»Beides«, antwortet er unerschütterlich. »Ich habe es schon einmal gesagt, und ich werde es weiterhin sagen. Du kannst wählen.«

Ein Klingelton erfüllt den Raum. Er zieht sein Handy aus der Tasche und wirft einen Blick auf das Display. »Entschuldige mich bitte. Ich muss antworten. Geh wieder ins Bett. Du hast dich nicht annähernd genug ausgeruht.«

Als er weggeht, lässt er mich mit meinen neuen Besitzmarken vor dem Spiegel zurück. Während der Ring eine Freundlichkeit war, die mir die Demütigung ersparen sollte, scheint das Tattoo das Gegenteil zu sein. Seine Worte bleiben bei mir, als ich mit dem Bauch zuerst auf das Bett falle.

Du hast die Wahl.

Es führt kein Weg daran vorbei. Ich habe ihn gewählt, als ich bei Harold war. Dieses Wissen gehört mir. Damian weiß es nicht. Ich kann so tun, als wäre es nicht passiert, aber das lässt die Wahrheit nicht verschwinden. Ich habe meine Freiheit bereits geopfert, noch bevor Damian sein Logo auf meine Schulter gestochen und einen Mikrochip unter meine Haut gepflanzt hat. Ich kann es genauso gut zugeben.

Damian

Eine Mine läuft nicht von selbst, wie Ellis mich gerne daran erinnert. Es gibt Verträge, die darauf warten, unterzeichnet zu werden, aber ich kann mich nicht konzentrieren. Ich sitze hinter meinem Schreibtisch im Arbeitszimmer mit vor mir verteilten Papieren, und alles, woran ich denken kann, ist, wie nah ich daran war, Lina zu verlieren. Sie hat eine Tortur hinter sich. Sie zu bestrafen ist nicht das, was ich tun wollte, aber sie nicht zu bestrafen wäre schlimmer gewesen. Sie muss wissen, dass sie mir immer vertrauen kann. Ich darf ihr keinen Grund geben, an meinem Wort zu zweifeln. Außerdem fühle ich mich jetzt besser, da sie in jeder Hinsicht als die meine gebrandmarkt ist.

Ich muss mich noch mit Dalton befassen. Ich hätte fast zweimal meine Mine an ihn verloren. Er hat einen Deal mit Zane abgeschlossen, der das Leben seiner Tochter in Gefahr gebracht hat. Ich nehme meine Waffe aus der Schublade und überprüfe die Kammer. Sechs Kugeln. Ich plane, jede von ihnen zu benutzen.

Wenn ich Dalton nicht für die langen Jahre, die ich geplant habe, leiden lassen kann, werde ich ihn im Tod leiden lassen. Niemand bringt Lina in Gefahr und überlebt es.

Das Objekt meiner turbulenten Gedanken kommt durch die Tür. Unauffällig lege ich den Revolver in die Schublade zurück und schließe sie. Das Geschäft mit Dalton wird warten müssen. Lina verbindet mein Arbeitszimmer mit Bestrafung. Ich weiß, wie ungern sie in diesem Raum ist, und dass sie nicht unangekündigt hierhergekommen wäre, wenn sie nicht etwas Wichtiges im Sinn gehabt hätte. Angezogen in Yogahosen und dem Hemd, das ich ihr heute Morgen ausgezogen habe, sieht sie unglaublich klein und zerbrechlich aus. Unglaublich nach der meinen. Sie geht barfuß zum Kamin, und ihre Augen kleben an der nackten Wand über dem Sims.

Die Atmosphäre ist explosiv. Ihr Ego ist immer noch verletzt, weil sie tätowiert und gechipt wurde.

»Was hast du mit ihnen gemacht?«

Ich muss nicht fragen, worauf sie sich bezieht. »Ich habe sie verbrannt.«

Sie dreht den Kopf schnell zu mir. »Warum?«

»Du hast gesagt, sie hätten dich dazu gebracht, wegzulaufen.«

Sie umarmt sich selbst und sagt leise: »Ich dachte, sie sind du.«

Nicht um den Preis, sie auf mehr als eine Art und Weise zu verlieren. Sie hasst mich bereits wegen unserer Zwangsheirat. Ich habe etwas anderes als ihre

Haut verletzt, etwas in ihr, als ich sie mit dem Rohrstock bestrafte. Ich habe ihren Stolz verletzt. Sie wird es nie zugeben, aber deshalb hat sie mich gebeten, zu gehen. Sie konnte nicht einmal die Nachsorge, die ich anbot, ertragen. Ich kann ihr nicht die Freiheit geben, die sie will, aber ich kann zumindest versuchen, ihr das Glück unter meiner Kontrolle zu geben. Es gibt andere Möglichkeiten, meine dunklen Obsessionen zu nähren, die sie genießen wird. Wir werden sie zusammen finden.

Ich wäge meine Worte sorgfältig ab und sage: »Ich kann jemand anderes für dich sein, wenn es das ist, was du willst.«

Ihre nachtblauen Augen werden misstrauisch. »Du solltest dich für niemanden verändern müssen. Wenn du nun mal so bist …«

»Es nennt sich Kompromiss. Geht es bei der Ehe nicht darum?«

Ich mag ihr Schweigen nicht, aber ich ignoriere die Gefühle, die es in meiner Brust auslöst. Es geht hier nicht um mich. Ich klopfe auf mein Bein. »Komm her.«

Nach einem Moment des Zögerns kommt sie zu mir und setzt sich auf meinen Schoß. Es sieht ihr nicht ähnlich, dass sie nach dem, was gerade passiert ist, so nachgiebig ist.

Ich lege meine Arme um sie. »Was ist los, Lina? Möchtest du mir etwas sagen?«

Sie legt ihren Kopf auf meine Schulter und fährt die Knöpfe meines Hemdes nach. »Es tut mir leid wegen …« Ihre Stimme bricht fast. »Anne und Zane.«

Meine Worte sind rau. »Mir nicht.«

Sie zuckt zusammen. »Ihr wart Freunde.«

»Ich betrachte niemanden, der meine Frau entführt und versucht, mein Geld zu stehlen, als Freund.«

Sie betrachtet mein Gesicht und scheint nach den richtigen Worten zu suchen. »Er war eifersüchtig. Er war in dich verliebt.«

»Wenn er mich so sehr geliebt hätte, hätte er nicht getan, was er getan hat.« Wenn er mich so sehr geliebt hätte, wie er behauptet hat, hätte er mich nicht verletzt, indem er das Einzige verletzt, was zählt.

»Er hat mir gesagt, dass dein Geld bereits im Gefängnis sein Ziel war. Es tut mir leid, dass du es so herausfinden musst, aber ich dachte, du verdienst es zu wissen, und ich …«

»Und du was?«

»Ich dachte, es würde es ein wenig einfacher machen, mit dem Verlust fertigzuwerden, wenn du die Wahrheit kennst. Es tut mir wirklich leid.«

»Hör auf, dich zu entschuldigen. Zanes Handlungen sind nicht deine Schuld.«

»Ich wollte nicht diejenige sein, die es dir sagt.«

»Ich wusste es bereits.«

»Das hast du?«

»Das wurde mir klar, als ich ihn aus dem Haus warf.«

»Warum hast du ihn und seine Familie aufgenommen und ihnen Arbeit gegeben? Hast du ihm etwas geschuldet?«

»Ja.«

Sie lässt die Knöpfe los, lässt ihre Hand auf meinen Bauch sinken und streicht zerstreut mit ihrer Handfläche über meine Bauchmuskeln. »Weshalb hast du ihm etwas geschuldet?«

»Er hat mich vor Vergewaltigungen bewahrt. Zane hatte Allianzen. Er hat meinen Angreifern mit Lebensmittelvergiftung gedroht.«

Ihre Hand versteinert. »Sie haben ihm geglaubt?«

»Er hat nicht geblufft. Es gab auch eine Zeit, in der er mich davor bewahrte, eine angespitzte Zahnbürste in die Nieren zu bekommen.«

Sie bedeckt ihren Mund mit einer Hand. »Das ist schrecklich. Du musstest all das erleiden, nur weil …«

»Nur weil Dalton mich beschuldigt hat, seinen Diamanten gestohlen zu haben, damit er meine Mine stehlen kann.«

»Ja«, sagt sie leise und vermeidet den Blickkontakt mit mir.

Ich erzähle ihr nicht von all den anderen Dingen, von den Routineschlägen und dem Analverkehr. Gefängnis in Afrika ist nichts für Schwache. »Du bist nicht wegen meiner Geschichte mit Zane hierhergekommen.«

»Nein.«

Ich streichele ihren Rücken und sage in meinem beruhigendsten Tonfall: »Sag es mir.«

»Es ist hart.« Sie fummelt wieder an meinen Knöpfen herum. »Ich weiß nicht, wo ich anfangen soll.«

»Fang damit an, wie du entkommen bist. Ich will alles wissen.«

»Warum?«

Damit ich verhindern kann, dass es wieder passiert. So kann ich sicher sein, dass es keine Finger zum Abhacken oder Menschen zum Töten gibt. »Damit wir uns unterhalten. Wenn du erst einmal angefangen hast zu reden, wird der Rest von alleine kommen.«

Sie atmet tief ein und lässt ihren Blick auf meinem Schoß ruhen. Sie erzählt mir, wie sie Brink entkommen ist, wie sie im Fitnessstudio gelandet ist und was in Phils Wohnung passiert ist. Sie erzählt mir von der Flucht vor Phil, dem Schlag auf den Kopf, wie sie in einem fremden Raum aufgewacht ist und was ihre Entführer taten. Sie gesteht, dass sie gehört hat, wie Zane und Anne darüber sprachen, sie zu töten, während sie in die Bewusstlosigkeit abgedriftet ist. Ich höre schweigend zu und bin unfähig, die wachsende Wut in mir für die Menschen zu stoppen, die meine Frau berührt haben, auch wenn diese Menschen bereits bezahlt haben. Sie erzählt mir, dass sie zur Kirche in Brixton ging, um über Zanes Angebot nachzudenken, und dass sie nicht geplant hatte, zu Dalton zu gehen. Es war ein spontaner Besuch, um ihm zu sagen, dass sie ihm die Beweise nicht besorgen würde.

Heilige Scheiße. Das ist eine Überraschung, aber ich glaube ihr. Ich habe sie bereits dafür bestraft, dass sie versucht hat, zu fliehen, und dass sie Dalton besucht hat. Sie hat keinen Grund, deswegen zu lügen. Zane ist weg. Selbst wenn sie die Beweise noch finden wollte, ist ihre einzige Chance, dies zu erreichen, tot.

Ich habe nur noch eine Frage. »Warum hast du dich entschieden, es nicht zu tun?«

»Ich musste eine Entscheidung treffen. Du oder meine Freiheit.«

Die Aussage trifft mich überall auf einmal, direkt zwischen die Augen, in meinen Unterleib und in mein Herz, wo sie brennt, während widersprüchliche Gefühle in mir explodieren.

Sie hat mich gewählt.

Es ist das, was ich wollte, dass sie freiwillig zu mir kommt, aber ich finde keine Freude an dem Opfer. Sie hat mich gewählt, und ich habe ihr die Haut mit einem Rohrstock verletzt, weil ein Mann wie ich seine Versprechen halten muss. Ein Mann wie ich hat zu viele Feinde, um einen einzigen nicht zu brechen. Ein Mann wie ich kann kein Vertrauen schaffen, indem er nachsichtig ist, am wenigsten bei seiner Frau.

Ich verdiene ihre Wahl nicht, aber ich bin nicht stark genug, um sie abzulehnen. Ich lasse das Wissen sacken, lasse es meine besitzergreifende Seite nähren, bis meine Seele verlangt, die Worte erneut zu hören.

»Du hast mich gewählt.«

Sie schaut weg, als ob sie sich für ihre Entscheidung schämt, sich schämt, den Kampf aufgegeben zu haben. Ein besserer Mann würde sie gehen lassen, aber ich ziehe sie näher heran. Ich spüre das Gewicht meines Ringes an ihrem Finger, mein Emblem auf ihrer Haut, meinen Tracker unter ihrem Fleisch und meinen

Samen in ihrem Schoß. Trotzdem ist es nicht genug. Ihre Worte sind noch nicht ganz verklungen, aber sie vertreiben meine Angst nicht. Meine Angst, sie zu verlieren, ist größer als ihr Wort und meine Besitzansprüche. Ihr Herz gehört mir nicht. Ich bezweifele, dass es das jemals tun wird. Deshalb akzeptiere ich ihre Entscheidung wie das gierige Monster, das ich bin, und ignoriere die Tatsache, dass ich mich nicht so sehr von ihrem toten Mann unterscheide, wenn ich sie in einer lieblosen Ehe gefangen halte. Ich wette, Clarke versprach Freundlichkeit. Mein Versprechen ist die Bestrafung. Er lockte sie mit Honig. Ich werde ihr Schmerzen geben.

Ich küsse ihren Hals und atme den süßen Duft ihrer Haut ein. Selbst jetzt, nach der Dusche, haftet der verführerische Duft ihres Parfüms an ihren Haaren. Er ist überall – in unserem Schlafzimmer, auf unseren Laken, im Arbeitszimmer und auf meiner Kleidung.

Es ist noch zu früh, aber ich kann nicht widerstehen. Ich schiebe meine Finger unter das Gummiband ihrer Hose und ziehe diese über ihre Oberschenkel und über ihre Füße. Ich bringe sie dazu, ihre Beine zu spreizen, öffne meinen Reißverschluss und nehme meinen Schwanz heraus. Ich schiebe kaum ihr Höschen zur Seite, bevor ich in sie hineinrutsche. Das Hemd, das zu groß für sie ist, verdeckt meine Sicht, aber es ist nicht unser Ficken, das mich interessiert. Es ist ihr Gesicht, jetzt, da ich sie besitze.

Sie keucht, als ich zu tief stoße und auf eine

Barriere treffe. Ich bewege mich schneller und nehme sie flacher. Auch wenn ich ihre Liebe nicht haben kann, akzeptiere ich ihre Wahl. Sie wird genug sein. Das ist es, was ich mir selbst sage, als ich ihre Hüften ergreife und sie mit leichten Stößen auf mir bewege. Als sie in den Rhythmus kommt, ergreife ich ihren Arsch. Ihre Kugeln sind voll und fest. Ich stelle mir die roten Linien vor, die über sie laufen, und mein Schwanz zuckt. Ich stelle mir ihre Haut vor, heil und unmarkiert, und ich bin dem Ejakulieren so nahe wie nie zuvor. Ich brauche keine Spuren auf ihrem Körper, um härter zu werden als Stahl. Ich brauche nur ihre enge, kleine Fotze. Ich werde sie nie wieder auf eine Weise verletzen, die sie nicht genießt, zumindest nicht auf physische Weise. Es gibt viele Dinge, die man nicht mag, wenn es keine Liebe gibt, aber ich weigere mich, jetzt darüber nachzudenken.

Ich hebe sie an, ziehe meinen Schwanz heraus und sammele etwas von ihrer Erregung, bevor ich sie wieder auf mich setze. Sie stöhnt, als ich ihre Nässe über ihre Klitoris und ihre Spalte verschmiere. Sie kniet und sinkt auf meinen Schwanz, während ich ihren kleinen Po reibe, wie sie es mag. Sie schreit auf, als ich einen Finger hineinstecke, ihn bewege und beginne, zuzustoßen.

»Damian.«

»Komm.«

Ich habe sie erst vor ein paar Stunden genommen, aber wir beide explodieren, als ob wir uns seit Monaten enthalten hätten. Ihr Arsch und ihre Muschi verkrampfen sich mit sporadischen Nachbeben, als ich mich entleere und dafür sorge, dass jeder Tropfen in ihr verschüttet wird. Verbraucht lehne ich mich auf dem Stuhl zurück und ziehe sie mit mir. Sie legt ihre Arme um meinen Hals und ihren Kopf an meine Schulter. Ich genieße die Macht, sie so zu halten, meine Hände über ihre Arme zu reiben und zu spüren, dass sie nicht vor Ekel erzittert. Ich wäre gerne für immer so geblieben, aber unser Gespräch ist noch nicht beendet. Ich muss sie davor warnen, was ich mit Dalton vorhabe. Sie weiß, dass ich hinter ihm her bin, aber sie verdient es, zu wissen, was genau ich mit ihm machen will. Sie muss vorbereitet sein.

Ich fange vorsichtig an. »Du und dein Vater, ihr habt kein besonders liebevolles Verhältnis.«

»Er ist nicht mein Vater.«

Ich erstarre. Was? Das sind ja mal Neuigkeiten.

»Ich bin das Ergebnis einer Affäre meiner Mutter.«

Verdammt. Das erklärt einiges. Zumindest Daltons Feindseligkeit ihr gegenüber. »Wer ist dein Vater?«

»Ich weiß es nicht. Meine Mutter hat es nie jemandem gesagt.«

Zweifellos, um ihren Liebhaber zu beschützen. »Ich dachte, Dalton würde dich verehren.«

»Er hasst mich fast so sehr, wie ich ihn hasse.«

Verdammt. Wenn sie meinen Heiratsantrag nicht angenommen hat, um Dalton zu retten, warum hat sie es dann getan? »Wenn er nicht dein Vater ist und du ihn nicht magst, warum versuchst du dann, ihm die

Beweise zu besorgen? Welchen Druck übt er auf dich aus?«

Sie zieht sich zurück, um mich anzusehen. Der Anblick ihres Gesichts, ihrer blassen Wangen und ihrer hohlen Augen, lässt mich erstarren. Er beunruhigt mich nicht nur. Er versetzt mich in Angst und Schrecken. Ich habe sie noch nie so gesehen, nicht einmal, als ich sie gefesselt, geknebelt und geschlagen habe.

»Ich habe etwas Schreckliches getan, Damian.« Sie atmet zitternd aus. »Ich habe einen Mann getötet.« Ihre Hände liegen ruhig auf meinen Schultern, aber in ihrem Gesicht wütet ein Sturm. Mit meinem Schwanz in ihrem Körper macht sie ihr Geständnis. »Ich habe Jack erschossen, und es tut mir nicht leid.«

Ich erschrecke bei ihrer Offenbarung. Heilige Scheiße. Das ist das Letzte, was ich erwartet habe. Ich versuche, mir Lina mit einer Schrotflinte in der Hand vorzustellen, aber es gelingt mir nicht.

»Meine Arme«, fährt sie fort, »Jack hat mir das angetan.« Ein Zittern läuft über ihren Körper. »Er hat mich eingesperrt und mich hungern lassen, bis ich zustimmte, ihm meinen Körper zu geben. Ich gab ihm Sex für Essen.«

Mein Schock verwandelt sich explosionsartig in eine höllische Wut, aber ich behalte sie in mir und schließe sie ein, damit Lina weiterredet.

»Jede Narbe ist eine Siegeskerbe, eine Erinnerung daran, dass er gewonnen hat.«

Dieser verdammte Hurensohn. Ich werde seinen

Grabstein in den Boden drücken und zermahlen. Es ist gut, dass Lina ihn getötet hat, sonst hätte ich ihm den langsamen Tod gegeben, den er verdient hätte.

»Ich bin schwanger geworden«, sagt sie, und ihre Stimme ist so leise, dass ich mich anstrengen muss, um sie zu hören.

Sie ist was? Heilige Mutter Jesu. Ihr Baby. Das ist das Baby, das sie erwähnt hat, bevor ich sie bewusstlos geschlagen habe. Ich kann keine Frage formulieren. Mein Gehirn will nicht funktionieren. Es hängt an ihren Worten fest. *Ich bin schwanger geworden.*

»Das hatte nicht passieren sollen. Er war so wütend, dass er mich aus einem Fenster gestoßen hat.«

Die Selbstverstümmelung, der Hungerstreik, das Einschließen, der Sprung aus einem Fenster, das alles war Clarke. Ihr toter Mann hat sie eingesperrt und gefoltert. Ich lag falsch. Clarke hat sie nicht mit Zärtlichkeiten überschüttet. Er hat sie mit Grausamkeiten überhäuft. Dalton muss von Clarkes sadistischen Tendenzen gewusst haben. Sie standen sich zu nahe. Ich kann nicht sprechen, weil ich Angst habe, die Kontrolle zu verlieren.

Eine einzige Träne läuft aus ihrem Auge und über ihre Wange. »Der Sturz … Die Plazenta ist gerissen. Ich habe das Baby verloren.« Ihre Lippen beginnen zu zittern, während sie tapfer meinem Blick begegnet. »Ich kam aus der Klinik zurück, nahm eine Waffe und erschoss Jack. Als ich zur Besinnung kam, rief die Haushälterin bereits Harold an.«

Der Bastard hat das zu seinem Vorteil genutzt, um

sie zu kontrollieren. »Dalton hat es vertuscht, hat es wie ein Selbstmord aussehen lassen und dich nach Willowbrook geschickt, während er die Verwaltung deines Nachlasses übernommen hat.«

Ihre Antwort ist ein gebrochener Schluchzer. »Ja.«

Das ist es, was er gegen sie in der Hand hat. »Er hat dir gedroht, die Wahrheit zu sagen, wenn du ihm nicht die Beweise gibst.«

»Er will mir nicht sagen, was er mit dem Körper meines Babys gemacht hat. Das würde ich im Austausch für die Beweise bekommen.«

Sie bricht äußerlich zusammen, während sie tapfer versucht, ihr Zittern zu verbergen und ihre Tränen zurückzuhalten. Ich, ich zerbreche innerlich für sie.

Ich kämpfe mit den Informationen. Es ist schwierig, mit dem Knoten in meinem Hals zu sprechen. »Wie viele Monate?«

»Acht«, sagt sie, und dann bricht der Damm. Schluchzer erschüttern ihre Schultern. »Er war acht Monate alt.«

»Mein Gott.« Ich lege meine Arme enger um ihre Taille, ziehe sie an meine Brust und helfe ihr dabei, alles herauszulassen.

Es gibt so viele Tränen, genug für all die Jahre, in denen sie das allein ertrug. »Ich habe ihnen in Willowbrook die Wahrheit gesagt, aber sie haben nicht zugehört.«

Deshalb ist sie nicht weggelaufen, als Dalton sie aus dieser abgefuckten Einrichtung nach Hause brachte. Er hielt sie mit einem Mord und den Überresten ihres Babys als Geisel. Dieser Mistkerl.

Ich ergreife ihr Gesicht und zwinge sie, mir in die Augen zu schauen. »Hör mir zu. Du hast das Richtige getan, als du diesen Bastard getötet hast. Er hat dich vergewaltigt und gefoltert.«

Sie schüttelt den Kopf. »Ich habe meinen Körper verkauft. Ich bin eine Hure.«

»Du bist keine Hure. Er hat dich hungern lassen. Er hat dich aufgeschnitten. Er hat dein Kind getötet. Er hatte etwas viel Schlimmeres verdient als das, was du getan hast. Wir werden die Überreste deines Babys finden. Ich verspreche es dir. Ich schwöre bei Gott, dass Dalton für das bezahlen wird, was er dir angetan hat. Er wird mit seinem Leben bezahlen.« Ich küsse ihre Stirn. »Ich werde für dich finden, was du willst, und wenn es das Letzte ist, was ich tue. Du kannst dich auf mich verlassen.«

Die plötzliche Bindung meiner Frau an mich ist teilweise Trennungsangst aufgrund ihres Traumas und teilweise eine raffinierte Art, mich daran zu hindern, einen weiteren Mord zu begehen. Ich habe ihr genug Zeit gegeben. Es kann nicht länger warten.

Nachdem ich Lina mit Essen versorgt und ins Bett gebracht habe, weise ich Brink an, neben der Schlafzimmertür stehen zu bleiben, während ich weitere fünf Wachen an der Haustür positioniere. Ich warte, bis meine Frau tief schläft, bevor ich mich anziehe und meine Waffe umlege. Zwei Autos mit bewaffneten Wachen warten vor dem Haus auf meinen Befehl.

Meine Freundschaft mit Zane hat sich herumgesprochen. Ein Fernsehteam und mehrere Journalisten campen außerhalb des Anwesens. Ich mache mir keine Sorgen. Ich kontrolliere die Polizei nicht, aber ich habe genug Verbindungen, die das tun. Paparazzi folgen auf Motorrädern, während unsere Autos die Tore räumen, aber mein Fahrer ist geschickt. Wir verlieren sie im geschäftigen Zentrum von Centurion und fahren auf die R 21, die uns nach Johannesburg bringt.

Der Mann, der in Brixton für mich Wache steht, ruft an und sagt, dass Daltons Wohnung ruhig ist. Keine Bewegung. Keine Lichter. Es wird ihm nicht helfen, sich unter dem Bett zu verstecken. Er hat keine Ressourcen mehr. Er kann nirgendwo hin, außer in die Hölle.

»Die Luft ist rein«, sagt eine der Wachen, als wir einen Block von der Wohnung entfernt parken.

»War jemand drin?«, frage ich, als wir den verlassenen Bürgersteig hinuntergehen.

»Nein, Sir, wie gewünscht.«

»Gut.« Dalton gehört mir.

Wir sind leise auf den Stufen, nicht weil ich Angst habe, Dalton vor unserer Ankunft zu warnen, sondern um der Nachbarn willen. Ich weiß genau, wo ich Dalton erledigen werde. Ich werde ihn an den Haaren zu den Gleisen ziehen. Es gibt heutzutage nur noch einen Zug, der vorbeifährt. Es ist eine lange Zeit bis fünf Uhr morgens. Lange genug, um einen Platz auf seinem Körper für jede meiner Kugeln zu finden, bevor ich ihn an diese Schienen binde.

Drew, meine Wache, nimmt auf dem Treppenabsatz Stellung und nickt. Es ist nicht sehr mühsam, die Tür zu öffnen. Das Erste, was ich wahrnehme, ist der Geruch. Der Ort stinkt nach Fäulnis und Verfall. Drew bedeckt seine Nase und greift nach dem Lichtschalter. Ich weiß bereits, dass die Wohnung leer ist, bevor die Deckenlampe flackert. So wie es aussieht, lief Dalton überhastet weg. Die Kleidung ist über das ungemachte Bett und den Boden verstreut. Ein halb aufgegessener Teller mit Schinken und Erbsenpüree steht auf dem Tisch, und das grüne Fleisch und die schwarzen Erbsen sind mit Fliegen bedeckt. Eine dicke Kruste von Pilzen wächst auf einem Glas Milch. Maden kriechen aus dem überquellenden Mülleimer.

»Ficker«, sagt Drew, schüttelt sich und zerstampft eine Made, die an seinem Schuh hinaufklettert.

Dalton ist weder heute noch gestern gegangen. Der verfaulten Nahrung nach zu urteilen vor mindestens zwei Wochen. Er muss schon länger mit Zane intrigiert haben, als ich dachte.

Als meine Männer sich versichert haben, dass es keine Bedrohung gibt, ziehen sie sich so weit wie möglich vom Gestank zurück, während sie auf meine Befehle warten.

»Verschwinden wir.«

»Der Feigling ist weggelaufen«, sagt Drew.

Ich stecke meine Waffe weg. »Ich werde ihn finden.«

Auf dem Weg zurück zum Auto rufe ich Maze an und sage ihm, dass ich nach Dalton suche.

Den ganzen Weg nach Hause überlege ich, wie ich Lina die Nachricht überbringen kann. Wie soll ich ihr sagen, dass ich nicht das habe, was ich versprochen habe, weil ihre schlechte Version eines Stiefvaters entkommen ist?

Zu meinem Entsetzen ist sie nicht im Bett, als ich ankomme, sondern verhört Brink in ihrer Nachtwäsche. Das Einzige, was mich daran hindert, ihn zu töten, ist, dass sie einen Bademantel über ihrem luftigen Nachthemd trägt. Als sie mich sieht, fliegt sie die Treppe hinunter und in meine Arme. Ihre Reaktion überrascht mich so sehr, dass sie uns beide fast zu Boden wirft.

»Ruhig«, sage ich und ergreife ihre Taille.

Sie faucht wie eine Katze. »Mach das nie wieder.«

»Arbeitszimmer. Jetzt. Wir reden dort.« Die Erwähnung des Arbeitszimmers reicht aus, um sie zum Schweigen zu bringen.

Meine Männer werfen mir mitleidige Blicke zu, als ich meine wütende Frau nach oben begleite. Sie ist die einzige Person mit so viel Macht über mich. Es gibt nur ein einziges, zerbrechliches, zierliches, kleines Mädchen, das mir derart den Marsch blasen kann.

Als die Tür fest verschlossen ist, dreht sie sich zu

mir um. »Wage es nicht, mich schlafen zu lassen, während du dein Leben aufs Spiel setzt.«

»Beruhige dich.«

Sie schubst mich weg. »Sag mir nicht, ich soll mich beruhigen. Ich war krank vor Sorge, und Brink hat sich geweigert, mir etwas zu sagen.«

Ein großes Lob für Brink. Ich kann das Lächeln nicht unterdrücken, das sich auf meinem Gesicht ausbreitet. »Sorgen? Meinetwegen?«

»Das ist nicht lustig.«

»Nein.« Ich halte ihre Taille fest, bevor sie entkommen kann. »Das ist süß.«

Sie stöhnt leise auf, als unsere Körper gegeneinanderprallen. Mit ihren Handflächen auf meiner Brust versucht sie, mich wegzustoßen. »Das ist grausam. Rücksichtslos.«

Die Grausamkeit will ich nicht abstreiten, aber ich frage: »Rücksichtslos?«

»Wie würdest du dich fühlen, wenn du mitten in der Nacht aufwachst und ich weg bin?«

Ihre Worte rufen ein Knurren aus der Tiefe meiner Brust hervor.

»Siehst du? Es würde dir auch nicht gefallen.«

Ihr Zappeln und ihre Gegenwehr machen mich hart. Ich versuche, meinen Schwanz in die weiche Stelle zwischen ihren Beinen zu schieben, aber sie biegt sich von mir weg.

»Lina.« Es ist ein Stöhnen. Es ist eine Warnung. Ich brauche sie.

»Nein«, sagt sie und dreht hartnäckig ihren Kopf weg.

Frustriert tue ich etwas, was ich nie für möglich gehalten hätte. »Bitte«, sage ich.

Das Feuer in ihr brennt schwächer. Ihr Körper entspannt sich leicht, als sie ihren Kopf ein wenig zurück zu mir dreht. »Bitte was?«

Ich flehe verdammt nochmal. »Bitte lass mich dich ficken. Hier. Jetzt. An der Wand.«

»Nicht bevor wir ein paar Regeln aufgestellt haben.«

Das Luder erpresst mich. Mit *Sex*. Gut. Ich werde mitspielen. Das könnte Spaß machen. »Welche Regeln?«

»Wenn du auf irgendeine Mission gehst, verlässt du nicht dieses Haus, oder wo immer wir uns zu irgendeinem Zeitpunkt befinden, ohne mich zum Abschied zu küssen, selbst wenn du mich aus dem tiefsten Schlaf, den ich je geschlafen habe, wachrütteln musst. Verstanden?«

Ich grinse. Verdammt, ist sie süß. »Ja, Ma'am.«

»Ich meine es ernst, Damian.«

»Ja, mein Engel, ich weiß.« Ich streiche mit meiner Nase über ihren Hals und verwandele die Bewegung in einen Kuss. »Ich finde es immer noch süß, dass ich dir so viel bedeute.«

»Ich mir Sorgen um dich mache«, korrigiert sie.

Wie auch immer. Um sich Sorgen zu machen, muss man Gefühle für denjenigen haben. »Sorgen«, stimme ich bereitwillig zu, weil ich begierig darauf bin, meinen Schwanz tief in ihr zu versenken.

»Gut«, schnaubt sie.

»Gut.«

Ihr ganzes Feuer ist plötzlich weg. »Okay.«

Ich ziehe an ihrem Bademantelgürtel, während ich sie gegen die Wand drücke. »Bist du mir nicht noch etwas schuldig?«

Sie keucht, als ich den Bademantel von ihren Schultern schiebe. Sie beobachtet mich vorsichtig, als ich den Riemen ihres Nachthemdes beiseiteschiebe. Als ich meine Lippen auf die weiche Stelle zwischen Hals und Schulter lege, lehnt sie ihren Kopf gegen die Wand.

Genau so, Baby. Ich weiß genau, welche Knöpfe ich drücken muss, um ihre Kapitulation zu erreichen.

Ich nehme ihre Hand und lege sie über die Erektion, die sich in meiner Hose ausdehnt. Während ich ihre Haut mit einem Knutschfleck markiere, reibt sie mich. Es fühlt sich so verdammt gut an, dass ich meine Hüften in ihrer Handfläche drehe. Ich versuche, langsam voranzugehen, während ich den anderen Träger herunterziehe und das Nachthemd um ihre Füße fallen lasse, aber mein Körper hat andere Ideen. Ich nehme mir gerade genug Zeit, um meine Jacke und mein Holster auszuziehen, und lasse meinen Schwanz durch meine Hosenöffnung frei. Als ich meinen Schwanz auf ihre Muschi ausrichte, schnappt sie sich mein Handgelenk.

»Nein«, flüstert sie.

Nein? Mein lustgesteuertes Verlangen beherrscht

mich bereits, und ich bin um Haaresbreite davon entfernt, sie aufzuspießen, und sie sagt es mir jetzt?

»Alles«, sagt sie und schaut auf meine Hose. »Ausnahmsweise einmal will ich dich nackt haben.«

Verdammt, das kann ich machen. Ich ziehe mich in Rekordgeschwindigkeit aus, bevor ich ihren Körper gegen die Wand drücke. Das fühlt sich gut an, ihre Haut auf meiner. Ich kann das für immer tun. Ich will sie. Für immer.

Ich drücke unsere Stirnen zusammen, ergreife ihren Oberschenkel und hebe ihr Bein um meinen Arsch. Ich dringe nicht sanft ein, wie ich es beabsichtigt hatte. Ich schiebe mich mit einem einzigen Stoß hinein und fülle sie mit so viel von mir selbst wie möglich. Ich bedecke ihren Mund, kurz bevor sie schreit, und weiß, dass sie noch viel mehr schreien wird, bevor ich fertig bin. Ich möchte es herauszögern, aber sie lässt mich mit ihrer süßen Sorge und ihrer sexy Erpressung direkt zum Punkt kommen. Ich hämmere in einem Rhythmus, der mich abspritzen lässt, bevor sie ihren Höhepunkt erreicht hat. Mit meinen Fingern auf ihrem Lustzentrum helfe ich ihr, mit mir zu kommen. Wir explodieren zusammen. Sie erschlafft in meinen Armen, aber das war nur die Vorspeise, um die Dringlichkeit zu mindern. Ich bin noch nicht einmal ansatzweise mit ihr fertig.

»Damian«, schreit sie, als ich sie umdrehe und nach unten drücke.

Ich kann nie genug von meinem Namen auf ihren Lippen bekommen.

Ich lasse sie ihn immer wieder sagen, bis wir beide schweißgebadet sind und ich trocken komme. Ich bewege mich an ihr nach unten und ficke sie noch einmal. Als ich sie ins Bett trage, ist sie schlaff wie ein luftleerer Strichmännchen-Luftballon.

»Dusche«, murmelt sie, als ich sie auf die Matratze lege.

»Morgen.« Ich lege mich neben sie und ziehe sie an meine Seite.

Sie schmiegt sich näher an mich. »Wo warst du?«

»Ich habe nach Dalton gesucht.«

Ihr Körper spannt sich an. »Hast du ihn gefunden?«

»Nein, aber ich werde es tun.«

Sie seufzt leise und kapitulierend, weil sie weiß, dass sie mich nicht aufhalten kann. »Nächstes Mal sag es mir. Bitte, Damian. Ich meine es ernst.«

Ich küsse ihre Nase. »Was hat dich aufgeweckt?«

»Ein Alptraum.«

»Du bekommst sie immer noch?«

»Manchmal.«

»Du hast mir nie gesagt, worum es in deinen Träumen geht.«

»Hauptsächlich um das, was mit Jack passiert ist.«

Ich ziehe ihren Oberschenkel über meinen und schiebe mich so nah wie möglich an sie. »Warum hast du zugestimmt, Clarke zu heiraten?«

Zwei Sekunden vergehen, bevor sie antwortet. »Er schien nett zu sein. Er war nett zu mir, bevor wir geheiratet haben. Er war meine Eintrittskarte in die

Freiheit. Ich wollte nur aus Harolds Haus raus, und ich hatte weder Geld noch Arbeit.«

»Vielleicht solltest du mit Reyno über deine Alpträume reden.« Der unethische Wichser hat tatsächlich gute Arbeit darin geleistet, sie von ihrer Angst vor geschlossenen Türen zu befreien.

»Das werde ich.«

»Du bist bei mir sicher, Lina.« Ich umarme sie fester. »Ich werde nicht zulassen, dass dich noch einmal jemand verletzt.«

Diesmal ist ihr Seufzer ein Geräusch zwischen Glück und Traurigkeit. »Ich weiß.«

Ich weiß es auch. Sie ist nicht ganz glücklich. Keine Lust der Welt kann die Tatsache ändern, dass sie immer noch meine Gefangene ist. Nur … diesmal ist sie eine willige Gefangene.

Lina

In den folgenden Tagen ist Damian außergewöhnlich zärtlich zu mir, besonders in unseren intimen Momenten. Er kümmert sich um alle meine Bedürfnisse. Er sorgt dafür, dass ich genügend gesunde Mahlzeiten esse und dass ich Reyno zweimal pro Woche sehe. Damian von meinem Baby zu erzählen hat eine alte Wunde wieder geöffnet. Es vergeht kein Tag, ohne dass ich daran denke. Ich fange wieder an, häufiger davon zu träumen. Damian hat mich schon zweimal dabei erwischt, wie ich durch Babykataloge blätterte, und wohin ich auch gehe, ich sehe Babys. Ich scheine nur Spaziergänger, Flaschen und kleine Bündel, in Decken verpackt, zu bemerken.

Reyno und ich reden darüber. Wir sprechen über den Trauerprozess und das Loslassen. Wir sprechen über meine widersprüchlichen Gefühle für meinen Mann, der mich durch Lust und Ehe gefangen hält. Meistens sprechen wir über die Entmachtung, die ich bei Damians Bestrafung, meiner Flucht, der Entführung und meinem Tattoo empfand, aber wir verzichten darauf, die Morde zur Sprache zu bringen. Wir tun so, als wären die schrecklichen Kosten für die Rettung meines Lebens mit einem Teil meiner Erinnerung verschwunden. Verleugnung ist kein gesunder Weg für einen Psychiater, sich der Behandlung zu nähern, aber wir beide wissen, wer mich gerettet hat. Nicht einmal die Patientenvertraulichkeitsklausel ist für Reyno ein ausreichender Schutz. Er ist sicherer, wenn er mein Geständnis nicht bekommt.

Als Damian mich das nächste Mal mit ins Fitnessstudio mitnimmt, erfahre ich von den Mädchen im Umkleideraum, dass Phil seinen Finger bei einem Unfall mit einem Küchenmesser verloren und darum gebeten hat, in die Germistoner Filiale versetzt zu werden. Ich sollte wohl dankbar sein, dass er nicht tot ist. Es ist die Angst um sein Leben, die mich daran hindert, Damian nach dem Vorfall zu fragen. Ich will

Damians Zorn nicht beschwören. Schlafende Hunde soll man nicht wecken.

Die Haut, die Damian verletzt hat, heilt, aber die blauen Flecken sind noch lange nicht verschwunden. Damian kümmert sich morgens und abends um sie und reibt beruhigende Lotionen und Gewebeöl in die Haut, um Narbenbildung zu verhindern, aber es gibt keine Medizin für die Narbenbildung in meinem Herzen. Ich habe meine Entscheidung getroffen. Ich lebe damit. Ich kam über Jack und mein Baby ins Reine, habe Damian meine Scham und meine größte private Trauer offengelegt, aber es gibt zwei Geheimnisse, die ich immer noch bewahre: meinen Job und meine Liebe zu meinem Entführer. Ich erzähle ihm nicht, dass ich für Reyno arbeite. Ohne dieses kleine bisschen Unabhängigkeit würde ich wirklich verrückt werden. Wegen der Machtlosigkeit, die ich in jeder Sitzung mit Reyno anspreche, behalte ich das Wissen über meine Gefühle für mich.

Damian zu sagen, wie ich mich fühle, würde die letzte Kraft, die mir noch bleibt, aufbrauchen. Ich schließe es im Schatten meiner Seele ein, denn meine Liebe gehört zur dunklen Seite des Lebens. Meine Liebe zu Damian ist wie der schwarze Diamant, der in meine Schulter graviert ist, dunkel, rein und unverwüstlich. Es gibt Zeiten, in denen ich ihn dabei erwische, wie er mich ansieht, als ob er mein Geheimnis kennt, aber falls er es tut, gewährt er mir die Gnade und täuscht Unwissenheit vor. Im Gegenzug gebe ich ihm meinen

Gehorsam und tue alles, was er von mir verlangt, was auch einen Teil der Lebensmitteleinkäufe und des Kochens beinhaltet. Als ob es sein Endziel wäre, bemüht er sich sehr, aus mir eine Hausfrau zu machen.

Das Haus ist zu groß für uns. Wir brauchen Jana nicht, um nur für Damian und mich zu kochen. Ihre Haltung mir gegenüber hat sich von kühl zu leicht abschätzig gewandelt. Wie kann ich es ihr verübeln? Wenn man das normale Leben eines gesetzestreuen Bürgers führt, sind die Grenzen zwischen gut und schlecht klar definiert. Es überrascht mich nicht, als sie kündigt, um eine Partnerschaft mit einem Restaurantbesitzer einzugehen. Es überrascht mich auch nicht, dass Damian ankündigt, dass er umziehen möchte. Er hatte es schon einmal erwähnt. Dass er die Verantwortung dafür auf meine Schultern legt, kommt jedoch mehr als unvorbereitet.

Wir frühstücken draußen auf der Terrasse, als er die Neuigkeiten verkündet. »Ich möchte, dass du anfängst, nach einem Haus zu suchen.«

Ich stelle meine Kaffeetasse ab. »Ich?«

»Ich bin mit diesem Ort nicht warm geworden, und ich habe auch nicht das Gefühl, dass du es bist.«

»Nicht wirklich.«

Er grinst. »Es ist alt und stickig, oder?«

»Stimmt.«

»Ich will einen Ort, der uns gehört, einen Ort, an dem wir unsere eigenen Erinnerungen erschaffen können.«

Die Tiefe seiner Erklärung bringt mich dazu, auf meinem Sitz hin und her zu rutschen. »Was willst du?«

»Was auch immer dich glücklich machen wird.«

»Wirklich?«

»Ich werde immer mehr Zeit im Büro verbringen. Du wirst mehr im Haus sein als ich.«

Als ich mit meiner Serviette spiele, verdaue ich die Freundlichkeit seines Angebots. Ich kann nicht behaupten, dass er es nicht versucht. »Danke.«

»Es ist nur normal.« Er nimmt meine Hand und unterbricht meine nervösen Bewegungen. Dann lächelt er, da er versucht, es wie ein normales Gespräch aussehen zu lassen. »Wie sieht dein Traumhaus aus?«

»Ich habe keins.«

»Du hast nie von einem Ort geträumt, an dem du leben und alt werden möchtest?«

»Nein.«

»Wenn du etwas haben könntest, was würdest du wählen?«

Ich schaue in die Ferne, in der die Grashalme zu trocknen beginnen. Der Winter wird bald hier sein. »Ich habe immer gedacht, dass es schön wäre, auf dem Wasser zu leben.«

»Auf einem Boot?«, fragt er überrascht.

»Fast, eher am Ufer, neben einem Fluss oder Damm.«

»Es gibt den Hartbeespoort-Damm.«

»Es ist weit weg von deinem Büro.«

»Nur eine Autostunde oder so.«

»Du wirst immer im Stau stehen.«

Er zuckt mit den Schultern, als ob das Opfer keine Rolle spielen würde. »Rufe heute ein paar Makler an und nimm Brink mit, wenn du dir die Immobilien anschauen gehst.«

Ich weiß, was er tut. Er gibt mir die Wahl bei all den Entscheidungen, die er treffen kann, von dem, was wir essen, bis zu dem, wo wir leben, um den Verlust der Entscheidungen auszugleichen, die ich nicht treffen darf, derjenigen, die finanzielle Freiheit und Rechtssicherheit erfordern.

»Würde dir das nicht gefallen?«, fragt er sanft.

»Natürlich.« Ich erzwinge ein Lächeln. »Ich rufe heute an.«

Unerklärliche Emotionen schnüren mir den Hals zu. Sein Angebot macht mich sowohl glücklich als auch traurig. Es macht mich glücklich, weil er sich so sehr bemüht, und traurig, weil er es überhaupt versuchen muss. Wenn er mir meine grundlegenden Menschenrechte gewähren würde, müsste er nicht so hart daran arbeiten, es wiedergutzumachen, dass er sie mir überhaupt wegnimmt.

Er lehnt sich hinüber und streicht mir die Haare hinters Ohr. »Was ist los?«

»Nichts.«

»Lina.« In seinem Tonfall höre ich eine unterschwellige Warnung. »Was habe ich dir über *nichts* gesagt?«

Verzweifelt, das Thema zu wechseln, platze ich heraus: »Ich möchte die Mine besuchen.«

»Möchtest du? Warum?«

»Ich bin neugierig, seit Fouché die Änderungen erwähnt hat, die du vorgenommen hast, und ich habe nur Fotos gesehen.«

»Ich wusste nicht, dass sie dich interessiert.«

»Ich auch nicht. Das hat sie nie, als sie Harold gehörte.«

Ein Lächeln erwärmt sein Gesicht. »Ich kann einen Besuch arrangieren. Was ist mit heute?«

»Jetzt?«

»Sicher.«

»Was ist mit Flügen?«

»Alles ist möglich, wenn man ein Flugzeug chartern kann. Ich gebe dir eine persönliche Führung.« Er zeigt auf meinen leeren Teller. »Fertig?«

Als ich nicke, beginnt er, den Tisch abzuräumen. In der Küche bestückt er die Geschirrspülmaschine, während ich die Theken abwische. Für einen Außenstehenden sehen wir aus wie jedes normale Ehepaar, aber das ist eine gefährliche Illusion. Damian war zu nett zu mir. Er war zu sanft. Er mag seine Paddel und Peitschen verbrannt haben, aber er braucht ein Ventil für sein dunkles sexuelles Verlangen.

Ich habe nicht bemerkt, wie stark ich den Rand der Theke umgreife, bis sich seine Arme von hinten um mich legen und er mir ins Ohr flüstert: »Entspann dich, ich weiß, worüber du dir Sorgen machst.«

»Wirklich?«

Diese Dunkelheit, die ich sowohl fürchte als auch begehre, ist in seiner Stimme. »Ich werde dir nicht wehtun, nicht, wenn du es nicht verdienst.«

»Du willst es.«

»Du bist genug.«

Ich drehe mich in seinem Griff um und blicke in sein schönes Gesicht. Meine Frage ist voller Zweifel. »Bin ich das?«

Er küsst meine Lippen. »Ja.«

»Wenn ich dir nicht geben kann, was du brauchst …«

Sein Ton wird härter. »Ich lasse dich nicht gehen, Lina.«

Ich lege meine Handflächen auf seine Brust. »Das ist nicht das, was ich meinte.«

»Nein?« Seine durchdringenden Augen sind eine Herausforderung. »Sondern?«

»Ich will nicht, dass du …« Das ist schwer zu sagen. »Ich will nicht, dass du anfängst, dich umzusehen.«

Sein Ausdruck wird weicher. Die Anspannung in seinem Gesicht verschwindet. »Du bist eifersüchtig«, sagt er, als ob es eine wunderbare Sache wäre.

Meine Wangen erhitzen sich. »Bin ich nicht.«

Er legt seine Stirn gegen meine. »Das ist so verdammt liebenswert.«

»Ich bin *nicht* eifersüchtig.«

»Es gibt keinen Grund, unsicher zu sein. Du bist die einzige Frau, die ich will.«

»Bis du Gewalt brauchst.«

»Es geht nicht um Gewalt.«

»Was dann?«

»Es geht um Kontrolle.«

»Du tust mir gerne weh.«

»Nur, wenn es dich nass macht.«

»Das tut es nicht.«

»Das haben wir bereits festgestellt.«

»Nun, nicht alles davon.« Röte überzieht meinen Hals, als ich das sage.

Er zieht eine Augenbraue in die Höhe. »Was davon hat dir gefallen?«

»Das leichte Auspeitschen, als es nicht zu hart war.«

»Hm.« Er legt seine Hände an beiden Seiten von mir auf die Theke und hält mich fest. »Was noch?«

»Als du zugesehen hast.«

Seine Augen verdunkeln sich, und seine Erektion wächst an meinem Bauch. »Ich brauche vielleicht eine Erinnerung.«

»Was, jetzt?«

»Du bist diejenige, die es angesprochen hat«, sagt er mit einem teuflischen Grinsen.

»Die Mine …«

Er greift nach den Knöpfen meiner Bluse. »Kann warten.«

Ich werde fast in Stücke gerissen, als er mich auszieht. Ich wusste bis zu diesem Moment nicht, wie sehr ich mich nach einem weiteren Geschmack seiner teuflischen Seite sehne. Er schiebt die Kanten meiner Bluse beiseite und legt meine nackten Brüste frei. Ich trage immer noch keinen BH. Der Riemen reizt das heilende Tattoo. Er wiegt jede Brust in seiner Handfläche, bevor er meinen Brustwarzen einen sanften Kuss gibt. Dann öffnet er meine Hose und schiebt sie über meine Hüften. Er dreht mich um und zieht mein Höschen bis zu meinen Oberschenkeln herunter. Durch diese Einschränkung kann ich meinen Stand nicht erweitern. Ich schaue ihn über meine Schulter an, und sehe, wie er seine Fliege öffnet und seinen Schwanz herausnimmt. Er umgreift ihn mit seiner Hand, massiert zweimal von oben nach unten und schmiert seine Lusttropfen auf meinen Spalt, bevor er sich langsam in mich schiebt.

Die Reibung und die Dehnung lassen mich auf Zehenspitzen gehen. Er erlaubt mir nur eine kurze Ruhepause, um mich an seine Größe zu gewöhnen, bevor er mit den Stößen beginnt. Sein Blick ist auf die Stelle gerichtet, an der wir verbunden sind, und ich beobachte, wie er uns beobachtet, und weiß, wie seine Wangenknochen sich verdunkeln, wie sehr es ihn anmacht. Er stöhnt.

»Willst du mich nicht verprügeln?«, frage ich.

»Nein.«

»Warum nicht?«

Er hört auf, sich zu bewegen, und küsst meinen Rücken. »Du hast nichts getan, was eine Strafe verdient hätte. Im Gegenteil.«

»Nicht aufhören.«

Er fängt wieder an, zu stoßen, schneller. Ich bin kurz davor, zu kommen, als er aufhört.

»Was machst du da?«, will ich mit einem frustrierten Stöhnen von ihm wissen.

Er dreht mich um und hebt mich auf den Tresen. »Ich werde dir geben, was du willst. Ich werde zusehen. Fick deine Finger.«

Als ich anfange, den Befehl auszuführen, zieht er meine Muschi auf und schaut mit so viel Konzentration auf die Arbeit meiner Hand, dass ich meinen Rhythmus verliere. Er schlägt in einem wortlosen Tadel auf meinen Oberschenkel. Meine inneren Muskeln ziehen sich zusammen. Ich drücke meinen Handballen auf meine Klitoris, genau wie er es mir beigebracht hat, und reibe im Kreis. Ich bin kurz davor, zu kommen, als er mein Handgelenk ergreift und meine Hand wegzieht.

»Damian.«

»Ich mag auch diese Art von Folter.«

Zu spät verstehe ich, was er meint. »Damian, bitte. Lass mich kommen.«

Er führt seine dicke Eichel an meinen Eingang und drückt sich sanft hinein, bis er bis zum Anschlag in mir begraben ist.

»Ich brauche …« Meine Worte werden abgeschnitten, als er anfängt, sich hinein und heraus zu bewegen. »Ja.« Wieder bringt er mich bis kurz davor, bevor er langsamer wird. »Nein«, stöhne ich, hebe meine Hüften hoch und versuchte, ihn tiefer aufzunehmen.

»Schscht«, murmelt er leise lachend. »Ich werde dafür sorgen, dass es sich lohnt. Ich verspreche es.«

Als ich denke, dass ich nicht mehr ertragen kann, dreht er mich wieder um und reibt meine Erregung um meinen Anus. Ich ergreife die Kanten der Theke und zittere, als der Kopf seines Schwanzes die engen Muskeln meines dunklen Eingangs durchbricht. Er arbeitet vorsichtig, dringt langsam ein, und als ich ihn ganz aufgenommen habe, hat er seine Finger in meiner Muschi und auf meiner Klitoris.

Ich brauche nur ein wenig mehr, um zu explodieren, aber er weigert sich immer noch und hält mich in diesem unerträglichen Gefühl zwischen Vergnügen und Schmerz, bis ich bettele. Erst dann gibt er mir, was ich brauche, und rollt meinen Kitzler zwischen seinen Fingern. Ich explodiere vor Vergnügen und komme so heftig, dass ich mich benommen fühle.

Er stöhnt. »Verdammt. Kannst du spüren, wie ich dein enges, kleines Arschloch mit meinem Samen fülle?»

Seine vulgäre Sprache lässt mich stärker und heftiger kommen, bis mein Oberkörper auf der Theke zusammenbricht und ich vergesse, warum wir hier sind oder wohin wir gehen.

»Siehst du?«, sagt er schwer atmend triumphierend neben meinem Ohr. »Ich muss dich nicht versohlen, um so stark zu kommen wie niemals zuvor.«

Damian

Der Tag ist kühl, aber sonnig im Richtersveld. Der Herbst beginnt. Ich helfe Lina aus dem Auto und lege ihre Jacke um ihre Schultern. Sie bleibt stehen, um die kleinen Sandberge in der Ferne und die Büros davor zu betrachten. Sie macht einen Atemzug und ergreift meinen Arm.

Die Mine hat eine Metamorphose durchlaufen. Die Schlammlöcher auf dem Bürogelände sind weg. Ein natürlicher Garten, inspiriert von ihrem Ökosystem, erstreckt sich vom Osten bis zum Gelände im Westen. Der darüber hinausgehende Bereich wurde gepflastert und mit Tischen und Schirmen ausgestattet. Der Speisewagen wurde durch eine richtige Kantine ersetzt, in der warme Mahlzeiten serviert werden. Das Gebäude mit den Pressholzwänden wurde eingestampft, und an seiner Stelle steht eine solide Ziegelkonstruktion mit anständiger Heizung und Klimaanlage. Auf der Rückseite gibt es ein Spielzimmer und eine Arztpraxis mit einer in Vollzeit beschäftigten Krankenschwester.

Die ausgehobenen Erdhaufen werden systematisch auf dem Flussbett geebnet und mit einheimischem Gras bepflanzt. Das Gras sollte bis zum nächsten Sommer das gesamte Gebiet abdecken.

»Damian.« Sie sieht mich überrascht an. »Warum hast du mir das nicht gesagt?«

»Du hast nicht gefragt.«

Sie blickt zurück auf den Bürobereich. »Es sieht …«

»Neu aus?«, frage ich lächelnd.

Sie schlägt auf meinen Arm. »Sauber. Es ist so anders als die hässlichen Fotos, die ich gesehen habe.«

»Ich bin froh, dass es dir gefällt. Komm schon.« Ich nehme ihre Hand und führe sie zum Vorderhaus, wo sich Ellis' Büro befindet.

Er kommt heraus, als er uns sieht, und heißt Lina herzlich willkommen.

»Wow«, sagt sie und schaut auf den neuen Transportbereich.

»Ich weiß.« Ellis folgt ihrem Blick. »Große Veränderungen.«

»Die Union muss glücklich sein«, sagt sie.

»Die Bergleute auch«, antwortet Ellis. »Die anderen Minenmanager nicht so sehr.«

»Sie müssen sich dem Druck ausgesetzt sehen, die gleichen Standards zu erfüllen.«

»Darauf kannst du wetten. Bessere Arbeitsbedingungen, bessere Sicherheitsmaßnahmen.«

Lina wendet sich an mich. »Herzlichen Glückwunsch, Damian. Du musst stolz sein.«

»Es ist noch nicht fertig. Das hier ist nur die erste Phase. Wir planen, eine Unterkunft für Besucher und einen Pool hinzuzufügen.«

»Die Ausgrabung des Grundgesteins war unsere Priorität«, sagt Ellis. »Machst du die ganze Tour?«

»Auf jeden Fall.«

»Dann hole ich dir einen Schutzhelm und eine Sicherheitsweste.«

Ellis ist am meisten in seinem Element, wenn er Reiseleiter spielt. Als er geht, betrachte ich das Gesicht meiner Frau, während sie die Veränderungen aufnimmt. Sie lächelt nicht, aber ihre Augen funkeln vor Aufregung. Sie sieht so glücklich für mich aus, wie es nur jemand tut, dem man etwas bedeutet. Dieser neue Stolz, die Momente, in denen sie sich um mich sorgt, ihre Entscheidung, die Wahrheit zu sagen und zu bleiben, all diese kleineren Handlungen ergeben eine enorme Wahrheit. Ich hatte nicht geplant, es jetzt zu erwähnen, aber der Moment hat sich von selbst ergeben, und ich mag es nicht, Momente zu verschwenden.

Ich umfasse ihr Kinn und drehe ihr Gesicht zu mir. »Lina, liebst du mich?«

Sie erstarrt. Ihr Gesicht wird weiß.

Das Thema ist heikler, als ich dachte. Wir haben immer einen Krieg geführt, ich um ihre Zuneigung, und sie um ihre Freiheit. Zuzugeben, dass sie mich liebt, ist ein Eingeständnis, dass sie verloren hat. Ich gehe vorsichtig vor. Ihr Ego zu verletzen oder ihr ihre Niederlage unter die Nase zu reiben ist nicht das Ziel.

»Es gibt keinen Grund, es vor mir zu verbergen. Ich werde das Wissen nicht gegen dich verwenden.«

Sie lässt ihre Schultern hängen. Sie wendet den Blick ab.

»Sieh mich an, Lina.« Widerwillig gehorcht sie. »Ich habe es schon eine Weile vermutet.«

Sie zuckt zusammen, als hätte ich eine Salve Kugeln in sie geschossen. »Wie?«

»Du bist schrecklich darin, deine Gefühle zu verbergen.«

»Bin ich das?«

»Es war da, gerade eben, in deinen Augen.« Ich bringe ihre Hand zu meinen Lippen und küsse ihre Handfläche. »Du sahst glücklich für mich aus.«

Sie zieht ihre Hand weg, kaut auf ihrem Nagel und

schaut in die Ferne. Sie tut nicht einmal so, als würde sie sich etwas ansehen. Sie starrt kläglich auf nichts.

»Es ist nichts, wofür man sich schlecht fühlen sollte. Du hattest nie eine Chance, mein Engel. Ich bin mit allem, was ich habe, zu dir gekommen.«

Sie blickt mich über ihre Schulter an. »Es muss schön für dich sein, zu wissen, dass du so viel Macht hast.«

»Hey.« Ich ergreife ihre Schultern und drehe sie zu mir zurück. »Ich werde das nicht gegen dich verwenden.«

»Wenn ich dir sage, dass ich dich liebe, gibst du mir dann meine Freiheit?«

Ich atme tief ein und spiele auf Zeit. Ich will ihr nicht wehtun, aber ich werde sie nicht anlügen. »Du weißt es besser, als mich das zu fragen.«

»Ich bitte dich nicht, mich zu befreien. Ich bitte nur um mein Recht, unabhängige Entscheidungen zu treffen. Mach mich wieder zu einem kompetenten Menschen, Damian. Bitte.«

Ich nehme ihr Gesicht in meine Hände und streiche ihr das vom Wind zerzauste Haar von den Wangen. »Das kann ich nicht machen.«

»Warum nicht?«, fragt sie leise. »Wenn ich dich liebe, warum sollte ich dann weglaufen? Warum willst du mir nicht vertrauen?«

Liebe ist nicht immer genug. Weil sie eines Tages aufwachen und merken wird, dass sie etwas Besseres verdient. Ich hatte mir eingeredet, ich würde mich sicher fühlen, wenn ich ihr Herz hätte, aber das tue ich nicht. Ich besitze ihren Körper und ihr Herz, aber die Angst, sie zu verlieren, wird mich nicht loslassen. Ich kann ihr nicht antworten. Ich kann nur dastehen und dabei zusehen, wie sich ihr Gesicht in eine Maske des Schmerzes verwandelt, während ich ihr das Herz breche.

»Sag es mir, Lina.«

Sie hat genug Geheimnisse, um sie ein Leben lang zu belasten. Es ist an der Zeit, diese letzte Schnur, die sie an der kleinen Insel verankert, die sie im Meer ihrer verwirrenden Emotionen erschaffen hat, zu lösen. Es ist an der Zeit, dass wir das als Einheit angehen. Keine Inseln mehr. Nicht mehr sie und ich. Von nun an gibt es uns.

»Sag es mir«, dränge ich mit einem kleinen Schütteln, als sie ihre Lippen spitzt.

Ein Kampf geht durch ihre Augen. Sie ringt mit sich, kämpft mit ihrer letzten Kraft dagegen an, aber wir beide wissen, dass es ein verlorener Kampf ist.

»Sag es mir.«

Das Geständnis sprudelt von ihren Lippen, gebrochen und perfekt. »Ich liebe dich.«

Als ob das Zugeständnis all ihre Energie verbraucht hätte, sackt sie in meine Arme. Ihr Atem stockt. Warme Tränen befeuchten mein Hemd. Alles, was ich tun kann, während sie um das letzte Stück von sich selbst weint, das sie verloren hat, ist, sie in meinen Armen zu halten und ihr immer und immer wieder zu sagen, dass ich es nicht gegen sie verwenden werde. Ich werde nicht zulassen, dass sie ihre Freiheit und Liebe für nichts opfert. Ich werde ihr die Liebe geben, die ich schon so lange in meinem Herzen trage. Ich gebe ihr alles, was sie für Geld kaufen kann, alles, was sie will.

»Alles, was in meiner Macht steht«, flüstere ich ihr ins Ohr und wiege ihren schwachen Körper. Alles außer die Freiheit. »Deine Liebe ist nicht einseitig. Ich fühle das Gleiche.«

Was als Liebeserklärung gedacht war, klingt eher nach einem schwachen Trost.

Ellis, der mit rosa Schutzhelm und Sicherheitsweste um die Ecke kommt, bleibt abrupt stehen. Er wirft mir einen panischen Blick zu.

»Es geht ihr gut«, sage ich. »Nur ein kleiner Schwächeanfall.«

Lina wischt sich die Augen mit dem Handrücken ab und kämpft, um ihre Gelassenheit zurückzugewinnen.

»Sagt mal, ist das nicht …?« Ellis kommt näher und schaut auf ihre Schulter, wo ihre Jacke weggerutscht ist. »Lina! Das ist ja geradezu eine neue Generation von Loyalität.« Er pfeift. »Ich bin beeindruckt.«

Das ist das Falsche zur falschen Zeit.

»Ich muss zur Toilette. Entschuldigt mich bitte.«

Lina rennt dorthin, wohin die Beschilderung für die Toiletten weist, ohne uns anzuschauen.

Ellis kratzt sich am Kopf. »Habe ich etwas Falsches gesagt?«

»Nein.« Ich beobachte mit einem brennenden Gefühl des Bedauerns, wie sich die Tür hinter meiner Frau schließt. »Ich.«

Damian

UNSERE EHE WIRD NIE NORMAL SEIN, ABER WIR FALLEN in das, was einer normalen Routine am nächsten kommt. Lina kümmert sich um den Garten und das Kochen, wenn sie nicht gerade auf Haussuche ist, während ich all meine Energie wieder in den Bergbau investiere. Nun, fast meine ganze Energie. Ich sammele immer noch Beweise gegen die Mitarbeiter von Willowbrook und suche nach Dalton. Letzterer ist wie vom Erdboden verschwunden. Ich habe ihn unterschätzt, aber es gibt einen Lichtblick inmitten meiner gescheiterten Versuche, Dalton auszuräuchern. Die Gefängnisverbindung, die ich benutzt habe, um Informationen über das Haushaltspersonal des verstorbenen Jack Clarke zu sammeln, hat eine Spur zur ehemalige Haushälterin von Clarke gefunden, die jetzt in einem obskuren kleinen Dorf in der Schweiz leben soll. Dora Riley wanderte um den Zeitpunkt von Clarkes Tod herum aus. Im Alter von 67 Jahren, ohne Familie in der Schweiz – das ist seltsam. Sie hat keine Telefonnummer oder E-Mail angegeben. Alles, was ich habe, ist eine Adresse.

Ich erzähle Lina nicht von dem Grund für meine sogenannte Geschäftsreise. Es könnte eine falsche Spur sein. Ich stelle mehr Wachen im Haus auf und gebe Brink den strikten Befehl, mich anzurufen, wenn Lina etwas braucht. Dann erfülle ich den Wunsch meiner temperamentvollen Frau, indem ich sie zum Abschied küsse, bevor ich ins Flugzeug steige.

Lina

Ich finde ein Haus. Sobald ich durch die Tür gehe, weiß ich, dass es der richtige Ort ist. Es ist ein Cottage im Tudorstil am Ufer des Vaal-Flusses mit einem kleinen Steg und einer Holzterrasse. Es ist viel kleiner als das Haus in Erasmuskloof, aber es ist gemütlich. Die großen Fenster lassen viel Sonnenlicht herein. Es ist ein Haus, in dem ich atmen und entspannen kann, ein Haus zum Leben. Ich mache einen Termin für Damian, damit er es sich ansieht, sobald es sein Zeitplan erlaubt, und bitte Brink, uns nach Hause zu fahren. Wir schaffen es mit genügend Zeit zurück, damit ich den Einkauf in einem meiner Lieblingseinkaufszentren machen kann.

Wir gehen direkt zum Food Lover's Emporium, aber eine Schaufensterdekoration zieht meine Aufmerksamkeit auf sich. Ich verlangsame meine Schritte und bleibe vor einem Spielzeugladen stehen, als mein Herz sich schmerzhaft zusammenzieht. Ein Holzzug mit blauen und roten Wagen fährt unter einer gelben Brücke hindurch. Die Szene ist statisch, wie ein Schnappschuss. Ich werde in eine andere Zeit zurückgeschleudert, in der Dora mein Essen auf einem Tablett servierte, das mit einer alten Supermarkt-

Verkaufsbroschüre ausgelegt war. Es war kurz vor Weihnachten. Nachdem ich wie ein Tier mit gefesselten Händen auf dem Rücken gegessen hatte, damit Jack lachen und mich einen Hund nennen konnte, wurde die schmutzige Broschüre auf dem Boden liegen gelassen. Später, nachdem ich mir meine Narbe verdient hatte, hob ich die Broschüre auf. Da ich keinen Zugang zu Lesematerial hatte, las ich alles, was ich in die Finger bekommen konnte. Der Zug war auf der zweiten Seite. Er war schwarz und elektrisch mit einer unendlichen Spur. Es gab Hügel und Kiefern und Brücken. Er war so schön. So perfekt. Ein Junge kniete neben der Bahn, seine Augen strahlten, und seine Hände waren zusammengeschlagen. Ich legte meine Hand über den Ort, an dem mein Baby wuchs, und wusste bereits, dass ich zwei Perioden übersprungen hatte, aber ich hatte es trotzdem vor Jack verbergen können. Ich wollte das Versprechen in dieser Broschüre so sehr, den glücklichen Zug mit seinem glücklichen Jungen. Ich wollte die weiße Papierwelt mit ihrem Schnee und ihren Lichterketten. Ich wollte das Baby. Ich wollte es von ganzem Herzen.

Ein Geräusch entweicht meinen Lippen. Es ist ein schreckliches Geräusch, das nur ein Tier machen kann.

»Mrs. Hart?« Brink berührt meine Schulter.

Ich zucke bei der Berührung zusammen. Meine Stimme wird erstickt, als ich zum Eingang eile, meiner Vergangenheit entkomme und die Zukunft verschiebe, wenn auch nur für eine kurze Zeit. Meine Stimme zerbricht an den Silben. »Es dauert nur eine Minute.«

»Mrs. Hart.«

Er winkt mir mit einer Kreditkarte zu, aber ich schüttele den Kopf, verbeiße mir die unkontrollierbaren Emotionen und gehe zur Seite, damit eine ältere Dame eintreten kann. Die Schiebetüren schließen sich hinter uns. Die Stimmen und eiligen Schritte der Passanten verschwinden. Ein Geruch von Lametta erfüllt die Luft. Ich bin in der Welt der Broschüren eingesperrt, wo Schnee warm ist und Kinder sicher sind, während Brink von einer grausameren Realität draußen hineinschaut.

Über dem Display stehend, starre ich auf den statischen kleinen Zug, der nirgendwo im Fenster und überall in meinem Herzen fährt.

»Er ist wunderschön, nicht wahr?«, sagt die Stimme einer Frau neben mir.

Ich wende mich an die Besitzerin der Stimme. Sie ist hübsch und gepflegt, alt genug, um die Freuden der Spielzeugeisenbahnen hautnah erlebt zu haben.

»Sie ist aus Holz, nicht aus Plastik«, sagt sie. »In Handarbeit angefertigt. Lokal hergestellt. Wir führen nur Produkte aus der Gemeinde. Zehn Prozent des Gewinns gehen an die Gemeinde zurück.«

Angezogen von dem Spielzeug, schaue ich zurück zu den Waggons. Es gibt sechsundzwanzig. Jeder trägt einen Buchstaben des Alphabets.

»Wie alt ist er?«, fragt sie.

Ich sehe sie wieder an. »Was?«

Ihr Lächeln ist geduldig, als ob wir Zeit hätten, als ob alles andere warten könnte. Sie lässt mich an der

Illusion festhalten wollen, dass die Welt hier drin innehält.

»Der Junge, für den Sie einkaufen«, sagt sie, »wie alt ist er?«

»Zwei Jahre und drei Monate.«

»Dann ist das das perfekte Geschenk. Ich bin sicher, es wird ihm gefallen.«

»Ja«, flüstere ich. »Das wird es.«

»Soll ich es einpacken?«

»Ja. Bitte.«

Sie wickelt einen Wagen nach dem anderen in Seidenpapier ein. Mit viel Sorgfalt packt sie sie in eine Papiertüte und faltet sie zu.

»Sechshundert Rand«, sagt sie.

Ich greife in das versteckte Reißverschlussfach meiner Tasche und nehme das Geld heraus, mit dem Reyno mich bezahlt hat. Ich halte den Stapel von Hundertern in meiner Hand, und zum ersten Mal in meinem Leben zähle ich sechs Scheine ab und lege sie ehrfürchtig auf die Theke. Der Moment ist heilig, und es scheint passend, dass er hier stattfindet, an diesem Ort, wo das Lächeln geduldig ist und die Zeit stillsteht. Es ist passend, dass mein erster Kauf mit Geld, das ich und niemand sonst verdient hat, ein stiller Zug ist, der viele unausgesprochene Wörter buchstabieren kann. Mein Herz schwebt von den Schmerzen in meiner Brust. Was ich gekauft habe, ist kein Stück handgefertigtes Holz. Es ist ein Grabstein. Es ist ein Geschenk für einen Jungen, der nur in meinem Herzen existiert.

»Danke.«

Die Frau gibt mir meinen Kassenbon. »Gerne.«

Ich drücke das Paket an meine Brust und drehe mich zurück zu den Glastüren. Draußen wartet Brink. Er starrt mich seltsam an. Sein Ausdruck ist eine Mischung aus Mitleid und Sorge. Das Licht in seinen Augen ist zögerlich, als ob er sich nicht sicher wäre, was er tun soll. Hier drin bin ich sicher. Ich werde Antworten geben müssen, wenn ich hier rausgehe. Warum habe ich Spielzeug gekauft? Wem soll ich es geben? Woher habe ich das Geld für die Barzahlung?

Ich schlucke heftig, mache meinen Rücken gerade und bereite mich darauf vor, wieder in die Realität zu gehen. Es gibt kein Entrinnen davor. Brink hat bereits sein Telefon in der Hand und ruft zweifellos Damian an. Ich drücke die Türen auf, während seine Aufmerksamkeit auf sein Vorhaben gerichtet ist, und benutze seine Abgelenktheit, um meine Gesichtszüge in den Griff zu bekommen. Eine kalte Brise strömt den Gehweg hinunter. Der Geruch von gebratenem Corn Dog und Zwiebeln vermischt sich mit dem Trubel auf dem Bürgersteig.

Jemand stößt hart von hinten an mich. Die Ferse meines Stiefels dreht sich nach innen. Da ich meinen Halt verliere, gehe ich zu Boden, und das Paket rutscht mir aus den Fingern, als ich meine Hände benutze, um meinen Sturz zu bremsen. Der Beton schabt die Haut von meinen Handflächen. Der Beutel bricht auf, und die Stücke fallen heraus. Nein! Auf meinen Händen und Knien krieche ich, um an sie heranzukommen. Ein schwarzer Schuh erscheint vor mir. Die Sohle hebt sich, obwohl ich nach den zerfetzten Päckchen greife.

Nein.

Ich strecke eine zitternde Hand aus, aber jemand zieht mich an meinem Arm hoch, bevor meine Finger Kontakt aufnehmen können. Weitere Füße eilen vorbei, Menschen stoßen gegen uns, und es riecht nach gerösteten Zwiebeln. Die Seidenpapierpakete verteilen sich über den Beton, während anonyme Füße sie in alle Richtungen treten. Niemand hält an.

»Nein!«

Während ich gegen den schmerzhaften Griff an meinem Arm kämpfe und mich mit der anderen Hand auf dem Boden abstütze, verbindet sich mein Blick mit dem von Brink. Sein Gesicht ist senkrecht ausgerichtet, seine Wange liegt auf dem Bürgersteig. Neben ihm liegt die rote Lokomotive, zerbrochen in kleine Stücke.

22

Damian

DIE LUFT IST DÜNN, SO HOCH HIER OBEN. IN DER Schweiz ist es Frühling, aber der Schnee bedeckt immer noch die Berggipfel. Nachdem ich aus dem Zug gestiegen bin, den ich vom Flughafen aus genommen habe, verstaue ich meine Übernachtungstasche in einem Schließfach am Bahnhof und gehe zu Fuß ins Dorf. Ich brauche den Spaziergang, um meinen Geist zu befreien und mich für eine Vorgehensweise zu entscheiden.

In einem Touristengeschäft kaufe ich ein Schweizer Taschenmesser. Ich schiebe es in die Tasche meines Sommermantels und nehme den steilen Abstieg zu dem Holzhaus, das allein auf einem Stück Land steht. Eine Kuhglocke läutet irgendwo auf dem Hügel. Der ungepflegte Rasen ist voll von gelben Wildblumen.

Das Tor öffnet sich, ohne zu quietschen. Es gibt keine Türklingel. Ich benutze den Klopfer.

Eine Dame mit weißem Haar und einem Kittel öffnet die Tür. Ich erkenne sie von dem Foto. Im wirklichen Leben sieht Dora Riley älter aus, als sie ist. Ich sehe die Überraschung auf ihrem Gesicht, während sie mich von Kopf bis Fuß betrachtet.

»Kommen Sie rein«, sagt sie mit einem Durban-Akzent. »Ich habe Sie erwartet.«

Sie geht vor, und ich schließe die Tür, bevor ich ihr in die Küche folge, wo sie am Tisch mit einer Kanne Kaffee wartet.

»Setzen Sie sich.« Sie zeigt auf den einzigen anderen freien Stuhl.

»Wissen Sie, wer ich bin?«

Sie gießt zwei Tassen Kaffee ein. »Nein, aber ich weiß, warum Sie hier sind.«

»Tun Sie das?«

»Seit zwei Jahren ist niemand mehr zu mir gekommen. Es kann nur einen Grund geben, warum Sie hier sind.«

»Lina.«

»Lina. Ah.« Die Worte sind mitleidig, traurig. Sie nimmt den Becher zwischen ihre Hände. »Wie geht es ihr?«

»Sie ist meine Frau.«

»Lieben Sie sie?«

»Ja.«

Sie schiebt den Zucker in meine Richtung. »Gut.«

»Ich will alles wissen.«

»Sie hat es Ihnen nicht gesagt.«

»Sie hat mir genug erzählt, aber ich will es von Ihnen hören.«

»Ich hatte gehofft, dass ich diese traurige Geschichte nie einer Seele erzählen muss.«

»Das müssen Sie, also fangen Sie an zu reden.«

»Wo soll ich anfangen?«

»Wie sieht es mit Ihrer Rolle aus?«

»Sehen Sie mich nicht so an, Mister. Ich habe ihr nicht wehgetan. Was ihr Mann mit ihr gemacht hat, um sie zu brechen, hat auch mich gebrochen.«

»Aber Sie haben nie ein Wort gesagt.«

»Mein Mann brauchte lebenserhaltende Maßnahmen. Krebs. Jack bezahlte die Arztrechnungen. Mein Mann ist vor neun Monaten gestorben. Es gibt keinen Grund mehr für mich, zu schweigen.«

»Fangen Sie am Anfang an, bei ihrer ersten Begegnung mit Lina.«

Sie seufzt. Ihr Blick wird abwesend. »Ich wusste immer, was Jack war. Er brachte Prostituierte nach Hause, und sie verließen das Haus nie in einem guten Zustand. Als dieses junge, hübsche Ding durch seine Tür kam, wusste ich, was mit ihr passieren würde, und es gab nichts, was ich tun konnte, um es aufzuhalten.«

»Nur weiter.«

»Sie fand es in der allerersten Nacht heraus. Am nächsten Morgen rief sie ihren Vater an und flehte ihn an, sie abzuholen, aber er sagte ihr, sie solle erwachsen werden und sich ihrer Verantwortung stellen.«

Sie fügt ihrem Kaffee zwei Würfel Zucker und

Sahne hinzu. »Jack schloss sie in ihrem Zimmer ein und hielt sie dort so nackt wie am Tag ihrer Geburt. Er befahl mir, ihr kein Essen zu servieren. Der Kühlschrank und die Küche waren abgeschlossen, und nur ich hatte den Schlüssel. Nach ein paar Tagen des Hungerns gab sie den Kampf auf. Jack bekam, was er wollte.«

»Sie hatten den Schlüssel.«

»Ich habe Ihnen bereits gesagt, dass ich keine Wahl hatte.«

Von wegen.

»Jedes Mal, wenn Lina nachgab, gewährte Jack ihr eine Mahlzeit. Er fesselte sie und ließ es mich ihr auf einer Zeitung auf dem Boden servieren, damit er zusehen konnte, wie sie wie ein Hund fraß. Manchmal lud er Freunde ein, um ihre Demütigung zu genießen. Dann schnitzte er eine Linie in ihren Arm, damit sie nie vergessen würde, wie oft sie ihren Körper verkauft hat.«

Mein Inneres kocht. Mein Herz brennt. Ich wünsche mit jedem Teil meiner Seele, diesen bösartigen Bastard wiederbeleben zu können, um ihm den langsamen und qualvollen Tod zu schenken, den er verdient hat.

»Jack war oft unterwegs«, fährt sie fort. »Seine Anweisung war, Lina gerade so viel zu essen zu geben, dass sie am Leben bleibt. Immer wenn er weg war, gab ich ihr zusätzliches Essen. Besonders, als ihr klar wurde, dass sie schwanger war.«

»Clarke wusste nichts von der Schwangerschaft?«

»Sie war so dünn, dass man die Beule kaum sehen konnte. Sie tauchte erst auf, als sie fast sieben Monate schwanger war.«

Das erklärt, warum Lina keine verräterischen Schwangerschaftsstreifen hat. »Warum wollte er sein eigenes Kind nicht?«

»Lina war ein Objekt für ihn, etwas, das er gebrauchen und missbrauchen konnte. Kinder standen nicht auf seiner Agenda.«

»Warum benutzte er dann keinen Schutz oder gab ihr die Empfängnisverhütung?«

»Ich bin mir nicht sicher, ob es ihm überhaupt in den Sinn gekommen ist. Er war immer lange geschäftlich unterwegs. Wer weiß, was in seinem Kopf vor sich ging? Alles, was ich sagen kann, ist, dass er nicht immer richtig im Kopf war. Wenn es um Sex ging, hatte er einen widerlichen Geschmack.«

Ich kann den Vorwurf nicht aus meiner Stimme heraushalten. »Und Sie haben nie versucht, ihr zu helfen.«

Sie sieht mich ruhig an. »Auf der letzten Reise war Jack für sechs Monate weg.«

»Warum so lange?«

»Er beaufsichtigte den Bau einer neuen Mine irgendwo im Richtersveld, glaube ich.«

Ich balle meine Hände unter dem Tisch zu Fäusten.

Sie atmet tief durch und legt ihre Hände wieder um ihre abkühlende Tasse. »Er war wütend, als er nach Hause kam und Lina mit ihrem großen Bauch vorfand. Ich kauerte vor der Tür. Ich hörte viel Geschrei und

Betteln. Dann kam der Sturz. Er war schrecklich. Glas ist zersplittert, und Lina hat geschrien. Ich höre sie immer noch in meinen Träumen.«

»Er hat sie aus dem Fenster gestoßen«, zische ich.

»Aus dem zweiten Stock.«

»Es ist ein Wunder, dass sie überlebt hat.«

»Sie ist auf weichem Boden gelandet. Der Gärtner hatte ihn gerade an diesem Morgen umgegraben, um neue Farne zu pflanzen. Sie kam mit einem gebrochenen Schlüsselbein, gebrochenen Rippen und ein paar Kratzern und Schnitten davon.«

»Was ist dann passiert?«

»Sie hat sich nicht bewegt. Wir dachten, sie sei tot. Jack sagte mir, ich solle einen Krankenwagen rufen und ihnen sagen, dass sie gesprungen ist. Selbstmord. Nur, als sie dort ankamen, war sie sehr lebendig. Jack war völlig außer sich. Linas Vater übernahm das Kommando. Er ließ sie in eine Privatklinik bringen.«

Wo ihre Geheimnisse unter den Teppich gekehrt und vergessen werden konnten.

»Als sie entlassen wurde, hat Mr. Dalton sie in sein Auto geladen und sie direkt zu Jack zurückgebracht. Jack kehrte sofort zu seinen alten Gewohnheiten zurück, sperrte sie ein und hungerte sie aus. Ich konnte es nicht mehr ertragen. Ich schob den Schlüssel unter der Tür durch.« Sie verstummt und starrt in die Ferne.

Die Frau vor mir erfüllt mich mit Ekel. Sie hat zwei Jahre lang beide Augen zugedrückt, damit ihr Mann an Maschinen angeschlossen bleiben konnte, die die Arbeit seiner Organe erledigten. Das ist es, was Liebe mit einem macht. Sie macht einen egoistisch und skrupellos. Sie macht einen gefährlich.

»Beenden Sie die verdammte Geschichte«, knirsche ich heraus.

Sie zuckt zurück. »Ich dachte, sie würde fliehen, aber nein. Als sie die Tür öffnete, ging sie ins Arbeitszimmer, nahm das Jagdgewehr vom Kaminsims und blies Jack das Gehirn heraus. Er muss auf dem Weg nach draußen gewesen sein, weil er einen Anzug trug und seine Hand die Autoschlüssel umklammerten, aber das Gesicht … Man konnte das Gesicht nicht mehr erkennen.«

»Was dann?«

»Lina ist zusammengebrochen. Sie war schwach durch ihre Verletzungen und die Unterernährung. Ich konnte nicht die Polizei rufen, weil ich selbst in die Sache verwickelt war, also habe ich Mr. Dalton benachrichtigt.« Sie zuckt mit den Schultern. »Wen kannte sie sonst noch? Er kam rüber und inszenierte es wie einen Selbstmord.«

Was er praktischerweise gegen sie verwenden konnte.

»Das ist alles, was ich weiß«, sagt Dora. »Die Möbel wurden verpackt und das Haus verkauft. Das Personal wurde ausgezahlt.«

»Die Angestellten bekamen genug Geld, um den Mund zu halten.«

»Ja.«

Dann schickte Dalton Lina nach Willowbrook und

übernahm die Verwaltung ihres Erbes, während er sie praktischerweise für psychisch krank erklärte.

»Warum sind Sie ausgerechnet in die Schweiz gegangen?«

»Ich war die Einzige, die wusste, was hinter der geschlossenen Tür von Linas Schlafzimmer vor sich ging. Die anderen Mitarbeiter glaubten, was Jack allen erzählte, dass Lina selbstzerstörerisch und nicht bei klarem Verstand sei. Sie wussten nicht, dass der Verrückte in Wirklichkeit Jack war. Er war ein guter Schauspieler.«

»Dalton hat Sie ins Exil geschickt.«

»Ich habe mich nicht sehr dagegen gewehrt.« Sie kichert. »Ich weiß, wann ich die Klappe halten und tun muss, was mir gesagt wird.«

»Sie haben gesagt, Dalton hätte Lina in eine Klinik eingewiesen, als Clarke sie aus dem Fenster warf.«

»Ja.«

Ich komme zum Kern unseres Gesprächs, zu dem, was ich wirklich hier herausfinden möchte. »Wo ist die Leiche des Babys? Was hat Dalton damit gemacht?«

Sie schaut mich erschrocken an. »Es gab keine Leiche, Mister. Das Baby ist nicht gestorben.«

Mein Herz bleibt stehen. »Was?«

»Es hat überlebt. Es war einen Monat lang in einem Brutkasten, aber ich weiß, dass es lebt, weil ich Mr. Dalton am Telefon gehört habe, als er Lina zu Jack nach Hause brachte.« Ihr Gesicht verzieht sich verunsichert. »Mr. Dalton hatte Pläne für das Baby. Ich dachte, er hätte den kleinen Jungen aufgenommen. Hat er nicht?«

Verdammt, nein. Linas Kind lebt. Es ist irgendwo da draußen in der großen weiten Welt. Ich schwöre bei Gott, ich werde Dalton wie einen Kanarienvogel singen lassen, bevor ich ihn töte.

»Hat er nicht, Mister?« Ihre Augen füllen sich mit Panik. »Bitte.«

Ich kann ihr nicht sagen, was sie hören will. Alles, was ich sehen kann, ist Linas hohler Ausdruck und dieses Beinahelächeln in der Kirche, diese perfekte Schönheit inmitten der Scherben, genau wie das erhabene Porträt von Maria, das unter einem Rahmen aus zerbrochenen Fensterscheiben und Taubenkot hängt.

»Wie oft hat Lina Sie um Hilfe gebeten?«

»Am Anfang jeden Tag.«

»Wann hat sie aufgehört?«

»Ein paar Monate später.«

Ein *paar* Monate. »Geben Sie mir ein genaues Datum.«

»Das kann ich nicht.« Sie zieht ihre Schultern hoch. »Ich habe kein Buch geführt.«

»Erinnern Sie sich nicht?«

»Nein.«

Etwas so Schwerwiegendes, und sie kann sich verdammt nochmal nicht erinnern. Sie hätte sich an den Monat, den Tag und die Uhrzeit erinnern müssen. Die genaue Sekunde, in der Lina die Hoffnung aufgegeben hat, hätte sich in ihr Herz einbrennen müssen.

»Sie wissen, was passieren muss.«

Ihre Stimme schwankt nicht. »Ja.«

Ich nehme das Messer aus meiner Tasche und lege es auf den Tisch. »Ich lasse Ihnen die Wahl.«

Sie schaut sich das Messer einige Augenblicke lang an, bevor sie sich mit ihren Handflächen auf der Tischplatte nach oben schiebt und etwas aus einer Keksdose holt, was sie zu mir zurückträgt. Eine Flasche Pillen. Ich lese das Etikett, um sicher zu sein, und nicke ihr zu.

Sie schüttet den gesamten Inhalt in ihre Handfläche und schluckt ihn mit ihrem kalten Kaffee herunter. Als der Becher leer ist, geht sie auf eine Schlafcouch mit Blick auf ein Fenster, zieht ihre Schuhe aus und legt sich hin. Das Fenster hat einen schönen Blick über das grüne Feld mit den gelben Blumen. Ich hole eine Decke vom Sofa und lege sie über ihre Beine. Es ist die größte Freundlichkeit, die ich dafür aufbringen kann, dass sie nicht genug getan hat.

»Ich habe ihr den Schlüssel zugesteckt«, sagt sie, starrt auf das Fenster und spricht zu sich selbst.

Zu wenig, zu spät.

Ich verlasse die Wärme des Hauses und lasse dir Tür hinter mir zufallen, ohne sie abzuschließen, damit derjenige, der ihre Leiche findet, sie nicht aufbrechen muss. Ich gehe langsam in die Stadt zurück und versuche, die Informationen zu verarbeiten. Wie soll ich es Lina sagen? Soll ich sie anrufen? Soll ich warten, bis ich sie sehe? Sag ich es ihr jetzt oder nachdem ich ihr Kind gefunden habe? Auf jeden Fall danach. Er könnte adoptiert worden sein. Es wird rechtliche Scheiße geben, die es zu klären gilt. Wie viel schmutzige Wäsche ist Lina bereit, in der Öffentlichkeit zu waschen? Wie viel ist sie bereit mit der Welt zu teilen?

Ich bin auf halbem Weg den Hügel hinunter und tief in Gedanken versunken, als Brink anruft. Unbehagen breitet sich in meinem Magen aus. Irgendwas stimmt nicht. Er würde mich sonst nicht in der Schweiz anrufen. Gerade als ich die Taste drücke, um den Anruf anzunehmen, wird der Anruf abgebrochen.

Aus meinem Unbehagen wird explosionsartig Panik. Ich fange an zu laufen, während ich Mazes Nummer wähle.

Sein Tonfall ist nicht beruhigend. »Damian, wo bist du?«

»Im Ausland. Brink hat angerufen, aber wir wurden unterbrochen.«

»Ich weiß. Du musst den nächsten Flug zurück nehmen.«

Ich bleibe stehen. Mein Herz schlägt wie ein Stier in einer Stierkampfarena. »Was ist dann passiert?«

»Lina wurde entführt.«

23

Lina

DAS KANN DOCH NICHT WAHR SEIN. NICHT SCHON wieder.

Mit verbundenen Augen liege ich auf dem Bauch auf einer harten, kalten Oberfläche. Meine Hände und Füße sind gefesselt. Ich zittere von dem Schock. Meine Wange pocht an der Stelle, wo sie gegen das Fenster geschlagen wurde, als mein Entführer mich in den Van warf, und meine Hüftknochen fühlen sich vom Schleudern des Fahrzeugs in den Kurven wund an. Es ist kalt, aber ich schwitze. Der Schweiß lässt meine aufgekratzten Handflächen brennen.

Ich hebe meine Schultern vom Boden und versuche es erneut. »Wo bin ich?«

Bisher hat niemand auf meine Frage geantwortet. Es sind zwei Personen im Raum. Ich habe nur das Gesicht desjenigen gesehen, der mich gepackt hat. Er hat mir einen Beutel über den Kopf gezogen, bevor ich das Gesicht des Fahrers erkennen konnte, und er hat den Beutel durch eine Augenbinde ersetzt, bevor er mich aus dem Van geführt hat. Wir sind eine gefühlte Ewigkeit eine Treppe hinaufgegangen, bis meine Lungen vor Anstrengung gebrannt haben, bevor wir den Ort erreicht haben, wo sie mich festhalten. Die Augenbinde machte diesen Teil noch schwerer. Ich spüre die Anstrengung immer noch in meinen Beinen.

»Wer ist da?«, frage ich.

Ich kann die Unterschiede in den Schritten meiner Entführer hören, wenn sie sich bewegen. Der Mann, der mich entführt hat, trägt Schuhe mit Gummisohlen. Sie quietschen, wenn er geht. Der andere einen Schuh mit einem flachen Absatz, der hart aufschlägt, wie die Anzugschuhe eines Mannes.

»Kann ich bitte etwas Wasser haben?«

»Nimm ihr die Augenbinde ab.«

Ich erstarre. Diese Stimme. Oh mein Gott. Ein Wirbelsturm aus Wut fegt meine Angst weg.

Jemand zieht mich an meinem Arm hoch. Ein starker Schmerz schießt durch meine Hüfte, als ich mein Gewicht auf meine Beine verlagere. Ich versuche, Halt zu finden, und humpele, als er loslässt. Als die Augenbinde abfällt, habe ich meinen Schock bereits überwunden. Ich empfinde nur noch Ekel vor dem Mann, der mir gegenübersteht. Harold sieht alarmierend gut aus, weit entfernt von dem ungepflegten Mann, den ich in Brixton gesehen habe. Er trägt einen teuren Anzug und teure Schuhe. Er war beim Frisör und ist frisch rasiert. Wir befinden uns in einem runden Raum. Die Aussicht lässt mich keuchen. Wir sind noch höher, als ich dachte. Gelbe Minenhalden erstrecken sich in die Ferne. Johannesburg. Aus den verstreuten und kaputten Möbeln schließe ich, dass der Ort verlassen ist.

Ich blicke hinter mich auf den Mann, der mich auf die Beine gezogen hat. Er ist derjenige, der mich im Einkaufszentrum geschnappt hat.

»Wo ist Brink?«

»Er wird leben«, sagt der Mann.

»Was habt ihr mit ihm gemacht?«

»Betäubungswaffe.«

Ich wende mich wieder an Harold. »Damian wird dich umbringen.«

»Wenn er intelligent wäre«, sagt Harold, »hätte er mich an dem Tag getötet, als er aus dem Gefängnis kam.«

»Das ist es, was Rache mit einem macht«, sagt der Mann. »Sie trübt das Urteilsvermögen.«

»Wer bist du?«

Er fährt sich mit der Zunge über die Zähne. »Jemand, der einen großen Teil des Gewinns bekommt.«

»Was hat das zu bedeuten?«, frage ich Harold.

»Ich habe dir gesagt, dass das letzte Wort meins sein wird.«

»Was willst du?«

»Was mir gehört.«

»Was soll das sein?«

Der Mann zieht einen Stuhl näher heran und schiebt mich so hart darauf, dass meine Zähne aufeinanderschlagen.

»Die Mine und die Beweise im Austausch für dich«, sagt Harold. »Toller Deal, oder?«

»Das kann nicht dein Ernst sein. Der einzige Grund, warum Damian mich geheiratet hat, war, diese Mine zu erwerben. Du träumst, wenn du denkst, dass er sie für mich aufgibt.«

Harold grinst. »Anscheinend schätzt er dich mehr als die Mine. Er hat meinen Bedingungen bereits zugestimmt.«

Mein Mund klappt auf. »Wie soll das gehen?«

»Warte es ab, Angelina.«

Blufft Damian damit, die Mine und die Beweise aufzugeben? Nein, er blufft nie. Eine überraschende Erkenntnis trifft mich. Er hätte die Beweise benutzen können, um seinen Namen reinzuwaschen und seine Mine zurückzugewinnen, aber er tat es nicht. Er hat sie benutzt, um *mich* zu bekommen. Es ging nie um mein Erbe. Er wählte mich über die Möglichkeit, sein Vorstrafenregister zu bereinigen. Die Hoffnung schwillt voller Liebe in meiner Brust an.

Er wird mich finden. Ich weigere mich, ihn jetzt zu verlieren. Ich bin plötzlich überwältigt von seiner Weitsicht, mir einen Tracker implantiert zu haben. Was damals wie eine Strafe aussah, entpuppt sich als der größte Segen meines Lebens. Es wird alles gut werden. Das muss es.

»Wenn Damian mich findet, wirst du sterben.«

»Wir haben dein Handy zerstört«, sagt der Mann. »Niemand wird dich finden.«

Er weiß nicht, wie falsch er liegt. Die Frage ist, wird Damian mich rechtzeitig finden?

Damian

Ein Auto wartet bereits auf mich, als das Flugzeug landet. Der Fahrer wirft meine Tasche in den Kofferraum und hält die Tür fest. Ich ducke mich, um einzusteigen, und halte inne. Russell sitzt auf der Rückbank.

Meine Finger drücken auf den Türrahmen. »Was zum Teufel machst du hier?«

»Ich bin Mazes bester Mann, und das wissen Sie.«

»Ich kann mich nicht darauf verlassen, dass dir deine Gefühle nicht im Weg stehen.«

»Werden sie nicht. Steigen Sie ein. Wir müssen uns beeilen.«

Ich ignoriere die Tatsache, dass er mir gerade einen Befehl gegeben hat, weil er recht hat. Wir haben nur zwei Stunden bis Daltons Deadline. Mazes Männer sollten mit dem Angriff warten, bis ich ankam. Bei Linas Sicherheit vertraue ich niemandem außer mir selbst.

Ich steige hinten ein und überprüfe den Tracker auf meinem Handy, den kleinen, verletzlichen Punkt, der

Lina darstellt. Dalton bewegt sie nicht. Sie ist immer noch am selben Ort wie vor zwölf Stunden.

Der Fahrer ist kaum gestartet, als Russell mir ein iPad mit einem Kaleidoskop von Drohnenbildern übergibt. Dalton hält sie in einem der oberen Stockwerke des Hillbrow Towers fest. Der Turm ist seit 1981 aus Sicherheitsgründen geschlossen. Es kann nicht allzu schwierig sein, in einen verfallenen und verlassenen Turm einzubrechen. Niemand geht mehr dorthin. Nicht einmal die Polizei. Es ist eine gefährliche Gegend. Die Etage, auf der sie sich befinden, war früher ein Drehrestaurant namens Heinrich's. Kein anderes Gebäude erreicht die zweihundert Meter Höhe des ehemaligen Hillbrow. Es gibt keinen Ort, von dem aus man einen Scharfschützenangriff starten könnte. Es gibt nur einen Weg nach oben und einen Weg nach unten. Es ist ein guter Ort, um einen Gefangenen zu verstecken. Zu verdammt gut.

»Erfüllen Sie seine Forderungen?«, fragt Russell mit ernster Stimme.

Ich schaue ihn kalt an. »Natürlich werde ich das, verdammt nochmal.«

Er verengt seine Augen zu Schlitzen. »Ich wollte es nur wissen.«

»Ich habe ihm den Vertrag, den mein Anwalt entworfen hat, per E-Mail geschickt.« Ein ganzes Team hat die ganze Nacht daran gesessen. »Ich warte darauf, von Dalton zu hören. Er liest ihn wahrscheinlich gerade, während wir sprechen.«

»Die Chancen sind hoch, dass er sie trotzdem umbringen wird, sobald Sie unterschrieben haben. Wir können Dalton nicht trauen, dass er seinen Teil der Abmachung erfüllt.«

Mein Magen zieht sich zusammen, und mein Herz schlägt schneller. »Deshalb müssen wir sie vorher rausholen. Wie viele Männer hat deine Drohne aufgenommen?«

»Infrarot zeigt drei Personen. Wir konnten keine Sicht auf ihre Gesichter bekommen. Sie würden unsere Drohne sehen, wenn sie vor den Fenstern schwebt. Diese verdammten Fenster verlaufen dreihundertsechzig Grad im Kreis.«

Ich wische mir mit einer Hand über das Gesicht, als die Anstrengung von zwei schlaflosen Nächten mich einholt. »Wir müssen davon ausgehen, dass zwei der Leute Dalton und Lina sind. Der dritte ist wahrscheinlich der Typ, der sie entführt hat. Hat Brink Sichtkontakt bekommen?«

»Er sah nur einen Mann, der sie in einen Van schleppte.«

Kalter Zorn durchfährt mich bei dieser Vorstellung. Ich hätte Lina mehr Wachen mitgeben sollen. Ein Fehler, den ich nie wieder machen werde. Ich hatte nicht erwartet, dass noch einmal jemand zuschlagen würde. Nicht nach dem, was mit Anne und Zane geschehen ist. Nach der gescheiterten Entführung dachte ich, dass Dalton auf der Flucht sei und wisse, was ich mit ihm machen würde, wenn ich ihn finde.

Ich hätte nie erwartet, dass er einen solchen Zug macht.

Russell klopft auf ein altes Foto vom Heinrich's in seinen früheren goldenen Tagen. »Es gibt einen Notausgang auf der Ostseite des Raumes und den Hauptausgang zu den Rolltreppen, die außer Betrieb sind. Wir könnten die Treppe nehmen, aber es gibt keine Möglichkeit, sie vom Eingang aus zu durchbrechen, ohne entdeckt zu werden. Außerdem ist Dalton nicht dumm. Ich bin mir hundertprozentig sicher, dass er die Treppe mit einer Sprengfalle versehen hat. Wir brauchen ein Überraschungsmoment. Ich sage, wir gehen in die Luft und erschießen Dalton und seinen Kumpel.«

»Nein.«

Bei meinem harten Tonfall schaut Russell mich schnell an.

»Ich brauche Dalton lebend.«

Sein Gesicht verzerrt sich mit den Gefühlen, von denen er geschworen hatte, dass sie ihm nicht im Weg stehen würde. »Er hat Lina entführt.«

»Er wird bezahlen, wenn ich so weit bin.«

»Was zum Teufel ist los mit Ihnen, Hart? Wollen Sie, dass sie stirbt?«

Ich schlage mit einer Faust auf den Sitz zwischen uns. »Ich werde sie nicht sterben lassen.«

»Dann erklären Sie mir, warum Sie diesen Bastard nicht erschießen wollen. Es ist verdammt nochmal die beste Lösung.«

Ich atme tief ein und starre durch das Fenster in

den blauen Fast-Winterhimmel. »Lina hat ein Kind. Dalton ist der Einzige, der weiß, wo es ist.«

»Heilige Mutter Gottes.«

»Ja.«

»Was schlagen Sie vor?«

Ich hebe das iPad wieder an und vergrößere eines der Drohnenfotos. »Oben gibt es eine Panoramaterrasse. Darunter war früher ein kleineres Restaurant.«

»The Grill«.

»Wie ist die Turmstruktur im Inneren?«

»Schwer zu sagen. Das letzte Mal war jemand da oben, als Carte Blanche aus dem alten Heinrich's im Jahr 2013 gesendet hat. Seit 1980 wurden bei der Gemeinde keine Sicherheitschecks mehr eingereicht.«

Ich suche nach Bildern vom Dreh der Sendung, während er spricht. »Keine technischen Berichte?«

»Nichts.«

Ein paar Fotos vom Studio-Setup von Carte Blanche erweisen sich als hilfreich. Sie geben einen Blick auf bestimmte Stellen im Inneren. Die Innenstruktur sieht robust aus, mit einigen Stellen, an denen sich die Deckenplatten ablösen. Ich wechsele zu den Bauplänen. Lüftungsrohre laufen um die Decke herum, aber sie sind zu klein, als dass ein Mensch hindurchpassen würde. Ein Schacht zwischen den Stockwerken von The Grill und Heinrichs zieht meine Aufmerksamkeit auf sich Der Bauplan zeigt die Treppe. Am Anfang müssen die Etagen verbunden gewesen sein. Ich blättere zu den Fotos der Restaurants in den

Tagen, als sie noch in Betrieb waren. Keine Treppe. Der Innenraum wurde erneuert.

Ich zeige auf den Bauplan. »Hier gibt es einen Schacht. Wir landen auf der Terrasse und gehen durch The Grill rein. Dann benutzen wir den Zugang, um durch die Decke ins Heinrich's zu gelangen.«

Russell reibt sich das Kinn. »Die Bodenluke wird Lärm machen. Das setzt uns für ein paar ungeschützte Sekunden der Gefahr aus, aber es könnte funktionieren, wenn wir Daltons Position auf dem Infrarot überprüfen, bevor wir uns bewegen.«

Ich überprüfe die Uhrzeit auf dem Bildschirm. Noch zwanzig Minuten, bevor wir dort ankommen. Wir müssen zur Spitze des Turms gelangen. Pronto. »Was waren deine Pläne für die Luft?«

»Hubschrauber.«

»Zu viel Lärm.«

»Wir haben keine Alternative.«

»Was hat das Radar erfasst?«

»Nagelbomben im Eingang des Erdgeschosses, aber keinen anderen Sprengstoff.«

»Verkabelt?«

»Schlimmer noch. Wärmeempfindlich. Jeder, der sich hineinwagt, wird wie eine Voodoo-Puppe voller Nadeln enden.«

»Dann klettern wir von außen nach oben.«

Er rutscht auf seinem Sitz herum. »Du bist verrückt. Die Leiter ist aus Metall.«

»Worauf willst du hinaus?«

»*Metall,* Damian. Du bist ein Minenmagnat. Du

weißt besser als jeder andere, was das bedeutet. Rost, Erosion. Muss ich noch mehr sagen?«

»Wir müssen das Risiko einfach eingehen.«

»Wir werden kein Sicherungsseil haben.«

»Ich nicht. Aber du.«

»Was meinst du damit?«

»Ich klettere hinauf und befestige das Seil an der Spitze. Wir benutzen ein Elektrokabel, um dich hochzuziehen.«

»Das wird zu lange dauern. Ich werde es nicht rechtzeitig schaffen.«

»Dann bin ich auf mich allein gestellt.«

»Verdammt.« Er lehnt seinen Kopf auf die Kopfstütze, schließt die Augen und scheint nachzudenken. Nach einiger Zeit betrachtet er mich eingehend. »Ich kann dich das nicht tun lassen. Ich gehe nach oben. Du wartest unten.«

»Sie ist meine Frau.«

»Genau. Du kannst nicht so besonnen sein, wie du sein musst.«

»Du auch nicht.«

Er reibt sich die Schläfen und atmet lange aus. »Es wäre dumm für uns beide, unser Leben auf der Leiter zu riskieren. Ich bleibe unten, aber wenn du es nicht schaffst, rufe ich den Hubschrauber und die Scharfschützen.«

»Wenn ich es nicht lebendig wiedergutmache, schwöre ich bei Gott, dass ich dich verfolgen werde, wenn du sie nicht rausholst, verstehst du mich?«

»Ich hole sie raus.«

Das wird er. Russell ist ein guter Soldat. Noch wichtiger ist, dass er ein guter Mann ist. Wenn ich es nicht schaffe, hoffe ich, dass er für Lina da ist. Sie wird jemanden brauchen. Ich werde mich nicht selbst verfluchen, indem ich es laut ausspreche. Zum Teufel damit. Solange ich lebe, bin ich der einzige Mann, der sie haben wird.

Russell ruft die wartende Einheit an und gibt ihnen Anweisungen, bevor er mich informiert. Ein paar bewaffnete Männer in Zivil hängen in der Nähe des Turms herum und geben vor, Bettler zu sein. Ich tue so, als würde ich nicht unter Schlafmangel leiden, und werde verrückt. Ich würde gerne die Mine und alles andere, was ich besitze, hergeben, wenn ich denken würde, dass ich sie dafür zurückbekomme, aber Russell hat recht. Ich kann Dalton nicht vertrauen. Das ist nichts, was er gestern aus dem Hut gezaubert hat. Es ist ein gut durchdachter und vorsätzlicher Plan. Er muss sich in den zwei Wochen, die ich nach ihm gesucht habe, in diesem Turm versteckt haben, um seinen Plan zu perfektionieren.

Als wir parken, warten Mazes Männer unten im Turm mit der Ausrüstung, die ich brauche. Die Sicherheitsfirma hat das Gelände abgesperrt und schwenkt Gewehre, die groß genug sind, um neugierige Zuschauer zu verscheuchen.

»Was hast du ihnen gesagt?«, frage ich den Mann, der mir einen Rucksack mit Gurtzeug, Seil, eine intelligente Armbanduhr, einen Ear-Pod und eine Pistole gibt.

»Verunreinigung.«

»Gut.«

Vor einigen Jahren gab es eine Kontamination des Bodens bei den Gaswerken in der Nähe. Sie schlug hohe Wellen. Zweifellos erinnern sich die Leute noch an die Angst, die damals verbreitet wurde.

Mein Telefon klingelt mit einer eingehenden E-Mail. Sowohl Russell als auch ich erstarren. Mein Magen zieht sich zusammen, als ich die Nachricht öffne. Sie ist von meinem Anwalt. Dalton hat den Vertrag zurückgeschickt. Er wartet darauf, dass ich unterschreibe. Ich überlege nicht zweimal. Ich ziehe meinen Finger über den Bildschirm und unterschreibe ihn, bevor ich das Telefon an Russell übergebe.

»Schick es nicht eine Minute vor dem vereinbarten Zeitpunkt.«

Er nickt.

Ich ziehe meinen Anzug auf der Straße aus und die Cargohose, das T-Shirt und die schweren Stiefel der Sicherheitsfirma an, bevor ich die Schutzbrille über das Gesicht ziehe, um meine Augen vor Insekten und Wind zu schützen.

Russell klopft mir auf die Schulter. Ich nicke ihm zu, bevor ich einen Fuß auf die erste Sprosse der Wartungsleiter setze, die an der Seite des Turms befestigt ist. Ich wackele mit der Spitze meines Stiefels, um Halt zu finden, und verlagere das Gewicht auf die erste Sprosse. Das Metall ächzt.

Ich rechne es Russell hoch an, dass er mir einen besorgten Blick erspart. Stattdessen testet er die

Verbindung zu meiner Uhr und meinem Ear-Pod und stellt sicher, dass beide verbunden sind, bevor er den Daumen nach oben hält.

Die Leiter klappert unter meinem Gewicht. Die Sprossen liegen weit auseinander, und der Raum zwischen Leiter und Wand ist gerade groß genug, um unter die Spitze meines Stiefels zu passen. Der Rucksack ist schwer, und der Aufstieg anstrengend. Der Wind hilft auch nicht dabei. Abgesehen von dem Geräusch in meinen Ohren wird mein Körper jedes Mal hin und her geschaukelt, wenn ein Luftstrom um den Wolkenkratzer fegt. Es ist ein typischer Herbsttag mit einem klaren, blauen Himmel. Die Sonne reflektiert direkt vom Beton und gibt mir das Gefühl, dass ich einen Ofen besteige. Als ich ein Viertel meines Aufstiegs hinter mir habe, ist mein T-Shirt trotz der kühleren Morgentemperaturen von fünfzehn Grad, die meine Uhr anzeigt, schweißgebadet.

Lange Zeit später habe ich erst die Hälfte der Strecke erreicht. Ich halte inne, um Luft zu holen. Ich würde alles für einen Schluck Wasser geben. Unter mir sind die Gebäude ein Labyrinth aus Beton und die Menschen, nur sich bewegende Punkte. Ich wische mir die Stirn an einem Ärmel ab und fahre mit dem Aufstieg fort. Es ist verdammt gut, dass ich nicht unter Höhenangst leide. Ich will nicht lügen. Es ist verdammt beängstigend. Besonders, als ich den Boden der sechs Stockwerke erreiche, wo ich eine kurze Strecke horizontal klettern muss. Gott sei Dank bin ich gut in Form. Das ist das einzige Gute an meiner

Gefangenschaft. Ich glaube nicht, dass ich so ausdauernd Gewichte gestemmt hätte, wenn ich ein freier Mann geblieben wäre.

Ich greife nach der Sprosse an den Fenstern im ersten Stock, als mein Bein zu krampfen anfängt. Scheiße. Meine Wade zieht sich zu einem schmerzhaften Ball zusammen. Ich umfasse die Sprosse über mir, beuge meinen Fuß und versuche, die Schmerzen zu lindern. Es tut höllisch weh. Ich stehe gerade nur auf einem Fuß, als eine Windböe um den Turm fegt. Sie wirft meinen Körper zur Seite. Mein Halt schwindet. Ich kann mich kaum mit einer Hand festhalten. Meine verschwitzten Finger rutschen ab, während ich versuche, mich zurückzuschwenken und mit meinen Füßen einen Fixpunkt auf der Sprosse zu finden. Verdammt, ich hätte Handschuhe tragen sollen. Ich stöhne vor Anstrengung, schaffe es aber, mich zu stabilisieren. Es braucht ein paar Atemzüge, bevor ich bereit bin, weiterzumachen.

»Alles in Ordnung?«, fragt Russells Stimme in meinem Ohr.

»Ich bin am unteren der Stockwerke.«

»Es ist nicht mehr weit.«

Ich werfe einen ersten Blick durch das Glas. Diese Etage ist ein offener Raum mit zerbrochenen Stühlen und einem Bartresen. Die zweite ist leer. Die dritte und vierte auch. Es ist die nächste Etage, wo ich vorsichtig sein muss. Wenn ich ein Geräusch mache, oder Dalton mich entdeckt, ist Lina tot. Als ich mich vom Betonfundament der Etage hochdrücke, stehe ich langsam auf. Mein Herz schlägt nicht nur durch die Anstrengung, sondern auch vor Angst. Ich darf das nicht vermasseln. Es ist meine Schuld, dass Dalton sie entführt hat. Wenn ich ihm die Mine nicht genommen hätte, wäre das nicht passiert. Ich werde Lina nicht im Stich lassen.

Ich halte den Atem an und ziehe mich hoch, um einen Blick auf sie zu werfen. Diese Etage ist weniger heruntergekommen als die anderen. Es gibt Sofas, die wahrscheinlich Carte Blanche benutzt hat, als sie ihr Programm ausgestrahlt haben. Ich mustere den Raum, bis ich sie auf der anderen Seite sehe. Mein Herz schlägt bis zum Anschlag in meinem Brustkorb. Die Benommenheit droht mich zu überwältigen. Lina sitzt auf einem Stuhl, und ihre Hände und Knöchel sind gefesselt. Dalton steht mit dem Rücken zu mir. Ein anderer Mann steht neben Dalton und hält eine Waffe in seiner Hand. Ein Hauch von Erleichterung ersetzt die Benommenheit, aber die Gefahr ist noch lange nicht gebannt. In weniger als fünfzehn Minuten wird Russell keine andere Wahl haben, als den Vertrag per E-Mail an Dalton zu senden. Ich habe wenig Zeit, um an den Fenstern vorbei auf die Terrasse zu kommen.

Ich bete, dass meine Bewegung nicht Linas Aufmerksamkeit erregt. Ich will nicht, dass ihre Reaktion Dalton alarmiert. Sie reden. Lina sagt etwas, aber ihr Gesicht ist zu weit und zu sehr im Schatten, als dass ich ihren Ausdruck erkennen kann. So schnell und leise ich kann, klettere ich an den Fenstern vorbei und bete zum ersten Mal in meinem Leben, feilsche mit Göttern und Engeln und Dämonen, an die ich nicht glaube.

Fast geschafft. Noch ein Schritt weiter. Danke! Ich bin dabei, mich auf die Terrasse zu ziehen, als ein rostiger Bolzen, der die Leiter sichert, aus der Wand herausreißt. Rund um das Loch fliegen Betonstücke weg. Eines der größeren Stücke trifft mit einem ekelhaften Lärm auf das Fenster, bevor es auf das Netz der Straßen und Gebäude unter mir fällt, das aussieht wie Legoland. Die Sprosse an einem Scharnier schwingt herum und schlägt mit einem Knall gegen die Wand.

Ich bewege mich nicht, obwohl ich in meinen Stiefeln zittere, aber es ist zu spät. Direkt unter mir knarrt ein Rahmen, als jemand ein Fenster öffnet.

24

Lina

ERST KLOPFT ES AM FENSTER, ALS OB EIN VOGEL GEGEN das Glas schlägt, und dann gibt es ein lauteres Geräusch, wie Metall auf Beton. Ich zerre an meinen Fesseln. Harold dreht sich herum, greift nach der Waffe in seinem Gürtel, und sein Partner folgt seinem Beispiel. Ich mache einen langen Hals, um an Harold vorbeizuschauen, als er zum Fenster eilt, aber ich sehe nur blauen Himmel. Harold greift mit zitternder Hand nach dem Fenstergriff. Er klemmt. Ich stehe ungeschickt auf, um besser sehen zu können, und versuche, nicht umzufallen. Der Rahmen gibt nach. Das Fenster öffnet sich nicht weit, aber kühle Luft strömt in das abgestandene Innere, das die Sonne durch die großzügigen Fenster schnell aufgeheizt hat.

Harold lehnt sich hinaus und schaut nach oben. Er

zieht seinen Kopf mit einem Fluchen zurück in den Raum. »Da ist jemand auf der Wartungsleiter.«

»Polizist?«, fragt sein Komplize.

»Ich habe nur seine Stiefel gesehen.« Er dreht sich um und wedelt mit der Waffe zu mir. »Binde sie los.«

»Was willst du tun?«, fragt der Mann, als er anfängt, an dem Knoten an meinen Handgelenken zu arbeiten.

»Wir gehen nach oben. Du bleibst hier und sicherst diese Etage. Sorg dafür, dass niemand sonst die Leiter hochkommt.«

Das Leben fließt mit schmerzhaften Stichen in meine Arme zurück, als die Fesseln entfernt werden. Ich reibe sie, um den Blutfluss zu unterstützen, während mein Angreifer an dem Seil um meine Knöchel arbeitet. Mein Herz schlägt schnell vor Angst, aber auch vor Hoffnung. Jemand ist mich holen gekommen.

»Hast du den Vertrag?«, fragt der Mann.

Harold nimmt sein Smartphone aus der Tasche und überprüft den Bildschirm. »Noch nicht.« Er bewegt sich, damit ich näher komme. »Ruf diesen Hurensohn an und sag ihm, dass ich ihn jetzt will. Sag ihm, er soll seinen Mann zurückrufen, oder sie ist tot.« Er hält die Waffe zwischen meine Schulterblätter und sagt: »Geh.«

Wir nehmen den Notausgang neben dem kaputten Aufzug. Meine Beine sind wackelig, weil ich so lange gefesselt gewesen bin, aber auch wegen der schrecklichen, widerlichen Panik. Wir begeben uns eine Etage höher und gehen auf eine Dachterrasse hinaus. Ich hole tief Luft und umklammere die

Balustrade. Wir sind so hoch, dass die nächsten Dächer wie Monopoly-Steine aussehen. Der Horizont ist eine Wölbung mit Smogbelastung an den Rändern.

In der Ferne befinden sich die Wahrzeichen von Ponte und Auckland Park Tower. Oh mein Gott. Wir sind auf dem Hillbrow Tower.

»Geh«, sagt Harold und gibt mir einen Schubs von hinten.

Ich stolpere einen Schritt nach vorn. Mit einem Fuß vor dem anderen nähere ich mich der Stelle, zu der er mich zwingt – zum Rand.

Mein ganzer Körper beginnt zu zittern, als wir die Reling erreichen. Sie ist hüfthoch und in schlechtem Zustand. Das Metall ist verrostet und teilweise verbogen. Das Schutznetz, das einst den Freiraum bedeckte, ist längst verschwunden. Der Wind peitscht meine Haare um mein Gesicht, und die Kälte dringt bis in meine Knochen. Ich zittere in meinem Mantel. Verzweifelt suche ich auf der Terrasse nach der Person, die Harold gesehen hat, aber je mehr ich in die Sonne schaue, desto mehr denke ich, dass er sich irrt. Es ist niemand da. Je länger ich am Rande des schrecklichsten Abgrunds stehe, desto sicherer werde ich mir darüber, warum wir hier sind, aber ich bin nicht bereit, es wahrhaben zu wollen.

Ich schaue über meine Schulter auf Harold. Der Wind ist laut. Ich muss schreien, um mir Gehör zu verschaffen. »Was machen wir hier oben?«

Mein dummes Herz hofft auf eine gute Antwort, aber mein Körper weiß es besser. Meine Beine begeben sich bereits in Schockstarre und können mein Gewicht kaum noch tragen.

Harold hält die Waffe auf mich gerichtet, und seine Augen suchen alarmiert die Terrasse ab. »Ruhig.«

»Du musst das nicht tun.«

»Hier endet es.«

Hier sterbe ich. Ich möchte weinen, aber meine Augen sind trocken. Mein Herz wird mir keine Tränen schenken. Es gibt keinen Platz für etwas anderes als diese schreckliche, trockene Angst. Mich von meiner erbärmlichen Existenz zu befreien wäre eine Gnade, aber ich bin nicht bereit, das Leben loszulassen. Ich klammere mich mit allem daran fest, was ich habe. Ich will nicht sterben.

Meine Stimme bricht. »Was habe ich dir jemals angetan?«

»Du weißt zu viel.«

Ich weiß von seinen kriminellen Geschäften. Ich weiß, dass er mich im Austausch für Minenrechte gegen einen Sadisten eingetauscht hat. Ich weiß, dass er Damian den Diamanten untergeschoben hat, um ihn aus dem Weg zu räumen, damit er seine Entdeckung nutzen konnte. Ich weiß, dass er seine Partner betrogen hat. Ich weiß, dass er meine Entführung organisiert hat. Trotzdem, er weiß auch Dinge über mich. Er weiß, dass ich Jack erschossen habe. Er kann das Wissen nutzen, um sicherzustellen, dass ich den Mund halte. Es geht hier nicht darum, dass ich zu viel weiß. Es geht um etwas ganz anderes.

Während ich meine vom Wind zerzausten Haare

zurückschiebe, drehe ich mich zu ihm um. »Weil meine Mutter dich nicht geliebt hat.«

Die Wahrheit blitzt für eine Sekunde über sein Gesicht, bevor sich sein Ausdruck in eine Maske des Ekels verwandelt. Er ignoriert mich und schaut nach rechts und links.

»Wirst du mich schubsen?«, frage ich mit einer seltsam ruhigen Stimme.

»Du wirst springen.« Er schenkt mir ein flüchtiges Lächeln, während er weiter die Umgebung absucht. »Du wolltest dich schon immer umbringen.«

»Wenn ich tot bin, wird sich Damian mit allem, was er hat, an dir rächen. Er wird nichts mehr zu verlieren haben.«

»Er kann mir nichts tun, wenn er tot ist.«

»Oh mein Gott. Du bist durch und durch böse.«

»Ich weiß, dass du da bist«, schreit er über den Wind. »Komm raus, wo immer du bist, oder sie geht über die Reling.«

Ein Schatten erscheint hinter dem Treppenhaus. Ein Mann tritt mit erhobenen Händen hervor. Damian. Mir wird schlecht. Mir wird schlecht, und gleichzeitig bin ich glücklich. Meine Gefühle sind durcheinander. Ich kann meine Angst nicht von meiner Erleichterung unterscheiden. Ich kann ihn nicht opfern.

Meine Augen finden Damians, als er seine Brille abnimmt. Die Wahrheit spiegelt sich in diesen dunkelbraunen Tiefen wider. Harold kann nicht uns beide auf einmal erschießen. Er wird die größte Bedrohung zuerst ausschalten. Er wird Damian erschießen, was mir Zeit gibt, wegzulaufen. Oh mein Gott. Damian wird sich opfern, um mich zu retten. Meine Seele schreit Nein. Mein Herz wird schwer. Wenn Damian glaubt, dass ich fliehen kann, ist er nicht allein gekommen. Er hat Verstärkung mitgebracht. Jemand muss in der Nähe sein. Ich betrachte die Terrasse hinter Damian und entdecke die elektrische Seilrolle, die am Geländer befestigt ist, in dem Moment, in dem Harold ruft: »Bleib stehen, wo du bist«.

Damian bleibt stehen. »Du hast, was du wolltest. Lass sie gehen.«

»Leg den Rucksack auf den Boden. Die Waffe auch. Und mach dir nicht die Mühe, es zu leugnen. Ich weiß, dass du eine hast.«

Damian zieht die Gurte von seinen Schultern und stellt den Rucksack auf den Boden. »Die Waffe ist da drin.«

Harold zieht an meinem Arm und schleudert mich in Damians Richtung. »Öffne die Tasche, Lina.«

Ich starre Damian an und bete zu Gott, dass ich ihm mit meinen Augen alles sagen kann, was ich muss. Es gibt eine Liebe bis in alle Ewigkeit in meinem Herzen, und ich habe nur eine Sekunde, um sie zu zeigen.

»Jetzt, Lina«, sagt Harold hinter mir.

Damian nickt mir leicht zu. Als ich mich hinhocke, heben sich seine Lippen in einer beruhigenden Geste. Selbst wenn er mit einer Waffe bedroht wird, macht er mir Mut.

Meine Finger zittern auf der Schnalle der Tasche. Es dauert ein paar Sekunden, bis ich sie geöffnet habe.

»Schiebe sie mit dem Schuh zu mir«, sagt Harold.

Ich stelle mich wieder auf und bewege den Beutel mit meinem Schuh. Er gleitet über den Beton bis dorthin, wo Harold steht.

»Durchsuche ihn«, sagt Harold. »Wenn du eine Waffe bei ihm findest, wirf sie in meine Richtung. Denke nicht einmal daran, sie zu benutzen. Ich werde ihn erschießen, bevor du Zeit hast, die Waffe zu entsichern.«

Ich tue, was er verlangt, und taste Damian ab.

»Irgendwas?«, fragt Harold.

Ich schüttele den Kopf.

»Muss ich selbst rüberkommen und nachsehen? Wenn ich eine Waffe bei ihm finde, schieße ich ihm die Kniescheibe weg. Verstehst du mich?«

Ich schlucke und nicke.

Er zieht sein Handy aus der Tasche, während er die Waffe auf Damian gerichtet hält, und wischt über den Bildschirm.

Der Wind zerzaust Damians Haare. Er sieht sowohl unsterblich als auch zerstörbar aus. Die Sonne bildet einen Heiligenschein um die Turmspitze. Wenn ich ein wenig blinzele, kann ich das Porträt von Maria und Jesus sehen, das in einem plötzlichen Auftauchen von Wolken in den Himmel gemalt wurde. Meine Verluste lösen sich auf, als ich das Gesicht eines anderen Babys an Jesus‘ Stelle sehe, und der junge Damian kehrt zu mir zurück. Dieser Moment hier wäre passiert, wenn

Damian mit mir auf der Terrasse geblieben wäre, anstatt in Harolds Arbeitszimmer zu gehen. Es war Liebe auf den ersten Blick. Wir wussten es beide. Sie war zu groß, um sie nicht zu bemerken. Wir haben sechs Jahre und für immer verloren, aber wenn die Liebe so groß ist, genügt schon ein Moment.

Ein zufriedenes Lächeln breitet sich auf Harolds Gesicht aus. »Es ist schön, zu sehen, dass du deinen Teil der Abmachung eingehalten hast, Hart.« Sein Finger am Abzug bewegt sich.

Ich höre auf zu zittern. Meine Angst verschwindet. Plötzlich ist alles erstaunlich klar. Alle Ereignisse meines Lebens führten mich zu diesem Moment. Zu diesem Zweck. Es dauert nur einen Schritt, um mich der Kugel in den Weg zu stellen.

Damians alarmierte Stimme ertönt. »Lina, nein!«

Der Schuss geht los. Der Schmerz explodiert in meiner Seite. Meine Knie geben nach. Ich falle nach vorne und reiße Harold mit mir zu Boden. Die Waffe ist zwischen uns eingeklemmt.

»Scharfschütze, sofort!«, sagt Damian. »Krankenwagen.«

Mein Blut ist nass und warm und tränkt unsere Kleidung. Ich bin Ballast. Harold kämpft darum, mich von sich herunterzurollen. Er zieht die Waffe hervor, aber Damian ist schon da. Knochen brechen beim Aufprall von Damians Stiefel, als er die Waffe aus Harolds Hand tritt. Die Waffe fliegt über den Rand der Terrasse. Harolds Schrei erhebt sich in den Himmel. Ich drücke eine Hand auf meine Taille und versuche, den stetigen Blutverlust zu stoppen, der durch meine Finger sickert.

Damian ist wie ein Dämon. Er greift nach Harolds Füßen und zieht ihn zur Reling.

»Damian, nein«, quäle ich heraus und greife mit einer Hand nach ihm. »Er ist es nicht wert.«

Damian wird zurück ins Gefängnis gehen, diesmal wegen Mordes, und sie werden ihn nie wieder herauslassen. Mein Bitten ist umsonst. Damian hebt Harold kopfüber über das Geländer und schüttelt ihn über dem Abgrund.

»Wo ist er?«, schreit Damian. »Rede, du Bastard.«

Meine Vision beginnt zu verschwimmen. Die Szene wird ein- und ausgeblendet. Das Geräusch eines Hubschraubers ertönt aus der Ferne. Ein weiteres Gesicht erscheint über meinem. Russell?

»Scheiße. Verdammt. Ich habe dich, Lina.« Er reißt sich seine Jacke herunter und drückt sie auf meine Wunde. Er tut weh. Höllisch. »Ein Hubschrauber ist auf dem Weg. Du musst durchhalten, hörst du mich?«

Es ist Damians Stimme, an der ich mich festzuhalten versuche, die, die den gleichen Satz immer wieder sagt.

Wo ist er?

Ich kämpfe, um bei Bewusstsein zu bleiben. »Lass nicht zu, dass er Harold tötet.«

Russell schüttelt nur den Kopf, als ob es zu spät wäre.

Als ich meinen Blick wieder auf Damian richte, umgibt mich Kälte. Er hat leere Hände. Seine Arme sind über den Rand gestreckt und die Finger gespreizt, als ob er einen Segen geben würde, und seine Augen sind nach unten gerichtet.

Mein Atem stockt. Es tut weh, zu schlucken. Es tut weh, sich zu bewegen und zu sprechen, aber ich packe Russell an seinem T-Shirt und ziehe ihn näher heran. »Ich habe ihn getötet. *Ich* habe Harold geschubst.«

Er runzelt die Stirn, während er mit der Bedeutung meiner Worte zu kämpfen scheint, und dann verzieht sich sein Gesicht voller Ablehnung. »Lina …«

»Ich habe ihn getötet.« Ich schüttele ihn so stark, wie es meine schwindende Kraft erlaubt. »Ich habe ihn getötet. Hast du verstanden?«

Seine Augen sind voller Tränen. Sein Gesicht löst sich auf und wird dann wieder scharf.

»Bitte, Russell. Versprich es mir.«

Er streicht mir die Haare aus dem Gesicht. »Nicht reden.« Er atmet durch die Nase aus. »Verdammt. Damian! Komm hierher.«

»Bitte.« Ich bitte mit meinem ganzen Wesen, mit allem, was ich habe. »Bitte, Russell.«

»Ja, verdammt nochmal.«

Seine Stimme bricht, oder vielleicht ist es mein Gehör, das wie meine Sicht schwindet.

»Sag mir, dass du das verstehst.«

Er erzwingt ein Lächeln. »Ich verstehe.«

Ich sacke auf den Boden zurück, da ich plötzlich zu müde bin, um mich aufrecht zu halten. »Danke.«

»Lina.« Damian kniet neben mir.

Der Schmerz verschwindet, und für einen Moment

fühle ich mich gut. Meine Sinne sind schärfer denn je. Ich sehe Damian deutlich, jede Linie auf seinem Gesicht. Ich spüre seinen Atem auf meinen Lippen, als er meinen Kopf umschließt. Ich rieche seine Haut, Schweiß, vermischt mit Zitrusfrüchten.

»Es tut mir leid, Damian. Es tut mir leid, was wir alles mit dir gemacht haben.«

Seine Lippen öffnen sich. Sie bewegen sich, aber er gibt keinen Ton von sich. Seine Tränen tropfen auf meine Wangen und laufen mir über den Hals. Ich möchte ihm sagen, dass es in Ordnung ist. Er muss mir nicht sagen, was ich bereits weiß. Wir brauchen keine verschwendeten Worte.

Ich lege meine Hand auf seine Wange und flüstere, was mir auf dem Herzen liegt. »Es war perfekt.«

Ich fühle es in meinem Körper und in meiner Seele. Ich fühle es in meinem Lächeln, als ich loslasse.

25

Damian

ICH WOLLTE SO LANGE, DASS LINA LÄCHELT, UND JETZT wird mich dieses Bild für immer verfolgen. Ich reibe meine Hände über mein Gesicht und lasse meinen Kopf hängen, um die Schmerzen zwischen meinen Schultern zu lindern. Meine Augen brennen vom Schlafmangel. Ich habe den Krankenhausstuhl nicht verlassen, seit Lina von der Operation zurück ist.

Das war vor einem Tag und einer Nacht. Der Chirurg geht davon aus, dass sie gesund werden wird. Es wurden keine Organe beschädigt. Sie hatte verdammt viel Glück. Ich wäre nicht überrascht, wenn sie einen Schutzengel hätte. Engel würden definitiv auf jemanden wie sie aufpassen. Ihre Worte kommen zurück, verfolgen mich.

Es war perfekt.

Ich verdiene sie nicht. Ich habe ihr ein Gefängnis

gegeben. Sie gab mir ihr Leben. Sie schenkte mir ihr Lächeln. Ihr verdammtes Lächeln. Ich drücke meine Handballen gegen meine Augen, bis ich weiße Flecken sehe.

Die Tür öffnet sich. Russell kommt mit zwei Starbucks-Bechern herein und stellt einen auf den Tisch neben mich.

Ich habe immer noch Lust, den Motherfucker zu erwürgen, und ich hoffe, er kann es in dem mörderischen Blick sehen, den ich ihm zuwerfe. Egal womit ich ihn bedrohe, nichts wirkt. Er will seine Aussage nicht ändern. Er behauptet hartnäckig, dass Lina Dalton vom Turm gestoßen hat, nachdem er auf sie geschossen hatte. Ich habe den besten Anwalt des Landes genommen, der gesagt hat, dass Lina wegen Totschlags angeklagt worden und unter normalen Umständen mit Selbstverteidigung davongekommen wäre, aber da sie offiziell als psychisch instabil eingestuft wird – ein schöner Begriff für verrückt –, kann sie nicht vor Gericht gestellt werden. Hat sie das erkannt, bevor sie Russell davon überzeugt hat, für sie zu lügen? Hat sie deshalb meine Schuld auf ihre Schultern genommen? Ich habe den Verdacht, dass es nichts damit zu tun hat, dass sie mit Mord ungeschoren davonkommt, sondern nur mit ihrem Herzen. Das ist Lina. So war sie schon immer. Ein körperlicher Schmerz macht sich unter meinem Brustbein bemerkbar, wenn ich darüber nachdenke, was ich tun muss.

Russell deutet auf den Pappbecher. »Werden Sie das

trinken? Sie sehen aus, als könnten Sie etwas Koffein vertragen.«

Mein Blick fällt auf Linas blasse Hand, die auf dem weißen Laken liegt. Sie ist an eine Infusion und einen Herzfrequenzmonitor angeschlossen. Wie so oft, seit ich meinen Arsch in diesen Stuhl gesetzt habe, berühre ich sie fast. Ich muss mich extrem anstrengen, um sie nicht zu berühren. Sie anzufassen würde das, was ich tun muss, nur noch schwieriger machen.

»Sie könnten ein paar Stunden Schlaf gebrauchen«, fährt Russell fort. »Vielleicht rasieren Sie sich, bevor sie aufwacht. Sie sehen aus wie ein Höhlenmensch.« Er rümpft die Nase. »Ich fange auch an, nach einem zu riechen.«

Lina ist wieder bei Bewusstsein, aber sie ist auf Morphium. Ich bezweifele, dass sie sich daran erinnern wird, dass ich hier war. Vielleicht ist es besser so. Der Arzt sagte, dass sie ihre Schmerz- und Schlafmittel von heute Nachmittag an reduzieren. Sie wird bald aufwachen. Der Chirurg sagte, dass wenn sie stabil bleibt, sie in ein paar Tagen nach Hause gehen kann.

Es ist Zeit.

Meine Handflächen beginnen bei dem Gedanken zu schwitzen. Ich wische sie an meiner Hose ab und zwinge meine Beine zum Stehen.

»Bleibst du hier?«, frage ich, und in diesem Moment hasse, beneide und leider auch schätze ich Russell.

»Ja.«

Ich klopfe ihm auf den Rücken. »Ich werde endlich

duschen gehen.« Bevor ich mich um andere Angelegenheiten kümmere. »Ich schicke dir einen Scheck.«

Er packt meinen Arm. »Wofür?«

Ich sehe dorthin, wo seine Finger in meine Haut eindringen. Als er seinen Griff löst, sage ich: »Für geleistete Dienste.«

»Zum Teufel mit Ihnen. Ich habe es für Lina getan, nicht für Geld.«

»Das spielt keine Rolle. Du hast deinen Job gemacht. Du wirst bezahlt.«

»Hart.«

Ich bleibe in der Tür stehen.

Er sieht mich vorsichtig an. »Was ist los?«

»Ich werde dir Anweisungen schicken.«

»Was für Anweisungen?«

»Um den Job abzuschließen.«

»Er ist erledigt.«

»Fast.«

Sein Gesichtsausdruck wechselt zu Ernüchterung. »Seien Sie kein egoistischer Wichser.«

Nein, das ist die einzige selbstlose Sache, die ich in meinem Leben tun werde.

Seine Finger umfassen den Becher fester und drücken die Seiten ein. »Sie liebt Sie.«

Verdammt, das tut weh. Bevor er mehr sagen kann, gehe ich durch die Tür. Ich brauche keinen letzten Blick auf meine Frau. Sie ist ein ständiges Bild in meinem Kopf.

Drew findet den Jungen, wo Dalton gesagt hatte, in der Obhut einer Nanny, die auf einem abgelegenen Bauernhof nördlich von Pretoria lebt. Als ich mit der Frau am Telefon spreche, sagt sie, dass Dalton ihr gesagt hat, dass die Mutter des Jungen psychisch krank ist und eine Gefahr für sich und ihr Baby darstellt. Sie weiß nicht mehr. Dalton bezahlte die Rechnungen, aber er besuchte ihn nicht mehr als einmal im Jahr. Es ergibt Sinn, dass er Linas Kind versteckt hat. Er wollte Clarkes Vermögen ganz für sich allein. Im Falle einer Erbschaft hat ein Blutsverwandter Vorrang vor einem gesetzlichen Vormund. Ein Erbe bedeutete, dass das Geld bis zur Volljährigkeit des Kindes in einen Treuhandfonds geflossen wäre.

Susan Bloem ist kooperativ, als ich ihr von Daltons Tod erzähle und ihr erkläre, wer ich bin. Als ich sie mit Reyno besuche, holt sie die Geburtsurkunde für Linas Kind hervor, auf der als Vater Jack Clarke eingetragen ist. Dalton oder Clarke, wer auch immer dem Jungen den Namen gegeben hat, nannte ihn Joshua, oder kurz Josh.

Wir stehen in der Lounge des schäbigen Hauses, als sie das Kind ruft, damit es uns begrüßt. Ein molliger Junge mit Linas dunkelblauen Augen und, verdammt, ihrem Grübchen kommt mit einem Plastikpferd, das er in seiner prallen kleinen Hand hält, vom Hinterhof. Alle Arten von Gefühlen prallen in mir aufeinander.

Ich hocke mich hin. »Hey, Josh. Ich bin Damian, und das ist Reyno. Wir sind Freunde deiner Mutter.«

»Mami ist krank«, sagt er.

»Nicht mehr. Ihr geht es viel besser, und Reyno hier ist Arzt. Er sagt, du kannst sie besuchen. Würde dir das gefallen?«

Er blickt unsicher auf die alte Frau, die ihm mit einer Hand über die Haare streicht. »Er ist schüchtern. Es wird einige Zeit dauern, bis er sich daran gewöhnt hat.«

Sie scheint gut zu ihm zu sein. Ich stelle mich vor sie. »Ich weiß nicht, wie lange es dauern wird, bis Lina wieder zu Kräften kommt, aber sie wird Hilfe brauchen, bis sie wieder auf den Beinen ist, und da Sie die einzige Familie sind, die Josh kennt, möchte ich, dass Sie bleiben, bis Lina eine Entscheidung trifft. Ich werde Sie gut für Ihre Mühen bezahlen.«

»Das ist sehr nett von Ihnen, Mr. Hart. Josh und ich stehen uns nahe, und ja, Arbeit ist heutzutage knapp, besonders für eine alte Frau.«

»Dann wäre das geklärt.«

Ich zerstrubbele Joshs Haare. »Möchtest du in einem Haus am Fluss mit deinem eigenen Fischerboot wohnen?«

Seine Augen werden groß und sein Lächeln breit.

»Ich werte das als ein Ja.« Ich hoffe, Russell weiß, wie man fischt. Sonst muss er es schnell lernen.

Der Gedanke ist eine bittere Pille, aber ich schiebe ihn zur Seite. Nachdem ich Susan allein gelassen habe, damit sie packen kann, organisiere ich einen Fahrer, der sie morgen abholt. Es gibt noch die Eigentumsurkunde und den Eigentumsübergang sowie Daltons Nachlass, um die ich mich kümmern muss. Mein Anwalt hat mir versichert, dass Lina nicht für Daltons Schulden aufkommen muss. Sie sind keine Blutsverwandten, und Dalton hat sie nie adoptiert.

Als ich mich um die dringendsten Geschäfte gekümmert habe, kehre ich zurück in das große, leere Haus, das ich letztendlich nicht verkaufen werde. In der Stille des Arbeitszimmers mache ich ein Feuer an, gieße mir einen Whisky ein und mache den Fernseher an. Daltons Komplize, ein freiberuflicher Söldner namens Samuel Rourke, wurde von der Sicherheitsfirma festgehalten und den Polizisten übergeben, als diese, alarmiert von einer auf dem Bürgersteig verteilten Leiche, am Tatort ankamen. Er hat auf Russell geschossen, als Russell von der elektrischen Spule hochgezogen wurde, die ich an der Schiene montiert hatte, ihn aber verfehlt. Russell hat ihn am Bein verwundet und dafür gesorgt, dass er nicht sehr weit kam, als er die Treppe hinunterstieg. Samuel ist klugerweise den Handel eingegangen. Im Austausch dafür, dass er der Polizei alles erzählt, bekommt er zehn Jahre für die Entführung statt fünfundzwanzig. Es wird keinen großen Unterschied machen. Ich kenne drinnen Leute, die sich um ihn kümmern werden. Für die Rolle, die er bei der Entführung von Lina gespielt hat, verdient er es, zu sterben. Im Moment tut mir das Arschloch einen Gefallen damit, dass es die Fakten in allen

Nachrichtensendern verbreitet. Er erzählt, wie Dalton ihn bezahlt hat, um seine Tochter zu entführen, über das Lösegeld und Daltons Plan, den Mord an seiner Tochter wie Selbstmord aussehen zu lassen.

Ich nehme den Rest meines Getränks und lasse mich in meinen Stuhl fallen. Ich kann es nicht ertragen, in einem Bett zu schlafen, in dem Linas Geruch verweilt. Ich kann mich weder morgen noch übermorgen stellen. Ich schwinge meinen Arm zurück und werfe das Glas in den Kamin. Es zerbricht mit einem befriedigenden Klirren. Eine blaue Flamme schießt nach oben in den Schornstein. Es dauert eine Sekunde, bis sich die Flammen wieder normalisieren. Das Leben geht ruhig weiter, macht sich über meinen Wutanfall lustig und lacht mir ins Gesicht.

Lina

ALS ICH AUFWACHE, IST RUSSELL DA. ES IST RUSSELL, der mir einen Strohhalm an die Lippen hält und mir Wasser anbietet. Es ist Russell, der die Medien von meiner Tür fernhält und mir am nächsten Tag eine Tasche mit meinen Sachen sowie ein neues Smartphone bringt.

Die Tatsache, dass Damian nicht hier ist, tut weh. Ich verstehe es nicht, aber ich werde Russell nicht um eine Erklärung bitten, die mir mein Mann schuldet. Wenn Damian nicht Manns genug ist, mir ins Gesicht zu sagen, dass wir fertig sind, dann soll es so sein. Wir haben mehr durchgemacht, als ein Paar jemals erleben sollte. Einige Schäden sind nicht mehr zu reparieren.

Als der Arzt meine Entlassungspapiere unterzeichnet, ziehe ich mich in meinem privaten Badezimmer an und bürste mir die Haare. Russell wartet an der Tür. Er nimmt meine Tasche und führt mich zu seinem Auto auf dem Parkplatz. Ich steige ein und schnalle mich an, ohne zu fragen, wohin es geht. Während der Fahrt ist er ruhig. Überbringern schlechter Nachrichten haftet die Art von Spannung an, die ich in der Haltung seiner Schultern sehe, weshalb ich immer noch nichts frage, als wir an Erasmuskloof vorbei und zum Vaal-Fluss fahren. Ich bin nicht überrascht, als er bei dem Cottage anhält.

Wir sitzen schweigend da, und er umkrallt das Lenkrad, während ich auf das Wasser starre. Nach einer gefühlten Ewigkeit öffnet er seinen Mund, aber ich bin mir nicht sicher, ob ich damit umgehen kann, was er zu sagen hat. Ich schüttele den Kopf, und er presst seine Lippen zusammen. Mit einem Seufzer nimmt er einen Umschlag aus dem Handschuhfach und legt ihn auf meinen Schoß.

Es ist das erste Mal, dass ich mir erlaube zu sprechen. »Was ist das?«

»Damian bat mich, ihn dir zu geben.«

Ich will ihn nicht öffnen, aber ich möchte lieber wissen, was mich erwartet, bevor ich aus der Sicherheit des Autos steige und in Richtung meiner Zukunft gehe.

Meine Finger zittern, als ich das Siegel aufbreche

und einen Stapel Dokumente herausziehe. Das erste ist die Besitzurkunde für das Haus, auf meinen Namen. Der zweite ist ein Kontoauszug. Damian hat mir nicht nur mein ganzes Erbe übertragen, sondern zahlt auch einen lächerlich großen monatlichen Unterhalt. Das dritte sind Scheidungspapiere. Ich schaue mir die anderen Dokumente nicht an. Ein Knoten bildet sich in meinem Hals. Es fühlt sich an, als wäre mein Herz herausgerissen worden. Deshalb ist Damian nicht ins Krankenhaus gekommen. Er hat es endlich geschafft. Er hat mich befreit. Ich sollte überschwänglich sein, aber alles, was ich fühle, ist eine Hohlheit in meiner Brust. Ich kaue auf meiner Lippe und lasse das Wissen sacken. Meine Augen bleiben trocken. Der Schock wird später kommen. Ich bin egoistisch, was meinen Schmerz angeht. Ich möchte Privatsphäre haben, wenn ich leide. Niemand sonst verdient einen Teil davon, nicht einmal Russell, der geholfen hat, mich zu retten.

Russells Stimme klingt nach so langer Stille seltsam. »Alles in Ordnung?«

Ich nicke, als ich nach dem Türgriff greife. Die Essenz der kommenden Tage ist das Überleben. Ich werde die Stunden mit Einpacken, Umziehen und Auspacken füllen. Ich werde Möbel kaufen und Vorhänge aufhängen. Ich werde mich damit beschäftigen, ein neues Leben zu beginnen, bis ich bereit bin, mich meinen Verlusten zu stellen.

»Warte.« Russell packt meinen Arm und schaut auf den Papierstapel in meiner Hand. »Du hast einige übersehen.«

Widerwillig lege ich die Scheidungspapiere ans Ende des Stapels und schaue mir das nächste Dokument an. Es ist ein von Reyno unterschriebenes Zertifikat. Ich schaue darauf und fokussiere meine Augen neu. Meine Zurechnungsfähigkeit. Er hat mir eine Arbeitserlaubnis, ein Bankkonto, das Recht zum Immobilienerwerb und darauf, Entscheidungen zu treffen, zurückgegeben. Die emotionale Trockenheit, die mich seit dem Ende der Entführung verfolgt, fällt von mir ab. Meine Augen füllen sich mit Tränen. Das Salz brennt. Zum ersten Mal in meinem Leben bin ich eine unabhängige Erwachsene. Ich bin frei, meine eigenen Entscheidungen zu treffen, und niemand kann mich aufhalten. Die Schönheit der Geste wird mir klar. Damian gewährt mir eine saubere Trennung nicht, weil er sich nicht für mich interessiert. Er gibt mir die Freiheit, weil er mich liebt. Ich drücke die Papiere an meine Brust, atme tief ein und genieße die größte Liebeserklärung meines Lebens.

»Da wäre noch etwas«, sagt Russell.

Ich bin meine eigene Frau. Das Haus meiner Träume gehört mir. Damian Hart liebt mich so sehr, dass er mich gehen lässt. Ich habe meinen Frieden mit meiner Vergangenheit auf diesem Turm gemacht. Ich habe mir selbst versprochen, dass ich jeden Moment ohne Reue leben würde, wenn ich da lebend herauskomme. Was Damian und ich hatten, war perfekt in seiner Unvollkommenheit. Wir fanden Schönheit in unseren hässlichen Welten. Ich war einfach zu kaputt, um das zu sehen. Ich liebe, auf die tiefe Art, die man auf den ersten Blick spürt und die man mit ins Grab und in die Ewigkeit nimmt. Ich liebe Damian. Ich habe einen Seelenverwandten gefunden, und selbst wenn er mich aus den verzerrten Gründen in seinem Kopf nie wiedersehen will, werde ich keine einzige Sache mehr brauchen.

Russells Stimme erreicht mich durch das Zwitschern der Vögel und das Quaken eines Frosches. »Lina?«

Ich habe nicht bemerkt, dass er das Fenster geöffnet hat. Seine Augen sind warm und einladend. Ich schaue von der Einladung in seinem Blick weg, weil ich ihn nicht verletzen will.

Er seufzt. »Vielleicht ist es zu früh.«

»Ich liebe ihn, Russell.«

Er schweigt eine Weile. Als er wieder spricht, hat seine Stimme ihren hoffnungsvollen Klang verloren. »Ich weiß.«

»Bist du wütend?«

»Das war ich mal, aber ich glaube nicht, dass Damian so schlimm ist, wie ich dachte.«

Ich lache. »Er ist schlimmer.«

Er schließt sich meinem Lachen an. »Verdammt richtig.«

»Bist du deshalb hier? Dachte Damian, du seist ein besserer Mann?«

»Es spielt keine Rolle, warum ich hier bin. Was zählt, ist, warum du es bist.« Er deutet auf die Papiere, die ich an meiner Brust festhalte. »Bring es zu Ende.«

Es geht hier nicht nur darum, einen Stapel Papiere

zu lesen. Es geht darum, weiterzumachen. Ich nehme das letzte Dokument vom Stapel und halte es in das Licht. Es ist eine Geburtsurkunde. Joshua Clarke. Mein Herzschlag verlangsamt sich zu einem Klopfen, das laut in meinen Ohren dröhnt. Ich überprüfe das Datum. Es kann nicht sein, und doch, tief in meiner Seele kenne ich die Wahrheit.

Ich bedecke meinen Mund mit einer Hand und unterdrücke einen Schluchzer. Es dauert einen Moment, bis ich mich wieder gefasst habe. Ich kann nur die offiziellen Worte auf dem gelben Blatt Papier anstarren, eine klinische Aufzeichnung, die nichts von der Zerstörung widerspiegelt, die mein Herz zerfetzt.

Wo ist er? Damians Worte gehen mir schmerzhaft durch den Kopf.

»Damian hat das Grab gefunden«, sage ich, als ich wieder sprechen kann.

»Nicht das Grab«, antwortet Russell sanft.

Ich schaue ihn schnell an. »Was?«

»Er ist nicht tot.«

Ich blinzele hektisch und versuche, die Bedeutung seiner Worte zu verstehen, die sich weigert, in meinen Kopf einzudringen. »Was?«

»Der Junge. Dein Sohn. Er ist nicht tot.«

»Was?« Ich schüttele den Kopf. Das ergibt keinen Sinn.

»Geh rein, Lina.«

»Aber … Nein. Ich verstehe nicht.«

Er steigt aus und kommt um das Auto herum, um mir die Tür zu öffnen. »Komm schon.«

»Russell.«

Er nimmt meine Hand, als ich mich nicht bewege, zieht mich heraus und dreht mich mit dem Gesicht zur Hütte. Eine ältere Dame und ein Junge stehen in der Tür. Ich nehme vage ihr graues Haar und ihr warmes Gesicht wahr, aber ich kann mich nur auf das Kind konzentrieren. Der Junge muss etwa zwei Jahre alt sein. Er hat meine Lippen und Augen.

»Das kann nicht sein«, flüstere ich.

»Sie warten auf dich«, sagt Russell hinter mir. »Nur zu.«

Er ermutigt mich mit der Hand auf dem Rücken, aber ich habe Angst. Was ist, wenn es ein Fehler ist? Was, wenn er nicht meiner ist? Er kennt mich nicht. Was, wenn er es nicht versteht? Was, wenn er mich nicht mag? Was ist, wenn ich das vermassele?

Russells Stimme ist geduldig. »Sie nennt ihn Josh.«

Joshua Daniels. Mein Großvater mütterlicherseits.

Mein Herz schlägt mit einem verrückten Tempo. Ich mache einen Schritt, und dann noch einen. So werden wir das machen. Ein Schritt nach dem anderen. Ich gehe, bis ich vor ihnen stehe, und bin mir ihrer neugierigen Blicke bewusst.

Mit einer ausgestreckten Hand stelle ich mich der Frau vor, von der ich annehme, dass sie Joshs Kindermädchen ist. »Ich bin Lina. Es ist mir ein Vergnügen, Sie kennenzulernen.«

Ihr Handschlag ist kräftig. »Ebenfalls, Mrs. Hart. Sie können mich Susan nennen.«

Ich knie mich hin und schenke Josh ein Lächeln. »Hallo.«

Er steckt seinen Finger in den Mund und bohrt seinen großen Zeh in den Boden.

»Ich bin Lina.«

»Geht es dir jetzt besser?«

»Ja«, sage ich und kämpfe mit meinen überwältigenden Gefühlen. »Viel besser.«

»Wir haben Tee und Kuchen vorbereitet«, sagt Susan.

Ich strecke Josh meine Hand entgegen. »Wollen wir reingehen?«

Er zögert einen Moment, aber dann legt er seine Finger um meine. Sie sind warm und klebrig, so wie ich es mir immer vorgestellt habe. Ich schlucke ein Schluchzen herunter und richte mich auf. Wir haben viel zu tun, und es gibt viele Antworten, die ich gerne hätte. Ich möchte alles wissen, was ich verpasst habe, von seinem ersten Zahn bis zu seinem ersten Schritt. Ich möchte wissen, wann er zum ersten Mal gelächelt hat und was sein Lieblingsessen ist. Ja, es gibt viel zu erzählen, aber wir haben Zeit.

Während ich gehe, schaue ich zurück, um zu sehen, ob Russell mit uns hineinkommt. Er lehnt mit verschränkten Armen am Auto. Er lächelt nachdenklich, so, wie wenn man sich verabschiedet. Ich nicke ihm leicht zu, um mich bei ihm zu bedanken, bevor ich die Schwelle zu meinem neuen Leben überschreite.

In den folgenden Wochen passieren zwei bedeutsame Dinge. Ich erhalte einen Zeitungsausschnitt mit der Post über eine in Südafrika geborene Frau, die tot in ihrem Haus in der Schweiz gefunden wurde. Die Todesursache war eine Überdosis Schlaftabletten. Ich muss nicht auf den Namen schauen. Ich erkenne ihr Foto. Ich weiß immer noch nicht, warum sie den Schlüssel unter meiner Tür hindurchgeschoben hat. Hätte sie es getan, wenn sie gewusst hätte, dass ich Jack töten würde? Die Wut in mir war zu groß. Es gab nichts anderes, was ich hätte tun können. Ich würde es immer wieder tun. Trotz der Tatsache, dass Dora mich befreit hat, hat die Folter einfach zu lange angedauert, um mehr als nur flüchtiges Mitgefühl für ihren Tod in meinem Herzen zu spüren. Wir haben nie miteinander gesprochen. Ich kannte die Frau nicht, die mir ein Ei und eine Scheibe Brot mit einer Tasse Wasser pro Tag gegeben hat. Als ich den Artikel gelesen habe, spüle ich ihn in der Toilette herunter. Damian war ungefähr zum Zeitpunkt ihres Todes in der Schweiz. Man muss nicht Einstein sein, um die Punkte zu verbinden.

Das zweite große Ereignis ist die Verhaftung von Herrn Dr. Dickenson und die Schließung von Willowbrook. Das Personal, einschließlich desjenigen, das während meiner Aufnahme angestellt war, ist wegen Betrugs, Körperverletzung und der Absicht, schwere Körperverletzungen zu begehen, angeklagt worden. Nachdem Carte Blanche einen anonymen Hinweis erhalten hatte, ging einer ihrer investigativen Reporter mit einer versteckten Kamera hinein. Die Geschichte war international in den Nachrichten, was zu einer Untersuchung und der Aufdeckung einer abscheulichen und grausamen Institution führte. Es ist ein Skandal, den das Land noch lange nicht vergessen wird.

Nachdem ich viel darüber nachgedacht habe, entscheide ich, dass es an der Zeit ist, dass die Welt die Wahrheit oder zumindest einen Teil davon kennt. In einem exklusiven Fernsehinterview erzähle ich, was in Willowbrook passiert ist. Ich sage die Wahrheit darüber, wie Harold Damian hereingelegt und seine Entdeckung gestohlen hat und wie Damian unschuldig ins Gefängnis kam, während ich im Austausch für die Minenrechte an Jack gegeben wurde. Ich erzähle der Welt von meiner Gefangenschaft und Folter und dass ich Jack erschossen habe. Mein Anwalt hat mir davon abgeraten, aber es war ein Teil des Gewichts, das auf meinen Schultern gelastet hat.

Es folgt eine mehrtägige Untersuchung. Am Ende entscheiden die Richter und Psychologen, die an meiner Anhörung teilgenommen haben, dass ich damals tatsächlich nicht für meine Handlungen verantwortlich war, und es wird keine Anklage erhoben. Reyno bezeugt meine Behandlung und Genesung und erklärt, dass ich eine fähige Mutter bin und keine Bedrohung für die Gesellschaft oder mich selbst darstelle. Worüber ich nicht rede, ist, dass Zane mich entführt und wie Damian mich zur Ehe gezwungen hat. Wir haben ihm genug Schaden zugefügt. Ich werde ihn nicht ein zweites Mal ins Gefängnis schicken. Er tat, was er tat, weil er mich liebt. Seit ich die Wahrheit über Jack und Harold gesagt habe, spekulierten die Medien, dass Doras Selbstmord auf ihre Schuldenlast zurückzuführen sei. Einige Wochen später werden die Ermittlungen zu den Morden von Zane und Anne mangels Beweisen eingestellt.

Ich nehme mir Zeit, um Josh kennenzulernen. Ich nehme mir Zeit, um meine Selbstständigkeit und Unabhängigkeit zu genießen. Die Situation ist für uns alle neu. Wir brauchen Zeit, um uns daran zu gewöhnen. Ich verbringe jeden freien Moment mit Josh, genieße dieses kleine Wunder, und wenn er nachts im Bett liegt, bitte ich Susan, mir Geschichten über ihn zu erzählen.

Reyno bietet mir einen Vertrag für einen echten Job mit Gesundheits- und Rentenleistungen an. Der Tag, an dem ich ihn unterschreibe, ist einer der glücklichsten meines Lebens. Es ist gut, mein eigenes Geld zu verdienen. Es ist gut, herauszufinden, was ich mag, und ein Haus zu dekorieren, das uns gehört. Ich mache meinen Führerschein und kaufe mir ein Auto. Als der Winter in den Frühling übergeht, pflanze ich Kichererbsen und Margeriten im Garten.

Das Leben auf dem Wasser ist alles, wovon ich geträumt habe. Susan, Josh und ich fahren an den Wochenenden mit unserem kleinen Boot hinaus. Wer hätte gedacht, dass ich gerne angele? Ich freunde mich mit unseren Nachbarn an, und Josh hat viele Spielverabredungen. Die Leute erkennen mich immer noch, wohin ich auch gehe, aber langsam ist es nicht mehr neu für mich, angestarrt zu werden. Ich werde besser darin, damit umzugehen und die neugierigen Fragen abzulenken.

Manchmal habe ich das Gefühl, dass mich jemand beobachtet. Ein paarmal bemerke ich Männer, die mir im Verkehr oder in Einkaufszentren folgen, und ich weiß, dass es Damians Männer sind. Er ist ein mächtiger Mann geworden. Er hat Allianzen an den richtigen Stellen, einschließlich der Strafverfolgungsbehörden. Während der ganzen Zeit, in der ich ein Zuhause für Josh und ein neues Leben für mich aufbaue, gibt es keine Nachrichten von ihm, nicht einmal einen Anruf. Ich bleibe in Kontakt mit Brink, der mir sagt, dass Damian allein im großen Haus lebt und sich in die Arbeit stürzt. Wenn die Sehnsucht zu groß wird, rufe ich Fouché an, der mir sagt, dass es Damian gut geht. Ich kann nicht anders, als mich zu fragen, ob er jemand Neuen in seinem Leben hat. Laut Fouché rennt ihm jede einzelne Frau, Witwe und Goldgräberin nach, aber er trifft sich mit niemandem. Die Nachrichten erwärmen mein Herz. Ich habe die Scheidungspapiere nicht unterschrieben. Ich habe noch eine Chance.

Drei Monate nachdem Russell mich aus dem Krankenhaus nach Hause gebracht hat, klopft ein Mann in einem blauen Anzug an meine Tür. Es ist ein sonniger Samstagmorgen. Josh spielt mit seinem neuen Zug im Hinterhof, während ich zum Frühstück Scones backe. Susan öffnet die Tür und sagt mir, dass ein Bote mich sehen will.

Ich wische mir die Hände an meiner Schürze ab und gehe zu dem Mann vor der Tür. »Kann ich Ihnen helfen?«

Er ist kurz angebunden und wirkt geschäftsmäßig. »Ich bin von Mr. Hart geschickt worden, Ma'am.«

»Ja?«, frage ich, auch wenn ich bereits weiß, worum es bei dem Besuch geht.

»Er möchte, dass Sie die Scheidungspapiere unterschreiben.«

»Danke, dass Sie es mir ausgerichtet haben, aber Sie hätten nicht den ganzen Weg hierherfahren müssen, nur um mir das zu sagen.«

»Sie verstehen mich nicht. Ich soll auf die Papiere warten und sie ihm bringen.«

»Ich werde sie ihm selbst bringen, danke.«

»Wann?«

Ich schaue ihn streng an. »Dann, wenn ich bereit bin.«

»Tut mir leid, Ma'am, aber wenn ich mit leeren Händen zurückkehre, wird Mr. Hart einen Termin wissen wollen.«

»Bald.«

Ich schließe die Tür, bevor er mehr sagen kann. Ich bin unhöflich, aber ich werde nicht mit meinem Mann über einen Boten kommunizieren. Wie dem auch sei, es ist Zeit, dass ich mich Damian stelle. Ich bin von dem Schuss genesen, Josh hat sich gut in seiner Krippe eingelebt, Susan ist glücklich hier und ich bin eine berufstätige Mutter, die ein angemessenes Gehalt verdient. Ich habe alles erreicht, was ich mir vorgenommen hatte. Das kann nicht länger aufgeschoben werden.

Nach dem Mittagessen ziehe ich ein hübsches Kleid an, trage Make-up auf und sage Susan, dass ich für den Rest des Nachmittags unterwegs sein werde. Die Fahrt nach Erasmuskloof bringt meinen Magen durcheinander, und meine Gedärme ziehen sich zusammen. Trotz allem bin ich mir nicht sicher, was für ein Empfang mich erwartet. Ich bin mir nicht einmal sicher, wie Damian darüber denkt, mich zu sehen. Ich bin mir sicher, dass er mich liebt, sonst hätte er mir meine Freiheit, mein Erbe und mein Haus nicht gegeben, aber vielleicht will er kein Vater sein. Vielleicht sieht er sich selbst nicht in einer Familie. Vielleicht komme ich mit zu viel Gepäck. Damian ist wohlhabend und erfolgreich. Sein Strafregister wurde gelöscht. Wie Fouché sagt, werfen die Frauen sich ihm an den Hals, um die Nächste in der Reihe zu sein, die seine Diamanten trägt. Die Auswahl ist groß, mit viel verlockenderen und weniger komplizierten Partnern als mir. Dennoch werde ich nicht zulassen, dass meine Angst mich daran hindert, ihm diesen Besuch abzustatten. Ich muss das tun. Wenn er mich wegschickt, nachdem ich gesagt habe, was ich will, werde ich seine Wahl respektieren und die Papiere unterschreiben, egal wie schwer es sein wird.

Es gibt eine neue Wache am Tor, die mich nicht kennt. Der Mann sagt mir, ich soll aus dem Auto steigen, damit er mich durchsuchen kann. Wenigstens ist Damian zu Hause. Es war ein Glücksspiel, aber ich wollte ihn nicht vor meinem Besuch vorwarnen, aus Angst, dass er mich ablehnen würde. Beim Anblick meiner Arme entschuldigt sich der Wachmann ausgiebig.

»Es tut mir leid, Mrs. Hart. Ich habe Sie nicht erkannt.«

»Kein Problem. Sie machen nur Ihren Job.«

Er rennt zum Wachhaus, um im Haus anzurufen. Ich halte den Atem an, als er in die Sprechanlage spricht. Was ist, wenn Damian mich nicht hereinlässt? Ich kaue auf meinen Nägeln, während ich auf das Urteil warte, aber schließlich schwingen die Tore auf, und der Wachmann winkt mich durch.

Das Gras wurde zur Vorbereitung auf den Sommer verbrannt, und ich brenne danach, die Fledermauskästen zu überprüfen, aber fahre trotzdem direkt zum Haus und parke in der runden Einfahrt. Mein Herz schlägt mir bis zum Hals, als ich mich der Tür nähere. Alles ist sowohl fremd als auch vertraut. Ich erinnere mich daran, wie ich nach unserer Hochzeit hierhergekommen bin, als sei es gestern gewesen, und doch fühlt es sich an, als wäre es schon Jahre her. Dass ich klopfen muss, ist ein schlechtes Zeichen. Wenn Damian aufgeregt gewesen wäre, mich zu sehen, hätte er mich an der Tür erwartet. Ich lege eine Hand schützend über meinen Bauch und warte.

Ich bin verblüfft, als sich die Tür öffnet und ein fremdes Gesicht erscheint.

»Guten Tag, Mrs. Hart. Ich bin Klara, die Haushälterin. Bitte kommen Sie rein.«

Damian beschäftigt eine Haushälterin. Das ist nicht gut. Das hätte er nicht getan, wenn er nicht planen würde, auf unbestimmte Zeit in einem Haus zu bleiben, von dem er einmal behaupte hat, es sei alt und stickig.

Ich folge Klara die vertraute Treppe hinauf zum Arbeitszimmer, und mein Mut verlässt mich mit jedem Schritt mehr. Als sie mich vor der Tür stehen lässt, atme ich tief durch und klopfe an.

»Komm rein«, ruft Damians tiefe Stimme von innen.

Ich habe den irrationalen Drang, die Tür aufzustoßen und mich in seine Arme zu stürzen. Ich erinnere mich an den Tag unserer Hochzeit, als er mich hierhergebracht und mir einen Drink angeboten hatte, um meine Nerven zu beruhigen. Ich erinnere mich an die Feindseligkeit und die Angst. Ich möchte noch einmal von vorne anfangen, mit einer weißen Weste. Es ist diese Hoffnung, die mich dazu bringt, mich wie ein Teenager zu benehmen und die Tür aufzureißen, bereit, das größte Glücksspiel meines Lebens zu beginnen.

Ich erkenne meinen Fehler zu spät. Damian ist nicht allein. Tony ist bei ihm. Sie sitzen auf gegenüberliegenden Seiten des großen Schreibtisches, und vor ihnen liegen Papiere. Tony dreht sich zu mir um, und seine Augen werden vor Überraschung groß.

Damians Gesicht ist ausdruckslos. Er sieht mich an, als würde man sich die Auswahl an Kaffee in einem Supermarkt ansehen und sich fragen, welche Marke man kaufen soll. Mein Selbstvertrauen lässt nach, aber ich weiche nicht zurück.

Damians Blick fällt auf den braunen Umschlag, den ich in meiner Hand halte. »Tony, du erinnerst dich an Lina?«

Tony räuspert sich und schaut zurück zu Damian. »Das sollte reichen. Ich schicke dir die Liste der Käufer.«

Tony sammelt seine Papiere zusammen und stopft sie in eine Tasche, bevor er an mir vorbei und zur Tür hinausflitzt. Ich nehme an, unsere erste Begegnung in diesem Raum war genug für Tony. Er bleibt nicht in der Nähe, um zu sehen, was diesmal passieren wird. Sowohl Damian als auch ich wurden unerbittlich von Paparazzi verfolgt. Es ist allgemein bekannt, dass wir nicht zusammenleben.

Als die Haustür zuschlägt, bin ich mir plötzlich der unangenehmen Stille im Arbeitszimmer nur zu bewusst.

»Hi.« Ich erschaudere innerlich, als ich höre, wie heiser meine Stimme klingt.

»Hallo, Lina. Du siehst gut aus.«

»Danke. Du auch.«

»Einen Drink?«

Ich könnte einen vertragen, aber momentan trinke

ich keinen Alkohol. Ich möchte lieber zu den vielen Punkten kommen, die ich von meiner Liste abhaken möchte, angefangen bei: »Du bist mich nicht im Krankenhaus besuchen gekommen.«

Er faltet seine Hände. »Ich war da.«

»Während ich bewusstlos war.«

»Ich dachte, so wäre es einfacher.«

Seine Augen verfolgen meine Bewegung, während ich zu seinem Schreibtisch gehe. »Einfacher für wen?«

»Uns beide.«

Ich nehme nicht den Platz ein, den Tony verlassen hat, sondern setze mich auf die Ecke des Schreibtisches, so nahe, dass ich seinen Arm berühren kann, wenn ich die Hand ausstrecke. »Es gibt Dinge, die ich dir sagen wollte.«

Sein Verhalten ist kalt, distanziert. »Warum bist du hier?«

Ich lasse den Umschlag vor ihm fallen.

Er schaut nicht einmal auf ihn. »Du hättest ihn meinem Boten geben können.«

»Du hast mir nicht die Chance gegeben, mich bei dir zu bedanken.«

»Wofür?«

»Dafür, dass du mir das Leben gerettet hast. Für das Haus. Für meine Zurechnungsfähigkeit. Dass du mir die Freiheit gegeben hast.« Ich schlucke die ungewollten Gefühle hinunter, die an die Oberfläche sprudeln. »Für Josh.«

»Danke, dass du ausgesagt und meine Vorstrafen gelöscht hast. Wir sind quitt.«

»Du hast mir nicht gesagt, dass du in die Schweiz gehst, um Dora zu töten.«

»Ich habe Dora nicht getötet.«

»Technisch gesehen nicht.«

»Worauf willst du hinaus?«

»Hast du ihr eine Waffe an den Kopf gehalten, damit sie die Pillen schluckt?«

»Ich ließ ihr die Wahl. Sie wählte Pillen.«

»Warum hast du das getan?«

»Um dich zu rächen. Sie hat bekommen, was sie verdient hat.«

»Wie hast du Josh gefunden?«

»Ich habe Dalton gefragt.«

»Kurz bevor du ihn fallen gelassen hast.«

Seine Nasenlöcher beben. »Ja, kurz bevor ich ihn dem Schicksal überließ, das er für dich geplant hatte.« Seine Stimme ist kalt. »Scheint passend zu sein, oder?«

»Deine Männer folgen mir immer noch.«

»Belästigen sie dich?«

»Nein. Ich habe mich nur gefragt, warum du denkst, dass ich noch Schutz brauche.«

»Die Welt ist voller Bedrohungen, Lina. Ich gehe kein Risiko ein.«

»Wird es eine dauerhafte Sache sein?«

»Ja, eine dauerhafte *Sache*.«

»Du schuldest mir nichts.«

»Ich sehe das nicht so, aber die Sicherheit bleibt trotzdem. Allein die Tatsache, dass du einmal mit mir verbunden warst, wird dich immer zu einem potenziellen Ziel machen.«

»Wirklich?« Ich beiße mir auf die Lippe und flehe ihn mit meinen Augen an.

»Du hast bekommen, was du wolltest. Ich dachte, du hättest dein neues Leben begonnen.«

»Das habe ich. Ich war sehr damit beschäftigt, mein neues Leben aufzubauen.«

Ein Muskel in seinem Kiefer zuckt. »Dann gibt es nichts mehr zu sagen.«

Ich deute auf den Umschlag. »Öffne ihn.«

Er starrt mich an, und seine Bitterschokoladenaugen sind feindselig. Es erinnert mich daran, wie es war, als wir das erste Mal zusammenkamen. Diesmal ist es schlimmer, denn es gibt keine Lust in seinem Blick. Es gibt keinen Durst nach Rache. Da ist nichts. Es ist genug, um mich dazu zu bringen, fliehen zu wollen, aber ich gebe nicht so leicht auf.

»Öffne ihn. Bitte.«

Er spitzt seine Lippen und zieht den Umschlag zu sich, aber er öffnet ihn nicht. Er starrt nur auf das braune Papier unter seiner Handfläche. Ich kann nicht anders, als die Größe seiner Hand und die Venen zu bemerken, die unter seinem Ärmelhemd verschwinden. Ich erinnere mich an das Gefühl dieser Hände auf meiner Haut, und ich sehne mich mit solcher Intensität danach, dass meine Brust wehtut. Es gab eine Zeit, vor nicht allzu langer Zeit, als das Berühren von Damian meine Freiheit war. Sein Haus war mein Gefängnis, aber ich hatte Zugang zu seinem Körper. Jetzt bin ich frei, und die Freiheiten der

Intimität sind nicht mehr Teil meiner Privilegien. Es ist eine verrückte umgekehrte Situation, aber ich weiß, was ich will.

Nach einer Weile hebt er seine Augen zu meinen. »Ich nehme an, ich verdiene das.«

»Was?«

»Rache«.

Er bezieht sich auf die Zeit, als er mich dazu brachte, ihn wegen einer Kopie der Beweise zu ficken, aber er hat den Grund, warum ich das tue, falsch verstanden.

Schließlich greift er nach dem Brieföffner und schneidet das Siegel durch. Er ist sehr sachlich, als er die weißen Blätter herauszieht. Es ist, als hätte er eine professionelle Persönlichkeit angenommen, um sich von mir zu distanzieren, und von dem, was er im Umschlag erwartet. Er schaut unten auf der ersten Seite, wo meine Initialen fehlen, blättert dann durch den Stapel und hält auf der letzten Seite inne, wo nur seine Unterschrift zu finden ist.

Sein Gesicht spiegelt echte Verwirrung wider, als er zu mir zurückblickt. »Welches Spiel spielst du? Bist du mit den Bedingungen nicht zufrieden? Brauchst du mehr Geld? Was willst du?«

»Dich.«

Er legt die Papiere akribisch übereinandergestapelt auf seinen Schreibtisch und schiebt sie weg. »Nein.«

Mein Magen zieht sich zusammen. »Was?«

»Das wird nicht passieren.«

Ich muss mir das Wort aus der Kehle drängen. »Warum nicht?«

Er steht auf. »Ich bringe dich raus.«

Meine Stimme wird durch die Qualen lauter, die mich gerade zerreißen. »Ich verdiene einen Grund.«

»Tu das nicht, Lina.«

»Ist es Josh? Ist es, weil ich ein Kind habe?« Wenn es daran liegt, dass er keine Kinder will, ist es definitiv vorbei.

»Herrgott, nein.« Er fährt sich mit einer Hand über das Gesicht. »Es hat nichts mit Josh zu tun.«

»Was dann? Ich weiß, dass du mich liebst, sonst hättest du mir keine Scheidung angeboten.«

»Weißt du, wie verdammt falsch das klingt?«

»Ja«, flüstere ich, »aber wir waren noch nie ein durchschnittliches Paar. Ich liebe dich, Damian. Du weißt das. Du hast es immer gewusst.«

»Du wolltest deine Freiheit, und du verdienst sie.«

»Ich wollte die Freiheit, unabhängig zu sein, meine eigenen Entscheidungen zu treffen, und nicht meine Freiheit aus der Ehe.«

»Es war zu schwer, dich einmal gehen zu lassen. Ich kann es nicht noch einmal tun.«

Ein Hoffnungsschimmer erhebt sich aus der Asche meiner Emotionen. »Ich wähle dich. Ich wähle uns, wenn du mich mit meinem Gepäck und meinem Kind haben willst.«

Er legt seine Hände auf beide Seiten meines Körpers und hält mich mit seinen Armen fest. »Du verstehst das nicht. Wenn ich dich zurücknehme, lasse ich dich nie wieder gehen. Niemals. Wenn du diese Entscheidung triffst, bist du an mich gebunden. Dich gehen zu lassen hat mich fast umgebracht. Ich werde nicht die Kraft haben, es noch einmal zu tun. Wenn du mich zurück in dein Leben lässt, gehörst du mir, solange wir beide leben.« Sein Blick ist heftig, fast wütend. »Kannst du damit umgehen?«

Wenn seine Rede mich abschrecken sollte, hat es nicht funktioniert. Ich weiß, worauf ich mich einlasse. »Ich lasse dich auch nie wieder gehen. Du gehörst mir, Damian. Du kannst mit mir nach Hause kommen, und wir können lernen, eine Familie zu sein, jeder mit unserem Platz zum Wachsen, und du kannst diesen Frauen, die hinter dir herlaufen, sagen, sie sollen sich zur Hölle scheren, weil du vergeben bist.« Ich zeige ihm meinen Ehering und meinen lächerlich großen Diamanten. »Dieser Ring sagt das, ebenso wie der Vertrag, den wir beide an dem Tag unterschrieben haben, als du mich geheiratet hast.«

Er spannt seinen Kiefer an, während er meine Augen durchsucht. Zwei Sekunden vergehen. »Du solltest dir da besser verdammt sicher sein.«

Ich lege meine Arme um seinen Hals und gebe ihm einen Kuss auf die Lippen. »Ich wäre nicht hierhergekommen, wenn ich es nicht gewesen wäre. Ich bin gekommen, um dich nach Hause zu holen.«

Seine Gefühle spiegeln sich in seinen Augen wider. Dennoch zweifelt er an mir, kämpft gegen mich. »Du hast drei Monate gewartet, um mir das zu sagen?«

»Ich musste mein Leben in den Griff bekommen.

Ich wollte nicht kaputt zu dir kommen, so dass du mich reparieren musst. Ich komme intakt zu dir und biete dir alles an, was ich habe, wenn du es willst.«

Er legt seine Stirn an meine. »Verdammt, Lina.«

»Das ist alles, was du zu sagen hast?«

Er grinst an meinen Lippen. »Verdammt, ja.«

»Das ist besser.«

Er umfasst meinen Po und drückt mich gegen den Rand des Schreibtisches und gegen seine Härte. »Es gibt noch etwas anderes, das noch besser ist.«

»Warte.« Ich drücke gegen seine Brust. »Es gibt noch mehr, was ich dir sagen muss.«

Er knurrt. »Kannst du es schnell sagen? Es ist schon eine Weile her.«

»Ich bin schwanger.«

Er lässt mich so schnell los, dass er einen Schritt zurückstolpert. »Was?«

Meine Hoffnung schwindet wieder. Vielleicht will er das nicht, aber er ist derjenige, der mir die Empfängnisverhütung verweigert hat. »Wir haben keinen Schutz benutzt, Damian.«

»Das weiß ich. Sag es noch einmal.«

»Ich bin schwanger.«

Er sieht schockiert aus, aber da ist noch etwas anderes. Er sieht mich an, als ob er mich zum ersten Mal sieht, und als sein Blick auf meinen Bauch fällt, liegt Ehrfurcht in seinen Augen.

Er richtet diese dunklen, verfluchten Augen auf mein Gesicht. »Wievielter Monat?«

»Vierter.«

Sein Kiefer spannt sich an. »Du hättest es mir sagen sollen.«

»Ich wollte zuerst mein Leben in Ordnung bringen. Ich brauchte diese Zeit allein, und ich wusste, dass du sie mir nicht gewähren würdest, wenn wir wieder zusammenkommen.«

Er fährt sich mit einer Hand über das Gesicht und starrt mich mit diesem fassungslosen Blick an.

»Wenn es nicht das ist, was du willst«, fahre ich fort, »werde ich es akzeptieren.«

»Wenn es nicht das ist, was ich will.« Er richtet seinen Blick an die Decke und schließt die Augen. Als er zu mir zurückschaut, wirkt er verärgert. »Ich wusste genau, was ich tat, als ich dich ohne Kondom ficken wollte.«

»Dann ist alles in Ordnung?«

»Nein, Lina. Es ist nicht alles in Ordnung. Es ist besser als in Ordnung.«

»Du meinst, du bist glücklich?«

Er atmet lange aus »Ekstatisch.« Er zieht mich an sich und zerquetscht mich in seinen Armen. »Aber wenn du mir jemals wieder solche wichtigen Informationen vorenthältst, alles, was dich, mich oder uns betrifft, wird es Konsequenzen haben, und du wirst sie nicht mögen.«

»Du hast deine Peitschen und Paddel verbrannt.«

»Es gibt noch andere Wege«, sagt er mit leiser Stimme, und seine Lippen fahren federleicht über meine.

»Mir den Orgasmus zu verwehren ist eine harte Strafe.«

»Gut. Wir können Spielzeug einkaufen gehen.«

»Spielzeug?«

»Ich bin ein Semi-Sadist, und du genießt den Schmerz.«

»Leichte Schmerzen«, korrigiere ich ihn.

»Leichte«, stimmt er zu, »aber von nun an will ich alles wissen. Ich will wissen, wenn du einen Menstruationskrampf hast und wenn du dir den Zeh stößt.« Er klopft an meine Schläfe. »Ich will wissen, wann du traurig bist oder Zweifel hast. Kannst du das für mich tun?«

»Kannst du mir Freiraum geben?«

Nach ein paar Sekunden fragt er: »Wie viel?«

»Genug, um ich zu sein.«

»Ja.« Er nimmt mein Gesicht zwischen seine Hände. »Das ist machbar, denn ich will alles von dir, was du bist und was du werden wirst.«

Ich beiße mir auf die Lippe und schaue ihn mit einem sinnlichen Blick an. »Ich glaube, das kann funktionieren.«

»Ich weiß, dass es das kann.« Er schiebt mich vom Schreibtisch und hebt mich in seine Arme.

»Was machst du da?«

»Ich wollte dich ficken, bis du ohnmächtig wirst, aber da du in einem heiklen Zustand bist, werde ich mit dir schlafen, bis die Sonne aufgeht.«

Mein Lachen ist glücklich. Frei. »Ich muss nach

Hause. Ich muss für Josh da sein, wenn er ins Bett geht.«

»Ich weiß. Deshalb komme ich mit dir mit.«

Ich lege meinen Kopf auf seine Schulter. »Tust du das wirklich?«

»Sie werden nie wieder allein schlafen, Mrs. Hart.«

»Das ist das beste Versprechen, das ich seit langem gehört habe.« Als er anfängt, sich auf die Tür zuzubewegen, drücke ich eine Hand auf seine Brust. »Warte. Was ist mit dem Haus? Was ist mit dem Garten und den Fledermäusen?«

»Hör auf, dir Sorgen um die Fledermäuse zu machen.«

»Aber …«

»Ich habe ein gutes Angebot für das Haus bekommen. Der Käufer ist ein Naturschützer. Er will die Dinge lassen, wie sie sind.«

Ich kann nicht anders, als zu grinsen. *»Dinge?«*

»Willst du mich aufziehen? Ich denke, ich muss dir ein oder zwei *Dinge* beibringen, und deine neue mutige Muschi wieder an ihren Platz verweisen.«

Mein Lächeln ist so groß, dass es meine Wangenmuskeln dehnt.

»Mach das noch mal«, befiehlt er mit heiserer Stimme.

»Was noch mal machen?«

»Lächle für mich.«

Es ist ganz einfach. Ich habe viel, worüber ich glücklich sein kann.

Eine antwortende Kurve zieht an seinen Lippen,

und seine Augen leuchten mit einem gefährlichen Glanz auf. »Du bist so gefickt, Lina.«

Als ich mich tiefer in seine Arme schmiege, fällt ein Gewicht von meinem Herzen. Es schwebt fast bis zum Himmel.

Ich bin nicht mehr verrückt.

Ich bin nicht mehr eine Geisel unserer Vergangenheit oder eine Gefangene der Rache meines Mannes.

Ich bin nicht mehr Harolds unechte Tochter oder Damians gezwungene Ehefrau.

Ich bin Angelina Hart, müde Mutter, glückliche Assistentin und vor allem die Frau, die Damian liebt.

Das habe ich immer.

Das werde ich immer sein.

LESEPROBEN

Vielen Dank, dass Sie dieses Buch gelesen haben!

Möchten Sie, wenn unser nächstes Buch voller knisternder Leidenschaft erscheint? Besuchen Sie www.greyeaglepublications.com/de/ und melden Sie sich für unseren Newsletter an.

Um weitere Bücher der Charmaine Pauls zu lesen, klicken Sie bitte hier: greyeaglepublications.com/de/

Wenn Ihnen dieses Buch gefallen hat, werden Sie auch diese beiden dunklen Liebesromane lieben: *Mein Peiniger* von Anna Zaires, *Sweet Captivity – Süße Gefangenschaft* von Julia Sykes, und *Neun Jahre lang* von Charmaine Pauls. Blättern Sie um, um einen spannenden Auszug aus jedem Buch zu entdecken!

AUSZUG AUS MEIN PEINIGER VON ANNA ZAIRES

Er kam mitten in der Nacht zu mir, ein grausamer, auf dunkle Art und Weise schöner Fremder aus den gefährlichsten Ecken Russlands. Er hat mich gepeinigt und gebrochen, meine Welt für seine Rache zerstört.

Jetzt ist er zurück, aber er will nicht länger meine Geheimnisse.

Der Mann, der meine Albträume beherrscht, will mich.

»Werden Sie mich umbringen?«

Sie versucht – erfolglos –, ihre Stimme ruhig zu halten. Trotzdem bewundere ich ihren Versuch, gelassen zu bleiben. Ich habe mich ihr an einem öffentlichen Ort genähert, damit sie sich sicherer fühlt, aber sie ist zu clever, um darauf hereinzufallen. Wenn sie ihr etwas über mich erzählt haben, muss sie wissen, dass ich ihr schneller den Hals umdrehe, als sie nach Hilfe rufen kann.

»Nein«, antworte ich und beuge mich dabei weiter nach vorn, da ein lauterer Song beginnt. »Ich werde dich nicht töten.«

»Was wollen Sie dann von mir?«

Sie zittert in meinen Armen, und etwas an dieser Tatsache fasziniert mich und stört mich gleichzeitig. Ich will nicht, dass sie Angst vor mir hat, aber gleichzeitig mag ich es, dass sie mir ausgeliefert ist. Ihre Angst spricht das Raubtier in mir an, verwandelt mein Verlangen nach ihr in etwas Dunkleres.

Sie ist eine gefangene Beute, weich und süß und meine, die ich verschlingen kann.

Ich beuge meinen Kopf nach unten, vergrabe meine Nase in ihrem gut riechenden Haar und flüstere ihr ins Ohr: »Triff mich morgen um zwölf in dem Starbucks in der Nähe deines Hauses, und dort werden wir reden. Ich werde dir alles erzählen, was du wissen möchtest.«

Ich ziehe mich zurück, und sie starrt mich mit riesigen Augen in ihrem herzförmigen Gesicht an. Ich weiß, was sie denkt, also beuge ich mich erneut nach vorn, bis mein Mund sich neben ihrem Ohr befindet.

»Wenn du das FBI kontaktierst, werden sie versuchen, dich vor mir zu verstecken. Genauso wie sie versucht haben, deinen Ehemann und die anderen auf meiner Liste zu verstecken. Sie werden dich entwurzeln, dich von deinen Eltern und deiner Karriere trennen, und das alles wird nichts bringen. Ich werde dich finden, egal, wohin du gehst, Sara … egal, was sie tun, um dich von mir fernzuhalten.« Meine Lippen fahren auf dem Rand ihres Ohres entlang, und ich spüre, wie ihre Atmung stockt. »Alternativ könnten sie dich als Köder nutzen wollen. Sollte das der Fall sein, sollten sie mir eine Falle stellen, werde ich das herausfinden, und unser nächstes Treffen wird nicht bei einem Kaffee sein.«

Sie erschaudert, und ich atme tief ein, nehme ein letztes Mal ihren zarten Duft in mich auf, bevor ich sie loslasse.

Ich trete zurück, verschwinde in der Menge und schreibe Anton eine Nachricht, dass sich die Mannschaft auf ihre Positionen begeben soll.

Ich muss sicherstellen, dass sie wohlbehalten nach Hause kommt, ohne von jemand anderem außer mir belästigt zu werden.

AUSZUG AUS SWEET CAPTIVITY – SÜSSE GEFANGENSCHAFT VON JULIA SYKES

Ich mag es nicht, berührt zu werden. Ich bin die Hacker-Nerd-Göttin des FBIs. Wenn ich mich hinter meinem Monitor verstecke, habe ich einen sicheren Abstand zu allen anderen; isoliert, mächtig. Kein Mann hat mich bisher berührt, aber als ich vom Drogenbaron Andrés Moreno entführt werde, aber ich nicht länger das Recht mich zu verweigern. Er hat eine Narbe und ist angsteinflößend, aber sein grausamer Bruder Cristian hat ihm aufgetragen, mich zu brechen. Ich versuche zu flüchten, aber ich kann seinen starken Armen und der strengen Disziplin nicht entkommen. Er verlangt, dass ich seine Berührungen akzeptiere und mein jungfräulicher Körper kann nicht anders, als auf seine meisterhafte Manipulation zu reagieren.

Je länger ich mit ihm gefangen bleibe, um so mehr komme ich zu der Vermutung, dass ich nicht die einzige Gefangene seines Bruders bin. Andrés Narbe geht tiefer als die grausamen Furchen in seinem Fleisch, sein Schmerz wird von den dunkeln Forderungen an mich wiedergespiegelt. Seine Obsession ist verdreht, aber vielleicht bis ich es auch.

Möchte ich vor ihm gerettet werden? Oder ist er derjenige, der in Wirklichkeit gerettet werden muss?

Die Sicherheit meines Hauses war zerstört worden. Jemand hatte mich unter Drogen gesetzt, mich mitgenommen. Meine Erinnerungen daran, wie ich in Cristian Morenos Hände geraten war, waren verschwommen, aber meine furchterregende neue Realität ließ sich nicht leugnen: Ich befand mich in den Händen des bösartigen kolumbianischen Drogenbarons und hatte sein Messer an meinem Hals.

Eine lähmende Angst überkam mich und gefror den Schrei, den ich nur wenige Sekunden lang ausgestoßen hatte. Cristian trat hinter mich, damit die Kamera seines Bruders klarere Aufnahmen von dem Horror bekam, den ich durchlebte. Seine große Faust fasste in meine Haare und riss mir den Kopf zurück, so dass ich keine andere Wahl hatte, als in seine grausamen schwarzen Augen zu starren.

Die kalte Messerspitze kratzte von der Mitte meines Halses nach oben und streifte meine Haut, während sie einen Weg unter mein Kinn fand. Ich hörte auf zu atmen, als die Klinge über meine Lippen streifte. Ein hohes Wimmern kam über sie, und durch die daraus resultierenden Vibrationen drohte das Messer meine Haut zu durchbohren. Die angespannten Nervenenden auf meinen Lippen zuckten, als das kühle Metall sie küsste.

Das Messer verließ meinen Mund, aber ich hatte keine Zeit, einen keuchenden Atemzug zu tun, bevor die kalte Klinge wieder an meinen Hals kam.

»Du warst heute in meinem Territorium und hast meine Leute beobachtet. Einer meiner Männer ist dir nach Hause gefolgt. Für wen arbeitest du?«, wollte er wissen.

»Ich bin vom FBI«, sagte ich mit kaum mehr als einem Flüstern. Mit dem Messer im Hals konnte ich kaum den Atem holen, den ich zum Sprechen brauchte.

Er sah mich stirnrunzelnd an. »Ein Scharfschütze hat vor einigen Tagen einen Anschlag auf mein Leben unternommen. Das FBI würde mich nicht ermorden. Für wen arbeitest du wirklich?« Die Klinge schnitt mir eine dünne, stechende Linie über den Hals.

»Ich bin wirklich vom FBI«, sagte ich eilig, und die Wahrheit kam von meinen Lippen. Wenn er wüsste, dass ich eine Bundesbeamtin war, würde er es nicht wagen, mich zu verletzen. »Ich heiße Samantha Browning. Ich bin Analytikerin. Na ja, war ich. Ich bin jetzt im Außendienst. Ich versuche nicht, Sie zu töten. Wir überwachen Sie. Sie müssen doch wissen, dass wir Sie auf unserem Radar haben. Bitte, ich schwöre, ich bin vom FBI.« Mir war klar, dass ich plapperte, aber ich konnte nicht aufhören, um mein Leben zu betteln.

Er betrachtete mich einen langen, schrecklichen Moment und wägte mein Schicksal ab. »Du bist Analytikerin? Das bedeutet, du hast Zugriff auf alle Beweise, die die Bundesbehörden gegen mich haben. Wenn du die Wahrheit darüber sagst, wer du bist.«

»Bin ich«, sagte ich schnell. »Sie dürfen mich nicht verletzen. Wenn Sie es tun, werden meine Freunde hinter Ihnen her sein.«

»Ich denke, ich werde dich anschließend meinem Bruder geben«, überlegte er. »Er wird dafür sorgen, dass du die Wahrheit sagst. Ich möchte dich lieber nicht verstümmeln, wenn du für mich nützlich bist. Andrés hat kreativere Wege, um Frauen zu brechen. Und ich werde unser kleines Video für uns behalten. Wenn du diejenige bist, die du behauptest zu sein, wäre es mir lieber, dass deine Freunde beim FBI nicht wissen, dass ich dich habe.«

Die Messerspitze drückte sich wieder auf meine Wange, direkt unter meinem linken Auge. Der Druck nahm zu, und ich spürte Wärme auf meiner Haut. Es glitt über meine Wange wie eine rote Träne. Meine Augen tränten, und Cristians hübsches Gesicht schwankte über mir.

»Vielleicht verpasse ich dir erst eine Narbe, die der meines Bruders entspricht«, überlegte er.

Ein tiefes Knurren ertönte einige Meter vor mir, und ich wusste, dass es von Andrés kam. Ich konnte nicht einmal in seine Richtung sehen; Cristians lange Finger in meinen Haaren ließen keine Bewegung zu.

Ein scharfes Grinsen ließ seine Gesichtszüge

belustigt erscheinen. »Anscheinend will er, dass du größtenteils intakt bist. Soll ich ihm geben, was er will?«

Das furchterregende Knurren ertönte erneut, eine wortlose Warnung. Ich erschauderte, gleichermaßen vor Angst wegen der Aussicht, *dass er mich haben wollte,* als auch dem Messer, das sich in meine Wange bohrte.

»Also nicht das Gesicht«, sagte Cristian entschlossen. »Aber ich glaube, ich werde Andrés zeigen, womit er arbeiten kann.«

Das Messer verließ mein Gesicht, aber die Klinge hakte sich sofort unter den oberen Knopf meiner Bluse. Er gab problemlos nach, als die scharfe Klinge den Stoff durchtrennte. Er fuhr fort, die Klinge nach unten zu bewegen, wobei er einen krankhaften Weg zwischen meinen Brüsten, über meinem Nabel und bis zu meiner Hose hinunterschnitt. Der Stoff riss mit einer kurzen Bewegung des Messers auf und ließ mich in meinem weißen Baumwoll-BH zurück.

Ein Flehen um Gnade blockierte meinen Hals. Ich konnte nicht sprechen, konnte kaum atmen. Mein Verstand begann sich zu verabschieden, als das Adrenalin, das durch die Angst erzeugt wurde, mein Gehirn trübte.

Cristians Finger krallten sich fester in meine Haare und schmerzten. »Bleib bei uns, Samantha«, befahl er sanft.

Die Welt um mich wurde mit grausamer Klarheit schärfer, unmittelbar bevor mir Schmerzen zugefügt wurden. Die Messerspitze schnitt an meinem rechten

Schlüsselbein eine qualvoll langsame Linie. Der Schnitt war flach, aber Blut quoll hervor, als die Klinge den Knochen entlangkratzte. Der Schrei, der in mir gefangen war, brach hervor, als der Schmerz mich durchfuhr. Er schob die Klinge unter den kleinen Baumwollstreifen in der Mitte meines BHs, durchtrennte den Stoff und entblößte mich.

Mein Schrei wurde zu einem Schluchzen, als sich der Schrecken mit Demütigung vermischte.

»Was denkst du, *hermanito*?«, fragte Cristian mit mildem Interesse. »Ist sie hübsch genug für dich? Sie ist keine große Schönheit, aber ihre Nippel heben sich gut von ihrer blassen Haut ab.«

Meine Haut wurde kühl, und mir gefror das Blut in den Adern. Ich erkannte vage, dass ich unter Schock stand, als mein ganzer Körper heftig zu zucken begann.

»Und ihre Augen sind sehr hübsch«, fuhr er mit einer distanzierten Beobachtung fort. »So viel Angst. Du magst es, wenn sie Angst haben, oder?«

Sein leises Grunzen als Antwort drang in meine Gedanken, aber ich hatte meine Fähigkeit, klar zu denken, verloren. Das Messer verließ meine Brüste, um die Seile zu durchschneiden, die meine Handgelenke hinter mir hielten. Ich sackte nach vorne. Meine tauben Muskeln waren unfähig, mich aufrecht zu halten.

Starke Arme schlangen sich um meine Schultern und stützten mich, bevor ich zu Boden glitt. Ich war mir schwach bewusst, dass mein Körper hochgehoben wurde. Mein Kopf lehnte sich zurück, und das Letzte, was ich sah, ehe ich das Bewusstsein verlor, war das furchterregende vernarbte Gesicht von Andrés, das über mich gebeugt war.

Möchten Sie mehr erfahren? Besuchen Sie www.greyeaglepublications.com/de/ um Ihr Exemplar noch heute zu bestellen!

AUSZUG AUS NEUN JAHRE LANG VON CHARMAINE PAULS

Ich bin ein Kredithai. Leuten Knochen zu brechen, liegt mir im Blut. Die Haynes sollten ein einfacher Job sein. Reingehen und zweimal abdrücken. Eine Kugel für Charlie, eine für seine Schwester. Aber als ich Valentina sah, wollte ich sie. Aber in unserer Welt bekommen diejenigen, die uns etwas schulden, keine zweite Chance. Meine Mutter wird sie auf keinen Fall am Leben lassen. Also habe ich mir einen Plan ausgedacht, um sie zu behalten.

Er ist verdorben.
Er ist unmoralisch.
Er ist zweifelhaft.

Er ist perfekt.
Genau wie sie.

Auszug aus Neun Jahre lang von Charmaine Pauls

Gabriel

Leck mich am Arsch. Ich besitze sie.

Sie gehört mir.

Von dem Gedanken wird mir schwindelig. Sie ist so klein, dass sie aussieht wie die Puppe, mit der ich laut Magda spielen will. Stehend geht mir Valentina kaum bis zur Brust. Ihre Knochen sind zerbrechlich genug, um unter dem leichtesten Druck nachzugeben. Wenn ich sie zu fest umarme, könnten ihre Rippen brechen. Ich kann eine Hand um ihren schlanken Hals legen. Es entscheidet über Leben und Tod, wie fest ich meine Finger schließe. Dennoch hat sie mich angegriffen, als Rhett ihren Hund erschossen hat. Sie gab *mir* einen Befehl, als sie mir sagte, ich solle Charlie Haynes gehen lassen. Sie ist stark und loyal.

Ich bin fasziniert und eifersüchtig auf ihre Liebe zu ihrem Bruder. Niemand hat je so für mich gekämpft, und ich bezweifle, dass es jemals jemand tun wird. Ihr das *alles, was ich für richtig halte* hinzuwerfen war ein Test. Ich wollte sehen, wie weit sie für Charlie zu gehen bereit war – nicht, dass ihre Entscheidung etwas verändert hätte. Ich habe sie in dem Moment in Besitz genommen, als ich sie sah. Gestern Abend wusste ich bereits, dass ich sie mir nehmen würde. Egal, was passiert.

Als der Clubmanager vom Napoli's anrief, um mich wissen zu lassen, dass die Zielperson meiner Mutter, Charlie, da war, war mein Plan gewesen, hinzugehen, Charlie auszuschalten, und danach seine Schwester, die allein zu Hause sein sollte. Exempel an Leuten zu statuieren, die nicht zahlen, ist eine Standardprozedur. Manche Menschen fürchten nicht um sich selbst, aber sie fürchten immer um ihre Familien. Bei Magdas Plan wäre Valentina das Opfer gewesen, um unsere Schuldner daran zu erinnern, dass ihre Familien nicht sicher sind, solange sie uns etwas schulden.

Dann trat ich aus dem Büro, und da stand sie in ihrer vollen Pracht. Keine Frau, außer den Prostituierten, geht freiwillig ins Napoli's. Ein Nerv zuckt zwischen meinen Schulterblättern, als ich daran denke, was hätte passieren können, wenn ich nicht da gewesen wäre. Sie ist entweder extrem naiv oder idiotisch mutig. Nach diesem Morgen vermute ich letzteres.

Wenn ich darüber nachdenke, verstehe ich auch nicht, wie sie hier so lange überlebt hat. Jerry zufolge wohnt sie seit sechs Jahren in Berea. Das Drecksloch, in dem sie lebte, liegt im Drug Valley. Es ist eine Überraschung, dass die Drogen- und Sex-Lords sie nicht entführt und verkauft haben oder eine Straßengang sie noch nicht vergewaltigt und getötet hat. Es gibt unendlich viele dunkle Dinge, die einem ungeschützten schönen Mädchen in dieser Gegend passieren können.

Ich beobachte sie aus dem Augenwinkel. In den zwanzig Minuten, die wir fahren, hat sie kein Wort gesagt. Ihr braunes Haar ist lang und wellig und fällt in Locken über ihre Schultern. An ihr haftet ein sauberer Geruch, wie der von Shampoo oder Bodylotion. Ich mag ihn. Von schweren Parfüms bekomme ich Kopfschmerzen. In den weißen Shorts und dem gelben Tanktop sind ihre getönten Beine und ihre gerundeten Brüste deutlich zu sehen. Genauso wie die Vene, die unter der goldenen Haut an ihrem Hals pulsiert. Ihre Angst erregt mich. Ihr Mut fasziniert mich. Lange, dunkle Wimpern verstecken den Ausdruck in ihren braunen Augen vor mir. Sie tut so, als würde sie aus dem Fenster schauen, aber ich weiß, dass sie sich meiner Person und der Waffe, die auf meinem Schoß liegt, bewusst ist.

Die Waffe liegt kühl in meiner Hand. Ich bin längst über die Phase hinaus, in der meine Handflächen vor einem Job verschwitzt werden. Mir macht das Töten nichts aus. Ich lebe in einer gewalttätigen Stadt. Nur die Härtesten überleben, und ich bin ein Survivor. Ich würde nicht zögern, den Abzug zu betätigen, wenn jemand meine Familie bedroht oder ihr Schaden zufügt. Leg einen Finger auf meinen Besitz, und ich breche ihn ab. Ich war die Art von Kind, das Freude daran hatte, das Spielzeug anderer Jungen zu zertrümmern. Ich zerbreche immer noch Dinge. Heutzutage sind es vor allem Knochen. Wenn es um Herzen geht, breche ich nur das, was bereits gebrochen ist. Auf diese Weise muss ich keine Verantwortung für die Gefühle von jemandem übernehmen. Jetzt habe ich die Verantwortung für eine Person auf einer ganz anderen Ebene übernommen. Wenigstens besteht kein Risiko, Valentinas Herz zu brechen. Sie hasst mich bereits, und durch das, was ich mit ihrem Körper vorhabe, wird sie mich nur noch mehr hassen, aber sie wird mich genauso intensiv brauchen. Dafür werde ich sorgen.

Möchten Sie mehr erfahren? Besuchen Sie www.greyeaglepublications.com/de/ um Ihr Exemplar noch heute zu bestellen!

ÜBER DIE AUTORIN

Charmaine Pauls wurde in Bloemfontein, Südafrika geboren. Sie studierte Kommunikationswissenschaften an der Universität Potchefstroom und schlug eine vielseitige Karriere in den Bereichen Journalismus, Public Relations, Werbung, Kommunikation, Fotografie, Grafikdesign und Markenmarketing ein. Das Schreiben ist seit jeher ein wichtiger Bestandteil ihrer Berufe gewesen.

Nachdem sie mit ihrem französischen Ehemann nach Chile gezogen war, erfüllte sie sich ihren Wunsch, sich hauptberuflich dem kreativen Schreiben zu widmen. Charmaine hat seit 2011 mehr als fünfzehn Romane sowie mehrere Kurzgeschichten und Artikel veröffentlicht. Zwei ihrer Kurzgeschichten wurden von der International Society of Literary Fellows in Zusammenarbeit mit dem International Research Council on African Literature and Culture für die

Veröffentlichung in einer afrikanischen Anthologie aus dem ganzen Kontinent ausgewählt.

Wenn sie nicht gerade schreibt, reist und liest sie und rettet gerne Katzen. Charmaine lebt derzeit mit ihrem Mann und ihren Kindern in Montpellier. In ihrem Haushalt wird eine Mischung aus Afrikaans, Englisch, Französisch und Spanisch gesprochen.

Printed in Poland
by Amazon Fulfillment
Poland Sp. z o.o., Wrocław

52461523R00391